国家社科基金重大项目《明代作家分省人物志》
阶段成果（批准号 13&ZD116）

上海文化发展基金会资助项目

李玉宝 著

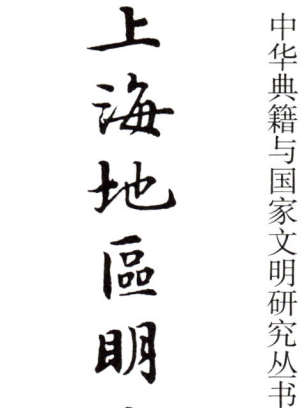

上海地區明代詩文集述考

中華典籍與國家文明研究叢書

上海古籍出版社

《中华典籍与国家文明研究丛书》编委会

主 编
查清华

编辑委员会（按姓氏笔划排列）

朱易安　　李定广　　李　贵
吴夏平　　陈　飞　　查清华
曹　旭　　詹　丹　　戴建国

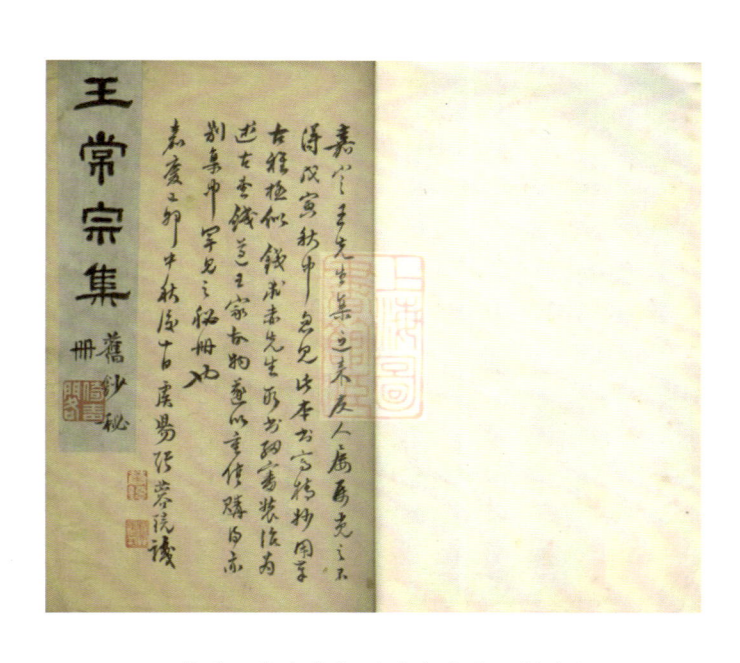

王彝《王常宗集》（述古堂藏旧抄本）

序　言

李玉宝君沉埋学术，数载静默，星光曦微即偷时而起，灯火阑珊亦不忍离案，以探幽烛微、集腋成裘之毅力，终于将这部《上海地区明代诗文集述考》打磨成大器，对137位作家（内含遗民作家9人）的263部诗文别集，一一进行了述考，当其面世，必于学界辉光熠曜也。

一

有明三百年，文学繁富，卷帙汗牛，而充栋之材无疑以作家之诗文别集为最夥。然百年之明代文学研究，自探矿得小说戏曲之异宝以来，始终将其装扮成明文学研究舞台之主角，以偏概全，以少总多，用高竿之出天表来云遮基础底盘之宏巨。尽管近几十年亦不乏广嗓大声呼吁对明代传统诗文的重视与研究，但理论叫呼颇响，而实际拓局仍不尽如人意，积重一时难返。尤其在浮泛学风下，面对浩繁之明人诗文别集，沉潜读书几近奢望，一己之力，也确有望卷兴叹之恨，故不免眼高手低，井观臆断。真学问，还得如李玉宝君者，老老实实去读一部部一卷卷诗文集，既深入解牛，析其筋络，又总揽庐山，得其真面。

我总认为，对于明代文学研究而言，诗文别集本体，就应该是一个显性的重要研究课题。这里所言之别集本体，是说并非只有在等待研究明代作家、明代文学时，才把别集当作材料作延及性涉及，从而充实到研究框架中来，而是说明人诗文别集，无论是以所产与存世的"量"上的历史纵观，还是从创作到结集、编刊到传存的时代断切，它都显示出对"别集"这一概念的总体集合层面上的研究优势，它既具有诠释别集概念的普遍性的代表意义，又具有独特的时代内涵。而明人诗文别集作家本体的深度介入，又显然是以往时代所难具备的，故其中也就显示着更明确、更成系统的创作理念、文学思想。也就是说，明人诗文别集，仅从其存世"量"上的覆盖面，仅从其外部编刊理念的清晰度，就可以形成一个较为自足的把握明代文学命脉的研究环，更遑论深入别集内部肌理的研究。

玉宝君曾研究过明代文学人口的壮大与书业生产的繁盛问题。据其撰文统计，盛唐玄宗时期，全国生员有七万馀人。宋代于徽宗时仅官学生员即有近十七万人，加之宋代私学亦盛，其总体数量当更庞大。而明代，据明末顾炎武估算，仅正规学校生员数就不下五十万人，加之其他各类学校，则总数不下百万。就作家而言，《全唐诗》总收诗人二千馀家，《全宋诗》总收诗人不下九千家，此二代诗人数量是赖于后世统计。明代则不同，明代刻书业发达，公刻私刻皆盛，明胡应麟《少室山房笔丛》言："凡刻书之地有三：吴也、越也、闽也……燕、粤、秦、楚，今皆有刻，类自可观，而不若三方之盛。"据杜信孚《全明分省分县刻书考》载，明代刻书者有四千六百馀人。就诗文别集而言，仅据清黄虞稷《千顷堂书目》载，明人诗文别集达五千馀部。

李时人先生曾做过一个更为准确的数据统计，明人有诗文作品存世者至少有两万人，我认为明人有诗文别集存世者近一千五百人（如深入研究，只能会更多），占作家数的十分之一，须知这是指有别集者而非指仅有散篇存世者，且是经历几百年之后的遗存情况，可以看出这个覆盖面是绝对超出以往任何时代的。其存世诗文别集本集有近两千种。相较于其他时代的有集即录，《四库全书》对明人别集全文收录者不足三百种，却仍然是历代最多的。此所言之"本集"，有似于别集版本之母本，即同一别集有不同版本，或同一别集析出多种者，只按一种来计算，这更接近作家创作之本真面目。以此为基础，再观照明人诗文别集存世种数总量，从结集到编刊，从版式到种类，从别集内部结构，到体现别集之"别"，发现明人诗文别集的生产，在共性之外，有其独特的时代内涵与朝代个性，体现出清晰的编辑观、文学观。

就结集过程而言，有生前结集、卒后结集、自我结集、他人结集等不同。生前与自我结集，又有贯穿以某种主题或某种目的的主题性结集、阶段性总结之阶段性结集及晚年近乎一生总结的全集之分；卒后结集又有家族结集、师门结集与社会结集之分，多有撰主临终遗命以为遵守；他人结集则多为名人或编刊家所从事，或乡邦推重为之编集。但明人别集尤其自嘉靖、万历始，自我与家族编刊占据主流，现有存世集子几乎九成以上出于此。生前"珍重"其作，临终"文事"重托，"手泽"泽被后世，倾家只为"梨枣"，以集存文致"不朽"，体现出结集过程中撰主本体深度介入之特色。

就编刊过程而言，撰主的角色体现着时作时刊、未卒先刊的倾向，别集编刊的最突出特点是父业子述、父集子编，别集传世的最突出路径是子编、孙校、玄刊、裔护模式，别集编刊的保存与传世流程则是正集、续集、三编、四编，别集编刊的维护则体现出一版、再版、递补、递刻的特点。

就别集版式而言，有手抄体、写刻体、雕版体、活字体之别。

写刻体以类于手写体形式刻印而成，字体自由，此种在存世明人别集中所占比重较大，很多别集字体直拙，版本质量并不算高。它不同于雕版体的是，后者多为专业刻工，字体趋向工整标准。明人诗文别集以刻体为多，尤其在嘉万以后，主要原因是时风尚浮，以文留迹、以文传名风气颇浓，即使倾家亦不惜付之梨枣，付之梨枣则传之广远；二是文风尚富，文集内容繁富，动辄一集数十卷、上百卷，非手抄所能任力。别集版式还有一现象，即正文是雕板式，序跋则写刻体，一是因为尚名风气必请名家为之序跋，存其文的同时亦存其手迹；二是运用成板再刊时追加序跋的缘故。

就别集种类而言，一是单集类，即相对于全集而言的单出之集，有主题性单集、分体性单集，如诗别集、文别集等。二是全集类，尤其嘉万后的全集，多持宽选态度，取舍幅度不大，以无遗漏为原则，多为族裔所编选。还有一种独特现象，即有时于宽选全集之外，再出之以严选之全集，类于精华集。三是复合集类，有创作时间连续或基本连续、创作时间交叠或内容交叉之递刻集，有出自不同人手、不同时期的同一作家的若干不同别集的繁刻集，有附有评点的评点集，有既带全集性又有别集区分度的家族合刻的家集，还有附刻于他人集后、形成主副关系的附刻集。

明人别集有其独特之"别"，一是别集中的非传统诗文内容，名为诗文别集，有的不但加入了非传统诗文内容，且此类内容于明后期有逐渐增多之势，此可戏称为别集中的非诗文之"别"；二是别集内容的"迁移暗转"，由重"文学"性之文，迁转为重"人学"性之文，传"人"重于传"文"，如别集中撰主为他人所写墓铭类的超大比重，本质上是为证自家之名重，此可戏称为别集中的人学之"别"；三是作品取舍的"去重就轻"，因对文学别集中非文学性内容的看重而大量留存，此可戏称为别集中的非文学之"别"；四是别集中非"手泽"内容的增加，别集所附他人所写与撰主相关资料的增加，如罗列大量序跋、志传、祭文等，除去所附，内核瘦小，此可戏称为别集所附之"别"。

由此，明人别集编刊观有其时代独特内涵：家族编刊模式的普遍介入成为明人别集生产的最大亮点；父业子述、父集子编成为明人的自觉定律；别集求富、求全、求大是明代文人的普遍心态；别集的前附后缀及分量的加大是明人别集的普遍收容模式。此四点在明代有一个明显的发展过程，自明中叶成化、弘治开始逐渐明显，至后期嘉靖、万历时则体现最鲜明。

由以上亦可以探出明人于别集编辑层面上所体现出的文学观念：其一，文人观，由文人意识的增强，到文人角色的崇高；其二，文体观，由文体明辨，到兼容并蓄；其三，文学立言观，由立言之崇高神圣，到立言之普泛日用；其四，文学传世观，由传"人"之"文学"，到传"文学"之"人"。

以文集述考形式，从外部到内部去作深入研究，则是文集研究价值最大化、意义最大化的正确路子，玉宝君走的就是这条路。

二

明人诗文别集之研究，从结集、编辑到刊刻、流传的外在层面，已然导向了较为自足的别集编辑观、宏观文学观的深度，当然这还不是根本，诗文别集的最主要价值是作为所在时代作家与文学研究的基石性特性，此必然触及到别集内部。由作家与别集两要素，再将其置之于历时性与地域性上，即可准确勾画一时代文学发展之脉络及全景图。

根据我们的研究，明代诗文作家数量，在二直隶十三布政司中的分布规律是，作家数量最多的是浙江与南直隶（苏皖沪），两者之和占总数的50％以上；东部沿海地带（自北而南依次为北直隶、山东、南直东部的苏沪、浙江、福建、广东）作家数均相对较多，其作家数占总数的 60% 以上；长江以南地区（跨江省份也按江南算）的作家数占总数的 85% 以上；还有一个特殊地区——环太湖地区，浙江的嘉兴府、湖州府与南直隶的松江府、苏州府、常州府为作家密度最大地区，作家数占总数的 20% 以上。以存世诗文别集而言，浙江与南直隶存世别集数占明代存世别集总数的 50% 以上，东部沿海地带别集数占总数的 70% 以上，长江以南地区别集数占总数的 90% 以上，环太湖地区别集数至少占总数的 30% 以上。由此，则得出明代文学的"一圈""一带""一片""两中心""两基地""多散点"的总体布局特色。"一圈"指环太湖文学圈，此为明代文学繁盛圈；"一带"指东部沿海文学带，此为明代文学发达地带；"一片"指长江以南自浙江、东部福建向西到江西、湖广所形成的片区，此为明代文学活跃片；"两中心"指明代南北二直隶首府南京、北京，为明代文学两大引领中心；"两基地"指浙江与南直隶中的东部沿海即今之江浙二省，为明代作家与文学繁荣的两大基地；"多散点"指明代以府州县为单位的文学亮点分布，不管文学发达与非发达地区皆有，如江西的吉安、福建的莆田、湖广的公安等。

明兴，太湖南岸的嘉兴、湖州仍与苏南同属一区，直至洪武十四年（1381），二府才从中央直属中析出而归属浙江。明代浙江各府作家数量以绍兴、嘉兴二府为最多，远超他府之上；而明代南直隶属于今之江苏地域的各府作家中，以苏州府数量为最多，其次为常州府，二府也远超他府之上。此外，浙江的湖州府、南直隶的松江府，作家数量也相当可观。置于全国范围看，在以府为建制的单位中，苏州、常州、嘉兴三府基本上是作家数量最多的。如此，在明代，环太湖五府——苏州、常州、松江、嘉兴、湖州，就形成了一个密集的作家圈，并且成为明代文学最为繁盛的区域。环太湖文学圈所以成为明代文学发展的典范,与这一带的自然地理、人文地理乃至政治地位都占据优势密切相关。尤其在文化与政治上,太湖流域恰是历史上吴文化的核心地区,吴文化不仅历史悠久,而且在中国文化中心逐渐南移东渐的历史进程中,它处在一个得天独厚的位置上,成为积淀深厚传统恒久的地域文化典范;而且,太湖流域的北邻是金陵,是中国文化精英第一次大规模南迁的六朝时的国都,太湖流域的南邻杭州,是中国文化精英第三次大规模南迁的南宋时的国都。至明初,金陵再一次作为大一统帝国的国都,太湖流域所占据的政治地理上的优势再一次突显。这一带不仅是教育强邦、科举雄邑,而且是文献渊薮,作家以广博的学识支撑起他们的文化文学品格,独特的地理人文支撑其产生有内蕴有情感的性情文字;作家具有自主意识的独立文化人格,生成文学的区域品格,使这一区域的文学呈现出既主情又讲究典雅清丽的特色,清雅与韵致是其文学的主导追求。

东部沿海文学发达地带对明代文学产生了深刻影响,自然地理的沿海特点,在社会生产力及经济条件等大大提高的情况下,具有了优势;文化地理上,这一带的吴越文化、齐鲁文化曾对文学的发展产生过巨大推动作用;政治地位上,明代的两大政治中心南京、北京在这一带。三大优势促进了文学的发达与繁荣。广东作家与文学的全面崛起,不仅在明代文学发展史上具有独特的地位,即使置于整个中国古代文学发展史中,它也应具有里程碑式的意义。明代广东文学发展和江浙文学繁盛现象的出现,共同印证着一个结论,这就是:中国古代文学发展繁荣中心南移东渐的动态趋势,至明代最终完成,达到了最东南边界。江、浙文学所以繁盛,是因为恰处于这种南移东渐完成后的中心点上。明代的福建文学,不仅在文学的南移东渐完成时态中创造了新高,而且在明代文学发展中也占据着不可忽略的地位:一是开明代诗派之先;二是明初台阁体领袖

"三杨"中福建有一杨；三是高棅的《唐诗品汇》是明初诗学辨体理论的重要著作，开七子派宗唐先风；四是晋江王慎中开启明代唐宋文派；五是晚明李贽提出"童心说"，对文坛影响甚巨。明代的山东文学，在文学发展中心南移江浙的时代，山东作家却是明代长江以北广域里的唯一劲旅。

长江以南文学活跃片，除去东部沿海文学发达地带的相关省份外，扩大而成"片"状发展的是两个地域支撑即江西与湖广。江西在明初，可谓台阁体产生的重要基地；自弘治直至嘉靖、万历的明中后期，江西作家则又活跃于理学、心学领域，该期汤显祖将明代传奇剧的创作推向顶峰。有明一代的江西文坛，理学作家多，台阁体作家多；温厚审慎，恪守儒统，是该地域作家的基本个性。湖广作家引导与转变时代文风的影响不见得弘大，但为文学开新派意识颇为活跃，开宗立派之功不可没，台阁体"三杨"湖广有杨溥，李东阳创"茶陵派"，"三袁"创"公安派"，钟、谭创"竟陵派"，诸文学流派与吴中文坛皆有良好的互动关系。

明代南、北二京在明代文学发展上的引领作用异常突显，成为两大引领中心。一是明代众多诗文流派多创自于两京，创派或流派中的中坚人物，多有长期或较长时期的京师任职经历；二是在帝都与留都并存的长时期内，流派中的重要人物同期分别于两京任职、或一人前后任职两京的也较常见，形成一定程度上的两京互动，从而增强了流派的影响力；三是两京的近便地区，都有优良的文学土壤与文学环境，如北京的近区山东，南京的近区江、浙，尤其南京中心，得天独厚，使得文学新风一出、文学新派一开，便有了快速的呼应与助强之势；四是两京在文学上的巨大引领作用，又附生一新现象，即一些地域诗文流派或地域作家的领军人物，也借两京作为宣传平台，组织文社、文会活动，以扩大影响，又客观形成了京师与地方的互动。比较而言，明代南京的文学引领中心作用更为突出。作为留都的南京，政治功能的淡化反而更突出了其文化功能。明代文人于南京所举行的社、会活动，规模之大，盛况空前，显示出南京作为留都和文学引领中心的开放融合式特色。

南京文学中心的独特地位与作用，是因为它有江浙这样的深厚文学腹地，因而，明代的江、浙也就成为作家与文学繁荣的两大基地。一是代表时代文学的发展趋势，占领时代文学高地；二是有促成代表时代文学成就与高度的广泛基础；三是既引领时代主流文学的发展，又带动地域内文学的全面发展；四是既融入时代主流文学又保持着相对鲜明的地域文学风格；五是文学有继承与创新的活力，也有继承与创新的有利条件。从普遍意义上讲，明代江浙二地作家的创作成就相对较高，并形成良好基础，促成两地各体文学皆占据最高阵地，诗、文、戏曲、小说、散曲都达到了明代的最高成就。

除以上外，明代文学发展中，不管是文学发达活跃区还是文学相对沉寂区，都表现出局部小区域的活跃与繁荣，形成众多亮丽的"点"，在文学活跃区它成为繁星中的"明星"，在文学沉寂区它则成为疏星耀空的"散点"。东部沿海文学发达带中，南直隶的苏州、常州、徽州三府，浙江的绍兴、嘉兴、杭州、宁波四府，广东的广州府，山东的济南、青州二府，北直隶京畿地区的顺天、河间二府，都是文学繁荣点。江南片区中，江西的吉安、南昌、抚州三府，湖广的长沙、黄州、岳州、武昌、承天五府，亦是文学亮点地区。其他如河南的开封、信阳二府，陕西的西安府，四川的成都府，云南的云南、临安二府，贵州的贵阳、平越、都匀三府，文学亦不弱。

尤其值得注意的是，带有独特基因的区域文学气息，在整个明代文学发展中的显现，诸如明代作家"气性"及文学风格的南北差异，明代江西、福建、浙江、广东文学中的理学气，明代江浙地区的地域文学跨时代基因等，必须深入到文人别集中，既作个案的深刻解读，又作集合层面的宏观抽绎，始可进其堂奥，透其底理。举一小例，今人恐怕连编一本《明诗三百首》的勇气都没有，即使编出，绝难服众，何以言哉？未入堂奥而妄言文学者，断言明诗无杰作，去唐宋远甚，无须以三百篇去步唐宋后尘；入其堂奥而怯于明人别集之浩瀚者，谁又能穷其诗而选其优哉！

三

长期浸淫于明代作家、明代文学的研究，是玉宝君的学术底蕴；居于沪上、任职书馆，是玉宝君研究明代上海文学的学术优势。他是古代文学名家上海师范大学李时人先生的高第弟子，博士毕业即入职上海师大图书馆。本人亦有幸与其师出同门，故深知玉宝君。恩师李时人先生虽已仙逝，却在中国古代小说研究界有高标影响力，晚年又转向明代文学领域，尤其注重明代地域作家与地域文学的研究，以宽广之胸襟，极力提携后进，我等亦参与其中。玉宝君曾对明代福建、两广、浙江、南直之常州、松江等地作家与文学研究有深度介入，为后来的专题专域研究打下了坚实基础。

此《上海明代作家诗文集述考》是其多年心血之结晶，治学过程中，穷搜广辑，不遗一珠，补苴罅漏，张皇幽眇，矻矻丹铅，勤勉苛细，非唯有海视之眼与踵巅之足，亦且有浪淘之待与时日之验，是著一出，当为学林树一标，助研坛一力器。

是著入眼即有亮点，先以绪论明研究理路、树理论风帆：探索明代上海士人文化品格之构建，刻塑地域文人之风貌；综论明代上海地区诗文别集历时性、地域性之面貌，把脉地域文学之特性；烛探明代上海文献繁富之成因，衡量文化土壤之沃饶；评析明代上海文化世家之辈出，佐证地域文学之可持续性。此绪言以理论高度立纲，以宏观视野拓面，以独家深度定点，既为具体别集之述考立原则，实又超出单说别集之局限，而上升至对整个明代上海地区作家与文学的总体观照与评判。以本著之架构，内容难免细琐，撰者之理论探讨与独到见解，亦难有系统贯述，而诸如此类恰是该著研读前的总纲，此绪言则做了很好的处理。其中亦不乏精彩论断，如言及明时松江府青浦一地的文献时，总结曰："青浦位于华亭以西，淀山湖畔，作家众多，有诗文作品存世者200人，有集存世者18人，存世诗文集48部，400馀卷。二十馀族皆为世家大族，他们重视文献的生产，更重视对家族文献的保护和传承。下面以张弼家族为例，略述世家大族的文献生产情况。张弼祖先是南宋汴京人，扈宋南渡来临安。其上海始迁祖张澂（1237—1312）是张弼六世祖，号斗山先生，'邃于《易》，善卜筮，以才略自负。尝为郡中画计擒剧盗'。曾祖张庠（1364—1442）字存礼，号守株农，'以家学教授于乡里，而于地理术尤精'。可见张氏祖上即以文化世其家。'学而优则仕'，张氏后人也和封建社会其他世家大族一样走上了科举仕宦之途。清叶梦珠《阅世编》卷五《门祚一》载：'吾郡张氏，支派甚多……其在唐行桥者，始有东海公汝弼，以科甲起家，世有两榜。至万历辛丑，瀛海以诚大魁天下，予不及见，然而崇祯之际，家声犹盛。至本朝顺治丁亥，蓼匪安茂成进士，历官浙江学宪。其兄安豫，字子健，初以府佐投诚，官至杭嘉湖道，二子相继举孝廉，亦称一时之盛。'叶梦珠卒于清初，他仅记录了张弼家族明代和清初的仕宦盛况，清顺治后张氏后人的仕宦盛况及文化活动未及寓目。现据祖谱、方志、墓志、总集等资料可知，自张弼曾祖张庠始，迄清光绪末年的五百馀年间，张氏一族子孙繁茂、人才辈出，真正属于瓜瓞联绵、世代簪缨之族。"作为经济意义的上海，开埠较晚，但作为文化意义的上海，却文脉悠久，至明大盛，仅青浦一隅，即让我们看到了它的辉煌。

至于该著之主体，则是对明代上海地区的138位作家的265部诗文别集的细研细述与细考，对每位作家的诗文集，从版本刊存信息、版本流传路径、版本藏传情况，到别集内容纪要、别集文学地位、别集文献价值，再到作家小传，作家的文学地位与贡献等，或述或考或评，客观详实准确，而要言不烦。尤为可贵者，文中贯穿着对某些别集版本、别集内容等的考辨与证伪，还原本真面目，此等工作，见之于文，可能只有数语，背后却是艰辛备至，正可谓：展于手中一片玉，须破顽石一座山也。

而且，玉宝君以任职大学图书馆之先机，得遍读沧海遗珠之便利，已为我等所羡慕。然玉宝君并不满足于此，即如本著之成型，为求别集之无遗漏，他曾数度访书台海，求善本，索孤本。尤其是一些稀见之诗文别集，束于高阁，蒙以厚尘，艰难访得，不啻拱璧，借此书出版始得以露其真容，如正德元年（1506）鄢陵刘氏山东刻本袁凯之《在野集》二卷、明嘉靖刻本沈恺之《守株子诗稿》二卷、明末乌衣巷刻本范文若之《丽句亭评点花筵赚乐府》二卷等。天道不唯酬于勤，亦且厚于坚韧不拔者，故数载下来，积案盈箧，有复制之孤本，有缩微之胶片，更有硬盘所存电子资料之海量。种类非一，助研为要；资料其全，求真为本。灿烂之，琳琅之，然后学术之至宝出矣。

读书唯第一手史料是尚，治学唯实与唯新共举，处世人品与学品并重，是玉宝君之写照。当其华年锦瑟、学力壮盛之时，期待其学术成果，如引绳贯珠，连绵不绝也。是为序。

刘廷乾
庚子春于金陵

目 录

序言 ·················· 1
凡例 ·················· 1

绪论 ················ 1
  一、明代上海地区的历史沿革 ············ 1
  二、明代上海地区士人的文化建构 ·········· 10
  三、明代上海地区的诗文集概观 ··········· 25
  四、明代上海地区的文献生产 ············ 48
  五、明代上海地区的文化世家与文献繁盛 ······· 62

华亭县 ·············· 74
  袁凯《在野集》《海叟集》 ·············· 74
  沈度《沈通理诗》 ················ 83
  张悦《定庵集》 ················· 84
  孙衍《雪岑先生遗稿》 ··············· 86
  顾清《东江家藏集》《顾东江集》 ·········· 88

钱福《钱太史鹤滩稿》························· 91
孙承恩《瀼溪草堂集》························· 95
冯恩《冯侍御刍荛录》························· 97
沈恺《环溪集》《环溪漫集》《守株子诗稿》《沈凤峰集》··· 101
包节《包侍御集》····························· 105
何良俊《何翰林集》《何翰目集》················· 108
何良傅《何礼部集》····························· 112
方应选《方众甫集》····························· 115
范惟一《范太仆集》《振文堂集》《范中方集》······· 117
李昭祥《栖云馆集》····························· 120
钟薇《耕馀集》《云水记时》《随游漫记》《倭奴遗事》·· 121
顾正谊《笔花楼新声》《顾仲方百咏图谱》··········· 124
董传策《采薇集》《幽贞集》《邕歗稿》《奇游漫纪》
　《董幼海先生全集》··························· 126
林景旸《玉恩堂集》····························· 133
冯时可《冯文所诗稿》《西征集》《冯文所岩栖稿》
　《超然楼集》《金阊稿》《石湖稿》《雨航吟稿》
　《冯元敏集》《妓茹稿》《冯元成选集》《南征稿》
　《武陵稿》《燕喜堂稿》《冯元成壬子续北征集》·· 136
唐文献《唐文恪公文集》························· 147
冯大受《竹素园集》····························· 150
于燕芳《燕市杂诗》《辇下歗》··················· 153
许乐善《适志斋稿》····························· 155
诸庆源《北枝堂集》····························· 157
何三畏《何氏芝园集》《何氏居庐集》《咏物诗》
　《何士抑宛委斋集》《何氏拜石堂集》
　《新刻漱六斋全集》··························· 159

李绍箕《李茂承彭泽草》……170
董其昌《容台集》《画禅室随笔》《四印堂诗稿》
　《翠娱阁评选董思白先生小品》……172
张重华《沧沤集》《南北游草续》……177
王廷宰《纬萧斋存稿》《画竟剩稿》……181
唐汝询《酉阳山人编蓬集》《酉阳山人编蓬后集》……186
宋懋澄《九籥集》……189
王凤娴《焚馀草》……192
周立勋《符胜堂集》《楚游草》……195
释弘坚《怀谢轩遗咏》《渡江草》……197
宋存标《思讹室无事书》《秋士偶编》……199
单恂《枯树斋集》……201
章简《视夜楼近草》……204
陈子龙《安雅堂稿》《湘真阁稿》《陈大樽先生诗文全集》
　《陈忠裕公集》《陈忠裕公全集》《陈黄门诗》……206
章旷《章文毅公诗集》……218
夏完淳《玉樊丙戌集》《夏太史遗稿》《夏内史集》
　《夏节愍全集》《夏节愍公集》《狱中草》……220
沈龙《雪初堂集》……230

上海县 ……232

董纪《西郊笑端集》……232
朱元振《寿梅集》……236
郁文博《和杜律》……238
朱佑《葵轩稿》……239
高博《宝文堂诗集》……241
朱曜《朱玉洲集》……242

唐锦《龙江集》 ········· 244
陆深《俨山集》《陆文裕公行远集》《陆文裕公集》 ········· 246
朱豹《朱福州集》 ········· 252
冯淮《江皋集》《江皋遗稿》 ········· 254
潘恩《笠江先生集》《笠江先生近稿》《潘恭定公全集》
　《玄览堂诗钞》《潘尚书集》 ········· 257
石英中《石比部集》 ········· 262
冯迁《长铗斋稿》《耆龄集》 ········· 264
陆楫《蒹葭堂稿》 ········· 267
张之象《剪彩集》《翔鸿集》《张王屋集》 ········· 270
朱察卿《朱邦宪集》《朱山人集》 ········· 273
王圻《王侍御类稿》 ········· 277
陈所蕴《竹素堂藏稿》《竹素堂续稿》《竹素堂合并全集》
　《竹素堂文抄》 ········· 280
唐仲贤《唱喁集》 ········· 284
张所敬《潜玉斋稿》《潜玉斋近稿》《春雪篇》《解弢篇》 ········· 284
黄体仁《四然斋藏稿》 ········· 289
李继佑《归愚庵初学集》 ········· 291
徐光启《增定徐文定公集》 ········· 294
杜士全《春星堂诗稿》 ········· 299
陆明扬《紫薇堂集》 ········· 302
徐方广《徐思旷先生文钞》 ········· 305
杜开美《兰陔堂稿》《兰陔堂尺牍》 ········· 306
顾斗英《小庵罗集》 ········· 309
范文若《博山堂三种曲》《丽句亭评点花筵赚乐府》 ········· 311
顾昉之《拾香草》 ········· 313

周规《醉馀草》 ·············· 313
李待问《李忠节公集》 ·············· 316
陈曼《咏归堂集》 ·············· 318
朱家法《朱季子草》 ·············· 320
朱家声《春草篇》 ·············· 322
张泰阶《北征小草》 ·············· 324
范壶贞《胡绳集》 ·············· 326
戴士琳《剡山堂稿》 ·············· 330

青浦县 ·············· 333

管时敏《蚓窍集》 ·············· 333
张弼《张东海先生集》 ·············· 336
张弘至《万里志》 ·············· 343
徐献忠《长谷集》 ·············· 346
徐阶《少湖先生文集》《世经堂集》《世经堂续集》
　《徐相公集》 ·············· 349
莫如忠《崇兰馆集》《二莫诗集》 ·············· 354
陆树声《陆文定公集》 ·············· 358
徐陟《来嘉堂集》 ·············· 361
周思兼《周叔夜先生集》《周莱峰稿》 ·············· 362
莫云卿《石秀斋集》《小雅堂集》《莫廷韩遗稿》
　《小雅堂诗稿》《莫少江集》 ·············· 365
陆应阳《东游草》《洛草》《帆前草》《江行稿》《白门稿》
　《武夷稿》《燕草》《笏溪稿》 ·············· 372
陈继儒《陈眉公集》《晚香堂集》《白石樵真稿》《眉公诗钞》
　《晚香堂小品》《陈眉公先生全集》 ·············· 374

张鼐《宝日堂初集》《辽筹》《辽夷略》《奏草》《陈谣杂咏》
······383

张以诚《张宫谕酌春堂集》······386

黄廷鹄《希声馆藏稿》《希声馆初集》《希声馆藏稿二集》
······389

施绍莘《秋水庵花影集》《瑶台片玉》······392

徐尔铉《核庵集》······395

徐孚远《钓璜堂存稿》《交行摘稿》《徐闇公残集》······397

嘉定县······403

王彝《妫蜼子集》《王常宗集》《王征士集》······403

马愈《稗官记》······413

王翘《小竹山人集》······413

徐学谟《徐氏海隅集》《春明稿》《填郧续稿》《归有园稿》
······416

丘集《阳春草堂稿》《西行稿》······422

张名由《张公路诗集》······425

闵裘《裴村遗稿》······427

张恒《明志稿》《续明志稿》······429

殷都《尔雅斋文集》······431

金大有、金兆登、金德开、金吉士、金塾《诒翼堂集》······434

唐时升《三易集》《唐先生遗稿》······439

娄坚《吴歈小草》《学古绪言》······444

徐允禄《思勉斋集》······448

王道通《简平子集》······450

侯震旸《侯太常集》······452

李流芳《檀园集》《李流芳题画诗跋》 ·453
严衍《溪亭集》 ·458
马元调《简堂集》《横山游记》 ·460
沈弘正《枕中草》 ·463
范光斗《三馀堂诗稿》 ·465
侯峒曾《仍贻堂全集》《侯忠节公全集》《明侯忠节尺牍手稿》《侯通政集》 ·466
侯岐曾《侯文节集》《侯文节日记》 ·469
黄淳耀《陶庵诗文集》《黄陶庵全稿》《黄陶庵先生全集》《黄陶庵先生文集》《黄陶庵先生甲申日记》 ·471
黄渊耀《谷帘学吟》《谷帘先生遗书》《伟恭诗》《谷帘先生遗集》 ·482
严钰、陈龄《缀雪斋诗草》 ·485
孙继统《释义雁字诗》《释义美人染甲诗》 ·487

附录一 遗民 ·491

萧中素《萧山人集》 ·491
王光承、王烈《镰山草堂合钞》 ·493
莫秉清《华亭莫葭士先生遗稿》二种 ·493
吴懋谦《吴苎庵遗稿》《苎庵二集》《豫章游稿》 ·497
董黄《白谷山人集》 ·500
马靖《松菊堂诗钞》 ·501
朱履升《古匏诗稿》 ·502
王沄《王义士辋川诗钞》《漫游纪略》 ·503
吴骐《颅颔集》《延陵处士集》《铠龙文集》《吴日千先生集》 ·505

附录二　流寓 ············· 512

孙作《沧螺集》 ············· 512

归有光《震川先生集》 ············· 514

陆郊《陆子野集》 ············· 517

徐石麒《可经堂集》 ············· 518

程嘉燧《耦耕堂存稿》《耦耕堂集》《松圆浪淘集》
《程孟阳集》《松圆偈庵集》《程孟阳先生集》 ············· 520

顾德基《东海散人集》 ············· 532

曹勋《曹宗伯全集》《曹勋大诗草》 ············· 533

参考书目 ············· 536

后记 ············· 540

凡 例

一、拙著所言"明代",对于这一时段内由元入明者,如洪武元年(1368)年届五十者原则上不收,但若曾跟从元末义军反元,或服务于明王朝者,则予以收录。由明入清者,如崇祯十七年(1644)已年满五十者,一般予以收录。未满五十,但参加抗清活动,以及入清后以"明遗民"自居之作家,也予以收录。遗民作家以附录形式呈现于后。

二、本书题目中"上海"这一地域概念,概指现行政区划下的明代地理分区,即松江府之华亭县、上海县、青浦县及作为吴中一部分的嘉定县、崇明县等地。

三、本书首次对上海明代存世诗文集作了最大限度的搜集,上海地区明代约有作家近1 100人,这些作家中多半有作品传世。但仅有数篇诗文的作家不作为本书收录的对象,有诗文集传世者则据以收录。

四、经整理,共得有诗文集存世之作家137人(内遗民作家9人),存世诗文集263部(遗民诗人16部)。对这些作品进行了详实的叙录、考辨,以期为地域文学文化研究、明代文学研究提供最基础的资料。

五、本书作品严格按照《四库全书总目》分类，取作家"集部"著述。但有个别作品区别对待，如侯岐曾《明侯忠节尺牍手稿》、董其昌《画禅室随笔》等，虽分属史部、子部著述，但文学价值较高，故予以收录。部分散曲作品的收录亦如是，如范文若《博山堂三种曲》、施绍莘《秋水庵花影集》等。

六、本书正文条目体例如下：先于作家名后系以该作家所有存世的诗文集名称，作为该条目的标题，黑体标出。其次，对该作家作简略小传。下列分条目对每一作家的不同著作分别进行叙录、考述。全书作家诗文集，总体以县为单位，每一单位内的作家及诗文集的排列按照作家生年时间先后为序，不能确定生年者，则参考其卒年或其参加乡试、会试，任职时限等，确定其大致生活年代，而将作品插入相应位置。无法考证其生卒年代的，则参考钱谦益《列朝诗集》、朱彝尊《明诗综》、陈田《明诗纪事》、卓尔堪《明遗民诗》等，将其归入相应位置。

七、正文以作家的诗文集为一个条目，每一条目内容主要包括以下几点：

（一）正题，包括诗文集名称、卷数、作者。

（二）作家小传。

（三）诗文集出处、行款、版式、序跋及现代丛书收录情况、每卷诗文收录情况。1. 该著如被《四库全书》收录，则在文中列出"提要"之主要内容（并非一概照录）。2. 摘录与作家、作品有主要关系的序跋、题记之类内容，如涉及作者生平创作、诗文集主要内容、刊刻整理过程、版本流变等情况。3. 作家及诗文集价值、后世评价。对作家与其诗文集的评价主要以该作家同期或后世主要文学批评家的评论为主，如钱谦益《列朝诗集小传》、朱彝尊《静志居诗话》、陈田《明诗纪事》等。

八、关于诗文集的"述"和"考"。本书重在对上海地区明代存世诗文集的版本、内容、价值、影响及作者情况等作总体介绍，故"述"是本书主要内容，而"考"则根据实际情况进行，必须"考"的则予以考证、考辨。其"考"的主要内容有：作家生卒年、姓名、籍贯的考证，与本集有关的序跋的考证，诗文集名称、卷数考证，版本流变考证，或后世专家对其评价有云泥之别、毁誉差别巨大的，则进行再考。

九、正文后附录遗民作家和流寓作家。遗民作家涉及时间断限问题，流寓作家涉及籍贯问题，为避免争议，暂附于后。

绪　论

一、明代上海地区的历史沿革

古代上海地区（上海吴淞江以南的全部地区）文明是华夏文明的重要组成部分。松江、青浦、金山和闵行等地已经发现的汤村庙、崧泽、广富林、福泉山等二十馀处新石器时代遗址足以说明这一地区文化的发达，上海先民们在这块土地上创造了马家浜文化（6000年前）、崧泽文化（5000年前）、良渚文化（4500年前）、广富林文化（4000年前）和3000年前的马桥文化。今天的上海，明代其辖制主要包括松江府（含华亭、上海、青浦三县及金山卫）和原属苏州府的嘉定县、崇明县。"松江"一词最晚在西汉后期即已出现了。西汉后期《水经》卷三《沔水》条下云："南江又东北为长渎，历河口涷县松江出焉，江水奇分，谓之三江口。又东至会稽馀姚县东入于河。"① 这时的松江仅是河水之谓，还没有地域分野的含义，但这也是后来松江地名之本源。

---

① 桑钦《水经》卷三"沔水"条，明正德十三年盛虁刻本。

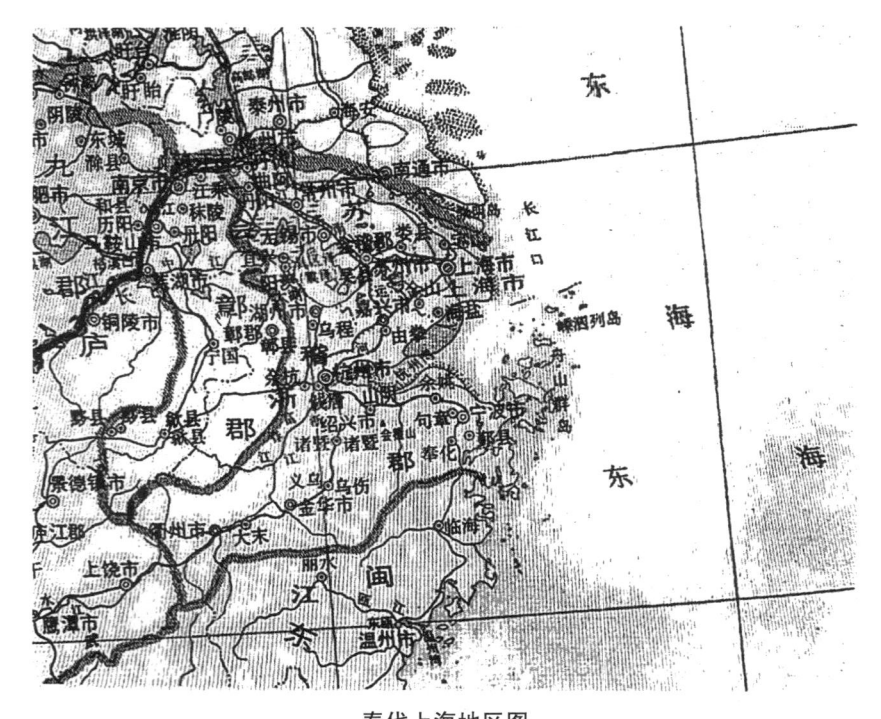

秦代上海地区图

（中国地图出版社出版《中国历史地图集》）

《尚书·禹贡》载："禹别九州。"其中的古扬州区域即包含今上海最古老的淞北地区，故《（正德）松江府志》记云："松江，古扬州之域。"商末，周文王伯父泰伯、仲雍奔吴（今无锡一带），联合土著越人，以太湖为中心建立勾吴国，松江为其属地。春秋战国时期，"松江"地方处于吴、越两国交界之处，由于吴、越交战频繁，上海地区的归属也随着战争的胜负而不断变动，时为吴有，时为越属。至"吴子寿梦，始筑华亭，盖亭留宿会之所也"①。但此

---

① 顾清《（正德）松江府志》卷一。

"华亭"还不是区域建置意义上的名称。战国中期,楚灭越,吴地尽为楚所有。大体而言,上海地区在春秋时属吴国,战国时属楚国。作为楚国属地时,成为楚国春申君(楚相黄歇)之封地,相传今上海境内黄浦江为春申君开凿,黄浦江又名春申江或黄歇浦,故今之上海又别称"申",今上海之春申浦、春申路等称谓即与春申君有关。后"秦并天下,置娄县,地属会稽郡"。区域则包含在娄(古娄县包括今之嘉定、宝山二县全境及上海、青浦、松江的北部)、由拳(现今青浦、松江西部,属于古由拳县区域)、海盐(古海盐县包括今金山、奉贤及松江南部)三县境内。据史料记载,秦置会稽郡后,修筑了一条由咸阳经湖北、湖南而抵江苏、上海一带的宽阔驰道。驰道宽50步,每隔3丈植树一株。驰道通过今松江西北,经青浦古塘桥,西通吴城。公元前210年,秦始皇率丞相李斯、少子胡亥及文臣武将南下巡游,曾通过松江西境和青浦南境的横山、小昆山、三泖地带①。

西汉建立后二百年间,娄地几乎未有变化。西汉末年,王莽改制,改娄县为娄县,改海盐县为展武县,与由拳县同隶属会稽郡。东汉永建四年(129),析会稽郡置吴郡,娄县、由拳、海盐三县划归吴郡。三国时期,东吴孙氏一族雄踞江南,据《三国志·吴书·陆逊传》载,东汉建安二十四年(219),陆逊因破荆州有功,领宜都太守,拜抚边将军,封华亭侯("华亭"一名始见于史志),其封地就在"松江"一带。两晋时,东南地区郡县建制变化不大。入南朝,松江及其周围地区建置时兴时废。有隋一代,松江府地区分属苏州吴县、昆山县和杭州盐官县。

---

① 蓝颜《上海的历史沿革》,《国学》,2010年第5期。

唐代上海地区图

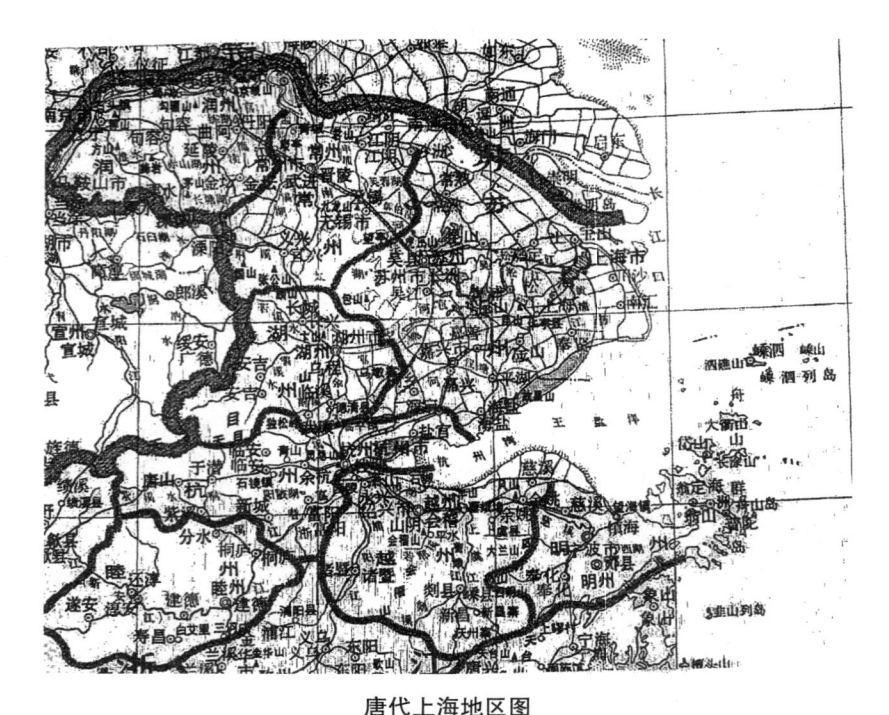

（中国地图出版社出版《中国历史地图集》）

入唐后，随着经济发展，上海地区位置日渐重要。至唐朝天宝十年（751），据"吴郡太守赵居贞奏，始割昆山南境及嘉兴、海盐三县地，立华亭县，仍属于吴"①。华亭县治即设在今上海松江区旧城内。当时华亭县之范围，北至吴淞江下游（约今上海虹口一带），东到今南汇下沙镇，南至海，即今上海地区吴淞江以南全部地区。华亭县的设立是上海地区建制沿革中的里程碑。唐末藩镇割据，吴越王钱镠占据了两浙以及福建一部分，华亭县成为吴越国的一部分。到了北宋初，华亭县改属两浙路秀州。北宋宣和年间，重

---

① 顾清《（正德）松江府志》卷一。

新疏浚吴淞江后，华亭县东北部经济日渐繁荣，开始形成上海早期的居民点，到南宋淳熙三年（1276），始设上海镇。南宋政府在镇上设市舶司，此后上海镇逐渐取代早已繁华有声的青龙镇（该镇即明青浦县县治所在地）。上海镇隶属华亭县。南宋庆元元年（1195），秀州升嘉兴府，华亭县仍属嘉兴府①，当时华亭县辖集贤、华亭、修竹、胥浦、风泾、新江、北亭、海隅、高昌、长人、白砂、仙山、云间等十三乡。南宋嘉定十年（1217），平江知府赵彦櫩

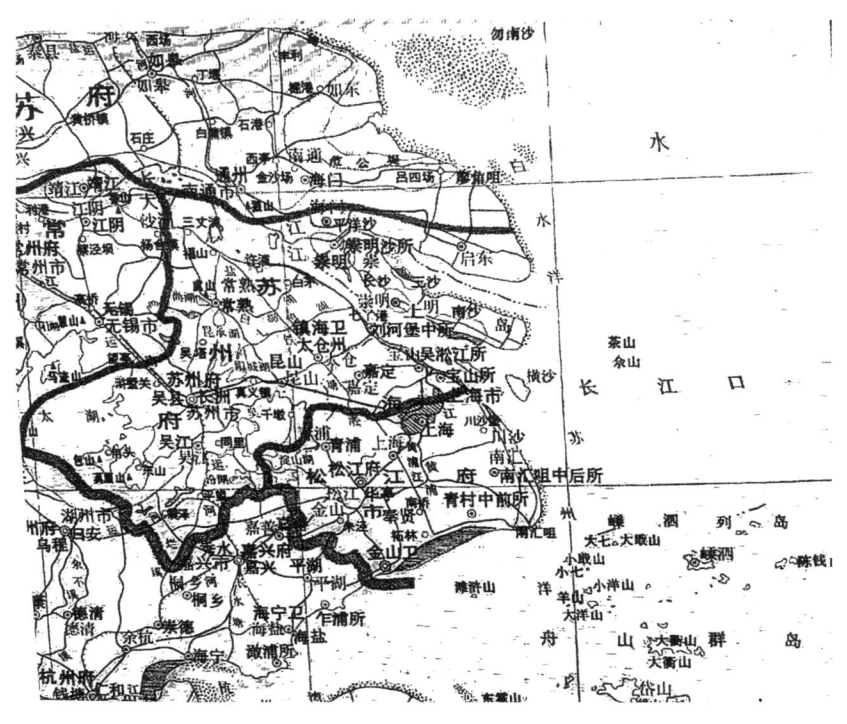

明代上海地区图

（中国地图出版社出版《中国历史地图集》）

---

① 顾清《（正德）松江府志》卷一。

等奏请分昆山县东境五乡二十七保设置嘉定县。

"松江"作为地名出现在元朝。元至元十四年（1277），升嘉兴府为嘉兴路。华亭县因为生齿日繁，升为华亭府，又于其下设华亭县。次年（1278）升为松江府，隶江浙行省嘉兴路。松江府成立后，原来流经松江境内的"松江"水，改称"吴淞江"。至元二十九年（1292），当时的松江知府以"华亭地大，民众难理"，建议另置上海县，奏准。于是割华亭东北、黄浦江东西两岸的高昌、长人、北亭、新江、海隅五乡二十六保设置上海县，松江府遂辖华亭和上海两县。然元泰定三年（1326），罢松江府，华亭、上海二县改属嘉兴路，而设都水庸田使于原松江府治。至天历元年（1328），罢都水庸田使司，复置松江府，下仍属理华亭、上海二县。

"松江府"及"华亭县""上海县"的先后设立，其经济地位的上升是最重要的因素。元初，嘉兴路领府一：松江（松江府领县一：华亭）；县三：嘉兴、海盐、崇德。各府县占本路赋税份额比重分别为：（赋额）松江府50.79％、嘉兴县29.57％、海盐县12.32％、崇德县7.31％，松江府以一县之地域输赋过半；（税额）松江府35.17％、嘉兴县22.08％、海盐县10.47％、崇德县12.56％，松江府占其税额近四分之一①。可见，两浙之富，实在松江！另自公元前4000年至明初，太湖流域历经四次温暖湿润期，整个华亭县境受纳长江、松江、钱塘江及大海带来的泥沙后，向东不断推进，其面积与日俱增②。故松江立府及分县为二是必然的事情。

关于上海地名的由来，据《（弘治）上海县志》载："其名上海者，地居海之上洋故也。"即上海是当时渔民、商船"上海"的地方。其辖制范围大约东至海边，南抵华亭县境，西至昆山州，北至

---

① 徐硕《嘉禾志》卷六。
② 何泉达《松江历史和松江府建置沿革述略》，《史林》，2001年第4期。

嘉定州，南北四十餘里，东西约百里。今上海又称"沪"，盖因上海古时有"沪渎"之称，沪是用竹排做的海边捕鱼工具，渎即沟的意思，水流入海口处谓渎。《吴郡志》载"松江东泻海，曰沪海，亦谓之沪渎"①。上海立县后，明嘉靖、万历间置青浦县。上海割三乡（海隅、北亭、新江）十一保以归青浦。清雍正二年（1724），析三保又两半保以置南汇县。上海县辖内虽有变动，但元明清三代皆隶松江府。民国废松江府、太仓州，上海为江苏省六十一县之一；民国十七年，为上海市一部分。

明嘉靖二十一年（1542），巡抚都御史夏邦谟、巡按御史舒汀奏请析华亭县北部之集贤、修竹二乡将半之地，上海县西北之海隅、北亭、新江三乡之半，凡五乡九保之地立为青浦县，奏准，县治在青龙镇。青浦置县十年后罢废，万历元年（1573）复置，县治移至唐行镇。入清后，隶江南布政使司。康熙六年（1667）分隶江苏布政使司。清雍正二年，析县境内北亭、新江二乡，置福泉县。乾隆八年（1743）裁福泉县，仍归青浦辖治。

清顺治十三年（1656），巡抚张中元、知府李正华疏请分华亭县风泾、胥浦二乡及仙山、华亭、集贤、修竹四乡之半置娄县，奏准。民国初，裁娄县，并入华亭县。雍正二年（1724），总督查弼纳以大县繁剧难治，疏请析娄县南境立金山县，以胥浦一乡及风泾、集贤、修竹三部分地属之。至此，金山立县。四年，复析华亭县东南之云间、白沙二乡之半置奉贤县。

明洪武初，于华亭县南境置金山卫，领千户，所六，南汇为其一。雍正三年（1725）分上海浦东之长人乡为南汇县，县治在南汇城。民国时期，上述诸县皆隶江苏省。1958年，划归上海市。

---

① 唐锦《（弘治）上海志》卷二。

清代上海地区图

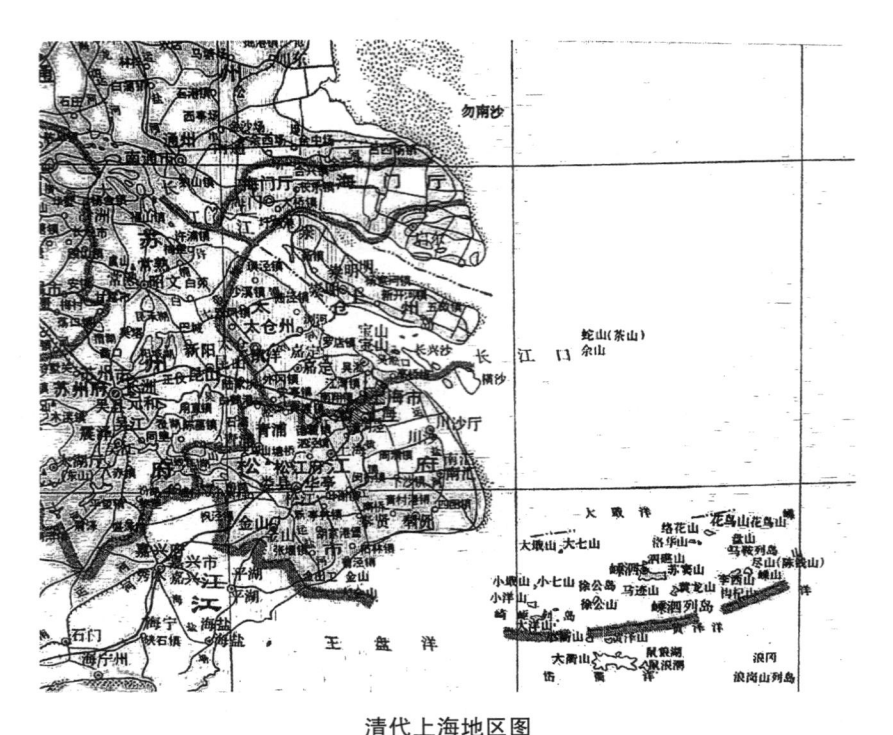

（中国地图出版社出版《中国历史地图集》）

  本书所涉及范围除明代松江府外，还含有明代隶属于苏州府的嘉定县及隶属于太仓州的崇明县。嘉定立县在南宋嘉定十年（1217），至今已八百馀年。在秦代时隶属会稽郡。《（万历）嘉定县志》"疆域"载："嘉定为扬州之域，周为吴，秦属会稽郡娄县。汉、晋、宋、齐因之，皆属吴郡。梁天监六年（507），分娄县置信义县，属信义郡。大同（535—545）初，又分信义县为昆山县。隋开皇九年（589），县废。十八年复置。唐贞观（627—648）初隶江南道。天宝至德（742—757）后属苏州。五代属吴越王钱氏。宋属平江府，为昆山之东境，在唐为疁城乡，至宋改为春申、安亭、临江、平乐、醋塘五乡，领都二十有七。嘉定十年（1217），知府赵彦槑、提刑王棐以其地去邑辽远，奏割置县，而建县治于练祁市，因以纪年名之，为上县。"至此，嘉定正式立县。嘉定在明代隶属苏州府。"元元贞二年（1296），以户口例升中州。国朝洪武二年（1369）复为县。弘治十年（1497）以增置太仓州，割循义、乐智二乡之大半。今领乡仍故，都二十有四，里六百六十有八，东西广八十一里，南北袤五十三里。东抵海，西抵昆山，南抵上海，北抵太仓。"①嘉定地理位置优越，左以大海为池，右以壮县为固，南可以引闽越之资，北可以扼江淮之险，于建业有门户之寄，于燕都为挽输之途。此优越之资，是明末嘉定士民抗清之倚恃，亦因此受兵燹之害最深。

入清后，清雍正二年（1724），析嘉定境东置宝山县。宝山县以吴淞所为县治，隶于太仓州（升太仓为直隶州），分领守信、依仁、循义、乐智四乡一十三都，编户三百三十二里。民国初，直隶州废，二县直隶江苏省。1958年二县划归上海市。

崇明位于长江入海口，由泥沙淤积而成，"崇明"之名唐初始见于记载。《（光绪）新崇明县志》"沿革"载："唐武德（618—626）间，吴郡城东三百馀里海中忽涌起二洲，谓之东西二沙，渐积高广，渔樵者依之，遂成田庐。神龙初（705），置崇明镇于西沙，崇明之名始此。"②宋元时期，洲中沙丘渐积渐多，遂成村落。以生齿日繁，教之不容缓，横州知州薛文虎于至元十四年（1277）上书于朝，请以为州，奏准。至此崇明正式建州，隶属扬州路。入明，洪武二年（1369）改州为县。八年，以崇明去扬州远甚，遂附近改隶苏州。弘治十年（1497）改隶太仓州（弘治十年，分嘉定县北部循义、乐智两乡大半及昆山、常熟部分之地设置太仓州）。入

---

① 本段所引皆为韩浚、张应武纂修《（万历）嘉定县志》卷一。
② 林达泉《（光绪）崇明县志》卷一。

清，雍正二年（1724）升太仓州为直隶州，崇明专隶太仓州。民国初，先后隶属江苏之南通及沪海道（民国三年，江苏划为沪海等五道）。民国十九年七月，上海市建立。1958年，崇明作为县级区划并入上海市。

上海地区地理位置优越，"雄襟大海，险扼三江，引闽粤之梯航，控江淮之关键。盖风帆出入，瞬息千里。而钱塘灌输于南，长淮、扬子灌输于北，于淞江之口皆辐列海滨，互为形援。津途不越数百里间，而利害所关且半天下"①。优越的位置，肥沃的土地，丰富的物产，勤劳的人民，所有这些都使松江很快成为朝廷财赋来源倚重之地。苏、松、常、嘉、湖五府是江浙财赋重地，而松江为仅次于苏州的重要财富来源。清初叶梦得在《阅世编》中指出："吾乡赋税，甲于天下。苏州一府，赢于浙江全省，松属地方，抵苏十分之三，而赋额乃半于苏。则是江南赋税，莫重于苏松，而松为尤甚矣。"②松江之重赋从一个侧面说明了松江经济上的繁富。且这一繁华、富庶情况，至明末未曾改变。明末天灾不断、流民遍野、战乱频发，大明王朝财政濒临枯竭，但松江各地依然保持了较大发展。"松于属郡中，斗僻一隅，桑麻鱼盐，沃野绣塍。"③仓廪实而知礼节，衣食足而知荣辱。上海地区的教育、文化、文学及书法、绘画等各方面都得到了快速发展，为上海士人的地域文化构建打下了良好的基础。

二、明代上海地区士人的文化建构

元代以前，松江下属区域分属不同的州县辖治，尤其三国两晋南北朝时期，变动更为频繁，没有形成固定的区域名称，也就难以

---

① 顾祖禹《读史方舆纪要》卷二十四《江南·松江府》。
② 叶梦得《阅世编》卷六"赋税"。
③ 曹文衡《（崇祯）松江府志序》，《（崇祯）松江府志》卷首。

成为一个具有向心力和凝聚力的区域文化中心。元代后期，松江作为府级行政单位固定下来，这给了松江士人构建地域文化认同的稳定时空。尤其大明王朝建立后，由于松江一隅受元末战乱影响不大，故当全国大部分地区还没有从战乱中恢复元气的时候，松江经济得以较快恢复、发展，成为有明一代赖以生存的税赋重镇。同时，随着教育、文化的逐步繁荣，松江士人在科举领域逐渐走在全国前列，在政坛上也出现了像顾清、陆深、徐阶、陆树声、董其昌、徐光启等在全国颇具影响的人物，尤其徐阶曾高居内阁首辅数年，其政治地位和文化地位更有利于提升松江在全国的影响。所有这些人物进一步增强了松人的地域归属和文化认同，这必然促使松江士人更加自觉地利用一切资源构建地域文化。

（一）松江士人对松江文化的构建首先是从对苏州文化的模仿开始的。苏州古属吴中，明代之吴中经济富庶，商业繁荣，教育普及，文化发达。在此背景下的乡绅、士人既追求物质生活的享受，又追求精神生活的尘世提升。在生活艺术化、艺术生活化中将雅与俗完美地结合了起来："他们生活于凡庸中，却不妨以高雅的生活情调弥补世俗生活的凡庸；他们生活于物欲中，却不妨以清雅自持的生活方式来消减人的过高的欲望。"[1]同时，吴中山水秀美，田园旖旎，吴中士人自古即有很浓厚的隐逸情怀，儒家士人"达则兼济天下"的情怀在吴中士人身上相对要淡然一些，他们更多是追求自身的适意和人格的完善。在商品经济发达的时代，所有这些追求背后体现的是一种优游不迫、闲适放达的市隐文化，在此文化滋养下，吴中士人大多表现得闲雅、自适。他们身上既有魏晋士人的"大雅"，亦有经济崛起时代商人的"大俗"。他们在俗中求雅，在雅中慕俗，雅和俗如此和谐地统一在吴中士人的身上。他们的生活

---

[1] 刘廷乾《江苏明代作家研究》，东南大学出版社2010年版，页34。

态度、价值追求、行为方式向四周乃至全国辐射，成为各地消费潮流的引领者。明人王士性即说：

> 姑苏人聪慧好古，亦善仿古法为之。书画之临摹，鼎彝之冶淬，能令人真赝不辨。又善操海内上下、进退之权，苏人以为雅者，则四方随而雅之，俗者则随而俗之。其赏识品第本精，故物莫能违。又如斋头清玩、几案床榻，近皆商周秦汉之式，海内僻远皆效尤之。①

当时有"吴风吴俗主天下雅俗"之说，并不是没有道理的。以尚奢之风而论，松人即深受吴人影响。张翰说："民间风俗，大都江南侈于江北，而江南之侈尤莫多过于三吴。自昔吴俗习奢华、乐奇异，人情皆观赴焉。吴制服而华，以为非是弗文也；吴制器而美，以为非是弗珍也。四方重吴服而吴益工于服，四方贵吴器而吴益工于器。是吴俗之侈者愈侈，而四方之观赴于吴者，又安能挽而之俭也。"②流风所及，我们看到松江"地志"中亦不乏松人对奢华追求的记载，《（弘治）上海县志》卷一"风俗"称上海县"数十年来，人文宣朗，名士辈出，博古慕礼，斐然成风，然颇崇华黜素"；《（正德）松江府志》卷四"风俗"称："成化来渐侈靡，近岁益甚。"由二志记载可以看出，明初社会审美自成化以后渐趋奢华。《（崇祯）松江府志》卷七"风俗"称："吾松正德辛巳以来，日新月异，自俭入奢即自盛入衰之兆也。"由三志记载可知，自成化（1465—1487）至正德（1506—1521）这半个多世纪是松江社会风气、审美理想变化最大的时期。对荣华富贵的追求是人的本性，但松人肯定受到了苏人的影响。何良俊（1506—1573）即说："松江近日有一谚语，盖指年来风俗之薄，大率起于苏州，波及松江。二

---

① 王士性《广志绎》卷二《两都》。
② 张翰《松窗梦语》卷四《百工纪》。

郡接壤，习气近也。"①

　　松人受苏人的影响，并不仅仅体现在慕富向奢中，其在文化生活的各个方面都以吴中士人为榜样。吴中因其浓厚的右文传统而使吴人在诗词、书画、金石等方面人才辈出，并表现极高的艺术造诣，引领着艺术审美发展的方向。尤其嘉靖年间，随着唐宋派的唐顺之、归有光及吴中四才子文徵明、徐祯卿、唐寅、祝允明这些诗词书画俱佳的文学家、艺术家的出现，苏州士人在文学、艺术审美上为松江士人树立了标尺。松人莫是龙（1537—1587）在松江中后期书画方面声誉卓著，松人在称赞他时说："公性豪举，不拘小节，与先辈文徵仲、唐伯虎臭味相埒，决无松人俗态。"②莫是龙之被赞赏，除了他杰出的书画成就外，他"绝无松人俗态"的雅性气质也是重要考量。苏州士人重乡情、喜相接，他们非常注重对前贤的褒美、后进的奖掖。同属吴地的太仓人王世贞即常常通过为同志者做序跋、传记等方式奖掖后进。清末陈田在《明诗纪事》中说："弇州道广，观其后五子、续五子、广五子、末五子，递推递衍，以及于四十子，而前后《四部稿》中，或为一序、一传、一志者，又不在此数焉。"③苏州文献繁富，文化发达，这与其地文人注重"传帮带"有极大关系。这一点对松人颇有启发。对此，何良俊深有感触地说：

　　　　吾松江与苏州连壤，其人才亦不大相远。但苏州士风，大率前辈喜汲引后进，而后辈亦皆推重先达，有一善则褒崇赞述，无不备至，故其文献足征。吾松则绝无此风，前贤美事皆湮没不传，余盖伤之焉。今据某闻见所及，聊记数事，恨不能详备也。④

---

① 何良俊《四友斋丛说》卷三十五《正俗二》。
② 范濂《云间据目抄》卷一。
③ 陈田《明诗纪事》"己签"卷首序。
④ 何良俊《四友斋丛说》卷十六。

何氏感慨之馀要"聊记数事",他要为构建松江地域文化做文献方面的准备,很明显这一工作他是受了苏人的影响。

(二)松人在接受吴中文化的同时,也在积极建构自己的文化体系。松江属吴地一隅,自古风光丽美,人文昌盛。将丽美的山水赋予丰富的文化内涵即是松人构建文化体系的措施之一。唐刘禹锡一句"山不在高,有仙则名。水不在深,有龙则灵",赋予了山水在地方文化中的丰富内涵。中国文人向来就有乐山、悦水的传统。屈原义沉汨罗,沿途山水赋予他之赋骚哀婉、凄清的格调,二谢将人生的怀才不遇、抑郁不平借山水一吐为快,唐柳宗元更在永州山水里找到慰藉心灵的灵丹妙药。山水也是历代地方志必"志"的对象。有山有水,往往钟灵毓秀,人文荟萃,甚至卧虎藏龙。松江是现代上海的文化之根,这里以"九峰三泖"为代表的自然风光成为明代文人墨客向往、讴歌的仙家乐土。"九峰"是松江境内西南至东北走向的十数座小山中最著名的九座小山:凤凰山、库公山、薛山、佘山、辰山、天马山、机山、衡山、小昆山(九座名胜外,尚有北竿山、钟贾山、卢山等小山),它们海拔最高者不过百米,是浙江天目山之馀脉,呈S状绵延在松江大地上。《(嘉庆)松江府志·山川志》载:"诸山自杭天目而来,累累然隐起平畴间。长谷以东、通波以西,望之如列宿排障东南,涵浸沧海,烟涛空翠,亦各极其趣焉。""三泖"指浙江平湖与金山、松江、青浦间相连的有上泖、中泖、下泖之称的大湖荡。源出太湖的吴淞江缓缓流过青浦、松江,在吴淞口注入长江。在最高的天马山、佘山远眺西南,竹树葱葱、白帆点点,确实美不胜收,故这里自古以来就是文人墨客荟萃之地。小昆山上有"二陆草堂"和"二陆读书台",佘山上有始建于宋太平兴国间的秀道者塔。此外,松江还有具有四千年历史的广富林文化遗址、始建于唐代的唐经幢、始建于南宋淳熙间的西林禅寺。为躲避元末吴越地区战乱,文人雅士如杨维桢、钱惟善、陶宗仪、黄公望、倪瓒等三十馀人寓居松江九峰三泖，与松江本地数十位文人泉林雅集，诗词倡和，九峰三泖一时显得非常热闹。"酒酣以往，笔墨横飞。或戴华阳巾，披羽衣坐船屋上，吹铁笛，作《梅花弄》；或呼侍儿歌《白雪》之辞，自倚凤琶和之。宾客皆蹁跹起舞，以为神仙中人。"①这些承载着深厚人文意蕴的自然风光、文化古迹、文人雅事，被历代松江人用文字记录下来，向后人诉说着松江的地域之美。

钱福在《云间人物策》中说："吾松为南畿之首郡，实天下之名邦。九峰盘踞，钟扶舆之清淑；三泖环围，通江汉之渊源。是以钟英毓秀，豪杰挺生，后先相望，绵绵不绝，诚足以步武先哲而遗范后人者。"②钱福目松江为南畿首郡、天下名邦，其自豪之情溢于言表。钱福是松江府第一个状元，他对松江风物的赞美自然具有不同于常人的影响力。稍后的顾清在叙及松江山水时满含深情地写道：

> 东吴之地多水而少山，见于纪载者，数不及三十，秀出而著名者曰九峰而已。而郡之名人韵士，视他邦为特多，文翰之馀，寄兴幽远，若横云、凤凰、玉屏、赤壁、细林之属，往往丽于名衔，著于篇题，与林屋、洞庭相甲乙。下至溪湖潭涧，丘壑泉石，稍涉名胜者，靡有遗焉。山川之在吾邦，钟为英秀者无穷，而其情状之发露，亦已甚矣。③

其对故乡的深情和自豪一览无遗。何良俊常也自豪地说："吾松不但文物之盛可与苏州并称，虽繁富亦不减于苏。"又说："吾松文物之盛亦有自也。"④松江士人将山水秀美、英贤辈出的故乡呼

---

① 张廷玉《明史》卷二百八十五《列传》第一百七十三。
② 钱福《云间人物策》，《钱太史鹤滩稿》卷六。
③ 顾清《顾汝亨一山记》，《东江家藏集》卷二十一。
④ 何良俊《四友斋丛说》卷十六《史十二》。

为"吾松",这一称谓已经成为此时松江士人的自觉行为,这自觉性大约在明代成化、正德时期已经非常明显了。到顾清等松江士绅编纂《松江府志》时已经从地理上、文化上将松江和苏州区别开来,府志《风俗志》指出:"松故吴之裔壤,僻远之乡也。然负海枕江,水环山拱,自成一都会,民生其间,多秀而敏,其习尚亦各有所宗。盖自东都以后,陆氏居之,康、绩以行谊闻,逊、抗以功业显,而机、云之词学尤著,国人化之。梁有顾希冯,唐有陆敬舆,至宋而科名盛矣。"①作为地域"正史"的地方志已经开始进行人文属性的线性梳理和自然属性上的横向建构了。

(三)对松江文化作线性梳理,增强松人的地域自豪感。松江作为一个浸润着桑梓情怀的行政区域名称逐渐为当地人所认同,且这一认同随着松江富庶的经济、绵长深厚的人文底蕴的发展而愈加深入人们的内心,在这一过程中,松江士人自觉的文化构建起着巨大作用。松江士人在构建本地文化体系时总是将其文化渊源上推至晋代"二陆",以彰显本地源远流长的文化具有光辉的源头。松江僻处海隅,有关此地东汉以前的地理、人文等方面的记载很少,真正让松人骄傲的是晋代的陆机、陆云兄弟。陆机(261—303),字士衡,陆云(262—303),字士龙,吴郡人,二陆皆为晋代著名文学家、书法家。二陆之祖为夷陵之战中击败刘备的陆逊,官至吴国大都督、丞相,父陆抗亦官至东吴大司马。《世说新语》载,一次荀隐和陆云在太常张华家不期而遇,张华因二人俱有大才,故令二人勿作常人语,于是陆举手曰"云间陆士龙",荀答曰"日下荀鸣鹤"。晋人风致在这一来一往的对答中表现得淋漓尽致。另《晋书》称二陆兄弟:

---

① 顾清《松江府志》卷四《风俗》。

绪　论

　　挺珪璋于秀质，驰英华于早年，风鉴澄爽，神情俊迈。文藻宏丽，独步当时；言论慷慨，冠乎终古。高词迥映，如朗月之悬光；迷意回舒，若重岩之积秀。千条析理，则电坼霜开；一绪连文，则珠流璧合。其词深而雅，其义博而显。故足远超枚马，高蹑王刘，百代文宗，一人而已。①

　　史书就二陆之风神、文采评价甚高。所以松江后人在地域文化构建上总是将其上推至二陆兄弟，以风神俊迈、辞藻宏丽的二陆作为松江文化的源头和象征性符号。如董宜阳在序顾清《东江先生家藏集》时指出松江英贤辈出，"二陆竞爽于晋代"；莫如忠在谈到松江文风之盛时，也将其归为"二陆"的导引之功："云间自二陆以文章命世，而明兴定鼎，比风雅于周南，景运日开，风流弥衍。士擅雕龙而资黼黻者，哲匠代兴，来隽蜂出。至以五尺操觚之童，诚一吐奇，辄与海内之英相为雄长。一何盛也！此无他，被服于习，而教化之渐磨然也。"②松江人不但将文运日开归功于二陆，在论及松江书法历史时，也一直追溯到晋代二陆兄弟，董其昌即指出："吾松书自陆机、陆云，刱于右军之前。"③可以看出，松人已经将陆机、陆云看做松江文化（而不仅仅是文学方面）繁荣发达的源头，而且这一认识逐渐成为明中后期士人的共识，楚人李维桢在序松江文人诸庆源《北枝堂集》时即说："云间自晋二陆文藻宏丽，独步当时，而后进踵起。入明为畿辅地，文献甲于三吴。"④

　　松人在构建本地文化时，除突出二陆的开山之功外，还为后人列出了一份长长的名单，以彰显本地人文之盛。张弼（1425—1487）是明成化间松江著名诗人、书法家，他在序王桓《雪航稿》

---

① 房玄龄《晋书》卷五十四《陆机传》。
② 莫如忠《崇兰馆集》卷十三《云间校士录》。
③ 黄惇《中国书法史》（元明卷）第六卷，江苏教育出版社2002年版，页327。
④ 李维桢《北枝堂集题识》，《北枝堂集》卷首。

时,指松江诗道昌盛渊源有自:

> 云间之文,二陆名世,晋室平吴,亦推称之,不已盛乎!自后作者代颇有人,然以岩穴而晦,事功而掩,亦不少矣。矧云间未升郡时,或隶苏、或隶秀,故人物之见诸史传,名不以云间书。若龟蒙固二陆后也,宣公敬舆亦云间产也,《图》《志》遂弗之考,类多缺逸。由宋迨元,文献益盛。元之中世,鸿生硕彦,共缔诗社,诗道益昌。迨入国朝,顾谨中以雄肆瑰奇简知高皇帝,而有《经进录》行世;袁景文《在野集》之浑厚含蓄,识者谓远逼盛唐;管时敏《蚓窍集》之清丽优柔,谓可与袁方驾。他若张枢、张璧、吴子愚辈,亦各成家,有足传者。近则雪航王公二三君子,篷迹嗣响,而《雪航稿》由是而作也。①

《西郊笑端集》是明初诗人董纪的诗文集,由其门人周庠资助刊刻,才得以传世。张弼在序《西郊笑端集》时,历数松江诗人之有成就者:"皇明初,松江之善诗者御史袁景文为最,判官陈文东、乡贡进士陆宅之、江西佥事董良史、处士吴子愚辈亦相颉颃。"张弼在列举松江诗坛之盛时也指出因"岩穴而晦,事功而掩",或松江隶属不一等原因而难以鉴别,"类多缺逸",否则见于记载的可能更多。

张弼所载松江历史名人皆出现在正德以前,这标志着松江文化的全盛期就要到来了。而到嘉靖、隆庆时期松江文学(上海地区文学)开始在全国产生一定影响,较有名的作家有何良俊、何三畏、陆深、朱察卿、徐学谟等,他们或通过自己的诗文创作,或通过自己的学术活动浇灌着松江文学这块园地,滋养着松江后起者。终于在万历后期、启祯时期,松江文学迎来了它的全面繁荣。清初姚宏

---

① 张弼《雪航稿序》,《张东海先生诗集文集》卷一。

绪《松风馀韵》总五十一卷，内中明代诗人559人（含闺秀诗人13人，方外诗人10人）。这559人中有一半是明万历后期至明亡这七十年间的，可见晚明松江诗学之发达。这一时期不但作家数量巨大，而且一些人在全国也很有影响，如冯时可、陈继儒即是万历时期松江文学的杰出代表。宋懋澄将冯时可与王世贞、李维桢相提并论："三先生皆嘘吸两汉，吞吐六朝，其视前代曾无有偶俱之者。而下士若渴，四方士归之，如大海之纳百川，士得三先生一札则羽翼生，一言则寒灰舞。"①虽不无溢美，但管中窥豹却也可见冯时可在王世贞去世后的文坛的影响。陈继儒是东南山人之冠，朱彝尊评价他"以处士虚声，倾动朝野。守令之臧否，由夫片言；诗文之佳恶，冀其一顾。市骨董者，如赴毕良史榷场；品书画者，必求张怀瓘估价。肘有兔园之册，门阗鹭羽之车。时无英雄，互相矜饰。甚至吴绫越布，皆被其名；灶姜饼师，争呼其字"②。陈继儒在文学、艺术领域对松江文化的影响甚为深远，且已经超出了松江一地之范围，在全国都有很大影响。

松江文学真正影响全国、且在中国文学史上占有重要地位是在启、祯时期。这一时期，以杜麟徵、夏允彝、周立勋、彭宾、陈子龙、徐孚远等为核心的幾社崛起云间，他们在明社将倾之际以鲜明的文学理论、卓越的创作成就奏响了晚明文坛的时代最强音。尤其陈子龙、夏完淳、徐孚远以其义薄云天的气节、人格魅力和诗文成就更给上海地区文学增添了光耀千秋的悲壮之美。清末陈田称陈子龙："虽续何、李、李、王之绪，自为一格，有齐、梁之丽藻，兼盛唐之格调。早岁少过浮艳，中年骨干老成。殿残明一代诗，当首屈一指。"③将陈子龙誉为晚明诗坛殿军，评价甚高！朱彝尊谓夏完

---

① 宋懋澄《祭冯元成先生文》，《九钥集》"前集"卷十一。
② 朱彝尊《静志居诗话》卷二十"陈继儒"条。
③ 陈田《明诗纪事》"辛签"卷一。

淳："存古南阳知二，江夏无双，束发从军，死为毅魄！其《大哀》一赋，足敌兰成。"①朱氏对夏完淳之异禀、奇节、宏才叹赏不已。陈子龙赞徐孚远："才情雄骏，用功深微，十倍于予。"②以云间幾社七子为核心的云间派诗文各有千秋，杜麟徵说：

> 文章起江南，号多通儒，我郡为冠。以余所交，彝仲（夏允彝）擅议论之长，勒卣（周立勋）通雅修之度，闇公（徐孚远）迈沈博之论，伟南（顾开雍）盛瑰丽之观，宗远（朱灏）赴幽险之节，默公（王元玄）娟秀，大宋（宋存楠）坦通，燕又（彭宾）隐质而撷藻，小宋（宋徵舆）敏构而繁昌，舒章（李雯）雄高而杰盼，卧子（陈子龙）恢肆而神骧，人文之美，具于是矣。③

风格虽各不同，但他们接过了前、后七子这面复古大旗，将诗歌内容与时代现实紧紧联系在一起。宋琬在《尚木兄诗序》中说："三十年来，海内言文章者必归云间。方是时，陈、夏、徐、李诸君子实主齐盟，而皆以予兄尚木为质的，复有子建、直方为之羽翼，于是诗学大昌，一洗公安、竟陵之陋，而复见黄初、建安、开元、大历之风。所谓云间幾社者，皆朋友倡和，鸡鸣风雨之作，何其盛也。"④从宋琬所论，可见晚明松江文学的现实主义特质。

（四）除文学外，松江士人在史学、子学等领域均有建树，其以此构建松江文化的心态非常明显。方志是记载一地的地理、政治、经济、社会和文献等内容的史志，内容极其丰富。一地士人参与方志的纂修情况和当地的经济、教育、文化发展密切相关，也间接反映着士人对本地文化的建构情况。松江自元代后期设府以来，

---

① 朱彝尊《静志居诗话》卷二十一"夏完淳"条。
② 陈子龙《六子诗稿序》，《安雅堂稿》卷三。
③ 杜麟徵《壬申文选序》，《陈子龙诗集》附录三。
④ 宋琬《尚木兄诗序》，《安雅堂文集》卷一。

即有方志纂修，入明后士人纂修更为自觉。明代"松江府志"纂修情况如下①：

时代	题　名	卷　次	修纂者	存佚	备　注
明初	云间续志	未详	阙名	今佚	
正统	松江府新志	三卷	魏骥修，孙鼎增修	今佚	明永乐间初修，正统间增修
成化	云间通志	十八卷	钱冈纂修，叶灿校正	今存	明成化九年修
弘治	上海县志	八卷	唐锦	今存	弘治刻本
正德	松江府志	三十二卷	陈威等修，顾清等纂	今存	明正德七年初刊本
崇祯	松江府志	五十八卷	方岳贡修，陈继儒、俞廷锷等纂	今存	明崇祯三年初刻本
崇祯	松江府志	九十四卷	方岳贡修，陈继儒、俞廷锷等纂	今存	明崇祯四年增修本

由上表可以看出，明正德以前的一百五十年是松江士人修志比较频繁的时期，这一时期也是"松江"作为地理建制逐渐为士民接受的时期。

除官方正史，士人都有为一地存史的志愿。松江士人意在通过这些史籍的撰著构建松江的历史架构，较重要的有曹宗儒《郡望辨》、董宜阳《近代人物志》《松江备遗》、俞汝为《明代纪录》、张所敬《峰泖先贤志》、周绍节《云间往哲录》、何三畏《云间志略》、周大韶《三吴水利考》、李绍文《云间杂志》《九峰志》。他们所撰史籍很多内容为地方正史所采录，如王圻（1530—1615）主纂

---

① 上海师范大学图书馆《上海方志资料考录》，上海书店出版社1987年版，页4—9。

《（万历）青浦县志》言其搜罗史料时说：

> 搜罗放失，期于必尽；剔抉显幽，期于必真，始称为志，否则犹无志耳。于是征文献于庠序，征簿牒于六曹，征残碑断碣诸佚事于乡老，随至随发，不逾时而毕集。不佞始得以殚智毕力摭拾差次为图、为志、为表、为传，凡八卷三十二目，再脱稿而成帙，遂以请正于陆宗伯先生，幸成一邑完书。①

有些士人撰写史籍目的就在为地方续史。孙承恩之《华亭县志》、张之象之《上海县志》、何三畏之《云间志略》即有非常明显的赓续前志之意。俞廷谔之父俞汝为"欲禀承先志，以成一郡之书。鸠异闻、搜佚籍，移舟不惮千里，挑灯每及五更"②。私录志事，秘藏于家。后陈继儒主纂《（崇祯）松江府志》，俞廷谔将父亲历时多年心血所辑资料"倾筐授予"。到明代中后期，除府志及各县县志外，镇志、村志等也大量纂修出来。方志的大量涌现，是松江地域意识得以凸显的重要标志。史籍著述之外，松江士人也撰写了大量记载松江地理、山水、人文等内容的笔记，如顾清《傍秋亭杂记》、范濂《云间据目抄》、曹家驹《说梦》、陆深《俨山外集》、唐锦《龙江梦馀录》、何良俊《四友斋丛说》、杨枢《松故述》、吴履震《五茸志逸随笔》、董含《三冈始略》、陆树声《清暑笔谈》、陈继儒《岩幽栖事》等等，这些史籍和笔记著述是松江士人自觉构建地域文化的重要标志。

（五）松江士人在建构本地文化大厦时非常重视松江历代重要文化名人的作用。松江书画在明代也占有重要地位，松江士人于此有迹可述者，必不厌其烦予以载述，将之发扬光大。沈度（1357—1434）、沈粲兄弟是明初永乐朝著名书法家，凡当时朝政之玉册金

---

① 王圻《青浦县志序》，《（光绪）青浦县志》卷末旧序。
② 陈继儒《（崇祯）松江府志》卷八十四"拾遗志"。

简、宗庙大制,必命沈度书写。《皇明书画史》载沈度小传:"楷、篆皆师陈文东,而楷法姿媚。太宗尝谓其书通畅清润,朕深爱之。又称度及弟粲为我朝羲、献,其见重如此。"沈氏兄弟卒后,继有张弼、陆深、莫是龙、陈继儒、董其昌等都是松江地区诗文、书法俱佳的文化名人,松江后人对此极力褒美,如《(嘉庆)松江府志》称张弼"襟度恬旷,敦尚行履,以风节自持。诗文清健有风骨,尤以草书名,人多藏弄焉"①。明末松江遗民吴骐更将张弼与明中期大儒罗伦、陈献章相提并论,称其功业、文章皆其"立德"之别响。陆深(1477—1544)卒后,松江之徐阶、唐锦、徐献忠、何良俊、陆树声等后辈或通过序跋或通过立传、墓志铭等形式,对其政事、诗文、书法等给予极高评价。陆深对松江文学、艺术影响尤其深远,其"辨识书画、古品,谈锋洒然,一座尽倾"②。今上海陆家嘴之得名,即因陆深生于斯、卒于斯之故。徐家汇之得名亦因徐光启之故。名人于地方文化大厦之建构实在功莫大焉。莫如忠、莫是龙父子是明代后期松江地区几与董其昌比肩的书画界巨擘,董其昌对二莫父子推崇备至,将其与王羲之、王献之及欧阳询、欧阳通父子相比:"吾师(莫如忠——作者注)人地高华,知希自贵,晋人之外,一步不窥,故当时知廷韩者,有大令过父之目。然吾师以骨,廷韩以态;吾师自能结构,廷韩结字多出前人名迹,此为甲乙,真如羲、献耳。"③《(崇祯)松江府志》载莫是龙:"书翰画法,凌撼今古,气复豪上,一时诸名流,无敢衡视。"④陆深以后,松江逐渐形成了以董其昌、莫是龙、陈继儒为核心的云间书画派。尤其董其昌以其杰出的书画成就,领袖群伦,实为明代后期书画界

---

① 宋如林《(嘉庆)松江府志》卷五十二《古今人传四》。
② 王兆云《皇明词林人物考》卷五。
③ 董其昌《崇兰帖题词》,《容台文集》卷三。
④ 方岳贡《松江府志》卷四十二"文学"。

一代巨匠。《明史》谓董其昌：

> 天才俊逸，少负重名。初，华亭自沈度、沈粲以后，南安知府张弼、詹事陆深、布政莫如忠及子是龙皆以善书称。其昌后出，超越诸家，始以宋米芾为宗，后自成一家，名闻外国。其画集宋、元诸家之长，行以己意，潇洒生动，非人力所及也。四方金石之刻，得其制作手书，以为二绝。造请无虚日，尺素短札，流布人间，争购宝之。精于品题，收藏家得片语只字以为重……人儗之米芾、赵孟頫云。①

董其昌虽因贪欲激起松江民愤，致其宅院被焚，但其书画成就却是不能抹杀的！

松江文人在构建地方文化谱系时，总是拈出不同时代最能代表本地人文之美的历史人物，以彰显地域之美，增强地方士民的自豪感。董宜阳（1510—1572）在序顾清《东江先生家藏集》时说：

> 惟吾松为三吴奥壤，昆丘谷水，灵秀攸钟，英贤时出，故二陆竞爽于晋代，希冯崛起于有梁，敬舆在唐，文章忠义彪炳日月，莫可尚已。沿至元季，杨廉夫辈以流寓兹土，文采风流兴起，后彦陶镕之下，彬彬有人。迨于我明，文运弘开，袁御史景文、顾太常谨中、朱舍人孟辨、陆进士宅之、陈判官文东、董金事良史以词赋鸣时；大学士全公希明、参政任公勉之以宿学重世。继而钱文通之博洽、夏止轩之精深、张东海之畅达、朱凤山之藻丽、张庄简之厚重、曹定庵之温醇，皆羽翼斯文，各成一家者也。②

地域之美，美在山水，更美在人文，人文是地域的灵魂。松江

---

① 张廷玉《明史》卷二百八十八"董其昌"。
② 董宜阳《东江先生家藏集记》，《东江先生家藏集》卷首。

人文，但论明代，有两个重要时间节点和关键人物，他们是明初袁凯和明末陈子龙。后人在梳理松江人文谱系时，即在此两点基础上勾勒出松江人文的线性脉络。如云间后人彭师度指出："云间自机、云二俊以后，至胜国文风独盛，袁海叟之《白燕》，何元朗之《语林》，文藻翩翩，真称独绝。其后几社五先生有海内三君之望，而夏考公、陈黄门相继死节，文行并优。"①彭氏站在云间文化角度，于松江中期重要人物拈出何良俊自有其考量，但如站在文学角度衡量，则会有不同认识。清代后期汪奏云认为万历时期王廷宰（？—1648）才是"上翼海叟，下毗大樽"的松江中晚期文学的代表："我松自袁海叟以清真古澹之作，鼎峙高、刘。怀宗时陈黄门卧子沈博绝丽，蔚为后劲。先生则上翼海叟，下毗大樽，此定论之公言，非乡曲一己之私言也。"②大樽，即陈子龙。尽管对松江中期有影响的人物的认知有差别，但有一点是共同的，即明代松江文学的首尾是光彩照人的，既有"国初诗人之冠"之美誉的袁凯，也有"殿残明一代诗"的陈子龙，中间也不乏文质彬彬的名儒硕彦，正是他们或隐或显构成了明代上海地区的人文之美。

三、明代上海地区的诗文集概观

松江府、嘉定县等地教育、文化虽较苏州府逊色，但站在全国角度衡量，也是滨海邹鲁、人文渊薮之乡。莫如忠即说，"皇明启祚，列圣右文，海内诗道益广……松自有景文而其后若钱子思复、陆子宅之、曹子又玄辈，斌斌嗣兴，为之羽翼，松遂以文献称雄江南。"王圻亦云："吾松襟江带海，汇以重湖，九峰跨峙，灵异天启。虽幅员延广不及吴郡之半，而人文挺秀自二陆以来，贤良科甲

---

① 彭师度《扶风书院记》，《彭省庐先生文集》卷三。
② 汪奏云《纬萧斋诗存序》，《纬萧斋诗存》，清嘉庆二十二年书三味楼刻本。

之盛略亦相埒。"①《（同治）上海县志》卷十八载"上海一古华亭镇耳，邑人士著述得入文渊阁者不下八十馀种，稽古之荣可谓盛矣"。华亭、上海、青浦、崇明四县约有作家近800人，存世诗文集199部（含遗民作家作品16部）。松江文献之盛，于斯可见一斑。此外，作为现代上海组成部分的嘉定，虽在明代属于苏州府之濒海小邑，但民风、士风却与苏州大不相同。邑志载嘉定世风时云：

> 嘉定濒海而处，四方宾客、商贾之所不至，民生鲜见外事，犹有淳朴之风焉。其士以读书谈道、通古今为贤，不独为应世之文而已。缙绅之徒与布衣齿，大家婚嫁耻于论财。朋友死而贫者，为之经纪其丧，抚其遗孤。为农者力于稼穑，不习商贾之事，谓租税先入官者为良民。子弟不修其业而六博饮酒者，众皆贱之。妇女勤纺织，早作夜休，一月常得四十五日焉。名家望族女子，不宴会不游行街巷，此皆流风善俗之可纪者也。②

从记载看，不无溢美。但与苏州比，嘉定士、农、工、商各阶层人民皆相对淳朴敦睦，士民同心，确也是事实，嘉定古文之发达不是没有原因的。有明一代，嘉定区区一邑有诗文作品者300多人，存世诗文集48部，近370卷，嘉定可谓文献邹鲁之乡。

据笔者统计，整个明代，上海地区有诗文作品存世的作家近1 100人（含遗民作家、流寓作家、方外作家及女性作家），有诗文集存世者137人（含遗民作家9人），存世诗文集263部（含遗民作家作品16部）。总体而言，能留下诗文集的作者，绝大多数属于文化世家大族，约占总数的90%以上。有的集主生前就有结集出版自己诗文集的想法和计划，为此自己删定、校阅本人作品；有的因

---

① 王圻《云间献略序》，《王侍御类稿》卷五。
② 韩浚修，张应武纂《（万历）嘉定县志》卷二"疆域"。

各种原因没能结集出版，但嘱子孙，希望后人能完成自己的遗愿，其后世子孙为了实现其愿望，在其卒后不遗馀力地搜辑其作品，并最终刊刻行世。有的集主的作品生前散佚太多，其后世子孙为搜辑其作品，往往历时数十年，有的甚至用一二百年的时间，孜孜不倦地辑漏补缺。还有些集主卒后，后嗣湮没无闻，但其文章、道德影响甚大，地方士人总会想尽一切办法予以辑补、出版。

（一）华亭县有作家300多人，有集存世者42人（未含遗民诗人），存世诗文集94部，1000餘卷。其中文学成就最大者当属明初袁凯。袁凯卒后五十餘年，其著述即已难觅踪迹，但他对上海地区文学的影响实在太大（何景明称其为"国初诗人之冠"），故后人一直在孜孜不倦地刊刻他的作品。目前已知袁凯存世诗集有正德元年鄢陵刘氏山东刻本《在野集》二卷，正德元年（1506）陆深刻本《海叟集》三卷，嘉靖八年（1529）刘诜补刊本《海叟集》三卷，明范钦、陈德文等校刊本《海叟诗》三卷，隆庆四年（1570）何玄之活字本《海叟集》四卷，万历三十七年（1609）张所望重刻本《袁海叟集》四卷，清康熙六十一年（1722）城书室刻本《海叟集》四卷，《四库全书》本《海叟集》四卷附录一卷，清光绪十九年（1893）石棣徐士恺重刻本《海叟诗集》四卷补遗一卷，清宣统三年（1911）秋江西印制局石印本《海叟集》四卷集外诗一卷附录一卷。此外还有数种清抄本《海叟集》。500年间刊刻、抄写十餘次，足见上海后人对其重视程度。对袁凯"国初诗人之冠"之美誉，松江历代后人均极力维护。上海明人持此论，清人有过之而无不及。清初姚宏绪认为："明初乡先生袁海叟实为一代诗人之冠……我郡少陵一宗，自叟开山，泱泱大风，流传宇内。"① 康熙间上海曹一士对袁凯诗推崇备至：

---

① 姚宏绪《海叟诗集序》，清康熙间曹炳参刻本《海叟诗集》卷首。

> 海叟诗前朝推为国初第一……四五言类陶，七古律绝类杜，其高出诸家者，尤在性情、气质间，不专以才力胜。他人矜奇逞妍，不免作意为诗，独叟朴老真挚，初不屑屑然争胜，而兴会所至，令人想见东海老儒，衣冠揖让、须眉歌哭之状如在目前，此一点诗家真种子，渊明、子美心心印合，非嫡骨传衣，莫之能得也。①

光绪十九年松江后人闵萃祥在刊刻《海叟集》时，依然坚持认为"吾郡诗人袁海叟当明之初，与高青丘齐名……海叟诗为明初诸人之冠"②。可以说，袁凯诗歌深深影响了明清两代松江后人，一直到今天袁凯依然是上海地区文学光辉的存在！

袁凯外，华亭县其馀著述多出自仕宦大族、文化世家弟子，或二者兼而有之。仕宦大族中张悦《定庵集》五卷、顾清《东江家藏集》四十二卷附录一卷、钱福《鹤滩稿》六卷附录一卷、孙承恩《孙文简公瀼溪草堂集》五十八卷，沈恺《环溪集》二十六卷《环溪漫集》八卷《守株子诗稿》二卷，总三十六卷。冯氏家族内有"四铁御史"美誉的冯恩《乌荛录》二十卷，冯恩子冯时可《冯文所诗稿》《西征集》等诗文集一百馀卷，诗歌逾2000首，其侄冯大受得王世贞赏识，著《竹素园集》九卷。有"云间二何"之称的何良俊有文集《何翰林集》二十八卷，其弟何良傅有《何礼部集》十卷。董氏家族的董传策著《董幼海先生全集》十九卷，林氏家族林景旸著《玉恩堂集》九卷附录一卷，唐文献著《唐文恪公文集》十六卷。此外，华亭董其昌家族、宋懋澄家族、范惟一家族、周立勋家族均是著名文化世家大族。董其昌有《容台集》十七卷。宋懋澄《九籥集》四十七卷，其子宋徵舆、宋徵璧均是清初华亭著名文人，

---

① 曹一士《重刊海叟诗集书后》，康熙间曹氏刻本《海叟集》卷末。
② 闵萃祥《重校刊袁海叟诗集》，光绪间徐氏刻本《海叟诗集》卷首。

有集存世。范惟一是宋范仲淹的后人，有《范太仆集》十四卷、《振文堂集》十三卷，总二十七卷。周立勋是华亭著名作家，他是幾社发起人，也是幾社领袖，惜其因病早卒（卒于崇祯十二年，1639），卒年才四十三岁，其人品、文采深得朱彝尊赏识。其卒后一百多年，其玄孙周京辑自《壬申合稿》及诸亲友著述，得高祖遗著《符胜堂集》五卷，于乾隆十二年丁卯（1747）刻梓行世。夏允彝著《幸存录》三卷，其子夏完淳著《夏节愍全集》十卷补遗一卷续补遗一卷，为其卒后松江士人逐年辑补而成。陈子龙今存其自哀文集《安雅堂稿》十八卷、《湘真阁稿》六卷（明末刻本），后人辑为《陈忠裕公全集》三十卷，卷首一卷，年谱三卷，卷末一卷，总三十五卷，清嘉庆八年（1803）簳山草堂刻本。清初朱彝尊以为陈子龙对明末文坛乱象纠偏之功甚大："卧子张以太阴之弓，射以枉矢，腰鼓百面，破尽苍蝇、蟋蟀之声，其功不可泯也。"①清末陈田认为："忠裕虽续何、李、李、王之绪，自为一格，有齐、梁之丽藻，兼盛唐之格调。早岁少过浮艳，中年骨干老成。殿残明一代诗，当首屈一指。"②

华亭章简、章旷家族是上海地区著名世家大族，章简殉于乙酉（1645）之难，有《视夜楼近草》传世；章旷于南明永历二年（1648）卒于广西，有《章文毅公诗集》行世。章氏一族不但在当时以节气、文章著称，有清一代也是誉满上海地区的文化世家大族。章氏有六女，皆才气特异，冠绝当时。窥斑见豹，今就明代上海地区女性作家诗文集及有关情况略做概述。

目前所知，有明确籍贯的明代女性作家460人，南直隶有195人，南直隶中松江府三县及嘉定县总计有30人（崇明县未见纪载），约占南直隶总数的15.8%。王凤娴（1573—1620）是华亭解

---

① 朱彝尊《静志居诗话》卷二十一"陈子龙"。
② 陈田《明诗纪事》"辛签"卷一"陈子龙"。

元王献吉姊、宜春令张本嘉妻。本嘉籍嘉兴，占籍华亭。王凤娴著有《翠楼集》及《焚馀草》五卷。《焚馀草》后辑入《女中七才子兰咳二集》中（有明刻本）。本嘉有女张引元、张引庆，二人皆有灵性，受母熏染，爱诗词书画。引元、引庆合著《贯珠集》。宁若生是嘉定侯滂继室，著有《春晖诗草》。陆娟是华亭陆德蕴之女，少颖异，长于诗，著有《绣馀吟草》，惜未见传。范壸贞字淑英，本苏州举人范选女，进士范允临从孙女，嫁华亭诸生胡畹生。著有《胡绳集》，今有传本。胡氏亦为华亭文化大族，入清后胡畹生后人数次重梓《胡绳集》，今知有清乾隆三十年（1765）胡氏曾孙胡维钟刊本、清光绪五年（1879）九世孙胡公寿刊本。夏淑吉（？—1662），幾社领袖夏允彝女，嘉定侯洵妇，二十而寡，著有《隐遗稿》。盛韫贞字静维，夏淑吉表妹，明亡为尼。著《寄笠零稿》一卷。王辅铭赞曰："韫贞撰《夏淑吉传》，情词凄惋，具有结构。诗亦一洗脂粉之习。"① 嘉定李今莲著有《绾云集》，陆梦珠著有《梦珠诗》一卷。最为人啧啧称奇者，乃在华亭章简六女，皆有诗传世。章氏长女章有淑擅诗名，有诗传世。次女章有湘，著有《澄心堂诗》《望云草》《再生集》《诉天杂记》。三女章有渭著有《淇园集》二卷、《淑清遗草》一卷。四女章有娴精于诗词，著有《寒碧词》。五女章有澄，工吟咏。六女章有泓，亦善诗。一门六姐妹风雅联翩，并擅诗名，有《章氏六才女诗集》行世。

毫无疑问，这些女性作家（诗人）基本都出生在文化世家大族，绝大多数是世家大族的贵妇、小姐，有的是大族家的侍女、侍妾。明代上海地区（江南亦然）之所以闺秀文学发达，与江南社会富足、环境丽美及右文氛围有直接关系。三国两晋南北朝及唐宋时期的社会动乱，迫使大批北方士民南迁，很多南迁士民为这片安

---

① 《（光绪）嘉定县志》卷二十七"别集类"。

宁、富足、丽美的地方所吸引，而定居于此，所以上海地区世家大族特别多。相比文化贫瘠地区，江南世家大族中女性的地位更高一些。世家大族非常重视文化、教育，家多藏书。所有这些，使家族中的女性更容易受到教育、更容易得到文化熏陶。徐媛（1560—1619）是太仆寺少卿苏州徐时泰女，范允临的妻子，著有《络纬吟》行世。其夫范允临序徐媛集时指出：

> （细君）少长，间从女师受书，辄以病废，经年无几月亲笔札，一片紫砚几成石田矣。笄而从余，余时为诸生，虽屈首公车乎，然间以吟咏自喜，细君从旁观焉，心窃好之，弗能也。迨余举贤书，偕计吏上春官，而细君闲居寥寂，无所事事，漫取唐人韵语读之，时一仿效，咿唔短章，遂能成咏……从此，泛滥诗书，上采汉魏六朝，下及唐之初盛，已而直溯《三百篇》根源，遂逮楚之骚赋。①

可以看出，文化大族从小就重视对子女的教育，且家族的环境及重视教育的氛围是女子后天能够诗书满腹的重要基础。

不唯如此，在世家大族中，成年女子甚至是家族壮大、复兴的重要保证。丈夫未仕时，她们勤俭持家；丈夫出仕外任或身故时，她们在家昼操管钥、夜课稚子。王凤娴初嫁张本嘉时，张未举，贫甚。于是王氏"身自操作，以奉晨昏，凡女红、缉纴、井臼之事，无不工办，而感时遇景，辄与赓唱，四壁书史，宴如也。已孟端成进士，令宜春，报最，封孺人，稍显荣矣。孺人泊然不以动意，暇则拈书课其子女，吟咏自如。亡何，孟端卒于官，孺人茶苦十馀年，卒教子伯元君以明经荐乡书。是时孺人昼则操管钥、课臧获，勤瘁于家政；夜则焚膏火、课二子，非丙夜不休"②。江南世家大

---

① 范允临《络纬吟小引》，《络纬吟》卷首，明万历四十一年刻本。
② 王献吉《张夫人焚馀草序》，《焚馀草》前序，清嘉庆间书三味楼刻本。

族很多能贯连数代甚至数十代，不是没有原因的。

（二）上海县有诗文作品存世者 200 多人，有集存世者 38 人，存世诗文集 57 部，530 馀卷。从存世诗文集看，上海县文化世家大族比肩华亭，对上海地区文学、艺术影响很大。"朱、张、顾、陆"为上海地区四大望族，上海县即占二家。李维桢序万历间朱氏家族朱家法《朱季子草》时指出：

> 上海朱氏若仲云以《诗》，克恭以《易》，木以《春秋》兼颂赋，处士元振、郡丞佑、提举曜、太守豹，以文辞政事，凡八世，而太守子邦宪嗣之，与嘉隆间七子相上下，今又以工部季则为子，抑何盛也。

上海朱木家族十世以文名世。朱木有《静翁集》《静轩行稿》行世，惜未见传。朱元振著《寿梅集》二卷，朱元振子朱佑著《葵轩稿》二卷，朱佑子朱曜著《朱玉洲集》八卷，朱曜子朱豹著《朱福州集》六卷，朱豹子朱察卿著《朱邦宪集》十五卷附录一卷，朱察卿子朱家声著《春草集》一卷，朱家法著《朱季子草》二卷。猗欤盛哉！上海浦东陆深家族以诗文、书画名世。据乾隆《陆氏宗谱》记载，陆深祖陆璿"少从乡先生治经学，大通"。陆深父陆平"于我朝典章条格，习熟通练，若素宦然"①。到陆深时终于挺然而出，成为陆氏家族的精神领袖。陆深著有《俨山集》一百卷、《俨山外集》四十卷、《俨山续集》十卷，总一百五十卷。其子陆楫著《蒹葭堂稿》八卷，另辑《古今说海》一百四十二卷。陆深从孙陆明扬著《紫薇堂集》八卷附录一卷，另有《周易系辞正义》《五经辑要》《紫薇堂四子》《四子书》等。陆深玄孙陆鑨著有《百一诗集》。陆深家族不但在明代人才辈出，清代亦科甲连绵，文学家、艺术家层出不穷。陆氏家族诗文、书画兼修并擅，成就斐然，其文

---

① 陆深《敕封文林郎翰林院编修先考竹坡府君行实》，《俨山文集》卷八十一。

学创作活动和艺术成就丰富了松江地域文学的内涵，对古代上海地区文化大厦的建构影响很大。

徐光启家族对近代上海影响巨大。徐光启家族不但入（天主）教人员甚多，影响所及，很多上海地区的士人也加入了天主教。今天的"徐家汇"之得名即因徐氏家族多居于此，"徐家汇天主教堂""徐家汇藏书楼"皆源于徐氏家族。

徐光启（1562—1633）是上海徐氏家族崛起的开创者，他一生跨嘉靖末、隆庆、万历、天启、崇祯初五个时段，这段时间是大明王朝由盛转衰、并逐渐走向衰亡的时期。晚明七十年在政治上是乱世、是衰世，但思想、文化上却可称"灿烂"。道学式微，心学勃兴，释、道二教异常活跃，同时，东传的西学，犹如一道闪电，照亮着大明士人封闭的思想世界。这一时期"一方面是从宋明道学转向清代朴学的枢纽，另一方面又是中西两方文化接触的开端"①。徐光启就生活在这一光怪陆离的时期。他年少时家庭贫困，二十岁（万历九年，1581）即教于乡里学塾以谋生。二十四岁馆于赵凤宇家，并随赵氏赴广西，在韶州遇见了传教士郭居敬，第一次接触到了天主教及西方的自然科学。在此后的近40年岁月里，徐光启接触和交往的传教士有20馀人，其中与利玛窦交往最多，受其影响也最大。万历二十八年（1600），徐光启结识利玛窦，三年后受其领洗入教，教名保禄（Paul）。随着对利玛窦、西方自然科学和天主教义认识日渐深入，徐光启对天主教思想的理解终于由最初的懵懂阶段，转为自觉阶段。在这一过程中，他全力习学数学、军事、天文、历法、测量、盐田、水利诸策，旁及工艺等。著有《农政全书》六十卷、《考工记解》二卷。与利玛窦合译欧几里得《几何原本》前六卷及《勾股义》等。崇祯二年曾奉敕与李之藻及传教士罗

---

① 嵇文甫《晚明思想史论》序言，河南大学出版社2008年版，页1。

雅谷等编辑《崇祯历书》一百二十六卷，刊《西洋新法历书》。另有《泰西水法》六卷（李之藻订正）。所著诗文则散佚甚多，有清宣统元年（1909）上海天主教慈母堂铅印《增定徐文定公集》五卷，内卷一《文稿》、卷二《屯盐疏稿》、卷三《练兵疏稿》、卷四《治历疏稿》、卷五《杂疏》，附有卷六《李之藻文稿》十数篇。计收徐氏文六十三篇。

徐光启于文学方面对后世影响不大，其影响之大者乃在实学及思想方面。清人讥明人空疏不学，游谈无根，于社会无补。明人也正是看到这一弊端，很多晚明士人才力倡实学救国，徐光启即其一。他翻译的《几何原本》《泰西水法》，参考西学编著的《崇祯历法》《农政全书》及有关军事著述等，使徐光启的名字永远彪炳在史册上，以至三百年后，清末民初陈田赞曰：

> 文定通籍后，从西人利玛窦讲天文、历算、火器，尽其术。若逆知三百年后，有西学入中国之效，然犹讲求国家兵机、屯田、水利、盐筴诸政，非尽弃其学而学也。通变而不失其常，君子于文定有取焉。①

徐光启不惟在全国有很大影响，在世界文化交流史上也具有重要地位，他是西方基督教文明与远东儒教文明交流的有力联结者②。

其他如上海唐锦家族、潘恩家族、张所敬张所望家族、陈所蕴家族、顾斗英家族都是上海著名世家大族。唐锦官至江西按察使，纂修《大名府志》十卷，修《（弘治）上海县志》八卷，另有《龙江梦馀录》四卷，著文集《龙江集》十四卷。潘恩官至工、刑两部尚书，生前著有《笠江先生集》十二卷、《笠江先生近稿》十二卷

---

① 陈田《明诗纪事》"庚签"卷二十一"徐光启"。
② ［法］裴化行《利玛窦神父传》，樊树志《晚明大变局》，中华书局2015年版，页411。

附集一卷，卒后，其子潘允哲、潘允端合二集为一帙，名《潘恭定公全集》行世，总二十五卷。陈所蕴著《竹素堂合并全集》四十六卷，张所敬著《潜玉斋稿》《潜玉斋近稿》《春雪篇》《解嫛篇》等总八卷，张所望著有《梧浔杂佩》《岭表游纪》《幅员义考》《文选集注辨疑》《龙华里志》等，惜皆未见行世。上海县顾斗英家族也是源远流长的世代大族，邑志载顾斗英能诗、善弈、工书画，精鉴古器图书，诗有盛唐风格，今存其《小庵罗集》六卷。其子顾昉之亦有诗名，著《拾香草》一卷。

（三）青浦位于华亭以西，淀山湖畔，作家也很多，有诗文作品存世者200人，有集存世者18人，存世诗文集48部，400馀卷。世家大族20馀族，他们重视文献的生产，更重视对家族文献的保护和传承。下面以张弼家族为例，略述世家大族的文献生产情况。张弼祖先是南宋汴京人，扈宋南渡来临安。其上海始迁祖张澂（1237—1312）是张弼六世祖，号斗山先生，"邃于《易》，善卜筮，以才略自负。尝为郡中画计擒剧盗"。曾祖张庠（1364—1442）字存礼，号守株农，"以家学教授于乡里，而于地理术尤精"①。可见张弼祖上即以文化世其家。"学而优则仕"，张氏后人也和封建社会其他世家大族一样走上了科举仕宦之途。清叶梦珠《阅世编》载：

> 吾郡张氏，支派甚多……其在唐行桥者，始有东海公汝弼，以科甲起家，世有两榜。至万历辛丑，瀛海以诚大魁天下，予不及见，然而崇祯之际，家声犹盛。至本朝顺治丁亥，蓼匪安茂成进士，历官浙江学宪。其兄安豫，字子健，初以府佐投诚，官至杭嘉湖道，二子相继举孝廉，亦称一时之盛。②

叶梦珠卒于清初，他仅记录了张弼家族明代和清初的仕宦盛

---

① 张弼《先君村居先生墓志》，《张东海先生诗集文集》之《文集》卷四。
② 叶梦珠《阅世编》卷五"门祚"。

况，清顺治后张氏后人的仕宦盛况及文化活动未及寓目。现据祖谱、方志、墓志、总集等资料可知，自张弼曾祖张庠始，迄清光绪末年的500余年间，张氏一族子孙繁茂、人才辈出，真正属于瓜瓞联绵、世代簪缨之族。其家族所著存明代文献如下：

张弼（1425—1487）是成化二年（1466）进士，终官南安知府。著有《鹤城稿》《长春稿》《寄寄轩稿》《独吟稿》《天趣稿》《面墙稿》《使辽稿》《清和堂稿》《庆云稿》等作品（均散佚）①。现存《张东海诗集文集》八卷附录一卷。张弼有六子，长子弘正，以子邦志贵，赠太常寺典簿，著有《东圃遗稿》（散佚）。仲子弘宜、季子弘至俱中进士。弘宜，字时措，成化十七年（1481）进士，官至广西按察副使，著有《宁海稿》《舜江稿》《昭台杂著》（均散佚）。弘至（？—1528），字时行，弘治九年（1496）进士，官户科都给事中，著有《玉署拾遗》《使交录》《东塾谏草》《见意稿》诸稿（均散佚），现仅存《万里志》二卷（清康熙三十六年刻本）。张弘圭（1475—？），张弼第四子，著有《鹤鸣稿》《洗句亭集》（均散佚）。张弘宜有二子，张其性，郡学生；张其协，正德二年（1507）举人，历临淄、建阳令，著有《渔樵杂兴》（散佚）。张其惺，字季琰，张弘至子，著有《独行稿》（散佚）。张其始，张弼孙，著有《川上稿》《登山稿》《两河稿》《九峰稿》（均散佚）。张德璨，字涵美，张弘玉孙，庠生，工诗文兼善堪舆术，著有《见峰遗稿》（散佚）。张德瑢，张弼曾孙，著有《南泉吟稿》（散佚）。张德瑜字中美，号龙洲，张其惊子，张弘金孙，张弼曾孙，嘉靖三十四年（1555）举人，两上春官不第，以沉虑得隐疾，卒年二十有八。德瑜论文主张"先秦之文尚骨，两汉之文主气"②，为文警刻峭拔，不名一家，著有《山房十书》（散佚）。张以诚（1568—

---

① 张弘至《张东海诗集文集末后序》，《张东海诗集文集》，明正德十三年（1518）刻本。
② 宋如林、莫晋《（嘉庆）松江府志》卷五十三。

1615）字君一，号瀛海，张弼玄孙，自幼英敏，有"天下奇才"之誉。万历二十九年（1601）进士及第，廷对第一，官右谕德。著有《毛诗微言》二十卷（明刻本），《酌春堂集》十卷（明崇祯十年松江张氏刻本），另《（乾隆）青浦县志》载其有《须友堂集》《国史类记》（均散佚）。张以谧，字伯安，晚号钝叟，张弼玄孙，少嗜古，为文章与以诚相埒，著有《来燕堂集》（散佚）。张以诚，字仲绳，号东廓，张德瑜子，张弼玄孙，万历三十一年（1603）举人，官至桂林通判，著有《张桂林手稿》《张东廓遗稿》（均散佚）。张以识，生卒年不详，著有《萘澹诗钞》（散佚）。张世雍（1605—1634）字成之，以诚孙，张弼七世孙。崇祯四年（1631）进士，授刑部主事，卒年仅三十岁，纂《（天启）成都府志》（抄本）。

除张弼家族著述外，青浦县其他有集存世者如下：徐阶有《少湖先生文集》七卷、《世经堂集》二十六卷《世经堂续集》十四卷，总四十七卷。徐阶从孙徐尔铉著《核庵集》二卷诗馀一卷。徐阶弟徐陟著《来嘉堂集》十九卷，徐陟曾孙徐孚远著《钓璜堂存稿》二十卷。徐献忠著《长谷集》十五卷。莫如忠著《崇兰馆集》二十卷，莫云卿著《石秀斋集》十卷、《小雅堂集》八卷、《刻莫廷韩遗稿》十六卷，总三十四卷。陆树声著《陆文定公诗文集》二十六卷。陈继儒著《陈眉公集》十七卷、《白石樵真稿》二十八卷附一卷、《眉公诗钞》八卷、《晚香堂小品》二十四卷，其后人总其著述为《陈眉公先生全集》六十卷年谱一卷，有明末刻本。张鼐著《宝日堂初集》三十二卷。

青浦重要文人中，杜麟徵、徐孚远、彭宾、李雯等皆为晚明"幾社"的领袖。作为一个文学团体，必须有理论纲领、领袖人物、创作队伍、相同或相近的审美理想，所有这些要素幾社都具备了。今就幾社作家作品略述如下：

幾社是以松江文人为主的文学性社团。幾社的兴起与当时的社会经济、思想文化有极密切的关系。隆庆元年（1567）海禁废除后，晚明社会发生巨大变化。城镇经济愈加繁荣，商人地位崛起，社会崇奢向侈之风更盛。同时，北方女真虎视眈眈，西北、西南边衅不断；境内流民日众，社会危机已到了一触即发的关头。伴随着社会危机，财政日益吃紧，神宗皇帝痴于敛财，殆于政务，不郊不庙二十馀年，士夫挂冠而去者比比皆是。到天启时期，士大夫结党营私更趋严重，阉党崛起，东林士人受戮甚惨，朝中正类几乎为之一空。后之学者论天启政局时云：

> 时至天启，椓人恣睢，毒流海内，国之元气，斫削无余。思宗适乘其厄，亦思救弊扶衰，而性猜识暗，周别薰莸……政乱俗偷，天殃民怨，秦之大盗起而承之，海内鼎沸，亦有智略之帅，英毅之夫，洞胸抉腹，碎脑臧元，而莫之或救。①

在心学、释道及耶教冲击下，理学控制力减弱。文学领域，复古派式微，公安、竟陵两派崛起。尤其竟陵一派"流毒天下，诗亡而国亦随之"。②这就是幾社兴起的社会思想、文化背景。

幾社的创立者共七个人：夏允彝、杜麟徵、周立勋、徐孚远、彭宾、陈子龙及李雯。由于李雯在国变后入仕清朝，属于"失节"之人，为士人所轻，故杜麟徵子杜登春撰《社事始末》，摈除李雯，以六君子面目示人，号"幾社六子"。幾社成立于崇祯二年（1629），发起人是杜麟徵和夏允彝，二人戊辰（1628）会试不第，"下第南还，相订分任社事。昌明泾阳之学，振起东林之绪，以上副崇祯帝崇文重道、去邪崇正之至意。于是天如（张溥）、介生（周钟）有复社国表之刻。复者，兴复绝学之意也。先君子（杜麟徵）与彝仲（夏允彝）有幾社六子会义之刻。幾者，绝学有再兴之

---

① 陈田《明诗纪事》"辛签"序。
② 朱彝尊《静志居诗话》卷十七"钟惺"。

幾，而得知幾其神之义也。两社对峙，皆起于己巳（崇祯二年，1629）之岁"①。幾社成立之初，虽有"振起东林之绪"的愿望，但在实际的文会中却与复社"主广大，欲我之声教不讫于四裔不止"不同，幾社"主于简严，唯恐汉宋祸苗以我身亲之"，故"尽取友会文之实事"，尽量少与政治瓜葛，多读书会文是其宗旨。所以谢国桢先生说："复社对外，幾社对内。复社整天地在外边开会活动，幾社的同志却闭门埋首读书。复社开了三次大会，风头真是出够了，但是张天如已死，复社就嗣响终绝，而幾社的文会却繁盛起来。"②确实如此，幾社成员以幾社为平台，定期举行文会，除刊刻《幾社壬申文选》外，还选刻《幾社会义》，《幾社会义》前后有五集（皆徐孚远主选），乃幾社领袖所撰之古文，其目的在研读古文，使"绝学有再兴之幾"。

云间派就是以幾社为核心的云间诗文派别，"非师生不同社"③，人数逐渐多至百人，杨钟羲于《雪桥诗话续集》中云："云间幾社，李舒章与陈卧子承复社而起，要以复王、李之学，共七十三人，王玠右为首。青浦邵景悦梅芬继之，与张处中、徐桓鉴、王胜受业于卧子，时称四子。少受知于知府方岳贡，岁科果试第一，问业者甚众，同时入学至十七人。王却非司空日藻、张蓼匪布政安茂皆出其门，与方密之、陆讲山、陆鲲庭皆订文字交。当陈、夏壬申文选后，幾社日扩，多至百人。"④

杨氏说幾社多至百人，不是凭空杜撰，确有百人之多。除我们熟悉的幾社成员外，《（嘉庆）松江府志》卷五十五在"徐尔铉传"中写到尔铉子泞承、汲承皆以诗文名幾社。继述曰：

---

① 杜登春《社事始末》，丛书集成初编本，中华书局1991年版，页3。
② 谢国桢《明清之际党社运动考》，中国书店出版社2004年版，页129。
③ 李延昰《南吴旧话录》卷二十三。
④ 杨钟羲《雪桥诗话续集》卷一。

时幾社中声望最著者，同郡又有郁汝持、陆亮辅、莫暨、杜林、谈璘、李延榘、李淑、徐铭敬、陆广、朱积、张寿孙、唐允谐、徐期生、盛翼进、宋卓、陈梦梅、杜甲春、翁起鵷、宋家祯、李是楫、陆公枢、王有孚、王钎、金震龙、杜骏征、（杜）骐征、李苞根、（李）大根、何德著、徐恒鉴、彭师度、徐炜、王宗熙、顾必达、范彤弧、（范）螯弧、夏鼎、张宪、赵侗如、陈尔振、章飓、高何竹、唐铉、唐镕、汤瑶、郁继垣、骆金声、徐度辽、章闲、吴桢、王元一诸人，或终明世，或入国朝，间登仕籍，亦有失其行事，不能立传者，故附著之。①

这些人在当时大都有著述行世。作为一个文学团体，幾社前期领袖是杜麟徵、夏允彝、徐孚远等人，后期精神领袖则是陈子龙。后来，随着杜麟徵（1595—1633）、周立勋（1597—1639）等早逝，夏允彝、徐孚远、陈子龙等人走上抗清复明道路，幾社的"社会"已经名存实亡，但文学的种子已经播下，以"幾社"为核心的云间派终于在明末清初公安派、竟陵派日渐式微时，秉持着陈子龙"情以独至为真，文以范古为合"的创作宗旨②，高举着复古主义的大旗，把创作的触角深深扎根在现实主义的土壤里，活跃在文坛近半个世纪之久，这实在是云间文学的骄傲。云间派的核心是陈子龙，他虽然去世于明亡后三年（清顺治四年，1647年），但他卒后云间士人依然奉其为文坛精神领袖、士人道德楷模。清初，清政府在采用怀柔政策笼络汉族知识分子的同时，也通过奏销案、科场案等"大棒"严厉打击隐藏在民间的反清"士气"，经过清政府几次有预谋地严酷打击，幾社分化出的小社的社员死的死、逃的逃，终于在

---

① 孙星衍、莫晋《（嘉庆）松江府志》卷五十五"徐尔铉"。
② 陈子龙《宋辕文诗稿序》，《安雅堂稿》卷二。

康熙三十年左右"几几乎熄矣"(《社事始末》),云间派也在稍后归于沉寂。

(四)嘉定县有作品存世者 300 多人,有集存世者 30 人,存世诗文集 48 部,近 400 卷。嘉定虽是滨海小邑,但民风朴拙,士人汲汲向学。明末清初王士禛(1634—1711)在序《嘉定四先生集》时说:"吴自江左以来,号文献渊薮,其人文秀异甲天下,然其俗好要结附丽,以钓名而诡遇,故特立之士亦寡。嘉定,吴之一隅也,其风俗独为近古,其人率崇尚经术,耻为浮薄,有先民之遗。"①清代乾嘉学派嘉定学者钱大昕(1728—1804)论及此一盛况时也说:

> 嘉定濒海小邑,无名山大川之胜,其在赤县神州中,仅如太仓之稊米。且建县于南宋,宋元以前,未有文人学士、故家流风之遗也,士大夫多循谨朴鲁,仕宦无登要路者。然自明嘉、隆间,海隅徐氏及唐、娄、程、李、严诸君,敦尚古学。其后,黄忠节公文章节气,照映千古。国朝则菊隐、朴村、松坪、南华诸老,或湛深经术,或树帜词坛。邑虽僻小,其名尤著于海内,则以乡之多善士焉。②

嘉定虽僻,但西连吴,南接越,东北通过长江东可入海,西可达淮,位置很便捷,也很重要。明代松江府受苏州文化、审美影响很大,但作为苏州下属小邑的嘉定确实和苏州、上海有较大差异,邑志载:"缙绅世胄自昔尊德尚行,重廉耻而畏名义,虽登科目、跻华要,退然与布衣齿,不侈舆从,不渔田产,以清节自立。明中叶以降,渐树门户,然率以文章气节相砥砺,引掖后进、为功桑梓。"③缙

---

① 王士禛《嘉定四先生集序》,《带经堂集·蚕尾续文集》卷一。
② 钱大昕《习庵先生诗集序》,《潜研堂文集》卷二十六。
③ 《(乾隆)嘉定县志》卷十三"风俗"。

绅大都尊德重义、尚气节，此世风盖与嘉定历史上几位关键人物的影响有极大关系。

最先影响嘉定文风、士风的是元末明初的王彝。王彝（1336—1374）字常宗，自号妫蜼子。本蜀人，其父王允中为昆山学教授，因占籍嘉定。王彝与高启、杨基为友，名列"北郭十才子"，与修《元史》，后坐魏观事论死，与高启并诛。现存明抄本《妫蜼子集》，明弘治刻本《王常宗集》及清康熙刻本《王征士集》。王彝论文主张"诗以载道""文以载道"。其论诗云：

> 君子之诗则贵乎有原也。原乎尧童之谣则知遵道遵路，以游皇极自然之天；原乎虞廷之歌则知君臣相际，以致庶事阜康之盛；原乎舜之所命，必以声音养其耳目，义理养其心志；原乎周之为教，必以风雅颂为经，赋比兴为纬，上以风化下，下以风刺上，直陈其事之有实，托物起词之有意，以至原乎吾夫子之说举，皆由乎礼义而性情得其正矣。①

又论文曰："所谓文者，天生之，地载之，圣人宣之。本建则其末治，体著则其用彰，斯所谓乘阴阳之大化，正三纲而齐六纪者也。亘宇宙之始终，类万物而周八极者也。"②可见，王彝为文主张以"道"为本，这"道"既是自然之道，也是社会之道、人伦之道。此"道"必须合乎礼义，发乎性情之正。其痛诋杨维桢为"文妖"亦出于维护道统，惧后世受其荼毒③。王彝论文之能如此之"正"，因其学"出天台孟梦恂，梦恂之学出婺州金履祥，本真德秀

---

① 王彝《诗原》，见《妫蜼子集》卷一"杂著"，台湾藏明抄本。
② 王彝《文妖》，见《妫蜼子集》卷一"杂著"，台湾藏明抄本。
③ 《文妖》云："余观杨之文，以淫辞怪语裂仁义、反名实，浊乱先圣之道，顾乃柔曼倾衍，黛绿朱白，而狡狯幻化，奄焉以自媚，是狐而女妇，则宜乎世之男子者之惑之也。余故曰：会稽杨维桢之文，狐也，文妖也……往往使后生小子群趋而竞习焉，其足以为斯文祸非浅小。"

'文章正宗'之派"①。王彝在全国名不甚显，但嘉定后学却将其视为嘉定文脉之宗，评价甚高。陆廷灿在《王常宗集》后序中说："先生文章原本六经，不逐时好，实为嘉邑文献之宗。故虽弹丸小邑，僻在海隅，而高人名士为世所推重者代不乏人，如章道常（章黼）、丘子成（丘集）及唐、娄、程、李诸先生辈，后先接迹，其源流盖有自也。"②王彝在嘉定地位之高可见一斑。

王彝之后一百馀年，归有光寓居嘉定近二十年，对嘉定文化影响极大。归有光（1507—1571）字熙甫，号震川，昆山人。少刻苦攻读，"弱冠尽通六经、三史、七大家之文，及濂洛关闽之说"③。嘉靖十九年（1540）中举，四十四年始中进士，年五十九矣。授长兴知县，转顺德通判，擢南太仆寺丞，卒于任。嘉靖十六年，归有光发妻卒后，继娶安亭王氏，遂于二十年（1541）卜居安亭，讲学于世美堂，开始了在安亭十馀年的读书论道生涯。

归有光于书无所不窥，"取衷六经而好太史公书"（唐时升《归公墓志铭》），又推崇唐宋古文④。其论文重道德，亦重人情，以为"圣人者，能尽天下之至情者也"，而"至情"应是"匹夫匹妇以为当然"⑤。同时，归氏也很重视外在形式的"文"，认为语言形式同样重要，"文者，道之所形也"⑥，故其抒写怀抱之文温润、典

---

① 纪昀等《四库全书总目》卷一百六十九"集部"二十二。
② 陆廷灿《王征士集后序》，《王征士集》，清康熙三十九年（1700）刻本。
③ 唐时升《太仆寺丞归公墓志铭》，《三易集》卷十七，明崇祯刻清康熙陆氏补修嘉定四先生集本。
④ 后世多将其归入"唐宋派"，然近时学者有非之者。见何天杰《归有光非唐宋派考论》，《华南师范大学学报·社会科学版》，2005年第3期；黄毅《归有光是唐宋派作家吗》，《归有光与嘉定四先生研究》，上海古籍出版社2007年版，页86；张荣刚《归有光古文非唐宋派论——兼论归有光古文创作特征》，《内江师范学院学报》，2016年第3期。
⑤ 归有光《泰伯至德》，《震川先生全集》三十卷别集十卷附录一卷之别集卷一，清康熙十年归庄刻本。
⑥ 归有光《雍里先生文集序》，清《震川先生全集》三十卷别集十卷附录一卷之别集卷二，康熙十年归庄刻本。

丽，虽"无意于感人，而欢愉惨恻之思溢于言语之外"①。归氏生前既誉满四方，卒后盛名愈彰，其文之影响直至晚明小品及清之桐城派。四库馆臣指出：

> 太仓王世贞传北地、信阳之说，以秦汉之文倡率，天下无不靡然从风，相与剽剟古人，求附坛坫。有光独抱唐宋诸家遗集，与二三弟子讲授于荒江老屋之间，毅然与之抗衡。至诋世贞为"庸妄巨子"。世贞初亦抵牾，迨于晚年，乃始心折，故其题有光遗像赞曰："风行水上，涣为文章。风定波息，与水相忘。千载惟公，继韩、欧阳。余岂异趣，久而自伤。"盖所持者正，虽以世贞之高名盛气，终无以夺之。自明季以来，学者知由韩、柳、欧、苏，沿洄以溯秦汉者，有光实有力焉，不但以制义称雄于一代也。②

归氏"不独以文章名世，而其操行高洁多人所难及"，故当时从其学者常达数百人，其弟子著名者有唐钦尧、唐时升及丘集、张名由、娄坚等数十人。归氏于嘉定士风、文风影响数百年而不衰，邑志云："（嘉定）士风最淳朴。百年之中，凡三变焉，而不失其故。明初，自王常宗倡导古文，至归震川大阐宗风，故士皆知务学先辈。唐叔达所云'士试京兆，列群数百人，聚谈纷纭，不能定者，出一言断之，必我嘉定人'是也。启、祯之际，侯、黄提倡，奇才辈出，而士皆知好名。兵燹之后，文事渐弛，加以岁歉赋繁，未免以治生为急，而士习稍衰矣，然书修笃古者，其人不乏也。"③乾隆时嘉定后人秦瀛序《溪亭集》也说："吾疁自前明嘉靖间，震川先生以诗古文词倡教安亭江上，是时有丘子成、张三江二先生亲

---

① 唐时升《归公墓志铭》，《三易集》卷十七，明崇祯刻清康熙陆氏补修嘉定四先生集本。
② 纪昀等《四库全书总目》卷一百七十二。
③ 赵昕、苏渊《（康熙）嘉定县志》卷四"风俗"。

受业于震川之门,为入室弟子,厥后有唐、娄、程、李四先生,复有陶庵黄先生、永思严先生、巽甫马先生接踵而起,斯文之盛,甲于他邑。"①

"嘉定四先生"一词最早见于明末嘉定令谢三宾《三易集序》:"一时以文采、行谊为物望所宗,有四先生焉。四先生者,唐先生叔达、娄先生子柔、程先生孟阳、李先生长蘅。"内中唐时升、娄坚、李流芳皆嘉定人,时人又目其为"练川三老",程嘉燧,休宁(今安徽)人,寓居嘉定。谢三宾为四人刻集以传,"四先生"之名始见史籍。嘉定士人中亲炙归有光瓣香较著者除丘集、张应文、张应武、唐钦尧、唐时升、娄坚等人外,嘉定甚至上海其他地区沾溉者殊多,而且很多人还是归氏的再传弟子、三传弟子,如徐学谟受业于唐钦尧,张名由受业于有光子归子慕,金德开学于唐时升,黄淳耀等学于娄坚,华亭人冯时可为徐学谟入室弟子等等,不一而足。四先生之被谢三宾发掘可能与四先生的经历、品性有关,但受归有光影响的嘉定士人绝非"嘉定四先生"几个人,而是一个数百人的士人团体,他们各自授徒、彼此影响,他们以自己的道德、品性、才学向外辐射,影响了晚明嘉定社会的思想和文化。明末,嘉定被围,士民在侯峒曾兄弟、黄淳耀兄弟等带领下,与清兵殊死搏斗。城破,黄氏兄弟于城西清凉庵自经。有"三凤六龙"② 之誉的侯氏一族中"峒曾、玄演、玄洁殉乙酉,岐曾殉丙戌,玄瀞、玄汸去为僧。二十五年之间,祖孙三世成仁取义,殊途而同归,则尤人所难能"③。王士禛序《嘉定四先生集》时说:

---

① 秦藻《嘉定严永思先生溪亭集序》,《溪亭集》卷首,南京图书馆藏清抄本。
② 明末,嘉定侯氏以文学、节义著称,有三凤、六龙之目。"三凤"者,给事中赠太常卿侯震旸之子峒曾、岷曾、岐曾也。岷曾早卒。峒曾之子玄演、玄洁、玄瀞及岐曾之子玄汸、玄洵、玄泓继起齐名,是为"六龙"。
③ 陈乃乾《重印侯忠节公全集序》,《侯忠节公全集》,民国二十二年刊本。

> 嘉定有先民之遗，当明之初有王彝常宗者……常宗生开创之代，时号右文，士苟蕴道德、负才艺，一能一技，悉令待诏公车，而常宗以布衣得预修《元史》，可谓遇矣……四先生生万历之世，身不出菰芦之中，名不通金闺之籍，相与素心晨夕，讲德考业，守先正之道……后四先生而起者陶庵黄氏、研德侯氏，其文皆足名一家而传后世。①

嘉定士民之能前赴后继地取义成仁，与嘉定士风、民风有极大关系。

"嘉定四先生"及其影响下的士人群体不惟对嘉定士风、民风有很大影响，其对嘉定文风也产生了较大影响。钱谦益曾在《嘉定四君集序》中谈到这一影响时指出：

> 嘉靖之季，吾吴王司寇以文章自豪，祖汉祢唐，倾动海内，而昆山归熙甫昌言排之，所谓一二妄庸人为之巨子者也。当司寇贵盛之时，其颐气涕唾足以浮沉天下士，熙甫穷老始得一第，又且前死，其名氏几为所抑。没二十年来，司寇之声华焯赫、烂漫卷帙者，霜降水涸，索然不见其所有，而熙甫之文，乃始有闻于世。以此知文章之真伪，终不可掩，而士之贵有以自信也。熙甫既没，其高第弟子多在嘉定，犹能守其师说，讲诵于荒江寂寞之滨。四君生于其乡，熟闻其师友绪论，相与服习而讨论之。如唐与娄，盖尝及司寇之门，而亲炙其声华矣。其问学之指归，则确乎不可拔，有如宋人之瓣香于南丰者。熙甫之流风遗书，久而弥著，则四君之力不可诬也。②

钱氏所论有一定道理。归有光虽比王世贞早卒二十年（归有光

---

① 王士禛《嘉定四先生集序》，《三易集》卷首，明崇祯刻清康熙陆氏补修嘉定四先生集本。
② 钱谦益《嘉定四君集序》，《牧斋初学集》卷三十二。

卒于隆庆五年，1571；王世贞卒于万历十八年，1590），但其道德文章对嘉定士人更有影响。朱彝尊即以为："唐、娄、程、李四子称诗，而学文于震川者。"①正是在这种师承传授中，嘉定古文一脉得以延续不绝。

施蛰存说："明代最后一个诗派是由被称为嘉定四先生的唐时升、程嘉燧、娄坚及李流芳所建立的。这四个人当公安、竟陵炽盛之时，虽然又都与三袁、钟、谭相熟识，但是他们对于诗的主张却另有独立的意见。"②抛开"明代最后一个诗派"的论断，施先生对嘉定四先生未受晚明其他诗派影响的判断还是对的。作为晚明嘉定文学的代表，四先生著述宏富，唐时升《三易集》二十卷、《唐先生遗稿》一卷，娄坚《娄子柔先生集》三十七卷，李流芳《檀园集》十二卷，程孟阳《耦耕堂存稿》五卷、《耦耕堂集》五卷（内《诗集》三卷《文集》二卷附《松圆诗老小传》一卷）、《松圆浪淘集》十八卷、《程孟阳集》三卷、《偈庵集》二卷。嘉定其他士人现存著述有：徐学谟《徐氏海隅集》八十卷、《春明稿》三卷附《填郿续稿》一卷、《归有园稿》七卷文编二十二卷，总一百十三卷。张名由《张公路诗集》八卷，张恒《明志稿》五卷续稿一卷，殷都《尔雅斋文集》不分卷，金兆登等五世遗集《诒翼堂集》十卷，徐允禄《思勉斋集》十四卷，王道通《简平子集》十六卷补遗一卷，马元调《简堂文集》十二卷，沈弘正《枕中草》四卷，侯峒曾《仍贻堂全集》十八卷，黄淳耀《黄陶庵先生全集》二十二卷，黄渊耀《谷帘先生遗书》八卷等。

明人刻集行世的意识极其强烈，"刻部稿"是明人的人生目标之一，希望借此留得生前身后名，即使粗通文墨者也有这种想法。

---

① 朱彝尊《静志居诗话》卷十八"张名由"。
② 施蛰存《读〈檀园集〉》，《施蛰存七十年文选》，上海文艺出版社1996年版，页621。

据此推算，明代上海人曾有诗文集或不下千部，但明亡至今已近四百年，这近四百年中天灾、人祸不断，社会各方面遭受极大破坏，文献亦遭劫甚重，尤其嘉靖年间的倭患、明末清初的社会大动乱、清末洪杨之乱、民国时期军阀混战等对文献的破坏更是难以估量。四百年间，上海地区只有区区二百多部诗文集保存下来，除了集主敝帚自珍外，幸运的成分应该也占了很大比重吧。此诚如四库馆臣于"别集类"下所言："天地英华所聚，卓然不可磨灭者，一代不过数十人，其馀可传不可传者，则系乎有幸有不幸，存佚靡恒，不足异也。"①诚不诬也！

四、明代上海地区的文献生产

"生产"是经济学术语。按照马克思主义经济学定义"商品是用来交换的劳动产品"，则艺术品如音乐、绘画、雕塑、书法、文学等也都属于产品，是生产出来的，只不过其生产过程有点特殊罢了。将艺术看作一种生产活动，最早始于马克思。马克思在《1844年经济学哲学手稿》中指出："宗教、家庭、国家、法、道德、科学、艺术等等，都不过是生产的一些特殊的方式，并且受生产的普遍规律的支配。"②马克思主义强调经济是基础，艺术生产也不例外，需要物质条件支持。而法国史学家兼批评家丹纳（Hippolyte Adolphe Taine，1828—1893）在《艺术品的产生》中指出："作品的产生取决于时代精神和周围的风俗。"丹纳在这里强调了作为风俗习惯和时代精神的社会环境的作用，它"决定艺术品的种类"，"只接受同它一致的品种而淘汰其馀的品种"。③这是艺术品生产的

---

① 纪昀等《四库全书总目》卷一百四十八"别集类"。
② 马克思《1844年经济学哲学手稿》，人民出版社1985年版，页78。
③ ［法］丹纳《艺术哲学》，人民文学出版社1997年版，页32、38。

"社会心理"规律。要想将艺术品由存在于人们头脑中的"抽象模型"变成具体可感的"物质实体",必须借助一系列外部条件的支持才行,比如印刷材质、印刷技术、印刷人才等。而这些在明代都具备了。物质条件外,"社会心理条件"——即艺术品生产的内部心理机制在明代也具备了。

(一)文献生产的外部条件。

明代是我国印刷事业的鼎盛时期,尤其在经济富庶的江南地区刻书业非常发达。刻书所用原料在南方极易获得,比如刻书用纸,其最广泛、最易得的造纸原料是竹子。"印书纸有太史、老连之目,薄而不蛀,然皆竹料也。若印好板书,须用绵料白纸无灰者,闽、浙皆有之,而楚、蜀、滇中绵纸莹薄,尤宜于收藏也。"[①]明代常熟毛氏汲古阁是著名刻书机构,刻书甚多,其用纸即多采自江西、湖广等地。墨在中国有悠久历史,先秦即已存在,宋元明时制墨产业已极其繁荣。明代制墨主要集中在徽州,歙派、休宁派和婺源派时称徽墨三大派。"古人制墨,率用松烟……明则罗文龙少华、邵克己格之、程大约君房辈,咸以制墨称。而于鲁所制最夥,上自符玺圭璧,下至杂珮,凡三百八十五式。"[②]史籍称新安人罗文龙所制墨,士大夫皆宝之,明神宗也极钟爱。此外,自雕版印刷术发明后,印刷技术不断得到改进。明代在雕版印刷基础上,泥活字、木活字、铜活字、铅活字等印刷术都运用到刻书中了。明代刻工多达4 600余人,不但数量超过了历史上任何朝代,其刻书技术也属一流。刻书的物质条件在明代都非常成熟了,故明代刻书业极其发达,刻书重镇遍布全国人口密集、交通便利的大中城镇。

明代的刻书地区之广、机构之多、数量之大、工艺之精都远远

---

① 谢肇淛《五杂俎》卷十。
② 朱彝尊《静志居诗话》卷十八。

超过了它以前的各个朝代。胡应麟在《少室山房笔丛》甲部《经籍会通四》中指出：

> 凡刻书之地有三：吴也、越也、闽也。蜀本，宋最称善，近世甚希。燕、粤、秦、楚，今皆有刻，类自可观，而不若三方之盛。其精，吴为最；其多，闽为最；越皆次之。其直重，吴为最；其直轻，闽为最；越皆次之。

谢肇淛也说："宋时刻本以杭州为上，蜀本次之，福建最下。今杭刻不足称矣，金陵、新安、吴兴三地剞劂之精者，不下宋板，楚、蜀之刻皆寻常耳。闽建阳有书坊，出书最多，而板纸俱最滥恶，盖徒为射利计，非以传世也。"① 从胡、谢所述可以看出，明代中后期刻书业非常繁盛，刻书中心几乎遍布全国各地，而最大的刻书中心有三个：苏州、杭州和建阳。与刻书业兴盛相伴的是图书流通异常发达，全国已经形成了四大图书交易中心："今海内书，凡聚之地有四，燕市也、金陵也、阊阖也、临安也。"（《少室山房笔丛·经籍会通四》）这四大图书流通中心和全国各地的刻书中心（刻书地其实也是交易地）一道构成了遍布各地的图书销售网络，使中晚明图书刊刻、流通和销售十分发达、便利。在三大刻书中心、四大图书交易中心中，有两大刻书中心、三大交易中心位于江浙地区，且与松江、嘉定为近邻，极大方便了上海地区士人刻书、购书和藏书，有力促进了上海地区文学的发展。

明代刻书机构主要有私刻（坊刻是私刻之一种）、官刻。私刻是明代文献生产的主要力量。私刻图书既有以精英阶层为主要受众的经史子集等雅文学，也有以粗通笔墨的市民阶层为主要阅读对象的戏曲小说和日用类图书，还有以在校生员为主的科举考试类用书。官刻是文献生产的重要补充。官刻机构中的南北两监刊刻图书

---

① 谢肇淛《五杂俎》卷十三。

最多。以南监为例，南监刻书总计443种，其中诗文集56种，占总数的12.6%①。除中央刻书机构外，地方官刻书籍数量同样巨大。故嘉万间学者陆容（1436—1494）谈到地方府、州、县刻书盛况时说："宣德、正统间，书籍印版尚未广。今所在书版日增月盛，天下古文之众愈隆于前……上官多以馈送往来，动辄印至百部，有司所费亦繁。"②窥斑见豹，官府刻书规模之巨可想而知。"藩刻"也是明代官方刻书业中的一支重要力量。张秀民《中国印刷史》统计为43王府刻书430种③。官刻图书从内容上看，多是经、史、子、集四部内的经典及日用类图书，由于它拥有宋元旧椠底本，且经济雄厚，故官刻文学类图书多为书中精品。

日渐普及的教育为文献生产准备了人才队伍。明代中央政府重视各地学校的兴建，中央国子监外，地方的府、州、县均设学校，还有宗学、社学、武学等机构。宣德时期（1426—1435）规定，地方学校中在京府学六十名，在外府学四十名，州学三十名，县学二十名。成化时期捐资入学例开，以后生员成倍甚至十数倍增长。明代建制府140、州193、县1138，羁縻之府19、州47、县6④。据此推断明代府州县生员当在数十万左右，顾炎武即认为明代后期全国在庠县生员当不下五十万人⑤，今人方志远认为明代后期曾经接受过一定教育的市民当不下100万人⑥。松江、嘉定等地因为经济富庶，文化发达，故从中央到地方都很重视学校建设，松江"学校之盛，甲于他郡"⑦。且中央遴选的治松官员多是德才兼备者，他

---

① 周弘祖《古今书刻》，《丛书集成续编》第2册，新文丰出版公司1988年版，页677。
② 陆容《菽园杂记》卷十。
③ 张秀民《中国印刷史》，上海人民出版社1989年版，页415。
④ 张廷玉等《明史》，中华书局1975年版，页882。
⑤ 顾炎武《生员论（上）》，《亭林文集》卷一清刻本。
⑥ 方志远《明代城市与市民文学》，中华书局2004年版，页92。
⑦ 莫晋《（嘉庆）松江府志》卷三十"学校志"。

们重视地方教育，以文教强邦为己任。魏骥（1375—1472），萧山（今浙江杭州）人，永乐四年（1406）进士，以副榜授松江府学训导，历永乐、宣德、正统、景泰四朝。《（崇祯）松江府志》载其"端重祗慎，汲汲以成就人材为事。诸生在学居者，候更尽，必携茶往视，见有书声者，供茶一瓯。夜过半，必携粥以随，尚有读书者，供粥一盂。士子皆感激，后显宦甚众"①。聂豹（1486—1563）字文蔚，号双江，吉安永丰（今江西永丰）人，正德十二年（1517）进士，官至兵部尚书。他是王学嫡传人，曾知华亭县，在任浚塘港、复逃亡，聘孙承恩纂辑旧志，建名宦祠、乡贤祠，辟社圃、进诸生，多所善政。嘉定县令谢三宾（1569—1647）字象三，鄞县（今浙江宁波）人，天启五年（1625）进士，官至陕西道御史，有"文学吏"之誉，为嘉定文人唐时升、娄坚、程嘉燧、李流芳诸人合刻文集，名《嘉定四君集》，"嘉定四先生"之名由是广为人知。总之，明代上海地区官员多是右文之士，"朝廷必择士大夫之贤且才者守之，士大夫之得守松者亦以贤且才者自待，是故松治常天下之最"②。官府和地方士民对教育、文化的重视，使明代上海地区的文化非常发达，社会的艺文化程度很高。"（松江）衣食饶洽，人尚艺文，居民得以耕织自足。而僻处海隅，无通都绮丽之习，盖淳如也。今年文风尤甚，家诗书而户笔墨。"③于是上海地区人才如过江之鲫，不断涌现。有学者统计，明代松江府进士有466名，位列全国前茅，这实在是很惊人的数字④。除进士外，大大高于进士数量的举人、秀才、诸生等是更为庞大的知识群体、创作群体，他们是文献生产的主力军。

---

① 陈继儒《（崇祯）松江府志》卷三十一"宦绩"。
② 陆深《赠翁宪副存道自松赴浙序》，《俨山集续集》卷九。
③ 陆深《送沈子龙别驾之任汝宁序》，《俨山集》卷四十一。
④ 陈凌《明清松江府进士人群的初步研究》，《史林》，2010年第2期，页131。

绪 论

（二）明代文献生产的内部心理机制。

从产品生产和消费规律来看，作为消费终端的阅读人群是文学生产的发动机，因为只有有了消费需求，才能进而推动消费各环节向前发展。而消费人群的审美趋向和艺术追求与当时的社会环境有密切的关系，它决定着艺术品的生产和消费走向。我国现代学者巫仁恕通过充分挖掘明代方志、笔记、实录和明人文集中的相关资料，认为明代晚期是"中国第一个'消费社会'形成的时期"①，它对舆轿文化、服饰文化、园林文化、旅游文化及饮食文化等各领域都产生了极大影响。其实明代"消费社会"的形成并不始现于晚明，其在正、嘉时期已经表现的非常明显了。

明代社会自成化以后商品经济有了极大发展，受此推动，整个社会的审美趋向和消费方式一改以前的质朴尚俭，而趋向慕富尚奢，关于此一点，上文所引方志中关于松人在成化、弘治、正德时期由俭入奢的文字已经做了很好诠释，当时文人学者的笔记及后世史学研究者也多有论述，此不赘述。笔者仅在此引述明嘉靖时期诗人、学者陆楫专门论述崇奢黜俭的文章，从理论上说明社会需求氛围是推动文学消费的重要动力，也即文人雅士、衣食市民的精神需求推动了明代刻书、藏书的兴旺发达，并进而促进了文学的繁荣：

> 论治者类欲禁奢，以为财节则民可与富也。噫，先正有言："天地生财止有此数。"彼有所损，则此有所益，吾未见奢之足以贫天下也。自一人言之，一人俭则一人或可免于贫；自一家言之，一家俭则一家或可免于贫。至于统论天下之势则不然。治天下者将欲使一家一人富乎，抑亦欲均天下而富之乎？予每博观天下之势，大抵其地奢则其民必易为生；其地俭，则其民必不易为生也。何者？势使然也……所谓奢者，不过富商

---

① 巫仁恕《品味奢华——晚明的消费社会与士大夫》，中华书局2008年版，页290。

> 大贾、豪家巨族自侈其宫室、车马、饮食、衣服之奉而已。彼以粱肉奢，则耕者、庖者分其利；彼以纨绮奢，则鬻者、织者分其利。正孟子所谓："通功易事，羡补不足者也。"①

陆楫论述中不但征引孟子等先正的格言，且以苏淞等地豪富尚奢进而惠益"舆夫、舟子、歌童、舞妓仰湖山而待爨者"为例论证自己的理论，可谓有理有据，言之凿凿，颇有说服力。陆楫的崇奢论思想，其实质是当时社会消费领域充满活力、慕富崇奢社会现实的理论反映。生产消费规律告诉我们，消费需求是刺激生产、活跃市场的原始动力，没有消费需求就不会有商品生产的动机和心理，更不要说商品的扩大再生产了。有了消费需求就会激发起商品生产者的逐利动机和生产兴趣，并在生产过程中迎合消费者的心理，生产出更多更好贴近消费者需求的新品种。明代刻书、藏书作为文学精神生产和消费的中间环节，以它的兴旺发达有力地证明了二者的关系。

"立言"不朽思想是明代文献繁盛的内在心理动因。儒家之"立德、立功、立言"三不朽思想对士大夫影响极为深远。而在三不朽中，"立言"最易。故自晋代"文学的自觉"之后，文人都有刻集行世的思想，明人于此表现得更为明显。有明一代，凡做过官的基本上都刻有文集，这就是李贽所谓"戴纱帽而刻集，例也"②。董宜阳（1511—1572）是明嘉靖时云间诗人，曾游学于陆深。陆深曾对他说："余有撰著数种，虽不敢自谓成一家之言，其于网罗旧闻，纪记时事，庶不诡于述者之意矣。使后世有知余者，其在兹乎。"③其借文集传世思想很强烈。了解到父亲的想法后，其子陆楫

---

① 陆楫《蒹葭堂稿》卷六。
② 管庭芬《芷湘笔乘》（稿本），《李贽研究参考资料》第三辑，福建人民出版社1976年版，页177。
③ 何良俊《俨山外集序》，《何翰林集》卷八。

就有意为他收集文稿,为出版做准备。陆深在给陆楫的信中专门谈到他的诗文稿出版问题:"书来,欲为吾集文稿,旧曾清出三册,是丙子以前所作,是姚天霁写清,放在浦东楼上西间壁厨内。丁丑以后文字俱散漫,稿簿俱留在家,可乘闲清出,令人写净,须我自删定编次也。"①陆深对自己文稿出版很慎重,亲自删定编次。有了陆深前期的工作,其卒后两年,即嘉靖二十五年(1546),《俨山文集》一百卷很快就付梓行世了。青浦陆树声之《陆文定公文集》的刊刻也是其子谨遵其嘱而完成:

> 彦章生也晚,于先公壮岁著述十未睹其二三,方俯首帖括时,无暇它问。迨乞养归,复以少年佚游,不早留心搜辑,奉讳之后,间从遗筒获诸存稿,及遍访亲交,而散落甚多。中间遭延检括者逾十年所,迄不能尽备,不孝放失之罪通于天矣。谨茹痛忍死,荟萃其见在者成集,其杂著十种,原系先公手衷嘱梓,续录二则,晚岁垂欲梓而未就者,咸袟于后,不敢混铨卷次,以洇先志。②

可见,陆树声生前即亲自衷集自己著述,并有意梓行,惜未能卒志,于是嘱咐后人务必刊刻行世。

明人于刻集之热衷,不惟士大夫如此,一般粗知文墨者对此亦心向往之。成化时南安知府张弼即曰:"当世操觚染翰之子,粗知文墨遂栩栩然自命作者,衷然成集,梓而问世。究之,瑜瑕不掩,为有识者所窃笑。"③可见因文传世思想在明中期已经深入读书人的骨髓中,成为其人生必须要实现的梦想。这种现象愈到后期愈严重,以致贩夫走卒在去世前亦有借墓志传世之念。唐顺之语带讥讽

---

① 陆深《京中家书二十四首》其十七,《俨山集》卷九十九。
② 陆彦章《陆文定公诗文集跋》,《陆文定公诗文集》卷末,明万历四十四年华亭陆彦章刻本。
③ 胡介祉《张东海集序》,《张东海集》,清道光十四年(1834)张崇铭刻本。

地描述明后期这一陋习时说:"宇宙间有一二事,人人见惯而绝是可笑者,其屠沽细人有一碗饭吃,其死后则必有一篇墓志;其达官贵人与中科第人,稍有名目在世间者,其死后则必有一部诗文刻集,如生而饮食、死而棺椁之不可缺。此事非特三代以上所无,虽唐汉以前亦绝无此事。幸而所谓墓志与诗文集者皆不久泯灭,然其往者灭矣,而在者尚满屋也,若皆存在世间,即使以大地为架子,亦安顿不下矣。"①唐氏所言,道出了明人刻集传世意识的殷切及文集的繁富。

自科举兴盛后,中国士绅阶层日渐壮大,对中国基层社会影响极为深远。为了维系家族声望、激励后人、光耀门楣或者中兴祖业,家族内后世子孙大都积极刊刻先人著述用来增强本家族的凝聚力和向心力。松江朱察卿家族是明代云间望族,王秩登在为朱察卿所作传记中说:"先生而上七世攻《诗》,六世《易》,五世《春秋》,四世隐逸,三世二世一世皆通显。"②朱氏一门七世都有诗文集行世。家族后人搜罗先人著述时都有一种神圣的使命感,在辑录、刊刻先人著述时复兴家族的愿望十分强烈,因而态度极为虔敬、恭谨。华亭章旷(1611—1647),崇祯十年进士,顺治四年(1647)卒于广西抗清途中。其诗文著述虽有定本,但未付梓,子孙视若珍宝,虽屡经兵火而兢兢以藏之。旷之七世孙章未谈其保存及刊刻时说:

> 咸丰庚申(1860)四月,苏州省城被陷,未因检先世著述,自前明虞部公以下各种定本,寄存笥山朱氏,副墨仍藏家中。后朱氏屋为寇毁,先集悉成灰烬,而家中所藏尚无恙。先相国文毅公诗副本只一卷,计诗一百馀首,其中字迹漫漶,有

---

① 唐顺之《答王遵岩书》,《荆川集》卷五。
② 王稚登《朱先生传》,《朱邦宪集》附录。

不可别识者，曾乞平湖贾芝房、同里王海客两先生详加较正。时海客先生已抱疴，力疾点勘，谓忠臣遗墨何忍令其湮没，况中多奇杰之作，足与陈、夏诸集并重。①

其视先人著述珍若拱璧，惟恐遗失，愧对先祖。

构建地域文化的桑梓情怀是上海地区文献兴盛的重要原因之一。文学因时而变，因地而异。文人生于斯，长于斯，必然有很深厚的故土情怀。所谓睹乔木而思故家，考文献而爱旧邦，于是整理乡邦文献便成为他们的自觉追求。王彝是明初嘉定著名文人，王彝对嘉定一邑文化、文学影响甚大。其卒后仅有洪武间俞祯抄本《妫蜼子集》存世。弘治间，嘉定后人浦杲得王彝著述《三近斋稿》，与邑人刘廷璋一起刊刻成集，名《王常宗集》，四卷补遗一卷。迨至明末，嘉定文学家陆嘉颖、徐朗白在檇李（今嘉兴）书画家项靖处觅得王常宗遗作数首，同邑沈弘正、娄坚二人为之重新编辑，此即为明末清初述古堂藏抄本《王常宗集》补遗一卷续补遗一卷。后康熙间嘉定后人陆廷灿将新得王彝数首遗作，汇入述古堂藏抄本内，并重新编辑、付梓行世，此即为康熙三十九年（1700）刊本《王征士集》四卷附录一卷。纵观明、清所有《嘉定县志》及其他有关诗文集序跋可以发现，士人们在构建嘉定文化大厦时总是会拈出王彝，将其作为明代嘉定文化的标志性起点。

陈子龙是松江文学的集大成者，其诗文在其生前虽有刊刻，然未为足本。子龙卒后，松江后人苦苦搜辑其遗文并多次刊刻。光绪三十四年（1908），金山高燮总结陈氏遗集之刊刻云：

> 昔在嘉庆癸亥，青浦王少司寇昶及同郡人士搜辑公诗文，都为三十卷，刻于青浦何氏，为《陈忠裕公全集》，其稿盖多

---

① 章棐《章文毅公诗集题识》，《章文毅公诗集》卷首，清光绪二十九年刻本。

得诸公五世外孙我邑王君锡钴所藏（按锡钴为子龙高足王沄之裔孙）①。而公《安雅堂稿》其名见于姚太史宏绪《松风馀韵》，是时书已失传，遍搜不得。及梓事既竣，而我邑徐香沙祖鎏复访得此稿，以遗何氏，因卷帙繁多，未能即时增入。至光绪戊己年间，华亭闵颐生先生借此稿而手钞之，复增辑《论史》一卷，校雠已定，将授剞劂，卒卒尚未遂也。未几而先生殁，哲嗣瑞芝我友以此书寄存于国学保存会者数年。今年春，瑞芝谋竟先志，复将集赀付印，嘱为叙其颠末……阅百馀年而始有公全集之刻，又百年而公《安雅堂稿》亦以出世，而吾友吴江陈君去病、柳君亚庐近亦闻将印夏考公父子合集之举。以数公之精神灵爽，其书历数百年而未大显，一旦得并印以行世，喜可知矣。而尤窃幸公之文章久散未聚，而两得于吾邑人之所藏，诚吾邑之光荣也。②

除陈子龙外，夏完淳、徐孚远、侯峒曾、黄淳耀等上海地区义士的作品不断得到后人的辑补、刊刻。明末，上海地区文学之所以在文学史上占有重要地位，除了晚明云间、嘉定诸人本身的文学成就非常突出外，也与他们慷慨赴死的高尚志操、悲壮气节有关，他们是上海文学长河里最动人心魄的辉煌存在。

（三）丰富的藏书对松江文献繁富、文学繁荣具有重要的支撑作用。

明代上海地区文献之盛还与上海地区文人酷爱藏书有较大关系。明代最大的几个刻书和售书中心是苏州、南京、杭州及建阳，除建阳外，其馀三个城市均与松江相距不远，这是地理上的便利。

---

① 此处"锡钴"当是高燮所误，应为"锡瓒"。查《南汇县续志》卷二十二，锡瓒，名王宗泰，字锡瓒，号二榆，诸生，居邑城。著有《二榆山房吟稿》。
② 高燮《陈卧子先生安雅堂稿序》，《安雅堂稿》卷首，清宣统元年（1909）铅印本。

与此相关的是文人刻集现象非常普遍，这为书业提供了源源不断的商品并使文人从书业中受益。明代上海地区的私人藏书风气之盛，藏书之多，都是以前各朝所不能比拟的。如郁文博、王山、陆深、何良俊、朱大韶、董宜阳、张之象、范惟一、李可教、朱察卿、王圻、孙克弘、宋懋澄、莫是龙、丘集、沈弘正等都是上海地区著名藏书家。

郁文博字文博，景泰五年（1454）进士，终官湖广副使。家富藏书，藏室名"万卷楼"，颇负盛名。年七十九犹丹铅校核不去手，校刊《说郛》一百二十卷。所作《说郛序》总结自己一生蓄书、嗜书生活云："予平生嗜书，少而从父宦游江湖数年，壮而出仕四方廿九载，耆老而归休林下十四年，今年已七十九。所收所录书积万馀卷，贮之楼中，名其楼为'万卷'，以资暇日阅玩。"①王山字静之，号海槎，世家上海，后徒华亭。"公少治毛氏《诗》，通大义。会得羸疾，去学医，然非其志也。辄多读经史百家之言，以期自表见。家虽食贫，而四方之士有挟古册籍来者，无不厚价购之，倾囊称贷靡所靳，即不可得，必借以归，口诵手抄，孳孳若不及……仅田百亩，屋数椽，而其藏书乃至万七千卷。"②

陆深是明中期著名学者文学家，也是著名藏书家，少时即喜抄书，至老不辍："予喜手抄书，方时少壮，夜寒，炉炙不废泓颖，今五十有六年矣。"③又记自己贮书经过时说：

> 余家学时喜收书，然觑觑屑屑不能举群有也。壮游两都，多见载籍，然限于力，不能举群聚也。间有残本不售者，往往廉取之，故余之书多断阙，阙少者或手自补缀，多者幸他日之偶完而未可知也。正德戊辰夏六月寓安福里，宿疴新起，命童

---

① 郁文博《说郛序》，陶宗仪《说郛》附录。
② 何三畏《王封公海槎公传》，《云间志略》卷十二。
③ 陆深《为己方序》，《俨山集》卷五十一。

出曝，既乃次第于寓楼，数年之积，与一时长老朋旧所遗历历在目，顾而乐焉。①

陆深视聚书、观书为人生一大雅趣。何良俊是嘉靖时期藏书大家，家有清森阁，既是刻书之所，也是藏书之室。其自叙聚书云："何子少好读书，遇有异书，必厚赀购之，撤衣食为费，虽饥冻不顾也。每巡行田陌，必挟策以随。或如厕，亦必手一编。所藏书四万卷，涉猎殆遍。"②何氏以岁贡生入国学，特授南京翰林院孔目。然居官久而不乐，遂托疾归，过着"妙解音律，晚畜声伎，躬自度曲，分刌合度，秣陵金阊，都会佳丽，文酒过从，丝竹竞奏"的江左风雅生活③。华亭范惟一酷嗜藏书，亦刻书。他的"玉雪堂"刻书很有名，所刻书有《吴兴掌故集》十七卷、《逊志斋集》二十四卷附录一卷、《范文正公集》二十卷《别集》四卷、《释名》八卷、《范仲宣公集》二十卷附录十四卷、《范文正公奏议》十七卷《书牍》一卷《奏议续集》二卷、《张水南文集》十一卷等。

明万历间，上海地区王圻、施大经、俞汝楫、宋懋澄、董其昌、陈继儒等俱是藏书名家。王圻终生嗜学，尝筑室淞滨，植梅万株，称梅花源，以为藏书、读书之地。尤究心文献，年逾耄耋，仍燃烛帐中，故著述宏富。施大经是明万历十三年举人，仕至惠州通判。藏书阁名"有获阁"，贮古今书籍逾万卷，藏书之巨，堪称郡中之富者，卒后其子沛然复增购入藏，仅书目即四大册高五寸许，藏书印有"施氏有获阁藏书""子孙永宝之""出借鬻不孝"。宋懋澄性好藏书，多畜秘本、手抄本及名家精校本，藏书楼名"九籥楼"，藏书充栋，其集名《九籥集》即以藏书楼名之。陈继儒性喜抄校旧籍，精于校勘。其藏书室名"宝颜堂""玩仙庐""来仪堂"。

---

① 陆深《江东藏书目录序》，《俨山集》卷五十一。
② 何良俊《四友斋丛说自序》，《四有斋丛说》卷首附。
③ 钱谦益《列朝诗集小传》丁集卷七。

凡得古书，校过即抄，抄过复校，校过复刻，刻后复校，校后即印，印后复校，故所刻皆为精品。所刻《宝颜堂秘籍》六集，收书229种，后世小说家尤珍爱之。

嘉定虽是苏州下属濒海小邑，但民风古朴，藏书者甚众。丘集（1523—1603）是明代中后期嘉定著名藏书家、学者。少时家贫，而读书不辍，有"寒谷"之称，精于三《礼》，藏书甚富。沈弘正（1578—1627）亦是万历、天启间藏书大家，其一生科第失意，惟以读书、聚书为乐，经史百家、稗官野史靡不收贮。惟恐殁后藏书散佚，希望子侄辈："能读即读之，不能读则谨藏之以俟，其勿令散逸焉，此吾志也。"①读之令人动容。马元调（1576—1645）也是著名藏书家，亦喜刻书，其刻书堂名"鱼乐轩""宝俭堂""纸窗书屋"。曾刻《元氏长庆集》十二卷补遗一卷、《白氏长庆集》七十一卷、沈括《梦溪笔谈》二十六卷《补笔谈》三卷《续笔谈》一卷、洪迈《容斋随笔》十六卷《续笔》十六卷《三笔》十六卷《四笔》十六卷《五笔》十六卷等。其他如嘉定徐氏、侯氏、黄氏、唐氏、金氏等等都是文化世家大族，无不藏书盈库，汗牛充栋。

有条件的士人家里基本都有藏书室甚或藏书楼。古代藏书楼为私人所有，有其封闭性一面。但它也不是完全封闭，它在一定范围（亲朋师友）间流动，是著述人的必备资料，也在客观上保存了文献。古代学者、作家总是千方百计收书、聚书，有的将所聚图书、所著新书校勘、编纂，再刊刻出来。通观江南富庶之地可以发现，刻书发达之地，其藏书家必然众多，而藏书的兴盛，又促进了刻书业的繁荣，藏书与刻书是相辅相成的。上海地区文献之发达、文学之繁荣与家富藏书有较大的关系。

---

① 娄坚《隐君子沈公路行状》，《学古绪言》卷十二。

五、明代上海地区的文化世家与文献繁盛

我国封建社会实行科举取士后,因科举入仕会带来政治地位、财富、名誉、乡望等诸多好处,所以家族中读书士子一般都趋之若鹜。当这个家族一旦有人通过科举进入仕途,这个家族就会成为文化家族,而文化家族的第一个中式者往往成为这个家族的精神领袖。文化家族最大的特征是重视对子女的教育,重视文化的累积与传承。这种重视又转化为一种具有家风性质的潜移默化的内在精神驱动力,促使后世子孙积极进取,以维持家声不坠,家族长盛不衰,这种"家祚"绵长的家族就是文化世家。文化世家是中国古代社会普遍存在的文化现象,尤其苏、松、浙、闽等江南地区文化世家大族更大量涌现。

据明末清初上海学者叶梦珠《阅世编·门祚》载,仅是古称云间的"松江府"一郡的名门望族即达六十七家之多①。今人吴仁安先生更在其专著《明清时期上海地区著姓望族》中指出,明清上海地区有过影响的世家大族曾达三百馀家②。这些"名门望族"或"世家大族"大部分是文化世家或文化世家兼官宦世家。如华亭钱溥家族、顾斌家族、冯恩家族、顾清家族、唐文献家族、董其昌家族、上海朱木家族、陆深家族、陈所蕴家族、曹豹家族、徐光启家族、张之象家族、潘恩家族、青浦徐阶家族、张弼家族、莫如忠家族、陈继儒家族,嘉定李汝节家族、黄淳耀家族、侯尧封家族、张任家族及崇明盛氏家族等都是明代著名的文化世家大族。

上海地区的世家大族与江南其他世家大族一样,通过有目的的与周围大族联姻,彼此相互扶持,使可资利用的资源最大化,在促

---

① 叶梦珠《阅世编》卷五"门祚",上海古籍出版社1981年版,页129—152。
② 吴仁安《明清时期上海地区著姓望族》,上海人民出版社1997年版,页288。

进本族发展壮大的同时，客观上也促进了地域文化的发展。以陆深家族为例，陆深姑母陆素兰嫁同邑望族广南知府顾英为妻（顾定芳生母），上海望族唐锦娶陆深妹为妻，陆深子陆楫娶礼部郎中唐祯孙女（唐儒女）为妻，徐阶之孙女为陆深曾孙陆墹妻子，陆墹子陆铠娶云间望族朱氏女。陆氏家族正是在和周围著姓大族的联姻中愈加发展壮大，成为上海著名的文化世家大族。上海徐光启家族亦是如此，徐光启子徐骥娶上海世家大族顾昌祚女，徐骥长子徐尔爵娶乔氏，乔拱辰孙女，次子徐尔斗娶于大族孙氏，孙元华外孙女；三子徐尔默娶于上海望族黄氏，黄体仁孙女；四子徐尔路娶于著名望族潘氏，潘允端孙女。徐光启一孙女适上海望族许乐善之孙许远度。远度生子许缵曾，于清顺治六年（1649）成进士。陆深家族、徐光启家族是明清时期上海地区著名文化世家大族，对明清上海地区的思想、文化、文学、艺术等各领域都产生了巨大影响。

明清的文化世家大族都非常重视对后人的教育，而瓜瓞连绵、世代簪缨的希望使各家族特别重视家规、族约的制定，以期建立一套行之有效的预防和保障机制，从而使家族长久地延续祖上的兴盛和荣光。如很多家族定有家训，以此训诫子弟后人。明代吏部侍郎唐文献（1549—1605）制定的家训单独成卷，洋洋洒洒数千言，开篇即云：

> 以学问磨礲气质，以礼法检束身心，以良师益友为蓍龟，以狭邪恶少为鸩毒。出入既简，则业自专；交游不杂，则过自寡；饮宴不妄预，则费自节；童仆不滥收，则事自省。第令杜门下ε，读书谈道，即兄弟之间，亦足自相师友。①

然核心要义在于"勤励以向学，俭素以治家"，行文中言之殷殷、诫之谆谆，溢于言表。古代上海地区世家大族一般具有良好的

---

① 唐文献《家训》，《唐文恪公文集》卷十六。

家风,父祖苦读、兄弟相助、妻子督家成为家族中兴的必由经历,场景相当励人。华亭陆润玉(1401—1462)的高祖、曾祖、祖父及父亲四辈业儒,润玉治诗,习举子业,场屋受阻后,遂悉心授子,同时"益博综诸经子史,玩心高明,有所感触,一发于诗"①。

世家大族中的女性在家族兴起、发展及复兴中的作用尤其值得一提,前已有论,兹再作补述。世家大族的女子在未婚时即受到良好家风的熏染,婚后亦将此家风带入夫家,勤俭持家,相夫教子,兢兢业业。唐祯兄唐祚有经济治生才,于是祯父唐埔命唐祚"总家政,相汝弟成名"。在这一家训下,唐祚"一意干蛊色养,事二亲"。在家兄鼎力相助下,唐祯中进士,官礼部郎中。唐祚妻宋氏出身上海望族,"生有令质,长有令德","曲尽妇道,孝惠敬肃,唐之族人称焉。燕宾治具,不问皆中,家塾教子弟,晨夕飨馈皆其手出"。在唐祚及妻子的勤苦经营下,唐氏家族"家日饶裕,以副其好礼、举义之志,诗书之风彬彬然,科第踵接起矣,蔚为松之望族,可谓光前而启后者"。故唐祚颇为感慨地对子孙说:"得承先人敝庐以至今日者,宋氏之力也!"②朱豹家族在福州太守朱豹逝后,家道中落,朱豹妻蔡孺人勤俭持家,督责子孙向学:

> 亲织纴而无厌,操井臼而不辞。孝敬姑舅,甘旨不违于朝夕;谐和娣姒,裙钗相济于有无。内外称贤,上下蒙德。未四十一而寡,矢二心而坚。外御内支,惟恐遗孤之不立;朝勤夕苦,恒忧薄祚之益衰。体死者生者之心,兼严父慈母之责。先子后女,知大体而不偏;因亲及疏,施厚泽而皆当。娶三妇而辛勤万状,抚四孙而爱养百端。勤俭起家,寸薪尺宝;威严御下,千指一心。为早孀居,叹尘世百千万劫。③

---

① 张弼《张东海诗集文集》之文集卷四。
② 陆深《散官北园唐公墓志铭》,《俨山集》卷六十六。
③ 朱察卿《荐母疏》,《朱邦宪集》卷十一。

经朱氏两代人的勤苦经营,朱豹二孙朱家法、朱家声皆中万历间进士,家道复兴。再如徐光启母亲钱氏,亦出身松江望族,其对子女教育十分严格。徐光启忆曰:"(太夫人)早暮纺织,寒暑不辍。训不肖及女兄弟,生平未尝楚辱骂言,有所欲敕戒,则不言笑者数日,待儿辈侍立垂涕,度悔改乃已。"①徐母虽非辱骂捶楚,然这种冷对教育实在有无声胜有声的效果。

文化世家不但重视对子女的教育,也非常重视本家族及桑梓文献的生产。《(嘉庆)松江府志》载:"我朝《四库全书》部分经、史、子、集汇为提要,布诸海内。松人士撰述之可见者凡三百五十馀家。"②松江一府即有350馀种入载《四库全书》,亦可谓富矣。笔者曾就明代上海地区的诗文集刊刻情况作过统计,有近90%诗文集产生在文化世家大族中。下面从方志生产、诗文别集生产、诗文总集生产三个方面就明代上海文化世家大族与文献生产间的关系作简要论述。

方志是具有正史性质的地方官修志书,中国自古就有修史的传统。洪武初年,即令"编类天下州郡地里形势,降附(《大明志书》)始末"③。有中央示范,各地府州县首脑都非常重视地方志的修订。中华书局、上海古籍出版社合编《中国古籍总目》内"方志类·地志之属"总收历代方志8 570种,其中明代方志1 011种,占全部方志的11.8%。按现代行政区划,方志数量位居前十的是浙江(118种)、江苏(103种)、河南(96种)、河北(91种)、福建(81种)、山东(73种)、安徽(72种)、江西(50种)、陕西(48种)、广东(48种)。笔者通过认真查考,发现明代的方志生产有两个主要特点:一是纂修方志频繁的地区往往或是经济富庶之区,

---

① 徐光启《先妣事略》,《徐光启集》,中华书局1963年版,页527。
② 宋如林《(嘉庆)松江府志》卷七十二"艺文志"。
③ 《明实录·太祖实录》,中央研究院历史语言研究所校印,1962年,页1149。

或是文化发达之地，或者二者兼而有之；二是方志的主修者大半是当地政府首脑，而真正纂修者则以当地士人为主。这些士人在本地具有很高乡望、很大影响，他们有的是官员，因丁忧或省亲在家被当地官员邀请参加方志纂修，有的则是乡望很高的本地士人。

笔者在"明代上海士人的文化建构"中曾列举明代上海历代方志的纂修情况，经笔者考证，所有《松江府志》的实际纂修者均为松江府本地士人，如《（正德）松江府志》的实际纂修者即为顾清、高人、蒋惠、吴稷等人，其他松江府、华亭县、上海县各级官员仅挂名而已。顾清（1460—1527）是松江华亭县人，弘治六年（1493）进士，官至礼部尚书。顾清任南京兵部员外郎时，父卒，丁艰在家，前后两任郡守均请他出面纂修《松江府志》：

> 予往岁忧居，前守令都御史宜春刘侯琬尝属以志事，会予北上不果。正德己巳，予复以忧归，明年庚午，御史弋阳谢君琛按部来松，问府之故，病其遗阙，嗣守临川陈侯咸复举以属予，冬始即事，而侯以春去，予意其终弗果也。会今守内江喻侯时继至，力主成之。①

此外，高人、蒋惠、吴稷均是松江府知名士人，吴稷更是正德九年（1514）进士，著有《破愚录》《史纲纂要》《皇明正学编》《自得园稿》《宦游稿》《石湖漫稿》等史学文学作品②。吴稷当时致仕在家，适逢府志纂修，以其学识、乡望被邀请参与纂修工作。邀请这些有影响的地方士人参与修志这种大型文化工程，一方面是借重他们才识，以保证志书的质量，另一方面也是利用他们的政治地位和乡望影响，使其成为地方社会治理的一支辅助力量。

方志是综记一地人、事、物的志书，随着历史的发展它必然吸

---

① 顾清《松江府志序》，《（正德）松江府志》卷首序。
② 姚宏绪《松风馀韵》卷十。

收新的时空内的一切有价值的东西,但它的纂修更离不开对前人优秀成果的继承。顾清纂修《松江府志》时参阅了很多前代志书:"府始为县时,有《云间志》。既为府,属嘉兴,见《嘉禾志》。直隶省后,有《松江郡志》,有《续志》。入明有《松江志》,有《云间通志》。通志者,会诸志而成书者也。《云间志》历岁久远,今已无全书,其馀虽存,而后生之得见者已鲜。《通志》所载又间脱讹。更后数十年,遗文坠迹,将无复讨寻矣。故今并取诸本,参互考证,会以成编,而不敢略焉。"①正是在对地方前辈精神财富的吸收中,人类文明的优秀成果得以代代传承下去。

除从事地方志纂修外,地方士人也是明代地方诗文集生产的主要力量。清代黄虞稷《千顷堂书目》全书三十二卷,著录明人诗文别集达5 252部,除去外国的23部、重复的22部,尚有5 207部。今《中国古籍总目》内"别集类·明代之属"总收有明一代诗文别集7 174部②。明代生产的诗文集数量是极其巨大的。明代地方诗文集的生产主要有直接生产和间接生产两种方式。所谓直接生产是指集主亲自参与到诗文集编选、校阅、刊刻等生产过程中去,是诗文集生产的主要发起者、推动者。明代存世诗文集数千种,绝大部分是以父编子刊或父编子校孙刊的形式生产、传递着。明代上海地区存世的263部文集中,属于集主及其子孙编辑的文集近240部,占总数的90%。这种父集子编或子编孙刻的情况在文化世家中表现得最为明显。文化世家大族最大的特征是重视文化的累积与传承,而后世子孙也都期望将先人创作的精神财富代代传承下去,故而后世子孙极其重视对先人作品的整理、刊刻和传承。最具代表性的是嘉定金氏《诒翼堂集》十卷的辑录与刊刻。嘉定金氏是著名文化大

---

① 顾清《松江府志序》,《(正德)松江府志》卷首。
② 古籍总目编委会《中国古籍总目》,中华书局、上海古籍出版社2012年版,页517—1012。

族,名望甚重。金大有著有《金伯谦先生诗集》一卷,大有子金兆登著文三卷,兆登子金德开著诗三卷(仅存卷上),德开子金吉士著诗二卷,吉士从子金塾著《贞恒草》一卷。清初金大有曾孙金望将金氏五代著述汇为一集付梓行世,名《诒翼堂集》,明代金氏一族的文学精华就荟萃于一部《诒翼堂集》中了。

文集的直接生产还有一种情况,即集主在世时因各种原因并未刊刻行世,或虽有刊刻而散佚很多,其后世子孙为恢复前辈著述原貌极力搜寻,有的历时数十年甚至数百年,子孙在这一过程中表现出的虔敬的态度、锲而不舍的精神常常令人感动不已。张弼(1425—1487)字汝弼,青浦人。明成化二年(1466)进士,官至南安知府,其道德、政事、文章、书法在当时影响很大。他是书法名家,所作往往为人所持去,故当时散佚甚多,这为他的后世子孙搜索其佚作带来很大困难。其二子张弘宜、张弘至在他卒后历时三十年才辑录成集,于正德十三年(1518)付梓行世,但遗漏、错讹之处很多。崇祯间他的五世孙张安豫、张安磐及康熙间六世孙张世绶、张世岐等人分别做了补辑、刊刻。诗文由初刻时的诗 410 首文 150 篇增加到康熙刻本(1697)的诗 867 首文 207 篇,诗歌增加一倍多,张弼诗文集至此才算大体完备。其第十一世孙张崇铭为保存先祖文献在道光十四年(1834)又作了最后一次刊刻。如果从张弼卒年算起,到道光刻本行世为止,其子孙辑补、整理他的遗作用了近三百五十年的时间。家族文献也是地方文献,地方文献也是民族文献的一部分,文献就在家族的递修递补中不断传承、发扬光大。

地方士人的诗文集间接生产是指在文献生产过程中,主要由集主的亲友或桑梓后人发起整理,参与编刊。这种情况约占地方诗文集的 10% 左右。如果集主的子孙没有能力完成对先人文稿的编刊印行,这时家族中的有能力者便会站出来替亲友完成刊刻先世遗集的遗愿。长洲彭氏是苏州文化世家,彭昉是嘉靖时进士,其子彭年

（1505—1567）不乐仕进，家道很快衰落。彭年卒后，家人无力营葬，便将其遗稿《隆池山樵诗集》卖掉以葬彭年。文元发（1529—1602）是长洲文化世家文徵明之孙，也是彭年之婿。彭年家人卖文虽属穷极无奈之举，但实在有损家族颜面，且牵连到文氏家族，故文元发觉得有责任帮助岳父，使其诗稿得以刊刻行世。但文元发官微俸薄，正在为难之际，幸得有热心官员捐了两个月俸禄，《隆池山樵诗集》才得付梓行世①。

　　间接生产还有一种形式，即对于地方上有重要影响而子嗣乏绝的作者，有正义感的文化世家子弟会积极、主动地去搜辑、整理其遗著，助其付梓行世。前述云间后人对袁凯诗集的一再刊刻即是一例。再如夏完淳（1631—1647）的《夏节愍全集》十二卷也是由清嘉庆后期云间士人王昶、庄师洛等人整理完成的。夏完淳是明末清初抗清义士，卒时年仅十七，女儿还未出生。夏氏著述在明末并无刻本，其最早刊本是清嘉庆间艺海珠尘本《夏内史集》九卷，内疏漏甚多。为表彰先贤，保存文献，王昶（1725—1806）于壬寅（1782）丁艰期间，命庄师洛、王鸿逵辑录夏完淳遗著以成集，后庄氏弟子何其伟、陈均亦参与其中，终于在嘉庆十二年（1807）刻成书板，将谋印行，但"卒以遗漏尚多，迟迟未果"②。后整理者之一杨超格"于山舟周氏得《两朝忠义诗集》，摘录节愍诗十馀首，增入集中。今（嘉庆戊辰，1808）又于柘湖黄子毓麟家获见《内史集》旧本，校勘一通，内骚赋及古体诗四十馀首，均为刊本所未备。卷首有杜让水述节愍轶事一则"③。此即为补遗卷。刻补遗后，杨超格又从柘湖觅得遗诗十七首，这就是续补遗。后嘉庆十四年

---

① 王世贞《彭孔嘉诗集序》，《隆池山樵诗集》，《四库全书存目丛书》（以下简称《存目丛书》）"集部"第146册，第96页。
② 庄师洛《夏节愍全集题识》，清嘉庆十二年娄县陈氏刻同治八年（1869）重刊本。
③ 杨超格《夏节愍全集跋》，《夏节愍全集》补遗，清嘉庆十二年娄县陈氏刻同治八年（1869）重刊本。

（1809）季秋，顾初昱因六世祖顾咸建与陈子龙、夏完淳相唱和，又发现夏完淳两首遗诗《二哀诗》《顾钱塘汉石》，于是在续补遗后续刊之，至此，《夏节愍全集》十二卷始灿然大备。如果从乾隆壬寅（1782）开始整理算起，到清嘉庆十四年《夏节愍全集》刊刻完毕，十馀位有责任感的文化世家子弟参与到搜辑夏完淳作品的行列中去，前后历时将近30年，其注重保存历史文献、构建桑梓文化大厦的热心、恒心令人感佩。在诗文集的间接生产中，那些文化世家子弟不但积极参与文献的辑录、校阅和刊刻，而且为之作序，作跋，积极为之鼓吹，这些序跋与集主的诗文集一道成为地方文献的有机组成部分。

除积极参与方志的纂修、诗文别集的编刊外，有责任感的地方士人忧于文献之零落，总是想方设法去搜辑、整理这些地方文集，于是大量的地方诗文总集被那些负有使命感的地方士人整理出来："一则网罗放佚，使零章残什并有所归；一则删汰繁芜，使莠稗咸除，菁华毕出。是固文章之衡鉴，著作之渊薮。"[1]这些诗文总集保存了大量地方文献。明代，尤其中后期，总集与别集一样纷纷面世，这体现了地域文献整理者保存文献的自觉意识。《中国古籍总目》内"总集类·地域之属"收历代地方总集560种，明人整理的地方总集有137种，占全部的24.5%。地方总集绝大多数为本地士人所辑，只有极少部分是在任外籍官员所辑，但在辑录过程中，地方士绅也发挥了重要作用[2]。

松人亦不例外，除了辑录出版本地散佚的诗文别集外，松江士人也整理了大量地方诗文总集。如翟校辑清王辅铭补辑《练音集补》四卷首一卷附录一卷外卷一卷，其他未见传世者如"东海翁尝欲断自国初，历选郡人诸作，名曰《云间雅音》，而终未之践。莫

---

[1] 纪昀等《四库全书总目》，中华书局1965年版，页1685。
[2] 张冬冬《明清地方诗文总集考述》，上海师范大学博士论文，2014年，页16。

中江方伯有《吴淞诗委》四卷，自序云不过百十数家，生于异间没葬兹土者咸与焉。董紫冈太学有《云间诗文选》若干卷。二者俱未之见，大约皆洪永以后、嘉隆以前乡先生诗也。《白石樵稿》载《云间诗隽》一则，其所品骘不过同时一十二家，诗亦无传焉"①。除地方诗文总集外，张之象辑《古诗类苑》一百三十卷、《唐诗类苑》二百卷、《唐雅》二十六卷，宋存标辑《秋士选诗》三百零五卷，徐献忠辑《乐府原》十五卷、《六朝声偶》七卷、《金石文》七卷，张时彻辑《明文范》六十六卷，陈子龙辑《皇明诗选》十三卷、《皇明经世文编》五百零四卷《补遗》四卷。

这些编选者出发点不同，有的是为了保存一地之文献，有的是为了复兴风雅的需要将不同地区的诗文编辑成集，有的眼光和境界更要阔大些，其意义和影响也各有差别，但这种做法客观上保存了文献，对促进本地文学发展起到了积极作用，也有力地促进了地方文献的传承。《练音集补》是明正德时嘉定人瞿校辑、清代王辅铭补辑的地方诗文总集，录宋至明弘治朝嘉定历代文献。瞿校《自序》云："是集为吾嘉定一邑而采也，曰练音者，仍古之练祁而名也。校采集之者，承前令定斋王公之命，因先祖颐贞公口授，博而成之者也。集凡七卷，中四卷则邑人之作也，自宋龚宗元以下若干人，不分隐显，录其所可考也。首采宦志，风化之所出也；附题赠著，风土交游之美也。释老亦附于外，取其言之有合于道者也。标姓名于所作之前，各附出处，而间著其事迹，因言可以觇德也。诗体类不拘，取其有关于风教，非若诸家之专以诗选也。诗中有意义当释者，亦分注之，补志乘之阙也。阅六载成编，今得梓而行之者，邑幕滇南李君捐俸请于今令姚江陈公，以终王公之初志也。凡有桑梓之爱者，幸无忘其功业。校固不能知言，聊附编采之意，不

---

① 姚宏绪《松风馀韵凡例》，《四库全书存目补编》第37册，齐鲁书社，2001年版。

自知其僭妄之罪也。卷末各不填其尾,俟同志者相与增益,以成一邑之文献也。"①其用意很明确,即在聚一邑之文献。

然其缺漏亦甚多,故入清后嘉定王辅铭又进行了续补:"顾念宋、元以来,地当草创,文风初启时,有龚、吴、张、强洎王、金诸先生,半属游寓,均以风雅相尚,而诗之采入集中者寥寥。迨明之中叶,科名日盛,人文蔚然可观,而瞿氏阙遗者亦复不少。予故随所见闻,自洪武至成、弘续集中已补录一二,锓版行世。兹复从宋、元广搜博采,或补人,或补诗;弘治以前或尚有挂漏,更为次第增补,通计百有馀篇,合前七卷,分为两帙。庶览者知吾疁以一隅濒海,纵当草创之年,而掷地成声,如闻金石,唱予和女,各见性情。"从瞿校《练音集》到王辅铭增补之《练音集补》,中间二百馀年,文献散佚很多,王辅铭深以为憾,然"非瞿氏留心文献搜罗于一百馀年之前,其遗书消亡殆尽而仅见于二百馀年之后者,又安所藉以补辑哉"②!故瞿校《练音集》辑录文献之首功甚大。

辑录地方诗文总集不是一件简单的工作,散佚史料的辑录、甄选、校阅、付梓等繁杂工作,仅凭一人之功、一时之力很难完成,必须依靠多人协作才能完成,有的历时数年甚至数十年才能成帙。一百卷本的《新安文献志》是徽州府休宁人程敏政所辑齐梁至明永乐朝徽州府诗文,前后历时三十年,其最后成书殊为不易。程氏于序中云:"斋居之暇,窃不自揆,发先世之所藏,搜别集之所录。而友人汪英、黄莆、王宗植暨宗侄隐充,亦各以其所有者来馈。参伍相乘,诠择考订,为《甲集》六十卷,以载其言;《乙集》四十卷,以列其行。盖积之三十年始克成也。"③其参与采辑者皆程氏亲友、门生,他们基本是徽州当地士人。再如《可作集》录清代松江

---

① 瞿校等《练音集补自序》,清乾隆八年(1743)金尚崬刻本。
② 王辅铭《练音集补引》,清乾隆八年(1743)金尚崬刻本。
③ 程敏政《新安文献志序》,明弘治十年(1497)祁司员、彭哲刻本。

府上海县诗人四十六人,诗作一千五百零一首,清王庆勋辑录。王氏在凡例中指出:"(庆勋)惟性耽吟咏……是编所录者不过悯作者心力将就澌灭,吉光片羽聊传其人。作者姓氏、里居、性情、行谊各纪始末。许淞渔师耀鉴定,外如张春水征君澹、贾云阶明经履上、杨小瀛茂才煃、张东墅庶常修府,咸有商榷,庶几询谋佥同耳。"①其"鉴定""商榷"者皆为其师友。

文化世家大族是我国古代社会的一支重要力量,它在地方的政治、经济中发挥着重要作用,如地方社会治理、道路桥梁修建、义庄义塾创办等,必须取得他们的支持才能取得成功。地方的文化活动更离不开文化世家的参与,如地方志纂修、地方诗文别集及总集等文献的生产与传承等。所有存世文献的90%以上是文化世家生产的,他们也是文献传承的主要力量。文化世家子弟之这么热心参与家族和地方文献的整理,这与中国古代社会的孝道思想及重视文献的责任意识有极大关系。明人都有强烈的刻集传世意识,这是中国古代"三不朽"思想在诗文作品中的反映。尤其文化世家子弟,重视教育、重视文化的累积与传承,对于先人创作的精神产品,后世子孙总会怀着虔敬的心情予以保存,如有散佚,也会想尽办法进行补辑、刊刻,使之传承下去。在传承家族文献过程中,家族的科举中式者往往是整个事件的主要发起人和组织者,其他家族成员也会为了传承先人著述积极奔走。家族文献也是地方文献,地方文献也是民族文献的有机组成部分。站在民族文献传承的角度说,文化世家的文献生产与传承是中华民族几千年来文献绵绵不绝、文化不断发扬光大的内在动力。

---

① 王庆勋《可作集》凡例,清道光二十九年(1849)王氏循陔草堂刻本。

华亭县

袁凯《在野集》《海叟集》

袁凯（约1310—约1404）字景文，松江府华亭城东人①。约生于元至大三年（1310），元末为府吏，博学有才辩，群议飙发，往往屈座中人。初，在杨维祯座，客出所赋《白燕》诗，凯微笑，别作《白燕》诗以献。维祯惊赏，遍示座客，遂有"袁白燕"之美誉。洪武三年获荐授御史，后失帝意，佯狂告归。凯常背戴方巾，倒骑黑犍，游行九峰三泖间，好事者至绘为图。凯工诗，有盛名，性诙谐，雅善谈谑，自号海叟。约卒于永乐二年。有《在野集》《海叟集》传世。生平事迹见何三畏《袁侍御海叟公传》（《云间志略》卷七）、何良俊《四友斋丛说》卷二十六、《（正德）松江府志》

---

① 袁凯生卒年份，清初时即已模糊不清。姚宏绪《松风馀韵》卷三十七就袁凯的年寿疑曰："杨铁崖作《改过斋记》，是谓至正之九年，岁在己丑，叟自云年已强矣。夫四十之为强，越二十一年庚戌而举于乡，又越十五年乙丑而有元夕观灯之会，叟年不几逾古稀乎？故诗有'七人四百九十岁'之句。至和夏忠靖公《一览楼》诗，乃永乐甲申岁，相去又一十九年，此时叟即尚存，必无能复事文皇之理，又焉有议事不合，赋诗被逸，佯狂放归，征典郡校之事？"今据姚氏及《府志》所载推断，则袁凯约生于1310年，约卒于1404年。

卷三十、张廷玉等《明史》卷二百八十五《文苑传》一。

今袁凯诗集通行本名《海叟集》。《海叟集》传本、卷帙颇为复杂。《四库全书总目》（以下简称《总目》）评《海叟集》曰："其集旧有祥泽张氏刻本，乃凯所自定，岁久散佚。天顺中朱应祥、张璞所校选者名《在野集》，多以己意更窜……弘治间，陆深得旧刻不全本，与何景明、李梦阳更相删定，即所刊《瓦缶集》《既晦集》是也①。隆庆时何元之得祥泽旧刻，以活字校印百部传之。万历间张所望复为重刻。此本乃国朝曹炳曾所校，以张本为主，而参以何氏本，正其谬误，较诸本差完善焉。凯以《白燕》诗得名，时称'袁白燕'。李梦阳序则谓'《白燕》诗最下最传，其高者顾不传'。今检校全集，梦阳之说良是。何景明序谓'明初诗人以凯为冠'，盖凯古体多学《文选》，近体多学杜甫，与景明持论颇符，故有此语。"《总目》所述乾隆前版本流变颇悉，今将其历代版本流变述考如下。

《在野集》二卷

明初祥泽张氏刻本，袁凯自定。今人傅增湘氏言癸酉年（1933）曾见此本："十年前，在南中得旧钞《在野集》，不分卷。为屐砚斋所传录，后有汪文柏跋语。其诗视通行本为少。以校曹刻，颇有异处，别为跋以志其概。顷赵斐云来访藏园，出旧刊本见示，半页十行，行二十一字，版心三黑口，四周双阑，刊工极为粗

---

① 袁氏并无《既晦集》《瓦缶集》之作，四库馆臣之误乃沿袭曹氏炳曾序语："前此陆文裕公刻《瓦缶集》《既晦集》，又前此朱氏刻《在野集》，今皆罕传。"因李氏梦阳序中有"叟名行既晦，集亦罕存"，疑曹氏将其断句为"叟名行，《既晦集》亦罕存"。于"既晦集"之误，傅增湘《藏园群书题记》初集卷七中已指出，余嘉锡亦征引之。然"瓦缶集"之说亦误，傅增湘《藏园群书题记》初集卷七云："《瓦缶集》见于万历本林有麟序，即董宜阳所言陆俨山急于流布，因编为别本者是也。"查正德刘怡闲刻本内天顺八年（1464）张璞序、正德元年（1506）陈镐序及正德元年陆深刻本内何景明序、李梦阳序、陆深跋，及万历刻本内董宜阳、张所望序，皆无《瓦缶集》之说，不知林有麟之"陆文裕为梓其《瓦缶集》而行之"之说来自何处？林氏之说，曹氏因之，四库馆臣亦不辨甲乙而承接之。句读之难，亦可知矣。

率,然古致盎然,决非成、弘以后所及。据嘉靖本董宜阳序言,海叟手订全集、国初刻于张氏者久毁。何玄之活字本序亦谓其集旧刻于祥泽张氏,岁久不传。今睹兹帙,其笔致疏古,刀法朴拙,犹是正统以前风气。考《海叟集》,天顺时所刻者名《在野集》,为朱应祥评选,只有二卷。嗣后正德陆文裕京师刻本,名《瓦缶集》,亦非完本。此本卷帙完备而镌雕古朴,可断为祥泽张氏所刻,决无疑义。"①傅氏所言之天顺本,今不知所之。

另有《在野集》二卷,正德元年(1506)鄢陵刘璟山东刻本。台北图书馆藏。板框20.4×13.3厘米。四周双边,版心黑口,双鱼尾,鱼尾间镌"在野集"题名。半页九行,行十八字。正文每卷卷首下镌"云间袁凯景文著,后学张璞校选,后学朱应祥评点"。前有天顺甲申秋七月吉旦山东兖州府沂州儒学学正同郡张璞《在野集序》。后有正德丙寅十月吉日赐进士出身中宪大夫山东等处提刑按察司副使奉敕提督学政江东炬庵陈镐《题重刊在野集后》。钤印有"吴兴刘氏嘉/业堂藏书记"朱长方、"国立中/央图书/馆考藏"朱方、"四明林/氏大酉/山房藏/书之印"朱方、"集虚林氏"白方、"心/斋"朱方。卷上收乐府诗十四首、古诗二十九首,卷下收五律三十二首、排律一首、七律十八首、绝句三十二首。总收诗一百二十六首。其名"在野",实因归老田野,因以名集,张璞序称:"《在野》之集,吾松袁先生所著诗也。先生国初以科第发身,拜监察御史。得癫疾告归,终老田野,集因以名。一集之中,诗百廿有六篇,若赋若兴若比,深得殷周诗人之正脉,若格调若音响若含蓄,兼有盛唐诸家之体裁,故所哀所乐发之于言,浑浑噩噩,沉著痛快。"

《海叟集》

《海叟集》三卷,正德元年陆深松江刻本。陆深得《海叟集》

---

① 傅增湘《藏园群书题记》,上海古籍出版社1989年版,页839。

《在野集》残刻,与李梦阳、何景明共同删定为三卷。板框 19.6×14 厘米。四周双边,版心黑口,双对鱼尾。半页十二行,行二十字。由何景明门人孙继芳于正德元年八月刻于松江。正文题名后镌"云间袁凯景文著"。卷首有正德元年李梦阳序。卷上收乐府诗十二首、五七言古诗六十一首,卷中收五七言近体诗六十七首,卷下收五、六、七言绝句五十九首。总收诗一百九十九首。李梦阳序云:"叟名行既晦,集亦罕存。子渊购得刻本于京师士人家,楮墨焦烂,蠹涅者殆半,乃删定为今集,仍旧名者,著叟志也。"《总目》云:"此本乃正德元年陆深同李梦阳所删定,而何景明授其门人孙继芳刊于松江,深及梦阳、景明各为之序。其板久佚,今所存者,传钞之本也。后有万历己丑王俞跋,已佚其前半,不能考见始末。惟篇终有'偶续前刊,辄附数言'之语,似乎俞又有所续入。然题下多注'选入《诗综》字',又似朱彝尊以后之本,非其旧编矣。"(《总目》卷一百七十五)综观可知,一是陆深本以刻本《在野集》为底本删次而成;其次,陆深本已不同于袁凯自选刻本,其在数量上"仅十之六七",较原刻已"颇多残缺"。今《存目丛书》集部第 25 册内《海叟集》、《中华再造善本·明代编》(国家图书馆出版社 2014 年版)内《海叟集》即以陆深选刊本为底本影印而成。

《海叟集》三卷,嘉靖八年(1529)刘诜刻本。刘璟子刘诜在正德元年《在野集》二卷本基础上补刊为三卷本。刘诜为该集作有跋语,然跋语不见嘉靖八年本,而见于四库全书本《海叟集》后。跋语言该集刊刻云:"先司寇怡闲公守松日,得袁海叟诗,爱诵之。后居东省,托矩庵陈公校刊。今逾廿余稔,偶于南都又得叟全集,观者谓宜重刻。诜以板存,手泽弗忍废,因录遗别刻,并藏家塾。"

《海叟诗》三卷,明嘉靖间范钦、陈德文校刻本,台北图书馆藏。半页九行,行二十字。四周单边,版心白口,单白鱼尾。扉页题"何大复弁言,林佶缮补,《海叟集》卷上中下"。前有何景明序,题"大复何景明著"。何序为手写体。正文题名后注"云间袁凯著,鄞范钦吉陈德文校刻"。集末有清林佶题记"康熙己巳九月,荔水庄藏本"。集中有抄补处。卷上收乐府诗十二首、五言古诗五十首、七言古诗十一首,卷中收五言近体二十四首、七言古体三十七首,卷下收五言绝句十五首、六言绝句七首、七言绝句二十九首。总收诗一百八十五首。

隆庆四年何玄之活字本《海叟集》四卷。何氏得到祥泽张氏旧刻,于集后作跋,用活字校印百部,使之流布海内。南京图书馆藏。四周单边,黑格白口,白鱼尾。半页九行,行十八字。扉页有清光绪十四年元宵后二日杨引传题识:"按《四库全书提要》云,《海叟集》明袁凯撰,隆庆时何玄之得祥泽旧刻,以活字校印百部传之,则此本固百部之一也。至今已三百馀年,余得于里中许氏,重加装订而藏之。序之前不知何人书藏者姓名,字迹颇劣,亦因其旧,不复芟除。"扉三有"山东廉访使张受翁藏于愿丰楼""四十六叶""万历己酉端午节诸生张重熙觌"等字。正文题名后注"云间袁凯景文著"。卷一收琴操五首、乐府十三首、四言古诗六首,卷二收五言古诗七十二首、七言古诗十九首,卷三收五言律诗五十三首、五言排律一首、七言律诗七十四首,卷四收五言绝句二十八首、六言绝句九首、七言绝句一百三首。四卷总收诗三百八十三首。前有何景明、李梦阳序,集后有何玄之跋语。何氏跋语云:"其集旧刻于祥泽张氏,岁久不传,弘治中,陆俨山先生于京师购得写本,已多朽烂,复加诠次,乞序于何、李二公,仅十之六七耳……今春暇日,与紫冈董君论及叟诗,董君出余师西谷张公家藏祥泽旧刻,即叟所自编者,喜出意外,因取活字版校印百部,传之同好。"万历间王俞为正德本作跋,其跋至清代已佚其前半。

另有隆庆间俞宪《盛明百家诗》本,一卷,总录诗凡百首。俞宪识曰:"今读其诗,盖玄澹先幾之士也,宜刻以传。诗共百首。"

万历三十七年（1609）张所望重为刊刻《袁海叟集》四卷，此为万历本。国家图书馆、社科院历史研究所、南京图书馆及日本东洋文库藏。半页九行，行十八字。西周单边，版心白口，单鱼尾。所录诗歌与隆庆本相同，总三百八十三首。前有万历己酉（1609）郑怀魁序、张所望《重刻袁海叟集引》、正德元年秋八月八日李梦阳序、何景明序，集后有正德元年秋八月八日陆深跋、嘉靖四十三年董宜阳跋、隆庆庚午何玄之跋、万历庚戌春三月张所敬跋。张所望《引》云："叟以时政孔棘，务自韬晦，故其名不甚著，而诗亦稍稍散逸。陆文裕公始购得写本刻之京师，其后柘林何氏复得祥泽旧刻，以活字板印行焉，故传布犹未广也。余守衢，偶携二刻，退食之暇，恒自披览。陆本颇多残缺，何本稍完而字画不甚整畅，中亦间有异同者，辄手为校定，更授剞劂。"今《北京图书馆古籍珍本丛刊》第100册内《海叟集》四卷据万历本影印。另清汪氏裘杼楼抄本《海叟集》四卷底本即为明张所望刻本，《原国立北平图书馆甲库善本丛书》（下简称《甲库善本丛书》）第700册内《海叟集》四卷据清汪氏裘杼楼抄本影印。

近代通行本《海叟集》为清康熙六十一年（1722）曹炳曾城书室刻本，四卷。正文题名后注"云间袁凯景文著，后学曹炳曾巢南重辑，侄曹一士谔廷、男曹培廉敬三校"。版心下镌"城书室"。康熙本凡纪叟之事、评叟之诗具载。前有康熙六十一年（1722）上海曹炳曾序、姚弘绪序，其他序跋均承袭万历刻本。曹炳曾序其刊刻缘由曰："向爱读海叟先生诗，购得钞本一帙，苦未见其自定原本，求之数年始获，我乡张叔翘先生所重刊，四卷，计三百八十三首，叟之诗于是为备，而间有讹字，年来参阅诸本，正其笔误，俾还旧观，从叟志也。前此陆文裕公刻《瓦缶集》《既晦集》，又前此朱氏刻《在野集》，今皆罕传，独张本仍叟之旧，板已漫灭，故余为校定梓之。其集外古律诗暨从子谔廷藏题画绝句共五首，别为一册。

吉光片羽，不忍听其零落。又以诵诗者当考其世，哀志传及昔人评诗语为附录一卷，而虞山小传尤加综括，故殿于后以备见本末。余家所藏自张本外，有何氏活字印本、林氏重订陆本及友人相遗钞本数帙，皆以叟自定本为原委。其序跋悉载卷首，惟《在野》本别出，谨列附录，以存大都。"曹一士盛推凯为明初第一诗人，其序云："海叟诗前朝推为国初第一，而病其才力少弱，余谓此四卷诗不足以尽叟之才力也。明祖用法严峻，宠眷如潜溪，卒以贬死；吴之高、杨、张、徐，半由文字构祸。叟佯狂自废，匿迹销声，胸所欲言，敢尽见之于诗乎？其所自定，殆必有大满己志而不得已而悉从删剃者矣。此四卷者，计未及海叟之诗之半，而遽执是以尽叟之才力，岂其然哉？叟诗四五言类陶，七古律绝类杜。其高出诸家者，尤在性情、气质间，固不专以才力胜。他人矜奇逞妍，不免作意为诗。独叟朴老真挚，初不屑屑然争胜，而兴会所至，令人想见东海老儒，衣冠揖让、须眉歌哭之状如在目前，此一点诗家真种子，渊明、子美心心印合，非嫡骨传衣，莫之能得也。后之为诗者，穿穴僻奥，斗凑新巧，波澜富矣，雕琢工矣，求其人之性情、气质，了不可得，意者华胜朴、伪夺真乎？然则谈陶、杜诗于今日，而标叟集以为之嚆矢，庶几沿流溯源、升阶入室之渐欤！从叔表章前哲，意盖在此。读叟集者尚毋以才力之见少之，则学古人为不远矣。"于曹氏之说，今人傅增湘深以为然："曹一士序公集，言'明祖用法严峻，宠眷如潜溪，卒以贬死；吴之高、杨、张、徐，半由文字构祸。叟佯狂自废，匿迹销声'，'其所自定，殆必有大满己意而不得已而悉从删剃者'，洵可谓知叟之深矣。"①

《海叟集》四卷附录一卷，《四库全书》本。四库本以清康熙曹炳曾刻本为底本；集末有刘诜跋语。

---

① 《藏园群书题记》，页841。

清光绪十九年（1893）石棣徐士恺重刻《海叟诗集》四卷补遗一卷，是为《观自得斋丛书》本。今上海书店版《丛书集成续编》第111册内《海叟集》以光绪本为底本。前有光绪十六年上元后三日闵萃祥《重校刊袁海叟诗集》，闵序后依次附录李梦阳序、何景明序、张所望序、姚宏绪序。姚序后有"七香改琦摹"海叟像，"观自得斋主人"于此像后注曰："是像为曹巢南氏城书室刊本，玉壶山人手笔也。玉壶盖蓝本于徐瑶圃氏云间邦彦图，徐氏又从缙绅家先世画像钩摹，故能得其真。余刻是编既竣，复得此像，亟付覆雕，俾读海叟诗者，仿佛于五百年前亲见之云。"题识后有《（光绪）华亭县志本传》。集后有闵萃祥跋语。集内总收诗三百八十三首。闵序云："吾郡诗人袁海叟当明之初与高青丘齐名，顾五百年来青丘集脍炙人口，而海叟之诗几乎若《广陵散》，此其间若有幸不幸，然微显阐幽亦后学之责也。往予分修《华亭县志》，及海叟传，旁证诸家纪载，言人人殊，颇怪当时载笔诸人见闻较近，顾何以参差若是？欲得《海叟集》一为论正，而访诸收藏家，卒未一见。又颇怪从前屡有雕本，而何以寥落若是？不禁为之喟叹。一日过市，得此本，钞写完整，则又为之狂喜，亟取以读，乃恍然于诸家所纪得罪佯狂之说举未足信，而益信夫尚论古人者之必贵乎诵其诗，读其书也。既为附考于其传后，而思为此集刊传，则未有能任之者。今年春，于役沪江，闻徐子静太守访求秘籍，将辑为丛书，予友槐庐并佐搜讨，因举此集畀之。太守慨然谓失今不刻且久而愈晦，遂授之剞劂氏。"闵氏又跋曰："癸巳季秋，余佐徐观察子静校刻《袁海叟集》。既竣，宝山陈同叔先生以康熙间上洋曹巢南炳曾城书室刻本残帙见诒，只两卷，目次前后微异，盖为写刻时所乱。首有改玉壶所写像，姚听岩先生为序，后附明万历己酉漳南郑怀魁序及万历己丑王俞跋，皆张方伯所望刻本所有也。惜残缺不能录，今录姚序于后，俾《海叟集》传刻之渊有稽考焉。"

清宣统三年（1911）秋江西印制局石印本《海叟集》四卷集外诗一卷附录一卷。石印本以清康熙本为底本。今《明别集丛刊》（黄山书社 2016 年版）第一集第十册内《海叟集》即据清宣统三年石印本影印。首列《四库全书总目提要·海叟集》，后依次为姚弘绪序、曹炳曾序、李梦阳序、陆深序、何景明序、董宜阳序、何玄之序、王俞序、林有麟序、郑怀魁序、张所望序、张所敬序。所不同者，乃在集后附有清康熙壬寅上海曹一士所作跋语、宣统三年秋汉阳李凤高所作跋语。李氏言宣统本之刻始末曰："沿及近代，（《海叟集》）曹本亦散佚无传。昔张文襄师著《书目答问》，谓叟集为明诗家最著者，有刊本不常见，故不列于目。今年夏张玉叔廉访购得此本，因怂恿付石，饷遗同志。往者，张、陆、曹三公均居上海，而适刊叟集，姚氏宏绪序言谓叟与海上殆有夙契。今叟集初刊于祥泽张氏，张璞、张所望复赓续相继，及廉访得四人焉。"李凤高氏跋语言《海叟集》版本流变甚详。

考袁凯"国初诗人之冠"之美誉初源于何景明。何氏在《袁海叟集序》中说："海叟为国初诗人之冠，人悉无有知之。可见好古者之难，而不可以弗传也。"李梦阳对此深以为然："仲默谓国初诗人叟为冠，故子渊表扬甚力，君子以为知言。"并谓"集中《燕》诗最下最传，诸高者顾不传。云间故吴地，叟亦不与四杰列，皆不可晓者"。陆深为袁凯乡后学，于凯诗多所赞语，称其"雅重悲壮、浑雄沉郁"。经此三人推扬，袁凯"国初诗人之冠"之谓遂成口实，尤其云间后人，更力持此议。

与李梦阳、何景明及云间后人认识相左者亦比比皆是。朱彝尊以为："海叟纯以清空之调行之，洵不易得。然合诸体观之，则不及季迪、伯温尚远，何仲默推为国初之冠，似非笃论也。"（《静志居诗话》卷六，以下简称《诗话》）沈德潜更目袁凯居高启之下："（袁凯诗）伤于平直，未极变化，若七言断句在李庶子、刘宾客间,青丘、孟载俱未及也。"(《明诗别裁集》卷二)清末陈田于"国初诗人之冠"之谓似不认同,仅以一"作家"评之:"海叟诗骨格老苍,摹拟古人无不逼肖,亦当时一作家。"(《明诗纪事》甲签卷十三)四库馆臣之说应最近实际:"何景明序谓明初诗人以凯为冠,盖凯古体多学《文选》,近体多学杜甫,与景明持论颇符,故有此语。未免无以位置高启诸人,故论者不以为然。然使凯驰骋于高启诸人之间,亦各有短长,互相胜负,居其上则未能,居其下似亦未甘也。"(《总目》卷一百六十九。)

沈度《沈通理诗》

沈度(1357—1434)字民则①,号自乐,又号苦节先生,松江府金山人。沈易子,沈粲兄。与弟粲俱善书,尤博涉经史,兼工草隶。洪武中举文学,不就,坐累戍云南。永乐初,太宗皇帝命翰林举贤才,礼部尚书杨士奇以其名上,擢典籍。凡玉册金简、宗庙大制,必命度书。累官侍讲学士,年七十八卒。诗文集有《沈通理诗》一卷。另有府志载其有《自示编》《随笔录》《读书庄唱和集》《西清馀暇》《自乐稿》《滇南稿》等,然未见传。生平见何三畏《沈学士兄弟传》(《云间志略》卷七),过庭训《沈度传》(《本朝分省人物考》卷二十五)、张廷玉等《明史》卷二百八十六、《(乾隆)华亭县志》卷十四。

《沈通理诗》一卷,清兼山堂抄本,上海图书馆藏。此集与明王行之《楮园草》二卷、明谢孔昭之《兰庭集》一卷合订为一册。左右双边,黑格白口,无鱼尾。版心中部镌卷数、页码,下部镌

---

① 姚宏绪《松风馀韵》卷四十载沈度"宣德甲寅年七十有八,一日微疾,犹作《和王行佥詹事小洞天词》,明日捐馆",则知度生于元至正十七年(1357),卒于明宣德九年甲寅(1434)。

"兼山堂日钞"。合集及各分卷均无序无跋。《沈通理诗》内录五七言近体诗三十一首,附录苏正《寄沈通理民则》一首。后附《皇明书画史》所载沈度小传:"沈度,字民则,号自乐,松江华亭人。永乐中荐任中书舍人,累官翰林学士。楷、篆皆师陈文东,而楷法姿媚。太宗尝谓其书'通畅清润,朕深爱之';又称度及弟粲为我朝羲、献,其见重如此。"

度性贞静不苟附,闲暇即闭户焚香,鸣琴赋诗以自乐,故有"自乐先生"之谓。所好者惟载籍法书,名画古器,自题其斋曰"乐琴书处"。自言诗学晚唐杜牧,《斋居晚兴》云:"疏懒山妻怪,清贫俗士嫌。耽诗惭杜牧,嗜酒笑陶潜。地僻苔生径,堂虚月上帘。紫贲深处好,幽兴晚来添。"因其性近陶潜,故其诗句多淡远出尘,虽无盛大意境,却也意象清新。《(乾隆)华亭县志》卷十四即称其"文章尚平淡,绝去浮靡"。《东归句容道中》云:"上国今晨别,乡山此路通。鸟声寒树里,人影夕阳中。旅宿偏愁雨,征衣不耐风。往来知几度,搔首叹飞蓬。"《留别海昌使君李》:"梅发津亭北,春随使节回。线多游子服,酒满故人杯。钟送横江雨,车盘出峡雷。平生感知己,临别更徘徊。"可见一斑。

张悦《定庵集》

张悦(1426—1502)字时敏,号定庵,松江府华亭曹泾(今上海奉贤)人。天顺四年(1460)进士,授刑部主事,进员外郎,成化五年(1469)出为江西按察金事,二十年进金都御史。弘治初进吏部左侍郎,升南都察院右都御史,八年(1495)进南吏部尚书,九年改兵部,参赞机务。以疾乞休,弘治十五年(1502)卒,年七十七,赠太子太保,谥庄简。悦为人清介,不事趋奉。居官奉职守法,以不欺为本。士民帖服,士无敢干以私者。性素清约,自小官至重任，终始一节，为缙绅表率者四十馀年。有《定庵集》五卷行世。生平见曹时中《张公墓志铭》（焦竑《国朝献征录》卷四十二）、何三畏《张庄简定庵公传》（《云间志略》卷九）、《（正德）松江府志》卷二十九、过庭训《本朝分省人物考》卷二十五、张廷玉等《明史》卷一百八十五。

《定庵集》五卷，明弘治十七年刘琬刻本，《明史·艺文志》《总目》著录，上海图书馆藏。今《存目丛书》集部第37册内《定庵集》据上海图书馆藏本影印。内诗一卷，文四卷，附《荣寿录》一卷。板框22.7×13.4厘米。半页九行，行十九字。四周双边，版心黑口，双鱼尾。卷首有弘治甲子岁十月上澣日赐进士中宪大夫松江府知府前监察御史宜春刘琬《定庵集序》。卷一为诗类，总收诗二百六十八首；卷二为题跋、赞、传、箴、书，卷三为记、序，卷四为行状、墓志铭、墓表、祭文，卷五为奏疏。《荣寿录》为两京缙绅及乡进士赠祝之作，后附弘治六年（1493）秋八月上丁日赐进士及第中顺大夫詹事府少詹事陆简《赠大司宪张公之任南京序》、弘治六年八月十二日赐进士出身中顺大夫太常寺少卿经筵讲官李东阳《送右都御史张公之南京序》二篇。

集为弘治十七年（1504）张悦卒后二年，时任松江知府刘琬所刻。序云："（悦）既哀成帙，名曰《定庵集》，复录两京缙绅以及乡士夫所赠送者别为一帙，名曰《荣寿集》。间尝出以示余，因取而读之，曰：'先生之学专用心于内，养之正，积之厚。故其文如山出泉，渐达而流愈长；如江吐月，渐升而光愈焰，诚足以泽万物而辉六合。有本者如是，宜锓梓以传久远，庶俾后学知所宗焉。'先生闻之固辞，且曰：'鄙劣尝集三谱，已劳梓行，是集幸勿留意。'未几，先生疾革，余不敢忘初志，爰索以属华亭学谕傅鼎较阅数过，正讹定舛，卒用梓行，以征吾淞一代之文献。"

悦壮年，值台阁体隆盛之际，其诗文浸染日深。刘琬序云：

"昔人论文章,贵出经入史,以道为宗,则自然尔雅淳厚,昌然以充,熏然以和,其视浮幻褊僻之说远甚。尝执是以照古今文章大家,凿凿可征焉。我朝以人文化成天下,百四十年气充格古,媲美汉周。吴淞定庵张先生际此隆盛,夙赋醇粹,养成笃实之学,自庚辰进士……其间四十年馀,履历四方,笼罗万象,漱涤芳润,发而为诗文,皆温和雅正,本之经术以立其体,参之史传以广其用,探之于道德、性命以极其深。笔力沛然,其势不可已,机不可秘,有非徒骋虚辞而昧夫理者可仿佛其万一。所谓出经入史,以道为宗者也。"四库馆臣评其诗:"大抵流易有馀,而颇乏隽永之味。"(《总目》卷一百七十五)亦可窥其风格之一斑矣。

孙衍《雪岑先生遗稿》

孙衍(1443—1501)字世延,一字延之,别号雪岑,松江府华亭人。衍承家学,厥有渊源。弱冠领乡荐,成化十四年(1478)进士。知深、沔二州,以勤政爱民,茂著声绩,两地人皆立祠祀之。弘治初,入为南职方员外郎,进车驾郎中。奉部檄稽核马政,厘革宿弊最多。后擢知延平府,厥有劳绩,卒于官,年五十九。有《雪岑稿》行世。生平见杨廉《孙公墓志铭》(《国朝献征录》卷九十一)、何三畏《孙太守雪岑公传》(《云间志略》卷八)、过庭训《本朝分省人物考》卷二十五、《(正德)松江府志》卷二十九、《(嘉庆)松江府志》卷五十二。

《雪岑先生遗稿》二卷,清抄本,一册,中山大学图书馆藏。是集《千顷堂书目》著录四卷,《四库全书》未收,《总目》《禁毁书目》等俱未著录。半页十行,行十七字。无栏格。序首页右方钤"扫叶山房"朱长方印、"芷南"连环朱方印。卷首有《雪岑先生孙公集序》,题"弘治庚申(1500)仲夏之晦赐进士出身奉政大夫致仕江西按察司提学佥事前翰林院国史编修莆田黄仲昭"。次为图像，继为正德戊寅（1518）崇仁吴钺及松江府同知王廷相所作《雪岑先生像赞》。黄仲昭序称该集为孙氏"自举进士、守沔阳、司驾部以迄于今，凡所作之文若诗，大率在是"。

孙衍勤政爱民，任延平知府未久，适逢大旱，亲祷雨于深山，不幸得寒疾，遂至不治。卒之日，部民无问士女老幼，皆为流涕，相率送之。集末为其绝笔诗，其子于其后跋云："此先君官镡辛酉仲夏日寄孤等诗也。慈爱恳至，读之痛楚，不觉涕流。前是先君以奏绩复任，而孤等留不获侍，先君贻书孤等曰：'吾顷至郡，郡适大旱不雨已三月，众口嗷嗷，吾徒步廿里，祷于深山，得雨，欢声满城，否则，大为地方忧。'实七月廿六日书。呜呼，岂料后七月十六日，先君乃被寒疾，遂及大故耶！溯发书日仅二十一日耳。卧病特七日，盖以徒步触热，既又却盖冒雨匍匐，湿气蒸袭，深入腠理，遂病发，莫可疗也。五月之诗与七月之书，实为绝笔。"其绝笔诗《寄二子》云："舐犊情深可笑吾，愁来白发满头颅。书中刻骨言曾省，花底分甘愿几孤。科第漫期追两宋，家声安得似三苏？蟠龙塘上思庵在，风雨还应长凤梧。"其情殷殷，其志可期。

黄仲昭赞孙氏诗文曰："其文不假琢削，自然明洁，平顺而有馀味，譬如春山雨过，花竹卉木各献鲜妍而一尘不滓，亦似其为人焉。其诗不事雕镂，自然清和冲粹而有馀韵，譬如长空无云，光风霁月，和畅明爽而群嚣尽息，又似其为文焉。先正谓文所以载道，又谓诗所以道性情，盖道即性情之理，而性情又皆统于心者。心惟得所养，自无暴戾偏陂之失，无利欲污浊之扰，由是发于言词，乌有倍其性情之正？和粹明畅，盎如春而清如秋，岂非公之固有，而其为人与夫及民之政，谓不悉本于此耶？"

顾清《东江家藏集》《顾东江集》

顾清（1460—1527）字士廉，松江府华亭人。弘治六年（1493）进士，选翰林院庶吉士，授编修，进侍读。正德初，以忤阉竖刘瑾调南兵部员外郎。丁外艰，应知府陈威聘，纂《松江府志》。瑾诛复官，擢侍读学士掌院事，迁少詹事，充经筵日讲官，进礼部右侍郎。嘉靖初，为御史所劾，诏例引退。嘉靖六年（1527）起为南京礼部右侍郎，屡疏引疾，诏进本部尚书致仕，方进表入都，病卒于河间府瀛海驿，年六十八，谥文僖。生平见孙承恩《顾文僖公墓志铭》（《文简集》卷五十四）、何三畏《顾文僖东江公传》（《云间志略》卷十）、过庭训《本朝分省人物考》卷二十五、雷礼《国朝列卿纪》卷四十四、张廷玉等《明史》卷一百八十四。

《东江家藏集》四十二卷附录一卷

明嘉靖三十八年（1559）顾应阳刻本，上海图书馆、台北图书馆、台北故宫博物院图书馆、日本内阁文库、德国巴伐利亚邦立图书馆等藏。《四库全书》收录，未收序跋。此集皆顾清晚年手定，其在世时未刊。清卒后其季子顾天秩、孙顾应阳编辑、校刻。板框19.8×14.2厘米，半页十二行，行二十四字。四周单边，版心白口，无鱼尾。卷首有《顾文僖公文集序》一篇，题"嘉靖乙卯仲秋日赐进士出身资政大夫太子少保礼部尚书兼翰林院学士掌詹事府事纂修玉牒会典副总裁经筵日讲官姻生孙承恩撰"。《东江家藏集序》二篇，题"嘉靖九年八月望日同知松江府事前翰林院侍读经筵讲官兼修国史门人弋易汪佃""嘉靖壬子冬十一月赐进士出身南京太仆寺少卿郡章焕谨序"。继有顾清像，孙承恩撰《顾文僖公东江先生像赞》。卷末有嘉靖己未顾应阳《东江先生家藏集记》。

是集凡四十二卷。顾清孙婿董宜阳记云："宗伯文僖公《东江家藏集》曰《山中稿》四卷，未仕时作；曰《北游稿》二十九卷，既仕后作，曰《归来稿》九卷，致仕后作；皆公手自诠次。诗不分体裁，而以年月先后为序；文则以类相从，而先后亦自可见，盖因以考履历而验进修者也。其续集曰《留都稿》者凡四卷，则赴召后至属纩时所作；曰《存稿》凡十卷，则公之弃馀而世之凤毛麟甲，皆冢孙处州同知君应阳与其子承善所编辑，以备见公之全云。它所著述，若《松江志》《顾氏家谱》《秋亭日录》《文献目录》诸书则不在是。"卷一至卷四为《山中稿》，内赋一卷（三首），诗二卷（一百二十八首），文一卷（序八篇、记四篇、杂著十四篇）；卷五至卷三十三为《北游稿》，内赋一卷、诗十卷、文十五卷、讲章一卷、奏议一卷；卷三十四至卷四十二为《归来稿》，内诗、赋三卷，文六卷。今《甲库善本丛书》第730册内《东江家藏集》四十二卷附录一卷据嘉靖间顾应阳刻本影印。

顾应阳跋曰："此我先大父文僖公遗稿也，皆手自编次，藏稿于家，为海内所慕，后人宜亟播以扬前休者也。第公捐馆时，应阳力有弗逮。及官内台、判京兆，留滞京师者数年，未尝不去来于怀。壬子，以南太仆丞候调家居，始勉为之。癸丑复有建昌之役，板留于家，几罹倭焰，幸获保全。丁巳，应阳自括苍被谳归休，复重加绪正，集用告成。凡更三十馀年，始克竣事。中间逡巡却顾，至有不忍言者，其难若此。呜呼，是集皆先公平生精神心术所聚，奚止口泽、手泽所存！应阳虽不肖，不敢自附于无恤不忘授简之意，而河图大训之宝，实有望于后之人也。"

顾清以经世政事自命，文章其馀事耳。嘉靖乙卯（1555）仲秋孙承恩序称："凡其应酬纂述、吟咏篇章，有关民情世用，无不说之明而思之悉，图议政本，阐发大猷，向使其得柄用，则华国经邦必将尽行所学，而惜乎弗究其志，不得如欧阳子之得参理弘化，以润色太平，此则若有遗憾耳。然公之文，经济具焉，可以兴道致治于当年，垂法示训于后世，彪炳烜赫，昭揭于天壤也。"董宜阳亦于《东江先生家藏集记》中云："于时，宗工若李文正公宾之、吴文定公原博、王文恪公济之并在词林，掌握文柄，而公受知独深，其所雅游若毛文简宪清、罗文肃允升、汪宗伯抑之，砥砺文行，力追古人，故其所得粹然一出于正，无浮夸侈靡之态，亦不为聱牙钩棘之语。凡所著撰，关系世风、明习国体，三才万类，罔不灿然精究，而畏天命、悲人穷，尤平生所致意。"

南京太仆寺少卿章焕称顾清诗文："公发之于文，文成而象著，故湻泓沦涟，萦回杂沓，烟云歘忽，姿态横生。纡而徐，疾而驰，怒而吁，恬而熙，各臻其状矣。及其全也，则若驾洪涛临茫沧，滉荡渤潏，汪洋混涵，百谷委输，吐纳众川，斯非东海之极观乎？公依附日月，扬休禁林，终其身咸礼乐文章之任，加以邃诣神解，缛思芊眠，故能发挥大雅，藻缋太平。宣之以瑰词，从之以清声，湛乐而不淫，群居而不流，郁勃而不恌，冠冕佩玉，端委而锵鸣，此所谓治朝之象乎？"其门生汪佃亦赞曰："今观是编，出辞吐气大类其为人。虽多闲居兴寄、交游酬应之作，要非至论，而一代典型，朝野故实，随事附见，咸足征信……先生之文深厚尔雅，不事浮艳。事核而义该，气昌而语尽，不钩棘而奥，不涂泽而华，如菽粟之为味，而布帛之为文，如朱弦疏越之为古淡，而青天白日之为清明也。"

钱谦益谓顾清诗："清新婉丽，深得长沙衣钵。正、嘉之际，独存正始之音。今人以其不为何、李辈所推，不复过而问焉，斯所谓耳食者也。"（《列朝诗集》丙集卷五"顾尚书清"）清朱彝尊云："东江诗法西涯，观其险韵再四叠用，足见其能事。当日诸公受长沙衣钵，或推方石，或称二泉，或首熊峰，以鄙见衡之，要皆不敌也。"（《诗话》卷九"顾清"）四库馆臣评其诗文曰："其诗清新婉丽，天趣盎然。文章简炼醇雅，自娴法律。当时何、李崛兴，文体将变，清独力守先民之矩矱，虽波澜气焰未能极似奇伟丽之观，要不谓之正声不可也。在茶陵一派之中，亦挺然翘楚矣。"（《总目》卷一百七十一）陈田谓："东江虽法西涯，实导源东坡。古歌喷薄郁盘，可与匏庵抗席。弇州辈评诗，于附和何、李者，自郐以下亦刺刺不休，而东江曾不齿及，宜来牧斋之指摘也。"（《明诗纪事》丙签卷一）

《顾东江集》一卷

明隆庆间俞宪辑《盛明百家诗》本，国家图书馆、上海图书馆及浙江图书馆等藏。内录《雪赋》《文渊阁赋》《秋雨赋》三首，《归鹤辞》一首，各体诗一百九十九首。前有俞宪小注："晚得东江顾公诗，甚喜。及阅本集，真率溜亮，更副所闻，不忝南国典刑也。集得之秦馀山上舍，而馀山得之朱司成文石，盖本不多出，而见亦希邅云……其经义传诵一时，后进之士争相誊写，佥谓我明第一品也。后八十馀年，隆庆庚午冬日邻郡俞宪采刻公《家藏集》，置诸明诗后编，敬为识此。"

钱福《钱太史鹤滩稿》

钱福（1461—1504）字与谦，号鹤滩，以家居近鹤滩而得之。松江府华亭人。成化二十二年（1486）举人，弘治三年（1490）进士第一人及第，授翰林修撰。三年后告归。弘治十七年卒于家，年四十四。著有《鹤滩稿》六卷。生平见何三畏《钱翰撰鹤滩公传》（《云间志略》卷十）、乔宇《钱与谦墓志铭》（《乔庄简公集》卷十）、李东阳《钱君墓表》（焦竑《国朝献征录》卷二十一）、冯时可《钱鹤滩先生遗事》（焦竑《国朝献征录》卷二十一）、顾祖训《状元图考》卷二、王兆云《皇明词林人物考》卷四。

《钱太史鹤滩稿》六卷附录一卷纪事一卷，万历三十六年（1608）沈氏梅居刻本，国家图书馆、上海图书馆等藏。《四库全书》未收录，今《存目丛书》集部第 46 册内《钱太史鹤滩稿》据国家图书馆藏明万历沈氏刻本影印。半页八行，行十九字。四周单边，版心白口，无鱼尾。正文版心下部镌"沈氏梅居"字样。卷首有万历戊申嘉平朔日史氏张以诚书于须友山堂《钱鹤滩先生文集序》，"后学九崚陆慎修""戊申十月灯下援笔书"《书鹤滩先生遗稿后》，沈梅居《鹤滩先生纪事》，同里后学冯时可撰《鹤滩先生遗事》，正德十一年龙集丙子夏六月既望文林郎浙江严州府推官武进晚生赵昌龄以期识《钱太史诗集旧序》，隆庆戊辰秋日上海董宜阳书《钱与谦太史遗稿题词》，及陆彦章、金声远、陆慎修三人分别所作《鹤滩先生像赞》。内卷一收赋二首、五言杂诗二十四首、七言杂诗三十八首，卷二收七言近体百三十八首，后四卷收序、记、传、墓志铭、策论、议、说、引、题跋、杂、书简、赞等各体文六十馀篇。卷六末镌"后学曹遵何、陆慎修、曹元亮同校，沈思编次"。后附"城南沈思及之辑并书"《翰林院修撰与谦钱君墓志铭》。

另清陈名夏辑其制义为《国朝大家制义》一卷，明末陈氏石云居刻本，国家图书馆藏。清俞长城选评《钱鹤滩稿》一卷（清康熙百二十名家制义本、清乾隆三年百二十名家制义本），国家图书馆藏。另有《钱鹤滩稿》一卷，清抄本，中国社科院文学研究所藏。

钱氏弘治三年第一人及第，任翰林院修撰仅三年即告归，居家十一年卒，年四十有四，后人惜之。云间另一状元张以诚序中指其才不为世用，郁郁而终："国朝来，我郡人之魁天下者自鹤滩先生始，而其天才超轶，气格遒上，真如鹓鶵九苞，偶见人世，非耳目恒有之瑞，至今百有馀年，风流映照，凡有瑰词丽语，必托之先生唾馀。而矜其迅速，据案犹迟；状其巧妙，飞鸢犹拙，不知先生所重不在此。夫先生以文名世，文之所重者，法也，淹速巧拙不与焉。国朝制举义首称钱、王，即毗陵犹步后尘，不以法耶？初谒李西涯相公，试《司马温公赞》，见者以为西涯所作，西涯于是时老矣……独惜以彼其才，当孝庙右文之世，长沙推毂之时，而石渠片席曾不得暖，纵其负才任气，时露不羁，而佩其黼藻以昭国华，用其博物以资应对，若汉代之于两司马，向、歆父子，何所不可？而一摈不收，郁郁以死，伤哉！"

钱福乃明松江状元第一人，于云间社会影响极大，故后人辑其佚作不遗馀力。隆庆间董宜阳《钱与谦太史遗稿题词》曰："太史鹤滩钱先生天才骏逸，学宏气畅，落笔翩翩，有一泻千里之势，故当时以真状元目之。惜其在朝日浅，而复以强年早世，稿多不传。先辈唐学宪龙江、陆文裕俨山与今张谏议白滩俱尝收辑成帙，先后皆煨于回禄，岂亦有数存耶？谏议每属余访辑，以备郡中文献。十馀年来，仅得此麟角凤毛，世复稀睹，徒惋叹耳。然遗珠片玉，尚有望于博雅君子也。"

集或有正德间刊本，然未见传，这可由赵昌龄《钱太史诗集旧序》推知。赵氏序曰："弘治庚戌，状元钱君与谦别号鹤滩，华亭人也。没之十有一年，其弟与孝以京闱进士来尹建德。政事之暇，乃以所遗诗稿凡若干首出以示人。时都谏郎先生德润、郡伯王先生德深辈见之，皆啧啧称叹不已，间尝各录一过，由是与孝乃集诸贤名笔，将锓梓以传，而畀余一言为首引。予惟先生钟秀九峰，天资颖异，自其少时，吐词力论已惊动其乡之儒先。成化丙午既发解南畿，庚戌遂连举省、殿二元，授翰林修撰。癸丑竟以疾告，遂不复出。居数年，以例得致仕。由是放意山水，开门授徒。暇日独喜吟咏，凡怀乡恋阙、王事有劳，与夫欢欣戚愉之情，一寓于诗焉发之。濡毫引纸，力追古作，深得诗人六义之体。惜乎先生没年才四十四。呜乎，斯文之不幸耶？抑世道之不幸耶？使天假之以年，得蜚英霄汉，与掌帝制，则金薤琳琅将煜耀中外，泽被生民多矣，岂止如斯而已乎？故予尝为先生憾焉。夫言，心声也；书，心画也。先生之集如此，诸公之录如彼。今日板行，亦可谓一举而兼得之矣。"

钱氏诗文以藻丽敏妙称，登第后名声烜赫，远近以笺版乞题者无虚日。陆慎修于《书鹤滩先生遗稿后》赞曰："先生布局立格，为吾松开国一人。其文浑浑噩噩，如珠在函，如玉在璞。世称钱、王大家，至今无与争席者，又岂仅为松郡一人哉……先生尝游天马山圆智寺，寺僧出高丽纸一张乞诗，先生为作长歌，信笔疾书，纸尽不续而止，至今山僧犹作十袭珍也。先生每纵笔累千万言，多不属稿而成，意其诗文必流漫充栋，岂仅以帙计耶？而予所睹先生之传者止此矣。顾当世有不尽赏识之者，又欲删而去之。大抵先生浩荡之才如青莲再谪，故其为诗文俱不经人道，而笔端亦时时游戏三昧，不知者遂谓是白璧之瑕矣。夫瑕岂在此哉？予每诵《鹈鹕》一赋，则皆后时之悲；《鹡鸰》终篇，奚啻行役是念。至如慨千金之有尽，冀斗粟以无由，亲戚密于济宽，风流迟自自侮，此真足以警觉尘世，痛棒一时矣。乃若节妇代歌，义在恩先，恩荣赐燕，许国尽命，此亦征先生之耿光大节，不与俗为波也。虽其游广陵而赠诗，几于谑虐；审嫠妇之别泪，率尔解嘲，然其忧时愤俗之思，能令裙钗愧心，岂有男子而不动色者乎？故凡予所击节于先生者，不在其走笔惊人之语，而往往在其淡言之微中也。先生尝作《神化刘侯记》三篇，首尾十千馀言，如溯河汉，莫穷其源，如登岱岳，莫探其径。盖先生之积厚而流长，故所撰序、记之属，呵吸一气，磅礴无垠，又未始不根极理要，盖以合之制举义如一律焉，而复有以浩渺病之者，是岂知文者哉？"

朱彝尊《诗话》云："鹤滩吟情以捷敏胜，故自解春雨后，凡俚词俪句，动辄归之，此选家皆弃不录也。乔希大志其墓曰：'与谦卒年才四十有四。予与与谦同游邃庵、西涯二先生之门。与谦尝言:'作文须昌其气,先使一篇机轴定于胸中,然后下笔,当沛然莫御矣。'又言:'辞必根据道理,虽恒言近事,亦不可略。'然则鹤滩亦不专以捷敏胜人,所传俚词俪句,亦未必皆出其手也。"(《诗话》卷九)《总目》谓钱福"诗文以敏捷见长,故委巷鄙俚之词,率以归之。今观是集,实少俳谐之作,知小说多附会也"(《总目》卷一百七十六)。清末陈田谓:"修撰虽以敏捷见推,然合格之作,亦颇矜炼。"(《明诗纪事》丁签卷六)

孙承恩《瀼溪草堂集》

孙承恩(1481—1561)字贞甫,号毅斋,松江府华亭人。延平府守衍子。正德六年(1511)进士,选翰林院庶吉士,授编修。嘉靖初,奉使安南。兴修《明伦大典》,迁左春坊左中允。累迁礼部尚书兼翰林学士,掌詹事府。世宗斋宫设醮,承恩不肯黄冠,遂乞致仕。家居凡十年,嘉靖四十年(1561)卒,年八十一,赠太子太保,谥文简。生平见徐阶《孙公承恩墓志铭》(《世经堂集》卷十七)、沈恺《孙公行状》(《环溪集》卷二十六)、冯时可《太子太保礼部尚书兼学士孙文简公传》(《冯元成选集》卷七)、《(光绪)重修华亭县志》卷十四。

《孙文简公瀼溪草堂集》五十八卷,明万历十七年(1589)孙克弘刻本。国家图书馆存1—48卷,上海图书馆存1—48卷、53—58卷。《四库全书》收录。承恩卒后,由其门人杨豫孙、董宜阳、朱大韶编校,门人张承宪、高士校正,子孙克弘、从孙孙友仁校刊。板框16.6×13.2厘米。半页十行,行二十字。左右双边,版心白口,单鱼尾。前有《文简集原序》,题"万历癸未夏五月赐进士出身资政大夫礼部尚书兼翰林院学士经筵讲官国史总裁前吏部右侍郎掌詹事府事陆树声",继有孙文简公小像及吴稷、沈恺、周思兼、杨豫孙、董宜阳等《毅斋先生小像赞》。卷末有《大宗伯孙文简公集后序》，题"赐进士第中顺大夫奉敕提督学校贵州按察司副使前兵部车驾司郎中冯时可撰"；孙克弘所作跋语。正文题名后镌"门人杨豫孙、董宜阳、朱大韶编辑，门人张承恩、高士校正，男克弘、从孙男友仁校刊"。内卷一至七为进呈之疏、表、讲章，卷八至十收赋二十六篇，卷九至二十六收诗一千一百馀首、词十三首、曲三十二首，二十七卷及以后收各体文。《四库全书》收陆树声序，然将集后冯时可后序、孙克弘跋俱删不录。今《北京图书馆古籍珍本丛刊》第 102 册、《明别集丛刊》第二辑第 22—23 册内《瀼溪草堂集》即据明孙克弘刻本影印。

孙克弘跋云："是集乃先文简公历宦所著述也……自甲寅春先公乞归，值海寇猖獗，先庐被烬，稿失过半，今存十之三四耳。其编次校正，皆先公门人考定。不肖背违先公，迄今几廿馀载，叨冒馀荫，窃禄明时，往来奔走，残言遗语珍藏箧中，未遑授剞劂，日夜凛凛逵惧。丙寅春，备员留都，缮写刊刻，未成全帙。戊辰孟春，而汉阳之命下矣，束装入楚，以簿书隙影，薄俸馀资，谋以完刻，以存首泽，以承先志，因命梓人续所未完，并前后共计十五帙，始为完部，庶得少留先公之绪馀。不肖家素澹薄，久滞先集，通天之罪莫可逭也。呜呼，亦难矣。夫先公志存经济，道嘱格心，位至少保，三事未证，其平生所学欲施而不能竟者，尽载此矣。"

承恩平生博稽闳览，为文深厚尔雅。冯时可序云："国家淳厚浑噩之风，犹未漓于宪、孝间，而一时在位诸荐绅，皆能隆礼惇乐，彬彬焉质有其文。其建立也，则不必伸己之操以为操；其论著也，则不必剿人之言以为言。要以检镜身心，敉宁民物已尔。是故诵其诗则悠然，读其文则冲然，不失乎和平典则所称先进者。而陵夷至于隆、万以来，先进之风荡然矣。无礼以为范而恣夫意，无乐以为养而骋于词。意有所必恣，则为异为高而不务实；词有所必骋，则言秦言汉而不务裁。顾一时少年且群然而起，争附离之。其尚愈多，其变愈极，其言至于钩棘雕镌，诡饰谬举，悍然自谓无始而远于先民。呜呼，可胜弊哉！先生生长于宪、孝，仕于正德，而为大吏于嘉靖，所谓淳厚浑噩，庶几得之。故其所为诗与文不啻数万言，达意会情，表里洞然，铆登之为色，而昭虞之为音，俨然如在宗庙，弁冔升降，不可干矣……先生当宫詹时，疏请建储者三，出阁讲读者二，上方注意相先生，而竟自高引坚卧不起。呜呼，所谓礼谦而进，乐盈而反者，先生得之出处矣。"

《总目》云："承恩于嘉靖之初以庶子充经筵讲官，今集中所载《正始箴》《鉴古韵语》及讲章即是时所作。及官礼部时，斋宫设醮，承恩独不肯黄冠，遂乞致仕，较之严嵩诸人青词自媚者，人品卓乎不同。其文章亦醇正恬雅，有明初作者之遗。卷首树声序有曰'国初之文淳厚浑噩，彬彬焉质有其文。迨关西、信阳两君子出，追宗秦汉，薄魏晋而下，海内艺学之士，咸愿执鞭弭从之，标品位置，率人人自诡先秦两汉，以希方轨。虽体尚一新，国初淳庞浑厚之气或少漓焉。公生长宪、孝朝，博稽宏览，邃诣渊蓄，故出之撰述，类皆深厚尔雅、纡徐委密，论者谓公平生立言类其为人'云云。承恩文章宗旨，尽是数十言矣。"（《总目》卷一百七十二）《（嘉庆）松江府志》卷五十四亦云："文简公平生立言类其为人，直项不苟，词色淳靖廉退，独以忠实结主知。当公宫詹时，疏请建储者三，出阁讲读者二。昔宋陈恭公入相，学士张安道草制麻，独叙其首请建储，谓功在纳忠。公即不究用于时，公之集无愧色矣。"

冯恩《冯侍御刍荛录》

冯恩（1494—1574）字子仁，号南江，松江府华亭人。幼年丧父，由母抚育成人。嘉靖四年（1525）举人，五年进士，以行人劳王守仁军，因执贽为弟子。擢南京御史，十一年冬现彗星，帝下诏求直言，恩疏触帝怒，下狱论死，不屈。观者谓其非但口如铁，其膝、其胆、其骨皆如铁，因有"四铁御史"之誉。长子行可，时年十三，刺血上书，请代父死，帝为之动，遂减罪戍雷州，越六年遇赦还。隆庆元年（1567）即家拜大理寺丞，年逾七十，因请致仕。万历二年（1574）卒，年八十一。生平见王世贞《御史冯恩传》（《国朝献征录》卷六十五）、冯时可《先廷尉公传》（《妓茹稿》卷二）、王兆云《皇明词林人物考》卷七、何三畏《冯廷尉南江公传》（《云间志略》卷十二）、林景旸《冯廷尉南江先生传》（《玉恩堂集》卷八）、何乔远《名山藏》卷七十六、张廷玉等《明史》卷二百零九、《（乾隆）华亭县志》卷十三。

《刍荛录》二十卷，明隆庆元年（1567）序刊本，日本宫内厅书陵部藏。《总目》著录。傅斯年图书馆藏本据日本宫内厅书陵部藏本影印。五册。板框 18×25 厘米。半页十行，行二十字。注文双行，左右双边，版心白口，单鱼尾。《（乾隆）华亭县志》《（乾隆）娄县志》均作《南江集》。卷首有《侍御南江刍荛录序》，题"隆庆元年秋八月之吉赐进士出身大中大夫太仆寺卿前参湖广布政使司政致仕进阶一级九华山人沈恺撰"；《冯侍御刍荛录序》，题"隆庆元年岁在丁卯仲夏吉旦长谷徐献忠撰"；《侍御南江冯公刍荛录序》，题"隆庆二年岁次戊辰九月吉旦闽臬经幕蝥复一叟致仕邑人张世美撰"；《南江冯先生刍荛录序》，题"隆庆戊辰岁六月吉旦赐进士第吏科右给事中门人张承宪顿首撰"。正文题名下镌："华亭冯恩子仁著，吏科右给事中门生张承宪校，男行可编刻"。按是集第一册皆为序目。正文卷一至十三收奏疏、序、记、赋、书、杂著、墓铭、行状、哀辞、祭文等各体文，卷十四、十五收五、七言古诗，卷十六至二十收五、七言绝句、律诗。

集名"刍荛"，志谦也，亦志忠也。"刍荛"原指"采薪者"，意指微贱之人，后引为浅陋之见。冯恩以"四铁御史"名天下，故"刍荛录"乃自谦之语。张世美序云："其子春元敕斋即其稿之所存者，辑而编之，付之梓人，雕镂为帙，共二十卷。公自名曰《刍荛录》，盖戍谪废弃之馀，乃田野草莽之言，不足于缙绅文墨之齿。殊不知执而往之，经世台辅之具也。"皇甫汸亦云："侍御冯君子仁以上书忤旨，诏狱所斥，大臣方用事，乃穷按其罪，以殊死论，逮系三年所。先帝察知其冤，减戍雷阳。又三年所，会赦还家，几三十年杜门却扫，惟以著述为业，晏如也。今上即位，首召诸言事者，铨司举君，拜为大理丞，引年不就，寻进阶朝列，被服金紫，前后所遭遇如此云。令子行可取所收草，合诗与文，汇次成帙，将梓以传，题曰刍荛，志忠也。"

冯恩为谏言之臣，因剀切直谏而逮系入狱几死，有"四铁御史"之誉。沈恺《侍御南江刍荛录序》记其往事云："往余为诸生时，与南江最相善。公性刚方，言论侃侃，遇有不平，感触即发，终不肯作好语媚人。然嗜学能文，下笔滚滚千言立就，人人称才矣。每与之促膝论心，兴至辄自豪奋曰：'他日得履文石之陛，当为国家效忠宣力，无庸作辕下驹。'及与之论文，辄又曰：'大丈夫矢言为文，不自心肺出，顾模形步影，掠人以为美，子不见玉不雕珠弗饬乎？'余闻而异之。无何，奋危科，举进士，入南台为御史，持宪饬纪，烈烈不阿，亦既有闻矣。嘉靖壬辰，会星变，诏求直言。公乃抗疏论列诸廷臣有某者不法，直诘其奸，言甚剀切，至不忍闻。某衔入骨，乃罗织逮系。鞫讯者拷掠备至，濒死者数矣，一不为动。至议殊死，母夫人击登闻鼓，不报。今春，元君行可方以童子上血书，不报。诸言官各论救，上益怒，愈益不解。及覆奏命下，当是时，人情汹汹，尉卒环列左右，立马候三覆旨，危在呼吸，旁观者多凛凛不忍睨视。公固颜貌自若，终不为动……此其事，岂惟一时宠光，异日当载之信史，将百世传矣。"

于其"四铁御史"之号,四库馆臣有其论断。《总目》云:"恩为行人时,尝奉命劳两广总督王守仁,因从王守仁讲学,故其诗文得守仁馀绪为多。其最得名者在《嘉靖壬辰彗星见应诏陈言》一疏。其被祸也,盖坐以上言大臣德政律,固非其罪。然恩为御史,抨击权奸,是其职也,至于所不抨击者,置之不论可矣,乃一一胪举所长,类乎荐牍。是既欲有所退,又欲有所进,卿相之简擢,台谏操之矣。此亦愤激一决,不暇择言,既乖政体,又授议者以间也。且称'礼部尚书夏言多蓄之学,不羁之才,驾驭任之,庶几救时宰相。礼部右侍郎顾鼎臣警悟疏通,不局偏长,器足任重。'核以二人本传,亦皆不确。盖其忠鲠之气足贯金石,而立言则不必尽当,是固当分别观之者耳。"(《总目》卷一百七十七)

皇甫汸《冯侍御刍荛录序》论其文曰:"君尝从阳明、泾野二先生游,则固谈道德而趋儒术矣。今览集中,如奏议条陈星变,推验天人,子政、仲舒之旨也。盖深病乎驩兜、舜、禹杂处尧朝,管、蔡、姬旦并居周室,欲帝策免三公,刑于百辟,痛哭立谈之间,冀回听于逆耳,屏奸于脱距,岂可得乎?志虽壮而计则疏矣。然侍御犹为之者,匪身谋也。其序记咸闳大畅朗,多裨世教、端风轨,退之、仲淹之概也。赋赡丽,书亮直,析理渊极,则藉为南车;扬榷时务,则较若左券。至于碑铭,将昭潜于盖棺,非溢美于诔墓。以至诗歌发乎性情,止乎理义,窃比陶、韦,盖不袭古调而顿超时格,每出新意而悉去陈言。故虽横逆屡加,而不为寂寥澳涊之辞;艰阻备尝,而绝无牢愁怨诽之语,气使之也。波百折而不回,光万丈而愈厉,其所养可知矣。即于闲居之暇,展卷三覆,缅岁月于桑阴,追山川于萍迹,能不为之抚膺兴慨乎?君素履忠孝,遂使拉涕叩阍,母氏矜乎孟博;刺血污牍,令子甚于缇萦。言心声也,由是感天地动鬼神,阴佑而默相之。乃至今日心卒不动,君子以为难。读是集者,可为忠臣烈士劝,非以其辞而已。若雕藻逞伎，务华绝根，岂侍御之所尚哉！集凡二十卷，万有馀言。"

沈恺序谓冯恩诗文"大都弘而大，贞而不泥，纵而不流，率多自标形神，直写胸臆，不蹈袭前人片语。文固质任自然，诗亦根诸心得。辟之哲匠造车，无假人授，心手合作，动皆中规，不害成一家言。"徐献忠序谓冯恩论文"极鄙摩拟之习，以其表暴菁华而神理内枯也"。

沈恺《环溪集》《环溪漫集》
《守株子诗稿》《沈凤峰集》

沈恺（1498—约1578）字舜臣①，号环溪、凤峰，又号九华山人，松江府华亭人。嘉靖七年（1528）举人，次年成进士，授刑部主事，历员外、郎中，出为宁波知府，量移临江，以功迁湖广按察副使，进左参政。庚戌时入贺万寿，时严嵩柄国，媚者竞趋附，恺于例谒外，未尝造其门，以此忤严嵩，遂托亲老乞归。穆宗登极，时年届七十，即其家拜太仆寺卿，不赴，家居卒，逾八十。有《守株子诗稿》二卷，《环溪集》二十六卷，《夜烛管测》二卷。另见著录有《东南水利》八卷，《沈子论衡》二卷。生平见何三畏《沈太仆凤峰公传》（《云间志略》卷十二）、张时彻《凤峰沈公恺祠碑》（《国朝献征录》卷八十五）、王兆云《皇明词林人物考》卷八、过庭训《本朝分省人物考》卷二十六、《（乾隆）华亭县志》卷十四。

《环溪集》二十六卷

"环溪"，沈氏"其所居书院名也"（徐献忠《环溪集叙》），因以名集。《总目》著录《环溪集》六卷，云："是集皆所著杂文，乃

---

① 《云间人物志》称沈恺"穆宗登极，时年七十矣，即其家拜太仆寺卿致仕"，穆宗登基在嘉靖四十五年十二月壬子（1567年2月4日），据此知其生明弘治十一年（1498），卒年当在明神宗万历六年（1578）年左右。

其门人任子龙所编，前有徐阶序，题曰《凤峰杂集序》，又有文徵明序，亦题曰《凤峰子诗稿序》，疑今名为后来所追改，而又佚其诗集欤？考《千顷堂书目》别载《环溪集》二十六卷，则此非其全也。恺文章颇尚古雅，不肯作秦汉以下语，而模仿太甚，遂与北地同归。"

今存《环溪集》二十六卷，明隆庆五年（1571）至万历二年（1574）沈绍祖递刻本，国家图书馆、浙江图书馆、台北图书馆、台北故宫博物院图书馆藏（台北故宫博物院藏本缺首二卷，实为二十四卷）。半页十行，行十九字。黑格白口，四周双边，单鱼尾。版心下镌刻工姓名，如夏、章、奎、得、夫、小等。有文无诗，前有《环溪集序》六篇，题"嘉靖岁己亥孟秋之吉赐进士及第中宪大夫太子洗马兼翰林侍读经筵讲官郡人徐阶书""赐进士出身资政大夫参赞机务南京兵部尚书四明东沙张时彻撰""隆庆辛未秋八月之望赐进士出身嘉议大夫山西提刑按察司按察使琅琊王世贞撰""嘉靖壬戌之冬长谷徐献忠""四明门生任子龙顿首拜书""隆庆改元夏五端阳日赐进士第尚书吏部司勋郎出金云南按察使事安定皇甫汸子循撰"。台北图书馆藏本钤印有"寄园主人"白长方、"吴兴刘氏/嘉业堂藏"朱长方、"卫印/周胤"朱方、"司马/氏"白方、"国立中/央图书/馆考藏"朱方、"宝古堂"朱长方。正文题名下镌"太仆卿云间沈恺舜臣著"。卷一、二收记，卷三至六收序，卷七、八收碑，卷九至二十一收疏、议、书、启、传、连珠、杂著、诗话、书品、赋、述、志、对、问、说、铭、赞、箴、跋等，卷二十二至二十六收祭文、墓表、墓志铭、行状。今《存目丛书》集部第92册内《环溪集》即据浙江图书馆藏明隆庆万历间沈绍祖刻本影印。

王世贞序曰："其所为诗若文，或雄轶奔放以究其力，或瑰伟奇怪以尽其变。要之不之于情，则止于性，达适其趣而和平其调，纵心之所向以与境际，而尤蠜之累不作，天下后世有以嘉隆之际称盛明家言者，沈翁故其一哉。"朱彝尊《明诗综》卷四十六录其诗二首，引徐献忠语云"凤峰长于律"，又引皇甫汸（1497—1582）语云："环溪闳眇之制湛思以宣，绮丽之词缘情而得，茵鼎之贵不能夺莼鲈之思，熊轼之华无以挽扁舟之兴，不既深于诗乎？"并引穆文熙（1532—1617）语赞沈恺诗"肉骨匀称，条达不滞"，又引李腾鹏语赞沈恺"词翰潇洒，有出尘之致"。清末陈田评曰："环溪论诗，皈依何、李，五言亦爽脱有致。"（《明诗纪事》"戊签"卷十七"沈恺"）

《环溪漫集》八卷

明嘉靖间刻本，国家图书馆、日本名古屋蓬左文库藏。日本京都大学人文科学研究所藏本据蓬左文库藏本影印。八册。半页九行，行十七字。四周双边，版心白口，单白鱼尾。卷首有徐阶《凤峰子杂集序》，"嘉靖壬寅季春初吉赐进士第资德大夫正治上卿太子少保刑部尚书兰溪渔石唐龙撰"《凤峰子守明续纪序》，"嘉靖壬寅仲夏之吉翰林院待诏长洲文徵明著"《凤峰子诗稿序》。正文题名后镌"云间凤峰沈恺著，门人晋江李文护编集，张钦之誊校"。卷一收记序，卷二收序，卷三收传、疏，卷四收杂著，卷五收书，卷六收杂文，卷七收论，卷八收碑铭、行状。总收各体文三百篇。

文徵明序云："公早负俊才，明经绩学，侈声三吴。既举进士，为司寇属，祥刑析律，深于吏治，及是补郡，辄上课最，践扬中外，名实并敷。余家吴门，去公不数舍，而声光奕奕，实所稔闻。今岁汪君镗孙自四明来，示余此集，余受而卒业焉。铸词命意，莫不合作，而圆融藻丽，绰有唐人之风。信今作者，莫有加也……沈公文尚西京，志意勤剧，虽关决绪正，日不暇给，而手披口吟，不以时废。"唐龙赞沈氏云："（恺）寅恭之心，劬劳之形，恺悌之政与法守品式，及兴补厘革之方，罔不载焉。甚矣哉，沈子之勤于守官也,凡其可以植民之命,昭我之节,树国之防者,举之惟恐遗,行之惟恐不至,洪纤并见,而本末之分秩如也。诸所滋瘝病民,速谤败官,逸礼溃法,祛之欲其速,芟之欲其尽,宿弊涤而稗政蠲矣。"

《守株子诗稿》二卷

明嘉靖间刊本,国家图书馆、台北故宫博物院图书馆、德国巴伐利亚邦立图书馆藏。另有明抄本,上海图书馆藏。今《甲库善本丛书》第767册内《守株子诗稿》二卷即据明刻本影印。二册,板框18.5×13.2厘米。半页十行,行十八字。左右双边,板心白口,中缝中记诗稿上或下及页次。钤印有"国立北平图书馆收藏"朱方。正文题名后镌"云间守株子沈恺著,门生朱煦、朱焕编次"。卷首有自序《守株子诗稿小引》,题"守株子沈恺书"。卷一收赋二首、古体杂著六十首、词一首、五言古体四十首,卷二收五言律八十首、五言排律三首、七言律七十四首、七言绝句六十首、五言绝句四十四首。卷二第三十八、三十九页残缺。

沈恺《引》言曰:"恺海滨庸猥,素不能诗,然日来颇耽吟咏,读汉魏唐大家等作,每神酣焉。穷日矻矻,不忍释手,每一兴发,思有所托,辄为之抚缶击节而歌,翛然乐也。尝客居,怀乡恋故,情之所感,木石动容,不容自默。间山居野处,或涉岩壑,探幽胜,看云听鸟,乘风坐月,至与山僧野老相酬答,皆不能无言。言有尽而情不可终,则系之以诗,诗以继夫言之所不逮也。然皆一时漫就,殊不似诗家语,其不忍弃去者何?要之托物抒思、缘辞寄兴,姑存之,聊以识一时事尔,若谓闻诸人人以待知音,则恺岂敢。"

《沈凤峰集》《续沈凤峰集》

《沈凤峰集》一卷《续沈凤峰集》一卷。明隆庆间《盛明百家诗》本,上海图书馆、北京大学图书馆、浙江图书馆、日本内阁文库等藏。俞宪言己谪楚时，沈恺时为臬副，二人为忘年忘份之交，称沈恺"高襟远度，政馀喜攻诗文"；"公文旨且名，尤胜于诗"。《沈凤峰集》录赋一首，各体诗一百七十六首。隆庆己巳夏四月俞宪又于《续沈凤峰集》中言："兹刻续集又以皇甫百泉选本为主，共得诗九十馀首。时公以累荐奉恩命进太仆卿致仕，于诗道益有光矣。百泉序选本云：'锡山是堂俞君尝选其数十首为明音之冠，盖持据其所有而未睹其全也。余殆大嚼于屠门，流观于武库，若探珠赤水，取其夜光照乘；采玉荆山，取其琼瑶华蕊而已，匪无遗宝，贵不在多也。'其然，信其然哉。"

包节《包侍御集》

包节（1506—1556）字符达，号蒙泉，松江府华亭人。嘉靖十一年（1532）进士，授东昌府推官，入为御史。出按云南，再按湖广。劾中官廖斌不法事，反为斌所陷，遣戍庄浪卫。嘉靖三十五年（1556）六月二十八日卒于戍所，年五十一。诗文存《包侍御稿》六卷，另有《苑诗类选》三十卷（明嘉靖二十五年刊本）、《西戍录》《北逮录》《通考意抄》《二十一史意抄》《释疑录》《陕西行都司志》等多种。生平见徐阶《蒙泉包君墓志铭》（《世经堂集》卷十七）、王兆云《皇明词林人物考》卷八、何三畏《包侍御兄弟传》（《云间志略》卷十二）、过庭训《本朝分省人物志》卷四十五、冯时可《御史包蒙泉传》（《冯元成选集》卷七）、张廷玉等《明史》卷二百零七、《（乾隆）华亭县志》卷十二。

《包侍御集》六卷，嘉靖三十七年（1558）包杞刊本，国家图书馆、北京大学图书馆藏。《四库全书》未收录。《总目》著录，四库馆臣所见刻本为江苏周厚堉家藏本。今《存目丛书》集部第96册内《包侍御集》六卷即据国家图书馆藏明嘉靖三十七年包杞刻本影印。半页十行,行十八字。左右双边,版心白口,单鱼尾。卷首有《包侍御集序》两篇,题"赐进士出身中顺大夫奉饬督学校贵州按察司副使姻生莫如忠撰""嘉靖戊午冬孟之吉福建按察司经历致仕邑人张世美著"。集后有包节侄包柽芳及子包杞跋语。前两卷为其官御史时所作,称《台中稿》,内诗一卷、文一卷,录各体诗一百五十八首录序、记表、行状、志铭、祭文等文十四篇;后四卷称《湟中稿》,诗二卷、文二卷,内录各体诗三百首,录序、记、碑、传、书等六十馀篇。诚如《总目》所云:"是编前二卷为《台中稿》,官御史时作;后四卷为《湟中稿》,戍庄浪时作。二编皆兼载诗文。节尝谓《文苑英华》诗可以续《昭明文选》,因辑《苑诗类选》三十卷,故所作纤丽为多,大抵皆取材于是也。"

集由其子包杞在父卒后二年刊刻成集。包杞《包侍御集跋》云:"先君出按湖南,未几即承严遣,戍遐荒者十有二年,守义安命,于利达一无所慕,日惟以检阅书史为乐,故所著作倍于台中。奈旻天不造,殒躯万里,所存者惟遗稿数卷。窃念先君不为身谋,不为子孙虑,正直平易,无愧无怍,是以瞑目反本时,谅无所歉,其所歉者徒以奄竖诬构,不得白其忠君爱国之心于君上之侧耳。呜呼,痛哉!然诗以言志,先君虽履绝域,而吟咏之间,盖有一日不能忘乎君者,岂以困穷少致怨尤之词哉!是虽不得白其事于当时,所赖以可见者诗固不可废也。杞也守手泽之遗,实不忍一开视,然没而弗传,罪益重矣。于兹戊午之秋,同梓、梗二弟恳渎先达西谷张公、中江莫公校正既定,谨刻以表先君之素志,且俾为后嗣者知河西卫有庄浪,乃我祖处患难之地云。"

莫如忠谓包节有治世才,惜时命不济。其《包侍御集序》云:"余读《包侍御集》,为闵然掩卷而叹也。夫侍御负隽才,发自弱冠,长益卓跞竟其志,所自托以见于世者,独文辞焉已哉,而文辞之存,又多轶也,于侍御撰著十才二三耳。呜呼,伤哉!余尝究观古立言家,其譬诸得势而益彰,犹顺风而呼矣。至谓词能穷人,身在绌抑而时写其羁绁无聊者,亦多称于世,何耶?夫人所遇显晦不同,材质之造就亦异。昔孙兴公拟赋《遂初》,方赫然显盛矣,而虞卿以穷愁著书,固愤抑之所为也。后世祖兴公者,矢庙廊之音,而乏幽沉之思;祖虞卿者,发丘园之贲,而阙黼黻之章。轨辙既分,各从其适,孰体兼长者乎?余喜侍御之集,于《台中》见《遂初》之致焉,故其言丽以则;于《湟中》见穷愁之蕴焉,故其言婉以思。方诸二子,殆兼之矣,其可列而传无疑也。侍御平生博总群籍,属意词章馀三十载,尝茸汉魏以来迄盛唐诸名家为《苑诗类选》三十卷行于世,用志勤矣。所交多海内之隽,与其弟南侍御吴石君以'二包'并称籍甚,则世之知侍御而悲其志者,孰不幸斯集之传?而况知且昵如余者乎?余以侍御平生端方之操,孤特之标,不获世之滋垢,迹其表著,既已杰然在人,藉令天假遐龄,益竟所就,于功名之会,恶可量也,而独以文辞见哉?"

张世美云包节诗源乎汉魏:"君在乡校时,综览该博,已能著述,既而取甲科,尽与海内名流为友,期相策励,以追古作者。时取《文苑英华》而删校之,已有《苑诗类选》三十卷,刻于楚台中。时有所作,不慊意者多不存稿,故《台中稿》仅仅如所存者。在湟中时,虽得大肆力于是,然家有病母,羁忧内顾,不能如初志以究所欲为,然即所存者观之,丽才藻思,充溢坌发,取材于六朝而追轨于汉魏,其进殆未艾也。奈何才与命仇,志与时违,而所就止是。"朱彝尊评包节曰:"侍御悦研风雅,以《文苑英华》诗可续《昭明文选》体,编成《苑诗类选》三十卷,亦称好事。其所作大约取材于是。西谷张氏惜其立志太锐,任事太勇,嫉恶太严,为谗者所中,才与命妨,志与时违,故所就止是。亦知己之言也。"(《诗话》卷十二)

《包侍御集》一卷,隆庆间俞宪辑《盛明百家诗》本,总录诗一百五十四首。前有隆庆戊辰夏日俞宪题识："华亭包元达名节，号蒙泉，嘉靖壬辰进士，尝为侍御，以阉竖诬构，谪戍湟中，故诗有《台中》《湟中》二集。今观《湟中集》与《台中》较异，盖其忠君爱国之心、进德修业之实，有怨而不怒、穷而益工者矣，读之固郁乎可传也。侍御君少孤，与弟南侍御吴石君俱受母氏教甚严，俱早成立，第未知吴石著作何如也。"

何良俊《何翰林集》《何翰目集》

何良俊（1506—1573）字元朗，号柘湖，松江府华亭人。自少笃学，家藏书四万卷，涉猎殆遍。与弟良傅俱以诗文著誉，时人喻为云间"二陆"。久困场屋，嘉靖间以岁贡入国学，又以荐授南京翰林孔目，三年厌倦，遂移疾归，复移家苏州，晚年始归华亭。万历元年（1573）卒，年六十八。良俊著述颇丰，诗文有《何翰林集》二十八卷，杂著《四友斋丛说》三十八卷，《何氏语林》三十卷，《世说新语补》二十卷，《蓬窗琐记》，《明何元朗徐阳初曲论》一卷。生平见何三畏《何翰林兄弟传》（《云间志略》卷十三）、佚名《南京翰林院孔目何公良俊传》（《国朝献征录》卷二十三）、王兆云《皇明词林人物考》卷十一、张廷玉《明史》卷二百八十七、《（康熙）松江府志》卷四十四。

《何翰林集》二十八卷，明嘉靖四十四年（1565）华亭何氏香严精舍刻本，国家图书馆、中国社科院文研所图书馆、南京图书馆、重庆图书馆、莱阳图书馆、德国巴伐利亚邦立图书馆、台北图书馆等藏。今《甲库善本丛书》第811册、《存目丛书》集部第142册、《中华再造善本·明代编》内《何翰林集》二十八卷均据明嘉靖四十四年何氏香严精舍刻本影印。《总目》著录二十二卷，《提要》云："是集乃其诗文、杂著，并《语林》之小序亦载焉。朱彝尊《明诗综》载其有《清森阁集》。《千顷堂书目》载良俊《清森阁集》无卷数，又载其《柘湖集》二十八卷。据集首莫如忠序，称是集二十八卷，盖即所谓《柘湖集》者。此本仅二十二卷，目录亦复残阙，则已非完书矣。"前有何全《何翰林集序》，题"嘉靖丙寅之秋重阳日成都凤野何全顿首书"；王文禄《何翰林集序》，题"隆庆元年丁卯长至武原沂阳生王文禄序"；莫如忠《何翰林集序》，题"嘉靖乙丑冬友人莫如忠撰"；皇甫汸序，题"皇明嘉靖岁柔兆摄提格旦月下弦赐进士尚书吏部司勋郎安定皇甫汸子循撰"。半页九行，行十六字。左右双边，版心白口，单鱼尾。版心鱼尾下注"何翰林集卷几"，版心下部镌刻工名，如"长洲吴曜书章权等同刻""姚舜卿""姚""章""张""时""何""袁""川""王""黄周贤""袁宸""宸""何成德""陈益""袁宏""庆""张凤""卿""宏""益""贤""陈""黄""邦""言""黄贤同""伯"。目录后及卷末有"嘉靖乙丑何氏香严精舍雕梓"牌记，正文题名后镌"华亭何良俊元朗"。

该集为良俊自编，以二十八宿分卷。内诗赋七卷、文二十一卷。卷一收赋一首、操四首、乐府五解、五言古诗十七首，卷二收五言古诗二十八首，卷三收五言古诗十一首、七言古诗四首，卷四收五言律诗三十八首、五言排律五首，卷五收七言律诗三十三首，卷六收七言律诗四十五首，卷七收五言绝句十四首、七言绝句三十二首，卷八至十四为序，总收二十九篇，卷十五至二十八为记、赞、杂著、表、启、碑文、书、行状、祭文、题跋等各体文。

另有民国二十一年（1932）金山姚氏复庐影印（《云间两何君集》）本，内除何良俊《何翰林集》二十八卷外，另有何良傅《何礼部集》十卷。国家图书馆、上海图书馆、台北图书馆等藏。左右双边，版心白口，单鱼尾。半页九行，行十七字。部分版心下部镌刻工姓名，如皇甫汸序首页有"姚舜卿刻"，卷八末有"长洲吴曜书，袁宸等同刻"，卷十三有"长洲吴曜书，何成德同刻"，卷末版心下有"长洲吴睢书，黄周贤等刻"。《明别集丛刊》第二辑第71册内《何翰林集》即据此本影印。另有1971年"国立中央图书馆"版《明代艺术家集汇刊续集》内《何翰林集》二十八卷，未知底本情况。

皇甫汸言何良俊风流蕴藉，曰："君雅好山水，每自解曰：令我守茂陵之园，索长安之米，亦足陆沉乎。然非所好，卒上书自免。设劳以讼牒，屈以手版，当不俟六百满而邴生行，三径荒而陶令去矣。何君亦古之勇退者哉。君虽谢秩，犹眷恋石城，将营别业。及桑梓荡于海波，柘林残于烽火，遂怀避兵之图，益坚卜居之志。杜甫草堂开于潭水，罗含精舍寄之江陵。加以谈若悬河，识同藻鉴，或咨访政治，或诠析名理。君为扬榷古今，指陈坚白，车骑填门，履綦沓座，南国人伦，更逢有道，西京遗事，复见凭虚。其暇日也，狎梵侣以玄探，结胜流而觞咏，每一篇出，匪但艺苑禽推，而闾巷递诵，凤馆咏昌龄之句，鸡林售居易之篇，曷让焉！君又妙解音律，晚畜声伎，樽罍倾于北海，丝竹理于后堂，躬自倚歌，尤长顾曲，江左馀风，不在兹乎？"其性情可窥一斑。

钱谦益谓良俊："好谈兵，以经世自负，浮湛冗长，郁郁不得志。每喟然叹曰：'吾有清森阁在东海上，藏书四万卷，名画百签，古法帖鼎彝数十种，弃此不居，而仆仆牛马走，不亦愚而可笑乎？'居三年，遂移疾免归。海上中倭，留青溪者数年，复买宅居吴门，年七十始归云间。元朗风神朗彻，所至宾客填门，妙解音律，晚畜声伎，躬自度曲，分刌合度。秣陵、金阊，都会佳丽，文酒过从，丝竹竞奋，人谓江左风流，复见于今日也。吴中以明经起家官词林者，文徵仲、蔡九逵之后二十馀年而元朗继之。"（《列朝诗集》丁集卷七"何孔目良俊"）

《何翰目集》一卷

明隆庆间《盛明百家诗》本。此集刻于隆庆元年（1567），内收赋一首、诗百三十四首。另有《何元朗先生诗集》不分卷，清刻《明诗百家集》本，国家图书馆藏，此集位《明诗百家集》内卷九。半页十行，行二十一字。左右双边，版心白口，单鱼尾。鱼尾上镌"何元朗集"，鱼尾下镌"卷九"。正文题名"何元朗先生诗集"，题名后注"江北鲁之裕亮侪学"。内收近体诗《与张玄湖夜饮醉归用韵》《次前韵》《送潘苧乡南还》《乙卯八月余舣客青溪之上坐有李节鸣筝质山咏二绝次其韵》五首。

莫如忠序《何翰林集》曰："君于文法刘向、司马迁氏，诗本苏、李，而近体出高、岑间。至其酝酿群籍，勒成一家，意匠纵横，不假绳削，或直陈事理，陶写胸臆，累数百言，要归于质厚。倘所谓醇庞汋穆之气，其在治古者，不自是可想见哉？君尝自叙平生，于文学性独近之，髫年侍经师课艺，辄覆古文其上，朝夕讽之。比长，楼居愤发者垂二十年，或挟册行游，忘堕坑岸，盖其用志之勤，卒泽于文，宜也。而自予所睹，以君隽爽之资，夷旷之度，萧然物表，薄视荣名，至好恶取与，然诺之可否，耿耿不阿，有达士之节，则所以养其直义，而昌其气于言者甚设，君之大过人者，又宁独文辞焉已哉？"

何全于序中赞曰："其诗律切清丽类唐人，其上者骎骎乎魏晋矣。诸文皆奥雅闳衍，间复错以绮藻，盖宗格西京，采词六代，彬彬哉成一家言者。夫以君如彼其才，即立取巍科峻仕不足多，乃竟如兹焉老哉，此则时论同叹矣。然江左固称才薮，而云间之誉尤振区中，实亦发自机、云，则知文章者匪直被饰厥躬，即光岳系之矣。今君兄弟皆以文名一时，固机、云之流亚也。"黄百家《明文授读》卷三二记云："先夫子（黄宗羲）曰……柘湖文不落时趋，郁然可观。"《总目》云："良俊在当时颇有文名，所作纵横跌宕，亦时有六朝遗意。而落笔微伤太快，殆亦才人轻脱之习欤？"（《总目》卷一百七十八）钱谦益亦称其诗文"清词丽句，未逮二公（文徵仲、蔡九逵），然文以修谨自励，蔡以溪刻见讥，而元朗风流豪爽，为时人所叹羡"（《列朝诗集》丁集卷七"何孔目良俊"）。朱彝尊《诗话》称元朗"诗颇率意"（《诗话》卷十三）。

何良傅《何礼部集》

何良傅（1509—1562）字叔皮，号大鄿，良俊弟，松江府华亭人。与兄良俊俱以诗文著誉，时人比之"云间二陆"。良傅十岁通经史，十四补诸生，举嘉靖十九年（1540）乡荐，明年成进士，除行人。三年后迁刑部主事，改南礼部，历员外、郎中，乞归得请。与徐献忠、张之象等结社赋诗，雅有文名。卒于嘉靖四十一年，年五十四。著有《何礼部集》十卷，后与良俊《何翰林集》合刻为《云间两何君集》，亦存。生平见何三畏《何翰林兄弟传》（《云间志略》卷十三）、陆树声《大鄿何君墓志铭》（《陆文定公集》卷四）、何良俊《大鄿何君行状》（《何翰林集》卷二十五）、王兆云《皇明词林人物考》卷十一、《（崇祯）松江府志》卷四十二、张廷玉等《明史》卷二百八十七。

《何礼部集》十卷，明嘉靖四十五年（1566）华亭何氏家刻本。国家图书馆（存卷一至卷四）、台北图书馆、傅斯年图书馆、日本东京大学东洋文化研究所等藏。《四库全书》未收，《总目》《禁毁书目》等俱未见著录。半页十行，行十八字。左右双边，白口，无鱼尾。序文第一页及目录第二页中缝下镌"马相刻"。前有徐献忠《何礼部集序》，题"长水书院山长徐献忠，嘉靖癸亥仲冬长水山房"。正文题名下镌"华亭何良傅叔皮"。卷一收五言古诗四十五首，卷二收七言古诗二十一首，卷三收五、七言律八十三首及排律十首，卷四收五七言绝句六十七首，前四卷总收诗二百二十六首；卷五为序，卷六为疏、启、说、颂、诔，卷七、八为书，卷九为行状，卷十为神道碑、墓表、祭文。

另有民国二十一年（1932）金山姚氏复庐《云间两何君集》本，国家图书馆、吉林图书馆、浙江图书馆、上海图书馆、傅斯年图书馆等藏。半页九行，行十七字。左右双边，版心白口，单鱼尾。前有嘉靖甲寅秋九月既望许縠序、嘉靖癸亥仲冬徐献忠序。部分版心下部镌刻工姓名。今《明别集丛刊》第二辑第71册内《何礼部集》即影自此本。

集在良傅卒后由良俊所刻。许縠序曰："（良傅）殁后，元朗君命其子雍之检平日所撰制者，刻梓以传，欲使后世知有叔皮君，厥意甚美……叔皮君颖异非凡，该综更博，伯仲熏陶，良朋切劘，其造积盖已久矣。以故发于诗文，纡徐畅达，卓然汉度，婉丽秀润，信有唐风。譬之洪流行地，波澜自生；品卉在林，采色各具，初不待搏激雕组而后然者。此其取才证体，虽求于籍上，而涵养镕化，则吐诸胸中，以故长价词坛，蜚声海内，夫岂虚也？抑尝观叔皮君之为人，体含温粹，性禀冲和，其中坦然乐易，绝少町畦，见者咸爱而敬之。即游清平之野，而见鸾皇之仪，当不是过。至人有不得其平，政有不合于度，则又持论甚正，执操尤坚，曾不为势利人迁夺上下，古称宽而栗、群而不党，叔皮有焉。平生文苑之朋，信乎少遘，乃文若诗，实似其人。"

徐献忠与何良傅是挚友，其论良傅诗云："其诗出自曹魏间，视汉人稍加藻缋，而浑成和厚，可称作者。七言歌辞在沈、宋后，得其激叹流美之致，律亦蕴藉可读。其文实原于汉而语稍详缓，似唐代词人。至于宛曲序事，以雅致发之，则其自得也。二君才相伯仲，如士衡、茂政兄弟，称两何君。自少同张子玄超与予交甚密，遂相订为古文辞。元朗雄深俊拔，玄超婉切，叔毗幽迈，皆非予所及。独叔毗气体羸乏,中遭辙轲,幽愁尤甚,既又为仕官所牵,稿本遂多散失,故所刻仅此。倭乱后,自金陵归,方将寻理旧业,乃不幸奄然化矣。嗟乎,风人凋谢,雅道离拆,室在人远,文传迹息,可胜悲哉?念君兄弟相居处馀三十年,阻违稍阔,未尝不裁寄绸缪,一或握手为欢,必留连不舍。今元朗返驾旧乡,敦情如故,独吾叔毗音徽顿杳,读其遗文,何殊山阳之笛,西望玄圃已阙,携持三叹唏嘘,岂胜感怆!其立身操仕,元朗序述事状已详,予所不能忘者,君之风神和易,意气慷慨,虽盛名先物,而以含蓄退藏之意将之,当世词人,与其偶俪,亦所仅见也。其诗散落人间尚多,昙宝询求未已,当有续刻。"

附：姚光《云间两何君集》

《云间两何君集》三十八卷,姚光辑。内何良俊《何翰林集》二十八卷,何良傅《何礼部集》十卷,民国二十一年(1932)金山姚氏复庐以明嘉靖间何氏家刻本为底本影印。半页九行,行十七字。左右双边,版心白口,单鱼尾。部分版心下部镌刻工姓名。《何翰林集》有嘉靖乙丑冬莫如忠序、皇甫汸序,皇甫汸序岁在"柔兆摄提格旦月",即嘉靖甲寅六月。《何礼部集》有许縠序、徐献忠序。总集后有民国二十一年八月一日姚光题识。"二何"兄弟因系权臣严嵩所识拔,有感恩之作,故均遭讥议。姚光题识论严嵩与二何之师生谊甚详,曰:"有明吾郡何元朗与弟叔皮同以文采照耀于世,有'两何君'之称。论者谓分宜官南祭酒时,叔皮以文受知,厥后分宜执政,元朗因得官翰林。观叔皮致分宜书,可见二何集中不少感恩之作,以此为二何病,然文人知遇之情,自所难免。二何仕宦皆不得志,挂冠而归,悠游林下。元朗风神朗彻,襟度豪爽;叔皮雅敦友谊,尤笃内行,岂严氏门下之伦哉?元朗有《翰林集》二十八卷,叔皮有《礼部集》十卷,嘉靖间后先刊梓,顾传本绝少。近吴兴蒋氏密韵楼所藏明人集部之书,归之北平图书馆,余与检书之役,二何之集幸皆遇见,因向借取影印,汇为一函,题曰《云间两何君集》,庶其为江左风流之嗣响乎!"

方应选《方众甫集》

方应选(生卒年不详)字众甫,号明斋,松江府华亭人。十岁受经于云间义理鼻祖庄允中,后为诸生,学使者指为江南第一人。万历元年(1573)举于乡,十一年成进士。出守冀州,丁内艰,服阙,十九年任汝州知州,官至福建提学副使。卒于官,年五十有四。众甫有经世才,唐文学志其墓,谓其不独善为文,且善为吏;不独善为吏,且善为将。时论以为知言。著述有《方众甫集》十四卷,《千顷堂书目》另著录其《汝州志》四卷(今存万历刻本)。生平见何三畏《方学宪明斋公传》(《云间志略》卷二十二)、《(光绪)重修奉贤县志》卷十。

应选为汝州知州时,刻有《汝上诗文》二集,后其子又辑其著述为《方众甫集》十四卷,《总目》著录。现存《方众甫集》十四卷,明万历三十四年(1606)序刻本,门人松江守蔡增誉梓,南京图书馆、日本尊经阁文库藏。台湾汉学研究中心、日本京都大学人文科学研究所藏《方众甫集》十四卷均据万历本影印。今《存目丛书》集部第170册内《方众甫集》据南京图书馆藏明万历刻本影印。半页九行,行二十字。四周单边,版心白口,无鱼尾。正文题名后镌"华亭方应选众甫著"。卷首有"友弟董其昌撰"《序汝上集》,次为方应选撰《闽刻自序》。内诗赋四卷,收赋一首、颂一首、诸体诗四百六十馀首,后为各体文十卷。《总目》云:"应选初牧汝州,刻有《汝上诗文》二集,其子又增并遗稿,刻为此本。其诗古体颇清丽,文笔亦尚健举,而渐染习尚,未尽脱当时风气。"(《总目》卷一百七十九)

方氏《闽刻自序》称:"闽中刻者,非必闽作,犹之汝上刻,盖汇汝以前作合汝作而成也。汝以前困诸生,吏汝漫困吏,宁有呕心之句脍炙人乎?顾为汝所知者灾木,至今愧悔。已繇兵曹出为卢龙使,军兴多故,与子墨颇疏。顷视闽学,子墨为政,而又夺于较士。总之,岁不得数纸。会甲午所录士王生固请不休,余不忍秘也,而又成今刻。嗟夫,王生洵爱我,即不以我为大愚,将毋为我藏拙乎?始余有幽忧之疾,讳不以告人,且将深,既而暴诸知者,药我砭我,豁然有间色。予于此道染指有年,而膏肓不减,意讳拙之故与?微王生,畴攻吾疾,若王生在,安知非魏收之忠臣也?"

董其昌《序汝上集》云:"《汝上集》者,方众甫守汝时所著诗若古文也……视事三月,老掾吏抱疑牍尝之,一再不效,欺绐意销。于是讼堂阒然,翰墨间作,耆旧传可续也,山水经可广也。行春有贡俗之篇,怀人有招隐之赋,吊二刘之故垒,访空同之遗迹,向所谓壹意千秋业者,至汝乃得之。而其工力之深,意度之旷,雕刻万象,陶铸往哲,微独临汝之政天下高等,方驾西京,乃其撰造亦两司马间矣。夫州县劳人,临汝剧郡,它刺史戴星出入,惧不赡举,何问风雅,即闭阁赋诗,如简书何?无论不得如众甫工也。众甫信自才,抑可谓知务矣。在昔汉之盛,其大夫能赋者,惟辽东河内传耳,犹皆不列于循良,所学所用,各有当也。间者天下之网尝密矣,以绳文吏有过无不及焉,见谓此属流连景光,厌薄簿领,无与百姓之急。自众甫之集行,而课功实者,乃今绝訾于文人乎?众甫入为司马郎,忧边思职,日夜讨石画,襄庙算,西人既已就箴,而东征将士复伸威真番乐浪之外。夫韩之碑,柳之雅,司马子长之朝鲜叙传,于以纪成功而师后事者,是在众甫,而众甫兹未暇也,且以《汝上集》求之。"

范惟一 《范太仆集》《振文堂集》《范中方集》

范惟一（1510—1584）字于中，号中方，松江府华亭人。范仲淹十六世孙。嘉靖十九年（1540）举人，明年成进士。除钧州知州，迁济南府同知，入为工部郎中。出为湖广佥事，分部荆西。擢山东参议，督学两浙，旋升按察使，晋江西布政使，迁南太仆卿。万历十二年（1584）卒，年七十五。喜刻书，刻有徐献忠《吴兴掌故集》、方孝孺《逊志斋集》、范仲淹《范文正公集》、范纯江《范仲宣公集》、张衮《张水南文集》等。著有《振文堂集》《范太仆诗集》《石仆集》等，辑有《明诗摘钞》四卷。另有《尊生楼臆记》见诸著录。生平见陆树声《范公墓志铭》（《陆文定公集》卷七）、何三畏《范太史中方公传》（《云间志略》卷十五）、《（乾隆）华亭县志》卷十二。

《范太仆集》十四卷

明万历十三年（1585）范允豫等刻本，重庆图书馆藏。十四卷分装为十四册。半页九行，行十九字。左右双边，版心白口。版心上部镌书名"范太仆集"，下部镌刻工姓名，如袁敏学、顾植、顾允执等。卷首有屠隆序、莫如忠《范太仆诗集序》。总收各体诗九百九十三首。集为范氏殁后其子辑录付梓而成。莫如忠《范太仆诗集序》云："范太仆中方先生之殁也，其子某某、某某等检自遗箧，得所藏稿为诗若干篇，汇若干卷，业付剞劂，而奉太仆易箦之命，乞余弁诸首简。"

莫氏又论其人与文曰："太仆少负隽才，起家髫岁，翱翔王路几三十年，扬历大藩者六，所过名山川之巨丽，固已酝酿胸臆，裨益睹闻。而当持牒鞅掌之暇，不废咕哔如经生，此其取材之富、发藻之奇所从来者，非苟而已也。至于一时交游往来相切劘者，又皆海内之选，即余不佞，雅辱定交，邮筒返数千里，岁不啻一再抵余。及其谢事还里,招社耆英,则自对酒宾朋之筵,移策登临之赏,会必有述,述必累数百言,传之同好,赓和殷辏,余病或不能从,而卮言时出,见谓有当于心,恒脍炙不置。及各以业进,有所攻错瑕瑜,即亦欢然莫逆也。尝曰:'诗以言志,其教温柔敦厚,即事遂情,言乎其所当言,止乎其所不得不止,至于变化笔端,纵横象外,而忘其神诣之所从来,则存乎作者之自得,非假牵缀于一字句之工也。今之谈者,往往玩心色泽,不则荡志空虚,指非本来,境无真际,而方自喜,以为独擅骊珠,雄视千古者,吾不知之矣。'太仆语如是,故其为作,笃信好古,质而不浮,丽而有则,祖曲江之沉雅,吐高岑之庄浪,具韦孟之冲融,体备兼长,裦然大雅,而不委随俗之妍媸,自诡于平生之概,令读其诗者,汎汎乎若慷慨悲歌之及闻,英爽犹视也。而余谓太仆不死,非漫哉!非漫哉!太仆故娴于文,所撰著尤夥,戒勿梓,故诗独传。余闻之,善帅者不空垒以尝敌,时而携舍于郊,独以奇兵纵,辄收折冲之功。太仆集出而先诗,夫亦兵家之以一奇见乎,其所舍而休之者于善藏其用,渊乎深矣。"

屠隆亦于序中赞云:"云间范太仆先生,天资俊迈,器局端凝,为郎为督学为大方伯,所至展采错事,弘伐隐起,而闲情旷度,时寄之山川风月。车辙马迹殆半天下,而登览唱和之什布诸区内,云散霞流,久而成集。不佞其得而读之,大都沈雄和畅,出之自然,高者业据大历上座,稍稍降格,亦不失钱刘雁行。盖先生身婴天人之大,宝心览性,今之玄超。故虽簿书填委,若在丘樊,王事纷挐,不废吟啸。及其挂冠而归谷水之阳,轮鞅去体,禽鱼来亲,澡冰晞崖,益耽篇什。不佞以吏牍小暇,时得侍先生杖屦于西余、天马之间,见先生逸翰飙飞,嘉藻泉涌,口不言而神伏焉。"

《振文堂集》十三卷

明万历十六年(1588)范允豫刻本,浙江图书馆藏。半页九行,行二十字。左右双边,版心白口,单鱼尾。版心上镌题名"振文堂集",下镌刻工姓名,如"吴门张求明刊"等。卷首有万历壬子八月吉旦姻生张仲谦《刻振文堂集序》,卷末有万历十五年长至前一日范允豫所作跋语。卷一收疏、表、书四十五篇,卷二、三收书八十四篇,卷四至八收序六十六篇,卷九收记、传、疏、赞、题跋等十五篇,卷十收论五篇,卷十一收墓志铭十篇,卷十二收墓表、行状六篇,卷十三收祭文三十五篇。

集在范氏卒后四年由其子范允豫刊刻而成,范允豫跋语云:"翁自为诸生时,即以文雄郡中,名声籍甚。居无何,释褐登朝,宦游梁、齐、燕、蓟间,所至孳孳民隐,治状卓伟,而尤博综典籍,究心当世之务,监司屡荐扬之。后十馀年,佥宪楚臬,参知河藩,以致督学两浙,允豫皆从,每见大人从政暇,辄手一编,色沾沾喜也。诸僚迁擢,文多属翁,翁抒毫立就,霞灿云流。诸公卿间,即负名高不下人者,诵翁作,必少逊云。迨丁卯还山,雅无他好,日惟翻绎旧业,著述为程。小子豫趋庭时,每见大人手一编,色沾沾喜也。盖翁才由天赋,而又好学不倦,以故所业益超玄乘焉。乃年逾古稀,神强体健,著作方日富未艾也,讵意甲申之夏,疾作罔瘳。嗟呼,痛哉!小子豫哀毁之馀,亟搜其诗若文,常切念之:豫过逆深重,既不能少延亲年,且先人有美而弗传,罪将安逃乎?乃谋于仲弟允观,以诗属之观,而文则属之豫,第苫块馀生,未忍批阅。襄事甫毕,手录编次,倾赀剞劂,为十有三卷,始于乙酉之冬,越两年乃克完编,于是翁之文盖烂然矣。手泽尚新,而仪容莫觌,能不恸哉?刻成,谨识数语于末,以纪岁月。"

万历戊子八月吉旦张仲谦序曰:"吾郡中方范先生者,博综广赡,于书无所不猎,甫游诸生间,文名早藉藉;坋入仕路,终不以案牍故爽文章心。归来啸园,虽春秋渐高,且也跄然哦咏,旦暮以文自娱,而疾其亡于当道也。大都命旨夷易,握论雅醇,泛滥百家之漪,而尽收之六经,是犹布帛菽粟,曾不烂九彩错八珍也,而终身被茹之,罔有厌念,倘所谓载道之文,非耶?彼其于雕虫之言,直土苴视之,薄不为也。先生殁后,诗已别梓,乃嗣允豫雅好修,依依孝思不置,复梓其文若干卷,名《振文堂集》。"

《范中方集》一卷

明隆庆间《盛明百家诗》本。总收诗三十八首。正文前有俞宪题识,云:"昔尝同官东省,往来文翰甚多,逮中方督学两浙,则踪迹参差,不相闻问久矣。检旧箧,得诗牍数十,旋复散逸。今刻其存者如左,盖病废屏居,虽昕夕不辞卷帙,而顾此忘彼,不能如平生之耽昵矣。"

李昭祥《栖云馆集》

李昭祥(1512—?)字符韬①,松江府华亭朱冈里人。嘉靖二十六年(1547)进士,授浙江兰溪令。为人平易无崖岸,而精于计算,缜密综核优于吏才,凡举废剔蠹、平赋息讼、戢盗贼、行乡约诸事,具有规条,见之施行。迁户部主事,任工部主事三十年,驻龙江船厂,专理船政,擢屯田郎。以父病移疾归。有《龙江船厂志》(明嘉靖三十二年刊本),《慎馀录》二十卷(明云间张之象刊本)。另有《谷阳杂记》《读史一得》,然未见行世。生平见何三畏《李水部南湄公传》(《云间志略》卷十五)、《(崇祯)松江府志》卷四十、《(康熙)上海县志》卷十。

《栖云馆集》二十卷,明刻本,浙江图书馆藏。半页十行,行十九字。黑格白口,左右双边,单鱼尾。浙图藏明刊本为残卷,存卷一至十四、卷十八至二十。无序无跋。正文题名下镌"云间李昭

---

① 李昭祥《寄寿冯樵谷六十》(《栖云馆集》卷九)序云:"樵谷与余同生壬申,而先余四月。闻其诞日,交游以诗和者数十家,余独缺焉。既辱君以诗寿余,因赋此以补欠事。"据此可推知,其生于正德七年(1512)。

祥元韬著，同郡张之象玄超校"。卷一至十为诗，卷十一至二十为文。卷一至三收赋三首、五言古诗四十八首、七言古诗十一首，卷四、五收五言律诗一百六首、五言排律八首，卷六至九收七言排律八十四首、七言律诗一百七十二首，卷十收七言绝句一百二十首，卷十一至二十收疏、序、记、书、志铭、行状、祭文、杂著等九十馀篇。

昭祥论文主"理明词畅"。《孟华里窗稿引》（《栖云馆集》卷二十）曰："古今言文者，率祖六经，六经文无他奇，乃克与天壤俱敝。后世摛章绘句，月露烟云，靡所不极，然或白首不见售，何哉？文以理为主，理非自外至，由人心生也，词以宣之。六经之文，圣人所以宣其心之蕴，故理明词畅，人莫不爱之，爱之则传矣……夫自选举法废，求才于片楮尺牍间，即欲以是概其生平。噫，文之所系，亦重矣。六经之理，固在也。文以阐是而已，不根诸理而工其词，是买椟还珠也。词愈工，理愈晦，流于离经畔道之归者，可胜叹哉！"

钟薇 《耕馀集》《云水记时》《随游漫记》《倭奴遗事》

钟薇（1528—1611）字汝思，号面溪，又号东海散人[①]，松江

---

① 关于钟薇生卒年，时人传记及后来邑志皆有记载，然一鳞半爪，难窥其实。冯时可在《钟面溪先生传》（《燕喜堂稿》卷十三）中言"庚戌岁，公年已八十三，与余会金阊，耳目聪明"。此"庚戌"为万历三十八年（1610）。据此推算，钟薇当生于嘉靖七年（1528）。《（光绪）奉贤县志》卷十二人物志三载"薇后宇淳二十年而卒，年八十馀"。宇淳乃钟薇长子。据《前南京兵科给事中顺斋钟公墓志铭》（见《陶宅志》，学林出版社2014年版，页88）可知，钟宇淳生于嘉靖二十四年（1545），卒于万历十四年（1586），则钟薇卒年尚难以确定。今据《陶宅志》第五章《古迹古物，轶闻传说》第一节《古迹古物》内《封谏议大夫钟薇墓》载："钟薇墓碑，《青村志》记载存于原王家一队朱金楼家，碑文上行为：生于嘉靖戊子十月初九日未时；中行为：明故敕封文林郎面溪钟公讳薇字汝思之墓；下行为：殁于万历辛亥年八月初五日申时，享年八十四岁。"则钟薇生卒年非常明确，即生于嘉靖七年戊子，西历1528年；卒于万历三十九年辛亥，西历1611年（见《陶宅志》，页87）。

府华亭人。稼穑终生。微时不喜文墨,迨子宇淳贵,始折节读书,穷搜遍览,遂成通儒。万历三十九年(1611)八月初五卒,年八十四。著有万历间刻本《耕馀集》一卷《云水记时》一卷附录三卷,《倭奴遗事》一卷。另有《面溪集》《云间纪事》《野史》见于著录,然未见传。生平见冯时可《钟面溪先生传》(《燕喜堂稿》卷十三)、《(嘉庆)松江府志·古今人传》卷五十四。

钟氏耕作之暇,寄傲山水诗文。万历二十四年尝游楚,又游浙,久之,合其山居杂咏、游览纪怀之作为一帙,总名之曰《耕馀集》,内《耕馀集》一卷、《云水记时》一卷、《随游漫笔》三卷、《倭奴遗事》一卷。明万历间蔡懋孝刻本。台北图书馆藏。六册。板框17.7×12.6厘米。半页八行,行十六字。四周单边,版心白口,单白鱼尾。版心下部镌刻工姓名,如吴伦、潘垣、孙讷等。钤印有"国立中央图书馆收藏"朱长方、"希逸读过"白方。卷首有《面溪诗集引》,题"赐进士及第特进光禄大夫柱国少师兼太子太师吏部尚书建极殿大学士知制诰经筵事国史总裁致仕邑人徐阶书";《耕馀集自序》,题"万历元年春王正月东海散人述"。正文题名"耕馀集卷之始"下注"云间钟薇汝思著,蔡懋孝幼君校刊"。内总收诗一百八十首;《云水记时》一卷,版心上部镌刻"云水集",总收各体诗二百六十首。正文前有目录。

《随游漫笔》三卷,收其游楚、游浙,登天目、武夷、太和、庐山、齐山、九华山等所作游记八篇。半页七行,行十五字。四周双边,版心白口,单鱼尾。版心上部镌刻"长江记行""游太和山记行""游庐山记""游齐山记""游九华山记""东湔记游"等。前有《游二天目记引》,题"万历乙未夏五九山散樵陆树声题时年八十有七",陆《引》后有钟薇小识;继有陆树声手札并钟薇题识:"仆居闲读陶南村九成《游志编》,则恍若操杖履从之上下岭,如顷读公《游二天目记》,直可与之并行,不揣为题数语,老耋无文,殊愧唐突，惟览讫一笑掷之也。即日树声再顿首。""平泉陆老师耄年手札不减少时风致，宝玩不能释去，附梓以俟观者，若抚周文雅操，神采可想见矣。"继有题识，题"八闽李多见撰"。该游记分三部分：《游天目记》《丙申春日楚游草》《东湖纪游》。

又《倭奴遗事》一卷，左右双边，版心白口，单鱼尾，鱼尾上镌"倭奴遗事"，版心下端注页码。正文题名后注"东海钟薇辑，时年七十有五"。半页八行，行十八字。钟氏虽事稼穑，雅好游览，然观其《倭奴遗事》一文，可知其非仅一览山泛水之逃世者，其于时局之关注亦深矣！

堂邑许维新曰："余至松江，有事于海，因为乐歌，好事者争和之。有客曰'时见朝霞煮沃焦，元气絪缊天受冶'，语不经人道，钟封公薇诗也，乃求识公。余请问政所急，笑不答，但言前守李多见、司理毕自严两人长者，从来得人心无如此两人。余念公不言事而指两人，此庞参见任棠时也。后再见，言松江志书越百年不复续，责在太守。余曰：'详哉，政莫备于志，以志求政，公意也。'一日，从容谓公曰：'公尝导我以思弦太守，倘亦有事可指乎？'公笑曰：'余初以李公相望，以今观之，虽言李公，公亦不能为也。'余固问，曰：'李一意宽善纵舍耳。有青衣摄事者，失期久，命杖之。其人曰："请言状毕，乃受杖。"坐帘下，徐徐解袜，以足出示公，曰："走成伤矣，尚可杖乎？"公大悯，急呼医与治伤，慰遣之。公能为乎？'相与大笑而罢。公今年八十有二，诗文载《面溪集》。"(《（崇祯）松江府志》卷五十四)

钟氏自序曰："余少业农，卒以废学，忘情于耒耜间，以食其力而不知有所慕。性褊隘，不善交俗。暇则颇沈志群籍，吟弄篇咏，以消岁月。居无何，岛夷寇境，席卷旧业，兵疫相仍，邑里成墟。感兹，益谢绝世故，摆落纠纷，唯养形是念，治生之事并废。客有策余曰：'昔人所谓形可为槁木，心不可为死灰，子恶能以灰槁乎？当随事适情，与物无忤，寓形于虚舟飘瓦，则无往而非养也。'余深韪之。往往耕作之暇，寄傲于山水闲情以自娱。每闻佳山水，辄投耒往焉。登览有会意处，尝慷慨叹曰：'形纤芥于大荒，寓浮沤于百岁，尚可以哀乐置其衷哉？'或块然坐以移日，从者促之，曰：'人生贵适趣耳，外复何求？'有所感触，率意成章，不暇顾音节，唯藉以涤达性灵，淘洗胸次而已。平生足迹所及者，靡不皆然。久之，合并山居杂咏、游览寄怀，仅累成帙。窃拟昔人命意敷词，曾不可同日而论，几欲屏去以覆瓴瓿，思维穷愁落魄，概见于此，安避芜陋而委之乎？且自三百篇之绝响，变之骚赋，五言再变而为近体，词调雅郑迭奏，各自成声，而亦不少偏废，存之以稽世风，余虽非望于作者之轨，犹可传之于家，俾后世知前人不因窘穷途降志，不因枯衣圃妨情，而能优游岁月，傲睨古今，岂非一胜事乎？间有感时而兴者，虽异世而同情，余盖又望焉。"

嘉靖末，四境多故，民多疾苦。徐阶之《诗引》颇可玩味："后倭夷、矿卒、虐吏、奸徒相继扰乱，民嚣然丧其常业，而所谓林栖涧隐者，遂皆奔走衣食，不暇为诗，不惟工者不可得见，即其粗浅枯槁之音亦几绝响。余每考观诗学之废，未尝不窃慨于世道之下也……面溪钟君所为诗若干篇，其抒发性灵，模写景物，尚书笠江潘公亟称之，以为和平简远。盖诗学于是复兴矣。古有观风之使，采里巷所咏歌，献之天子，以察治忽而审所从违，有如采君诗献诸阙下，夫岂非圣治之一征哉！"

顾正谊《笔花楼新声》《顾仲方百咏图谱》

顾正谊（生卒年不详）字仲方，号亭林，参政中立子，松江府华亭人。以父荫，由国子生仕中书舍人。晚年筑小亭园于江畔以终老，故号亭林。喜宾客，尤与嘉兴宋旭、同郡孙克宏友善。善画山水，画宗黄公望，家多名人真迹，邑人多有从之者，因称松江画派，董其昌早年受其启导。亦能诗。生平见朱谋垔《画史会要》卷四、范濂《云间据目抄》卷五、《御定佩文斋画谱》卷五十七、《（乾隆）华亭县志》卷十四"艺术"。

《笔花楼新声》不分卷

明万历二十四年（1596）顾正谊刻本（有图），国家图书馆藏。今《甲库善本丛书》第996册、《明代诗文集珍本丛刊》（国家图书馆出版社2019年版）内《笔花楼新声》不分卷即据明万历刻本影印。计收小令二十首、套数六套。卷首有陈继儒《题笔花楼新声》、冯大受序，卷末有顾正谊题识。陈继儒序曰："顾仲方先生以雕龙绣虎之才入为凤阁侍从，长安诸荐绅咸束锦交先生，片言尺楮往往为宝。时因杯酒间忽动乡国之想，乃请作《江南春乐府》，使一片燕尘顿豁，而身游于小桃弱柳队中，至于咏物、闺情，各抒才韵，绘拟所至，生气凑合，可以夺化工之权，结思人之沸。盖出其馀膏剩馥，便能鼓吹词场，递传千古，谱风流者，舍仲方，吾谁与归？吾谓此曲当以司空图松枝笔、李廷珪豹囊墨及薛涛五色云锦笺各书数通，以佐花月，而又令绿珠、雪儿从步丝障后，醉拍紫玉板唱之，则一字一绢可也。"

顾正谊题识云："不佞少无适俗之韵，壮多长者之游。恣意名山，寄情柔翰；园开蒋诩，客画羊何。晚效曼倩之陆沈，自愧相如之执戟。再游长安，叨尘使命。边头明月，茄吹流哀；驿路皇华，羁栖成叹。然以为身逢明盛，不必奏都护之章；意懒逢迎，聊可窃候时之响。乃随物命词，偶成百首□。刻画象意，非造化之自然；藻绘烟云，谅英雄所不屑。猥云披抉，自识苦心。昔士衡连章积玉，崔氏七叶雕龙。不佞笔匪菁华，业惭先世。弇州诸公，游戏三昧，片言飞洒，愤然自放。逸少有言：东阳花果自可人。不佞行赋《遂初》归卧菟裘，长绘□□□□□□褰裳染指矣。万历丙申如月花□□□□□□顾正谊□。"

《顾仲方百咏图谱》二卷

图谱由顾正谊绘。明万历二十四年苏州刻本,国家图书馆藏。一册。有栏无格,半页五行,行十一字。为词曲合集。序仅馀数字,未知为何人所作。卷上目录及内容残缺,难见全貌,惟下卷较为完整。卷上附诗五十六首,卷下附诗四十四首。今将卷下部分目录录如下:美人垂钓、美人纳凉、美人赠扇、美人临镜、灯下美人、采桑、妓女入道、伤春、采莲、河畔柳、灯下红白桃花、海棠、朱唇、纤手、玉腕、蔷薇、茉莉等等,亦可窥其旨趣全貌矣。《百咏图谱》及《咏物新词图谱》(又名《笔花楼新声》)收入《奎文萃珍》丛书(文物出版社 2019 年版)。

董传策 《采薇集》《幽贞集》《邕歔稿》《奇游漫纪》《董幼海先生全集》

董传策(1530—1579)字原汉①,号幼海,松江府华亭人。少有大志,为诸生时即慷慨自负。嘉靖二十八年(1549)领乡荐,次年成进士,除刑部主事。三十七年以偕同僚劾严嵩下诏狱,拷掠惨毒,谪戍南宁。穆宗立,起吏部主事,历郎中,隆庆五年(1571)迁南大理卿。万历初累迁南工部右侍郎,改礼部,以言官诬其受人贿赂罢归。生性严峻,绳下恒急,有家奴白昼劫财且致人死,传策有闻,欲杖杀之,奴惧不免,遂夤夜伪为盗,持斧入室戕害之,时万历七年(1579)五月七日,年五十。生平见徐阶《幼海董公墓志铭》(《中国家谱资料选编·传记卷》第 4 册,页 298)、何三畏《董

---

① 徐阶《幼海董公墓志铭》云:"万历己卯夏,公渐有闻,群奴惧不免死,遂以五月七日夜,伪为盗,戕公。距生嘉靖庚寅五月二十七日,享年五十。"则董氏生嘉靖九年庚寅(1530)五月二十七,卒万历七年己卯(1579)五月七日。

宗伯幼海公传》(《云间志略》卷十四)、李绍文《云间人物志》、王兆云《皇明词林人物考》卷十、张廷玉等《明史》卷二百一十。

《采薇集》四卷《幽贞集》二卷《邕歔稿》六卷

明万历间云间董传文重刻本，国家图书馆、台北故宫博物院图书馆藏。今《存目丛书》集部第122册、《甲库善本丛书》第792册内《采薇集》四卷《幽贞集》二卷《邕歔稿》六卷即据明万历间刻本影印。另有点校本《董传策集》(《闵行历代稀见文献丛刊》第一辑，浙江大学出版社2018年版)，所据底本亦为明万历本。半页九行，行二十字。四周双栏，板心白口，单鱼尾。收其嘉靖三十七年（1558）遣戍到隆庆元年（1567）召还前后十年之诗八百馀首。三集内又均有自撰标目，如"乐府杂调辞""乐府近体杂篇""乐府放歌辞""长短调杂篇""中代骨格体""中代兴致体""古今咏史杂体""后代纪事体"等。《总目》著录，云："此三集乃传策以嘉靖戊午遣戍，至隆庆丁卯召还，前后十年之诗也。《采薇集》为四言、乐府、歌行、绝句等体，《幽贞集》为五言古体，《邕歔集》为七言律体。诗多激烈，如其为人。案《千顷堂书目》，《采薇集》作十四卷，《幽贞集》作十一卷，《邕歔集》作七卷，与此互异。明人集多随作随刊，卷帙无定，未知为此本不完，或黄虞稷误载。又有《廓然子稿》二卷，《蘧庐稿》七卷，此本不载，殆偶佚矣。"(《总目》卷一百七十八)

《采薇集》之名，源于谴戍也。潘恩序言："《采薇集》者，云间董幼海先生戍邕、管时所撰诗辞也……集名《采薇》，取周《雅》遣戍之义。"四卷各以元、亨、利、贞为序。元册收古诗四言、古调歌、乐府杂调辞、乐府近体杂篇，亨册收乐府近体杂篇、乐府放歌辞、长短调杂篇，利册收歌行杂篇，贞册收五、六、七言绝句。四册总收诗三百四十馀首。中缝上记"采薇集"，中间记元册（或亨、利、贞），下记刻工姓名，如潘维坦写高尚德刻、孙崇文刻、沈及之写刻等。卷首有隆庆岁辛未秋八月朔赐进士出身都察院左都御史致仕前刑工二部尚书邑人潘恩撰《采薇集序》。卷一正文题名下注"抱一山人董传策漫赋"。目录后镌"万历壬寅春二月太史叔其昌重选，弟传文重梓，婿李生华，侄玉树、玉珂、玉京、玉骢、玉铉、玉振、玉恩、玉阶、男玉柱、玉衡仝校"。继有莫如忠《采薇集评》，曰："自汉乐府废阙，而后来拟作者滥觞之极，至全失古意。诸篇于立题，虽或隶古，或自命，各各不同，而指义宏深，属辞古雅，类不失乐府本来尺度，可以传矣。《妾薄命》二首，阅诸篇来至此，始一泄其羁愁抑郁之思，而卒归于衔恩引咎，不忘恋主之至情。且以屈平之忠，至荃不察予忠诚，信谗斋怒之云，亦少激矣。而终诸篇绝无此意，非纯于学问者不能也。又云'妾志石难移，君恩天不小'，前人所未道。《行路难》三十首，世情物态，变幻万端，诸篇道尽，而义多古作者所未发，真汪洋佚宕之才也。《结袜子》篇有壁立万仞之气，任侠虚名、支离小道者丧魄矣。歌行驰骋变幻之态，有李翰林才藻，令西粤山川增色泽矣。至末尚友而后诸篇，可谓曲终而奏雅，知非留连光景、嘲弄风月者伦也。"

《邕歈稿》六卷，总收其七言律三百六十馀首。集乃万历癸卯春仲太史董其昌选。卷首有"隆庆辛未秋九月望郡人中江莫如忠撰"《邕歈稿序》，莫序后注："后学杨汝麟元振父书。"莫如忠序曰："幼海董公仕世宗朝时，才逾弱冠，谔谔著奇节，承谴南中。当是时，海内以谠直闻，而不知公固邃于学也。即公与海内人士居，语次艺文雕刻之技，辄莞尔如不足为，人又以是窥公，于学诚识其大者，不啻已矣。迨居南中数年，感遇所发，间为诗歌，以遗同好，则修辞之士莫不为公敛衽。会今上嗣极，赐环登朝，其撰著乃大出，即愈益佳，累数万言，诸体犁然备矣。自余所睹，近代作者，未有用志若斯之勤者也。总厥命编别为四种，其一曰《邕歈稿》云。夫昔庄舄仕楚而越吟，闻者知其思越也。公邕居而吴歈，得毋亦越吟之意乎？故虽放流播迁，不忘顾返，眷然于君父之怀，忧国悯时之念，有深致焉。诚不独望乡怀土，不忍其羁绁无聊，而姑有托焉者矣。予览前载，盖士负奇节而娴于辞者，无论三闾大夫而上，即世所传汉苏子卿诗，寥寥断简，犹为谈艺者宗，要以身处异域，而述兴于思者也。后数百年，若杜甫少陵之寓蜀，迹几近之。故其为作，离忧悒怅有屈之致，而矫健慨慷有子卿之风。今诵公之诗，或疑其矩矱盖祖于此。而余窃以为公非祖少陵，而祖其所从出者，志深远矣，第不屑以一家之言自命也。不然，则公诗有曰谈经、曰自号、曰仙禅二家、曰游鹅湖武夷诸作，指义杂陈，及质以他编所载《述史》《景献》云者，隐然措经纶、明道术，橐栝古今，标驳儒墨之辩，多词人所未发，又将谁祖耶？余故知公之邃于学，而诵其诗者直不独以文辞概焉可也。"

《幽贞集》上中下三册，上册为古调体、中代骨格体、中代兴致体、中代词裁体，中册为古今咏史杂体，下册为后代杂占体、后代酬应体、后代纪事体、儒人名理体、方外放言体。三册总收诗一百八十首。集乃万历癸卯秋日太史董其昌重选。卷首有适园病夫陆树声著《幽贞集小序》、朱察卿《幽贞集跋语》，跋后注云"隆庆庚午春日，后学钱大复、徐孟孙校对，内弟李承华、子塏李生华募刊"。继有莫如忠评校《幽贞集评》。继有附录《杂阅小简》，系当时名家读《幽贞集》后简评。集名"幽贞"，取"处羁幽而以贞胜"之意。陆树声《幽贞集小叙》云："《幽贞集》者，幼海董公戍南中时所著也。方公之上书触时讳，投身炎徼，历瘴雾中，厄所履矣。使情随境迁，外至者有动于中，其托之声诗，不出于愤怨不平，则抑郁无聊，类之凡情有然者。乃今观集中所著诸体，率词旨冲远，意超埃壒之表。及读《述史》《景献》篇，溯其神游在千载间矣，彼一时所遇区区者，曾是以介其胸腑耶？宜其处羁幽而以贞胜也，斯其为名篇之意也欤？"莫如忠评斯集曰："五言古诗古调体三首，属辞命意,纯类西汉,宜不多得。中代骨格体则杂出于魏晋来诸名家,中代兴致体又兼为唐人之结构缜密,法度森严,造述虽殊,种种入彀。志集大成,近世罕及。诵《景献》,知尚友之素;诵《述史》,知载笔之长关世教矣。"朱察卿跋《幽贞集》云:"察卿十年前尝校公诗,公年未三十而造诣已臻至境,哀然称作者矣。古诗镕尽绮靡,洁淡典则,平正纯雅,方轨汉魏,间用唐人家法,而立旨高旷,铸辞严整过之,诚艺林之襄钟纪甗,世莫能并其古。然立言者无关世教,虽工奚益。公被绌甚困,命悬一发,而辞旨幽婉,无怨诽愤懑之言。彼被发行吟泽畔,作赋湘水者,未得窥公之志,世必有能辨之于千载之下矣。如'想见高堂人,愿子竭欢悦。忻承严父颜,怅离慈母侧。愿天赦臣归,并修人子职'等语,危不忘亲,言根至性,公岂独立忠臣风节者哉!律诗亦予所校,篇篇合作,置之大历诸人中莫辨。世有法眼,当自得之。"

《奇游漫纪》八卷附录一卷

明万历二十九年(1601)董传文重刻本,董其昌重选,国家图书馆藏。半页九行,行二十字。四周双边,版心白口。卷首有隆庆庚午夏六月之吉南京吏部尚书汶上吴岳撰《奇游五述序》,序乃"甬句杨当时重书";赐进士出身大中大夫前湖广布政使司参政致仕郡人沈恺撰《奇游漫纪序》;嘉靖甲子孟夏上壬日廓然子题于征帆泊次《奇游漫纪自引》。继有"选辑校刻名氏":同事寓客悟斋子吴时来、朗宁复阳道人陈大纶、从祖紫冈居士宜阳仝选,乙丑年阳至日内弟李承志、女弟婿何一鹏、弟传史仝校,辛丑年中秋日叔思白其昌重选,弟传文重梓,及玉树、玉珂等董传策子侄辈校阅人。卷一"出戍道经",卷二"楚南结缆",卷三"粤徼征次",卷四"行役载途",卷五"编管寄适",卷六"羁旅栖迟",卷七"沧屿寓指",卷八"韶江五述",总收文四十一篇,另附"青秀山诸公碑记四首"。

于《奇游漫纪》之命名,董氏自序曰:"余本胸臆无奇,又素性多癖，少年误落尘网，简结世缘，每俗务纷靡，便自慨然厌倦，以故居常闭关却扫，颇类乡人自好者焉。属者业坐获谴，薄审遐荒，乃幸与友人眺游山水，半收吴楚百粤之奇，燕齐而下勿论也。向时负气褊衷，渐亦恬归真境，顾益从容自信，外胶罔渝，虽迫殊险、抱积疴，方更悠悠行役无悔。志云'尝爱昔人，兹游奇绝'之语，谓今清时宽驭，俯轸孤危，诸觏值荐绅谊人，颇多意气相怜，重计所得游奇山水，咸足称奇，纵余文不奇，宜不可令奇游竟没没也。抑领海故自多奇，余辈无奇人当之，似应诧以为奇，苟遂冥心物表，凝志寰中，即诸沧屿峙流罔罩灵明本界，其又何奇之有焉？命之《奇游漫纪》，庶以表余忽漫之私惊云尔。或曰记者记其事，子间出议论，谓体何？曰古者记事记言，体由人作，虽然，余所谓漫云漫云，又岂敢规规乎文人家哉！"

《董幼海先生全集》十九卷

明万历二十九至三十一年董崇文刻本，国家图书馆藏。该全集当为万历二十九年所刻《奇游漫纪》八卷、三十年春所刻《采薇集》四卷、三十一年春所刻《邕歔稿》六卷、三十一年秋所刻《幽贞集》二卷之总集，故总名《董幼海先生全集》。国图藏本未为足本，存《采薇集》四卷、《邕歔稿》六卷、《奇游漫纪》八卷附录一卷。《采薇集》版心镌"潘维坦写高尚德刻"。《邕歔稿》卷一下注"行役稿"，卷之三、五下注"羁旅稿"，卷六下注"返戍稿"。《奇游漫纪》卷一版心镌"孙崇文刻"。

董传策所有著述当有隆庆五年（1571）刊本，已佚。证据有三。一，何三畏有《重刻少宗伯董公集序》，但何序不见于董氏全集，存何三畏《居庐集》卷五中。何氏于序中云："少宗伯幼海在肃皇帝朝，论佞相分宜不法事，得戍广。后肃皇帝晏驾，遗诏录诸言事者，起公官，由吏部郎而卿寺，以晋少宗伯。其历险途宦辄前后三十年许矣。其所撰著诗若文，成之时居大半焉。有《采薇集》

《幽贞集》《蓬尘稿》（为《蓬庐稿》之误）《邕畎稿》《奇游漫纪》《霸绳五述》共四十五卷，有《忆远游》《述史》《景献》共五十一篇，有奏疏、序记、碑铭、应客绪言、读书杂著、谈道随笔及戍归诗歌又不下百卷，业已板镂而家藏之。"其镂板时间，隆庆五年九月董宜阳跋语之甚详："余宗自先御史公来，咸以经术起家，文章名世，凡累叶矣。乃若造诣之宏深，识见之超越，机轴之全，成就之早，诚莫有过于今廷尉从孙原汉氏者。故在朝多建白之章，在野多幽闲之作，太史公所谓其文约，其辞微，其志洁，其行廉者，海内莫不称之。若《采薇》《幽贞》《蓬庐》《邕畎》诸稿，是皆谪戍朗宁所构，温厚和平，脱然世外，惟思亲忧国之怀依依不置，所谓迩之事父，远之事君者……原汉为御史玄孙，自曾大父州守公三世以文学诎于时，而始发于今，非偶然也。刻成，因识末简，以表渊源之所自。"此为证据二。其三，万历本《幽贞集》卷首陆树声序、董宜阳跋后有"隆庆庚午（1570）春日后学钱大复、徐孟孙校对，内弟李承华、子埕李生华募刊"。另万历间《董幼海先生全集》内《奇游漫纪》题名后镌"辛丑年中秋董其昌重选，董传文重梓"。既云"重梓"，则必然有"首梓"，也可佐证《幽贞集》在隆庆四年春天已经刊刻完成。

传策仕途偃蹇。潘恩序称："先生天衷颖异，奇伟不群。弱冠蜚英甲科，拜官省署，绰有贤誉。无何，言事谴谪，肆抑志以遭回，顾叱御而高步，屡铅椠而好修，叶辞章于矩矱，日征月迈，文益有名。繇是南裔之区，冠绶之士，觌德渐摩，蹶然思奋。讲艺者尚其文，论学者法其行，声应景从，无间遐迩。其作兴士类之功，方之韩、柳，异代同声。人亦有言，先生之朗宁，其退之之潮阳，子厚之柳江也。信哉言矣。迨其环复中朝，洊历卿寺，声问烨然。晋膺九列，风猷日楙，盖存疢疾而慧知乃全，行拂乱而大任攸降。是故式则献贤，图不朽于三立；潜神圣学，期庶乎于屡空；殚力经邦，耻谷禄于有道。此又名世之鸿烈，志士之上模也。视诸韩子所树要为过之，若柳奚啻千里哉？是可以观先生之大矣。乃若诗辞可传，特馀事耳……若乐府之渊深，步趋汉魏；歌行之宕逸，不减盛唐；会意于牝牡骊黄之外，不滞于色泽行墨之间，见诸明贤之评者详矣，予可得而略焉。"

何三畏祖母亦董传策之祖姑。何三畏谓传策诗文"有湘累、长沙之风"（《云间志略》卷十四）。何氏序传策集云："读其诗，如《忆远游》《戍归》，多沈深悲壮、愤烈慨慷之旨，然亦当境缘兴，泚笔而纵之，以寓吾不得已于君亲之思已耳。所谓忠爱悱恻，怨而不怒者也，其三闾大夫之风乎！他诗则飒飒乎黄初、大历矣。读其疏，累数千言，凿凿经时，有究于用，胶西、长沙之略也。读其序记诸古文辞，神髓精采直逼古人，而不规规句磨字琢，司马、孟坚之体也。读其书谭道诸篇，其说以伊洛关闽为宗，本于身心，而依于性命，邹鲁之派也。盖公之为人清严耿介，方轨而高标，故其诗若文类之。彼以怼恚惨激泄忿忿不平之致者，公既不为，而柔巽靡靡，夸口无当，嗟贫而叹老，诹势而佞名者，又何足一污公笔耶？盖展卷而信公之为端人庄士矣。"

林景旸《玉恩堂集》

林景旸（1530—1604）字绍熙，号弘斋，松江府华亭人。年十六补诸生，后五上公车，嘉靖四十年（1561）举于乡，隆庆二年（1568）成进士，选翰林庶吉士。四年丁内艰归。服除，授礼科给事中，转户科右都给事中，擢太常寺少卿。前后疏皆数十上，在礼言礼，在兵言兵，一时称通达国体、遇事敢言者，台省皆推毂之。与柄政者龃龉，改南京右通政，逾年进南太仆寺卿，致仕归。家居二十年，万历三十二年（1604）卒，年七十五。著述有《玉恩堂集》九卷附录一卷。另有明末刻《玉恩堂集》四卷。生平见申时行《林公墓志铭》(《赐闲堂集》卷二十七)、张孟男《林公神道碑》(《玉恩堂集》附)、王圻《弘斋林公行状》(《玉恩堂集》附)、汤宾尹《林太仆传》(《睡庵稿》文集卷二十一)、何三畏《林太仆弘斋公传》(《云间志略》卷十九)、张廷玉等《明史》卷二百九十三、《(乾隆)华亭县志》卷十二。

《玉恩堂集》九卷附录一卷，明万历三十五年（1607）林有麟刻本，国家图书馆、上海图书馆、浙江图书馆、台北故宫博物院图书馆（存卷一至四）、日本内阁文库、韩国首尔大学章奎阁、德国巴伐利亚邦立图书馆等藏。台湾傅斯年图书馆藏本据日本内阁文库藏明万历三十五年刻本影印。《总目》著录云："是集为其子有麟所编。凡奏议二卷、参词二卷、诗二卷、文三卷，附录碑志、行状一卷。王锡爵、张以诚二序及张孟男所撰碑、申时行所撰《墓志》，皆不称其文章，惟杜士全序及王圻所作《行状》稍称之云。"（《总目》卷一百七十九）

今《存目丛书》集部第148册、《甲库善本丛书》第819册内《玉恩堂集》九卷据明万历刻本影印。半页九行，行十八字。黑格白口，左右双边，单鱼尾。卷首有《林先生玉恩堂集序》，题"赐进士及第光禄大夫太子太保吏部尚书兼建极殿大学士知制诰经筵国史玉牒总裁两赐存问太原王锡爵撰"，序由周裕度书；序由徐期生书；《玉恩堂集叙》，题"赐进士第翰林院修撰儒林郎门下晚生张以诚顿首拜撰"；《玉恩堂集叙》，题"赐进士第南京吏部主事门下晚生杜士全顿首拜撰"。林有麟跋语，题"丁未孟冬男有麟百拜谨识"。目录前附许乐善、陆应阳、王明时、何三畏、冯大受、陈继儒、张鼐、尹是衡、莫是彦等名公校阅姓氏。正文题目后镌"云间林景旸绍熙甫著"。内卷一、二收奏议十七篇，卷三、四收参词二百四十三条，卷五、六收诗三百四十馀首，卷七、八、九三卷收各体文五十馀篇,卷末附录碑志、行状。

集由其子林有麟辑录、付梓。万历三十五年林有麟跋语曰:"不孝孤一辍斑衣,三凋陇叶。怅光阴之易迈,痛手泽之或湮。爰启故笥,搜罗遗草。蠹鱼为宅,漫灭者莫识几何;掌记乏人,零落者亦至过半。虽掖垣之章奏,天上并存;而琬琰之流传,人间散见。未能萃珊瑚于巨网,勉欲缉翠羽为重裘。敬捧残编,可胜浩叹?夫尝鼎脔者知美于蔬,睹象牙者知大于虎。要以片言垂训,何烦富彼雕虫?矧于立德可师,安用藉兹月露。乃厘其篇什,订其鲁鱼,付之梓人,藏之家塾。呜呼,尘蒙匣研,趋庭杳然;天丧斯文,玄言不载。杀青之业既就,洒珠之泪全枯。乌万斯年,唯我子孙,其永宝之哉!丁未孟冬男有麟百拜谨识。"

由王锡爵叙林氏生平可见林氏品性:"公少时,经明行修,北面贽见者履綦相啮。经义之暇,辄留心本朝掌故,考镜成败得失,皆中窾会、得情实。既读中秘书,益练习晓畅,慨然欲纵谭天下事。适擢谏垣,遂得发纾所欲言,如在礼首上《圣德》十二箴,又上《正文体》《崇实学》《修会典》《议宗藩》诸疏。在兵,请勾补比试操练工作,请广召募,立选锋,均量赏,勤教演,凡十馀事。其他激扬弹驳,皆以正直忠厚相辅而行。每奏事上,辄报可,识者以名给谏许之。久次,晋太常,意有所不合,请改南冏。徜徉故滁山水间,遂解绶归,坚卧不出矣。余与申少师先后秉政,欲推毂公以起。适余两人谢病归,公逡巡家食以殁。"

林氏门生杜士全叙曰:"其奏疏悃悃款款,朴以忠矣,乃若条议得失,洞若观火,则晁、贾之石画也。既读其叙传,洒洒洋洋,富以美矣,乃若削墨督绳,恪遵矩矱,则班、杨之牙慧也。已又读其古歌行、五七言近体,优柔平中,得性情之正矣,乃若缘情绮靡,体物浏亮,则黄初、大历之嫡音也。盖先生生而颖特,又释褐盛年而读书中秘,固宜其畋搜博而煅炼精,函绵邈于尺素,吐滂霈于寸心，质不伤文，丽而有则，庶几乎作者之极盛矣，观止矣。传之其人通邑大都，先生之神明精爽，不阅百代而常新也耶？抑不佞又闻穆叔之论不朽有三，乃以立言居功、德之殿。盖言之比德也有本枝之辨，而较功也有华实之分，与其骛浮华而逞枝叶乎，毋宁沃本根而跲实地也。是三者相提而论，不得不置先后于其间矣。今仁甫之所镌刻与不佞之所表章仅仅先生之言耳。嗟乎，林先生岂逊肤于立德立功者耶？窃观其盖棺之日，吴门申太师为志墓中之石，而娄江王太师又于其谏草三致意焉。盛德大业，不啻详哉其言之矣。语有之：'仁义之人，其言霭如。'而或者又称登高能赋，师旅能誓，可为大夫。读林先生斯集者，何足不知林先生，而谓先生仅仅一立言之士也与哉？"

冯时可 《冯文所诗稿》《西征集》《冯文所岩栖稿》《超然楼集》《金阊稿》《石湖稿》《雨航吟稿》《冯元敏集》《菇茹稿》《冯元成选集》《南征稿》《武陵稿》《燕喜堂稿》《冯元成壬子续北征集》

冯时可（1546—1619）字元成，又字元敏，号文所，松江府华亭人。少从长兄冯行可学，又师从唐顺之，遍交王世贞等吴中文人。隆庆四年（1570）乡试中举，翌年成进士，除刑部主事，改兵部，历员外郎、郎中，万历九年（1581）出为贵州提学副使，任满归。赋闲八年，十九年起四川提学副使，历湖广副使，改浙江右参议，调云南，迁湖广右参政，致仕归。万历四十七年（1619）卒，年七十三。生平见《（崇祯）松江府志》卷十四、张廷玉等《明史》卷二百零九。

《冯文所诗稿》三卷

明万历十三年（1585）冯曾可刻本，国家图书馆、南京图书馆、北大图书馆、湖北图书馆等藏。今《明别集丛刊》第三辑第85册内《冯文所诗稿》三卷《西征集》十卷即据此本影印。半页九行，行十八字。左右双边，版心白口，单鱼尾。正文题名《冯文所诗稿》，下注"华亭莫云卿批点"。卷一收古诗一百一十首、赋二首，卷二收五言律诗一百三十首，卷三收七言律诗五十一首、绝句四十七首。南京图书馆藏本集末有两题记，一题记为卓氏题，字体舒展："顺治七年元月谒大司老金公，见赠是集。卓氏记。"另一题记较拘谨："崇祯二年得于燕京书肆，值一两六钱。煊记。"

《西征集》十四卷

明万历间云间冯曾可刻本，国家图书馆、北京大学图书馆、湖北图书馆、台北图书馆等藏。半页九行，行十八字。左右双边，版心白口，上单黑鱼尾。鱼尾上镌"西征集卷几"。卷首有王世贞《冯元敏西征集序》；王穉登《西征集序》；抚治郧阳都察院右都御史刘秉仁《西征记序》；万历乙酉上元日徐学谟《西征集序》，题"归有园居士东海徐学谟叔明著"；《西征集自序》，题"万历十二年十一月望日天池山人冯时可书于羽玄阁"。正文题名后注："天池山人冯时可元敏著，弟曾可梓，侄大受、男大章同校。"该集为冯时可督学黔中所作，主要记其离京赴黔及在黔期间之见闻、感触，为诗文合集。其名"西征"，其来有自。徐学谟于叙中云："《西征集》者，为华亭冯元敏氏所著。元敏故黔中督学使也，黔值中华西徼，距京师几万里，而元敏以吴人往，始取道金陵，沿舒、黄而上，浮鄂渚，陟天岳，放于洞庭之野，逗三苗而窥二西，遂迁入贵阳而驾车延瞰，几周历于罗鬼之墟矣。而元敏所至辄有撰缀，久之，积至如干卷，而皆得之于镳轫间，故以《西征》名集云。"

内"金集"卷一收《纪行》一首、《黔西于役纪》一首；"石集"卷二收"书"；"丝集"卷三、四收序；"竹集"卷五、六收疏、议；"匏集"卷七收祭文，卷八收碑、赞、传；"土集"卷九、十收志、说、传;"革集"卷一收古诗一百一十六首、赋二首,卷二收五言律一百二十八首,卷三收七言律五十一首、七言绝四十七首,"木集"收语录、程式。

冯时可自序论文曰:"文章者,神明所寄也,圣知之官而人代之宰也。立之为次,而托之最遐,是故达者尚焉。嗟乎,天不秘精,圣不秘法,万象日呈吾以性机群动,日供吾以天籁也。而操染云兴,诣者寥寥,则岂惟世下,盖滥于离道而波于徇俗也。古之学者,执符于六经,伏轨于四教,被除灵枢,旁讯物变,精葆气溢,而后操纵离合,逍遥自诣。世之学者,不沉畜于理窟,浸液于学海,而区区掇菁为课,丐馥为程,以自润贵,则局志于物之内,而不能妙解于技之外,其龃龉于胸而踯躅于吻,势固然也。若夫触事敷衽,缘物奏响,神工意匠,执矩司契,雕刿自如,短长惟拟,而后究态遁形,可以有方,可以无方。苟中无植干,与世顺,以夸严于先,呢訾于后,风神失貌,月旦违心,啸非发于畜愤,歌不出于郁陶,纵竭能杼柚,非质矣。斯二者不善,所以为诣,而何以诣哉。明兴以来几祀矣,习者以易猎易,无当于古。北地执芟,以导作者,其后历下诸公代相雄长,非古不述,然不能冥迹于循而超武于袭,繁弦高张,下管偏疾,遂令后进希光附景,互相睥睨,饾饤残津,龋龁异调,以放形标致,以乐圣谛盟,虽玄黄灿然,而典谟风雅委地矣。盖不以神明为文而以文为神明,则是以圣知之官为壮夫之隶也,是以人代之宰为俳优之业也。文盛于兹,亦弊于兹。千百年精气不可旋复,抑岂惟世下由夫离道徇俗之徒执耳坛坫乎哉?"

《冯文所岩栖稿》三卷

明万历十三年(1585)刻本,国家图书馆(缺上、中卷)、南京图书馆、中国科学院、台北图书馆等藏。板框19.2×14厘米。半页九行,行十八字。左右双边,版心白口,单鱼尾。版心上部镌"岩栖稿"题名、卷数,版心下部镌刻工姓名,如何文甫、汝加、陈学、侍学、何道甫、陈、文、刘文卿、吴、中、宗、元等。题名后镌"天池山人冯时可元敏著"。卷末有《文所先生岩栖稿跋》，题"乙酉十一月六日玉峰山人归子遇有时跋"。归氏跋语曰："先生自童时与余交几二十年矣，襟怀磊落，有运量天下意，余雅重之。近自黔归，益进于圣贤之学。讲习六经，即交足谑语，亦能检照，用工密矣。先公厚于赀，而先生悉以让诸昆季，每至屡空。近直指公报命，荐疏有云：'家徒立壁，门无杂宾。'其语近实。然其具文武之才，蕴王伯之略，世未能尽悉也。是集多归田后所作，盖能以六经之学为二史之文者也。诗则出入汉魏六朝盛唐间，格高律谐，于古人何逊？余雅不知文，窃闻名流所评，许谓王、李不能逮，知言哉！世当有赏音者，特为之引，俟明公序焉。"可见，集乃诗文合集，为冯氏黔中见闻之结集。台湾藏本有"刘承幹/字贞一/号翰怡"白方、"吴兴刘氏/嘉业堂/藏书印"朱方、"国立中/央图书/馆考藏"朱方等钤印。

《重刻冯玄岳岩栖稿》十卷，明万历刻本，北京大学图书馆、武汉图书馆、社科院文研所及日本内阁文库等藏。台湾傅斯年图书馆藏本据内阁文库藏本影印。今《明别集丛刊》第三辑第85册内《重刻冯玄岳岩栖稿》即据明万历本影印。前有吴中名贤王敬臣（1513—1595，字以道）序，言其重梓原因曰："冯先生旧有《岩栖稿》，乃其弟鲁卿所录，盖先生之初草而贾人亟梓之者也。方梓时，托一二友校阅，岂但鲁鱼亥豕谬误，抑且窜易失真，且序、传中有闻见未核者，书、启中有代他人作者，皆不宜概梓。于是，献甫君乃重梓之，稍有损益，而问序于余。"《岩栖稿》卷中《山斋语录》论文曰："文章顺吾性情，盎然而出之，则载道之器也。若或偏嗜，或沉溺，或求工，未免为道之障矣。人心如天地，无所限量，而求工于偏词，矜激乎一致，安能与天地相似耶？善学者于有物处时常居此心，于无物处心与理相凑泊，此自然之乐，富贵不与易也。诗以道性情，故或工而离，或拙而合，惟有道者能于遒音亮节之中而温厚和平之意自在。近来文字辄以比拟秦汉为奇，独东溟管丈深病其陋，尝与共读汪南明文，不终篇管丈辄推堕几下……文章要在发抒胸臆，不失古人规格，不必栉句比字，一一模拟之也。"

《超然楼集》十二卷

明万历二十五年（1597）郑汝璧（1546—1607）序刻本，北京大学图书馆、上海辞书出版社及日本内阁文库藏，台湾傅斯年图书馆藏本据内阁文库藏本影印。半页九行，行十八字。四周双边，版心白口，无鱼尾。版心上不镌题名及卷数。今《明别集丛刊》第三辑第85册内《超然楼集》即据明万历本影印。邑志谓时可"自粤入楚、入浙，往来万里，历枲藩三迁，作《超然楼集》"（《（崇祯）府志》卷四十"冯时可"）。卷首有《超然楼集序》，题"万历丁酉岁在柔兆作噩之次括苍谷潭逸客治生郑汝璧顿首拜撰"；许国忠《冯元成先生超然楼集序》，文元发《超然楼集序草》。卷末有汤显祖跋。

汤氏跋语谓人有"五难"，而冯氏俱能超而具也："有殊绝秀卓伟厉之资，而后可以竟业，公有其资，一也。竟学然后其资庶以有所立于时而不废，公无所不学，而学必深，二也。孤绝而兴者危，得之而已后矣；公生而有忠父孝兄，家国之务闻若性成，三也。虽满而动其中，外阻山川闲游之观，则不适；吴故文物风美之地也，游客大雅，将朝夕焉，意所至而开，四也。若宦而偏穷偏通，无屈折顿挫之迹，亦不能有所愤会而成文；公外朗而中已苍，世有知有不知者，物之态色，时之机趣，无所不经，而尽菀蓄以游于文，五也。公有此五者，其睹于大全，而变化极也。"

超然楼乃冯时可括苍署后之斋，万历丁酉（1597）冯氏有《超然楼记》（《超然楼集》卷二），自言其志。郑汝璧序称："《超然楼集》者，参知冯公即行省燕处之所名其今集者也。先是，公为贵阳督学使者，所著有《西征集》，脍炙海内久矣。嗣再起家而之岭左，之楚，之浙，冯轼为文，文日以富，总之得若而卷，栝大夫请梓之郡，而征不佞序其端。不佞受而卒业焉，而窃有概也……冯公，吴人也，身处豪华之会，而恬然不缁，故自超超玄著。其学靡所不窥，大指在熔百氏而轨之六艺。自起家以来，凡山川之所流览，伦物之所经纬，与夫案牍尺一之所批裁，舂容大篇，急就小语，莫不融之心手，和以天倪。故其析理破的，煌煌可以翼经；叙事委核，纚纚可以贯史。其游咏而矢歌，洋洋乎可风可观，而溯之作者，不摹古而古，不吊奇而奇，使叩之有馀音，而咀之者有馀味。譬之六通开士，十地顿超，信手抽拈，头头是道，视西征人巧错呈，当在化境。夫非其冥解于性天之内，而妙运于才情之外，安能兼致而神诣有如斯者哉？窃尝论之，文章天之所启，亦天之所啬。启者，纵我以神明；啬者，挠我以情境。昔屈平作《离骚》，精绝千古，而深怨极愤，不能拔楚人之习。柳子厚工于结撰，而岭外所著多牢愌无聊之感。白乐天居浙，寄趣差澹而隽永，未尝故情以境迁。天为人靳，贤者犹尔，而况其散焉者乎？冯公身涉三君子所居之地，而廓然天游，怨不楚语，悲不粤吟，有茹含而无感概，固亡论吾党立言士，即度粤三君子远矣。集名'超然'，固宜。"

《金阊稿》二卷 《石湖稿》二卷 《雨航吟稿》三卷

明万历间刻本，国家图书馆、上海图书馆、南京图书馆、台北图书馆等藏。《明代诗文集珍本丛刊》第104册内《金阊稿》二卷《石湖稿》二卷《雨航吟稿》三卷，即据万历本影印。板框19.5×14.1厘米。前二种：半页八行，行十六字。黑格白口，左右双边，单鱼尾，版心下镌"何文甫刊"。系冯氏居吴中时所作序跋、论赞、书传等文。《金阊稿》收论、序、跋、书、墓志铭、像赞等二十篇。《石湖稿》收书、论、赞、神道碑等文三十篇。台湾藏本上有"刘承幹/字贞一/号翰怡"白方、"吴兴刘氏/嘉业堂/藏书印"朱长方、

"国立中/央图书/馆考藏"朱方钤印。另有《冯玄岳金闽稿》十卷，明万历吴郡冯氏刻本，全八册，日本蓬左文库藏，此本系明正天皇宽永六年（1629）从中国购入。

《雨航吟稿》三卷。半页九行，行十八字。无序无跋。左右双边，版心白口，单鱼尾。版心鱼尾上镌"雨航吟稿目录"或"雨航吟稿卷几"，版心下部镌刻工名，如仲、中、何文甫（或作何、文、甫）等。台北图书馆藏本有"吴兴刘氏/嘉业堂/藏书印"朱长方、"国立中/央图书/馆考藏"朱方钤印。正文题名后注"冯时可元敏著，山人归有时、文学徐资训同校"。该集为赴黔、离黔及部分在黔、在吴时的诗歌合集。卷一收赋一首、诗三十六首，卷二收诗六十五首，卷三收诗七十七首。

《冯元敏集》□□卷

《冯元敏集》存四十四卷，明万历间刻本，台北图书馆藏。有归子遇跋、陆树声（1509—1605）引。板框19.3×14.1厘米。半页九行，行十八字。左右双边，黑格白口，单鱼尾，版心下部镌刻工姓名，如郁志美、文甫等。正文题名下注"天池山人冯时可元敏著，弟曾可梓，侄大受、男大章同校"。其卷次如下：《西征集》十卷，《冯文所诗稿》三卷，《黔中语录》《续黔中语录》《黔中程序》各一卷，《岩栖楼稿》三卷，《金闽稿》《石湖稿》各二卷，《雨航吟稿》三卷，《析木游记》一卷，《易说》五卷，《荍茹稿》六卷，《诗臆》一卷，《左氏释》二卷《左氏讨》一卷《左氏论》二卷。

《荍茹稿》六卷

黄虞稷《千顷堂书目》卷二十五载冯氏《荍茹稿》二卷。此《荍茹稿》六卷，台北图书馆藏。半页九行，行十八字。四周单边，版心黑口，单鱼尾。版心鱼尾上镌"元敏天池集"，下镌"荍茹稿卷之几"。可见《荍茹稿》亦冯时可《天池集》之一部。无序无跋。卷一正文题名后镌"吴郡冯时可著"。正文首页版心下镌"何文甫刻"。卷一录序二十七首，卷二录记、传、颂、疏、谏、状、祭文等十八篇，卷三录书九十篇，卷四录说、论、赞、辨、跋、书、墓志铭等三十一篇，卷五录古乐府七十五首，卷六录五言律诗七十三首、七言律诗十九首、七言绝句五十三首、五言绝句二十六首。

《冯元成选集》八十三卷

明万历间刘云承刻本，上海图书馆、南京图书馆、中国科学院图书馆及日本内阁文库等藏。台湾傅斯年图书馆藏本据内阁文库藏明万历本影印。板框21.2×14.2厘米。半页九行，行十八字。黑格白口，四周单边，版心单鱼尾。《禁毁书目》著录。今《四库禁毁书丛刊补编》第61—63册、《甲库善本丛书》第826—829册内《冯元成选集》八十三卷即据明万历间刻本影印。卷首有明蔡复一《冯元成先生文集序》、明任弘远《冯元成先生选集序》，任氏序已非完帙。冯氏有《冯元成全集》梓行于粤，此本为冯氏乡友任弘远所选录。任氏序中指出："《冯元成集》已梓于粤，卷帙太繁，不便兼两。不佞特为选其尤者，可五之一。内有文极工而出于应酬，其人不能当，或有触时忌，董狐之笔太峻者，余皆置之，仅若干卷。其志、表、谏、祭言等项，非学者所急，亦未录。"据此可知，冯氏在粤中所梓《冯元成集》卷帙更为浩繁。

然检各卷内容可知，其八十三卷并未少志、表、谏、祭言等内容。卷一收赋、风雅，卷二收乐府，卷三至五收五言古诗，卷六收七言古诗，卷七、八收五言律，卷九至十一收五言排律、七言律，卷十二收五言绝句、六言诗及七言绝句，卷十三至六十一收序、记、论、说、辨、读、跋、赞、颂、箴、铭、书、启、志、表、谏、祭文、碑铭、墓表、行状、公移等文，卷六十二收谈理录，卷六十三收谈经录，卷六十四、六十五收谈经，卷六十六收谈史，卷六十七收谈艺录，卷六十八收谈政，卷六十九收谈行，卷七十、七十一收稗谈，卷七十二收二氏馀谈，卷七十三至八十三收历朝"艺海洞酌"。煌煌三十六巨册,可谓富矣。

任弘远谓冯时可:"文直逼西京,古体追苏李,律绝逼盛唐,无间然矣。而本六经、包二氏、精理学,又非近来大家所能及。"今人王重民以为:"是集博大鸿深,为明代一大家,惜流传未广……此本有志、表、诔、祭等文,然则此本虽称'选集',非任弘道所选,实即弘道所称粤刻本也。《浙江采集遗书总录》有《冯元成诗集》七卷、《文集》七卷,疑为弘道选本;《全毁书目》有《冯元成集》二十本,非此刻残本,亦当为弘道选本也。"(《中国善本书提要》,页642)

另有《冯元成选集》十五卷,内文集八卷诗集七卷,明万历间冯斗如刻本。上海图书馆藏。板框20.9×14.2厘米。半页九行,行十八字。黑格白口,四周单边,版心无鱼尾。卷首有蔡复一《冯元成先生集选序》、邹元标《冯元成先生选集序》。集由邹元标批点。文集卷一收《释迦牟尼佛志》《观世音志》二篇,卷二收序七十八篇,卷三收记四十八篇,卷四收论八篇、说一百二十一篇、赞二十五篇,卷五收书一百一十二篇、启三十四篇,卷六收传三十四篇,卷七收传二十二篇,卷八收《滇行纪闻》。诗集卷一至卷七总录各体诗二千四百馀首。正文题名"冯元成选集",正文题名下注"吴郡冯时可元成甫著,安城邹元标尔瞻批点,侄孙斗如孝杓敬校"。

是集乃"元成所自选",命其门人张生持以求序于邹元标。邹氏序曰:"余与元成先生两年来不相闻,一日有张生汉槎者介元成书以见。余好谈'五星家言',张生亦精其言;余好弈,张亦能弈,留之庄上两月。是时元成已为两台吹毛,且东归矣,而生持元成所自选集,求一言……元成虽屡被折磨,然居姑苏佳丽地,隐有馀享;游天下名山,出有馀乐。同榜若晨星暮霭渐尽矣,而身如硕果,独与二三老存,又方强健有少容,其功业未已。元成亦可游戏一官矣,何不?适因借张子行,书以慰之,独愧余未能报元成为之地耳。"

《南征稿》二十一卷 《武陵稿》二十卷 《燕喜堂稿》十五卷 《冯元成壬子续北征集》十六卷

《南征稿》《武陵稿》《燕喜堂稿》《冯元成壬子续北征集》总七十二卷，明刻本，现存台北故宫博物院图书馆。上海图书馆仅存《冯元成壬子续北征集》六卷。今《甲库善本丛书》第825册内《南征稿》《武陵稿》《燕喜堂稿》《冯元成壬子续北征集》七十二卷即据明刻本影印。《南征稿》二十一卷，四册。半页九行，行十八字。四周单边，版心白口，单鱼尾。版心鱼尾上镌"南征稿"，下镌各卷体裁。卷首有"后学吴令闻撰"《冯先生南征稿序》。集乃冯氏"晚年出西山，涉罗浮，南逾金齿，中航彭蠡、洞庭"之作，为诗文合集。作者自编，万历间刊行。各卷题名后注"冯时可元成甫著"。虽《南征稿》总为二十一卷，但每卷并无卷数，仅以体裁将全集析为二十一部分。且各部内容多寡不一，寡者仅一篇文章，殊乖体例。内卷一至十五为序、记、书、启、颂、传等各体文；卷十六至二十一为各体诗，五言古诗一百十二首，七言古诗八首，五言律诗五十二首，七言律诗四十八首，五言绝句三十一首，五言绝句二十四首。

吴令闻序曰："《南征集》者，冯先生播滇作。海内皆谓先生不宜滇，亦不宜循贯鱼、滞积薪。先生温然无几微见颜色，其所著诗文出风入雅，追唐武汉，无牢骚不平意，非有养，胡能然？余与先生习久，深服其人，殆不可及。嗟乎，世尚清廉，而公背廷尉时，尽举起美产□□□□弟不啻数千金；为诸生时，承先业有□□□□，而入籍来四十馀年，累减其产，仅存十□□□，真廉而能之……世尚理学，□□□□数年，屡邀隐士或诸生，剖析性理之学，甚为精透，今刻于别集。今世讲学，有若此真确者乎？世尚经济，而公振大荒于楚，却矿寇于浙，所至皆有惠政异绩，其民无不思慕涕泣，所谓本诸身、征诸庶民者乎！屡蹶屡兴，徘徊藩臬，世必有任其责者。嗟乎，静而守正，不如动而炫奇，自古然矣。独先生守先正之道，以待来学，著述论议，精光垂千古，何羡乎鸡肋？"

《武陵稿》二十卷。各卷不标卷数，仅以体裁别之。正文题名后注"吴郡冯时可元成甫著"。卷十八、十九收五言律诗四十五首，七言诗六十首。馀为序、记、传、书、尺牍、赞、墓志铭、论等各体文。前有门生王寀《武陵稿题辞》，云："此元成先生朱墨暇所撰诗。由苏李而进之风雅，由盛唐而兼以六朝。文则先秦两汉而本于六经，世无间然矣。今□以文名世者大都能瑞世、华世尔，先生不惟能瑞世、华世，而且能用世、范世，庙堂盖□深识之者，但未能□□华要耳。余于兹有深慨，特序其《续北征集》，而并跋于兹。是刻尚未梓完，容奏工日更为序。"

《燕喜堂稿》十五卷，无序无跋。半页九行，行十八字。四周单边，版心白口，单鱼尾。鱼尾上镌"燕喜堂稿"。是集皆文，无诗，收序、记、说、尺牍、解、赞、传、诔等各体文。

《冯元成壬子续北征集》十六卷，亦无序无跋。卷一、二收序九篇，卷三至六收记四篇，卷七至九收传六篇，卷十至十二收赞、跋四篇，卷十三至十五收书、墓志铭、祭文等十篇。另上海图书馆有《冯元成北征续刻》六卷，明万历间刻本。半页八行，行十六字。左右双边，黑格白口。无序无跋。正文题名下注"吴郡定庵居士冯时可元成甫著"。卷一录序十三篇，卷二录记七篇，卷三录说一篇、尺牍十二篇，卷四录传二篇、序二篇，卷五录表志三篇，卷六录"蓬窗续录"。

冯时可自视甚高，在王世贞卒后思执诗坛牛耳，然后来作者对其褒贬不一。云间宋懋澄论及世贞后期诗坛时云："三先生（王世贞、李本宁、冯元成——作者注）皆嘘吸两汉，吞吐六朝，其视前代曾无有偶俱之者。而下士若渴，四方士归之，如大海之纳百川，士得三先生一札则羽翼生，一言则寒灰舞。"（《九籥续集》卷八《祭冯元成先生文》）万斯同于《明史·文苑传》中有不同之论："世贞辈既没，文章之柄无所属，一时高才无如汤显祖、屠隆而皆偃蹇不得志，于是迪光与元成乘间而起，思狝主文盟。显祖、隆亦漫推之，两人喜互相雄长，而一时无识者亦遂翕集其门，两人益侈然自大，以时鲜作者，故虚誉隘溢云。"钱谦益《列朝诗集》不录冯时可诗，而于刘凤"小传"中诋其甚力："（时可）学问尤为卑靡，蹐驳补缀，刻集流传，吴中名士，循声赞诵，奉之坛坫之上，碑版志传，腾涌海内二十馀年。少年诋诃弇州、太函，献媚江陵之语，晚而以文佣乞，稍知文义者，无不呕哕。云间选明诗者，以元成配子威，夷考其生平，则又子威之重佁也。近代诗文别集，汗牛充栋，其有名彰彻而不见采录者，元成其眉目也。"（《列朝诗集》丁集卷八）清朱彝尊谓："元成诗极为牧斋钱氏所诋，就全集而观，莆田弥望，稂莠污莱，独五古一体，尚有遗秉滞穗，可供捃拾，以比刘子威，翻觉胜之。"（《诗话》卷十五）清末陈田云："元成博综，下笔千言，娓娓不能自休。谈史、谈艺，当时异闻轶事，往往散见集中，惟诗不能成家。"（《明诗纪事》庚签卷十）

唐文献《唐文恪公文集》

唐文献（1549—1605）字玄徵，号抑所，松江府华亭人。万历十三年（1585）举人，明年廷试第一人进士及第，授翰林修撰。二十四年改右春坊右中允，明年迁右谕德兼翰林侍讲，以病归。二十七年诏起原官，二十八年迁右庶子兼翰林侍读，转左庶子，三十年迁少詹事兼侍读学士，三十一年晋礼部右侍郎，掌翰林院事。三十三年卒于官，年五十七，赠礼部尚书，加太子少保，谥文恪。著述现存诗文集《唐文恪公文集》十六卷。生平见董其昌《抑所唐公行状》(《容台文集》卷九)、王锡爵《唐公墓志铭》(《唐文恪公文集》卷首)、汤宾尹《合葬唐掌院文》(《睡庵稿》文集卷二十五)、顾祖训《状元图考》卷三、张廷玉等《明史》卷二百一十六。

《唐文恪公文集》十六卷，明万历四十三年（1615）杨鹤、崔尔进刻本。《总目》著录。《（嘉庆）松江府志》卷七十二载此集"旧志作《唐伯宗集》"。上海图书馆、北京大学图书馆、日本尊经阁文库等藏。今《存目丛书》集部第170册、《明别集丛刊》第四辑第20册、《明代基本史料丛刊》文集卷第8辑（线装书局2016年版）内《唐文恪公文集》十六卷据北大图书馆藏本影印。半页九行，行二十字。黑格白口，四周单边，单鱼尾。正文版心鱼尾上镌《占星堂集》。则《唐文恪公文集》亦名《占星堂集》《唐伯宗集》。卷首有《大宗伯抑所唐先生文集序》，题"赐进士及第右春坊右中允兼翰林院编修直起居注馆编纂六曹章奏门生高阳孙承宗顿首拜撰"。首序版心镌"孙讷刻"。正文题名后镌"华亭唐文献元征父著，门人杨鹤修龄父、崔尔进渐逵父校梓"。卷一收册文、诏、贺表、廷试策、程表、程策、疏等，卷二收馆课，卷三至卷十一收序、记、传、墓表、行状、碑铭、志铭、题跋、赞等各体文一百二十馀篇，卷十二至卷十四收赋一首、古近体诗三百七十馀首，卷十五收启、书等五十二篇，卷十六为家训。

卷十六后有后人引璜溪吴履震《五茸志逸》记"占星堂"之来由曰："梦兆有必应者。我松鼎元文献唐公，其尊人名敕，号淡窝。其从叔号鹇谷者，一日寝于兄之堂，梦有星岸然盘珊而走，独垂一印，大如斗，厥文则奇，曰'敕子魁'。碧眼瞳朦，朱发葳蕤。鹇谷心动，起告其兄。召占者卜之，得《鼎》之六五'升黄耳金铉'①。占者曰：金铉，印累累也。夫敕为淡窝先生名，其后必居

---

① "升黄耳金铉"数字据万历四十三年刻本《陈眉公集》卷九《占星堂记》补。

鼎之首。时尚未举元徵（玄徵）。及元徵弱冠，虽才名鹊起，然家中落，此堂寄他人手者已多年。而今始得克还旧物，一如占者之言，于是绘以金书，雕以藻文，题曰占星堂。"亦有嘉庆十九年（1814）春唐文献八世外从孙李林松题识，曰："今按唐氏族谱，文恪父敷锡，初名稠，字世敛，号淡窝，初无名敕事。其号鹇谷者，淡窝弟，名师锡，乃文恪叔，亦非从叔，吴长公偶误耳。"又云："何三畏《云间志略》淡窝翁梦巨星丽于栋，印大如斗，垂一足，有三字曰敷子魁，即赠公名。与此小异。"

另有清道光三十年（1850）唐文献从九世孙唐天溥宝研山房重刻本，上海图书馆、北京大学、清华大学、山西大学、韩国首尔大学奎章阁等藏。奎章阁藏本正题名为《占星堂集》。半页九行，行二十一字。黑格白口，左右双边，双鱼尾。道光本版心鱼尾下镌"占星堂集"。卷首有华亭顾斌摹"抑所先生小象"。目录前有吴骐题识，曰："四明播虐，江夏被螫。公独侃侃，铲除荆棘。善类保全，履虎不咥。未及秉钧，为世叹息。乙亥冬日后学吴骐题。"目录后附编校姓氏，依次为社友陈所蕴、王孙熙、袁之熊、何三畏、陈继儒，门人黄体仁、陈国是、吴尔成、郑栋、徐光启、李凌云、张鼐、姚士慎及唐文献之甥、子等人。正文前依次有孙承宗"原序"、万历四十三年赠礼部尚书诰命、天启二年加赠太子少保诰命、谕祭文二篇、董其昌作《行状》、王锡爵作《墓志铭》、郭正域作《唐文恪公传》，及《明史列传》《大清一统志传》，《云间人物志》二则，《云间志略》与徐献忠《占星堂纪略》。集后有娄县杨秉杷跋语、道光二十八年春唐文献十世从孙唐模《重刊先文恪公占星堂集跋》。

唐模跋语记重梓甚详："先文恪公在明万历朝以修撰历官贵显，其气节之光明，文章之彪炳，当时上自名公巨卿，下至乡党戚族，莫不推重而矜式焉。所著《占星堂集》十六卷，门人杨修龄鹤、崔渐逵迩进（尔进）校订付梓，海内风行，譬诸《三都赋》出，纸贵洛阳，列入皇朝《四库全书》，恩荣优渥。顾百年来梨枣漫漶，传本遂鲜。先大父赠奉直公尝欲重付手民，家贫未逮。家君手辑首卷一帙，爰于模趋庭之时，命校理豕鱼，以馆谷所入为剞劂之资，带至金陵，鸠工刊刻，经年告成，继乞茂才杨秉杷重勘谬误焉。事竣，谨附数言简末以识重刊之由。"杨秉杷跋乃应唐模所嘱而作，多赞语："道光二十有九年三月，唐藩掾天溥以重刊其九世从祖文恪公《占星堂集》，属为检阅。秉杷更雠校辛羊亥豕竟，乃缀厥后曰：公文章气节世多知之，兹读其《寿袁履善序》《贺汪中丞序》，则阐《遁》《师》卦义；《寿周孺人序》，则阐《周南》诗旨。虽寻常酬应，而经学纷纶粹然，不但论当时懈军务、纵貂珰，至再至三为朋友亲戚慷慨直陈，后时胥应而已。夫前代清芬久而克诵者鲜，即乡先生之穷经致用，越三百年犹足使后学寻味细绎，则尤鲜。"

冯大受《竹素园集》

冯大受（生卒年不详）字咸甫，松江府华亭人，冯行可之子。万历七年（1579）举人，后屡困公车，四十七年谒选得广东连州阳山知县。大受少承庭训，长负时望，工书能诗，与王世贞、莫云卿等诸名士游，得此二人激赏。归田后筑竹素园，吟啸其中。晚岁诗名益高，可与云间二韩媲美。有诗集十馀种，现存万历刊本《竹素园集》九卷。生平见张凤翼《冯咸甫诗草序》（《处实堂集》卷六）、屠隆《冯咸甫诗草序》（《白榆集》卷一）、《（嘉庆）松江府志》卷六。

明万历刻本《竹素园集》九卷，国家图书馆藏。《总目》未著录。《千顷堂书目》著录为《竹素园诗集》，未标卷数。《明史艺文志》著录《冯大受诗集》十卷。今《明代诗文集珍本丛刊》第114册内《竹素园集》九卷即据明万历本影印。半页九行，行二十字。

左右双边，版心白口，单鱼尾。鱼尾上镌"咸甫诗草"及卷次名。可见该集又名《冯咸甫诗草》。前有莫云卿序、屠隆序、介山紫虚道人王逢年《冯咸甫诗草叙》、王世贞序。各卷不标卷次，内含《燕台游草》一卷、《北游续草》一卷、《金陵游草》一卷、《据梧集》一卷、《公车别录》一卷、《端居集》一卷、《郊居集》一卷、《园居集》一卷、《闲居集》一卷。《燕台游草》收诗五十首，正文题名下标"庚辰集"；《北游续草》题名为"北游续草卷之九"，下标"壬癸集"，收诗五十九首；《公车别录》后标"集之十七"，下注"乙酉丙戌"，收诗八十首；《金陵游草》后标"卷之二"，下注"辛巳集"，收诗五十首；《据梧集》收诗四十九首；《端居集》下注"癸未甲申"，收诗五十四首；《郊居集》下注"癸未甲申"，收诗六十五首；《园居集》下注"甲申乙酉集"，收诗四十六首；《闲居集》下注"丙丁集"，为"冬日楼居效陶体"，收诗五十六首。总收诗五百九首。此集为冯大受中举后庚辰、辛巳、壬午、癸未四年（1580—1583）的游历与投赠之作，共九集，前八集不分卷，最后一集为《北游续草》，五律、七律、五古、七古、五绝、七绝各体兼备，以七律为多。

另有《冯咸甫诗草》九卷，清抄本，台北图书馆藏。二册，全幅 25.3×16.1 厘米。半页九行，行二十字。《台湾珍藏善本丛刊·古抄本明代诗文集》（台湾新文丰出版公司 2013 年版）第 5 册内《冯咸甫诗集》九卷即据清抄本影印。正文前有癸未夏日弇州山人王世贞撰《冯咸甫诗序》、万历辛巳冬日东海鞠陵山人屠隆撰《冯咸甫诗草叙》、辛巳（1581）冬十一月长至日莫云卿廷韩甫书于小雅堂中《冯咸甫诗草叙》、万历辛巳嘉平月之望后二日长洲张凤翼《冯咸甫诗草序》及王穉登《冯咸甫诗草叙》。钤有"群碧楼"朱长方、"抄本"朱长方、"群碧楼"白方、"谦牧/堂藏/书印"白方、"东武李/氏收藏"朱长方、"弇州/山人"朱方、"静庵"朱文葫芦形印、"张印/凤翼"朱方、"谦牧/堂书/画记"朱方、"国立中/央图书/馆考藏"朱方、"礼南/校本"白方印。清抄本《冯咸甫诗草》有邓邦述乙丑三月手书题识，曰："是集不分卷，曰《金陵游草》，下曰《辛巳集》；曰《燕台游草》，下曰《庚辰集》；曰《武林游草》，下曰《庚辰集》；曰《吴中游草》，下曰《辛巳集》；曰《避暑集》，下曰《庚辰集》（书中作辛巳集）；曰《寒夜集》，下曰《辛巳集》；曰《吴闉集》，下曰《辛巳集》；曰《据梧集》，下曰《庚辛壬（集）》；曰《北游续草》，下曰《壬癸集》。凡九集，而庚、辛、壬、癸四年之所作也。前序皆吴中一时名硕，弇州、云卿、凤翼三序后皆各钤印章，尤为奇特。疑咸甫以行卷遍乞当时名流题识，而未付刊之稿本，故足珍耳。各序字体妍雅，亦似亲笔所书，然则此册可作骨董观矣。乙丑三月，正闇检记。"邓氏题识谓此本"疑咸甫以行卷遍乞当时名流题识，而未付刊之稿本"。王世贞于《冯咸甫诗序》中云："冯咸甫氏复以所业诗来贽……咸甫与元瑞俱犹滞公车，何渠为合左师以要晋楚之成，而交畅其盛？"

今中山大学图书馆有冯大受《越中游草》二卷、《吴闉集》一卷，明万历间刻本，线装一册，亦为冯氏壮时游历之作。

屠隆言咸甫诗之变云："华亭冯君咸甫，弱龄称诗，速悟渐诣。前三岁，君方为诸生，以诗见投，出语虽工，而神力尚乏，犹然措大本色。逮得隽南国归，出《白下游草》见视，如吸青霞乎声响顿殊，肝肠似易。比游燕诸作，复加雄峭。近者复之秣陵、泊金阊、浮钱唐而西，而诗之神力更倍，合风霜之气，尽宫徵之变，收山川之灵，则入于妙境矣。而所谓思湛调响，骨苍味隽者，咸甫实有焉，故其材足称也。"

莫云卿赞咸甫诗曰："国朝称诗，一格于初盛唐，不阶有司之绳墨，不附风会，不乘气运，人得以展其材具而见其本真，上器通方，一往辄诣，良有以也。吾友冯君咸甫英妙清通，少籍时誉，弱冠起巍科，振其家声，而又攻声诗以其馀力，盛气逸步，靡有倦思，研精檐楹之下，飞神寥廓之表，发藻宾朋之坐，畅情登临之赏，伸翰响臻，落笔神王，当世哲匠，一时同人，争先推毂而逊其前锋。于是，邮筒赫蹄之传日益富，众体略备，积若干卷，汇而成编，翩翩之致，无美弗合。李青莲之豪举，杜拾遗之沉快，王、孟之冲澹，高、岑之清越，趣深独造，能擅兼长。假令与诸君子比年而游，不啻埒篾间合矣。故曰上器通方，咸甫有焉。第请更端以质咸甫：昔子云薄词赋于雕虫，陈思耻翰墨为勋绩。善乎庄生有言，风之积也不厚，则其负大翼也无力。咸甫方少壮，将培风力以大所负，当别有在，而不独以声诗已者。子云、陈思所称，厥有当于咸甫之心哉。倘谓诗能穷人，余当试以有验，而讽咸甫之无为诗穷也。即今蓬累之士，不必皆工于诗，彼不达于命者，率借齿焉以抑雅道而激功名，则余之所不敢知也。"

王世贞后期颇赏识大受，其于序中赞大受诗："和平畅尔，能酌于深浅浓淡之间，高不至浮，庳不至弱，稍加以沈思，则可揖让高、岑，而蹈藉钱、刘……今年三月（万历癸未年，1583），元瑞来自燕，适余病甚，隐几而问：'天下计吏与偕计者悉集，苟不尽从事吏道与咕哔时义，有一言可以当若意者乎？'元瑞首屈一指曰：'汝南张观察助甫。'余应曰：'向者余所畏也。'既复屈一指曰：'云间冯先辈咸甫。'余应曰：'迩者余所私也。'问元瑞：'更有之乎？'元瑞曰：'即有之，未敢遽以闻也。'余不觉推几而起。"

于燕芳 《燕市杂诗》《辇下歈》

于燕芳（生卒年不详）字虬先，松江府华亭人。尝参校《钱鹤滩先生集》。所著除《燕市杂诗》外，又有《辇下歈》《鄞草》《后西湖草》等，皆有明刻本。另有《陈眉公订正剿奴议撮》不分卷，然未见传。清姚宏绪《松风馀韵》卷八录其《夜宿泖塔禅院》诗一首。生平见姚宏绪《松风馀韵》卷八于燕芳小传。

《燕市杂诗》一卷，明万历间秀水沈氏尚白斋刻本，北京大学图书馆、台北图书馆、美国哈佛大学哈佛燕京图书馆等藏。半页九行，行十九字。四周单边，版心白口，单鱼尾。集由陈继儒订正。正文题名"陈眉公订正燕市杂诗"，下镌"云间于燕芳著"。《燕市杂诗》纪明神宗末年事，内收《拟阵亡诸将怨诗》《拟阵亡诸卒怨诗》《刘将军挽歌》《杜将军挽歌》《潘金事挽歌》《为刘晋仲悼亡四绝》共九首诗。末附《附晋仲夫人春晓诗》。《燕市杂诗》另有民国十一年文明书局石印本，北京大学、武汉大学、四川大学、浙江师大等藏。

《辇下馀》九卷，明刻本，上海图书馆藏。上图著录为：《辇下馀》九卷《鄾草》一卷《后西湖草》一卷。四周单边，版心白口，单鱼尾。鱼尾上镌题名，如"辇下馀""鄾草""后西湖草"等。版心下镌"潘晋写沈元乘刻"。半页八行，行十七字。卷首有荆南曾可前《于旡先辇下馀序》，序后镌"云间沈元乘刻"。正文题名后注"云间于燕芳"。卷一收赋一首，卷二收五言古诗十四首，无卷三题名，卷二后为《鄾草》，内收《游招宝山赋》一首。卷四收五言律诗三十六首，卷五收五言排律三首，卷六收七言律诗三十一首，无卷七题名，卷六后为《后西湖草》，此当为卷七，内收诗三十六首。卷八收叙三篇，卷九收记三篇。据内容观之，《辇下馀》九卷内含有《鄾草》一卷《后西湖草》一卷。

于燕芳曾有诗赠王世贞，王世贞阅后诧谓"于麟复出"（黄廷鹄《希声馆藏稿》卷二之《于母陈太君八帙寿序》），并有赠燕芳诗，谓于氏诗："群珠拣尽无鱼目，六翮成来肯雁行。"（王世贞《弇州山人四部续稿》卷十四之《答于旡先》）据此可知，于燕芳亦为"七子"阵营中一员。

许乐善《适志斋稿》

许乐善（1548—1627）字惺初，号修之，松江府华亭人。隆庆五年（1571）进士，授河南郏县令。万历五年（1577）擢湖广道御史。首辅张居正"夺情"事起，总宪率诸御史上疏慰留，诸御史皆署名，乐善为居正门下士，独不署名。按畿南，劾不法令。又疏请停矿税，救建言御史曹学程，举朝称之。十一年转江西道御史，十三年称病告归。二十九年起河南道御史，寻升太仆寺少卿，转南京光禄寺少卿，三十七年进南京通政使，三十九年京察被劾归。卒年八十。与徐光启交善，入天主教，助西人传教。编有《事类异名》六卷（清乾隆三十二年刻本），著有《适志斋稿》十卷。生平见《（崇祯）松江府志》卷四十、《（乾隆）娄县志》卷二十三。

《适志斋稿》十卷，明天启五年（1625）刻本。《明史·艺文志》著录。上海图书馆、台北图书馆、日本内阁文库等藏。台湾汉学研究中心、傅斯年图书馆藏本以内阁文库藏明天启本为底本影印。板框20.6×13.4厘米。半页九行，行二十字。黑格白口，四周双边，版心单鱼尾。鱼尾上镌"四然斋"，下镌卷数。卷首有天启乙丑夏五月礼部右侍郎兼翰林院侍读学士徐光启序、甥孙钱龙锡序、甄胄钱希言序（天启乙丑秋九月周裕广书）。内前三卷为诗词，收赋四首、各体诗四百一十馀首、词曲三十馀首，卷四、五为奏疏，馀为序、跋、记、传、赞、启、书简、墓表、祭文、制义等。友人胡绍寅校。卷一版心镌"金时通泰乡写刻"。台湾傅斯年图书馆藏本为纸烧本。又有清乾隆二十四年（1759）许以恕刊本《适志斋集》十卷，复旦大学藏。

集在许乐善生前即已梓行。徐光启序论曰："夫诗以言乎志也，惟文亦然。志有苞塞而不喻，则必托诸言以自见。言人人殊，归之乎志。志亦人人殊，要之乎适。文而六经，诗而三百篇，夫孰非自喻适志欤？而读者与作者亦已足以相喻，非若后世之缔章绘句，以徇时好，志反为辞所掩，适人之适而不自适其适也。纳言惺初许公弱冠登朝，扬历中外，中更里居者几二十载，雅意好道，习于养生家言，构一斋曰'适志'，日惟焚香默坐，燕息其中，今且几大耋矣。生平踪迹出入朝宁乡邦间，于朝多立功，于乡多立德，而于其间复不废立言，诗及古文词积渐成帙，总命为《适志斋稿》，藏之篋中，不以示人。一日出而授余曰：'不腆敝帚之业，无当作者，而一生出处，略具于兹，念不忍弃去，将以灾木，而欲徼惠一言序之。'余与公有连，不得辞，则受而卒业焉。"

徐光启谓乐善之诗文"大都言简意足，能以真率少许胜人多多许。其赋则潘、陆之遗也，其诗则陶、白之致也，其诸所为奏牍、序、记，则晁、贾、韩、欧之概也。而总之，诗与文各如其志之所欲言，取适而止。旁及词曲，间亦能为新声，即属对中且有巧思，而至博士家言，亦复间一游戏，依然旧业，又宛如新裁，有少年生所不敢望者。盖志廊庙则言廊庙，志江湖则言江湖，又或志恬退则廊庙而言江湖，志忠爱则江湖而言廊庙，海内士大夫读公之诗若文者，其喻公之志也夫。"

黄体仁曾撰《适志斋稿序》（《四然斋稿》卷二）。黄氏叙许氏人与文曰："先生少薄世味，谢豸冠而归，沐于鹤城者十馀年。天子嘉其恬静，断断得大臣体，起自田间，再司封驳主式序，先生直躬而行，喜持大体，未尝毛举鹰击，博强项名。旋晋冏卿，愈敛锋气，秉渊塞心，有执策数马风。居恒与人交，破械忘机，可孚豚鱼，可狎鸥鸟，而饮人以醇，终不效啬夫喋喋。先生盖今之人也，而非今人也。皮相者直意以悃愊胜己耳，而孰知其能诗，又孰知其诗而能工，不作人间细响，感愤则摅忠，赠送则慕义，吊古怀今则吐露肝膈，因物而付，肖衷而出，不欲枉性委蛇以投时好，亦不欲随时变幻以拂性灵，大致如天籁，唱于唱喁，不假系会，天然合节。试读一过，不觉欲平躁释，无论识与不识，皆曰安得此长者之言而诵之，其元始之遗音乎！"

许乐善之甥钱龙锡序云："士大夫之得天有二，天贵焉则用，寿焉则藏。其见为文章亦然，凡属词纬事，证古导今，典要可寻，通理无滞者，用之属也；抗情霞表，游神物外，深窥性命，澹合古初者，藏之属也。释是二者，而藻极雕搜，博矜汗漫，进无补于世效，退反病于溺心，则浮人浪士之嚆矢，君子弗道已。乡达惺初许先生起家制科，为循令，历侍御、同少，以至银台，中经养疴，家食者二十年，非用为世仪，则藏为世宝。所著述自诗文、奏牍、传记汇成一编，其为造理征事而有言者，既皆淹综原委，正当简切，如布帛、菽粟之必可以致用；而闲观景物，静吐烟云，又若悠然穆然，莫测其中藏之所寄。凡世文人才子，模仿震炫，钩僻以为奇，剽取以为富者，先生无一言焉。试取先生集正襟读之，何啻永嘉之末获闻正始之音，其于砥滔流而捍顽习不大有关系乎哉？余又观先生居恒却嚣远腻，好习养生家言，虽当宦辙纷纶，时壹以澄神驭息、收敛静存为主，故所论撰虽富有日新，而常若有斫雕破觚、朱弦玄酒之意，则是先生文心露于用者什一，妙于藏者什九，天之贵先生有尽，其寿先生且无尽也，余更以是编为先生左券矣。"

诸庆源《北枝堂集》

诸庆源（生卒年不详）字君馀，松江府华亭人。著有《北枝堂集》。

《（乾隆）娄县志》卷十二载诸氏集名《北枝堂诗稿》（未知卷数）。《总目》《禁毁书目》俱未著录。今存《北枝堂集》八卷，明刻本，上海图书馆藏。殊为可宝。黑格白口，左右双边，无鱼尾。

半页八行，行十八字。卷首有《北枝堂集序》，题"家年友冯时可"；眉道人陈继儒叙，题"万历戊午仲冬题于顽仙庭"；李维桢题辞。卷一收古乐府四十二首，卷二收五言古诗十四首，卷三收七言古诗七首，卷四收五言律诗六十五首，卷五收七言律诗四十九首，卷六收五言绝句三十七首，卷七收七言绝句九十六首，卷八收词三十首。冯时可序后有"文所/氏"朱方、"冯时可印"白方钤印。印后有"顾衡旸刻"。

陈继儒叙称"君馀子拥户读书，其诗文又香又艳。好事者传来奏予，一读心开，再读眼明，此吾松侨盼也，吴阊有之乎？元成报书曰良然之，因邮其集叙见示，即孔北海之于正平，蔡中郎之于茂先，其叹赏无以过矣。君馀自少如玉树琼枝，神影秀澈。公车言最工，未得售，于是尽发其磊砢峭岸之意寄之，独咏独歌，自鸣自跃，雅不求人知，而远近闻声相慕之流辐辏向之，非磕膝而读，则接手而饮。上师契、稷，下友嵇、阮，披其诗文如异人乘毛车，如狂客挂海席，如登七宝台，如浴百英粉，秀腻芊绵，疏快豁达，要以畅其胸之所欲言，喉之所临转，笔之所临舞而后已。"

李维桢题辞云："云间自晋二陆文藻宏丽，独步当时，而后进踵起。入明为畿辅地，文献甲于三吴。余所知交大夫之贤者则有冯元敏先生，士之仁者则有陈眉公先生，皆所谓远超班马，高蹈王刘者，而两先生亟称诸君馀不容口。眉公不鄙夷余，介绍君馀过我，因与谈宴浃晨夕，扬榷风雅，令人娓娓忘倦。已出示其所撰著诗若文，则两先生为之序。余受而卒业，如山阴道上行，应接不暇；又如入金谷花围，顾盼欲绝。君馀将以言语妙天下，岂特秀峙三吴而已。要之体物浏亮，缘情绮靡，倾群言之沥液，漱六艺之芳润，得陆氏法为多。余惟文人矜夸，遂成结习，晋史亦以二陆于文章之诚知易而行难。君馀才藻美丽闲都，骎骎度骅骝前，而自名集曰'初学'，虚心实腹，弱志强骨，又复如是，他年所成就宁可量哉，宁可量哉！则两先生之所以延誉君馀者，余犹以为采其春华也云尔。"

何三畏《何氏芝园集》《何氏居庐集》《咏物诗》《何士抑宛委斋集》《何氏拜石堂集》《新刻漱六斋全集》

何三畏（约1550—1625）字士抑，松江府青浦人。自少颖拔，为名诸生。万历十年（1582）举人，选授绍兴府推官。执法凛然，卒为蜚语所中，乃飘然挂冠。值母丧，誓不复出。构芝园，日与宾客游憩园中，诗酒酬答。年七十五卒。生平见《（崇祯）松江府志》卷四十、《（嘉庆）松江府志》卷五十四。

何氏晚岁专心构撰，著述宏富。曾辑《何氏类镕》三十五卷，收类书典故，以骈语成文，以供作诗文者采用（存万历四十七年刊本）；又曾编著《云间志略》二十四卷（存天启刊本），姚宏绪谓此书"广见博闻，可备一郡之文献，不朽之业，非泛常涉笔者比也。《登临》《游宴》诸篇，高情逸致，恍于行间字里遇之。"（《松风馀韵》卷二十三"何三畏"）诗文除《何氏芝园集》二十五卷、《何氏居庐集》十五卷、《咏物诗》六卷、《何士抑宛委斋集》八卷、《新刻漱六斋全集》四十八卷、《何氏拜石堂集》十二卷外，《（光绪）重修奉贤县志》载其另有《凤皇山稿》，然未见传世。

《何氏芝园集》二十五卷

明万历二十四年（1596）刻本，国家图书馆藏。今《明别集丛刊》第四辑第40册内《何氏芝园集》即据此本影印。半页九行，行二十字。四周单边，版心白口，单鱼尾。正文版心鱼尾上镌"何士抑芝园集"，下注本卷体裁。卷首有《芝园集云间何三畏自叙》，题"万历丙申夏仲书于采芝楼"；《何士抑芝园集序》，题"友弟陆万言撰，陆万言书"；《刻芝园集序》，题"社友张重华虞侯撰并书";《何先生芝园集序》,题"门人陈继儒撰,晚辈孙孟芳书"。陈序后为"芝园集校阅姓氏",校阅姓氏后为"芝园集总目录"。第一册"金集"三卷收赋四首、乐府六十首、四言古诗四十首,第二册"石集"五卷收五言古诗三十三首、七言古诗五十一首、五言排律十三首、七言排律八首、五言律诗九十一首,第三册"丝集"四卷收七言律诗二百一十八首、绝句九十七首,第四册"竹集"二卷收序三十五篇,第五册"匏集"四卷收记十一篇、传九篇、策五篇、表四篇,第六册"土集"二卷收论十七篇、启二十三篇,第七册"革集"二卷收书八十七篇,第八册"木集"三卷收祭文二十七篇、志三篇、杂著七十六篇。以上凡八册,总二十五卷。正文题名"何氏芝园集"后注"华亭何三畏士抑著"。

集名"芝园",盖因其所居槿园中芝草出焉。张重华叙称:"士抑方舞象时,辄腹笥心匠,为文峰突波涌,名隆隆碎人齿腭。不佞担簦燕赵齐鲁楚越间,所遇贤豪长者靡不口何子。士抑盛年抡魁北阙下,踽踽南宫,登而复蹶者再,归乃诛茅插槿为园于城中之东隅。亡何,芝草出者九茎,烂然五色,此文章象也,遂名其园曰'芝'。广庭巨浸,不减习氏;陶篱蒋径,荟蔚青森。且也,颜其堂曰'观濠',馆曰'歌风',斋曰'淑六',深情寄远。士抑之所以为园,乃其所以为文也。于是日徜徉其中,鸠酬丘坟,俯仰秦汉,松篁助韵,鱼鸟会心,问之家人生产事,等之乎蚁壤空罍,以故清虚日来,才情轩轩,久之,文若诗成集焉。"

何氏自叙其集内容曰:"不佞束发受经而迄于今,犹然未谢制举家言也。于是乃稍稍为诗赋,亦稍稍为古文词,积而岁年,衰然成集。夫集必有叙,所从来矣。顾荐绅则托之乎名人以为重,而山林则托之乎巨公以为重。藉令不腆之集而可托名人、巨公以重也,则虽走使四方以乞一言之华衮,奚不可乎,而非也。士一染指艺林而俯拾青紫如芥,则所谓诗赋古文词者可以无烦墨卿,其既纡紫拖青，亦复熔今铸古而置力于两京、大历之际，以收海内之荣声，如北地、信阳、历下、娄江诸君子者，又未易数数也。余生也晚，即当诸君子时亦何能为之执鞭者也。且吾方欲从事制举家言，以毕其经生之技，而诗魔文负又时出而祟之。吾方欲从事诗赋古文词，以逸于经生之技之外，而训故俳偶之章又不能唾之而去。自惟世之兼才，两者无不各臻其极，而不佞堇堇中才耳，以中才而使之治制举，常不见其有馀，转而使之治诗赋、治古文词，愈益见其不足。不佞于其所未尝有馀者，亦既缪攻之而操瑟于齐王之门，刖足于楚王之庭矣。而于其所不足者复强颜而攻之，毋乃贾笑大方之家也乎！夫使至于贾笑而犹欲徼灵大方之家弁诸其首，是袭腐鼠以为璞而市之，饰嫫母以为妍而售之也，何以重也。且托之名人、巨公而未必其重，固不若无所托者之未必轻也。以故不复他请而自叙其集如此。集有记、有传、有序、有论、有策、有书、有启、有表、有志、有祭文、有杂著；杂著有颂、有赞、有铭、有疏、有揭议、有题跋。又有赋、有诗；诗有乐府、有古、有排律、有律、有绝，有四言五言六言七言。集凡若干卷，卷凡若干篇，诸散逸者不能检，而汗漫者亦不复存也。夫自剞劂之业就，而朽与不朽随之。其不朽者非副之兰台石室，则藏之名山大川；而其朽者则土蚀蠹残，而亦或以之覆瓿。夫余安敢望不朽矣，若其覆瓿而土蚀蠹残之乎，则恃有具眼在。"

陆万言叙称："士抑青岁以制义行，辄令洛纸如帛。迩年更以其馀力游刃发之诗文，俄而汗牛，俄而走蠹，逸者什之七，锓者什之三，亦复咄咄逼人，应接不暇，大都探微晰理，气完骨劲，中先民之程。至其情与才合，兴逐境生，一挥前言，迥然自恣，又若前无古人，后无方轨者。故收子长之博大，而去其恟忿；擅少陵之深秀，而汰其穷愁，盖时使然矣。而士抑抑不失时，亡论息嚣屏剧，锐精编摩，即纷纶接构之顷，耳听目辨，手披口答，身营百猬，心注千秋，是以积文成绮，积绮成园。又曰拨其馀暑，招携二仲，时而歌，时而啸，黄鸟去，白云来，无之而非是者，适其适矣，非其至也。士抑坦中健志，动以节义相切磨，语不合辄岸然作色，不能曲意偶物，故其言多直。已而陈德壹禀于律而无复之，无复之是以至之，至则众窍灵喙鸣合，穆乎元声与。处仲云，不意兹日复闻正始之音。今海内读士抑之文，而饥喝其人，奚啻处仲矣。岂无天作之合，人玉之成，如埙如篪，鼓吹大雅，即单词只语，并为狐腋凤毛，矧缃缃若斯也者。无烦续凫断鹤，同证斯盟，是称千载一时，非苟为谀而已也。"

另有《何氏芝园集》，明天启四年（1624）刻本。上海图书馆藏，仅存"序"二卷，且残破不全。

《何氏居庐集》十五卷

明万历间云间孙讷刻本，南京图书馆、天津图书馆、台湾傅斯年图书馆、日本内阁文库等藏。半页九行，行二十字。四周单边，黑格白口，单鱼尾。版心鱼尾上镌"何士抑居庐集"。卷首依次有唐文献序、董其昌序、唐之屏序和陈继儒序。明陈永年等校。南图藏本扉页内有手写楷体"嘉庆二十一年正月二十六日赐南书房翰林兵部右侍郎臣姚文田"。内总收古乐府三十五首、古骚体六首、古诗一百十五首、律诗一百十八首、排律十八首、绝句四十三首、序二十四篇、记三篇、传四篇、引五篇、祭文二十九篇、行实一篇、行状一篇、赞五篇、铭十篇、题跋二篇、疏一篇、启十一篇、书一百五十篇。正文题名下镌"华亭何三畏士抑著"。

"居庐集"，意其丁艰庐墓时之所作也。董其昌叙称何氏"居父丧甚谨……每当凄霜寒月，呼号墓头不忍去，间为诗歌文词以纾写之，而赓和应酬之章亦复不废，则《居庐草》是也。自古丧言无文，故东坡居丧谢宾客、绝诗文，晦翁亦以为知礼，而实有不必尔者。昔右军诸帖半出于问病吊唁，从哀感中结法，所谓泪渍老笔者，其书独垂至今。古孝子《白华》之什，《三百篇》不载，束皙补之，读者终以未见逸诗为恨，则又何怪乎士抑之有《居庐草》也？余有伤弓之痛，每置不忍读，即读之亦不忍竟。然而文词辛酸，声气悲婉，如哀蛰劳雁，使人闻而泣下，将无清欢之言难拟，而愁苦之语易工耶？虽然，士抑发乎情，止乎礼义，盖古孝子之遗志也"。

陈继儒乃何三畏高足，其叙是集云："(师)外艰，庐于凤皇山下，攀松而悲，声达林莽，闻者曰：'此真何氏白杨巷耶。'四方吊唁者非磨镜自赞，则束帛自问，三年之中门无虚辙，而又有乞言于吾师者踵相属于其庐，吾师一一撤泪以应之，槛成铁，笔成冢也。某尝纵读其《居庐集》，其凄惋者如丁鹤唳空，胥涛泣月；其痛快者如三军缟素，义气飞扬。其位置严整如项梁以兵法部署丧事，其声韵断续如冰山羁旅之悲，孤舟嫠女之泣。盖异音而同悲，异调而同绝，非吾师出之以至性，达之以兼才，触之以实境，寄之以诸体，其谁能描写摹绘一至斯乎！《檀弓》之文丧礼居半，而其词最工，典则辨丽。易水之歌变而歌徵，遂使人涕泣沾襟，去不复顾。故曰：墟墓之间未施哀于民而民哀，吾师《居庐集》是也。"

唐文献亦赞云："士抑负热肠侠骨，能为人缓急，类河朔燕赵间士，而内行醇至，居然中郎、内史风。自其罹尊人艰，近泪湿土，低空断云，循陔陟岵之思，悁忿恻悱之意，一寓之于言，则《居庐草》视《芝园》益玄益湛，予伏而卒业焉。夫士抑之所称倚庐，在吾郡凤山之阴，叫篠箐深，最为陬区。想其曀雀相宾，哀猿夜和，山若加峻，而境若加绝者。余观邹、枚诸子名于梁园，后世寻其遗躅，或以为夷门，或以为睢阳；仲宣一赋《登楼》，至相迹其楼之故址，或以为江陵，或以为襄阳；杜陵之瀼西则成都、阆州，称者不一。彼其烟荒蔓迷，焦峣坡陀，亦何足述，夫非以数君子之言重乎？读士抑《居庐草》，而求所谓凤山，安知后世不讹而为青莲之凤台也？则士抑之为地重而重其亲，抑又大矣。"

《咏物诗》六卷

明万历二十五年（1597）刻本，国家图书馆、南京图书馆等藏。今《明别集丛刊》第四辑第 40 册内《咏物诗》即据明万历刻本影印。半页九行，行二十字。左右双边，白口单鱼尾。卷六后注"沈志孝写、张湖刻"。卷首有婺州丹霞老叟胡颂《何士抑咏物诗叙》、张齐颜《何士抑咏物诗引》、门生陈继儒《咏物诗序》、万历丁酉秋何三畏自撰《刻咏物诗小引》。正文题名下镌"云间何三畏撰，陈继儒注，朱朝贞校，陆万言评，唐有家阅，孙孟芳辑"。卷一为"兽部"，卷二为"鸟部"，卷三为"鳞介部""虫部"，卷四为"果部"，卷五为"木部"，卷六为"花部"及"草部"。卷末有七松隐人张昞《跋咏物诗》、秀州包衡跋、桐江赵如献跋及金华黄继文跋。

于《咏物诗》之成因，何氏于万历丁酉（1597）所作《刻咏物诗小引》云："不佞比值居庐，方营治墓。忧愁泣血，哭痛于孟生；贫贱刺心，途穷于阮籍。不陈书史，因非从容展诵之时；略事咏歌，用写抑郁无聊之抱云尔。兹以孟秋三日，于役吴门锡山，谢诸先生长者枉吊之辱，偶抽思舟次，命笔帆前，聊寓意于夭乔，仅托情于飞走。何能博物，亡当大雅之观；不暇含毫，益重小夫之消。计往返八日，凡得物一百五十六题，得诗一百九十九首。不佞故受《诗》乃鸟兽草木之名，尚惭多识；即形色象貌之似，安事强探。若其未妥者芟之，未备者补之，请有待焉。"

陈继儒叙乃师《咏物诗》曰："咏物如写照，不在形而在神；亦复如临帖，不在点画而在波策。然写照之与真像，临帖之与真迹，则又远矣。夫古今咏物律诗惟杜少陵，不远不近，若离若合，使事精融，声格沉往。无论中晚唐，即六朝诸公，未有与之摩垒而问鼎者，信乎咏物之难也。吾师富于才情，博于综采，其名山之藏，枕中之秘，儒不能窥其万一，而时一感兴，连情赋物，遂得古诗二百首，能使万状莫逃，六凿翕受，色空映带，气韵相生，盖言言故实也，亦言言秀可餐、翠可滴矣。东坡之为诗须饱参，然后臭味乃同；何逊梅花诗自林和靖一参之后，参之者甚多。今不肖为吾师下一注脚，正是礼拜参法时，此虽不能比于孤山处士，要之，吾师之咏物，真不愧何水部子孙哉。"

张齐颜云："士抑才凌后代，法准先民，每有著撰，必寻宗派，所著咏物诗若干首，率用五言古缀之。盖高拟齐梁，不欲近规唐制，此其结体之超矣。至夫摹拟精切，伸纸觉鸟韵花飞；讽寓深微，辍读使神销泪堕，是又所谓咏情而非专咏物也。庾开府《画屏诗》：'涧水才窗外，山花即眼前。'刘随州《美人障子诗》：'窗风不举袖，但觉罗衣轻。'真成千古逸调。试取士抑诗语，此谁为妍媸者，世有知音，必能合赏。"

《何士抑宛委斋集》八卷

明刻本，此为明刻孤本，仅山西省图书馆藏。半页九行，行二十字。四周单边，版心白口，单鱼尾。正文题名"何士抑宛委斋集"，题名后镌"华亭何三畏士抑著"。卷首有门生陈继儒撰《宛委斋集叙》、友弟张以诚《叙宛委斋集》。卷一收诗八十三首，卷二至七收序、启、书、传、祭文等。

《宛委斋集》乃何三畏司理绍兴时所作。张以诚叙曰："《宛委斋集》者，司理何士抑先生在郡斋时随笔论著，积而成书者也。先生天才敏赡，藻思蜂涌，其为文如黄河倒泻，万马奔腾，势不可止。而当搦管时必莹精构思，有所载以出，故其又皆可传世。"陈继儒谓其师"所著笺、启、诗歌及公私叙、记悉典裁秾至，整肃敏给，音中宫商，情中甘苦，事事照胆，言言解颐。率司理倥偬仓卒间语也，即使陈孔璋马前草檄，刘穆之一日而发数百函，岂能与吾师并驱争先哉？《孔丛子》曰：人之精神，谓之圣。子瞻曰：精出为动，神返为静。吾师具有兼才，而精神又足以相使，所谓天授，非人力也"。

《何氏拜石堂集》十二卷

明万历间祝允光等刊本,台北图书馆藏,六册。《明史·艺文志》《总目》均未著录,祁承爜《澹生堂藏书目》著录,然无卷数。板框21.5×14.4厘米。半页九行,行二十字。四周单边,黑格白口,单鱼尾,版心鱼尾上镌题名"何氏拜石堂集"。卷首依次有《叙拜石堂稿》,题"越治生王泮顿首撰并书";《何士抑先生拜石堂稿叙》,题"会稽治生徐桓顿首拜撰并书";《拜石堂稿叙》,题"治通家弟朱敬循顿首撰并书"。钤印有"国立中/央图书/馆考藏"朱方、"吴兴刘氏嘉/业堂藏书记"朱长方。卷一收骚、四言古诗、五言古诗、五言古集句总五十五首,卷二、三收五七言律诗、绝句总一百二首,卷四收序十三篇,卷五收祭文二十四篇,卷六收记一篇、赞三篇、铭五篇、题跋四篇,卷七收启十六篇,卷八至十二总收书一百二十六篇。

何氏此集名《拜石堂集》,盖因相国王锡爵尝以"拜石"颜其堂,何氏"即以'拜石'命其稿"。王泮谓:"士抑先生受宠命司李郡中,闻其在家山太仓王相国颜其堂曰'拜石',而胸中之垒块可知已。再读先生《芝园》诸刻,而见先生之垒块有华嵩泰岱之观焉。先生名满天下,帜夺艺林而卒业,先生古文词及诗歌赋颂,靡不字挟风霜而骤烟雨。夫大雅不作久矣,先生胡型范古今,肩雁骚雅乃若是!盖先生惠车邺架,窥人间未见之书;阮啸嵇琴,抱人间未有之致;且也犯斗跻云,探人间未到之奇。以故大者鸿芒,细者蚡响,深者渊停,高者霞翔,正者岳厉,奇者海扬,独开人间未出之口,都人士得先生一字句若获百火齐。《拜石堂》最近刻也,其神气飞越,意调沈雄,如蹑日观、点苍,不可仰视。先生固弹指千言,不加点撺,文章吏治直倒囊出之,即吾郡称繁剧,爰书案牍川岳叠,而先生公忠敏慎,附赦立剖。视其庭,第见青落案头,鸟啼长昼,先生玩石治之已矣。署当卧龙山之半,千岩万壑,攒列眉宇。先生依红泛绿,而沛川泳云飞之兴,著作当益富。山阴道上多应接,顷得先生大吐星芒,宁不为我山灵更生色哉!"

会稽徐桓称何氏"方弱冠即有声庠序,锵锵称艺林中翘楚矣,然特见其能文尔。予令丹徒,见《芝园》诸集迥出时表,始知公有兼长,尤未睹其全也。迨乏留垣,见邓少宰公,亟称公为奇品,且曰:吾生平止一老友。盖喜其诗文类己也。王相国尝以'拜石'颜公堂,而公即以'拜石'命其稿。余甥祝允光、允烈游公门,裒其稿若干,付剞劂氏,而丐予言序诸简。予幸睹其全,敢以不文辞……(公)资禀颖悟,超迈卓绝,一目十行,过辄成诵,其天才厚矣。性好涉猎,贯串百家,旁搜今古,精研理学,其学力充矣。以故于圣贤理奥,古今事变,皆融会于一心,而随触随应,随吐随妙,不假思维而得心应手,如大匠之运斤,庖丁之操割,气无不沛而机无不融,此其所以能富而美,敏而精也。昔杨修称曹子建握牍持笔,有所造作,若成论在心,借书于手,言其敏捷如是。公之敏似子建而文之精美实过之,其得于理窟处多也。公师事邓文洁久矣。文洁公为今理学宗主,公之学所得于文洁公者实多,然则今之文集不将与文洁公稿并传不朽耶?独王相国以'拜石'名公堂,岂以宋米无为目公耶?史称米文奇险,所为谲异,不能与世俯仰。公文平淡中有至味,而应事接物,圆融中有执持,若与米无为迥不相类。今司理吾郡,政多平反,而经纶厝注,有可以柱石邦家者,则其文章政事,当有并垂不朽者在,非不佞一言所能誉也。"

《新刻漱六斋全集》四十八卷

明万历间陈锡恩刻本,南京图书馆、台北图书馆藏。今《甲库善本丛书》第846册内《新刻漱六斋全集》四十八卷即据陈锡恩本影印。半页九行,行二十字。四周单栏,板心白口,单鱼尾。中缝上记题名"何士抑漱六斋全集",中记卷之几及页次。卷首依次有

《何士抑漱六斋全集序》,题"赐进士及第国子监祭酒予告前左春坊左谕德兼翰林院侍讲撰述诰敕同修正史会稽通家治生陶望龄顿首撰";《何司理士抑先生全集叙》,题"万历戊申孟冬广陵友弟张京元书";《跋漱六斋集》,题"会稽钱楖跋";《何使君先生漱六斋序》,题"会稽门生王骥德百拜谨书"。书内各集间另有序跋。《何氏芝园集》有何三畏自序、陆万言序、张重华序、陈继儒序,《居庐集》有唐文献题词、董其昌序、唐文屏序、陈继儒序,《拟咏物》有婺州胡颂序、张齐颜序、陈继儒序,《何氏拜石堂集》有山阴王泮序、会稽徐桓序。正文题名后注"华亭何三畏士抑著"。前四卷收古体诗一百五十六首、近体诗一百八十首,后四十四卷收序、记、传、引、行实、行状、赞铭、题跋、疏、启、书等各体文。

此书乃以前各诗文集之总汇。陶望龄《漱六斋集序》云:"予为小生时,即知有云间何士抑先生。读其制举文,文旨冲然,方少时未知好之。后稍稍见先辈所作,颇窥其条贯,还观先生义,知其善,其理至脉清,一一弘正间法。后十馀岁而复得其《凤山稿》,叹曰:'不图蛙紫后见汉仪也。'是时先生已谒选人,为予郡李官。虽幸得贤牧,而还相惋惜。古人有云:'正索解人,亦不易得。'先生于遇不遇何有焉!予既田居久,弥得请事,乃复尽见先生诗赋、记序诸体之文。酞厚流丽毕发,而无所底墆;旁通百应,而浩然有馀;法不隐才,质无吝采,绚目动耳,若五丝组而金石宣。予于是叹曰:先生所苞蓄至是耶。先生故有《芝园》《居庐》二集,《咏物诗》《拜石堂稿》别行于世,郡弟子陈生辈汇缉之,并其箧中文镂版以传,卷四十有八,而命予为序。"

全集当刊于越中任上,王骥德云:"使君治越,退食之暇,不废操觚,凡观风问俗之篇章,登临燕会之咏赋,与夫题缄传檄之濡削,或八韵俱成,或百函并发,登之掌故,既赢笥箧。盖先是使君故有悬书若《芝园》《居庐》《咏物》诸草布在四方,久艳人肠,顷陈生并汇杀青,署曰《潄六斋全集》,总如干卷,梨之郡中。"又云:"使君天授渊鸿,人擅巨丽,苞孕既奢,属寄复雄,故所结撰率奥衍春容,不费绳削,莽焉涛奔,屹尔岳立。辟之天籁鸣而众窍夺响,大鹏厉而群羽息翔。要以寓旨高华,究归大雅,力挽今日所为雕镂钩棘之习,而复机锋神敏,矢口摇笔,刻烛为迟,倚马犹拙,他人应接不暇者,使君直按辔出之,骎有馀地。今集中所载数十万言,强半得之经籍,纵横觥筹,罗逻茗□,簿书稠浊之次也,漪欤盛哉。使君旷衷热肠,洞彻畛域,俯仰人世,邈不可两。至才焯辉开泽三尺神明,冰蘖声籍行部,足谓人伦检镜,经籍鸿哲,染指艺文,直其剩技。然缃缥浩繁,琳琅炫烂,令瑰琦淹洽之士,鲜不睨之而色沮,当之而辟易也。"

张京元亦云:"士抑在诸子中年最少,才最奇,早魁畿士,负声最远,而屡上公车,亦最坎壈。顾其遭日益困,其养日益深,文日益工。工时而不以古诎,工古而不以时诎。今所为举子业及古文辞具在,以方王、钱、李、何诸君子,吾不知其何如,彼固元常、伯英之各擅,而此实逸少之兼长也。士抑热场侠骨,片语千金,雄爽恢宏,绝不作婟阿纤媚。至其迈往不屑之韵,慷慨不平之怀,直寄之笔墨、酒杯之外,而检饰人伦,执持风纪,斤斤不失尺寸。即其为司理时,冒众忌而全孤嫠,宁弗全进贤也。非真才真气,安能伸眉舒腕,确然弗渝,此岂桻腹无能、借遇合而盛气焰,窃附于文章才子,漫不堪用者哉?惜乎造物者小而用之,五石之瓠不以浮江湖而以盛糗糒,读是集者,亦识其品可也。"

陈继儒赞其师云:"吾师自舞象时即已名噪海内,海内束锦结佩而礼于先生之门者,屡猎猎满堂下;不则遥闻声而相慕,以为俨然耆旧尊宿也,比典谒试出就客,神观伟如,握麈尾而屑云雾五色矣。结驷所至,自王公大人而下,无不愿私其片言以为引重。而吾师第委蛇以谢不敏,羞与啖名者共熠耀而争蛮触之角,惟高卧名园，洗竹灌花，上以涞灞侍两尊人，而下饬其馀，以与一二同调为清夜游，墨花酒鎗，淋漓于石痕苔藓间；或出而时鼓名山之屐，长歌清咏，援笔千言，虚往实归，明月在袖，则兹集可考也……盖吾师有兼材，故能贾其馀勇，以渔猎于千秋；有慧心，故能使五官六职悉受成于三寸之笔端，而惟吾役。有山川都会，恣其游览；鸿宝神册，佐其丹铅；名公巨卿，隽流开士，归其齿牙。故能弇张弘奖，进而摧鹿角之雄谈，退而收鸡林之骏誉。嘻，观止矣。至于吾师之劲节干霄，热肠如沸，其气百折而不为弱湍，百炼而不为绕指，又往往于毫楮见之，此非独足以经世传世，抑亦所谓邹鲁之于文学，盖其性然也。"

李绍箕《李茂承彭泽草》

李绍箕（1550—约1633后）字茂承，松江府华亭人。少习举子业，以太学生仕为南京鸿胪寺序班，佐江西幕，转江西都昌主簿。尝从妇翁顾正谊学画，涉历山川之胜，颇有成就。现存《李茂承彭泽草》一卷，另《（光绪）重修华亭县志》载其有《方城集》。生平见清徐沁《明画录》卷四、《御定佩文斋画谱》卷五十七、《（嘉庆）松江府志》卷六十一、《（乾隆）华亭县志》卷十四"艺术"。

《李茂承彭泽草》一卷，明万历三十二年（1604）缘督斋刻本，日本内阁文库藏，一册。内阁文库藏本源于原枫山官库旧藏。板框20.2×13.0厘米。半页八行，行十七字。有栏，四周双边，版心白口，单黑鱼尾。版心上部镌"缘督斋"三字。封面题"彭泽草"。卷首有《李茂承彭泽草引》，署"时万历甲辰仲秋月吉白下王元贞谨识"。台湾傅斯年图书馆藏本据日本内阁文库藏本影印。是集所录皆诗，不分卷。正文题名后镌"云间李绍箕茂承甫著，海阳吴序季常甫校"。内录诗八十首。《宦情》诗云："忆昔弹冠岁几更，白云何意恋浮名。青袍敝作蓝袍色，角带翻怜韦带轻。宦拙不堪供夜乞，禄微仍欲望秋成。南山北陇皆容隐，五柳先余得胜情。"于诗可窥其宦途心境。《晚渡浔阳江》："沙明月白晚风柔，沽酒江村宿雨收。两岸青山看不尽，孤帆一片在中流。"《望五老峰》："金风几度作秋声，五朵芙蓉翠削成。崒嵂倚天通帝座，菁葱插汉傍云城。炉峰远映青如沐，瀑水遥淙玉乱鸣。咫尺仙岩登未得，独将幽兴寄飞觥。"颇清新有致。

王元贞序曰："唐人以前未有律，虽由《风》《雅》变为《离骚》，又变为五言古选，其体不一，而纵横变化，条理脉络未之有改。陶彭泽去古未远，高志卓识，不能俯仰时俗，洒然调《归去来》以自况，词义夷旷萧散，托于楚声，识者谓其'有阮嵇定之达而不至于放，有元次山之漫而不着其迹'①，盖骚雅遗种也。嗣是六百馀年外，惟有尧夫短吟克步后尘，其他浸淫花柳，流连情致，非不凿凿名家，而性情之什已邈。余友李茂承尹都昌，即陶令彭泽故邑。其豪侠奇迈，陶也；其悠闲洒逸，陶也。乃故飞凫境内，时簿书计会，肃纪保厘，才固自优裕，实不足以夺其素心。每壶觞松菊，挥毫吊古，皆鸣我天籁，无事雕刻，宛尔东皋长啸，清流憩赋乎！且于时休暇，玩弄笔墨，举烟云霁月，修竹寒潭，色色为之传神，方之士林，盖米颠、倪迂流亚与，此又可与雅韵并垂不朽者。不佞谓是李彭泽之所有，而陶彭泽之所无，故两志之，令读是编者知高风千载，性什未湮，超玄解圣，握作者之丹头；涵精吐秀，扫谭家之采剪，雅耶？骚耶？不得轻置黑白，而彭泽一源几希在矣。不佞不知诗，乃独嗜性情之调，忻然僭引，以归梓人。"

---

① "阮嵇定"三字当为"阮嗣宗"之误。明章懋《枫山集》卷三《题陶渊明集》内引南宋名臣魏了翁（1178—1237）语赞陶渊明，语曰："有阮嗣宗之达而不至于放，有元次山之漫而不着其迹。"

陈继儒论李绍箕诗曰:"诗者千秋之物……先辈如文太史、祝京兆、王征君及吾乡何元朗兄弟,其人与诗皆成一品,所谓白鹄云中,朱霞天半者也。今吾辈风流委顿尽矣。余耻不复谭诗,而惟与李茂承焚香瀹茗,时少旁及之。茂承胸中洒洒,志欲为古人。其画师黄公望,字师王右军,而诗则非开元、大历不著口吻,盖自尊公中条先生、妇翁亭林先生皆以法书、名画冠冕一时,而茂承身处鲁卫季孟之间,遂能兼善二家,直窥三昧,文、祝而后寥寥,目前大雅未坠,仅见此人。茂承,志士也,未尝以熠耀之光而争蜉蝣之誉,乃诗名已大噪矣。"(《陈眉公集》卷六《题李茂承诗草序》)

董其昌《容台集》《画禅室随笔》《四印堂诗稿》《翠娱阁评选董思白先生小品》

董其昌(1555—1636)字玄宰,号思白,又号香光居士。原居上海县,后徙华亭。万历十六年(1588)领顺天乡试,明年成进士,选翰林院庶吉士,授编修。二十三年,任会试同考官。二十七年出为湖广提学副使,移疾归。三十二年起故官,迁湖广右参政,为势家所恶,明年谢事归。四十八年七月光宗立,召为太常寺少卿,掌国子司业事。天启二年(1622)五月,被劾引疾乞休,改少卿兼翰林侍讲学士,纂《光宗实录》,进礼部右侍郎兼侍读学士,协理詹事府事,又奉命修《神宗实录》。天启五年拜南礼部尚书,又连遭疏劾,屡乞休,任职不足一年,致仕归。崇祯四年(1631)起故官,掌詹事府事,与修《熹宗实录》,进礼部尚书,侍经筵讲官,七年致仕。九年卒,年八十二,赠太子太傅,福王时追谥文敏。著有《容台集》《画禅室随笔》,另《总目》著录其有《筠轩清秘录》三卷。生平见陈继儒《思白董公暨元配龚氏合葬状》(《陈眉公先生全集》卷三十六)、邹漪《董文敏传》(《启祯野乘》卷七)、张廷玉等《明史》卷二百八十八。

《容台集》十七卷,《总目》著录《容台文集》九卷《诗集》四卷《别集》四卷,明崇祯三年(1630)董庭刻本,国家图书馆、上海图书馆、南京图书馆、浙江图书馆、北京大学图书馆、清华大学图书馆、台湾大学等图书馆藏。《禁毁书目》亦著录。《总目》云:"其昌以书画擅名,论者比之赵孟頫,其诗文则多率尔而成,不暇研炼。词章之学,盖不及孟頫多矣。"(《总目》卷一百七十九)今《存目丛书》集部第 171 册、《四库禁毁书丛刊》集部第 32 册、《甲库善本丛书》第 856—857 册内《容台集》十七卷即据明崇祯三年董庭刻本影印。板框 18.6×12.4 厘米。半页八行,行十九字。黑格白口,左右单边,无鱼尾。前有崇祯庚午七月朔陈继儒序,序文末题"顾绍勋镌"。目录末注"孙男延编次"。正文题名下注"华亭董其昌著,冢孙庭辑",卷九末注"门人徐士玹、许经阅"。《诗集》卷一录五古十二首、七古十七首及五律十四首,卷二五律一百二首、五绝四十六首,卷三录七律一百六十七首,卷四录七律一百一十三首、七绝一百二十一首。《文集》卷一至卷三录序、词,卷四录记、引,卷五录论、评、说、议、奏疏、表,卷六录传,卷七录策、铭、诰、像赞等,卷八录墓志铭,卷九录墓表、神道碑、行状、祭文等。《别集》四卷,为题跋专集,卷一随笔十四则、禅悦五十二则、杂纪五十二册,卷二书品一百五十五则,卷三书品一百五十九则,卷四画旨一百五十五则。

另有《容台集》二十卷附录一卷,内中《容台文集》十卷《诗集》四卷《别集》六卷附录一卷,明崇祯八年(1635)叶有声闽南刻本。禁毁书目著录。上海图书馆、浙江图书馆、北京大学、甘肃图书馆等藏。今《甲库善本丛书》第 857—858 册内《容台集》即据明崇祯八年刻本影印。半页八行,行十八字。黑格白口,左右单边,无鱼尾。卷首有陈继儒序、黄道周序、叶有声序、沈鼎科后序。沈鼎科序文第一叶中缝下记刻工姓名"陈聘"。封面题"重刻董宗伯容台集",下署"门人余昌会、余昌年敬梓"。据黄序,知此书重刻于闽中建宁,下距董氏卒年仅一年。文集后有门下后学沈鼎科跋语。正文题名后镌"华亭董其昌玄宰甫著,海上叶有声君实甫较,冢男祖和、冢孙庭辑"。《文集》卷一至卷三为序,卷四为记、碑铭、引,卷五为论、评、说、议、奏疏,卷六为笔断,卷七为颂、赞、箴、露布、考、传,卷八为策、疏、铭,像赞,卷九为墓志铭,卷十为墓表、神道碑、行状、祭文等。其《诗集》内容同崇祯三年刻本。《别集》六卷,卷一题词,卷二跋,卷三随笔十四则、禅悦五十二则,卷四、五杂纪、书品三百一十四则,卷六画旨一百五十五则。另有清康熙大魁堂刻本,白口双鱼尾,左右双边。又有《容台别集》六卷,抄本,国家图书馆、南京图书馆等藏。

黄道周叙言《容台集》之重梓曰:"方今天下修明,硕才辈出,秀杰之气多在江东。先生以骏德巍望旌幢其前,出歌淇竹之诗,入讽抑圭之篇,使四裔九垓声传无穷,其所立居不已多乎?曩在京师见《容台集》,犹未甚备。近董长公来自闽中,以建宁固称书窟,先生之辙存焉,因再镌之,是为建本,仆始得尽读其文辞,与诸笔载诸编,始复瞠然叹昔者睹先生之有未尽也……云间沈公祖建牙闽中,周方以文辜逋诛,蛰伏海外,埋笔焚研,与樵渔共活。甲戌冬下,公祖贻书称董长公于建宁重刻《容台集》,属周为序。周私念身在沟中,何与云霄间事,岂所为人见胜帝耶?乙亥春,又再至,乃知是实,非复梦中。时周营四五贫宗伯叔坟冢初就,手爪欲脱,又当为先人改定窀穸,两臂出袖,强半草土,既被敦命,欲辞不可,欲略述所以。"

《画禅室随笔》四卷

明崇祯间刻本,华东师大图书馆藏。另有清康熙五十九年(1720)大魁堂刻本、清乾隆三十三年(1768)刻本、清嘉庆间刻本、清光绪十四年（1888）刻本、民国七年（1918）扫叶山房石印本等多种版本行世。其风行如此，亦可见其于后世之影响。总四卷，《提要》评云："是编第一卷论书，第二卷论画，中多微理。由其昌于斯事积毕生之力为之，所解悟深也。第三卷分纪游、记事、评诗、评文四子部。中如记杨成以蔡经为蔡京之类，颇涉轻薄。以陆龟蒙《白莲诗》为皮日休之类，亦未免小误。其评文一门，多谈制艺，盖其昌应举之文与陶望龄齐名，当时传诵，故不能忘其结习也。四卷亦分子部四：一曰杂言上，一曰杂言下，皆小品闲文，然多可采；一曰楚中随笔，其册封楚王时所作；一曰禅悦大旨，乃以李贽为宗。明季士大夫所见往往如是，不足深诘，视为蜩螗之过耳可矣。"（《总目》卷一百二十二）

《四印堂诗稿》一卷

稿本，上海市博物馆藏。原书版框高19.3×15.2厘米。四周单边，红格，版心白口，无鱼尾。版心上端镌"四印堂"。首页题名"董思翁四印堂诗稿真迹"。扉页有"董思翁四印堂诗稿真迹一册，吴湖帆鉴署"，署"己丑春三月归钱氏数青草堂珍藏"。正文首页有"湖帆/鉴赏"白方，"钱氏数青/草堂藏书"朱长方。无序无跋。总收诗一百八首。各页上几乎均有眉批。今《中华再造善本·明代编》内收《四印堂诗稿》即据上海市博物馆藏稿本影印。

《翠娱阁评选董思白先生小品》二卷

明崇祯六年钱塘陆云龙峥霄馆刻《皇明十六名家小品》本。明丁允和、陆云龙编，陆云龙评。今《存目丛书》集部第378册内《翠娱阁评选董思白先生小品》即以《皇明十六名家小品》本为底本影印。国家图书馆、上海图书馆、复旦大学图书馆、台湾傅斯年图书馆等藏。一册。半页九行，行十九字。四周单边，版心白口，单白鱼尾。鱼尾上镌"董思白集"，下注"卷几"。正文题名"翠娱阁评选诸名家小品"，后题"华亭董其昌思白著，仁和丁允和叔介选,钱塘陆云龙雨侯评"。内有陆云龙圈评、眉评,"翠娱阁"圆朱章、"□云山馆"朱章。正文题名下有"长乐郑/振铎西/谛藏书"朱章、"北京图/书馆藏"长朱章。前有《叙董太史小品》,题"壬申冬翠娱阁主人陆云龙题"。继为目录。卷一收序八篇、记五篇、题词三篇;卷二收论、议、传各一篇,引六篇,疏三篇,铭一篇,赞八篇,祭文三篇,墓表三篇。

陆云龙序云:"才兼之难也。以文人而游艺,逸少不能兼绘,摩诘不能兼书。兼之者为苏长公,又以文掩艺。其他才艺或可称而短于行,则又不堪指数矣。盖造化嫉全,鬼神妒盈,类然也。明兴,多才唯云间董太史,其名则自宫掖衿绅下及贩夫游子,无不珍之、重之,为今之长公,而才艺又不相掩。读其文,类不作钗脚溜痕,麻皮劈皱,寓奇于平,化拙为巧,融板为逸,飘然如云中鹤,澹然如林着烟。艳冶美人,容与林间,萧骚逸士,婆娑泉石,谁谓短幅残缣不与拱璧争价哉?压右军之遗墨,残缣剩幅,一字一金;薄右丞之点染,小碛寒沙,一景一绝。即与长公小品共读之,为一为两,当亦无从辨者。"

陈继儒叙《容台集》云:"《容台集》者,思白董公之所撰也。大宗伯典三礼、敕九卿,观礼乐之容,故称容台。古礼部尚书兼学士惟苏东坡、周平园领之,儒臣艳为极荣……夫海内文人亦多矣,身当吾世而目见断楮残煤,至声价百倍者,无论京山,即弇州曾若是之烜赫乎?度公所遭,即思王八斗,穆之百函,分身应之,犹恐不给,而公摇笔万言,缘手散去,侍儿书记竟不知转落谁何手也。余与公为老友,凡有奇文辄出示欣赏,其他散见于劈笺、题扇、卷轴、屏障之外者甚夥,赖冢孙庭克意料理,悬金募之,稍稍不胫而集,呈公省视,乃始笑为己作,不然等身书几,化为太山无字碑耳。公七十有五馀,至今手不释卷,灯下能读蝇头书,写蝇头字,间遇二三名流巨集抽览,即推去曰:就中无甚秘密藏,不必游目也。他人皆五金八石，而公之手别具一刀圭；他人皆八阵六花，而公之笔别带一匕首。凡诗文家客气、市气、纵横气、草野气、锦衣玉食气，皆锄治抖擞，不令微细流注于胸次而发现于毫端。故其高文大册，隽韵名章，温厚中有精灵，萧洒中有肃括。推之使高，如九万里垂天之云；澄之愈清，如十五夜吞江之月。渐老渐熟，渐熟渐离，渐离渐近于平淡自然，而浮华刊落矣，姿态横生矣，堂堂大人相独露矣。岂惟台阁体具存，即汉唐宋以来相传正始之血脉，尚留十一于千百者，非公砥柱之力哉？"

朱彝尊赞董氏曰："赵承旨（赵孟頫）谥文敏，尚书（董其昌）亦谥文敏，两公书画，差足相当。董诗差不如赵，鸥波之亭，戏鸿之堂，风流宏长，一也。"（《诗话》卷十六）清末陈田《明诗纪事》录其诗六首，按云："集中小诗题画，亦楚楚有致。"（《明诗纪事》庚签卷七）

张重华 《沧沤集》《南北游草续》

张重华（生卒年不详）字虞侯，号晴阳，宫保庄懿公（张鏊1424—1494）四世孙，隆庆间松江府华亭人。少颖异，长博览群籍，有文名。屡试不第，遂弃举业，遍游闽楚齐鲁及燕中，入张位幕。为人慷慨忠亮，有远略，欲以功名自立，然不五十即因疾而逝。工诗文，亦长于书。自刻诗文集《沧沤集》八卷行世。另据张鼐《宝日堂初集》卷十三载，重华有《吴趋稿》，未见传世。生平见何三畏《张文学虞侯传》（《云间志略》卷二十一）、张鼐《大宗系》（《宝日堂初集》卷十三）。

《沧沤集》八卷

明万历十九年（1591）晴阳堂刻本，上海图书馆、中国科学院图书馆、台北图书馆、日本内阁文库等藏。台湾傅斯年图书馆藏本据内阁文库藏明万历本影印。今《四库全书存目丛书补编》（齐鲁书社 2001 年版）第 57 册、《明别集丛刊》第三辑第 99 册内《沧洢集》八卷即据中国科学院图书馆藏明万历本影印。半页九行，行十九字。黑格白口，四周单边，单鱼尾。鱼尾上方镌题名，版心下记刻工名，如陆本、吴门陆本刻等。卷首有张位《刻沧洢集叙》，题"豫章洪阳居士张位撰"，序末署"山东友弟熊杰书"；《沧洢集序》，题"古曲阿凤凰山人姜宝廷善撰"，序末署"西蜀门生张文运书"；门生陈于廷《刻沧洢集小引》，继有"助梓名贤姓氏录"。台北藏本钤印有"吴兴刘氏/嘉业堂/藏书印"朱长方、"苍岩山人/书屋记"朱长方、"国立中/央图书/馆考藏"朱方印。据张位序，称其"所著诗文盖百卷，先梓八卷"。然除存世八卷《沧洢集》及一卷《南北游草续》外，馀未见。卷一至卷六收序、墓志铭、行状、尺牍、论辩、碑、祭文、序跋、铭赞等各体文及赋二首、操五首、四言诗十七章、诗馀十四首，卷七收五、六、七言诗一百三十首，卷八收七言诗一百五十一首。《总目》著录《沧洢集》八卷，《提要》曰："是编前有张位、姜宝二序……宝序称'其文言言欲奇，其诗首首欲出尘清新'，然大抵拉杂不入格，如称'九峰三泖'曰'九三'，虽《绛守居园池记》亦不至于斯矣。"（《总目》卷一百七十八）

重华自号沧洢居士，集因得名。集由其门生陈于廷校阅。陈氏《刻沧洢集小引》叙云："虞侯家师以文章翰墨起，弱冠为一代名家，车迹所至，王公大人倒蓰执辔①，谁不钦岑之，何待区区门下士托声齿颊耶？所重者则神情爽朗，志节刚方，义气所激，扶人颠危，急人贫困，有虞卿脱印之风、鲁连射矢之略，结客尚贤，虽养

---

① 此处"蓰"当为"屣"，"倒屣"，谓急于迎接重客，把鞋倒穿。典出《三国志·王粲传》："王粲字仲宣，山阳高平人也……献帝西迁，粲徙长安，左中郎将蔡邕见而奇之。时邕才学显著，贵重朝廷，常车骑填巷，宾客盈坐。闻粲在门，倒屣迎之。"（《三国志》卷二十一《魏书》二十一）

其膏腴弗恤也,时人称为贫孟尝。此其所见者高,所志者大,不规规于势利尘纷之末。考其师友渊源之渐,则自先太祖宫保庄懿公家训俨然,少且从舅氏杨中丞朋石公谈道讲艺,多所服膺。既壮,慕国相张洪阳先生之学,不远二千里而师宗之。居恒督责于廷辈读其书,守其教,如孟子之于仲尼,每叹曰:近世正学自阳明先生以来,惟我洪阳夫子一人而已。以故文章翰墨自他人得之,以为琳琅珠贝,自虞侯师自视,则大海之一沫,初无增损也,遂自命曰沧沤居士,因以命其集曰《沧沤集》。"

张位之序颇可见重华之为人。序曰:"昔余司南雍,都人士雅称三吴有虞侯张生者。比岁,家弟俨入吴叩生庐,益熟其深也。生乃宫保庄懿公之孙,为人慷慨忠亮,有大节,能麾千金,能友千古。甫八岁,尝大书壁间,语指高(朗)①,其大父封观察磊塘公大奇爱之。稍长为名诸生,声翔海内。家藏书充栋,悉朱圈靛点,糜糜欲烂,墨迹、碑文手临摹殆尽,家弟尝目睹,心醉之。喻太守邦相治松归来,亦为余道及。居恒所著诗文盖百卷,先梓八卷,名曰《沧沤集》。辛卯春云间沈生孺休来豫章,虞侯削椠丐余序,余时苦居,未能应。夏五月,书再至,勉题数语云:沧海大矣,名山大块浮其中,不啻一芥,况沤则瞬息可谢,虞侯奚取焉?夫人生五浊易消,六龙不驻。所不谢者,自有上乘也,次则寄之乎文章。虞侯沤视诸种,独存是编,以递不朽,岂直西京、天宝,艳称连城,其识趣高卓如海若驭风,非尘凡俦辈哉。虞侯诚不以一时弃千秋,余尚与面订之,共勖其最上者何如?"

《南北游草续》一卷

明万历二十二年(1594)万世德刻本,上海图书馆藏。板框

---

① "语指高"后当有"朗"字。何三畏《云间志略》卷二十一《张文学虞侯传》,内有"(张重华)甫八岁,尝提笔大书壁间,语指高朗,其大父封观察磊塘翁绝奇爱之"。高朗,气质、风格高洁、爽朗之意。

20.1×13厘米。半页七行,行十四字。黑格白口,四周单边,单鱼尾。前有万历甲午春万世德《南北游续草序》,序末题"赐进士第朝议大夫山东按察使备兵怀隆等处万世德拜首撰并书于怀来公署"。卷末镌"山西经魁门人张国儒校"。内收五言诗十九首、七言诗六十四首。

集既名"续草",则当有"游草",观万世德《南北续游草序》可知。万世德序称"虞侯君实凤毛,甫龆龀凤负颖异,大王父封观察磊塘公最奇爱之①,手抄古文令读之,一目数行,且了其义。弱冠翩翩博雅,每试胶庠,即夺帜。以文受知于衷总宪洪溪公,既而及门受业于相国洪阳公,意在千秋,名鹊起,文章翰墨流视海内。乃六上公车,末由博一第,遂效子长浮淮、士衡入洛,辇下缙绅长者咸愿见虞侯君为布衣交,一时骚坛之上尽拱手让牛耳。虞侯亦矫矫自树,歌《伐檀》,不营轻肥而户外屦如猬。大司马岳峰萧公闻其贤,聘至幕府,奉为上客。居良久,无一语涉外事,以故人益争

---

① 何三畏《张文学虞侯传》(《云间志略》卷二十一)载"张重华字虞侯,号晴阳,华亭人,宫保庄懿公之曾孙"。"宫保庄懿公"系指张氏祖上之张鏊(1423—1493),字廷器,号简庵,正统十三年(1448)进士,历官四朝四十六年,官至刑部尚书、南兵部尚书,卒赠宫保。然何三畏指张重华系张鏊之曾孙,误也。另万世德《南北续游草序》中称"大王父封观察磊塘公最奇爱之",此磊塘公系指张氏族人之张朝封(1499—1579),字绳武,号磊塘,张鏊曾孙,以次子仲谦贵封湖广布政司参议。万世德以为磊塘公张朝封系张重华"大王父",即曾祖父,亦误也。今考张鼐《宝日堂初集》卷十三《大宗系》可知,"吾宗之鼻祖则定自静庵府君,大司马、孝廉二派所从出也"。又谓"贞孝先生(张璘[1404—1471]字端玉,号静庵——作者注)而下,长子为大司马庄懿公(张鏊),次子为孝廉联芳府君(张鋆字廷仪,号联芳。生正统壬戌,成化三年举人,卒嘉靖甲申,寿八十三)"。张鏊有二子,长子张景(1444—1499)字仲服,号疑舫,以荫授福宁州通判;次子张昱早卒。张景有二子,长子张发,次子张昱(1478—1546)字启云,号鹤沙,以荫官至大名府通判。张昱有四子,长子朝封(1499—1579)字绳武,号磊塘;次子名朝桂,三子名朝隽(早卒),四子名朝奎。长子朝封亦有四子,长子张震伯(1518—1590)字士龙;次子张仲谦(1522—1607)字士益,号受所,嘉靖三十八年(1559)进士,历官湖广参议、山东按察使;三子张观叔,四子张季履。三子张观叔又有四子,长子重华,次子重芳,三子重荐,四子重茂。重华有二子,长子方裕,次子方祯。以此知张重华系庄懿公张鏊之来孙,磊塘公张朝封系张重华之祖父。

重之，乐与友。每过汸上，不佞得拥篲投其辖，吾两人臭味殊洽，尝夜分高咏，言言惊人也。虞侯旧有《游草》，萧公序而付之梓。兹有《续草》，愈瑰玮出尘，时时悟名理，可以不朽。不佞捐俸梓之，附以言。夫虞侯以名臣之裔，抱名世之具，世能知其文若诗者不少，独其人慷慨忠信，心胆可照白日，盖古鲁连、虞卿其俦，贤者爱敬之，不贤者忌之，乃欲以口舌雌黄于虞侯，是何伤也？及一旦见利临患难，始知虞侯嚼然不淄，且也出奇任侠，能缓急人。当是时，岂直贤者信之，即所尝忌之者亦愧悔而交口诵之曰'古之人，古之人'矣，文章翰墨故特其枝叶也乎哉。世且以青紫望虞侯，孰知其胸次豪爽，视荣华直腐鼠，此颖阳一瓢，何足以挂达人之眉目也者。后世有子云，应不以予言为阿所好。"据序，则《游草》已梓行，然未见传，亦未知卷数。

王廷宰《纬萧斋存稿》《画竟剩稿》

王廷宰（？—1648）字毗翁[①]，号鹿砦，又号薑庵，松江府华亭人。补嘉兴县诸生，以贡任六安儒学教谕，迁湖南沅江知县。福王立，至金陵，见时事不可为，归隐张堰。顺治五年（1648）卒。廷宰能诗，曾入嘉兴"鸳水诗社"。著有《纬萧斋存稿》三卷附《画竟剩稿》一卷。生平见《明遗民诗》卷十五、《明代千遗民诗咏二编》卷十。

万斯同《明史·艺文志》著录《纬萧斋集》六卷。《明史·艺文志》卷一百三十七著录其另有《茗粥堂诗集》六卷、《画竟集》三卷。今《茗粥堂诗集》六卷未见传，传者惟《纬萧斋存稿》三卷

[①] 王廷宰七世孙王步蟾于《纬萧斋存稿》卷二末题识云："（卷二之诗）前半《冈上》《往还》皆国朝乙酉、丙戌作，后半南中诗多崇祯甲申年作。公殁于顺治戊子，则此系晚岁未刻稿也。"据此可知，廷宰卒于顺治五年（1648）。

《画竟剩稿》不分卷，清嘉庆二十二年刻《书三味楼丛书》本，上海图书馆藏。扉页题"《纬萧斋存稿》嘉庆丁丑年春镌，华亭王廷宰鹿柴甫著，书三味楼藏板"。张应时参订、汪奏云校勘。半页十行，行二十一字。无格白口，左右双边，单鱼尾。版心鱼尾上镌题名，下镌卷数。版心下部镌"书三味楼藏板"。前有汪奏云《纬萧斋诗存序》，题"嘉庆二十年岁在旃蒙大渊献且月癸未后学汪奏云谨序"。集后有嘉庆二十年岁次乙亥十月朔后学张应时《纬萧斋诗存跋》，继有王步蟾跋题"嘉庆二十年五月壬午七世孙步蟾丕曾谨识"之题识，又有《附录朱竹垞先生明诗综选二首有序》。卷一录诗五十九首，卷二录诗四十一首，卷三录题、引、记等文四篇。附录《画竟剩稿》不分卷，乃廷宰之沅江途中所纪及图画之题咏。正文题名后注"华亭王廷宰鹿柴甫著，后学张应时虚谷参订，陆坊野桥同校"。《画竟剩稿》卷末有王廷宰题识。继有清道光二年王廷宰七世孙王步蟾题识。

　　集为王廷宰后人裒辑，张应时刊刻行世。汪奏云序称："余末学肤受，何足以序先生之诗？特以少时即抄录先生手写诗卷，以为得杜神髓无若先生者，且留溪风雅自先生开之，今其哲嗣裒先人之作，虚谷刺史（张应时——作者注）力任剞劂，既乐是集之传，又因虚谷之请，遂不揣媕鄙而为之序，览者倘不以为僭而谅其心，则幸矣。"

　　另上海图书馆存《纬萧斋存稿》抄本三卷，乃王培孙故物。前有汪奏云《纬萧斋诗存序》，卷末有张应时《纬萧斋诗存跋》，惟朱彝尊诗话内容及所录之诗未附卷首。

　　集有明刻本，然散佚不传。斯可由《画竟剩稿》后王廷宰自识得之："先生（陈继儒——作者注）谓予文中有画耶，则吾岂敢。吾初意藉好游为乞画张本，画不得意终不竟。会珂雪作《括苍晓行壶头山下涉涧图》，志和作《崧寮岩湖堤联句图》，持以谓青莲，青莲跃然曰:《五溪德山图》当以见属。未就而青莲化去,为自废者久之。漫令儿宽手录诸篇以存予志,未匝月而宽遂夭折,伤心惨骨,不敢问笔墨事,而友人好余文者,稍为评定,不忍没其意,乃付之剞劂氏。世间名手或不鄙予,为予点染一两幅,不惟为老境澄观之助,他日当授稚孙积福以为世宝。崇祯庚辰十二月前立春三日䕺庵又识。"可见,《画竟剩稿》当有明崇祯庚辰(1640)刻本。

嘉庆本《纬萧斋存稿》卷二末有廷宰七世孙王步蟾小识,载散佚之作来由曰:"沅江公手写诗卷与后张族祖,族祖世居冈上,名聚星,改名奭,康熙丁卯顺天举人,戊辰成进士。蟾闻诸先君子云,后张无子,一女适北仓周氏,当日与吾家亲谊甚笃,此诗所由复归耳。今按前半《冈上》《往还》,皆国朝乙酉、丙戌作,后半南中诗多崇祯甲申年作。公殁于顺治戊子,则此系晚岁未刻稿也。且感时抚事,情词激切,与前诸作迥乎不同。谨列为第二卷,计古今体诗四十有一首。步蟾谨识。"

集由王廷宰七世孙王步蟾兄弟辑补而成。卷三末有嘉庆二十年五月壬午七世孙王步蟾再识:"七世祖沅江公诰赠光禄大夫,汾溽公第三子也。公以诗名世,有《纬萧斋集》《画竟》两书行世,郡县志载之。年久散佚,刻本不可复得。蟾兄弟悉心寻访,仅从残文断简中补缉成帙,凡诗古文厘为三卷,而以《画竟》附焉,从其阙也。按朱太史竹垞《静志居诗话》云鹿柴先生诗第从社草中录其一二,当时已不多见。今又百有馀岁,何复觅原本?此两书之所以止乎此耳。公前明贡生,曾任沅江县令,遭遇鼎革,弃官而归。当弘光时,大司马史公、大中丞祁公雅重公才略,屡陈荐牍,公见事不可为,坚辞不出。今读集中诗曰:'斯饥贞不字,嘉遁吉无疑。'又曰:'前有於陵子,后有苏云卿。'览者可以知其志矣。性坦荡简静,宠辱不惊。虽箪瓢屡空,宴如也。教授后学,如族祖后张进士、高伯祖农山侍御,皆有声幾社。厥后吾家科名鼎盛,词翰连翾,未始非公启其绪焉。蟾兄弟见闻固陋,何敢侈陈祖德,铺张失实。然《礼》云:'先祖无美而称之,诬也;有善而勿知,不明也。'故谨推公所自出,并述其大略如此。张丈虚谷绩学多闻,推挹前哲,慨然任剞劂费,采珠尘于艺海。他日公集之复行于世,亦未必非虚谷之力也夫。"

张应时亦言集之刊刻云:"岁癸酉,宋仁圃师倡修郡志,予任采访责,凡著述足传者无不留心搜缉。王鹿砦先生《纬萧斋诗》及《画竟》两书向载华、金两志,然未得而读也。先是阅《明史稿》,知先生曾纂注《致身录》,详建文出亡事甚悉,求其书不得。至《画竟》《纬萧斋集》,乃先生笔墨之尤著者,而版刻漫漶,印本流传绝少。先生之后与予家旧姻兼新特,正欲觅其书读之,或更有著述未行世者,并请其目,汇载郡志。去年冬,晤寒香昆季於甪里书庄,蕲烛话旧,询及先生两书,散佚已久,仅存什一于残文断简之中。予曰:'豹见一班,其文自蔚,虽残缺亦足传也,何不厘订付梓?'寒香遂将古今体诗汇为三卷,而以《画竟》附焉。秋暑甫退,予从吴门还,方欲检校群籍,以葳志事,寒香棹小舟携两书示予,反覆读之,其廉洁之操,恬退之志,直可与靖节相上下,而行间字里,蕴藉浑厚,具李、杜之浩瀚,兼韦、柳之冲澹,光焰烛天,震眩心目。前志称其有文采而无宦情,岂虚语哉!急付雕以行于世。抑寒香昆季受经于家竹村先生,竹村所撰《适来子》去年剞劂方竣,子书以明事理,诗文以道情性,如先生所著,尤为国朝东南风雅之领袖,真后学之津筏也。至先生生平梗概,哲嗣寒香、研农谨述于后,且旧附见於汾渟先生传,不及再为觊缕云。"

王廷宰善画,其集"画竟"之名得之陈继儒。王氏《画竟小引》云:"甲戌杜门,不复作远行想。追念平生所历佳山水及交游佳话,恐遂如风痕水迹,过眼消歇,偶有所触,辄书之赫蹄,欲乞好手作画,时一神游其间。戊寅夏日,以质之眉公先生,先生曰:

宗少文卧游后数百年无此事矣,但好画难得如何?指《佘山读书图》曰:此中美人,令何人着笔?因索他所记数则观之,笑曰:子画已竟。题之曰'画竟'。"《画竟剩稿》后有清道光二年王廷宰七世孙王步蟾题识:"《画竟剩稿》仅五篇,虚谷刺史(张应时——作者注)从其阙付梓后,蟾于张涤台表兄处复得《登子陵钓台》以下二十首,前有小引,犹未知是全豹否也。抄呈虚谷,续付剞劂。因卷首版刻已定,附镌卷末。道光二年闰三月寒香步蟾谨识。"

廷宰于朱彝尊有知遇之恩,彝尊纪曰:"鹿柴先生占籍嘉兴,注名'鸳水诗社'。乙酉之春,过余外舅冯翁小饮,余陪末坐。忽问曰:'曾学诗否?'对曰:'未也。'先生乃言曰:'诗有一学而能者,有终身学之而不能者,洵有别才焉。'余问:'学诗何从?'曰:'试作对句。'酒至,先生举古人名,俾属对……先生见余应对之不穷也,语冯翁曰:'此将来必以诗名世,其取材博矣。'自遭丧乱,不复见先生,并不复见先生之诗,仅从社草中录其一二,回思知己之言,是亦蒙之李邕、王翰也。"(《诗话》卷十九"王廷宰")

嘉庆时云间后人汪奏云谓廷宰"东南耆宿,著名鸳水诗社,历官甚浅,恬于进退,盖陶潜、李泌一流人也。其诗不必句比字栉,字字摹杜,而以深醇浑厚之思发其沧桑黍离之感,豪宕感激、浏漓顿挫,即其不著一字处,亦复神出古异,如空潭之泻春,古镜之照神,别有一种苍秀之气,脱然寄诸畦封之外。朱太史锡鬯《静志居诗话》云少时即蒙其拂拭,至以李邕、王翰比先生,其推崇之也至矣……我松自袁海叟以清真古澹之作鼎峙高、刘,怀宗时陈黄门卧子沈博绝丽,蔚为后劲,先生则上翼海叟,下毗大樽,此定论之公言,非乡曲一己之私言也。"(汪奏云《纬萧斋诗存序》,见《纬萧斋存稿》卷首)

唐汝询《酉阳山人编蓬集》《酉阳山人编蓬后集》

唐汝询(1565—1659)字仲言,松江府青浦南桥人,唐汝谔之弟。五岁失明,从父兄习《三百篇》及唐诗。后刻苦自励,旁通经史,时称异人。尝取高棅《唐诗正声》、李攀龙《唐诗选》加以订正,附己意为之笺释,成《唐诗解》五十卷,虽所注多冗芜,不尽得古人之意,然已属难能。现存清康熙四十年(1701)刊本《删订唐诗解》二十四卷。或云万历二十八年(1600)顾正谊刊本《顾氏诗史》十五卷原亦为汝询所撰(《总目》卷九十)。生平见陈衍《唐仲言李公起传》(黄宗羲《明文海》卷四百四)、周亮工《唐仲言传》(张潮《虞初新志》卷十六)、何三畏《云间两异人传》(《间云志略》卷二十四)、《(光绪)重修奉贤县志》卷十一。

《酉阳山人编蓬集》十卷《后集》十五卷,明万历间刻本,国家图书馆、上海图书馆、台北图书馆、日本内阁文库等藏。另台湾傅斯年图书馆藏本据日本内阁文库藏明刻本影印。半页九行,行二十字。四周单栏,版心白口,黑单鱼尾,版心上方镌题名"编蓬集"。《总目》著录,云:"其兄汝谔笃嗜王、李之学,故汝询所作,亦演七子流派。开卷即《拟古》十九首,次以《拟古》百篇、《感怀》四十六首,皆沿袭窠臼,貌似而神非。后集附杂文数十篇。其三五七言、四六八言、一字至十字诸杂体,尤伤纤巧也。"(《总目》卷一百八十)

卷首有《编蓬后集序》,题"万历戊午刘希玄撰";《编蓬后集序》,题"大泌山人李维桢撰";《编蓬集序》,题"兄唐之屏君公父撰,时万历戊戌孟秋日,后学陆齐贤希甫父书";《仲言弟编蓬集后序》,题"时万历戊申如月中浣兄唐汝谔士雅父撰,友弟唐道孚书"。《报唐仲言书》,题"乙巳九月晦日葺斋居士许维新复"。正文卷端题"酉阳山人编蓬集",下镌"云间唐汝询仲言父著,友人张希曾唯卿父校"。《后集》正文前有《编蓬后集序》,题"万历戊午腊月既望长洲刘锡玄于白门之寄根居";《编蓬后集小引》,题"大泌山人李维桢本宁父",其后镌"白下吴天祥刻"。

其名"编蓬",受子夏启发。李维桢《编蓬后集序》云:"编蓬之义,取诸卜子夏。子夏居圣门文学科,而于《诗》尤有深诣。经传所载,若以绘事通礼后,若因《诗》而闻五至、三无、五起,若论乐与音相近而不同,广大精微。至于《诗序》,鼓吹《三百篇》,垂教万世矣。"《编蓬集》卷一至三收五七言古诗一百六十三首,卷四至八收五七言律诗三百四十六首,卷九、十收绝句三百一十九首。《后集》卷一至十一收赋八篇、诸体诗七百八十一首,卷十二至十五收各体文五十馀篇,以书、启居多。

诗作外,唐氏又有《汇编唐诗》十卷,明天启三年(1623)刻本;《唐诗归》,明万历间刻本;《酉阳舌琐》一卷,清张应时《书三味楼丛书》本。盖汝询欲借诗以传、托古以传也。故其兄唐汝谔云:"仲言自髫年失明,无论目不辨鲁鱼,几于生不识天日。家君间咏杜律,俾朝夕自娱,初不问其能解,一日忽出片纸令季弟书之以视余,则彼所自为诗矣。余惊叩其所咏少陵诸什,虽不尽解要目,欣然会心,于是广以风骚,参以陶谢,旁搜开元、大历诸家,徐为口授,遂终日据梧咿嘤不辍,恍若栖神千古,而自忘其盲,久之即寝食都忘,觉魂交梦想之中,无非诗也者。而后骚之幽,陶之澹,谢之英,青莲之豪逸,少陵之雄深,始皆抉扃而窥见其奥。然则仲言故毅其强弩之末,不得一试而反得养其锋颖,以树旗鼓于诗坛,天之夺其明于此者,未必不张其目于彼。丈夫三不朽之谓何,而泯泯竟不得标竖所就,孰与仲多,而仲言果得以文采表见垂千秋名,又何取双眸炯炯而仅博一青衿以老也。且古以盲废而工于诗者,岂必张文昌籍,即卜子夏投老西河之上,而筑壤室、编蓬户,弹琴其中，以影先王之风，时盖亦为夫子受《诗》云。倘诗成而扬扢风雅、六艺无缺，纵传之名山，死且不朽，后世子云求之不难。而仲言辄不自信，谓士不游大人以成名，而老死岩穴，虽摛藻若春华，亦烟消渐灭耳。复衷集唐人诗，广于鳞之选而重加编注，句释字证，非先秦两京六代之语不列于篇，其苦心有足多者。夫仲言恐不能自为诗以传，而又期托古之诗以传，亦可悲矣。"

《酉阳山人编蓬集》又有明万历间刻清乾隆二十四年唐元素重修本，南京图书馆、哥伦比亚大学图书馆、美国普林斯顿大学葛思德东亚图书馆等藏。今《存目丛书》集部第192册内《酉阳山人编蓬集》十卷《后集》十五卷即据南京图书馆藏本影印。乾隆本除上承万历本序言外，另有乾隆二十四年岁次己卯（1759）仲春六世从孙唐元素《重订编蓬集略》跋文，言其重订曰："余六世从祖汝询仲言公与六世祖汝谔士雅公同胞昆仲也。仲言公五岁丧明，而聪明颖慧，实由天授。六世祖殊宠异之，举经史诸子百家靡不口授。仲言公以耳领受，默识不忘，既而融会贯通，出所淹洽者而发为著述，见为咏歌，有《编蓬集》《唐诗解》《唐诗十集》《可赋亭集咏》等书，俱为通人所赏识，当时名公巨卿捐资刊刻。惟是历年既久，简断篇残，迄今惟《唐诗解》尚行世焉。至于《编蓬》，虽有原板，不无损于燥湿虫鱼，先君子文华尧裳公向欲重刊是集，与六世祖《古诗解》《咏物诗选》《四书微言》《毛诗微言》等书并订行世，缘门户多端，未遂厥志。恭逢圣天子于上年戊寅岁特颁功令，乡会试帖，限用五言八韵，当风雅振兴之会，而前人手泽犹自任其泯没弗彰，乌乎可？素于是决意重修，即将《编蓬》原板清查，其中遗失者十之三，破坏者什之八，爰付梓人，缺者补，坏者修，阅三月而工竣。所抱恨者剞劂少资，六世祖《古诗解》等书不获与仲言公《编蓬集》同时刊布，以终先君子遗志，愧矣，罪矣。今兹修理是集，不过就得以勉副者而先略尽表章云尔，其馀未竟之绪，愿以俟之异日。"

唐汝询五岁瞽,其为诗为文皆耳自他人,李维桢记曰:"仲言性慧,五岁两目俱盲,父兄抱膝上授以诗,强记不忘。自《三百篇》、两京、六朝、三唐,无不成诵。已旁通经史,为举子业古文辞,尝解诂唐诗,搜葺众家之长,发前人所未发。而其诗亦益工,有拟古百体,遂臻胜境。今所为《编蓬集》者,诗诸体咸备,凡八百馀篇,成一家言矣……若仲言者,以耳为目,声入心通,矢口而成章,君子之学也。彼离娄见秋毫百步之外,纪昌视虱如车轮,安得生片语而称之,岂不宇宙间绝奇事乎?"

钟惺于此颇为感慨,言唐汝询:"五岁以后所出为诗文,及注古之为诗文者,皆其心所授于其口,其口所授于人之耳与手者之积也。其类既多,其体既备,其立意又皆以该且核为主。"(明崇祯九年刻本《钟伯敬全集》卷三《赠唐仲言序》)钱谦益云:"(仲言)尝过余山中,酒间诵《子虚》《上林》诸赋,杜、白诸长篇,锵金戛玉,琅琅不遗一字。留校杜诗,时有新义。"(《列朝诗集》丁集卷十"唐瞽者汝询")

宋懋澄《九籥集》

宋懋澄(1569—1620)字幼清,号稚源,又作自源,松江府华亭人。举人宋尧俞仲子。年始弱冠,即以诗文名。侠义豪宕,轻财好施。好交游,喜兵法。壮岁北游京师,纳粟入太学,转南雍,数应乡试不举,万历四十年(1612)始领乡荐,后三试南宫,俱不第。天启二年(1622)卒于里,年五十四。著有《九籥集》四十七卷。生平见宋徵舆《先考幼清府君行实》(《林屋诗文稿》文稿卷十)、陈子龙《宋幼清先生传》(《安雅堂稿》卷十三)、吴伟业《宋幼清墓志铭》(《梅村家藏稿》卷四十七)、王士禛《书宋孝廉事》

（《带经堂集》卷八十一）、《（崇祯）松江府志》卷四十二。

《九籥集》四十七卷，明万历四十四年（1616）刻本，上海辞书出版社、中国科学院图书馆藏。内《九籥前集》文十一卷诗八卷、《九籥集》文十卷诗四卷（内有词十二首）、《九籥续集》十卷（内皆文）、《九籥中集》一卷（然无目，仅收《祭冯元成先生文》一篇，似残卷）、《瞻途纪闻》一卷、《九籥后集》二卷（分楚游上、楚游下）。今《四库禁毁书丛刊》集部第177册、《明别集丛刊》第五辑第5册内《九籥集》四十七卷即据明万历刻本影印。板框19.3×14.4厘米。半页十行，行十九字。黑格白口，左右双边，单鱼尾。卷首有李维桢《九籥集序》，继有万历壬子孟秋望日九紫龙会山人谢廷凉《九籥集序》，甄胄钱希言《九籥集叙》。

宋懋澄早年沉溺仙道，诗文亦受熏染。李维桢序云："云间宋幼清集其所为诗若文名之曰'九籥'，取鲍玄晖《升天行》语耳，盖玄晖所言丹经也。丹经始自道家，道家以元始天尊为祖，开劫度人……幼清少慕神仙，多奇遇，往往征于梦寐，而其为诗文亦似之。昔人评诗文者，或曰读书万卷，下笔有神；或曰灵气恍惚而来，不思而至；或曰刘安鸡犬，遗响白云，核其归存，恍无定处；或曰平生十万篇，金薤垂琳琅，仙官敕六丁，雷霆下取将；或曰金茎百尺，仙掌铜盘，沉瀁中天，清寒独矫。幼清所结撰，足当此评矣。"宋懋澄早年对自己诗文颇不满意，其于《九籥集诗序》中云："尝观游于鱼矣，观飞于鸟矣，彼都无所为品格、学问、才情、风韵也，而盘旋回翔，动成文焉。试语以若何而善，虽折其趐尾，岂能从哉？惟人亦然。历三代而国初，家自立户，未始借人门墙也。借之，自嘉隆始，至今日而举世尽新丰矣。近且剿为巫辞箕语、瓶罂之花、虎豹之鞹，以号于众，曰是为至文，岂非诗文之大厄哉？所以滥觞至此者，品格、学问、才情、风韵误之也。余以为饥则思食，寒则求衣，一皆出于自然，令捉笔之时，而有如思食求衣之不得已焉，庶乎亦鸟之飞，鱼之游矣。此吾所以耻吾之诗文，而不忍复作也。耻之而顾梓之，坚吾之不复作也。"其自悔若此。

宋氏又于《九籥集文序》中云："具神仙之才，故降而为词人，稚川、隐居、白叟类也；禀帝王之资，复佻而为文士，魏文、梁武、唐文皇也，是皆有凡骨焉。德乏皋、夔，才非周、傅，而欲致君尧、舜、汤、武者，屈大夫、贾太傅、曹陈思、杜拾遗、李供奉、韩吏部之牢骚也，吾与其进也。其才足以经国，其识足以逃禅，而其俗肠不足与语出世，碌碌不休，苏子瞻也，然而吾见其进也，可以语上者也。余之才无能语下，然计于今，已不作人间想，深心可以奉尘刹矣。回视昔年所为诗文，皆血气之馀耳，岂血气而足语上哉，聊存之以语下而已。嗟乎！虽禀仙才，落笔则俗焰蒸云；虽驭仙禽，对人则尘埃满面。噫，可悲也夫。噫，可悲也夫。"

另有清初刊本《九籥别集》四卷，南京图书馆、中国科学院等藏。今《四库禁毁书丛刊》集部第177册、《续修四库全书》第1374册、《明别集丛刊》第五辑第5册内《九籥别集》四卷即据清初刻本影印。板框19.0×26.8厘米。半页九行，行二十字。黑格白口，左右双边，单鱼尾。内皆文，无诗。目录末附陈子龙《宋幼清先生传》，然集中未见收录。《九籥别集目录》左侧有注："全集卷帙甚富，毁于兵火。今先梓别集行世，全集嗣出。"卷一为"尺牍"，卷二、三、四均为"稗"，观其内容皆小说之丛残小语也。盖因宋懋澄喜藏书，家多畜秘本及名人手钞、旧拓碑刻，与同时王圻、施大经、俞汝楫齐名，称明后期四大藏书家，于学问有近水楼台之便，故其历代经史、诸子百家无不涉猎。斯集内容之涉"丛残小语"，不为无因也。

钱希言于序中赞宋懋澄诗文曰："少于诗好西京乐府、建安父子，文综十三经、汉晋六朝诸史。迨客燕中，则靡籍不窥，而复博探二氏之学，故其为诗若文也，务超诣而耻祖袭，喜鲜腴而厌枯澹，尚瑰异而薄凡庸，大要出以清越之音，振以悠扬之调，含以瑰古之质，命以高华之藻，泳以冲醇之味，畅以芬芳之旨，炼以陆离之辞，御以旷逸之气，写以纤缛之思致，而又发以葳蕤藿蘼之才情。其清越者浮钟沉磬，其悠扬者激吹哀丝，其瑰古者蚀鼎断琴，其高华者空青水碧，其冲醇者霞浆露液，其芬芳者石叶荃芜。饮月承影，不足为其陆离也；翻为奔霄，不足为其旷逸也；冰蚕虫浣，不足为其纤缛也；玉草金苔，不足为其葳蕤而藿蘼也。斯盖奇奇正正，罔言而非入玄；泓泓泠泠，靡曲而弗寡和矣。"

陈子龙于《宋幼清先生传》中赞宋懋澄曰："先生气概俶傥，智略辐辏，公业之流欤！使用于时，功化必盛。遭世承平，贵有常格，无繇自奋，年复不永，惜已。然军兴以来，海内奇气之士莫不扼腕谈先生遗事，想见其为人，亦壮矣哉。"（《安雅堂稿》卷十三）子龙叹赞之情，溢于言表。《（嘉庆）松江府志》谓其"诗文奇矫峻拔，尤工尺牍及稗官家言。"（《松江府志》卷五十五）

王凤娴《焚馀草》

王凤娴（1573—1620）字瑞卿，号文如子，松江府华亭县（今上海金山）人，解元王献吉姊，宜春令张本嘉妻。著有《焚馀草》五卷，今存一卷，辑入《女中七才子兰咳二集》中；《东归纪事》一卷（民国四年铅印本）。另有《翠楼集》《贯珠集》，惜未见传。生平见《（乾隆）江南通志》卷一百七十六。

《明史·艺文志》著录王凤娴《焚馀草》五卷，《千顷堂书目》著录四卷，《历代妇女著作考》载《焚馀草》三卷。今存明周之标《女中七才子兰咳二集》本，不分卷，日本宫内厅书陵部藏。旧藏林家（大学头）。《焚馀草》位于《兰咳二集》卷五，该卷五页著录："女中七才子兰咳二集目次""卷五""王文如《焚馀草》，原刻二百七十五首，今选五十二首；《诗馀》，原刻七首，今选六首。《东归纪事》。附长女张文姝诗，原刻三十二首，今选十四首，名引元。附次女张媚姝诗，原刻二十三首，今选九首，名引庆。《焚馀草序》，王乃钦撰。《焚馀草小序》，王献吉撰。"半页八行，行二十字。四周单边，正文无格。版心镌"兰咳二集""卷五""王文如"。目次页天头有"林氏/藏书"朱方、"书籍/馆印"朱方印，目次页压作者、题名有"日本/政府/图书"朱方印，目次下有"浅草文库"朱长方印。正文内容有圈点，每首诗后有周之标简评。

另有《焚馀草》一卷，清嘉庆间云间张氏书三味楼刻本，张应时辑校，上海图书馆藏。半页十行，行二十一字。左右双边，无格白口，单鱼尾。鱼尾上部镌"焚馀草"，下部镌卷数，版心下方镌页码及"书三味楼"。卷首有王乃钦《焚馀草序》、王献吉《张夫人焚馀草序》及嘉庆十六年春沈玉序。正文题名下镌"华亭王凤娴瑞卿著，同里女士张沈玉洁如梓"。集后注"男进调伯、振屺瞻仲恭校"。内录近体诗十八首，附文《东归纪事》《酣梦由记》二篇，继附其长女张引元（杨安世妻）《挽湛如母舅》《明妃曲》诗二首及次女张引庆《塞上曲》一首。集由嘉庆十六年小春月同邑女士沈玉校阅。沈序云："《焚馀草》诗一卷，《东归纪事》《酣梦游记》各一首，华亭张夫人王凤娴著。夫人为解元献吉女兄，宜春知县本嘉室。一子二女俱能文章。工吟咏，诗存不多，俱非夫人得意之作。题曰《焚馀》，知可存之诗焚者多矣。特以胜国时我乡闺秀著作范夫人《胡绳集》外，见者寥寥，谨校付梓工，以存其人。"

王凤娴弟王献吉序称："孺人归孟端公，孟端有俊才，名噪一时，而贫不能治生，灶突时生寒烟，孺人身自操作，以奉晨昏，凡女红、缉纴、井臼之事，无不工办，而感时遇景，辄与赓唱，四壁书史，宴如也。已孟端成进士，令宜春，报最，封孺人，稍显荣矣。孺人泊然不以动意，暇则拈书课其子女，吟咏自如。亡何，孟端卒于官,孺人茹荼十馀年,卒教子伯元君以明经荐乡书。是时孺人昼则操管钥、课臧获,勤瘁于家政;夜则课伯元君学①,非丙夜不休。然遇其愁苦抑郁,亦间一抒写于诗。俯仰三四十年,荣华雕落,奄忽变迁,触物兴情,惊离吊往,无不于诗焉发之,孺人亦雅不屑意,成辄弃去,所存无几。一日谓不肖曰:'妇道无文,我且付之祖龙。'余曰:'是不然,《诗》三百篇大都出于妇人、女子。《关雎》之求,《卷耳》之思,《螽斯》之祥,《柏舟》之变,删诗者采而辑之,列之《国风》,以为化始。乃孺人自闺阁以淑行著称,鸡鸣相夫,丸熊诲子,一身遍历甘苦,女德、妇道、母仪备于是矣。其柳絮之咏,则蕙兰之茞也;其唱酬之什,则琴瑟之和也;其《悼亡》《示儿》诸篇,则飞霜之操而断机之教也。夫且以为壸史,夫且以为闺范,他日采王风者,将于是乎稽,而岂直为月露风云,与一二闺阁之能言者较其工拙耶?'于是哀而梓之,属不肖弟弁其首。"

凤娴殊有才气,其弟献吉序载"献吉垂髫时,侍我伯父见素翁呫哔之馀,游意声韵之学,辄举余姊张孺人童时一二俊语,啧啧叹赏"(王献吉《张夫人焚余草序》)。其诗作虽少,然颇能见其才华。其《重九夜寄冲若弟》(其二)诗云:"谢筵分袂思依依,两地空劳魂梦飞。何日南园重对晤,寒松石上话元机。"后期诗作则凄切哀婉,《空闺》云:"壁网蛛丝镜网尘,花钿委地不知春。伤心怕见呢喃燕,犹睥雕梁觅主人。"《东归纪事》《酣梦由记》二篇颇能见其状物纪事之情思。

另有《东归纪事》一卷,民国四年(1915)上海国学扶轮社铅印本,国家图书馆、武汉大学图书馆等藏。上海图书馆藏民国抄本《焚馀草》不分卷后附《东归纪事》。

---

① 上海图书馆藏钞本《焚馀草》此处"夜则课伯元君学"为"夜则焚膏火课二子"。

周立勋《符胜堂集》《楚游草》

周立勋（1597—1639）字勒卣，松江府华亭人。县学生，久试不举。崇祯二年（1629）入幾社，与陈子龙、夏允彝、徐孚远、彭宾、杜麟徵合称为"幾社六子"，以古文词相砥砺。立勋负俊才，在社意气落落而人争亲之。后幾社诸先进或中进士，或举于乡，而立勋仍失意于科场，崇祯十二年赴南京乡试，病卒于旅邸，年四十三。生平见张溥《周立勋小传》（民国董氏刊本《幾社集·楚游草》卷首）、《（乾隆）娄县志》卷二十四、《（嘉庆）松江府志》卷五十五、姚宏绪《松风馀韵》卷三十三。

《符胜堂集》五卷

清乾隆十二年（1747）周京刻本。立勋裔孙周京取《壬申合稿》《幾社六子诗》中乃祖之作，辑录、校编而成。半页九行，行十九字。左右双边，黑格，版心黑口，单鱼尾。前有松江黄之隽序、姚希孟《幾社集元序》，杨以任、陈子龙、李雯各撰《幾社六子诗稿元序》，宋存标《楚游草元序》、张溥《壬申文选元序》、杜麟徵序、杨肃序、徐凤彩序及姚宏绪《松风馀韵·小传》。继有"幾社阅文姓氏"。目录前有乾隆十二年仲春立勋裔孙周京题识。内卷一收赋骚五首，卷二收古乐府六十三首，卷三收古诗四十八首，卷四收各近体诗八十六首，卷五收序、论、书、说、铭等文十五篇。

周京识曰："云间幾社之兴，先高祖与陈黄门、夏考功诸先生实为倡首，用名节相砥砺，一时人士翕然从之，若百川之归巨海，鳞介之宗龟龙。迄于今，流风遗韵尚有存者。呜呼，盛矣！山川光气钟为伟人，不世之姿，累累而是，岂沾沾工錾帨以争雄于天下哉？然而根柢盘深，枝叶峻茂，自有不可得而掩者，故其文章之美,照映胜代季年,在前辈宗匠已有定论。平虚检阅鸿篇,不禁三致意焉,况于先高祖之所述造,渊源不远,堂构斯存者邪?先人以来,至京兄弟,搜辑有年,业刺取《幾社壬申合稿》暨《六子诗集》中所载,都为一集,其他见闻所及并录而藏弆之,顾不能多。计当日兴酣墨浓,凌纸怪发,顷刻千言,奇伟秀绝,非常之作,盖不知凡几,而今犹或散在人间,可念也。兹据前后所得共五卷,付梓。其《壬申合稿》《六子诗集》元序遂并刻之,以志崖略,有不容废者。五卷而外,《制义别编》,以次开雕,庶几今古之文稍备。若夫搜辑未全,私心窃有憾焉。博雅名流所在不乏,收拾坠简,以相诏示,匪唯京兄弟之幸也。"

勒卣《咏怀》诗云:"东登泰山巅,累累见城郭。秋风吹平原,牛羊下寒泽。吕尚本阴谋,渔钩竟所托。神明启远疆,后世资经略。遭逢良有时,志士固穷约。飘蓬西南征,浮云散林薄。悲哉大国风,田横不可作。"《伤春》诗云:"平池曲巷古祠东,几树桃花落晚风。明日殷勤樽酒后,春光已过别离中。""白燕坟前载酒过,几人同唱《柳枝歌》。莫愁一夜花如雪,摇落春心自此多。"张受先评曰:"勒卣工愁善恨,下语如九曲明珠,耐人寻索。"(见朱彝尊《诗话》卷二十一)彝尊又云:"崇祯中,勒卣偕陈、夏诸公倡幾社,首事仅六人,以诗古文辞相砥砺,今所传《壬申文选》是已。陈、夏皆以名节著,惟勒卣早夭,闻其遇社中人意态殊落落……时毂城方阁老四长守松江,数与幾社诸子周旋,而尤敬爱勒卣。人或问之,答曰:'勒卣一往有隽气,不屑作酒肉贵人。第其诗文恒以慨叹出之,虑其人不寿耳。'"(《诗话》卷二十一)周立勋卒年四十有三,方氏不幸言中。

《楚游草》一卷

《楚游草》一卷,辑入《幾社集》,有民国二十九年(1940)毗陵董氏刊本,国家图书馆、台湾傅斯年图书馆藏。前有姚希孟序、张溥序及张溥所作小传。内收五言古诗七首、五言律诗十八首、七言律诗九首、五言绝句一首、七言绝句四首。宋存标序《楚游草》序曰："我友勒卣示余《楚游诗》一卷，读之，泂如李翰林所云锵锵振金玉，句句欲飞鸣者也。而悲凉之思，恻怆之调，发源骚雅，具体少陵，绝去唐季诗人衰飒之习，求之近世，殆鲜其伦，其渊源所渐，宏矣，远矣，岂复可以寻常才力几之者哉！夫楚地夙称名胜，春秋以来，古今相距，贤哲之所经营，骏雄之所割据，文人墨客之所徘徊，而眺吟陈迹，宛然可歌可泣。以勒卣通才广度，游历其间，固宜感目伤心，形诸篇翰，而不能自已也。诗不多作，作必可传，即此寥寥数简，足以知勒卣矣。"

释弘坚《怀谢轩遗咏》《渡江草》

释弘坚（1598—1648），又名无寐，俗名沈泓，字临秋，号悔庵，松江府华亭人。崇祯十六年（1643）进士，官刑部主事。国变，自缢未遂，后至浙江东山国庆寺为僧，顺治五年卒。据泓生前好友钱士升序载，泓著除《怀谢轩诗草》一卷外，另有杂文、《东山志略》等，然未见传。生平见钱士升撰《怀谢轩诗草序》及《（嘉庆）松江府志》卷五十五。

《怀谢轩遗咏》一卷，清康熙四十六年（1707）沈业刻本，中国科学院图书馆藏。今《四库禁毁书丛刊补编》第75册内《怀谢轩遗咏》一卷《沈母宋太孺人旌节录》一卷即据清康熙刻本影印。集由泓子沈严、沈廉辑录，山阴王霩、武水钱士升、云间王光承共同删定。卷首有《怀谢轩诗草叙》，题"同里年友钱士升题于放下庵"；王霩序，题"云门同学弟石衲大俍撰，王霩字予安"；李安世序，题"古越年社弟李安世泰若氏题"。正文题名后注"东山释弘坚无寐著（俗姓沈，名泓，字临秋，号悔庵，癸未进士，华亭人），山阴王夐予安氏、武水钱士升御冷氏、云间王光承玠右删定,男严、廉百拜辑"。内收诗一百二十一首。《渡江草》由泓侄沈麟校阅,收诗十二首。后附《乞圣恩暂假葬亲疏》及沈泓自撰《先母宋孺人行略》。由"行略"可知,泓生仅五月,父卒,"母忍死存孤,以一身代父、师之任",且"啮蘖饮冰,匪伊朝夕,以迄于兹"。盖泓泣血书也。

上海图书馆另有抄本《怀谢轩遗咏》一卷附《渡江草》不分卷。前有钱士升序、王夐序、李安世序。民国四年排印本《怀谢轩诗草》一卷,藏华东师大。

"怀谢轩",盖怀晋太傅谢安也。钱士升序有言曰:"悔庵为人柔和醇至,与人处,醉义忘归,一长厚君子也。及至君亲生死之际,胆决气奋,视富贵妻子如浮云,憔悴而死,终不返顾,此非精灵男子与日月争光者耶?当其居东山时,意有所至,触为歌咏。《刘发》一章,感慨深至,以至抚今悼故,思友怀亲,缠绵悱恻之情,直令血殷字里。《小雅》怨诽而不乱,殆近之矣。题曰'怀谢',盖怀谢太傅也。山川留胜迹,我辈复登临,能不悲乎?然太傅当时丝竹陶写,风流映带,而悔庵从寂寞枯澹中寄怀千古之上,今试取公诗于空山哀壑、凄风冷月之下,作羽声奏之,崖石裂、江波立、海鹤怨、岭猿悲,藉令太傅闻之,当亦辍伎罢弦,泣数行下矣。两贤嗣严、廉属余选公诗,并叙而传之。夫公之诗以公传者也,非传公也,余亦叙公所以传诗者而已。若夫杂文遗稿及《东山志略》,余亦有叙,藉以不朽。"

同窗石衲谓弘坚:"居东山寺久,禅观之馀,发为歌咏,遭物悼迁,情见乎词……天怀自放,激越骚楚。顽者读之廉,懦者读之立。吾知千载之下,定与五柳集并传,又何俟扬榷于延年,论定于昭明也?"沈泓好友评其诗曰:"儒中有禅,禅中有儒。"(《怀谢轩诗草》卷首李安世序)

宋存标《思讥室无事书》《秋士偶编》

宋存标(约1601—1666)字子建,松江府华亭人,宋尧武孙。少负异才,为幾社领袖。崇祯十五年(1642)副贡,候补翰林院孔目。明清鼎革,归里隐居。康熙五年(1666)卒。生平以扬挖风雅为事,刻幾社古文为《壬申文选》,著有《秋士史疑》四卷(明崇祯二年君子堂刻本)、《春秋四家》十二卷、《秋士偶编》一卷附《董刘春秋杂论》一卷(明末刻本)、《秋士选诗》、《情种》八卷。见于著录而未传者有《国策本论》十六卷、《翠娱阁集》《棣萼新词》。生平见《(嘉庆)松江府志》卷五十六。

《思讥室无事书》二卷

明末刻本,上海图书馆藏。板框20×12.3厘米。半页八行,行二十字。黑格白口,四周单边,无鱼尾。卷首有社弟夏允彝彝仲甫题之序,继有腊月九日社弟周立勋书于符胜堂之序、同邑社弟徐孚远序、同邑社弟彭宾燕又氏漫题之序、同邑社弟陈子龙卧子题于属玉堂之序及宋存楠序、张炜《宋子建无事书序》。

陈子龙序谓:"子建之为文也,不艰思于己造,役属众家,广缬错著,故未成也陶然而乐,虽杂言群语,零乱融和,而观者忘其所本,如构新倡,故既成也,礼俗哀放之士皆得而称之。夫周秦以来,数千年之间,文章不可胜数,高下互见,百端群分,子建遇无遗美,悉取而代之,而人莫不知为子建之文,此其所难也。"夏允彝序云:"今观子建之于文,恣其所取,诸体具建,取足顷刻,日吐万言不为瘁,虽识览饶乎,亦研虑之所果也。自非通才,鲜或不踬。而子建内无蹙迫,外理伦融,按其成编,浩然文节之自会,若馀勇之可贾。夫寻文摘疵,输攻万端,乐兼综之名,忘专攻之要,即何侍而不恐,且约则纤瘠,赜则默黯,亦论文之大致也。子建能为备而又能为工,丰而不弇,博而有裁。余乌知当代哉,以视余之斤斤,则过之远矣。卧子不知余才之不同量,故不蔽余短而务求全,眉公先生深知子建之才,故乐观其成,以为勤作者劝二者之论,皆古也。即以折衷作者之林,斯其昭昭者欤!"

《秋士偶编》一卷附《董刘春秋杂论》一卷

明末刻本,中国科学院图书馆藏。今《四库禁毁书丛刊》集部第11册内《秋士偶编》即据社科院藏明刻本影印。半页九行,行二十字。四周单边,版心白口,单鱼尾。鱼尾上部镌"秋士偶编"。前有陈继儒叙,题"白石山樵陈继儒题于白燕庵"。正文题名后注"襄西方禹翁师,执友陈眉公先生,同社徐孚远闇公、陈子龙卧子,弟徵璧尚木、徵舆辕文选,华亭宋存标子建著"。正文收赋五首、序六篇、论二十五篇、策五篇、记一篇、书六篇。卷末附《董刘春秋杂论》一卷。题名下镌"□□宋存标子建评辑。襄西方正□□执友陈眉公先生鉴定"。

附录中"董刘",当指董仲舒、刘向。《春秋》古奥,后世多有注本,以明晰字句,阐发精义。宋存标辑《春秋公羊传》《春秋穀梁传》及董仲舒《春秋繁露》、刘向《说苑新序》中之精要为《春秋四家》十二卷。《秋士偶编》后所附《春秋杂论》系董氏、刘氏所纂杂论《春秋》部分。今广东图书馆藏《春秋四家》十二卷《董刘春秋杂论》一卷(《董刘春秋杂论》一卷缺),"襄西方禹翁师鉴定,华亭宋存标子建评辑",正文题名下镌"公穀董刘",即可证也。

宋存标论诗曰:"诗之为道,大雅所寄,当以体格为正。境遇不同,各有体以应之,要不失前人之遗意耳。东京、建安,虽远於古,然犹能仿其制而拟议焉。盖诗之体,至唐而变极也。高适、岑参长于歌行,王维、李颀工于律体,若夫排律则佺期、之问,绝句则青莲、江陵,各极其至,而不能相兼也。兼之者,庶惟工部,慷慨骏发,言之无罪,而闻之足戒,忠爱之意,蔼然可想矣。"(宋存

标《秋士偶编》不分卷内《平露堂诗序》）

陈继儒序赞曰："古文之难工，倍于时文矣。学胜者依律选言则阻势，才淫者纵情曲罔则碍格，两者交讥也。杜子美萃古人之资，而赋自《三大礼》外，少所传著。韩、柳为文特备，而风雅之音亦复刻至，然而工拙殊焉，岂非才有所极，学有所穷，兼擅乃废哉！吾友子建，少而能诗歌，臻研昔奥，吟咏性情，黄钟大吕，铿锽于聋聩矣。又勤心好古，博闻强记。所著《史疑》诸书，才识兼通，匆为一体，根抵济用，卓然不磨，真作者风概也。近复示予《秋士偶编》，受而读之：赞，敦雅精茂，袁、陆之流；表，通秀明研，徐、庚之亚；论，矫核淹纭，凌苏铄欧；辨，奇峭幻折，驱韩驾柳；议也，巉画中篆，形大而声宏；说也，恢恣解颐，本深而末茂；书也，激张浩落，意随文见；记也，突怒幽寻，静与天游；颂也，奇峰挺秀，偃蹇寻云；诗也，新月入怀，翱翔泛瑟。诔重瞳而绛幡泣露，弹画眉而白简飞霜。补封禅之文，长卿失色；发北方之难，曼倩解颐。铁案如山，引经断狱；禅词似海，吹气成仙。序则古宕变幻也，诮则清能卓诡也。策则慷慨谈时，纵横之伟概也；赋则宫商合古，骚选之雄风也。极文苑之能事，合诸家之兼体，蔑以加矣。"

存标少负才名，吴伟业称"子建雅结纳，擅声誉，天才富捷，能为歌诗。胜游广集，名彦毕会，每子建一篇出，无不人人嗟服。"（《梅村家藏稿》卷二十八《宋子建诗序》）。

单恂《枯树斋集》

单恂（1602—1671）字质生，号狷庵，松江府华亭人。少负才名，崇祯十三年（1640）进士，授麻城知县。尝师事陈继儒，与陈继儒、陈子龙等游，曾入几社。明亡，筑白燕园于海叟墓侧，自号

"白燕头陀"。康熙十年（1671）卒。现存《枯树斋诗集》二卷。生平见《（乾隆）华亭县志》卷十四"文苑"。

《传是楼书目》著录单恂《单质生集》六卷，未见传。另邑志载其有《白燕庵集》《竹香庵集》《瓶庵集》《红泪谱》《辽宫词》等，今俱无传本。传者惟《枯树斋集》二卷，明崇祯九年（1636）刻本。《四库全书》未收，《总目》《禁毁书目》等俱未见著录。国家图书馆、台北图书馆藏。今《甲库善本丛书》第908册内《枯树斋集》二卷即据明崇祯九年刻本影印。板框19.9×12.9厘米。半页八行，行十九字。四周单边，无鱼尾。版心上部镌"枯树斋集"，下部镌页码。卷首有《枯树斋诗序》，题"丙子重阳日年家友人董其昌题"；《叙》，题"眉道人陈继儒题于宝文堂"；《叙》，题"丙子阳月既望吉州社弟杨文骢题于鹤巢"；《题枯树斋诗》，题"社弟广育题"。国家图书馆存二卷，正文前有李一氓先生手书题记："庚辰（一六四〇），崇祯十三年进士，是此集刻在举进士之前。前叙称'狷庵先生'，单氏当号'狷庵'，而陈眉公叙又称之'单子莼僧'，是又号'莼僧'。依董序及杨序所跋时间，'丙子'推计当为崇祯九年（一六三六），明末刻本也。单氏华亭人，与董玄宰为同里。崇祯进士，曾仕湖北麻城知县。工词，有集名《竹香庵词》，未见。此诗集当为单刻本，不见各家书目。一氓题记。"

台北图书馆藏本有"国立北平图书馆收藏"朱方印、"摛藻堂藏书印"白方印、"伟伯氏"白方印、"顾氏藏书"朱方印、"休宁汪孝青家藏书籍"朱方印。卷上收诗一百八十二首，卷下收诗一百八十六首。

杨文骢序论《枯树斋集》之"枯"云："《枯树斋诗》者，质生社兄乙丙所为诗也。已雕已琢，复还于朴，绚烂之极，乃造平淡，此枯之义也。质生闭门吮毫，江花入梦，日弄柔翰而颖枯；磨铅穴泓，隃糜如屑，呵水旋渴而砚枯；耽思觅句，偏精独诣，锤炼推敲而髯枯。秾叶摇落，古干苍然，与诗卷吟囊相对，而枯树槁木其心，澄澹其骨，于天下事何所不办？如范希文从长白山中以䊆粟自□清苦，正此枯寂之致。质生意乃同甘，一无别嗜，而纬世经业，岂止可为诗学士者，故诗道日微，而诗名日著。"

陈继儒称单恂："君未冠，文章敏妙。退而为诗歌、小令，芊绵香艳，情痴者读之，几不能自持，而君介立不随人异同，英藻新声，绎络奔会而未尝拈片语呈似客，客有招之入社者，但谢曰生平于此道未闲，而不知其久已称词场老将矣。夫鲁男子不愿学柳下惠，而英雄如桓大司马乃喜类刘琨；李将军之箭饮羽没镞，而惜之者曰胡不同众人射虎而乃射石。人之识度异同，岂有涯量哉？糁饵钓鱼，不能钓龙；磁石引铁，不能引金。卓识如单子，非悠悠者可得而相也。风华详整，时然后言。平淡极而烜烂生，深拔久而鸿丽出。自咏自歌，自怡自悦。余得其诗于纨扇锦笺之上，玩味不忍释，往往心许而心师之。自是身名俱泰人，而君实不以蜉蝣之誉为重轻，类于学道而有得者，宁金马秘书已乎……君字质生，而今更曰'蕈僧'，其冷淡可知也。情性冷淡，则诗品安得不高？吾谓士可以名天下，而性不好名者，独蕈僧一人，良非虚语。"

广育《题枯树斋诗》赞单氏曰："狷庵先生读天下未有书，欲办天下所有事，道周性全，身口合度，日惟塞门牡厉风格，海内知名，不轻宾接。顾独善余，获借云霞之契，吐发流美，韶润动人，余久心折，不敢称诗。新什则骚、选、曹、刘，以逮开元、大历，振灌高华，雅归庞浑，茹乾坤之秀色，苞鸿濛之神韫。中原大旆，作者如林，追锋莫及。而先生不出户庭，驱役千古，坐制坛盟，窈如森如，莫窥其际，若俯巨壑、仰层岩，跻涉无从，余益不敢称诗。顾诗亦无足尽先生者，天生异才，携来仙骨，青虹翠螭动摇纸墨间，亦馀事耳。经纬筹策，胸笥腹贮，口画心谋，皆用世行志之略，非第攻呻吾、雕琼藻，雍雍自都而已。赋成入对，行当以天禄钜公著作承明,犹若木之华,其光四照,疑从枯树斋冷澹中来矣。"

朱彝尊《静志居诗话》录其所作《桃花引》《春雨》《有赠》诸绝,均不见此集中,而此编所收亦不见于《明诗综》所引,则此书之罕见可知矣。彝尊赞曰:"质生力扫陈言,浓而不腻。"(《诗话》卷十九)清末陈田亦云:"云间幾社诗派,竞尚秾丽。质生才华跌宕,可与三子(陈子龙、宋徵舆、李雯——作者注)分席。"(《明诗纪事》辛签卷二十一)清金堡《遍行堂续集》卷四《单质生诗序》称单恂"天才本自超逸,遭国大变,感愤既深,沈郁顿挫之风更与笔涛墨海相激荡,宜其赋咏之益工"。

章简《视夜楼近草》

章简(?—1645)字次弓,一作次公,号坤能,宪文孙。松江府华亭人。明末与弟章旷以文章、气谊名于乡。天启四年(1624)举人,崇祯十四年(1641)知罗源,罢归,复授广东博罗知县,未赴。清兵南下,与李待问、陈子龙率兵守松江,城陷,不屈死。隆武中赠礼部郎中。生平见屈大均《皇明四朝成仁录》卷六、凌雪《南天痕》卷十七、王夫之《永历实录》卷七、《(光绪)重修华亭县志》卷十五。

《视夜楼近草》三卷,明刊本,日本内阁文库藏。台湾傅斯年图书馆藏本据内阁文库藏明刻本影印。一册。板框18×25厘米。半页八行,行十八字。有格无栏,四周双边。集虽三卷,然卷次颇不规则。卷之一为赋,卷首有明蒋德璟《读次弓诸赋》、古华王锡衮序、李建泰《评次弓惜赋》。正文题名"章次弓视夜楼赋草",题名后镌"华亭章简次弓父著"。总收《离思赋》(有序)、《蛩蛩駏驉赋》(有序)、《游黄龙洞赋》(有序)、《闵幽赋》(为宋五湖先生作)、《惜赋》(有序)五篇。赋后两卷为诗,卷上收诗七十首、卷下收诗四十五首。正文题名为"章次弓视夜楼诗草"。

蒋德璟《读次弓诸赋》:"赋自宋玉、荀卿后,一变为相如、子云,学步者袭其字句,气格顿弱,若《三都》其最下也。小赋喜言文通,流丽可爱,余少时尝仿之。又选自宋、荀以下可百家,要之总不能似相如云。读赋千则能赋,看剑千则晓剑。想汉以前赋家尚多,今不传耳。次弓原本屈左徒,几入宋、荀之室,间为文通游戏,得赋三昧,吾拜下风矣。"李建泰《评次弓惜赋》:"杨子云称诗人之赋丽以则,辞人之赋丽以淫,比于中正之雅不逮。若次弓规讽有旨,比兴有义,如景山之墨,物见其情,雍门之丝,人移其性,可以轶古,可以维今。大雅不亡,其不得不以此事推吾次弓。"

王锡衮序章简赋曰:"四座未喧,有出此赋于坐者,蜡光初灼,未及展视。客问:'大旨云何?'予曰:'惜烛。'客曰:'羲辔乍顿,庭馀夜色,碧天秋水,中轮有月。彼爝荧荧,光则几何,其惜之深也?'予曰:'郢人有致书燕相者,误书举烛。燕相见之,曰举烛者向明也,向明者举贤,而用之,国以大治。是故烛同也,或通于国,或阅于堂。若夫白莲千朵,空燃夜光;按剑无明,投室长暗。烛与人相对于绮寮,漏尽之馀,至于心已灰而泪不干。'于是从而歌之。歌曰蜡烛烧残三十条,良可惜也。继而发其赋,徘徊今古,大都此意云。"

王锡衮《章次弓诗序》曰:"次弓幼负逸才,沉酣六籍,抱玉芳于幽谷,怀瑟瓒于短褐,足之所历,目之所遇,辄托咏歌,要以倾吐郁结,发舒慧灵。其逸响潜光,若潭月夜钟,触波委以参差,度风飙以铿鎗,不必驰骋都护之门,排登右军之室,而后乃可榷四韵,扬八风也。"李建泰《序章次弓诗稿》亦云:"今人论诗曰某似武德,某似贞观,某似开元、大历。夫诗以言志也,舍己性情,从人趋步,即我肖古人,亦仅古人,于我何有?次弓之为诗也,才逸韵远，萧然自得，出没二《雅》，揽溯八风。或间拟子美，散步乐天，又皆自命作者之意，不恨我无二王法，终恨二王无我法。若乃感时慨事，寓物留吟，倒侧皆峰，纵横成阵，所谓黄支万里，终带馀狂，宝干千寻，总观耀质者也。奚必分隋唐之旧襦为卧具，攘梁宋之敝塵曰谈珠哉！"

陈子龙 《安雅堂稿》《湘真阁稿》《陈大樽先生诗文全集》《陈忠裕公集》《陈忠裕公全集》《陈黄门诗》

陈子龙（1608—1647）初名介，字人中、懋中、卧子，号大樽、海士等。松江府青浦人。天启六年补松江府学生员。崇祯二年（1629）幾社立，为"幾社六子"之一（余五人为周立勋、徐孚远、彭宾、杜麟徵、夏允彝），中子龙年最少。后入社之人激增，子龙以才干领袖群伦。崇祯十年（1637）与夏允彝同中进士，值继母亡，归家治丧。十三年服阕，出为绍兴司理，寻兼摄诸暨知县。明亡，联络各地抗清义军反清复明。清顺治四年（1647）四月，清松江提督吴胜兆密谋起兵反清事泄，子龙在吴县潭山被捕，解送南京，五月十三日途经松江跨塘桥，投水死，年仅四十。次日门生王沄等在毛竹港寻得遗体，具棺埋葬。乾隆四十一年赐谥忠裕。生平见陈子龙《陈公自述年谱》（嘉庆七年刻本《陈忠裕公集》）、宋徵舆《於陵孟公传》（《林屋文稿》卷八）、张廷玉等《明史》卷二百七十七、《（乾隆）华亭县志》卷十三"忠孝"。

《安雅堂稿》十八卷

明末刻本，国家图书馆藏。《四库全书》未收，《总目》《禁毁书目》等未见著录。今《续修四库全书》第1387—1388册、《甲库善本丛书》第905册内《安雅堂稿》十八卷即据明末刻本影印。黑格白口，四周单边，无鱼尾。半页九行，行二十字。无序无跋。中有佚名点评。卷一为赋、颂，卷二至七为序，卷八为记、纪事、表、启、论，卷九至十二为策，卷十三为传，卷十四为行状、文、赞，卷十五为箴、疏、碑、墓表，卷十六为志铭、诔、祭文，卷十七、十八为尺牍。总收各体文近二百五十篇。上海图书馆有抄本《安雅堂稿》十八卷，存卷一至卷十六。

另有《安雅堂稿》十五卷，清宣统元年（1909）时中书局铅印本，六册。前有光绪戊申七月高燮《陈卧子先生安雅堂稿序》、高均摹"陈卧子先生遗像"、高燮撰"像赞"。高序记《安雅堂稿》搜辑、刊刻曰："昔在嘉庆癸亥，青浦王少司寇昶及同郡人士搜辑公诗文，都为三十卷，刻于青浦何氏，为《陈忠裕公全集》，其稿盖多得诸公五世外孙我邑王君锡瓒所藏云（按锡瓒为公高弟王胜时沄之裔孙）。而公《安雅堂稿》其名见于姚太史宏绪《松风馀韵》，是时书已失传，遍搜不得，及梓事既竣，而我邑徐香沙祖鎏复访得此稿，以遗何氏，因卷帙繁多，未能即时增入。至光绪戊己年间，华亭闵颐生先生借此稿而手钞之，复增辑《论史》一卷，校雠已定，将授剞劂，卒卒尚未遂也。未几而先生殁，哲嗣瑞芝我友以此书寄存于国学保存会者数年。今年春，瑞芝谋竟先志，复将集赀付印，嘱为叙其颠末。于是乃与瑞芝及家兄望之三人分任校点，毕而为之序……胜朝之末，人才最盛，即以吾郡而论，若公、若夏考公父子其人者，皆豪杰之士，间世不一睹者也，然皆以身殉国，徒以节著。倘所谓天命者，非耶？夫文章者，精神之所寄有也，数公之文章犹存，则虽谓数公之精神至今存可也。然以数公之文章，当时声誉倾一世，而亡国以后，人多忌讳，遂致散佚，可叹也。及时阅百馀年而始有公全集之刻，又百年而公《安雅堂稿》亦以出世，而吾友吴江陈君去病、柳君亚庐近亦闻将印夏考公父子合集之举。以数公之精神灵爽，其书历数百年而未大显，一旦得并印以行世，喜可知矣。而吾尤窃幸公之文章久散未聚，而两得于吾邑人之所藏，诚吾邑之光荣也。"

宣统本在明末刻本基础上，由十八卷缩编为十五卷。其卷一至卷五为序，卷六为记、纪事、表、启，卷七为论，卷八、卷九为策问（此卷抽毁三篇），卷十、卷十一为传、行状、文、赞，卷十二为箴、疏、碑文、墓表、志铭，卷十三、卷十四为诔、祭文、书后、书牍，卷十五为"论史"，注曰："此卷《安雅堂》原本所无，另辑补入。"总目后附宣统元年九月闵璘题识，曰："曩者，先君借钞《安雅堂文稿》讫，又搜集《史论》一卷，曰：'此文章之关系世道者，唐宋以还所仅见，积晦二百数十年迄未表彰，庸非后学者之责乎？'集赀有成，议将授梓人，先君遽辞世，遂不果行。阅五载，余商于金山高孝廉望之昆仲，谓此举不可缓也，姚子凤石怂恿尤力，余遂付印。凤石尝学于余，年少而志学甚笃，与之谈表彰乡邦文献，辄义形于色，近世岂多得哉！书既印成，乃志其缘起。"

子龙以为为诗有"五难"："予幼而好诗，颇有张率限日之僻，于今十馀年矣，始未尝不见其甚易，而后未尝不见其甚难也。乐府谣诵，调古而旨近，似其音节，侧笔可追，然而太文则弱，太率则俗，太达则肤，太坚则讹，太合则袭，太离则野。此一难也。五言古诗，苏、李而下，潘、陆而上，意存温厚，辞本婉淡，声调上口，便欲揣摹，然集彼尝谈，侈为新制，宛然成章，实见少味。至于宗六季者，多组已谢之华；法盛唐者，每溢格外之语。此一难也。七言古诗，初唐四家极为靡沓，元和而后，亦无足观。所可法者，少陵之雄健低昂，供奉之轻扬飘举，李颀之隽逸婉变。然学甫者近拙，学白者近俗，学颀者近弱，要之体兼《风》《雅》，意主深劲，是为工耳。此一难也。五七言律，用意贵隐约而每至露直，使事欲新变而每至陈显。轻与重必均，而殊少合作；雄与逸并美，而未见兼能。此一难也。五七言绝句，盛唐之妙在于无意可寻而风旨深永，中晚主于警快，亦自斐然。今之法开元者，取谐声貌而无动人之情;学西昆者,颇涉议论,有好尽之累,去宋人一间耳。此一难也。今人但取给便,未尝深求,故自荐绅以至负贩,莫不洋洋授辞。予向不解事,朝歌夕吟,便已自置上坐,研精以来,益自愧不如古人远也。"(明末刻本《安雅堂稿》卷三《六子诗稿序》)

《湘真阁稿》六卷

明末刻本,南京图书馆藏。《总目》未见著录。《续修四库全书》第1388册内《湘真阁稿》六卷据南京图书馆藏本影印。原书板框18×27.8厘米。半页九行,行十八字。黑格白口,四周单边,无鱼尾。版心镌"湘真阁稿卷之几"。正文题名后镌"华亭陈子龙懋中著"。卷一收赋七首,卷二收风雅体诗七首、新乐府诗四首、五古诗四十五首,卷三收七古诗十九首,卷四收五律诗五十八首,卷五、六收七律诗一百三首、绝句四十九首。前有李雯《湘真阁稿序》。

李雯序云:"李子、宋子、陈子相聚于逆旅之舍,相得而征诗。李子曰:'凡诗之情,和厚而浑深,悲离而近真,留连于物而无黩餍之心,毋苟为逞极而失其平。道之以观其通也,湫之郁之以鸣其不得已也,隐之以观其思也,约之以示其不淫也。故审情之作,十不失四五焉。'宋子曰:'凡诗之气,桀立而负雄者高,体实而屡变者长,滔溔而善制者胜。体有时而激,有时而夷;节有时而疾,有时而纾;材有时而蓄,有时而驰。高山极之,尨岊乎其有望也;深渊停之,而不可遏竭也。故审气之作十不失三四焉。'陈子曰:'凡诗之声发于内心,流寓乎物变,殽杂乎山川。是以明堂清庙,取其和以平也;故国故都,取其感以思也;边风朔雪,取其壮以悲也;劳人思妇,取其幽以怨也。纯大,则皆鼓与角也;纯细,则皆丝与竹也;纯浮,则韦缦而不震也;纯切,则弦绝而不醇也。故审声之作十不失一二焉。'三子之所以言诗者,备矣。然而二子有其意而未得既其才,故望而未入;陈子既其才而又专其学,故入而遂优。

是编也成，乃白云之后劲，而宛委之前矛也。"

《陈大樽先生诗文全集》十八卷

清康熙间延清阁刻本。半页十行，行二十一字。黑格白口，左右双边，单鱼尾。无序无跋。虽曰"诗文全集"，然全集仅收诗（且卷十五至十七阙），无文。由"里中后学吴光裕搜辑"。内赋十二首、古乐府一百五十六首、新乐府八十八首、古诗一百七首、律诗三百三十五首、绝句九十三首。

《陈忠裕公集》十五卷首一卷

清嘉庆七年（1802）授经堂刻本。半页十行，行二十一字。黑格白口，左右双边，单鱼尾。无序无跋。题名《陈卧子先生诗文全集》，集经"王述庵先生鉴定"。卷首依次有《御制专谥忠裕文》《钦定明史列传》《钦定胜朝殉节诸臣录·陈小龙》、陈忠裕公像、《皇清赐谥忠裕明兵科给事中大樽陈公自述年谱》。内卷一、二收赋十八首、骚三首，卷三、四收风雅体四首、琴操一首、四言诗三首、古乐府二百四十五首、新乐府五首，卷五至八收五言古诗三百八十五首，卷九至十收五言律诗三百四十九首，卷十一、卷十二收七言律诗三百四十七首，卷十三收绝句二百二十三首，卷十四、十五为序、论、表、启、说、墓表等各体文。

《陈忠裕公全集》三十卷卷首一卷年谱三卷卷末一卷

清嘉庆八年（1803）簳山草堂刻本，国家图书馆、南京图书馆、辽宁图书馆、天津图书馆及北京大学图书馆、复旦大学图书馆、上海师大等图书馆藏。清王昶辑，王鸿遠、庄师洛、赵汝霖、何其伟编订。牌记页镌"陈忠裕公全集，嘉庆八年簳山草堂锓板"。卷首有《钦定胜朝殉节诸臣录·御制诗（有序）》（乾隆四十一年颁行）、《御制专谥忠裕文》、《明史》本传、"祠墓"、各集原序（夏允彝、周立勋、彭宾《岳起堂稿序》，姚希孟、杜麟徵、张溥、徐凤彩、杨肃《壬申文选序》，周立勋、夏允彝、徐孚远、宋存楠、顾开雍《陈李倡和序》，李雯《属玉堂集序》，宋徵璧《平露堂集序》，周立勋、李雯、彭宾《白云草序》，徐世祯《西戍遗草序》[即《焚馀草序》]，李雯《湘真阁稿序》[此篇于甲子春补入]），王昶《陈忠裕公全集序》，庄师洛跋、何其伟序、凡例、像赞，其后为年谱三卷，年谱后附王沄撰《三世苦节传》、《越游记》及"轶事"，后有顾元龙跋、何其伟跋、何长治跋。

嘉庆八年本由王昶等士人辑补而成。凡例言曰："公遗稿各种散见，向未汇刊成集，是以流传绝少。谨竭累年之力搜罗放逸，虽于公著作犹未全备，而上谕所云为明季丧乱所关，足资考镜者，是集或亦其百中之一。"《（光绪）青浦县志》云："《陈忠裕公全集》三十卷，年谱三卷，又首末二卷。王昶辑，庄师洛、赵汝霖、王鸿逵编注，何其伟校梓。旧有《岳起堂稿》《采山堂稿》《幾社稿》《壬申陈李倡和集》《属玉堂集》《平露堂集》《白云草》《湘阁稿》《焚馀草》数种。凡例云：全集暨行分体而仍标原集名，以存旧。"（《（光绪）青浦县志》卷二十七）内卷一、二收赋二十首、骚三首，卷三至五收风雅体四首、琴操一首、四言诗三首、古乐府三百一十二首、新乐府五首，补遗二首，卷六至十二收古诗四百二十八首、联句一首，卷十三至十九收律诗绝句等近体诗一千三十八首，卷二十收诗馀七十九首，附词馀，卷二十一至三十为各体文，卷末附"诸家评论""投赠诗""哀悼诗""后跋""参校姓氏"。

王昶序兹集之搜讨付梓曰："吾乡陈忠裕公以文章、节义称于胜国之季，位虽不显，而声誉布于天下。当时所刻诗文共有六种，其馀见之《壬申文选》《陈李倡和》《三子新诗》《二十四家诗选》，盖未尝有全集也。及公湛渊抱石，黍离麦秀之歌，往往为人讳匿。乾隆丁卯、戊辰间，娄县吴君光裕零星掇拾，或得之江湖书贾，或得之旧家僧舍，丛残缺轶，以致章亡其句，句亡其字，字失偏旁点画，积有多篇，授之剞劂。未几，吴君客死，板亦散失。故四库全书馆之开，有司访求甚殷，而卒莫能得其全，上之史馆，此天下所共惜者也。嗣宝应王君希伊来为我邑教谕，重公节义，而笃嗜其文章，与同学庄君师洛、赵君汝霖、吾宗鸿逵搜罗采访，互相讨论，先将公自述年谱锓板行世，又于公诗中所载时地及交游事迹辑而注之。时予方以江西按察使居忧在家，教谕与诸君常过从商榷，予亦助其搜采。然终惜其集之未全，而所注之未广，存之箧中，迄今又二十年矣。教谕下世既久，庄君等及何子其伟近搜得公遗文，并公弟子王胜时（沄）所撰续年谱，亟为补入。而辗转藏弆，复恐有鼠啮蠹伤之患，因出而重加考订，分为正续年谱三卷，赋二卷，诗十七卷，词一卷，文十卷，又以前注未详，复博采群书，汇而增注，尚有不可考者，姑俟将来，而公集已粲然可观。于是，何子取以付梓，乞予文为序。予先为嘉禾朱教谕彭刻公集，已叙其大概，而公《岳起堂》《采山堂》诸刻本有序文，今皆搜录，共得十八篇，俱刻而置之卷首，无庸复序。惟是诸君之前后编辑既勤且久，不可没也，因详悉而书之。至公后嗣五传而绝，先是胜时之曾孙某娶于陈，为公之元孙女，生锡瓒，盖公五世外孙也。故教谕王君因公墓无人供祭扫，援巡抚徐嗣曾之例，牒县以锡瓒次子后昆为公后，守其祭祀，详见公墓田碑记，以是公之遗稿多得诸锡瓒所藏云。"

于该集之搜辑、校录及付梓，庄师洛《陈忠裕公全集跋》亦言之甚详："予少时于书肆中购得《云间三子诗集》，读而爱之，而于忠裕诗尤至，遂留意搜求，遇有忠裕著作，手为钞录，然卒未睹其全也。乾隆壬寅岁，授经于藻溪王氏，适金山王君锡瓒亦馆其地，知其为胜时先生裔孙、忠裕元孙女之子，因叩以忠裕遗集，得其家藏数种，内有《忠裕自述年谱》一卷，因与王云庄鸿逵昆季按谱之年月，以考诗中时事，与《明史》所载悉合，真诗史也！时少司寇述庵先生读礼家居，方辑忠裕诗文，而以吴公光裕刊本付云庄校录，其舅氏赵平庵汝霖为予旧交，亦时至其家，共相考订，历四寒暑，汇成全集。而予又馆青浦丘氏，以其集呈学博宝应王师希伊，师夙重公节义文章，为先刊《年谱》行世，予与平庵亦窃有商榷。及王师归里，而予客鄣山何氏，此集之庋阁者十五六年。去冬，述庵少寇属云庄重为校录，将授剞劂。因方刻《金石萃编》《湖海诗传》诸书，卒卒未暇。予因请于主人何淡安世仁，主人欣然许诺，令其长嗣其伟校雠付梓，而何生平日亦笃嗜公诗文者，遂踊跃从事。七阅月而竣工，予喜是集之得成，爰备述其颠末以识。"

嘉庆间松江后人顾元龙于《陈忠裕公全集》之合璧亦有助益："龙五世祖文所公好吟咏，与幾社诸前辈相倡和，而于陈忠裕交尤笃，后殉国难，忠裕哭以诗。既高祖退庵公手辑《忠裕集》藏诸家。乾隆辛卯，龙应试北闱，渡河舟溺，此集携在行箧，亦遂失去。归，复搜罗散佚，仅得十之六七，录而存之。近以王述庵少司寇辑《忠裕全集》，而门下士何君韦人力任剞劂，同事者为庄君莼川、赵君惠苍、王君用仪，皆龙戚友，知其搜访甚殷，爰出所藏以补未备者三十馀首，窃幸龙之负罪于先人者，或可藉此稍释矣。"

另有清道光戊申（1848）泾县潘氏袁江节署刊、同治丙寅（1866）新建吴坤修皖江印本，藏清华大学图书馆、吉林大学图书馆及台北图书馆。

《陈黄门诗》不分卷

清康熙二十八年（1689）《黎照楼明二十四家诗定》本，台北图书馆藏。集乃《黎照楼明二十四家诗定》中二十四家之一，由婺江黄昌衢选，兄元治参，兄鸿猷订，弟昌侃、昌俨、昌侨同校。半页十行，行十九字。四周单边，版心黑口。黑双鱼尾。版心中镌"明二十四家"。正文题"黎照楼明二十四家诗定卷二十四"。首有黄昌衢序。正文题名后有陈子龙小传："子龙字卧子，号大樽，松江人。崇祯丁丑进士，官至兵科给事中。"前有黄昌衢序。内收乐府二十首、五言古诗十四首、七言古诗十六首、五言律诗四十九首、七言律诗三十四首、五言排律一首、七言绝句十首。总收诗一百四十四首。

黄昌衢以为此集乃陈子龙未刻诗,序曰:"明诗之颓靡莫振,在万历末为尤甚。大樽一奋起江左,宇内晓然,群奉黄门诗派,历数十年,流风幸犹未坠也。余近为定其集,前集已刻者得十之六,后集未刻者得十之四。嗟乎,大樽天地精英之气结辖郁勃,以发为声律,光芒腾上,干星辰而沸江海,展读一过,才情涌溢。前集至矣,而后集尤有必不可沉毁、废缺者。昔嵇中散叹恨《广陵散》之绝传,殁后有人造鲍靓,入室闻琴声,以叩之靓,靓曰:嵇中散固在此间也。今读大樽未刻诗者,当如闻中散琴。"

子龙诗才卓荦,早期继承"七子"传统,国破后感慨时事,悲愤苍凉,诗风大变,有明诗殿军之誉。其论明季诗风云:"万历之季,士大夫偷安逸乐,百事堕坏①。而文人墨客所为诗歌,非祖述长庆,以绳枢瓮牖之谈为清真,则学步香奁,以残膏剩粉之资为芳泽,是举天下之人,非迂朴如老儒,则妩媚若妇人也。是以士气日靡,士志日陋,而文武之业不显。贵乡钟、谭两君者,少知扫除,极意空淡,似乎前二者之失可少去矣。然举古人所为温厚之旨,高亮之格,虚响沈实之工,珠联璧合之体,感时托讽之心,援古证今之法,皆弃不道,而又高自标置,以致海内不学之小生,游光之缁素,侈然皆自以为能诗。何则?彼所为诗,意既无本,辞又鲜据,可不学而然也。夫居荐绅之位,而为乡鄙之音,立昌明之朝,而作衰飒之语,此《洪范》所为言之不从,而可为世运大忧者也。"(《安雅堂稿》卷十八《答胡学博》)

吴伟业谓陈子龙:"负旷世逸才,年二十与临川艾千子论文,不合,面斥之。其四六跨徐、庾,论策视二苏。诗特高华雄浑,睥

---

① 该"坏"字,明刻本为"怀",清宣统元年铅印本为"坏"。今据上下文义,取"坏"。

睨一世。好推崇右丞，后又摹拟太白，而于少陵微有异同，要亦倔强语，非由中也。初与夏考功瑗公、周文学勒卣、徐孝廉闇公同起，而李舒章特以诗故雁行，号陈、李诗，继得辕文，又号三子诗，然皆不及。当是时，幾社名闻天下，卧子眼光奕奕，意气笼罩千人，见者莫不辟易。登临赠答，淋漓慷慨，虽百世后犹想见其人也。"（娄东杂著本《梅村诗话》"陈子龙"条）清朱彝尊论明末文坛之乱象曰："王、李教衰，公安之派浸广，竟陵之焰顿兴，一时好异者诗张为幻。关中文太青倡坚伪离奇之言，致删改《三百篇》之章句；山阴王季重寄谑浪笑傲之体，几不免绿衣苍鹊之仪容……卧子张以太阴之弓，射以枉矢，腰鼓百面，破尽苍蝇、蟋蟀之声，其功不可泯也。"（《诗话》卷二十一"陈子龙"）清末陈田评曰："忠裕虽续何、李、李、王之绪，自为一格，有齐、梁之丽藻，兼盛唐之格调。早岁少过浮艳，中年骨干老成。殿残明一代诗，当首屈一指。"（《明诗纪事》辛签卷一"陈子龙"）

附：《云间三子新诗合稿》九卷，陈子龙、李雯、宋徵舆撰

崇祯间刻本，三册，国家图书馆等藏。四周单边，白口，单鱼尾。半页九行，行十八字。无序无跋。正文题名下注"李雯舒章、陈子龙卧子、宋徵舆辕文同撰，门人夏完淳存古编录"。有清初刻本，四册，上海图书馆、南京图书馆藏。另有民国初峭帆楼刻本。台湾新文丰公司《丛书集成三编》第35册内《云间三子新诗合稿》九卷即据峭帆楼刻本影印。民初刻本前有王培孙序，以为"三子诗之刻，当在乙丙之际"。乙丙之际，即崇祯八年（1635）、九年之间。王序曰："清嘉庆时，娄县庄公师洛编刻陈忠裕公集，跋言少时于书肆购得云间三子诗，读而爱之，而于忠裕诗尤至，遂留意搜求忠裕著作云。三子者，陈忠裕外，李舒章雯、宋辕文徵舆也。"内卷一至四收古体诗共二百四十四首，其中陈子龙六十二首，李雯九十九首，宋徵舆八十三首；卷五至九近体诗共五百五十六首，其中陈子龙一百八十六首，李雯二百三首，宋徵舆一百六十七首。

《幽兰草》三卷，陈子龙、李雯、宋徵舆撰

明崇祯间刻本，上海图书馆藏。板框 19.8×13.8 厘米。半页九行，行十八字。四周双边，版心白口，无鱼尾。前有陈子龙撰《幽兰草题词》。卷上收李雯词四十三首，卷中收陈子龙词五十五首，卷下收宋徵舆词四十八首。今《中华再造善本·明代编》集部第八册内《幽兰草》即据明崇祯刻本影印。陈子龙论明词之概云："明兴以来，才人辈出。文宗两汉，诗俪开元。独斯小道，有惭宋辙。其最著者为青田、新都、娄江，然诚意音体俱合，实无惊魂动魄之处；用修以学问为巧便，如明眸玉屑，纤眉积黛，只为累耳；元美取境似酌苏柳间，然如凤凰桥下语，未免时堕吴歌。此非才之不逮也。巨手鸿笔，既不经意；荒才荡色，时窃滥觞。且南北九宫既盛，而绮袖红牙不复按度，其用既少，作者自希，宜其鲜工也。吾友李子、宋子，当今文章之雄也，又以妙有才情，性通宫徵，时屈其班、张宏博之姿，枚、苏大雅之致，作为小词，以当博弈。余以暇日，每怀见猎之心，偶有属和。宋子汇而梓之，曰《幽兰草》。今观李子之词丽而逸，可以昆季景、煜，娣姒清照；宋子之词俊以婉，淮海、屯田，肩随而已。要而论之，本朝所未有也。"

《皇明诗选》十三卷，陈子龙等辑

明崇祯十六年（1643）平露堂刻本。集由李雯、陈子龙、宋徵舆同选。首有陈子龙序、李雯序、宋徵舆序。今《四库禁毁书丛刊补编》集部第 55 册内《皇明诗选》十三卷即据北京大学图书馆藏崇祯十六年刻本影印。内收松江诗人如下：袁凯古乐府一首、五古二首、五律一首、七绝四首，冯时可古乐府一首、五古二首、五律一首，陆深五古三首、五律二首、七律一首，宋懋澄五古一首、五律一首，徐阶五律二首，沈恺五律一首，陈继儒五律二首，董其昌五律三首、七律一首，莫如忠七律一首，莫云卿七律一首，张之象七律一首，董良史七绝一首。

子龙选诗意在救弊，其《皇明诗选序》云："近世以来，浅陋靡薄，浸淫于衰乱矣。子龙不敏，悼元音之寂寥，仰先民之忠厚，与同郡李子、宋子网罗百家，衡量古昔，攘其芜秽，存其菁英。一篇之收，互为讽咏；一韵之疑，共相推论。揽其色矣，必准绳以观其体；符其格矣，必吟诵以求其音；协其调矣，必渊思以研其旨。大较去淫滥而归雅正，以合于古者九德六诗之旨。于是郊庙之诗肃以雍，朝廷之诗宏以亮，赠答之诗温以远，山薮之诗深以邃，刺讥之诗微以显，哀悼之诗怆以深。使闻其音而知其德和，省其词而知其志懿。洋洋乎，有明之盛风，俪于周汉矣。子龙曰：我于是而知《诗》之为经也，诗繇人心生也，发于哀乐而止于礼义，故王者以观风俗，知得失，自考正也。世之盛也，君子忠爱以事上，敦厚以取友，是以温柔之音作，而长育之气油然于中，文章足以动耳，音节足以竦神，王者乘之以致其治。其衰也，非辟之心生，而亢丽微末之声著，粗者可逆，细者可没，而兵戎之象见矣，王者识之以挽其乱。故盛衰之际，作者不可不慎也。或谓诗衰于齐梁，而唐振之；衰于宋元，而明振之。夫齐梁之衰，雾縠也，唐黼黻之，犹同类也；宋元之衰，沙砾也，明英瑶之，则异物也，功斯迈矣。且唐贞元以还，无救弊超览之士，故不复振而为风会忧。二三子生于万历之季，而慨然志在删述，追游、夏之业，约于正经，以维心术。岂曰能之，国家景运之隆，启迪其意智耳。"

《皇明经世文编》五百四卷《补遗》四卷，陈子龙等辑

明崇祯间云间平露堂刻本。今《四库禁毁书丛刊》集部第22—29册内《皇明经世文编》五百四卷《补遗》四卷即据平露堂刻本影印。扉页有牌记"陈卧子先生评选《皇明经世文编》，云间平露堂梓行，本衙藏板，翻刻千里必究"。牌记页天头题"方禹修、陈眉公两先生鉴定"。卷首有襄西方岳贡序、东阳张国维序、北海任浚序、客越盟社弟黄澍序、张溥序、云间许誉卿序、云间冯明玠序、华亭徐孚远序、陈子龙序。序后附"鉴定名公姓氏"。下为宋徵璧撰"凡例"、"皇明经世文编姓氏爵里总目"。正文题名下注"方禹修先生、陈眉公先生评定,华亭陈子龙卧子、宋徵璧尚木、徐孚远闇公、周立勋勒卣选辑"。陈子龙言编辑之缘由曰:"古者有记事之史,有记言之史。言之要者,大都见于记事之文矣。导发其端,使知所繇;条晰其绪,使知所究,非言莫详,甚矣事之有藉于言也。而况宗臣硕彦敷奏之章,论难之语,所谓讦谟远猷,上以备一代之典则,下以资后世之师法,不为之裒缀,后之君子何以考焉?此予与徐子、宋子《经世编》所繇辑也。"

《文编》所选松人文集有陆深《陆文裕公文集》一卷、冯恩《冯侍御刍荛录》一卷、何良俊《何翰林集》一卷、徐阶《徐文贞公集》二卷、徐献忠《徐长谷文集》一卷、徐学谟《南宫奏议》一卷、徐陟《徐司寇奏疏》一卷、冯时可《冯元成文集》一卷、唐文献《唐宗伯占星集》一卷、董其昌《董宗伯容台集》一卷、徐光启《徐文定公集》六卷、宋懋澄《宋幼清九籥集》一卷、黄廷鹄《希声馆集》一卷、杜麟徵《杜驾部集》一卷。

章旷《章文毅公诗集》

章旷(1611—1647)字于野,号峨山,松江府华亭人。崇祯十年(1637)进士,授沔阳知州。时李自成乱于内,旷率众与自成部下战,数有功。唐王时擢右佥都御史,提督军务。永明时进兵部右侍郎,驻永州。时内外愈急,旷益烦闷,永历元年(1647)以忧卒。二年,赠太子太保、华亭伯。生平见王夫之《章文毅公列传》(《章文毅公诗集》附)、钱邦芑《章文毅公传》(《章文毅公诗集》附)、清佚名《明季烈臣传》之"章旷"、张廷玉等《明史》卷二百八十。

《章文毅公诗集》一卷，清光绪二十九年（1903）章士荃刻本，上海图书馆、上海师范大学图书馆藏。半页十行，行二十字。左右双边，版心白口，单鱼尾。鱼尾上部镌题名"章文毅公诗集"。正文题名后镌"竟陵钟快居易阅，七世从孙耒谨录"。总录诗一百一十二首。卷首有《明史本传》、王夫之《章文毅公列传》、钱邦芑《章文毅公传》。钱氏传后附"文毅公与钟居易书札三通"。继有题记三则同治贾敦艮题记王友光题记及章旷七世孙章耒题记。

章耒题识言辑录其七世祖遗集曰："咸丰庚申四月，苏州省城被陷，耒因检先世著述。自前明虞部公以下各种定本，寄存笆山朱氏，副墨仍藏家中。后朱氏屋为寇毁，先集悉成灰烬，而家中所藏尚无恙。先相国文毅公诗副本只一卷，计诗一百馀首，其中字迹漫漶，有不可别识者。曾乞平湖贾芝房、同里王海客两先生详加较正。时海客先生已抱疴，力疾点勘，谓忠臣遗墨，何忍令其湮没，况中多奇杰之作，足与陈、夏诸集并重。光绪甲申夏日，耒重录清本，距贾、王两先生之殁已二十年，不胜感喟，而虞部公以下各集，皆荡然湮灭，尤为恨事。呜呼，诗之存不存，盖有数焉，不可强也。文毅公轶诗尚有见于别集者，异日当录而补之。七世从孙耒敬识。"贾敦艮亦曰："明相国章文毅公诗集，寇乱后，仅存此帙。公七世从孙□之茂才出示敦艮，受而读之。高者如昌黎，次亦不失为郊、岛。相国不必以诗传，而诗亦传世无疑。平湖后学贾敦艮读毕记，时在同治壬戌十一月。"

旷知兵，深得将士心，思挽天命于既去，然大厦将倾，事不可为矣。清季陈田论曰："明季朝廷水火，以至于亡。至章公支持残局，安辑楚北，京山杨文荐、曲周路振飞皆一时名臣，与章为难，几误大局。君子与君子相厄，真不可解。惟何公云从深相委任，暨公病卒，而一败不复振矣。"（《明诗纪事》辛签卷九）

夏完淳《玉樊丙戌集》《夏太史遗稿》《夏内史集》《夏节愍全集》《夏节愍公集》《狱中草》

夏完淳（1631—1647）原名复，字存古，号小隐，又号灵首，松江府华亭人。明末诸生，师事陈子龙。两京陷后，随父夏允彝入吴志葵军抗清，吴兵败被杀，夏允彝父子幸免，避居华亭曹溪。夏允彝作《幸存录》一书，沉塘死。夏完淳则助陈子龙起兵，受鲁王封为中书舍人，又随岳父钱栴入太湖参吴易军事，兵败失路，因归家。永历元年（1647）又参预清松江提督吴胜兆反正事，其上表鲁监国事发，被执后押至南京，面斥洪承畴，誓死不降，九月十九日不屈死，年十七。乾隆四十一年赐谥节愍。生平事迹见屈大均《皇明四朝成仁录》卷六、王鸿绪《明史稿》"本传"（嘉庆本《夏节愍全集》卷首附）、《（光绪）重修嘉善县志》卷二十。

《玉樊丙戌集》二卷

钞本，南京图书馆藏。无框无格。正文题名下有"凤/毛印"白方、"戴俊"连珠章（另有一枚不清）。正文题名左下有"道林禹馀稽复孝渊氏著"。柳亚子先生以为"'道林'疑隐'云间'或'华亭'，'禹馀'隐'夏'，'稽复孝渊'隐'完淳'，应为云间夏完淳氏著"（柳亚子《题玉樊丙戌集》）①。内收诗一百九十六首（含补遗九首，词一首）。补遗诗后有"李林松印"白方印，集末有"曾存上海李止庵处"朱方印及"江东/戴俊"白方印（另有两枚不清）。

《夏太史遗稿》不分卷

清初钞本，南京图书馆藏。封面题"夏节愍遗稿"。正文前有屈大均《成仁录本传》，下有"笏盦"朱方印。继有王家祯《见闻

---

① 白坚《夏完淳集笺校》，上海古籍出版社2016年版，页826。

杂录》有关纪事。正文收诗一百五首、《大哀赋》一首，后附王沄《胜时草》十首。正文题名后有"硕庭所藏"朱方印，卷末有"范州"朱方印、"潘志万长寿印"及"临风浩歌"白方印。白坚以为"夏太史"当为"夏内史"之误①，内容确系夏完淳遗作。

《夏内史集》九卷附录一卷

清乾隆三十九年松江封氏研耘山房抄本，九卷，上海图书馆藏。无框无格。半页九行，行二十五字左右。内收赋、骚各九首，诗二百首，词二十二首。集末抄录桐城方授《南冠草序》一则。卷末识曰："乾隆甲午夏日研耘山房抄录，计工两月。"

夏完淳卒后，在清初有钞本《南冠草》，然而散佚。嘉庆十二年（1807）松江陈氏刻本有明末清初方授《南冠草序》，云："壬辰冬，偶游四明，与朱、陆诸子论甲乙以后忠节及松江诸公，余言夏瑗公死最先，其子完淳字存古，以十七死，其人其文古未有也。诸子请其详，余曰：'存古五岁知五经，九岁善词赋古文，十六、十七与友人有事吴中。会江东有诏谥瑗公师文忠，荫一子中书。存古乃上表及疏，称中书臣完淳死以进，报某虚实，约兵以某日航海会某所，为逻卒所获，就鞫金陵。某某欲活之，曰汝年少，岂知兵。存古曰：吾年少，岂遂不知兵。某曰汝口何不惜汝身。曰倘死而复生，他日□□，必先文忠与我也，身何足惜。因顾谓其妇翁曰：男儿死耳，何能作求生状。遂就义于金陵之西市。'诸子曰：'有是哉，恨未见其人也，其疏及表在乎？'余曰：'微独疏表在，向余过武水蒋氏兄弟，见存古有《大哀赋》，有《狱中上太恭人书》《寄钱孺人书》，有《示同事诸友书》，有自订诗近千首，此存古之文也。'已又得其《南冠草》，因出示诸子，诸子请歌之。余为之歌《别云间》，诸子曰：壮哉，往而不返者也，何鹤唳之足悲乎。为之歌

---

① 白坚《题夏太史遗稿按语》，白坚《夏完淳集笺校》，页827。

《辞恭人》,曰:哀而不怨,太恭人有子复何恨。为之歌《寄内》,曰:严而婉,责其妇以程婴乎。余辍歌曰:存古死,而遗腹得一子一女(按本集《遗夫人书》"上有双慈,下有一女",则女非遗腹矣),天之报施不爽哉。为之歌《寄姊及甥》,曰:甚矣哉,大仇其可忘乎。为之歌《寄半村》及《闻大鸿讣》,曰:其皆死心乎,是知生而知死者也。为之歌《细林》,曰:知大夏者,其孟公乎;非孟公而细林之哭,谁能若是。为之歌《遇九高》及《辕文》,曰:是真可以告友朋乎,又何知友之明也。为之歌《入京》及《被鞫》诸什,曰:至矣哉,烈而醇,苦而甘,怨而温,直而不屈,勇而不惧,静而不乱,思而不贰,求仁而仁,取义而义,惟故国之伤也,以忘其身与家,如存古者,忠孝兼之矣,而以十七传,古今未尝有也。《南冠草》者,可以名存古之人,可以名存古之文矣。因手订之,而命余为序。"

另有清嘉庆初吴氏听彝堂刊本《夏内史集》九卷附录一卷。今《续修四库全书》集部第1389册内《夏内史集》九卷附录一卷即据吴氏听彝堂刻《艺海珠尘》本影印。半页十行,行二十一字。无格白口,左右双边,单鱼尾。版心中间镌刻"夏内史集"及卷数。卷一、二收赋十首、骚九首,卷三收五言古诗三十三首,卷四收七言古诗二十一首,卷五收五言律诗五十四首,卷六收七言律诗六十三首,卷七收七言绝句五十四首,卷八收词二十八首,卷九残缺,存《讨叛降大逆臣檄》《土室馀论》《狱中上母书》《遗夫人书》《燕问》五篇。附录收桐城方授《南冠草序》、明州陆宇燝《南冠草序》、蛟州范兆芝《南冠草序》、四明董剑锷《南冠草序》、王鸿绪《明史稿·夏允彝传》附《夏完淳传》及有关夏完淳之轶闻遗事。商务印书馆版《丛书集成初编》第2172册内《夏内史集》九卷附录一卷亦据《艺海珠尘》本排印。

陆宇燝序称:"此夏子绝笔也。余读而叹曰:忠孝也,经济也,文章也,至夏子而观止矣。乃其年更不可及也。国初沐黔宁、邓卫公俱以十六七垂功名,而文采或不彰;解吉水年十八上《庖西封事》万言,乃不死,为周纪善作传,有遗议焉;王义乌使谕滇南,胥脱脱以死,至今生气,然年五十馀矣。若夏子不更奇哉?呜呼,本朝非无事也。使夏子不生于今日,何必不与金华、当涂以文章开草昧;不然,何必不与北地、琅琊以翰墨润太平;即欲以盘错显,则何必不于己巳、己卯之间,附忠肃、文成以自见;即不幸而以死殉乎,则何不于靖难之后,与方、练诸公同碎首,而乃生于斯世也,不亦痛乎(一作哉)!余用是悲其遇,慕其人,而不得见,将见其诗若文,全集又未遑得,则先梓此《南冠草》,是亦丹穴之片羽也,然亦可从斯以见夏子矣。"

《夏节愍全集》十卷卷首一卷卷末一卷补遗一卷续补遗一卷

清嘉庆十二年(1807)松江陈氏刻本,国家图书馆、南京图书馆、上海图书馆、北京大学、上海师大、日本内阁文库等藏。半页十行,行二十一字。黑格白口,左右双边,单鱼尾。集由青浦王昶鉴定,娄县庄师洛辑,陈均、何其伟编。上海图书馆藏本目录前有沤波舫题识:"嘉庆己巳秋九月,簳山何生其伟印成此书寄余。"卷首有《钦定胜朝殉节诸臣录》、王鸿绪《明史稿·本传》、《事略》、方授《南冠草原序》、陆宇燝《南冠草原序》,范兆芝、董剑锷、蔡嗣光各撰《南冠草原跋》,嘉庆十一年丙寅夏四月青浦王昶《夏节愍全集序》,嘉庆十二年丁卯春正月娄县庄师洛跋、陈均跋,嘉庆丁卯寒食日青浦何其伟跋。正文题名后注:"青浦王述庵先生鉴定,娄县庄师洛莼川辑,受业陈均秉衡、何其伟韦人编。"卷一、二收赋十首、骚九首,卷三、四收古诗七十首,卷五、六收律诗一百二十八首,卷七收绝句五十五首,卷八收诗馀四十一首,附词馀(《狱中草》)十二首,卷九、卷十收问、论、檄、序、书等文九篇,卷末收"集评""赠言""哀辞",附绝命词一首、七言律诗一首、七言绝句三首、"题辞"及青浦王鸿逵跋、嘉庆十三年夏六月庄师洛跋。后附补遗一卷、续补遗一卷。补遗下注曰："门孙陈宝铎校字"。续补遗下注曰："刻补遗竟，杨君超格复从柘湖觅得遗诗十七首，因续刻之。陈均识。"

于补遗、续补遗内容，庄师洛于嘉庆十三年六月云："节愍弱龄殉国，而著作綦富。去年刻此集竟，将谋印行，卒以遗漏尚多，迟迟未果。今春，余任婿杨子超格以柘湖黄氏所藏《内史集》目录见示，内有骚赋及乐府五七言古诗如干首，为余辑本所亡，爰属借钞增入，另为补遗一卷，嗣此有获，亦随时续诸其后。再近考邑志，载夏忠节墓在四十三保十三图荡湾，而节愍之墓卒无定处。兹又得杨子钞寄杜九高登春《童心犯难集》一则，知节愍亦葬于荡湾，实大快事也，因并及之。"

完淳有《玉樊堂集》《南冠草》等，原仅以抄本流传。清嘉庆初吴氏听彝堂刻《艺海珠尘》，收其《夏内史集》九卷附录一卷，然收罗未广，至嘉庆十二年（1807）王昶、庄师洛辑刻《夏节愍全集》十卷补遗二卷，始大体齐备。嘉庆十一年（1806）王昶序曰："《陈忠裕集》之得成也，庄君师洛搜辑之力居多，何子其伟编订而刻行之，诚艺林佳事哉。然余又思夏忠节与忠裕同为畿社友，亦属庄君辑其遗文。而忠节砥行立名，不欲以文章著，故所作除《壬申文选》外，无多传，惟令嗣节愍为忠裕弟子，年少才高，从军殉难，其人其文千古未有。爰与庄君于明季诸人残稿中零星采掇，有所获必互相校勘，积时既久，遂成卷帙。辛酉春，余主讲敷文书院，出其稿令吾宗鸿逵手录一通，并仿忠裕集之例，略将时事附注，以挂漏尚多，不与忠裕集同时并刊。后何子续得其遗诗卅馀首，及词馀一种，增订重编，厘为十卷，而诗古文词始灿然备矣。余年老目盲，弗克细校，仍嘱庄君始终其事。昨何子以书来告，将与忠裕续集同授诸梓，所谓有志者事竟成也。"

王昶族中后人王鸿逵参与了夏氏全集之辑录工作,王鸿逵在后序中指出:"乾隆壬寅,家述庵司寇读礼家居,以陈忠裕、夏节愍两集嘱逵校录。时庄丈莼川馆于寒斋,相与增订阙讹,凡四易寒暑,司寇亦以整理藏书多所采辑。自后庄丈就馆簳山,与及门何君韦人续补见闻,而两集遂成全书。嘉庆辛酉,逵随司寇游学浙中,出所辑旧稿,重命编次,将刊行之而未暇。后二年,何君既刻忠裕集,司寇复属陈古华太守于忠裕墓附近建祠,并奉夏忠节及节愍神位同祀其中……丁卯春,陈君秉衡以节愍集付梓,欲与忠裕集并行,故牵连及之,以志于尾。"

嘉庆十二年春,庄师洛于序中云:"余辑《陈忠裕集》后,兼辑夏节愍诗文,零星掇拾,积之既久,遂裒然成集,然所得俱系抄本,亥豕鲁鱼不可枚举。自是每得一本,即互相校勘,善者从之,疑者仍之。虽未能一一无憾,以视他本之阙讹满纸,似为少胜。述庵王少司寇曾经鉴定,为作弁语,怂惠何生其伟与忠裕续集并刻行世,而何生适丁父艰,卒卒未暇,因以此集转属陈生均。生亦好古士也,慨然任之。遂同何生编订付刊,仍仿忠裕集例,略加考证焉。"同年寒食,何其伟序称:"《夏节愍集》十卷,盖综其生平所为《玉樊堂集》《内史集》《南冠草》三种汇录成编者也。《玉樊堂集》作于甲申、乙酉(间有前作)。《内史集》作于从军以后,始丙戌,讫丁亥四五月间。《南冠草》则皆临难时途中、狱中所作也。然节愍年九岁曾撰《代乳集》(见阙氏《成仁录》),惜不传。而《续幸存录》自序所云'《南都大略》一卷,《杂志》二卷,《义师大略》一卷。《先忠惠行状》一卷,《死节考》一卷,俱未搜采入集',是文体虽备,尚非全璧,补缺拾遗姑俟诸异日。"

嘉庆十三年端午娄县杨超格于续补遗缘起云:"同里庄泖客先生,格外舅莲谷先生仲弟也。博学好古,笃嗜前明陈忠裕、夏节愍两公诗文,尝属格资访遗文、轶事。忠裕集业经行世,而节愍集见亦刊竣。格前于山舟周氏得《两朝忠义诗集》，摘录节愍诗十馀首增入集中，今又于柘湖黄子毓麟家获见《内史集》旧本，校勘一通，内骚赋及古体诗四十馀首，均为刊本所未备。卷首有杜让水述节愍轶事一则，言目击存古就义南都，与沈羽霄敛尸归葬于昆山考功墓之昭位，亲视覆土，其言凿凿可信。考邑志，考功墓在荡湾，而《盛诚斋诗集》云在曹溪，心窃疑之。格既录其稿以呈泖客先生，复偕友人董子尚诣曹溪，敬访其墓。曹溪俗名曹浜，在第九峰北里许，其地故多夏姓，而考功墓实在曹溪东北二里之荡湾。乾隆五十一年，邑宰谢公庭薰从张君隆孙等请，示禁樵牧，虽未泐石，而节愍之同葬于此无疑矣。兹遗稿刻成，并得确知葬处，谨缀数语简末，以志格之不负所属云。"

嘉庆十二年仲春，陈均于跋语中云："均承泖客师命，刻《夏节愍全集》，因伏而读之，叹其天生异才，而适丁百六之辰，年才十七，即致命遂志，为可悲也。然论者谓忠节既抱石沈渊，节愍苟韬光匿采，则夏氏宗祐尚可绵延一线，而乃参吴易军，上唐藩表，卒以此被戮，似非明哲保身之道。不知人各有志，节愍之奋身不顾，根乎天性，故其忠肝义胆发为文章，无非点点碧血所化，顾可令其湮没不传与？此吾师阐幽之微意，而均亦幸缀名简末者矣，爰书数语以志私心景仰焉。"

清同治八年（1869）娄县陈履泰增刊本。同治本于陈均跋后有同治己巳秋九月后学黄河清摹夏允彝、夏完淳父子像，像后附姚椿赞语。集后另增入同治八年娄县陈履泰跋语，云："庄泖客先生辑《夏节愍集》成，先大父偕何丈书田编订刊行之，体例仿《陈忠裕集》，惟陈集卷首列遗像，夏无有，大父尝以为憾。历先府君购访数载，得诸郡西郭直指庵，方谋摹刊，会乱作而止。当奔难时，是书板片实寄泖西仲君咸熙家。岁壬戌，王师东下，郡境肃清，归检梨枣，幸获完璧，知节愍忠魂有隐为呵护者。是年冬，先府君见背，庵僧所藏亦渺不可追，寤寐萦求，责在小子。适韩君载阳出示邦彦图百幅，内有忠节父子合像，生气凛凛，劫火不磨。履泰深幸失于彼得于此也，爰请黄君河清摹绘付梓，用卒先志。复商诸丘君汝钺，并录姚春木先生赞词于后。梓既竣，为述缘起如此。"

清光绪二十九年癸卯（1903）成都吴庆坻重刊本。光绪本前有光绪二十六年仲冬钱塘吴庆坻序，并嘉庆本所有序跋及《明史稿·列传》、《事略》等，集后有吴克让序、夏光普跋。吴庆坻序云："有明之季，东南士大夫蹈焦原之义，志在兴复，思以螳臂奋乎当车。时闽中已燔，浙东犹抗拒，凡与厥谋议及向风思附，至断臆绝胆、九死而不悔者踵相接也。华亭夏考功允彝闻南都失，既沈渊死，而其子舍人完淳以通南事败，遂及于难，其死也，年十七，尤为难能。盖江左自东林讲学，复社、几社踵起，吴越间士争以文章、气节相镞厉……忠节以文雄一时，节愍擩染家学，天才骏发，年十六作《大哀赋》，淋漓怆痛。丧乱之后，遗文零落。嘉庆间，青浦王侍郎昶属何君其伟编辑诗文为全集十卷补遗二卷，而后节愍之文章始显于世。夫忠义之士声光炯然，磊磊轩天地，奚俟文章以传？然而读其集者上薄乎九天，下达乎渊泉，聆之而其声若风雨骤集，鬼神惊泣，懔乎其不可亵玩也……节愍之死以遥通鲁藩，其事与张公（张煌言——著者注）略相类，其集之刊布也，会王侍郎主敷文讲席，故集端序跋多浙人。是集为井研吴氏藏本，云间旧椠，粤匪后久已无存。庆坻视学蜀中，任满将归，新津吴衡骞孝廉持以来，谓将酿赀重刻，而属为之序。"

吴克让述《夏节愍集》十卷刊行曰："右夏节愍集十卷，为井研家祉蕃明府令房山时所得。庚子岁馆彭山，从其嗣君蜀猷孝廉假归，拟为重锓未果。壬寅，承乏戎州讲席，始稍稍酿金，既章勤生直牧慨然以纠举自任，赵樾村廉访、文仲芸太守、罗济川主政、罗莲渠明府、夏亮夫茂才所助尤多，乃命克铨弟录次别集所载哀挽考功诸作补订于后,属胡玉荪光禄校雠,阅五月刊竣。"继于序中论明末东南士大夫之气节云:"世尝谓明人学问远不如古,顾士大夫矜重名节,多知兵事,修身践言,不为放言高论,其俗尚最为近古。逮其末造,朝政不纲,权奸接踵,而荩臣志士不避砧锧,其气未尝稍挫。以故鼎革之后,明社已屋,而人心犹为未改,杖节死谊之士以东南为尤烈。彼其人岂不知天命所在,难以力争,一死何裨于事?而忠义所感,一唱百和,舍命不渝,亦以君臣之义无所逃于天地,名教纲常不可一日不在天下,殆所谓风雨如晦,鸡鸣不已者耶!"

《夏节愍公集》四卷

清道光二十八年(1848)泾县潘氏袁江节署刊清光绪十八年重印本,即《乾坤正气集》本,国家图书馆、人民大学图书馆等藏。半页十二行,行二十五字。左右双边,版心白口,单鱼尾。鱼尾上镌"乾坤正气集",下注"卷五百六十五(至卷五百六十八)"。正文题名"夏节愍公集卷几",题名后镌"明夏完淳著,泾县潘锡恩校"。卷第五百六十五收《大哀赋》《寒泛赋》《湘巫赋》《秋郊赋》,卷第五百六十六收《江妃赋》《寒城闻角赋》《寒灯赋》《怨晓月赋》《夜亭度雁赋》《红莲落故衣赋》《冰池如月赋》《端午赋》及骚八首,卷第五百六十七收《燕问》《周公论》《三国论》《士室馀论》等论四篇,卷第五百六十八收《讨降贼大逆檄》《续幸存录自序》《与李舒章求宽侯氏书》《狱中上母书》《遗夫人书》等文。

《狱中草》一卷附年谱一卷

民国三十年成都茹古书局卢前排印本,上海图书馆、南京图书馆、天津图书馆、南京大学图书馆及台湾傅斯年图书馆等藏。半页十行,行十七字。左右双边,版心白口,单鱼尾。版心下镌"饮虹簃"。首有宜黄欧阳渐(1871—1943)序。内收小令五首,套数《仙吕榜妆台》《仙吕甘刑歌》《仙吕甘州歌》。后附年谱一卷。

卢前（1905—1951）刊此本，意在励后人。其于卷首"小记"中云："《玉樊堂狱中草》，华亭夏完淳撰，见庄师洛本《夏节愍集》卷八。原刻不标牌调，小令套数亦未次第，字句错落尤甚。前方为诸生讲晚明散曲，灯下写定一卷，以便讽诵。至节愍志事详所为《续幸存录》上母、遗妻二书与《土室馀论》中。《狱中草》此曲时年裁十七，未几就义金陵，以身殉父矣。庚辰冬月十日卢前重庆沙坪坝讲舍记。"其"再记"云："《狱中草》定本置行箧，迄未付梓。去年十月吾乡陆生玄南成仁雨花台，噩耗传至行都，前既为诔招魂，久不能散绮哀，因取此本行世。愿玄南随存古以不朽焉乎，壮烈哉，今古二少年也。辛巳冬至小疏再记。"欧阳渐序亦云："存古生于夏家，学于陈门，自能少年文章气节。今日莘莘学子无教导先觉，说到圣人，奔走骇汗，人人尽力，皆是谋生，何处得忠义来？冀野（卢前字）为刻《狱中草》，不啻饮人甘露味……"

完淳少负异才，英姿勃发。阙氏《成仁录》载其面斥洪承畴时慷慨激昂，浩气贯日："夏完淳年十六，从师陈子龙起兵太湖。遵父遗命，尽以家产饷军。鲁监国遥授编修。子龙战败，完淳走吴易军，为参谋。被执至留都，经略洪承畴欲宽释之，谬曰：'童子何知，岂能称兵叛逆？误堕贼中耳。归顺当不失官。'完淳厉声曰：'我常闻亨九先生，本朝人杰，松山、杏山之战，血溅章渠，先皇帝震悼褒恤，感动华夷。吾常慕其忠烈，年虽少，杀身报国，岂可以让之！'左右曰：'上座者即洪经略。'完淳叱之曰：'亨九先生死王事已久，天下莫不闻之，曾经御祭七坛，天子亲临，泪满龙颜，群臣呜咽。汝何等逆徒，敢伪托其名，以污忠魄。'因跃起奋骂不已。承畴色沮，无以应。时完淳妇翁职方司主事钱栴同在讯，气稍不振。完淳厉声曰：'当日者，公与督师陈公子龙及完淳三人，同时歃血，上启国主，为江南举义之倡，江南人莫不踊跃。今与公慷慨同死，以见陈公于地下，岂不亦奇伟大丈夫哉！'栴遂不屈，与完淳同死。"(《成仁录》,嘉庆十二年本《夏节愍全集》前附)读之,有易水悲歌之慨。故朱彝尊谓其"南阳知二,江夏无双,束发从军,死为毅魄。其《大哀》一赋,足敌兰成。昔终童未闻善赋,汪踦不见能文,方之古人,殆难其匹"(《明诗纪事》辛签卷五"夏完淳")。

完淳虽英年早逝,然著述撼人心魄,当与日月同辉。其诗赋悲凉慷慨,后之名家激赏不已。清朱彝尊《明诗综》卷七十五引钟广汉云:"陈大樽选明诗,存古年才十馀尔,而宋辕文援其论诗以作序,此时已许其作后进领袖矣。迨十五从军,十七授命,磨盾草檄,不异老生宿儒,信异禀矣。"沈德潜亦云:"存古诗高古罕匹。"(《明诗别裁集》卷十一)清末陈田云:"存古诗,趋步陈黄门,年仅十七,当其合作,与黄门并难高下。赴义之时,语气纵横淋漓,读之令人悲歌起舞。"(《明诗纪事》辛签卷五)

沈龙《雪初堂集》

沈龙(生卒年不详)字友夔,松江府华亭人。崇祯十六年(1643)进士,有文名,明亡不仕。所著有《雪初堂集》六卷。生平见《(乾隆)华亭县志》卷十三"忠孝"、《(光绪)重修华亭县志》卷十二。

《雪初堂诗集》六卷,明末刻本,上海图书馆藏。半页八行,行十九字。黑格白口,四周单边,无鱼尾。陈继儒选,红秋馆藏本。卷首有陈继儒序。卷一收古风十三首,卷二收五律四十八首,卷三收五绝四十八首,卷四收七律七十六首,卷五收七绝六十九首,卷六收诗馀七十九首。

陈继儒序称:"读《雪初堂集》,或如月痕孤秀,石气清寒;或如入洛阳看花局,遇养花天,亭榭池台,微雨清风,无所不快意;

或如深山道士，茹草餐芝，高扇道风，浩然冥寄；或如百尺楼上，人音调英，铿剑客铁，小儿一时杜口；或如丽辞艳句，偶落旗亭，吟者题之团扇裙带间，索见不得，索死不得。"又称："友夔为华亭诸生，食饩，精娴于诗词，不走四方名而名自随之。与之谈，言若不出口，诗与词若不经意，而超然立于声色香味之先，癯且腴，淡且旨，绮且清，可与同味者，惟单质生、夏梦蒨、谭梁生、曹允大有此风韵。古云'易其心而后语，始能说三百篇'，此之谓也。今友夔游金陵，金陵多四方奇士，似且不能度君而前，一切功名，他人怯于扛鼎，而友夔等于弄丸，轻安游戏，何足以难友夔？吾重友夔者，孝悌能诗文，盖才子而兼有道者也。读《雪初堂集》者，试以吾言求之。"

上海县

董纪《西郊笑端集》

董纪(1338—?)字良史,更字述夫,号一槎,松江府上海人。未仕前尝主周氏家塾,洪武十五年(1382)举贤良方正,廷试对策称旨,授江西按察司佥事。未几,告归,筑西郊草堂以居,因名其集曰《西郊笑端集》。生平见《(同治)上海县志》卷十八。

《西郊笑端集》今存版本、卷帙不一。明刻本为成化十年(1474)松江周庠刻本,一卷,一册,国家图书馆、台湾故宫博物院图书馆、日本静嘉堂文库等藏。今《甲库善本丛书》第700册内《西郊笑端集》即据明成化十年刻本影印。计收诸体诗四百六十馀首、词六阕、文三十篇。正文前有钱溥《西郊笑端集序》,题"成化四年戊子八月既望翰林侍读学士奉直大夫国志总裁官直文华殿华亭钱溥书";张弼序,题"成化九年癸巳九月望赐进士出身承德郎兵部主事郡后生张弼谨序"。正文末镌"吴门徐纲、徐昂、张孜同刊"。卷末有周鼎跋语,题"宣德六年辛亥夏五月朔旦门人箐溪周鼎记"。继有周庠跋,题"成化十年岁次甲午正月既望奉政大夫光禄寺少卿直文华殿后学周庠谨识"。《中国善本书提要》著录。文渊阁《四库全书》收录。

集名"西郊笑端"，盖感洪武仕人之惴惴，而发渔樵村氓之乐也。钱溥序云："高皇帝厌元纲日弛，以法绳治，仕者遑遑然，苟免以为幸，求一解颜莞尔已不易得，况望开口而笑，抑敢哄堂而笑者乎？然山甿畦叟则相安于耕凿之馀，击壤鼓腹以为乐，而不闻有愁苦叹息之声者，法正于上，惠洽于下，应乎天而顺乎人也。先生幡然来归，谓与其荣于一朝，孰若免辱千载之为愈；与其贵于一身，曷若安父母、保妻子之为得。混迹于渔樵，适意于林畦，冲然纯雅之音发于兴之所至，客或见之，则曰供一笑而已。多不肯留其稿，间有存者，题其首曰'西郊笑端集'，盖言今之笑，悟前之不能笑矣。"

《总目》谓《西郊笑端集》云："明董纪撰。纪字良史，以字行，更字述夫，上海人。洪武壬戌举贤良方正，廷试对策称旨，授江西按察使佥事。未几，告归，筑西郊草堂以居，因即以名其集。然未及锓板，稿藏其门人周鼎家。成化中，鼎孙光禄寺少卿庠始为刊印。此本有宣德辛亥鼎后跋，又有成化戊子钱溥序，盖又从庠刻本传写者也。纪诗平易朴实，视袁凯诸人稍为不逮，故张汝弼作是集序，谓其'漫尔而仕，漫尔而归，诗文亦漫尔而著，弗冀有传'，颇致微词；而朱彝尊《静志居诗话》则举其《题海屋》诗'过桥云磬天台寺，泊岸风帆日本船'句，谓'亦不为率漫'。然纪集明世未经再刻，流播颇稀，《明史·艺文志》亦阙而不载。彝尊《明诗综》所录，但采之赖良《大雅集》中，未及见其全帙，故所摘佳句仅此。今观此集，过质伤俚之弊诚所不免，然其合作，往往得元、白、张、王遗意。汝弼以一格绳人，不足以尽诗体。彝尊执一二语以争之，亦未尽纪所长也。"（《总目》卷一百六十九）

董氏生前此集未及锓板，稿藏于门人周鼎家，后由周鼎孙光禄寺少卿庠为之刊刻行世。周鼎《西郊笑端集跋》云："右《西郊笑端集》，吾郡上洋董良史先生所作。董先檇李胥山旧族，有讳性存者，以儒术显。二子：长佐才，字良用。次纪，字良史，先生也。明《春秋》，貌魁梧俊整，伟然一儒者。洪武壬戌，举贤良方正，受知高皇帝，亲擢佥江西提刑按察司事，阶奉议大夫。无几，辞归，结西郊草堂为终老之计。先君尝礼致于家以教鼎，鼎时甫弱冠，亲炙之者有年。后先君累戍涂阳，鼎亦弃松庠弟子员侍行，遂成旷别。然岁时音问往来，恩义蔼如也。及归故乡，而先生不可见矣。俯仰畴昔，忽忽四十年，而鼎亦且老矣。念先生平生著作未传，是则后死者之责也。因访诸同门友章彦裕氏，得所谓《西郊笑端集》者若干篇，亟命子溥编录，复以自所藏者足成之，将刻以传，庶承学得有所考。於乎！先生才名与国初杨、陆诸老相颉颃，后必有名笔为之发扬者，鼎不足以与于斯也。集成，敬书此以俟。宣德六年辛亥夏五月朔旦门人蒨溪周鼎记。"

集自辑录迄付梓行世，历时近五十年。时在成化十年（1474）。成化四年（1468）八月钱溥序云："先生初归蒨溪，周氏交翠延主家塾，教三子，交翠寻以事戍大宁。越四十载而仲子怡莲间关来归，谒先生墓，求《笑端集》，则已残缺。命子乐闲遍求，稍完，将锓梓，未果。今孙光禄少卿尚文又汇集其诗与文，总若干篇，乞予叙首，刻之。"成化十四年版刻完成后，周庠有序记云："若此集者，吾祖吾父往来南北时所收辑，欲板行之而力未逮，吾父启手足时犹惓惓以是付不肖，岁月骎骎，未毕先念。今幸讫工，片藏诸蒨溪家塾，来者其慎守云。"

张弼序评曰："皇明初，松江之善诗者，御史袁景文为最，判官陈文东、乡贡进士陆宅之、江西佥事董良史、处士吴子愚辈亦相颉颃。铁崖先生会稽杨廉夫避地而居松，其才赡气雄，震耀当世，则一时才士皆宗之,往往高古不逮,诡怪层出,又景文辈所不屑也。自后渐入纤巧,初学惑之,识者惟宗景文焉。景文有《野中集》①,近方板行,而良史辈特间采录于编类之集耳。光禄少卿周尚文乃吾松世家,其曾祖汝明尝馆良史于塾,祖仲矗其弟子也,得其所著《西郊笑端集》者藏于家,父封中书舍人溥欲板行之而未果,尚文遂躬为编校而行之。盖所以厚前辈、成先志、惠后生也。集凡若干卷,诗家诸体咸备,应世之文亦附焉。欲观良史之全者,无过是矣。盖良史涉历艰虞,窜伏田野,漫尔而仕,漫尔而归,归洁其身而已,诗文亦漫尔而著,弗冀有传也。今光禄公乃俾为不朽之盛事,其忠且厚当何如哉!惜良史素务韬晦,其出处之详,宦业之大,不得备见以为后法,而徒以诗文鸣,亦云不幸矣。幸而有传,光禄公之力也。又安得如光禄者,咸搜罗前辈之作,并刻而传之,使后之学诗者以乡人而师乡人,气味相近,不至颇僻,以成吾松之雅音云。"

此本当有成化间写本,即四库馆臣所谓:"此本有宣德辛亥鼎后跋,又有成化戊子钱溥序,盖又从庠刻本传写者也。"(《总目》卷一百六十九)今不传。南京图书馆藏清抄本《西郊笑端集》一卷,上有丁丙跋语,《中国古籍善本书目》著录。此抄本为清早中期据成化本影抄,尾书"道光戊戌十二月初六得于扬州,并经嘉道间著名藏书家秦恩复石研斋钤印收藏"②。

民国间庐江刘氏远碧楼写本《西郊笑端集》二卷,上海图书馆藏。半页十行,行二十一字。蓝格白口,左右双边,单鱼尾。首列

---

① 袁凯最早的诗文集名《在野集》,由其亲自选定,祥泽张氏刊刻行世,今人傅增湘言曾目验此本(见前文袁凯《在野集》《海叟集》条)。故张弼言"景文有《野中集》",当系误记。
② 秦恩复(1760—1843)字近光,一字澹生,号敦夫,江都(今扬州)人。清代词人。乾隆五十二年(1787)进士,授编修,以体弱居家数十载。应阮元之邀主讲书院三十馀年。富藏书,精校勘。

《钦命四库全书总目·西郊笑端集》，继有张弼序，后有周鼎跋语。刘氏写本非如四库本卷一为诗、卷二为文，其卷二诗文并收。内总收诗词四百四十八首（内含词十首），文二十九篇。

朱元振《寿梅集》

朱元振（1401—?）字士诚[①]，号寿梅，又号怡闲，宣德、天顺间松江府上海县人，朱豹曾祖，察卿高祖。不仕。卒年未详。生平见《（乾隆）南汇县志》卷十三。

《明史·艺文志》载《寿梅集》一卷，今存《寿梅集》二卷，明嘉靖刻本，首都图书馆藏。一函一册。板框17.9×13.9厘米。半页八行，行十六字。左右双边，版心白口，单鱼尾。卷首有嘉靖甲寅四月十日长洲文徵明序，序指元振有《忧遗草》，然烬灭不传，经其四世孙"察卿与其父福州公子文再世搜访，仅仅得此（《寿梅集》）。"上钤有"北平孔德学校之章"朱方印。卷一收近体诗四十八首，卷二收诗四十九首（内附子朱佑《上寿诗》一首）。

朱元振一生未仕，远离庙堂，然其生逢君臣关系熙融和睦之盛世，故诗作多盛世和鸣之音。文徵明《寿梅集序》称："松江在元季时，鸿儒硕彦多避地于此，自铁厓杨公而下，若钱惟善思复，若孙作大雅，若陶宗仪九成、邵亨贞复孺皆杰然天下士，而土著之士则有陆宅之、董良史、卫山斋诸人，又皆才隽喜文，雅游相翼，虽

[①] 朱元振《六月六日子佑生日时值京回予年六十一岁》（《寿梅集》卷二）："喜尔今朝初度日，承恩刚喜日边回。中宵瑞气腾空表，南极祥光灿斗魁。四座歌传春似海，一庭花发秀成堆。况当老我周花甲，具庆宁辞酒满杯。"由诗中"喜尔今朝初度日，承恩刚喜日边回"可知家有不凡之喜。联系上文《天顺五年冬十月得子佑报铨试第一授江西南昌府同知》（《寿梅集》卷二）："老去无文齿渐衰，殊恩今喜自天来。百年世泽推乡里，满地荣光动草莱。士得一名诚美矣，官除五品更奇哉。须知汉傅多遗事，千古循良总异才。"知其子朱佑天顺五年铨试第一，此年朱元振年六十一，依次上推，则朱元振当生于明建文三年（1401）。

更俶扰,无忘问学,唱酬吟讽,不以时废,风流文雅,照映一时。比入国朝,而袁景文、顾谨中遂以清辞丽句大鸣国家之盛,不可谓无所自也。朱静翁楚材者,尝游诸贤之门,文辞行业亦袁、顾、曹耦。尝被荐起家,而用不尽才,旋即废死。其子士诚沾溉之馀,亦以诗名。余尝读邑志,而知其人,盖清修积学之士也。近得其所著《寿梅集》于其诸孙察卿,诗才百篇,清新尔雅,缘情写事,随物赋形,命意铸词,无一长语,宛有诸前贤风格,师资原委,实以兴之。然诸贤生当僻季,风尘颎洞,奔播流离,见诸论著,多悲忧刺促之词,虽袁、顾大家,际会昌时,顾以胜国遗材履维新之朝,慁首而畏尾,觳觫蓄缩,求其和平,盖亦难矣。君在宣德、正统间,当承平极盛之际,隐居求志,外无兵戈之扰,而居有丘樊之乐,文酒燕游,亲戚情话,发而为词,纡回冲远,无有吁咈,真鸣盛之作也。惜罹郁攸,遗草尽灭。察卿与其父福州公子文再世搜访,仅仅得此。夫金膏水碧,奚以多为?尝鼎一脔,足以知味矣。虽然,名世非难,传世为难,古之作者泯灭何限,是在后人耳。不得其人,虽巨编完简,往往置为箧中故纸,余见亦多矣。矧此出于蛛丝煤尾之馀,非察卿之贤而有文,安望其慎辑而有传哉?吾于察卿有慨焉。且铁厓诸贤,皆一代伟人,求其后嗣无闻焉。而朱氏自静翁以来,垂二百年,历且数世,世有闻人,人皆有集,如所谓《静翁》《葵轩》《玉洲》《福州》及此,不一而足,夫亦盛已!昔王筠自誉其世,谓七叶之中人人有集,若朱氏何忝哉!"

另有清嘉庆间《书三味楼丛书》本,集由华亭张应时辑刻,上海图书馆藏。半页十行,行二十一字。左右双边,无格白口,单鱼尾。鱼尾上镌题名,下镌卷数,再下镌页码,版心下部镌"书三味楼"。前有《寿梅集序》,题"嘉靖甲寅四月十日长洲文徵明序"。正文题名后注"明上海朱元振士诚著,华亭张应时虚谷重辑,金山翁淳义民同校"。卷一收近体诗四十八首;卷二由娄县范棠芸卿校阅，收诗四十九首（内附子朱佑《上寿诗》一首）。卷二题名后则为"娄县范棠芸卿同校"。集后题"后学吴敬枝守白覆校"。

郁文博《和杜律》

郁文博（1417—1496）字文博，松江府上海人。景泰元年（1450）举人，五年进士，授御史，有直声。成化间历官湖广按察司佥事、副使，迁陕西右参议。抚湖广蛮寇，活三十万众，有古循吏之风。家有藏书楼，名曰"万卷"。以藏书、校勘为乐，至老不辍。现存成化间刊本《和杜律》一卷。生平见《（崇祯）松江府志》卷三十八、《（康熙）上海县志·名臣传》卷十。

《和杜律》一卷，明成化十三年（1477）刻本，国家图书馆、台湾故宫博物馆图书馆、美国普林斯顿大学图书馆等藏。一册。板框20.8×13.6厘米。半页十行，行二十字。四周双栏，板心大黑口，双鱼尾，中缝中记页次。此集乃文博官湖广时追和杜少陵之作，故以"和杜律"名其集，总收诗一百五十馀首。卷首有《和杜律小引》，题"成化十三年春二月望日锡山余季枢书"。正文题名后注"上海郁文博"。第二十四页缺。今《甲库善本丛书》第713册内《和杜律》一卷即据明成化十三年刻本影印。

郁氏为官清介，一钱布帛不妄取，其妻子敝衣粗粟而晏如。《（乾隆）上海县志》卷一〇载：有老苍头夜侍，忽泣语曰："主翁宁能常在官中耶？家计日落，奈何不为子孙地？"公艴然曰："余如贞妇，苦守垂白矣，尔欲污我，令我后不得为清白吏子孙耶？"提矛掷之。其清介以至于此。富藏书，颇负盛名。曾校刊陶宗仪《说郛》一百卷，自序云："予平生嗜书，少而从父宦游江湖数年，壮而出仕四方廿九载，耆老而归休林下十四年，今年已七十九，所收所录书积万馀卷，贮之楼中，名其楼为万卷，以资暇日阅玩。"

上海县

成化十三年二月余季枢序《和杜律》云："文博郁公以该洽之学、精敏之才发而为词章者不可胜计，虽居繁剧之地，而其气象从容，不为边幅所窘，故一时作者莫不敛衽退避以为宗焉。间尝追和杜少陵律诗百有五十一篇见示，观其承意措辞，吻合无间，真若以身处其地而为之言者，非其造诣之深、冥会之至，又何以及此哉。夫少陵之诗高出千古，所谓光焰万丈长者也。前元虞公伯生掇此为之注释，则亦因其语而得其心也，君子以为难。若今宪副公之追和，则又先得我心之所同然者，而应之以词，则又岂易能哉，可以见公之素蕴矣。"

王重民《中国善本书提要》谓"是集之刻，犹在未致仕以前，凡和百五十一首，亦据伪本《杜律虞注》也。"①

朱佑《葵轩稿》

朱佑（约1418—1479）字民吉②，号葵轩，元振子，松江府上海人。景泰元年（1450）举人。四上春官不第，於天顺五年（1461）铨试第一，冬十月授南昌府同知。任上恺悌循良，多所善政，以不能脂韦上官，辞归。闭门绝轨，植葵万株，辟室其间以自娱。著有《葵轩稿》。生平见《（同治）上海县志》卷十八。

《葵轩稿》二卷，清嘉庆二十四年（1819）云间张氏《书三味楼丛书》本，张应时辑校，上海图书馆藏。半页十行，行二十一字。左右双边，无格白口，单鱼尾。鱼尾上镌题名，下镌卷数，再

---

① 王重民撰《中国善本书提要》，上海古籍出版社1983年版，页563。
② 朱佑父朱元振有《八月廿八自寿》诗（见《寿梅集》卷二），内中云"又喜逢初度，年华近七旬"之句。联系朱元振生年，可知元振自寿之年当为六十八左右，也即1468年前后。该诗后附《子佑上寿诗》，内有"堂上灵椿常阅岁，膝前儿子亦知非"，可知此年朱佑年已五十矣，则朱佑约生于1418年。夏言《葵轩稿序》作于成化十七年（1481），内中言"君没二年，君之子曜与君之门人谈生诏将校阅君稿以传，以予与君厚善，故请序其端"，知朱佑卒于成化十五年（1479）。

下镌页码及"书三味楼"。卷首有《葵轩稿序》,题"成化十七年辛丑郡人夏寅撰"。卷一题名下镌"明上海朱佑民吉著,华亭张应时虚谷重辑,金山钱熙经淑六同校"。卷二由"同邑章甫铁箫同校"。集后有其曾孙朱察卿题识。题识下注"后学吴敬枝守白覆校"。卷一录各体诗四十四首,卷二录各体诗三十九首。

成化十七年夏寅序曰:"民吉佐郡时,恺悌循良,多所善政,雅尚气节,不能脂韦上官,以故上书乞归。及归上海,闻君闭门绝轨,植葵庭下以自娱,奉士诚公与王宜人甚孝,崇养供给,袍笏尽典,君真古孝廉也。君之大可传者,岂止笔研事耶?君没二年,君之子曜与君之门人谈生诏将校阅君稿以传,以予与君厚善,故请序其端云。"夏寅序中赞朱佑与同郡李清、曹泰、张弼齐名一时,声称籍甚:"世之论文者,必宗西京;谈诗者,必尚汉魏。此固缀义之士标准的、示辙轨,守正追古,定其趋向之意也。若夫感事触物,遇景遭时,或授简于广座,或操觚于一室,见诸论次,发之文辞,足以寄娱适情,舒愤宣志,成一家言,亦于古人不多让矣。若必欲以西京、汉魏为法,刻意模拟,则不免饾饤补缀,袭蹈剽窃,不几求似而愈远哉?予友朱君民吉,元诗人仲云先生之四世孙也,祖楚材、父士诚俱以诗鸣国朝。君承源深远,生而颖敏过人,博摭坟记,弱冠中南京乡试,四上春官不得举进士,仅拜南昌府同知,爱士者莫不为之太息。君既藻思不乏,益肆力探讨,故所著诗文典雅和平,得其情性。五言诗尤工丽清便,脍炙人口。吾郡代有闻人,君尝与李清、曹泰、张弼齐名一时,声称籍甚。信乎,君之诗文已足传矣。"

《葵轩稿》当有明刻本,由其曾孙朱察卿校刻。朱察卿题识云:"上海旧志载《葵轩稿》为先曾大父南昌同知公所著。察卿自结发有知识来,大索先世家书中不得。嘉靖壬戌岁,从弟宸卿得于子明叔父故箧中,乃先大父御史公所辑,已请先辈夏止轩先生为序,而先父福州公亦手校一过矣。今观叙中有'所著诗文'等语,乃知文已失去,仅存此诗。御史公与福州公因循未入刻者,盖欲得文以并传也。计南昌公永已时,御史公才十八岁,福州公未生,今察卿九岁而孤,福州公没且三十馀年矣,兵燹一再遭,而此稿尚存,岂天之有意于朱氏文献邪?乃与里中宿儒冯君子乔共校,去若干首,命宸卿手书以刻,聊毕祖父之志云。"明刻本《葵轩稿》均为诗,由朱察卿题识可知最初诗文并存,因数历兵燹,故仅剩诗。明刻本已散佚不传。

高博《宝文堂诗集》

高博(1449—1526)字德宏,号颐元,松江府上海人。生正统十三年十二月十九日。成化十九年(1483)举人,后八上公车不第,晚授信阳学正。丁父忧,服阕,补武冈,念老母在堂,未任而归。博清介自修,时怀民瘼。归后与诸友人以诗酒为乐,优游田里几二十年,嘉靖五年二月二十三日卒,年七十九。生平见费宏《明故颐元高先生墓志铭》(《太保费文宪公摘稿》卷十八)、姚宏绪《松风馀韵》卷二十二。

《宝文堂诗集》一卷,清嘉庆二十四年(1819)云间张氏《书三味楼丛书》本,张应时辑校,上海图书馆藏。扉页有牌记"嘉庆己卯夏镌,邑后学张虚谷校刊《高学正宝文堂诗钞》,书三味楼藏板"。半页十行,行二十一字。左右双边,无格白口,单鱼尾。鱼尾上镌"宝文堂诗集",下镌卷数,再下镌页码及"书三味楼"。无序。题名下镌"云间高博颐元甫著,后学张应时虚谷校刊"。内总收七言近体诗二十七首。集后注"十一世孙崇瑚器之、崇瑞辑之校字"。后附其六世孙高汝舟题识,曰:"六世祖颐元公登成化癸卯乡荐,才德卓迈,气谊豪雄,人皆以鼎辅期之,晚授武冈学正,非公志也。飘然弃官归，清介自持，无所附丽，日与曹定庵、许一庵先生辈赋诗饮酒，优游田里几二十载，享年七十有九。没祀乡贤，名载郡志。初铅山费文宪计偕北上，遇公于徐、沛间，周旋月馀，公剧谈治道，尤切民瘼，文宪折而庄事之，故为志公墓，深致悲焉。公著述甚富，而多散佚，仅得二十馀首。然吉光片羽，俱足为宝，正不在多也。六世孙汝舟百拜识。"

姚宏绪按语赞高博"诗气味浑厚，太朴不雕，后嗣风雅相仍，酝酿于此矣。所谓天降时雨，山川出云也。"（《松风馀韵》卷二十二）

朱曜《朱玉洲集》

朱曜（1462—1530）字叔阳[①]，号玉洲，朱佑子，朱豹父。正德间贡生，早年力学，颇留意百家子史。九战秋闱无果，晚以乡贡官清江盐课提举。慕云间包节为人，以此勖其子豹。愿悫端毅，时比之陈太丘；博学异行，远近尊为宿儒长者。嘉靖九年（1530）六月卒，年六十九。后以子朱豹贵，赠御史。有诗文集《朱玉洲集》八卷行世。生平见姚宏绪辑《松风馀韵》卷九、严昌堉辑《海藻》卷二。

《朱玉洲集》八卷，明嘉靖十五年（1536）朱蟾刻本，南京图书馆藏。《四库全书》未收，《总目》《禁毁书目》等俱未著录。半页八行，行十六字。左右双边，版心白口，单鱼尾，鱼尾下镌题名。有清丁丙跋。集后有嘉靖丙申秋九月既望江西按察副使提督学

[①] 朱察卿在《刻曾大父葵轩稿》中言"南昌公（朱佑）永已时，御史公（朱曜）才十八岁，福州公未生，今察卿九岁而孤，福州公没且三十馀年矣"。由上文知朱佑卒于成化十五年（1479），该年朱曜十八岁，依次上推，则朱曜当生于天顺六年（1462）。朱察卿在《先福州府君行状》中指"庚寅六月，提举公讣至"，则朱曜卒于嘉靖庚寅（1530）无疑。

政唐锦《玉洲先生文集序》。内卷一、二收诗八十六首,卷三、四收序十二篇,卷五、六收墓志(墓表、行状)十二篇,卷七、八收杂著(书、跋、说、赞、祭文、辞等)二十八篇。

集由朱曜季子朱蟾辑刻。唐锦序云:"圣代文运丕隆,前辈卓然诸名家,皆浑厚博大,有西京之风焉。后之好奇者,颇事刻削,往往诋訾班、马,非薄韩、欧,而病其不古,遐希远慕,必欲为岣嵝之碑、岐阳之鼓,然其流弊时或涉于僻塞艰蹇,读之聱牙棘舌,戛乎难入,苟以掩护肤谫,而雅道尽矣。前提举玉洲先生生当文运极隆之时,而天才学力两臻其盛,故发之于文,根柢深长,波澜浩荡,丰润典缛,浑然无刻削之迹。诗篇肆笔沛然,顷刻数十百言,若不经意,然精丽渊畅,有味外之味,他人句锻月炼或不及也。俪语乐府,妙出天成,非积习可致,岂非一时文坛之豪也哉?匹之前辈诸名家,夫谁曰不可?虽然,先生可重者独文焉已乎?盖其胸中抑有含章内奥而深于道焉者矣。讲学谈性,早负盛名,门下游从甚众,当时士林属望甚至,乃徘徊庠校,十荐不偶,晚以乡贡拜官,惜士者叹焉。夫以先生之望,必进而论思献纳,作诰陈谟,然后为称。今一不获展,而区区名第亦不获与流辈伍,在常情能无愤悒不平之叹哉?而先生心安意舒,词气冲融,若不知世之有晦明得丧也。自非有含章内奥而深于道焉者,其能然耶?窃尝论之,先生身没而言立,虽当时不遇而遇于后世者,厥有攸在,此天所以厚先生也。彼以功名不遇为先生惜者,岂惟不知先生,且不知天矣。先生应酬请购,恒对客挥毫,单词落纸,人辄珍持以去,稿多不存。今其季子太学君蟾网罗散逸,得十之五,即手录成帙,刻梓传焉。"

朱彝尊引钱武子(钱德震)言:"封君诗取自娱,不事敦琢。然如'翠竹呼鸠妇,青畲长稻孙',不可谓非佳句也。"(《诗话》卷九)

唐锦《龙江集》

唐锦（1476—1554）字士䋲，号龙江居士，松江府上海人。弘治九年（1496）进士，授东明知县。正德二年（1507）迁兵科给事中，以忤刘瑾意，出为深州知州。瑾诛，迁南工部主事，历南刑部郎中，出为江西按察使，改江西提学副使。值宸濠乱，集城中士民，激以大义，捕内官杜茂等四十二人，驰请王守仁入城，建首功，寻被劾落职致仕。嘉靖三十三年（1554）卒，年八十。弘治间纂修《大名府志》十卷（有正德刊本），首修《（弘治）上海县志》八卷，另有《龙江梦余录》四卷（有明刊本）。生平见徐献忠《江西提学副使唐公行状》（《长谷集》卷十三）、朱希周《唐公墓志铭》（《龙江集》卷首）、过庭训《唐锦传》（《本朝分省人物考》卷二十六）、《（崇祯）松江府志》卷三十九。

《龙江集》十四卷，明隆庆三年（1569）唐氏听雨山房刻本，国家图书馆、上海图书馆、天一阁图书馆及台北图书馆等藏。《四库全书》未收，《总目》《禁毁书目》等俱未见著录。今《续修四库全书》第1334册、《甲库善本丛书》第732册内《龙江集》十四卷即据明隆庆三年听雨山房本影印。板框18×13.7厘米。半页十行，行十九字。黑格白口，左右双边，单鱼尾。部分版心下部镌刻工名姓，如姚起、章右之刻、九鹏刻等。卷首有明潘恩《龙江先生文集序》、隆庆三年顾名世《龙江先生文集序》、朱希周《明故中宪大夫江西按察司提学副使唐公墓志铭》。正文题名后镌"云间唐锦士䋲"。卷一收诗九十首，卷二至四收序三十篇，卷五至七收碑记十三篇，卷八至十一收墓志铭、墓表及诔等二十二篇，卷十二、十三收行状四篇，卷十四收杂著十四篇。惟不存奏疏。顾名世序曰："先生官谏议日，奏疏凡若干篇，皆论当世大务，今毁不存。所存仅仅止此，又非先生所以垂后之意。昔陈思王有言：后世谁知订吾文者。夫订文非难，难于知意耳。"台北藏本牌记注"隆庆己巳唐氏听雨山房雕梓"。

顾名世志其为人曰："先生弱冠登朝，大节焜耀，忤权竖而不挠，亢逆藩而不屈，再罹黜辱，滨于危殆而不疑。文章节义，凛凛贾傅、宣公之遗烈，乃其中固自有本矣！当其督学江藩，独持大体，不尚苛屑之政，都肄诸生得人人自便。及评骘臧否，不爽尺寸，士有遗思焉。会宁藩构逆，先生以不屈被系，卒能乘间返正，夺门以纳王师。忌者毁其功不录，顾复蒙之以罪，先生终不自明，时时概见于篇什。悲夫！藉第令无龃龉于时，获尽其用，斯鸿巨之业可坐而致，宁独藉文艺自见哉？先生性嗜史籍，自胜冠至于耄齿，口未尝废称说。凡士民之贤豪有声者，皆愿交亲之，其乐善诩诩、推置自喜，诚其中不能自释也。优游林壑馀三十年，逡逡醇谨，躬孝弟廉让之节如一日，族里化其行几于还醇矣。"并称："其学务以实践为地，取世儒所称良知之理，悉著于躬行，不苟谈性命以眩俗。其为文辞，皆根柢六经，无诡异、辨博、新奇之说，而粹然一出于道。"

潘恩于唐氏治行颇多赞语："弘治岁丙辰，我上海龙江唐先生负山海之英，蹑利宾之会，年斯弱冠，拔萃甲科，海内鸿生硕儒云集京师，相与谈说诗书、追琢艺文者不可胜数。鸾翔凤翥，家擅厥长，人握异宝。公才颖敏，推择先登，盛矣。已而出宰东明，爰有民誉。驯雉绍鲁恭之躅，鸣琴扬宓子之化。最绩循良，征拜给事。入直而謇谔著声，理鹾则公清效绩。时为逆瑾所衔，左官州郡，非其愆也。居无何，瑾诛，环复，历留都郎署，茂树声称。继擢江西按察副使，提督学校。持身峻洁，品藻精明，士心咸附。向往倾耆蔡之诚，瞻依耸山斗之望，前后学宪皆所不及，人至于今称之。迨其挂冠归里，优游林壑者三十馀年，恕以同人，和不犯物，溯其风轨，易直可师。鹤鸣来子和之应，鸿渐植清远之仪，闾党孚化。古之所谓乡先生，生有益于时，殁而可祀于乡者，公其无愧之矣。公考终数载，嗣子世具光禄君惧遗文之放失，获十一于网罗，厘为十有四卷，刻置家塾，属序于予。忆昔公与予为忘年交，德音在耳，展卷怃然，遂诠次数言，冠之琬琰，揭示将来，暨先辈典故之存，标明朝文献之盛云尔。公声诗清婉简夷，不失温柔敦厚之教。序、记、碑、铭诸作咸善，罔非平正明达之言。"

姚宏绪《松风馀韵》卷三十一录唐氏诗二十五首，按云："曹石仓《十二代诗钞》录先生诗颇多。正、嘉之际，若俨山、若青冈，与先生并称作者。其为诗也，整暇而无促节，澹远而无嚣音，抒写景物，不尚绘藻。"

陆深 《俨山集》《陆文裕公行远集》《陆文裕公集》

陆深（1477—1544）字子渊，号俨山，松江府上海人。弘治十八年（1505）进士，授编修，改南礼部主事。六年因病乞休，十一年复职。历国子司业、祭酒，充经筵讲官。忤辅臣，谪延平同知。晋山西提学副使，改浙江。累官四川左布政使。嘉靖十六年（1537）召为太常卿兼侍读学士。世宗南巡，深掌行在翰林院印，进詹事府詹事，致仕。卒，谥文裕。深有文名，著有《俨山集》一百五十卷存世。生平见唐锦《俨山陆公行状》（《龙江集》卷十二）、许赞《文裕陆公墓表》（焦竑《国朝献征录》卷十八）、严嵩《文裕陆公神道碑》（《钤山堂集》卷三十五）、夏言《文裕陆公墓志铭》（《夏桂洲文集》卷十六）、《明史》卷二百八十六。

《俨山集》一百五十卷

内《俨山文集》一百卷、《俨山外集》四十卷、《俨山续集》十卷。《总目》论《俨山集》一百卷续集十卷时云："是集有费寀、徐阶二序，文徵明后序，续集前有唐锦序，后有陆师道跋，皆其子楫所编。锦序及师道跋并称尚有'外集'四十卷，通此二集为一百五十卷，此本不载外集，盖外集皆其笔记杂著，又自别行也。《明史·文苑传》称深少与徐祯卿相切磨，为文章有名，书仿李邕、赵孟𫖯，赏鉴博雅，为词臣冠。阶称深以经济自许，在翰林、在国子数上书言事；督学于晋，参藩于楚，旬宣于蜀，则皆有功德于其士民，而惜其独以文章见。寀亦称其以剀切不谀忤宰臣，左迁以后，略无感时愤俗之意，而举其《发教岩》诗、《峡江道中》诗证其无所怨尤。今观其集，虽篇章繁富，而大抵根柢学问，切近事理，非徒斗靡夸多。当正嘉之间，七子之派盛行，而独以和平典雅为宗，毅然不失其故步，抑亦可谓有守者矣。"（《总目》卷一百七十一）

《俨山文集》一百卷，嘉靖二十五年（1546）陆楫刻本。半页十行，行二十字。左右双边，版心白口，双鱼尾。卷首有嘉靖丙午仲夏望日吏部左侍郎徐阶《陆文裕公集序》、太子太保礼部尚书兼翰林院学士纂修玉牒国史经筵讲官钟石费寀《陆文裕公文集序》。卷末有前翰林院待诏将仕佐郎兼备国史长洲文徵明《陆文裕公文集后序》。卷一收赋五首，卷二至二十三收各体诗一千四百馀首，卷二十四收诗馀三十二首，卷二十五为"诗话"三十二则，馀为各体文。正文题名后镌"门生黄标校编"。集由其子陆楫整理、编次、刊刻。深生前即有付梓著述之想，其言于董宜阳曰："余有撰著数种，虽不敢自谓成一家之言，其于网罗旧闻、纪记时事，庶不诡于述者之意矣。使后世有知余者，其在兹乎？"（何良俊《俨山外集序》）陆深亦语陆楫曰："书来，欲为吾集文稿。旧曾清出三册，是丙子以前所作，是姚天霁写清，放在浦东楼上西间壁橱内。丁丑以后文字俱散漫，稿簿俱留在家，可乘闲清出，令人写净，须我自删定编次也。"（《俨山集》卷九十九）陆深生前即将己作作了整理，故陆深卒后两年，即嘉靖二十五年（1546）丙午，《俨山文集》一百卷即梓行。

在付梓《俨山文集》之同时，陆楫整理父亲其他遗作，数量可观，计四十卷，请陆深姊子黄标编校，即《俨山外集》，外集得以与《文集》一百卷于嘉靖二十五年（1546）先后面世。今《甲库善本丛书》第533册内《俨山外集》四十卷即据明嘉靖二十五年陆楫刻本影印。卷首有嘉靖乙巳（1545）八月望徐献忠撰《陆文裕公外集序》，卷末有嘉靖乙巳九月望郡人何良俊撰跋语。《总目》云："是编乃其札记之文，其子楫汇为一集，凡《传疑录》二卷、《河汾燕闲录》二卷、《春风堂随笔》一卷、《知命录》一卷、《金台纪闻》二卷、《愿丰堂漫书》一卷、《溪山馀话》一卷、《玉堂漫笔》三卷、《停骖录》一卷、《续停骖录》三卷、《豫章漫抄》四卷、《中和堂随笔》二卷、《史通会要》三卷、《春雨堂杂抄》一卷、《同异录》二卷、《蜀都杂抄》一卷、《古奇器录》一卷、《书辑》三卷。其中惟《史通会要》撮刘知幾之精华，櫽括排纂，别分门目，而采诸家之论以佐之，凡十有七篇，专为史学而作。《同异录》为进御之本，采择古人嘉言，撮其大略，分上下二篇，上曰《典常》、下曰《论述》，专为治法而作。《古奇器录》皆述珍异。《书辑》皆论六书八法。其馀则皆订正经典，综述见闻，杂论事理。每一官一地，各为一集。部帙各别，体例则一。虽谰言琐语，错出其间，而核其大致，则足资考证者多，在明人说部之中，犹为佳本。旧刻本四十卷，今简汰《南巡日录》《大驾北还录》《淮封日记》《南迁日记》《科场条贯》《平北录》六种，别存其目，故所存惟三十四卷焉。"（《总目》卷一百二十三）

徐献忠序曰："吾松滨于涨海，犹以名郡邑著称，初非有宝玉珠玑之产，徒以人文跨越江左而已。至称大方之家，则自机、云而后千数百年，始得公一人焉。公又出自华宗，源长有委，道在廊庙，而理擅民宗，顾其为志，实欲匡赞当世，不徒驰情艺事与文学之士相雄长而已。故所述纪，凡典法伦教可以兴革布措，可考见于后世者，靡不及焉，岂非希世之俊民、珪璋之伟望者耶？先所次诗文集共若干卷，此因名'外集'，子楫校，授中表黄子标铨次，如此云。"何良俊跋云："我明当正德间，承累圣熙洽，又敬皇帝加意文儒，故一时则有康浒西、马西玄奋自关中，崔后渠鸣于邺下，李空同、王浚川雄视河洛，何大复、薛君采高骋颍亳，徐昌谷、顾东桥与先生辈振起吴中，文章之盛几与古埒。今读其集，非不穷妍尽工，眩视惊听，然譬之画脂镂冰，虽精采酷似，而弃日损功，终归毁灭。呜呼，若此者亦何取于文哉？唯先生撰著成书凡二十三家，通计四十卷。其于历代典章、群籍隐义，阴阳历律之变，天文地理人事之纪，莫不毕备。至若《史通会要》一书，则作史利病，评骘无遗；《书辑》一编，则书家精秘，开指殆尽。录同异，则敷奏详明；纪扈从，则铺写严密。其序致时事则核而婉，切而中，使后世润饰王风者师其故实，翱翔艺圃者掇其菁藻。史家或有阙失，则异代编摹者亦或有征焉，其于博雅可谓兼之矣。但恨当世不能尽先生之用，使稍当事，则执此以往，其弛张规画，必有非俗儒所能仿佛者。其视玄虚靡曼之习竟无所施者，相去又何远耶？是刻也，黄子实事编校，最为详审。"

《续集》十卷，嘉靖三十年（1551）陆楫刻本。今《甲库善本丛书》第741册内《陆文裕公续集》十卷即据明嘉靖三十年刻本影印。《续集》有嘉靖辛亥（1551）仲春朔江西提学按察副使致仕进封中宪大夫姻生唐锦序、集末有嘉靖辛亥夏五月朔长洲陆师道撰后序。

唐锦序曰："文裕公俨山先生崛起东海之滨，天才学力，超迈卓绝，骏发精英，其光焰烨烨迫人，宏博而不繁，古奥而不晦，周之典雅，秦之雄畅，西京之丰蔚精密，盖无乎不备也。纵横运化，名一家言，所谓黼藻化工，芬馥宇宙，浩然独立乎万物之表者，非先生其畴当之？平生撰著自讲筵、史局、郊庙、台省以及山川林馆之品题，祠墓金石之镌刻，与经史之折中，古今典章之辨议，家传人诵，殆遍寰区，片楮只简，为世至宝，可谓极文章之盛矣！矧先生经纶匡赞之业，虽宣发未究，而河岳默运之功，良不可诬，则夫先生之所以传世垂范者，岂唯文哉！先生既敛神观化，其子太学生楫字思豫，发所藏稿，类而成编，凡为集百卷，外集四十卷，咸登诸文梓，寿其传矣。兹复访搜散佚，随遇札录，编为续集十卷，刻附集后以传。"

《陆文裕公行远集》二十四卷

陆深《俨山集》梓行后八十馀年，散佚严重。陆深曾从孙陆起龙作了补刊，这就是明陆起龙刊本《陆文裕公行远集》二十五卷外集一卷，日本国立内阁文库藏。陆起龙跋云："先曾叔祖文裕公文集一百卷，续集四十卷，外集四十卷，嘉靖时从叔祖小山公校刻，行世已久，卷帙繁重，学者往往苦其难购。岁丁丑，小子承乏江右之永宁，出入庐山、彭蠡间，追念先公昔常参藩是邦，政事、文章与江山相映发，迄今求其遗集者，所在所有。盖古者思其人，犹爱其树，况其发之心而宣之为言者乎？小子不敏，愧无以塞贤士大夫之请，簿书之暇，属从弟元美日录数篇，积久成帙，爰付开雕。既成，识之曰《行远集》。夫言之无文，行而不远。先公之述作可谓文矣，非敢谓掇其菁华尽于斯集。"

自陆起龙刻《行远集》后，至陆瀛龄时又过去八十馀年，历经明清鼎革，社会巨变，原刻已十不存二，为保存文献，承续家学，陆瀛龄作了重修，这就是明陆起龙刻清康熙六十一年（1722）陆瀛龄补修本，复旦大学图书馆等藏。今《存目丛书》集部第59册内《行远集》即据此本影印。板框20.8×13.3厘米。黑格白口，左右双边，双鱼尾。陆瀛龄题识曰："龄自总角时，先君子尝手裒全集，庭立而诏之曰：'我陆氏家学在是，立身行己，当以公为法。'小子识之，弗敢忘。全集原刻凡一百八十卷，先伯祖吉云公宰永宁时重付剞劂，虑其鲦也，什存一二，簿书鞅掌，未暇编定，公诸当世，今藏板尚存。龄谨奉庭训，重编卷次，且补其漫漶阙失者。"书为二十三卷外集一卷。《总目》论《行远集》《行远外集》（皆无卷数）时云："（陆深）文集、续集刻于嘉靖中。此集则崇祯庚午其曾孙休宁县知县起龙所编，前有起龙《述言》一篇，称深'随地著述，散见四方者，邈不可购。所镌正、续集一百五十卷有奇，十不得五。迄今模糊散佚又十之二三。起龙眷怀先泽，多方搜购，见辄笔之，又积至二十馀卷，以次校编'。又称'附以年谱，重开生面'云云。今考此本所载，皆《文裕集》所已收。盖其时旧刻散佚，因掇拾所存重刻此板，故称'搜购'，实则非续获于正、续二集之外也。所称年谱今亦不存，或装辑偶漏，或岁久板又佚缺欤？"（《总目》卷一百七十六）然经检对，陆瀛龄重修本《行远集》中有文十二篇、诗六十六首为四库本所未收。

《陆文裕公集》一卷

明隆庆间俞宪辑《盛明百家诗》本，前有隆庆元年（1567）秋九月俞宪题识。内收诗赋词共二百馀首。

深有经济治世才，惜后世仅以文章称显。徐阶序曰："深以经济自许，故在翰林，在国子，则数上书言事；督学于晋，参藩于楚，旬宣于蜀，则皆有功德于其士民。而世顾独称公为文章之宗匠，岂以彼而掩此乎？抑论文者没溺于旧文而然也？公没再期而此集出，维公位不登卿辅，寿不满七十，其文之在经济者，虽不尽显于时，而所谓辅经纪事、通达政务之文，犹幸有征于此。"陆深诗文虽称繁复，然后人所评褒贬各异。王世贞评曰："陆子渊诗如入赀官作文语，雅步虽自有馀，未脱本来面目。"（见《弇州四部稿》卷一百四十八）王氏持论近朱彝尊。朱氏于《诗话》卷九中评曰："俨山诗，其原出于'大历十子'，平衍帖妥，如设伊蒲之馔，方丈当前，虽远膻腥，终鲜滋味。至其折衷经史，练习典章，其所纪载,可资国史采择。"《明史·文苑传》称陆深"少与徐祯卿相切磨,为文章有名。工书,仿李邕、赵孟頫。赏鉴博雅,为词臣冠。然颇倨傲,人以此少之。"(《明史》卷二百八十六)清末陈田评曰:"子渊论诗云:近时李献吉、何仲默最工。姑自其近体论之,似落人格套,虽谓之拟作可也。然其自作乃平衍敷腴,去李、何尚远。"(《明诗纪事》丁签卷十二)

朱豹《朱福州集》

朱豹(1481—1533)字子文,号青冈居士,松江府上海人。父曜,清操自厉。豹举正德十二年(1517)进士,授奉化县令,调馀姚。豹为治威严,豪右强宗为之敛气,加意作兴黉宫,两邑皆祠名宦。十六年擢监察御史,在台中遇事敢言,封章数上。后迁守福州。豹受诫惟谨,有冰蘗声。廨中有鹧鸪,豹幼子喜,临行欲持归,豹妻急止之曰:"尔父未尝持一毫官物,二鸟亦官物也,可持归耶?"其清操自律如此。嘉靖十二年卒,寿五十三。豹居恒喜赋诗,有《万绿堂集》《淞野集》《内台集》《洪城集》《闽中集》,然多散佚。后人总其宦游所著裒刻之,为《朱福州集》。生平见何三畏《朱福州青冈公传》(《云间志略》卷十一)、朱邦宪《先福州府君行状》(《朱邦宪集》卷九)、王兆云《皇明词林人物考》卷六、《(乾隆)福州府志》卷四十七"名宦"二。

《朱福州集》六卷,明嘉靖三十一年(1552)朱察卿刻本,国家图书馆藏。《四库全书》未收录。《总目》著录。今《存目丛书》集部第75册内《朱福州集》即据国家图书馆藏本影印。该集半页八行,行十六字。黑格白口,左右双边,单鱼尾。卷首有陆师道《朱福州集序》,题"前进士承德郎礼部仪制司主事长洲陆师道序";徐献忠《朱福州集序》,题"嘉靖壬子(1552)仲春郡人徐献忠"。

卷末有嘉靖壬子仲春张世美《书朱福州集后》及何良俊、张之象、董宜阳、冯迁等题识。内前三卷为诗，后三卷为文。卷一收诗四十五首，卷二收诗四十三首，卷三收诗五十首，总收诗一百三十八首；后三卷收奏、疏九篇。

朱豹著述颇富，然多散佚。陆师道序称："公平生所为诗文甚多，有《万绿堂》《淞野》《内台》《洪城》《闽中》等集。公卒后，其弟国子生子明谒选京师，橐之自随，将为校阅以传者，而子明以客死，稿遂散轶。至是公之子察卿极意搜拾，仅得诗百五十篇，合奏草十篇为六卷，刻之，而属余为之序。"其所传仅六卷，亦有他因，徐献忠云："《朱福州集》，诗、奏疏各三卷……公雅以诗名，又立朝表表有声迹，所裒集甚富。其弟子明携以自随，后殁于京师，散失焉。子察卿检其遗及人所传颂，仅及此。又公尝戒其子：凡纠劾章疏，其人他令闻或不可废，不可使闻于后世；至于庙朝大议，故非可传布，悉焚弃之。"

另有《朱福州集》一卷，明隆庆间无锡俞宪刻《盛明百家诗》本。前有隆庆己未秋七月俞宪题识，谓："公平生诗文甚多，集而传者止此。及考公之先，以诗名者四世矣。爰因友人所贻，采辑成卷。"收各体诗九十五首。上海图书馆另有抄本《朱福州集》六卷，前收陆师道序、徐献忠序，前三卷为各体诗，后三卷为疏，卷末附张世美、何良俊、张之象、董宜阳、冯迁跋语。

豹身为朝廷命官，两次遇暴民袭击，几为之丧身。故他以正直士人之敏感，察觉社会危机之严重，为此曾数十次上书朝廷，语甚剀切。何良俊曰："公为侍御史时，今天子初膺宝历，稽故实、正典礼，直欲比隆唐虞，自汉以下诸君勿屑也，而公之章奏但以开延访、重民牧、修饬边备、求直言、崇节俭、足兵食为言，初无奇谋异计，可以少裨圣思。余意当时人必訾议公谓细琐，闻奏不称，然余观顷年以来海内民力日困，虏骑充斥疆圉，宰相日夕调兵食常惧不给，则公之所言无乃正为今日耶？"朱豹忧国爱民之情殷殷可鉴。

朱氏乃云间望族，以文学著称，豹能世其家学。徐献忠序云："朱氏居上海，自公而上，世敦行义，复有艺文相禅，邑中薰其德，莫不称朱氏多长者。其四世祖木尝以布衣召至公车，上《安边十二策》，适丁榜葛剌国进麒麟，因献《麒麟颂》，有《静翁集》藏于家。其子元振世其业，有《寿梅集》。孙佑仕江西南昌府同知，工词翰，有治才，著《葵轩稿》。佑生曜，提举清江司，有《玉洲集》，公其子也。五世皆以文学见郡邑志，殆人间所少，又况行义称长者哉！"朱察卿好友冯迁亦称朱豹"少时为诗即多清俊语，为人传诵。既仕为御史、为郡守，贤声懋绩赫著一时，然观览纾怀，大肆声律，尤益俊雅，绰有唐风，其为传也无疑。先生诗学乃自家世，四世祖静庵公能诗，曾大父怡闲公能诗，大父葵轩公能诗，父玉洲公能诗，子察卿又能诗，方深造诣，若良驹之驰下坂，不可知其止。极要古今，以诗世其家，期以相传，若先生家者，殆未多见"（冯迁《书朱福州集后》）。董宜阳赞朱豹"诗雅润和平，出入岑、孟。虽触景会心，随兴所至，多忧时恋国之辞，而思亲求退之志每见其中。盖公雅性疏朗，虽迹在周行，而情欢在野，故其萧闲冲远之度，居然可想。奏疏诸篇，才谞敏赡而虑事精详，明白剀切，得告君之体。所谓忧盛世而危明主者，每溢言外。虽刊削散佚之馀，所存仅此，然皆可传也"（董宜阳《书朱福州集后》）。陆师道亦于集后跋语中云豹"诗清新婉丽，兴寄玄远，深得风人之旨。而其所奏白者，皆忠实简亮，疏通练达"。四库馆臣评其诗："诗学中唐，以流丽清切为主。"（《总目》卷一百七十六）

冯淮《江皋集》《江皋遗稿》

冯淮（1486—约1564）字会东，号雪竹山人，松江府青浦人。

布衣，嘉靖时以能诗称。二子冯迁、冯邃，俱能诗，父子兄弟间常自相唱和。平生以砚田糊口，虽与名公大卿多有往来，却耻事干谒，不向人贷贯钱斗粟，又日夕苦吟，以幽栖为快。有明刻诗集《江皋集》六卷《遗稿》一卷。生平见归有光《冯会东墓志铭》（《震川先生集》卷十九）、何三畏《冯山人父子传》（《云间志略》卷二十）、《（乾隆）上海县志》卷十。

《江皋集》六卷《江皋遗稿》一卷，明刻本，国家图书馆藏。《四库全书》未收，《总目》《禁毁书目》等俱未著录。今《明代诗文集珍本丛刊》第94册内《江皋集》六卷《江皋遗稿》一卷据明刻本影印。半页十二行，行二十二字。版心白口，左右双边，单鱼尾。鱼尾下注"江皋集卷几"，版心下部注页码。卷首有同郡徐献忠撰《江皋集序》。正文题名后镌"云间冯淮会东著"。卷一收诗九十一首，卷二收诗九十六首，卷三收诗九十三首，卷四收诗一百三首，卷五收诗一百十一首，卷六收诗一百五十一首，遗稿收诗七十五首。其诗多五七言近体。徐氏称其集为"上海唐子世具、顾子汝修、乔子启仁、朱子邦宪所刻雪竹冯山人诗也……其诗多自得之意，不蹈陈迹，而写撰情景多惊人语"。冯淮有诗《刻稿完喜而有作用呈同志》云："诗草删馀无百篇，刻来字字净堪怜。"可见此集于冯淮生前即已付剞劂。

冯淮别有《武夷稿》《荆溪稿》已刊刻行世。《江皋集》则由上海唐赟（字世具）、顾从德（字汝修）、乔承华（字启仁）、朱察卿（字邦宪）四人所刻。徐献忠《江皋集叙》云："《江皋集》者，上海唐子世具、顾子汝修、乔子启仁、朱子邦宪所刻雪竹冯山人诗也。山人名淮，字会东，华亭曹泾里人。平生晦迹林樾，自高其志，于世一无所慕，而独究于诗，寓游应接一于诗发之。有子曰迁，修辞立行以君子之道事山人，山人以是无内外累，而俯仰自由，故其诗多自得之意，不蹈陈迹，而写撰情景多惊人语。吴中贤达士，闻其风多乐与之游，往往偕之名山川，探讨名迹，乃其意自屏于世，甘澹泊之分，非好贤下士先委其情者不之顾也。近世名山人者，余疑焉。攻其术艺以钓虚闻，遂与世路抹杀陆沉而不返，艺虽精亦何取焉？独冯山人余谓其弗愧于称，读其诗乐道其人也。山人所藏稿馀千篇，四子删采仅此六卷，别有《武夷》《荆溪》诸稿已刻，不在是。"

上海图书馆有抄本《江皋集》六卷，前有无名氏所记小识："《江皋集》序文行书半页七行，行十二字；正文半页十二行，行廿二字。活体字、竹纸印本。"卷首有徐献忠序。卷末有"题识"："《江皋集》钞自北平图书馆所藏明本，行款悉照原刻，另钞明崇祯《松江府志·游寓列传》以附其后。"题识后附有明崇祯间松江知府方岳贡、郡人陈继儒纂修的《松江府志·游寓》。

何三畏谓冯淮父子诗"皆抒写情性，吐吞烟霞，效王、孟之深沉，似鲍、庾之清俊，每见称于作者，亦推毂于时流"（《云间志略》卷二十《冯山人父子传》）。朱察卿有《江皋集序》，内称"冯子乔与予校刻其父雪竹先生《江皋集》成，尚书南坦刘公、翰林衡山文公、奉化令长谷徐公以先生岩穴之节、儒林之艺可重见，皆曰'吾愿序之'。未几，刘、文后先死，属草殆半辄废，今不得与徐序并传。予游于先生父子间甚善，乃因子乔之请而序之。曰：世之擅诗名而雄视海内者何限，然闻其平日自期之言，或云作诗当法汉魏，或云务为大历以前语，每见先辈名家言，不排其格弱，即诋其词媚，往往嚖嘈其口以肆讥评，及读其所撰造，大非其所自期，盖欲短人以长己，沽誉钓声以欺世之不知者，且无论其艺，即其心已不长者矣。先生少好学，多所关览，长而肆志吟咏，尝贫不具脱粟，亦坐一室宴如，业不稍辍，以故铸辞益工，无不隽永宏丽，横鹜惊于大历间诸人。乃先生名益著，行益修饬，与王公贵人之贤者游，未尝言己贫贱，惟恐以贫贱累人；日与缀文之士上下古今，未尝雌黄古今人一语,虽与学步后生言,不欲以所长先之,或以诗就正,先生刊定而归之,不以其所未合作者闻于人人"。

潘恩《笠江先生集》《笠江先生近稿》《潘恭定公全集》《玄览堂诗钞》《潘尚书集》

潘恩(1496—1582)字子仁,号湛川,又号笠江,松江府上海人。嘉靖二年(1523年)进士,历官祁州、钧州知州,擢南刑部员外郎、广西佥事、四川左参议、山东副使、江西副使、浙江左参政,以御倭有功,升右副都御史,巡抚河南。三十六年迁刑部右侍郎,历工部左侍郎,晋南京工部尚书,三十九年转刑部尚书。潘恩遇事敢为,不惧强御,疏劾徽王朱载埨贪虐,伊王朱典楧骄横,名声大振。四十年进左都御史,致仕。万历十年(1582)卒,年八十七,赠太子少保,谥恭定。著述有《诗韵辑略》五卷(隆庆三年刻本、清顺治九年宁寿堂刻本)、《美芹录》二卷(万历十五年云间潘氏刻本)、《潘恭定公全集》二十五卷(明万历刻本)。生平见申时行《墓志铭》、徐学谟《神道碑》、陆树声《墓表》、王世贞《行状》(以上俱《潘恭定公全集》后附)、张廷玉等《明史》卷二百零二。

《笠江先生集》十二卷

明嘉靖三十四年(1555)聂叔颐编刊本,国家图书馆、上海图书馆、苏州市图书馆、台北图书馆、美国国会图书馆、德国巴伐利亚邦立图书馆等藏。卷首有嘉靖三十三年徐献忠《笠江先生集序》、嘉靖三十四年冬张时彻《潘笠江先生集序》。《总目》著录。内卷一赋七篇、拟乐府诗五十一首,卷二至五收古近体诗四百九十馀首,卷六至十二收各体文一百四十八篇。

集由聂叔颐刊刻行世。聂氏题识曰:"《笠江先生集》,赋、乐府、古今诗凡五卷,策、表、笺、序、碑、记凡四卷,说、对、赞、志、铭、祭文及杂述凡三卷,合为十二卷。盖自嘉靖纪元壬午之岁迄今甲寅,凡三十馀载之所作也。先生茂德笃行,为世表仪,其所论著皆根诸性灵,本乎事实,岂独以空言自见者哉?海内之士既多称先生之行,余故辑其文传之,后有君子,得以览焉。后学聂叔颐谨识。"

徐献忠论曰:"松江僻在海上,晋室未南,即顾、陆之风蔚然称于海内,以开其先,可谓盛矣。笠江潘先生闻其风而兴起,自其少时,即性有定养,操节有概,虽处群众遇,纷错应之,未尝有声色,故居乡称君子,临政称贤大夫。其为文即类其行,春容和厚而有典则,盖本于两汉而通于韩子。其诗祖盛唐,充于自得之意,其气视诸子为独平,而浑厚视古昔,其仕达于时,固宜然也。"张时彻论其诗文云:"笠江先生幼负瑰奇,翱翔艺苑,自为诸生,已崭然露其头角,迨偕计吏,策大庭,豹文丕著,流响四驰,缙绅学士称之曰此熙时之麟凤,而方域之珍琛也。已乃历典州郡,陟降藩臬,驰骛风尘之途,靡有停轨,而讽诵遗编,冥探博讨,如怒求饫,时有所得,则布诸舠胰,宣其胸臆,盖自始仕以至于今,恒挚挚焉。此所谓仕优而学者,非耶?今观其文,蕴藉必本于心得,论撰不诡于圣人,虽光焰溢发,而率由雅驯。其为诗也,型范自然,体裁各适,已深入作者之堂奥矣。推其所畜,施于有政,出以经营藩国,入以黼黻皇猷,将伟烈是建,而令誉无穷,奚啻贲其词章而已哉!"

《笠江先生近稿》十二卷

明隆庆、万历间刻本,乃潘恩生前所辑,南京图书馆、台北图书馆、美国国会图书馆藏。内卷一、卷二收诗二百七十馀首,卷三至十二收各体文一百五十馀篇。后附申时行《墓志铭》、徐学谟《神道碑》、陆树声《墓表》、王世贞《行状》。

《潘恭定公全集》二十五卷

潘恩卒后,其子潘允哲、潘允端合《笠江先生集》十二卷、

《笠江先生近稿》十二卷附集一卷为一帙,题《潘恭定公全集》,总二十五卷,为明万历汇印本,南京图书馆、苏州市图书馆、日本内阁文库、美国国会图书馆等藏。半页十行,二十字。黑格白口,左右双边,版心黑口。前集版心下题"潘集卷几",后集版心下题"近稿卷几"。卷首有陆树声《潘恭定公全集小引》、嘉靖三十四年冬十月朔张时彻《潘笠江先生集序》、嘉靖甲寅(1554)冬十二月朔徐献忠《笠江先生集序》。《笠江先生集》目录后有嘉靖甲寅聂叔颐题识。《笠江先生近稿》十二卷后附有申时行《墓志铭》、徐学谟《神道碑》、陆树声《墓表》、王世贞《行状》。今《甲库善本丛书》第761—762册、《存目丛书》集部第81册内《笠江先生集》十二卷《笠江先生近稿》十二卷据明嘉靖万历间刻本影印。

陆树声《小引》曰:"中丞笠江潘公平生所著曰《笠江集》、曰《笠江近稿》者,既梓行矣。公殁,而公二子学宪、方伯合前后刻汇萃成编,总之曰《潘恭定公全集》者,易名以举要也。"四库馆臣所见仅《笠江集》,《总目》云:"是集为诸生聂叔颐所编。凡赋诗五卷,策、表、笺、序、碑、记四卷,说、对、赞、志、铭、祭文及杂述三卷。前有陆树声序,称'恩所著有《笠江集》《笠江近稿》,皆已梓行。既没,而其子允哲、允端合前后刻汇为《恭定全集》'。今此本仍题曰《笠江集》,殆当时编集未成,故以新序冠于旧本欤?"(《总目》卷一百七十七)对此,今人王重民《中国善本书提要》云:"按前集刻于嘉靖三十三四年间,《近稿》刻于隆、万间,而恩卒于万历十年,其二子乃将前集与《近稿》汇印为一编,总题曰《潘恭定公全集》,倩陆树声另弁新序,即此本是也。馆臣只见前集,未见《近稿》,遂疑合前后刻汇为一集者,乃重新编类,另刻新版,非也。"(上海古籍出版社1986年版,页603)

陆树声序赞其文醇雅,而未及其诗:"公自弱冠登朝,中外扬历,由庶僚以至右列,闻望勋伐,彪炳宇内,无俟言矣。而因文论世，以考公历履于险夷崇替，冗散剧要不一其遇也，而概其大节，壮老一致，固著知当世矣。至其养深蓄厚，沉涵于学术、名理而出之绪馀，收其用于旂常钟鼎，托论撰以游情竹素，翕张于文质之间者，公盖持之以默，不自标揭，世或未尽知，知之而无从叩发其蕴也。余自往岁承乏南雍，会公迁南司空来也，数陪公议论之末，间扬榷艺文，知公所病于近世作者尚摹拟为工，以为肤立而乏神理，守枯荃而鲜自得也，余窃有味其言。乃今观公之文，大都尔雅醇厚，藻蔚而不失之雕镌，沉郁而不伤于钩棘，敷腴闳邕而不流于蔓衍，纡徐娴雅、迪则古昔而不泥于成迹，斌斌乎质有其文，备作者之典型焉，乃知余向所闻于公者，非苟言之也。"

清朱彝尊《诗话》云："公诗凡风雅什、乐府、五言、杂体靡不拟，又与高子业（高叔嗣）、田叔禾（田汝成）相酬和，知其用力深而取友之善也。"（《诗话》卷十一）

《玄览堂诗钞》四卷

明活字刊本，台北故宫博物院图书馆藏。今《甲库善本丛书》第761册内《玄览堂诗钞》四卷即据明活字本影印。二册。板框19.2×14.3厘米。半页十行，行二十一字。板心白口，单鱼尾，中缝上记"玄览堂诗钞"及卷几，中记页码。钤印有"国立北平图书馆收藏"朱方。正文题名后镌"云间潘恩子仁著"。卷一录赋三首、曲辞及乐府四十五首，卷二录五七言古诗八十五首，卷三录五律五绝五十五首，卷四录七律七绝百二十八首。上海图书馆藏抄本《玄览堂诗钞》虽题四卷，然目录实为十二卷，正文与《笠江先生集》殆无二致。前有陆树声小引、张时彻序、徐献忠序。

上海图书馆藏民国金山姚氏手抄本《玄览堂诗钞》四卷，有民国二十四年（1935）姚光跋语，云："我郡潘恩，字子仁，上海籍。明嘉靖癸未进士，官至左都御史，殁谥恭定。事迹附见《明史·周延传》。其所著诗文，曰《潘笠江先生集》者十二卷，曰《笠江先生近稿》者十二卷,皆嘉靖刊本,末皆附《附集》一卷,为志、碑、表、状,则两本相同,系一版复印也。又有《玄览堂诗钞》四卷,乃明活字所印,谅属早年未定之本。《近稿》及《诗钞》皆无序跋,《笠江集》则有陆树声《潘恭定公全集小引》,张时彻、徐献忠两原序,盖《笠江集》为正集,而《近稿》其续集也。清《四库全书》只以《笠江集》十二卷入《存目》中,其《提要》云:'是集为诸生聂叔颐所编,前有陆树声序,称恩所著有《笠江集》《笠江近稿》,皆已梓行;既殁,而其子允哲、允端合前后刻,汇为《恭定全集》。今此本仍题曰《笠江集》,殆当时编集未成,故以新序冠于旧本欤?'然余意恩之两集生前先后刊定,殁后,其子取原版汇而重印,乃总署曰《潘恭定公全集》,而又倩陆氏撰《小引》以冠其首,陆《引》中所谓'易名以举要'也,并非另有编集而重刻也。清嘉庆《松江府志·艺文》亦依此著录,并云'《明史志》称二十四卷,不知何本'。然《明史》之称二十四卷,盖合《笠江集》与《近稿》而言也。近贵阳陈田《明诗纪事》辑恩诗,只《笠江集》中《樱子石》《三入蜀过滟滪》二首,称'尚书诗有陈色,录其少新颖者'。大抵两集仍分别流传为多,其合印本见者不广耳。余既备借其集,景写存之,并抄清嘉庆《松江府志·列传》以附其后,复记其源委如此。中华民国二十四年岁次乙亥孟夏,金山姚光识。"

《潘尚书集》一卷

明隆庆间俞宪辑《盛明百家诗》本。内收赋三首、古近体诗七十四首。前有隆庆辛未夏四月望日俞宪小注:"予昔与笠江潘公同官江右,予归不数年,公登台省,掌部书矣。比刻《盛明百家诗》,因忆公著述,觅得其成集者仅二册许,业且竣工,不待多也。公平生浑厚和平,诗亦似之。又闻好道习长年之术,则其于词章又直土苴,不必多也。"

石英中《石比部集》

石英中（？—1525）字子珍，号见山，松江府上海十六保人。嘉靖元年（1522）应天乡试中举，次年成进士，授刑部主事。妾与仆通，愤而杀妾，事泄，因被囚死。石英中意气豪举，万言援笔立就，有《石比部集》八卷传世。生平见石应魁《先仲父见山行状》（《石比部集》附录）、《（嘉庆）松江府志》卷五十三。

《石比部集》八卷，明万历间石应魁刻本。湖南图书馆、上海图书馆藏。《总目》著录。《提要》云："是集凡诗三卷、文四卷。英在西曹以受诬被囚，其《七宣》《纪梦》及《古乐府》等篇，皆狱中所作，颇磊落有气。尝自评其文如赤手捕龙蛇。盖才情俊逸，而未能敛才就法者也。"（《总目》卷一百七十七）上海图书馆存全帙，湖南图书馆存卷五至卷八四卷。今《存目丛书》集部第83册内《石比部集》据湖南图书馆藏明万历刻本影印。半页九行，行十八字。黑格白口，左右双边，单鱼尾。版心鱼尾上镌题名"石比部集"，而每卷正文前题名为"石见山集"。版心下有刻工姓名。卷首有后学秦嘉楫撰《石比部集序》；继有石英中从子石应魁《先仲父见山先生文集序》，则《石比部集》又名《石见山集》。是集凡诗三卷、文四卷：卷一至三收赋三首、诗二百一十五首、词二首，卷四为文二篇（《七宣》《纪梦》），卷五为《读书录》，卷六为书牍，卷七、八为序、说、碑、志、行状等诸体文，卷八后附石应魁万历六年（1578）所撰行状，题"万历六年戊寅八月朔旦侄男应魁抆泪百拜谨状，时在筠州公署"。末有同邑晚姻俞显卿跋语。

石应魁言其仲父英中："立言数种，寓志修词，浑融古雅，庶上逼西京而下拟晋魏也。曰《七宣》《纪梦》《读书录》《拟古乐府》

诸篇，岂非禀灵川岳，含曜圭璋者与？魁束发拉泪，手录编次，将序而刻之。"（《先仲父见山行状》，《石比部集》卷末附）

石氏颇自负所作诗文。其侄应魁序赞云："世庙登极之元年，是为壬午。郑公思齐令海上，甫下车试诸生，得先仲父见山公卷而三叹焉，盖曰正始之音，几于绝响，夫夫振藻风雅，其有寄乎，金紫浮荣无论也。是秋获隽，越明年癸未举进士高等，拜比部尚书郎。噫，郑公之人伦何其明于烛照也。惟仲父绮岁通仕籍，立朝日浅，无功德可纪，独翱翔艺林，含英咀华，撰述不愧古人，手题其稿曰：'吾尝自评《纪梦》，博雅富丽，可亚《七宣》，一跋特壮而警，如东坡所谓赤手捕龙蛇者。'夫自誉文字'欧阳子醉乃尔，吾醒人也'，而作《醉语何良》，恐一旦泯灭无闻，且告子弟不敢不实也。又示魁曰：'汝姑藏之，后世必有知我者。'……我仲父天才高朗，而济之以博洽，束发艺文，不十载而卒然罹难，词章繁富，不下千篇，惜乎逸者七八，所存才二三。诗律数章，虽不敢上拟苏李，庶几名家流亚矣。《纪梦》《七宣》幽愤激烈，寓志托词，曲中矩矱。《拟古乐府》，多古今词人所未道，每遇风晨月夕，尝令憙事小史讽而诵之，思深哉，其有屈氏之遗风乎！"

俞显卿跋语曰："石比部先生负踔绝之才，身沉名飞，余少慕之。其从子启文，余丈人行也，为忘年交，时露肝胆，知自鬈髯。会比部阳九，什袭遗稿，岂不欲亟传之通都大邑，令比部精心绮辞垂休光照后世哉？惜也，士而贫，仕而辄轲，逮悬车之日，付诸剞氏，盖六十年所矣。梓成，或病其俭，启文曰：吾仲父夭折，其烟霞之语如芝兰乍馨而飘风狼藉，缛采几何？且家蛊散佚过半，故稚作及残楮赝书，亦所不遗，俭固然也。余闻而怜之，因念比部倜傥瑰玮，欲自藻洁，而卒贾奇害，与角去齿，天道然哉！嗟嗟，富贵而名磨灭，何可胜数？得启文为后，托缥囊为业，比部不朽矣。"

冯迁《长铗斋稿》《耆龄集》

冯迁（1512—？）字子乔，号樵谷。松江府青浦人。布衣，能诗。隆庆、万历间与朱邦宪齐名，称"云间二妙"。父冯淮，弟冯邃，俱能诗，父子兄弟间常自相唱和。平生以砚田糊口，虽与名公巨卿多有往来，却耻事干谒，裹足里门，萧然贫士，与山人游谭剿说者不同。著有《长铗斋集》七卷。生平见朱家法《冯子乔先生行状》（《朱季子草》卷二）、何三畏《冯山人父子传》（《云间志略》卷二十）、朱邦宪《长铗斋稿序》（《朱邦宪集》卷五）、《（嘉庆）上海县志》卷十四。

《长铗斋稿》七卷

明隆庆四年（1570）汪稷校刻本，上海图书馆、台北图书馆藏。《四库全书》未收，《总目》《禁毁书目》等俱未著录。二册。板框17.7×13.8厘米。半页十行，行十九字。左右双边，单白鱼尾，细黑口。版心下方记刻工姓名，如沈乔（或作"长洲沈乔刊"）、仇朋（或作"锡峰仇朋刊"）、计万镗（或作计）、沈元一等。序版心镌题名及卷数，下镌"吴门姚起刊"；卷七末页版心镌"长洲吴曜写，沈乔、沈元一同刊"。卷首有隆庆四年夏四月潘恩序，继有朱察卿序。台北藏本有"吴兴刘氏/嘉业堂/藏书印"朱长方印、"陵隐痴子"白文不规则形印及"国立中央图书馆考藏"朱方印。卷一收五言古诗五十三首，卷二收七言古诗五十首，卷三、四收五言近体一百六十二首，卷五、六收七言近体一百九十六首，卷八收排律、绝句六十八首。

集之名源于《战国策·冯谖客孟尝君》内冯谖弹铗事。潘恩《长铗斋稿序》曰："《长铗斋稿》者，上海冯君子乔所著诗也。子乔负瘾君之行，居然瓠落，啬于逢时，类古齐客冯驩遗有一剑踊綍耳,且又同姓,乃以长铗名斋,因以名其集稿云。刻完,偕其友朱君邦宪诣予,属序焉。予受而诵之,既乃为序之。"

朱邦宪《长铗斋稿》序云:"今人以山人自命者,耳剽目窃,饾饤其旧常语,日怀刺东西行,钓名于贵人之门,求赏于作者之侧,坏隐道甚矣。冯先生故承其父会东丈人学,然与陆文裕公、归熙甫先生善,少即如其指,大肆力于艺林,捃撷诸史百家言,手写唐大家诗,日向白间讽咏,寻绎古人旨意,以故摇笔构思即得要领,缘情定体,因体铸辞,而雄丽、沉著、雅淡之言皆备。七言律诗尤称蕴藉过庸,可谓窥足前贤之室,无愧于岩穴者矣。先生于思大喙,能为仰天索缨大笑,而不能为蹙口声。平生不善为容,礼近疏简,然性刚毅廉直,绝去脂韦,一时所持是而人或触之,虽贵显必呵厉,声若赴敌,即素所私妮,终不以故屈。其所持善处贫,不妄取人一赫蹄。友生间有所馈不却,数数馈即却,人亦不敢数数溷先生。耿御史督学江南,檄上海令造先生庐,奉羊酒,表著其行曰'逸民',先生竟不造令所一谢。先生其殆黄生、梁伯鸾之俦,自重穷阎,而与今之山人异者,岂止笔研事哉!先生少以弟畜予,予尝为先生父刻其诗,人无足怪。"

潘恩序云:"子乔名迁,父雪竹先生,以诗人闻于时。埋光林樾,授徒勤诲,一意寻绎夫诗,于物外漠无所慕,凡日用酬应游衍必于诗乎发之……冯氏父子陆沈阛阓之区,性逸云霄之上,作诗取材汉魏,效法盛唐。雪竹之诠辞俊逸,气格清新,庶几入室;子乔采掇菁英,铺张平实,可谓升堂;叔氏子潜亦能嗣音步武,近时韦布之士,父子称能诗者,必推先冯氏矣。说者评雪竹之诗犹宋苏明允之文,子乔伯仲则子瞻之流亚也。"四明沈明臣纪其性情云:"贫以青山傲时贵,老唯白屋长儿孙。"(《丰对楼诗选》卷九《赠冯子乔》)及殁,明臣有《伤冯山人子乔迁》诗纪之:"汉代冯野王,苗裔子乔氏。博洽继高风,诗文亦宏肆。春园载酒过,门人问奇字。酒德刘伯伦,五斗与妻誓。鲜醒复鲸吞,于罋戟而刺。一死家遂零,寒茅掩江澨。"(《丰对楼诗选》卷四)亦可见其性情矣。

清朱彝尊评冯迁诗曰:"子乔诗出辞似浅,而炼格颇遒,淘之汰之,沙砾自去。"(《诗话》卷十七)

《耆龄集》一卷

明隆庆五年(1571)新都汪稷刊本,台北故宫博物院图书馆、德国巴伐利亚邦立图书馆藏。一册。板框18.3×13.7厘米。半页八行,行十六字。左右双栏,板心白口,单鱼尾。版心中缝记题名"耆龄集",下部记页码。有刻工姓名:沈乔(或作"长洲沈乔刊")、仇朋(或作"锡峰仇朋刊""仇")、计万镗(或作"计")、沈元一等。注文双行。钤有"吴兴刘氏嘉/业堂藏书记"朱长方印、"陵隐痴子"白文不规则形印、"国立中/央图书/馆考藏"朱方印。卷首有《耆龄集序》,题"赐进士出身承德郎刑部山东清吏司主事邑人孙应魁撰"。书末有序跋二篇:一、《耆龄集序》,署名"陇西董子元撰"。二、《耆龄集跋》,署名"隆庆辛未春日新都汪稷书于好德轩"。卷末另有朱察卿题识一则。

集乃冯迁隆庆五年(1571)六十寿诞,有友三十八人赠诗为贺,迁乃一一赓和,因刻为《耆龄集》一卷。正文题名后镌:"隆庆辛未,迁贱齿及耆,三月十九日初度,蒙群公赋诗为贺,自笠翁相公以至家弟子潜凡计三十八人,得诗三十馀首。五月初旬,梅雨霖淫,江馆无事,因次第奉和以谢。"赠诗者,既有"凤峰沈太仆(沈恺)""中方范太仆(范惟一)""文石朱司业(朱大韶)"等缙绅名人,亦有"王小石""刘少村"等平民布衣。新都汪稷跋曰:"余少且贱,游于东海,不知诗而又不知冯先生。余友朱子仁雅好吟□,与余谈海上擅名家者,冯先生也,君当往请之。次日造先生之庐而拜焉,遂得闻诗家奥旨,自愧椎鲁,无以副厚望。辛未三月，先生届六十，群公咸赋诗为贺，先生倚韵答谢，计若干首，稷敢请梓以传。比部孙先生序之于首，行谊亦已概见，故不复赘。"

孙应魁序云："予尝暇日阅览《江皋集》，气格浑厚，词调清雅，似开元、大历间人语，殆古作者之流欤！予生也后，不及交于雪竹先生，而获与冯子乔先生游，则见其博学娴辞，安贫乐志，岂匪有得于家学之传者耶？子乔早岁攻古文词，而益密其作。五七言近体皆清丽雅淡可□，观所著《长铗》诸稿，亦足见其概矣。今年春，先生甲子已六十，海上士大夫与先生善者，抒辞为先生寿，盖自御史大夫笠江潘公而下，诗凡若干首，先生依韵赓和，汇成一帙，足以占其蕴藉之富，兴致之高，而其用心亦勤矣。"

陆楫《蒹葭堂稿》

陆楫（1515—1552）字思豫，松江府上海人，陆深之子。少颖敏，书过目辄成诵，属文援笔立就，多惊人语。年十九廪于邑庠。以父荫入胄监，复冠六馆诸生。初治《诗》，复治《礼》，后更治《易》，俱阐析奥旨，叩以国朝典故、前辈风猷，如悬河倒峡，终日忘倦。惜其寿不永，嘉靖三十一年（1552）卒，年三十八。生平见陆树声《恩荫太学生小山陆君墓志铭》（《陆文定公集》卷四）、姚宏绪《松风馀韵》卷四十九。

陆楫生前刻《古今说海》一百四十二卷，有嘉靖二十三年（1544）俨山书院自刊本，文渊阁《四库全书》杂家类收录。《总目》云："是编辑录前代至明小说，分为四部七家：一曰说选，载小录、遍记二家；二曰说渊，载别传家；三曰说略，载杂记家；四曰说纂，载逸事、散录、杂纂三家。所采凡一百三十五种，每种各自为帙，而略有删节……楫是书作于嘉靖甲辰，所载诸书，虽不及曾慥《类说》多今人所未见，亦不及陶宗仪《说郛》捃拾繁富，巨细兼包,而每书皆削其浮文,尚存始末,则视二书为详赡。参互比较,各有所长。其搜罗之力,均之不可没焉。"(《总目》卷一百二十三)另见行世的有万历四十五年阳羡陈于廷刻本《蒹葭堂杂著摘抄》一卷,《蒹葭堂稿》八卷。

《蒹葭堂稿》,《明史·艺文志》著录七卷,今存《蒹葭堂稿》八卷,明嘉靖四十五年(1566)陆郊刻本,南京图书馆、台北图书馆及清华大学等藏。《四库全书》未见收录,今《续修四库全书》第1354册内《蒹葭堂稿》八卷(存卷一至卷七)据清华大学图书馆藏本影印。板框18×26.6厘米。半页九行,行十八字。左右双边,版心白口,单白鱼尾。鱼尾下镌"蒹葭堂稿"题名及卷数。卷首有嘉靖丙寅春三月望日莫如忠《蒹葭堂集叙》,题"中宪大夫贵州按察司提学副使郡人莫如忠撰"。卷一收诗六十六首,卷二收诗三十首,卷三收序、祭、辩等十三篇,卷四收书十四篇,卷五至卷七收杂著三十二条,卷八有陆树声所作《明故恩荫太学生小山陆君墓志铭》。

陆楫虽英年早逝,然其思想颇异时人。其《华夷论》(《蒹葭堂稿》卷三)之民族融合观、民族发展观远超当时传统士大夫之狭隘华夷观,具有积极意义。其《禁奢论》(《蒹葭堂稿》卷六)中一反历来崇尚节俭之传统思想,认为治天下者不应仅仅关注一家一户之贫富,而应放眼社会,做到"均天下而富之",其根本之法即在"崇奢":"所谓奢者,不过富商大贾、豪家巨族自侈其宫室、车马、饮食、衣服之奉而已。彼以粱肉奢,则耕者、庖者分其利;彼以纨绮奢,则鬻者、织者分其利。正孟子所谓通功易事,羡补不足者也。"陆楫之崇奢论思想确有迥异时人之冲击感。

莫如忠叙《蒹葭堂稿》曰:"东吴文献,率祖机、云,更千百年绝有闻矣。而宫詹陆文裕公崛起濒海,入纬国华,放辞琼琚,雄视一世,时论以方平原。而其子楫思豫甫茁英稚龄,娴于藻缋,谈锋推坐,殊有父风①。载辟州里,业冠棘围,而以忌者阻抑,遂终坎坷郁郁竟卒,才三十有八龄。所存笥草诗文若干首,辑自其子台幕君郯,梓焉,命曰《蒹葭堂集》,虽零落遗编,不能十一,而读者以溯家学之承,知文裕公盖有子云。嗟夫,美好不祥,修名贾忌,意长晷促,哲士兴悲,若思豫君兼斯悼矣。然余第考自古以才而厄于年者,如贾长沙之《治安》上书,《过秦》著论,雄篇巨丽,动关国体,施名不朽,固无复疑。及若王文考、祢正平、郦文胜之流,寥寥短章,仅词赋著而垂芳来祀,亦具称奇。何哉?夫片石韫琦,均资珪瓒,寸株中墨,不废工倕,君子爱其人,斯美其言而传之,又奚暇较妍拙于多寡,有遗善而弗录乎?余读《蒹葭堂集》,诗不满百,而命词遒逸,属思冲和,务严体裁,弗矜色泽;文不数十,而议论慨慷,率依名节,深切世务,薄视浮荣,总厥撰著,非苟而已也,欲无传,得乎?或谓思豫以彼其才,假令早致青云,得尽馀力攻古文词,计其所存,直不啻是。否则,或假之年以须追琢而优其成,亦当深闯作者之堂矣。乃造物咸靳之,而姑有托焉以表见于世,所谓不能尽其材者,谅哉!台幕君克嗣而贤,凡所缵述以光至孝者不可覼述,是集之传,盖其一也。余慨平原之后,迄无闻家,又幸文裕公殁而文献之存乃有足征如是,故并论叙之,以明古今家声隆替所繇,俾后有览焉。”

陆楫友人沈明臣《挽陆太学思豫》诗有序云:“(君)博学宏才,负时重望。”(《丰对楼诗选》卷五)冯淮《挽陆思豫》诗云:“壮志凌云苦未酬,青年便作九京游。人间富贵空金谷,天上文章

---

① 此嘉靖本《蒹葭堂稿》中莫叙为“谈锋推坐,殊有父风”,而在莫如忠所著万历刻本《崇兰馆集》卷十《蒹葭堂集叙》中则为“挥毫惊作,绰有父风”。下文“寸株中墨,不废工倕”后“君子爱其人,斯美其言而传之,又奚暇较妍拙于多寡,有遗善而弗录乎”数语,不见于万历本《蒹葭堂集叙》。而万历本莫叙有“古之总揽百氏,定价于悬衡者,惟工拙之问,他尚奚择哉”数语,亦不见于嘉靖本莫叙。下文“谅哉!台幕君克嗣而贤,凡所缵述以光至孝者不可覼述,是集之传,盖其一也”,亦不见于万历本莫叙。

重玉楼。桂影寂寥深院月，萱花潦倒北堂秋。而翁地下须相见，共说于今万种愁。"（《江皋集》卷六）

张之象《剪彩集》《翔鸿集》《张王屋集》

张之象（1508—1587）字月麓，一字玄超，号王屋，松江府上海龙华里人。太学生，科场屡试不中，嘉靖末以例监授浙江按察司知事，迁布政司经历。性偶傥，不能为小吏俯仰，隆庆元年（1567）投劾归。万历十五年（1587）正月初一卒，年八十一。张之象著述等身，辑《古诗类苑》一百二十卷、《唐诗类苑》二百卷、《唐雅》二十六卷、《彤管新编》八卷、《楚范》六卷，注《盐铁论》十二卷。另府志载其有《史记发微》《诗纪类林》《新旧注》《回文类聚》《剪彩翔鸿》《听莺避暑》《题桥猗兰》《击辕佩剑》《林栖》诸稿。诗文著述有《剪彩》《翔鸿》《听莺》《避暑》《题桥》《猗兰》《击辕》《佩剑》《仙隐》《秀林》《新草》诸集。生平见莫如忠《王屋张公墓志铭》（《崇兰馆集》卷十九）、王彻《王屋先生传》（见《唐诗类苑》正文前《王屋先生传》）、何三畏《张宪幕王屋公传》（《云间志略》卷十九）、王兆云《皇明词林人物考》卷十一、张廷玉等《明史》卷二百八十七。

《剪彩集》二卷

明嘉靖二十八年（1549）程卫道校刊，国家图书馆、复旦大学图书馆、台北图书馆等藏。半页十行，行十八字。左右双边，版心白口，上单白鱼尾。卷首有"华亭何良俊元朗撰"《剪彩集序》，后题"嘉靖己酉春三月朔日"。正文题名后镌"云间张之象玄超著"。卷上收杂体诗三十首，卷下收乐府诗七十首。是集专仿六朝以前古体。何良俊序云："我明列圣纂服，大肆陶镕，群宰持衡，更加领袖。上播玄籁，下传正声。才情雄健者咸取模于汉魏，思致清绮者复降意于齐梁。由是，建安、永明之风洋洋乎遍于域中矣。唯我华亭，地偏江左，自机、云入洛，继踵曹、刘；希冯仕梁，比肩徐、庾。今虽世代绵越，风气迁殊，所赖昆丘崒崿，犹著爽灵，谷水澄泓，尚流芳润。故荐绅诸公与逢掖数辈，时相属缀，富有篇章，几能方驾天闲，遂欲争驰王路。若我张子玄超则又英英挺拔者也……夫言剪者，托意体裁；曰彩者，取喻菁藻。观张子名集，已备诗家旨要矣。及读之终卷，则皆清丽婉约，绮错流便，群疵毕去，众美具臻。"莫如忠称玄超诗"尔雅冲澹，兴寄寥远"。

《翔鸿集》一卷

明嘉靖三十四年（1555）朱大英刊本，台北图书馆藏。二册。板框16.4×12.9厘米。半页十行，行十八字。左右双边，细黑口，上单白鱼尾。鱼尾下镌题名"翔鸿集"，版心下部记刻工姓名。卷首有"明南京国子监司业前史官同郡朱大韶撰"《翔鸿集序》，题"嘉靖乙卯冬十月朔日"。钤印有"国立中/央图书/馆考藏"朱方、"刘承幹/字贞一/号翰怡"白方、"吴兴刘氏/嘉业堂/藏书印"朱方、"柳蓉/春经/眼印"白方及"博古斋/收藏善/本书籍"朱方。正文题名后镌"云间张之象玄超著"。总收诸体诗一百十馀首。此集乃朱大韶弟大英所刊。大韶序云："是集也，今年（嘉靖乙卯——作者注）秋，余弟大英得之山人馆中，持献余于学舍。时秋暑甚炽，余张灯读之终卷，汗沾沾下不止。余弟从旁侍，见余喜动眉宇，请曰：'兄爱之耶？弟将刻之以传。'余因而序之。"

《翔鸿集》乃张之象避难金陵时所作诗。张氏自述曰："余少治举子业，即窃有意于述作，谓一旦得与俊乂计偕，际鹓鹭之末簉，未必无一言以润色鸿业，黼黻大猷，并于世之作者，固余之志也。五上有司，落羽而归，余倦且休矣。幸有敝庐在浦上，水竹幽寂，岁时奉亲，耕钓之暇，取故业反复寻究之，庶几成一家言，以要之后世之知我者，又余之志也。往年，狂寇突至，里无宁宇。余亦仓皇出走，始适吴兴，旋上金陵。金陵故旧游地也，一时故人如何元朗叔皮昆季、许仲贻、邢伯羽、盛仲交、姚原白，四方贤豪若朱子价、吴汝忠、吴而待、黄淳甫氏，愍余奔走，相与慰藉，余稍获栖息焉。然桑梓在念，势不能久客。方投故间，而金革之惨、里胥之扰，又促余长征矣。故余三岁之间，往来金陵者数数焉。嗟乎，嗟乎！皇皇旅人，卒岁中野，六翮未齐，难以高举。目伤残之状，巧不能绘图；愤时事之失，力不能叫阍。欲结客以死难，囊无厚赀；欲挽戈以向敌，勇不副志。忧来无绪，欲语谁从？故一时愤惋不平之意，咸形之诗耳！"（见朱大韶《翔鸿集序》）

朱大韶谓之象往时之作"冲融夷怿，皆和平之音"，惟兹集"则忧时感事，真有哀鸣嗷嗷之意"。大韶读之终卷，为之"汗沾沾下"，亦生同命相怜之慨："山人以鸿渐之仪，思奋风云之遇，而时谬不然；复值离乱，鸡群为伍，蓬蒿是困，宜其所悲愤者，有不容已已矣。然世网变幻，其来不测，达观与浅见之士言亦不类，情事偶忤，辄兴怅惘，意味消阻，词旨悲凉，嗫不能吐一壮语，此与儿女子何异？余观山人，虽往来奔走，羁旅无聊，酒边思生，景会言出，藻泽敷腴，无索莫不堪之状，且色不失于囊空，气犹奋于舌在。山人之达观，冥冥轩举，岂俗情所能羁维者哉。"

《张王屋集》一卷

俞宪辑《盛明百家诗》本，嘉靖隆庆间刻。录诗七十二首。正文前有嘉靖甲子春俞宪题识："山人少负才气，晚以例监补浙司幕职。余初未识其人，其友朱太史文石、何翰目柘湖，予旧识也，二君皆雅尚其诗，乃为铨次，刻存家塾。然柘湖作序，复置蹊径之说，世必有具眼能辨之者。刻才七十馀首，仍俟续编。"

清末陈田谓张之象云："玄超博综，著述甚夥，集中诗多填砌，殊少别裁。"（《明诗纪事》己签卷二十）邑志谓之象"屡试不第，乃专力治古，博综群籍，成一家言。诗尔雅冲淡，兴寄寥远。文出入东西京，不屑为晚近语。海内学士大夫，无能傲屈之者。晚从禄仕，参藩幕。性偃蹇，不能脂韦，遂投劾归。闭门却扫，斗室中图史罗列，至不能布席……子云门、孙齐颜、曾孙荩臣先后俱登乡荐，以文学知名于时"（《（乾隆）上海县志》卷十）。

朱察卿 《朱邦宪集》《朱山人集》

朱察卿（1524—1572）字邦宪，号黄浦，晚号醉石居士，朱豹子，松江府上海人。幼敏慧，二十为太学生。连试有司不售，即谢去，一意古文词。慷慨任侠，与文徵明、王世贞、吴国伦、沈明臣、陆师道、王穉登及陆树声、莫如忠、何良俊、潘恩、张之象、董宜阳等友善。隆庆六年卒，年四十九。有《朱邦宪集》十五卷及《朱山人集》行世。潘恩《墓志铭》载其另有《旧雨轩文稿》《文材》若干卷藏于家，然未见行世。生平见潘恩《故太学生象冈朱君墓志铭》（《笠江先生近稿》卷十二）、陆树声《朱邦宪别传》（《陆文定公集》卷八）、王世贞《朱邦宪传》（《弇州四部稿》卷八十四）、李维桢《象冈朱公墓表》（《大泌山房集》卷一百六）、何三畏《朱太学象江先生传》（《云间志略》卷十八）、沈明臣《黄浦先生传》（《朱邦宪集》附录）、王穉登《朱先生传》（《朱邦宪集》附录）。

《朱邦宪集》十五卷附录一卷

明万历六年（1578）朱家法刻本，沈明臣校，北京大学图书馆、日本内阁文库等藏。台湾汉学研究中心、中研院傅斯年图书馆藏本据日本内阁文库本影印。《总目》著录。另清陈田《明诗纪事》己签卷二十著录邦宪有《醉石集》十五卷，其《醉石集》当即《朱邦宪集》。今《存目丛书》集部第145册、《明别集丛刊》第三辑第6册内《朱邦宪集》即据明朱家法刻本影印。半页九行，行十八字。黑格白口，左右双边，单鱼尾。版心下镌"旧雨楼"及刻工姓名。目录后镌"不肖孙长世、长统重刻"。正文题名后镌"云间朱察卿邦宪著，四明沈明臣嘉则校"。邦宪生前嘱其子"校雠须以属之沈丈人"，其子遵而行之。明臣（1518—1595）字嘉则，号句章山人，宁波府鄞县（今宁波）人。累赴乡试不中，遂弃举子业游走四方。与邦宪为挚友，慷慨任侠，磊落负气，辑校《朱邦宪集》不遗余力。对此，邦宪后人甚为感激，朱家法《沈嘉则先生过海上校先君遗稿》诗曰："乡园谁不恋，岁晏走长途。天地交情在，文章国士孤。江寒疏落木，月白乱啼乌。泣捧遗编读，真惊字字珠。"（《朱季子草》卷上）

前四卷为诗，总收各体诗二百五十四首。后十一卷为文，收序、记、传、墓志、行状、祭文、杂文、书等各体文一百五十六篇。卷十五后附《乞崇祀云间朱察卿乡贤书》、潘恩《故太学生象冈朱君墓志铭》、陆树声《朱邦宪别传》、王世贞《朱邦宪传》、沈明臣《黄浦先生传》、王穉登《朱先生传》、李维桢《象冈朱公墓表》。卷首有王世贞《朱邦宪集序》，题"万历戊寅秋八月赐进士出身嘉议大夫南京大理寺卿友人琅琊王世贞撰"。卷十五后有朱家法题识，曰："先君子少孤，嗜学，不偶于时。窃有意不朽之业，著述无虑数廿卷。为人代草者，篇成多弃去，曰：'丈夫乃为人作优孟耶？'间抚所存稿谓法兄弟曰'我死，慎毋滥灾于木，为识者讥评。校雠须以属之沈丈人，丈人能不姑息，即若等亦不得我私也。'呜呼，斯言讵敢背哉？敬与丈人校雠再过，凡得诗二百五十四首，得文一百五十六篇，共为十五卷，仅存什之三耳。梓成，谒序于王弇州先生。昔左太冲《三都赋》成，以皇甫士安序而后重，先生良重我先君子矣。不肖男家法百拜识。不肖孙长世、长统重刻。"

万历戊寅（1578）秋八月王世贞《朱邦宪集序》："邦宪家黄浦，去余乡百里而遥，其所游尽豪贤长者，而与余交独晚，交晚而文酒之好独最深。亡何，谒余，传其事。亡何，邦宪卒。亡何，其子家学、家宾、家教、家法等梓其遗诗、文数百篇，而属余序之。盖余与邦宪交仅十年，而终始若隔世。然第所以为邦宪者，亦略备矣。邦宪之于诗，虽不专为高、岑，亦时时入钱、刘。然意清而调和，远于拘苦、粗豪之二端。至其为文，亡但东京，骎骎乎初元、竟宁之季，小语陗削，亦不在柳河东下矣。间者伺邦宪晨起盥栉罢，即户外屦恒满，又多所造请与报谢，里社率醵辄居首。三老有疑难，一切居间解纷，皆以属之邦宪。稍日下春，沉沉杯勺间矣。不知其于三馀之晷若何，而考鬐经传，精核若此也。其所为诗酒慨慷，多于舞衣歌扇得之，大概若是者，气有充而辞或不能无累，又何能清其意而和其调至此也。邦宪虽不得官，为其名高而谒文者相踵，邦宪又不忍谢绝，必令得意去。计邦宪之事与酒十九矣，又何能刿琢工诣至此也。古之于诗文类不能相通，而其所谓工者，务逃之于穷谷荒野，杜门腐毫而后得之，天之赋邦宪，抑何异哉！邦宪所最善友生曰沈明臣，兹集多其校雠。然明臣间为余言，邦宪虽不能释事与酒，其操觚染翰无异于斋居时，第篇成令人弹射之，随语即窜易，不工不止也。虚己哉，邦宪矣。其所谓事与酒者，敌应而神不累者也，兹所以成一家言哉。或谓余实似邦宪，毋论似不似，邦宪之有余，亦足称知己矣。"

朱察卿于《复秦行人少说书》（《朱邦宪集》卷十二）中以"狂生"自况，纵酒挟妓，行为狂浪，颇不流于时俗。其自道性情曰："仆有志记览，不善帖括，尝读六经、秦汉书，心志畅怿，精神爽朗，有若庖丁之于牛，造父之于马也。若讨论章句之旨，诵读程式之制，则扞格不通，苦难畏进，未尝不掩卷长叹，废书增悲矣。性复疏狂，不喜检束，每于知己之会，稠人之席，众方希韝鞠脰，仆已脱巾徒跣，睡魔卒至，有声如雷。故尝高嗣宗之放，贤叔夜之迂，恨不得与此人同时也。又复嗜酒好歌，间喜吟咏。兴至愁来，无可遣谢，或解鵻于佣保，或寓书于王孙，指酒索尝，立尽一石，厌厌无归，烛灭不散。若有郑女当炉，吴姬行觯，闻激楚之音，对扬阿之态，则箕踞长歌，顿足起舞。醉则据长者之席，卧美人之股，块视三山，杯看五湖。虽催租者在前，收债者在后，大笑而却，谩辞而谢矣。"

钱谦益于《列朝诗集》丁集卷九中纪朱氏性情云："邦宪性慷慨，通轻侠，急人之难甚于己。耻为纨袴子弟及儒衣冠，呼卢挟妓，举觥辄数十不醉，意豁如也……好读书称诗，多长者之游，数千里内，信使趾属于道。所最厚善为四明沈明臣、吴门王穉登。邦宪殁，明臣哭之过时而悲，且与穉登并为立传。"潘恩于《朱君墓志铭》中称朱察卿"学文好古，章锻字炼，务斥去陈言，蒸蒸乎登作者之途……性倜傥，好饮酒。客至，挈榼提壶，声伎杂进，其乐陶陶。乃自号醉石，不饰廉隅小节，视天壤间物无一足以当意者。意度豁如，至礼义大坊，则又持守兢兢，不失尺寸。"

陆树声谓其"稍长治经生业，以文学高等补邑诸生。及游太学，从太学生试高等，既再试，不第。顾所业经生程限不屑君意，即弃去。肆力古文词，读先秦、两汉、诸子百家言，通其意。所著文近东西京，诗能道开元、天宝人口语"。沈明臣《黄浦先生传》亦言朱察卿"文不作先秦、两汉以下语，诗总唐初盛间十四大家语，然时时自铸伟辞"。王穉登称其"为文清茂弘雅，出入扬雄、刘向之间。诗典丽，类间开元、天宝人，大历以还弗论已"。陈田于《明诗纪事》己签卷二十中评邦宪为人、为诗曰："邦宪以任侠名，诗亦有英气"。

《朱山人集》一卷

明隆庆间刻《盛明百家诗》本。总收诗四十九首。前有隆庆辛未春俞宪题识："王廉访元美，尝为著生传于集首，且称其有侠节云。及山人寄予石刻，又多文翰目衡山诗札。王与文皆今之闻人，其取友必端矣。然则山人之重于时，非独以其文焉尔也。山人盖福州君仲子，予客岁刻福州集，业已入编，不得汇聚为一，乃别刻山人集自成卷。"

王圻《王侍御类稿》

王圻（1530—1615）初名堰，字公石，又字元翰，号洪洲，又号梅源居士，松江府上海人。嘉靖四十三年（1564）举人，明年成进士，除江西清江知县，调万安，擢云南道御史。忤内阁首辅高拱，谪邛州判官。迁进贤知县，改曹县，升开州知州，历青州府同知，擢湖广按察佥事，进陕西布政使，多有惠政。致仕归，万历四十三年（1615）卒，年八十六。生平见张恒《王公暨元配陈宜人行状》（《王侍御类稿》卷十六）、何三畏《王参知洪洲公传》（《云间志略》卷十八）、张廷玉等《明史》卷二百八十六、《（崇祯）松江府志》卷四十。

王圻平生嗜学，尝筑室淞滨，构园栽竹，植梅万株，前后梅花数十里，时称梅花源，读书其中，陶然自乐也。尤究心著述，耄耋之年，仍燃烛帐中，彻夜不倦，故所著弘富。现存明刊本《青浦县志》八卷、《续文献通考》二百五十四卷、《三才图说》一百六卷、《东吴水利考》十卷、《两浙盐志》二十四卷、《谥法通考》十八卷、《稗史汇编》一百七十五卷、《洪洲类稿》十卷、《续定周礼全经集注》十四卷，皆为其编刊。另有《注周礼》十六卷、《武经》十卷、《古今考》二十卷、《海防志》八卷、《明农稿》八卷、《吴淞江议》一卷、《洗冤集》十卷、《礼记衷言》《览武学》《经传句解》等见于著录。

《王侍御类稿》十六卷，明万历四十八年（1620）王思义刻本，国家图书馆、台北故宫博物院图书馆、德国巴伐利亚邦立图书馆等藏。《四库全书》未收。今《存目丛书》集部第 140 册、《甲库善本丛书》第 804 册、《明别集丛刊》第三辑第 51 册内《王侍御类稿》十六卷据明万历刻本影印。半页九行，行二十字。黑格白口，无鱼尾。卷首有江夏郭正域撰《王侍御类稿序》、万历十有三年岁在乙酉甑甀洞叟吴国伦撰《王侍御类稿序》、万历庚申秋日通家后学陆应阳顿首撰《重刻王侍御先生类稿序》及王圻子王思义撰《续刻先侍御类稿序》。正文题名后镌"太原王圻元翰父著，男思义校刻"。内奏疏一卷，各体文十二卷，十四、十五卷为诗，计收古、近体诗约四百首，词五首，卷十六为附录，首《葺城唱和集》，收王圻与同邑倪甫英、王明时、何三畏、沈文系、唐国士、孙自修、唐汝询、陆应阳、潘元和、张鼐、张以诚、冯大受、钱龙锡、徐三重等唱和之作，内圻诗九首，后附《生祠记》《德政碑》及墓志、行状、行实等。

该集为王思义在其父残著《洪洲类稿》基础上，与新作合一而成。王思义《续刻先侍御类稿引》云："先侍御自为经生时，即好为古文词，所著史论，有学有识，每以是试诸生高等。既登仕版，一切酬应多托之子墨客卿，在西台复有袖中之弹，故楚中所梓，有《洪洲类稿》，先奏议，次诗若文，业已脍炙人口矣。林居廿馀年，征文之客踵至，风晨月夕，又与社中诸公更相倡和，故诗若文特多。往昔先侍御尝自裒其稿汇为帙，题曰《明农》，盖四倍于前刻云，未付杀青，属罹大故，竟为无赖者匿不得。义恐久益散佚，先侍御奚囊之业遂至漫漶，因搜故篋，尚存残剩，命小史录出，锓诸梨枣，并前《类稿》共为一集，题曰《王侍御类稿》，为卷凡十有六，比前稿多志状、尺牍及杂著，十有六卷而末复附《倡和集》及志、状、行实。《倡和集》虽不尽出先侍御，然亦一时风雅之会，故特存之耳。刻既成，谒同社伯生公为之序，而义复僭□一言。先侍御少时尝为《敌楼赋》，每向儿曹云：可比吾家文考《鲁灵光》。

惜其稿失传，不得令子孙一窥作者之奥，时为怅怏。此是编所由辑也。若曰良冶之子，必学为裘，则有愧斯言矣。"

陆应阳谓王圻治行、经济皆为后世法，而非仅在文章也。陆氏云："先生自万安令推治行高等，征拜侍御史，视鹾长芦，忤权相，出金闽臬，复左迁州邑，历四五任而晋督楚学政，所至见德，所去见思，楚大夫士盖迄今诵王先生风节矫矫，而深惜其壮岁悬车，不及大用于世。然读先生所条上封事，侃侃批鳞，皆关系社稷要领，则先生经济已露一斑矣。方先生承命分陕，春秋甫艾耳，念尊人奉政公年且老，遂乞终养。自定省外，日惟究心竹素，上下千百家，穷寒暑不少倦。识者羡先生拥书万卷，有李永和之乐；遗荣勇退，有丙曼容之达；陶情诗酒间，有彭泽之致；饮人以和不觉醉，有公瑾之怀；澄平清湑不浊，有叔度之量。故其中廓然、泰然，超于尘埃之外，而后发之著作，形之歌咏，直抒其胸次之所自得，不甓琢而工，不擷拾而赡，不抗激而高。文则粹雅类曾南丰，藻洁类王临川，其正大和平，要不失欧阳公矩矱。诗在大历、贞元之际，晚所感托，一寓之咏述，夷旷冲远，入陶、韦门奥。祛近代绮靡、浮诞之习，而还先正之典型，不在兹乎？然世直以文章名先生者，非知先生之大也，而间惜先生以抗节忤时，不尽究其经济之用，则又非知先生之文章也者。先生识深而养邃，出处宠辱，庶几微芥蒂于衷，而自壮至老编摩删述，几至充栋，无一非博古综今，有裨问学政事，关世教而淑人心者。今所行世如《续文献通考》《稗史汇编》《两浙鹾志》《洗冤录》《海防志》《青浦志》《三吴水利考》凡若干卷，种种皆蓍鉴石画，语先生经济，孰有大于此者，则有安问先生用不用也？"

吴国伦序称："督学大夫上海王公盖在先朝为名御史，直声动天下。予窃心壮之，属抱牒海滨，不及遽见诸章疏。已得之，则凛然骨鲠之风，即正色立朝如孔父，通达国体如贾生，面折廷争不畏强御如汲黯,未之远过,益令予竦意变色,愿为公执鞭……往时所见诸章疏,褎然列在首帙,而文若诗累累其后,有如编贝贯玉。夫章疏无容赞矣,即文成一家,诗具三体,率多取材于腹笥,而脱迹于风斤,不落筌蹄,不涉蹊径,惟意所适,一无所猥袭,皆足以彰伦物而抒性情,盖所谓博古而不鳌于今,综今而不倍于古也。"陈田谓其"诗非所长"(《明诗纪事》己签卷十五)。

陈所蕴《竹素堂藏稿》《竹素堂续稿》《竹素堂合并全集》《竹素堂文抄》

陈所蕴(1543—1626)字子有[①],松江府上海人。万历四年(1576)举人,十七年进士,授南刑部主事,历员外郎、郎中,改吏部,出为湖广参议。历大名、河南按察副使,仕至河南参政,乞归。又起山西按察使,不赴,再起南太仆寺少卿,致仕。天启六年(1626)卒,年八十四。生平见《(崇祯)松江府志》卷四十、《(康熙)上海县志》卷十。

《竹素堂藏稿》十四卷

明万历十九年(1591)刻本,上海图书馆藏,存十一卷(卷一、卷二、卷六至卷十四)。《总目》著录。今《存目丛书》集部第172册、《明代基本史料丛刊》(文集卷)第八辑内《竹素堂藏稿》(存十一卷)据上海图书馆藏本影印。卷首有万历十九年王弘诲《竹素堂稿叙》,叙为新安汪徽书。《总目》谓其另有陈文烛序,二序均称其为陈比部,推该集为陈在郎署时所辑。板框19.3×12.5厘米。半页九行,行十八字。黑格白口,四周单边,无鱼尾。版心上

[①] 陈继儒撰《寿沪海陈先生八十序》(《晚香堂集》卷六)中有"今壬戌,又八十"语,故知所蕴生明嘉靖二十二年(1543)。《崇祯,松江府志》载其"年八十有四卒",则知陈氏卒于天启六年(1626)。

部镌"竹素堂"三字,下部注卷数及页码。每卷首之版心下有"刘凤刻"或"刘"等字。卷首题名后镌"颍川陈所蕴子有父著"。该集辑其在郎署时所作诗文,内文十一卷,收序、行状、墓铭、墓表、祭文、书等各体文,总九十四篇;诗三卷,收近体诗二百四十一首。

万历辛卯(1591)冬至王弘诲序曰:"子有毓秀云间,弱冠举明经,其资才卓荦,固已轶古人上之,而又博览典坟,恣情篇翰。取裁既备,益趣滋广,讽咏结撰,惟意所趋,无不各臻其妙。试品而铨之,其于标寄也,法而简;其于领会也,节而畅;其于众变也,备而该;其于取指也,涵而远;其运思也密,其铸辞也精。文则自龙门、兰台、昌黎、河东无不涉其津涯也,诗则自汉魏齐梁以及开元、大历无不窥其壶奥也。是故师心者见以为才,然而莫非法矣;师古者见以为法,然而莫非才矣。所谓合则双美,拟议以成其变化者。"

《竹素堂续稿》二十卷

上海图书馆另藏《竹素堂续稿》二十卷,明万历三十三年(1605)刻本。今《明别集丛刊》第四辑第66册内《竹素堂续稿》二十卷即据此本影印。卷首有冯时可《陈子有先生竹素堂续稿序》,题"旧寅弟冯时可元成甫撰";朱家法《子有陈先生续稿序》,提"万历乙巳中秋赐进士出身奉议大夫工部都水清吏司郎中奉饬督理中河友弟朱家法拜书于吕梁之会心堂";黄体仁《竹素堂续稿叙》,题"万历乙巳岁秋九月社弟黄体仁长卿甫撰"。正文题名后镌"颍川陈所蕴子有父著"。前十七卷收序、记、传、墓志铭、神道碑、墓表、行状、诔、祭文、启、书、奏疏、公移等二百一十篇,后三卷收古、近体诗二百九首。

四库馆臣未见续集。《总目》谓:"是集凡杂文十一卷,诗三卷。前有王弘诲、陈文烛序,俱称其官为陈比部,盖在郎署时所辑也。诗文摹拟太甚,未能杼轴予怀。詹景凤《明辨类函》尝称所蕴文法汪伯玉,几为敌国,诗健而洁,近体亦似于鳞,则其宗法概可见矣。"(《总目》卷一百七十九)

黄体仁论所蕴人及文云:"陈子有性刚毅有断,不屑不洁,皂白太分明,已独醒而恶人醉,往往欲以律己者律人,不能与世俯仰,用则行,用而不能先则藏。调合则投分结契,虽单门寒畯,不难握手交欢;薰莸不伦则移床举扇,甚而竖发裂眦,虽至煊赫贵人,不难面折而廷辱之。愿为衡鉴,不愿为河海,令泾渭合流。至于发为文章,亦复如是。论事之文则主于核其颠末,是非得失,令人按而了了。论人之文,则主于肖其相貌,妍媸好丑,令人不问而知为某某。无论鸿章巨裁,即小草杂著,动引正经,务有关世教。骤读之而刻画俨然,颇似滑稽,不觉捧腹绝倒;深味之而衮斧凛然,大似监史,贤者心赏,不肖者志消。"

《竹素堂合并全集》□□卷

明万历间刻本,上海图书馆藏。未著录总卷数。然据上海图书馆所藏抄本《竹素堂文抄》中陈继儒序:"《竹素堂全集》四十六卷,明上海陈所蕴子有撰。"知其总为四十六卷。全集存卷一至卷二十三。集为陈所蕴生前自裒,子陈庚蕃校刻。半页九行,行十八字。黑格白口,四周单边,无鱼尾。部分版心下有刻工姓,如"刘""周""朱"等。卷首有万历辛卯陈文烛序、万历辛卯王弘诲叙,继有万历乙巳中秋朱家法《子有陈先生全稿序》。所存二十三卷收序、书、记、传、行状(自卷二十一始)、志铭等各体文。陈文烛序称:"子有之文,涉猎百家,采经撮传,长于持论而善于叙事。其持论也,以天地万物之理悬于笔端,而指事类情不著色相,有漆园吏之遗焉;其叙事也,采古今上下之迹归于濡翰,辨而不华,质而不俚,文直而事核,有龙门令之遗焉。"

陈继儒谓该集为陈所蕴中年、晚年著作之合集,并叙其生平、性情曰："公娴古文词，发于制举义，擢丙子高魁，名与顾叔时埒。己丑登第，独请南曹，与同志共结清真会，直欲溯弘、正，追六季而上之。自尚书郎以至太仆，自河、洛、晋、楚以至陪京，其扬历十九在外，其数请数归，又十九在丘壑，不在春明门热人热地上也。所居名曰涉园，园中有竹素堂五楹，虚其中以待客。东西两楹，一贮书，一设榻。客至，相与扬挖风雅，盘礴泉石，命酒飞觞，卜昼卜夜。暇则手一编，咿哦其中，撰造几于等身矣。生平无他嗜，敦古道，翻异书，卓然以主持名教、振起斯文为己任。字挟风霜，语铿金石，鸿裁英彩，业已不胫而走鸡林象胥之间。今竹素堂全刻，凡中年、晚年之著作皆在焉。先立言，后体物，正如贾生以《过秦》为首，荀卿以《赋》为尾，卷帙编次亦犹行古之道也。公腰有傲骨，故言必简洁；胸有直肠，故言必遒快；笔有胆决，故能横心横口之所出。前可笼罩古初，后可压倒豪杰。譬犹寒螀切切，遇雷霆之击而失其声；细流涓涓，遇河海之奔而失其势，凡伧父叫呼，书生号嗄，皆公百尺楼下客耳。他人好进，公好退；他人好同，公好独；他人缉缉翩翩，公磊磊落落。不通朝贵牍，不登讲学坛，乞驹隙见在之日，读蠹鱼未食之书。后先撰造，遂至府群玉而藏名山，真晚年第一真乐境也。"

《竹素堂文抄》不分卷

清吴郡陆氏抄本，上海图书馆藏。半页九行，行二十一字。红格，四周双边，单鱼尾。前有陈继儒序、王弘诲序、陈文烛序、冯时可序。收序二十一篇、记十篇、传十二篇。冯时可序称陈氏："其为人高不少屑，洁不少缁，与人交腹可披而肝可吐，善恶是非，一触即发，如积水之决塘，冲风之吹尘，靡有不尽出。而居官慷慨爽霁，当义所在，奋厉直起，即镞羽让疾，干邪让断，然精意确志，袭菁蔡而盟神帝，绝不饰虚炫能，以故虽为世所推重，而亦未有能深知极赏超格越拜之者。乃其文章叙事而事，抒情而情，既不依古人之影响，而言所已尝言；又不徇今人之颜色，而言所不欲言。其所言者，必出己之臆，必出己之天之臆，直欲竖立三界，横决千秋，与圣贤典谟礼乐述作之精神相为疏通，相为磨莹，以异于今之窃号词坛、干名理窟者，斯所谓直以为文佐天而天不左者也。"

唐仲贤《唱喁集》

唐仲贤（生卒年不详）字晋卿，松江府上海人。万历十年（1582）举人，万历三十八年（1610）任严州府同知，有惠政。续修郡志。著述现存万历刊本《唱喁集》一卷。生平见《（乾隆）上海县志》卷九。

《唱喁集》一卷，万历二十五年唐仲贤折芰轩刊本，济南市图书馆藏。板框 21×13.5 厘米。半页七行，行十六字。四周单边，版心白口。无鱼尾。正文题名后镌"东海唐仲贤晋卿父著"。

张所敬《潜玉斋稿》《潜玉斋近稿》《春雪篇》《解弢篇》

张所敬（？—约1599）字长舆①，号蒿园居士，晚号三止居士，又号百止生，张所望兄，松江府上海人。少有文誉，弱冠补弟子员，及长以词赋狎主齐盟，为王世贞所推重。孝悌高行，名满海上。卒于万历二十七年己亥（1599）前。著述现存万历间刻本《潜玉斋稿》四卷、《潜玉斋近稿》不分卷、《春雪篇》二卷、《解弢篇》

---

① 张所敬生年不详，卒年可据其子于《解弢篇》后小跋推知。所敬晚年移居城南，与五六老友创"柳塘耆社"，壬辰（1592）有《绝句》六首。"右家君右六绝句作于壬辰之春，迄今仅八载，而先君暨龚、顾两翁溘先朝露矣。偶从乱帙检得，读之潸然，不胜怆恍。录之近草，用代羹墙云尔。己亥八月朔志。"故知所敬卒于万历己亥（1599）前。

一卷。其他见诸著录的有《张氏世谱》（未知卷数）、《新刻语苑》五卷、《酒志》三十篇、《骚苑补》一卷、《峰泖先贤志》《秉烛丛谈》《皇明诗藻》《雪航漫稿》《张长舆诗藻》等，辑有《沧溟先生尺牍》三卷（和刻本，南开大学、人民大学藏），另辑有《明诗藻》。生平见何三畏《张文学长舆先生传》（《云间志略》卷二十一）、《（乾隆）上海县志》卷十、姚宏绪《松风馀韵》卷二十七。

《潜玉斋稿》四卷

明万历间田炯等刻本，上海图书馆藏。板框18.4×12.6厘米。半页九行，行十九字。黑格白口，左右双边，单鱼尾。卷首有王穉登《张长舆潜玉斋稿序》，继有万历乙酉中秋日屠隆序。屠序页版心有"吴之骥刻"。《潜玉斋稿》由勾吴黄德水选，张氏门人王尚修编。卷一荥阳潘明凤校，卷二潘云龙校，卷三社友田炯校，卷四新都汪稷校。卷四首页版心镌"夏良才刊"，次页版心镌"钱汝雄刊"，第三页版心镌"章几之刻"，第八页版心镌"吴应元刻"，第十页版心镌"卢世清刻"。卷一收四言古诗四首、琴操五首、乐府二十首，卷二收五言古诗五十四首，卷三收七言古诗二十七首，卷四收五言律诗一百七首。所敬有《酒志》十三篇、《五慕诗》《三止诗》等名于世。其《三止诗》自言本性曰："吾少好诗、好酒、好游，每遇兴则斐然吟，对酒则颓然醉，闻佳山水则欣然往，窃自得也。岁在甲申，一疾九死，乃悟狂药之伤生，知言诠之罔益，故又称百止生。"

王穉登赞张所敬云："上海盖有张长舆云。而当武、世二庙时，以诗雄上海者曰陆文裕公深、朱孝廉察卿名最哀然矣。长舆生晚，诗乃出二先生上。其家世受诗，其先有宗善者以诗隐，武以诗贡，大鲁以诗魁南省，然皆弗迨长舆。长舆尪然若不能胜衣，而生有神解，又负气好奇，不喜龌龊士……长舆既天才绝异，而性复好修，少即慕古文辞，兼通博士家言，举茂才，试辄高等，稍见诎于有司，怡然不屑，益披览古坟籍，自轩农以来无所不窥。为文俊美有风气，最善为诗。诗多幽惊远抱，沉森古淡之中神采灿烂，如明河纬天，飞霞绘壁。工为宛转，不工为粗雄；工为靓深，不工为肤立；工为绵密精丽而温好，不工为空虚狂怪而怒张；工为雍容闲冶，不工为牢愁愤结。所居庭馆萧疏，琴樽在列，青萝白石，孤云时来，与二三韵士衔杯申咏，玄思冥讨，雅有空谷之怀……先友黄清父攻诗独苦，睥睨一世，鲜有能当其意者。顾独推毂长舆，以为冲然似襄阳，飘然似供奉，苍然似拾遗。夫夫差足千古哉！长舆亦谓黄生知我，不让也。"屠隆亦云："长舆久困于文学掌故，而悉其才力，覃精于诗。其为人名理酝藉，有濠濮风，故发为诗，高朗深秀，种种合作，远驾黄初，近追大历，强弩之末，犹压钱、郎。今之士大夫最讳诗，而亦最谭诗，要如长舆寥寥尔。余既欲烧不律，而独为长舆办此，诚赏之也。"

《潜玉斋近稿》不分卷

万历间刻本，上海图书馆藏。集由门人赵世宁编、友人潘云柯校。张所敬弟所望序称乃兄"自甲申迄丙戌，稿皆亡去。于是潘君汝贯雅爱兄诗，复虑散佚，谋梓近稿以传"。卷首有万历己丑（1589）阳月顾斗英《潜玉斋近稿序》，继有所敬弟所望序。半页九行，行十九字。左右双边，版心白口，单鱼尾。收五古七首、五律九十六首、七古五首、七律三十四首、五绝二十六首、六言七首、七绝十一首。总收诗一百八十六首。

张所敬弟所望谓其兄诗作深为王世贞及郡太守喻均所激赏："王元美先生尝过海上，首询长舆安在。或辞以无有，王谓若邑有钱、刘，乃不闻邪？喻太守邦相有诗名，意鲜许可，一见倒履叹曰：'吾始知云间有莫生，今长舆诗过莫远甚，恨相见晚。'颜明府中起尤心仪之，尝荐于部使者，称其志超物外，行笃彝常，为一时士人冠冕，其见推重如此。然兄故深自韬匿，实未尝一借齿颊也。

大都兄为人任真好古,藐薄世荣,屡空晏如,觞咏不辍,暇则引余辈谈论终日,亹亹忘倦,或兴至乘扁舟放浪吴越,志山水间。其为诗,会心成咏,冲夷闲旷,不似从人间得之,而镕裁按律,无不中古人矩矱。盖其所酝酿者深,故徐而出之,隽永而有馀味,不绳削而自合也。"

顾斗英序中赞云:"长舆之为诗也,其源出于《风》《雅》,壹意陶写性灵,阐发幽思,而调高格正,旨远气和,婉直两存,情境俱到,宜其惊绝一时,嗣响《三百》也。余从长舆游,每唱和有得,辄朗声而歌,务令其意宣而弗郁,气畅而弗滞,真可以叶之宫商而被之管弦,然后出以示人,不然即字珠句玉不录也。故其所为诸诗,不雕饰为华而愈质愈华,不形似为巧而愈拙愈巧,不钩棘为奇而愈正愈奇。间有危辞酸语,艳曲新声,令闻之者色变魂销,情移志夺,要不过偶触于忧乐,而寄兴于篇章。所谓指事、造形、穷情、写物,各极其致,亦《风》《雅》之所载而骚坛之鼓吹也。假令孔门而用诗,长舆入其室矣。余也沾馀沥以自润,引末光而自照,犹然廊庑中人耳……是集也,特神龙片甲,威凤一羽耳,乌足以尽长舆?乌足以尽长舆?"

《春雪篇》二卷

明万历间刻本,上海图书馆藏。卷上、下均由张氏友人杜开美校。此集为张所敬馆于潘氏家塾期间所为诗。卷首有万历丁酉春仲杜开美《春雪篇叙》,继有春正月十八日张所敬自题《春雪篇引》,曰:"甲午之春,潘光禄虞则馆不佞于时保堂,命其子焕宸禀学。惟时寒风犹凛,朔雪恒飞,庭芳失绿,架帙咸缟。门无王子之船,迹类袁生之卧。间有篇章,题曰'春雪',志所始也;若云郢唱,则吾岂敢。其嗣作者附焉。春正月灯夕后二日蒿园居士张所敬题。"卷下前有张所敬自题《后春雪篇引》,曰:"越岁乙未,复馆于时保堂,而首春飞雪,宛若畴曩,于是潘子焕宸引卮酒进曰:'岂滕六有意,欲先生复以《春雪》名篇也耶?'余欣然受其卮,然未有以应也。久之,得古体如干首,付焕宸为《后春雪篇》。嗟嗟,髫岁操瓠,今发短矣。每以伊吾为勋业,悲夫!嘉平月之初吉蒿园居士张所敬长舆父识。"

杜开美于序中赞张氏曰:"长舆张先生少娴公车之业,与一时曹耦课殿最,则人人折其角。又负轶世才,出其绪以攻诗,非正始之音不以辱笔札而浼齿斥,盖直欲曹刘捧毂,李杜扶轮矣,诗成而无害其公车之业也。诗曰工,名曰起,海内艺文之士读其《潜玉斋》诸稿,无不远走币而近抠衣,思得一当张先生。乃曩时嘤鸣抚翼之朋及津风摅者强半,而长舆之青其衿自若……夫以长舆神韵超然,酝酿千古,此何不待招金马,黼黻皇猷,而顾令抱影守一经为?嗟嗟,西施负薪,老骥伏枥,苟为怜才,孰不扼腕起数奇之感?而长舆忘其穷愁,情景所会,一托之声诗,盖所为《春雪篇》可诵也。又特夷犹恬旷,曾不为牢骚壹郁之语,其中汪汪,讵易测哉?余怪其籍而藏之。"

《解弢篇》一卷

明万历间刻本,上海图书馆藏。门人潘焕宸校阅。半页九行,行十九字。左右双边,版心白口,单鱼尾。卷首有万历庚子(1600)季春朱家法《解弢篇序》,继有万历己亥(1599)冬吕克孝《解弢篇小叙》。收古体诗十一首、律体七十二首、绝句十八首。篇终有张所敬子所作小跋:"右六绝句作于壬辰之春,迄今仅八载,而先君暨龚、顾两翁溘先朝露矣。偶从乱帙检得,读之潸然不胜怆惋。录之近草,用代羹墙云尔。己亥八月朔志。"由小跋推知,《解弢篇》终篇于万历壬辰年(1592)。

吕克孝《解弢篇小叙》曰:"李于麟每称日新之谓盛德,富有之谓大业。夫新故生生变化无端,不日新则馀唾残渖而已,不富有则缀金剺缯而已。以此言诗,奚以诗为通者?三尺孺子未知号嘎,辄诋诃长者，谓为无奇。夫离格以蕲攻，舍涂而觅径，诡自诧奇，奇于何有？总之，神非会境，貌不传情，如土偶之具衣冠，真不相肖，要之大雅，卒无当也。长舆先生持论故与余合，近所为诗，律逾细，旨逾澹，小言大言咸居正始，承蜩削镰，匪藉人工。洵哉，日新富有，不忝先哲者矣。夫《折杨》《皇夸》，嘈杂盈耳，此未足睥先生之堂庑，即先生亦讵与之较轨躅也？先生前后所刻诗业已行世，有不赓余言者乎，则先生之诗具在。"

黄体仁《四然斋藏稿》

黄体仁（1545—？）字长卿，号縠城，松江府上海人。二十一岁为诸生，后屡试不举，教授乡里，徐光启从之学。万历二十二年（1594）始中举，年五十矣。三十二年与徐光启同中进士，年六十。当权者欲使其试馆职，以老辞，请以徐光启代，故光启入翰林，而黄体仁授刑部主事。后出为登州知府，擢山东布政使右参议，转按察司副使。四十七年福王之国，请尽革迎谒诸费，当路不悦，罢归，未几卒于家。著有《四然斋藏稿》十卷。另见诸著录的有《奏议诗文》二十六卷、《续上海志》之《上海田赋志》诸篇。生平见何三畏《黄副宪縠城公传》（《云间志略》卷二十二）、《（乾隆）上海县志》卷十。

《湖北诗征》《续文献通考》、万斯同《明史》《传是楼书目》俱载《四然斋藏稿》为《四然斋集》，《（乾隆）江南通志》《（嘉庆）松江府志》著录其集名《四然斋正续稿》。今存《四然斋藏稿》十卷，明万历间刻本，湖北图书馆、台北图书馆藏。《四库全书》未收。今《存目丛书》集部第182册内《四然斋藏稿》据湖北图书馆藏本影印。半页九行，行二十字。黑格白口，四周单边，黑鱼尾。卷首有黄体仁自叙、万历戊申年徐光启《縠城先生四然斋集序》，卷末有门人王偕春《四然斋稿跋》、黄氏子侄黄仲讷《四然斋藏稿跋》。正文题名下镌"上海黄体仁长卿父撰,门人王偕春子与父校"。前九卷为文,收记、叙、引、题识、跋语、传、疏、行状、祭文等一百三十馀篇;末卷为诗,收诗一百六十馀首。诗文多应酬之作。《总目》著录,然馆臣误"体仁"为"体元",又误称其为"縠城人"。《总目》云:"明黄体元撰。体元字长卿,縠城人。万历甲辰进士,官至山东按察司副使。是集体元所自编,取《中和集》'身心世事谓之四缘,委身寂然,委心洞然,委世混然,委事自然'之语,故以'四然'名斋,因以名集。盖明季士大夫耽二氏者十之九也。"(《总目》卷一百七十九)

台北图书馆藏本四册。板框20×14.1厘米。前有黄体仁自叙、万历戊申徐光启序。钤有"潜川洪轼/澄藏书"朱长方印、"风雨/楼"朱方印、"庄铎"朱方印、"拭尘/鉴赏"白方印、"国立中/央图书/馆考藏"朱方印。

集由黄体仁侄黄仲讷梓行。黄仲讷《四然斋藏稿跋》云:"黄氏世家东海而喜藏书,自曾王父与吴门沈石田、文衡山诸名家游,而王伯父获传舅氏陆文裕俨山翁,朝夕问奇,扬扢今古,渔猎典坟,称东海闻人。迄余小子,才下数奇,抑首受经生业不暇,先世青缃几灰注矣。又幸今伯父縠城翁溯其水木,不夷余小子也,刻其乡会朱卷、经书制义与今古文词,皆得与雠对之役,遂令东海上谓黄氏世有文献。"

黄氏自序云:"当世士得尺望寻,得陇望蜀,绛宫之禽,日翱翔八表,闵闵皇皇,芸芸攘攘,不得须臾宁,其身甚劳,其心甚苦,其于世事亦甚纷拿矣。苟得是说而存之,身心俱泰,世事两平,内无驰想,外无构斗。舍急湍而就安澜,不庶几火宅晨凉也哉?真司马相如一勺金茎露也。余虽不能至,中向往焉。窃用以比弦韦,遂取而名其斋。斋大如斗,凝尘常满,亦无它贵,家法物仅仅先赠公遗书数百卷,朝夕督儿子辈吟咏其中,里中知交不谅余之不文，无能为役也，时以文章相征。余亦辄据梧搦管，信手酬应，不复加点较工拙，稿脱而童子辄携去，覆瓿障窗风，存者什不得四五。知交谓其中一二有关于邑之兴革利弊，与茂宰之循绩，先正之芳轨，在不应尽弃去，欲裒而付之梨枣。余谓付之梨枣与覆瓿、障窗风无以异，遂听之而并以名斋者名其篇。其或讨余之不能藏拙而轻为灾木，又或揣余之有意博名而妄自悬书，则非余名篇意矣。"

徐光启为黄氏门下士，其序称："先生夙承家学，升堂睹奥，博探津润，开廓著述。其为文覃精名理，大都锐思极意于百千载之上，而去陈言、标新义，必开先启秀于数十载之后。光启束发从游，见所为经生之业，率三年而一变，变必攉新演异，出人耳目之外。迨时风骧首，而先生已复谢去其故矣。每与门墙私窃叹仰，以为神化无端，于此道中，独称龙德，设科以来未之见也。而为古文辞赋亦复称是，每见讲席艺坛，古今递作，斐然造适，肆笔满纸。受而读之，如泰华高峙，峰崿千石，终成峻绝。又如海纳百川，波涛万状，率归雄浑。至其伸名教、领玄心，虽复率尔命篇，非可以弘长风义、增益标胜者，不入毫端也。盖天授灵奇，复出独绝，力到功深，浚发自然，能任境所之，波属云委，自非然者。"

李继佑《归愚庵初学集》

李继佑（生卒年不详）字孝启，又字仍启，松江府上海人。万历四十年（1612）举人，翌年下第归，因取昔人"归愚识夷途，汲古得修绠"句中意，名其居为"归愚庵"。《（乾隆）南汇县新志》称李继佑"工古文，才情奔放，卓然自成一家言"。与宋懋澄以诗文齐名云间。现存《归愚庵初学集》十二卷。生平见《（崇祯）松江府志》卷四十二，《（乾隆）上海县志》卷十。

《归愚庵初学集》十二卷，明万历四十三年（1615）刻本，日本尊经阁文库藏。台湾汉学研究中心、日本京都大学人文科学研究所藏本据尊经阁文库藏本影印。半页八行，行二十字。无栏无格，四周单边，单鱼尾。版心鱼尾上镌题名。卷首八序：一、《李孝启集序》，后题"大泌山人李维桢本宁父"；二、《归愚庵初学集序》，题"乙卯冬日友人宣城汤宾尹书"；三、《序》，题"间史陈继儒题，时乙卯冬月"；四、《序言一》，题"甲寅冬日年弟宋佑方氏"；五、《序言二》，题"社弟唐兆楫济卿氏"；六、《序言三》，题"社弟黄经令则氏"；七、《序言四》，题"社弟朱本洽叔熙氏"；八、《序言五》，署名"吴淞年弟孙元化初阳氏"。内文八卷，卷一至卷八收序、引、论、记、疏、启、状、尺牍、祭文、志铭、传、行状、赞、铭等各体文；诗四卷，卷九收诗七十三首，卷十收诗九十四首，卷十一收诗七十九首，卷十二收诗一百首及《疗痴赋》《将西归赋》二首。为其友人唐兆楫、黄经令选编。

集名"归愚庵初学集"，乃李氏自谦之意也。汤宾尹序称："孝启颜其斋而曰'归愚'，行其集于世，而退然自命曰'初学'，其抑亦学然后知不足之意也耶。"卷一李继佑《刻归愚庵初学集自序》亦自谦曰："惟知用耻者，常冒无耻之际。问之不宣，言之不竖，吾人耻之，宜矣。虞弗宣也，自邮之；虞弗立也，自噪之，则迹于无耻，近夫笑无耻者。余既已知之，而弗能已者，诚知用不宣与不立之甚耻也。帷女学妆，妄缚头髻，置环饰，不一出而呈诸靓姬左，谁且别其妍丑哉？惟夫旅妍之知妍，则从是益求妍；旅丑之知丑，则从是决去丑。然则见妍见丑，皆益也。余故不揆妍丑，辄欲以所著递见之世，世有笑无耻者，则告以吾癖所由成。盖余幼学外氏，外氏纷导工部诗源，时得窥其林府，窃窃然好之。举子馀力，始效古制。后再徙北郭诗文里，又再徙梓乡，亦诗文里，近朱染，入芝室颇沾，喜得变赤化香，乃益寻味所嗜，始敢就正吾郡之名家。名家进之曰：孺子可教。背扬之，复然。自是递游南北，所得靓名家又数数，又辄进之曰：孺子可教。背扬之，亦复然。众鼓众吹，弥自嘈嗜矣。夫计余知嗜此道来，凡历几更，而在余总为学妆初也，余敢忘呈姬左哉？天生头面，须一见之人，随形受目，与其没没尔。以是故有词焉，自了单缩矣，弗敢蛇添，曰：惧纵初学之步也，以待善我添者；有文焉，自了繁芜矣，弗敢鹤断，曰：惧雕初学之气也，以待善我断者。第使已故楰之，谁藉添之？已故褚之，谁藉断之？人不我添，不我断，余几问能宣也，言能竖也？无曰已。参是，则余不揆妍丑而自邮自噪，虽欲罢，何可？无耻则诚然，谓知用耻，夫宁曰不然？"

李继佑之诗文亦承家学而续之。其卷一《归愚庵初学集自序嗣言》又曰："余家自先工部肇立词章，是有《栖云馆集》，有《慎馀录》。今归德侯绍之，是有晋闱之试书，有《敦睦编》，暨家藏未刻诗文稿种种。先孝廉绍之，是有《太乙馆》已刻未刻诸集。呔声炎言，更陈迭奏，其馀矜之顾莽之英削，方绎绎而未及彰者，尚饶焉。火传一脉，实鼓后生而进。余小子懿，志取前法，法其大端徽懿未能，辄从操觚为弄舌始。"

陈继儒谓李继佑"才"且"奇"："孝启才子也，少孤多难，家贫，葬五丧，又能读万卷书，奏公车言；公车言胜，奏古文词；古文词胜，眼光射四裔，舌光覆三千大千。黄令则谓其文如日，余谓此海中浴日者也；宋幼清谓其文如海，余谓此煮海者也。盖天人交错而奇正矣。吾辈能读书而不能用书，正如刘越石之为将，长于招来而短于抚御；能用秀句而不能去累句，正如张魏公之为相，长于知君子而短于知小人。又有师心自用，护短不前，正如蠕蠕公主一生，不肯学华言，又如胡沙门愿为王珉儿，珉生阿练便解外国语，此似有习气，不可化也。奇至孝启，能使海内文人之习气始一变，有刘越石、张魏公之长，而无两公之短，岂惟文哉！"

李维桢赞曰："余近所知云间才子曰宋幼清、李孝启，皆以壬子举南北京兆试,而幼清为余同榜中人犹子,识之未第时,为叙其《九籥集》。又二年,而孝启特过余羁旅中,以其《初学集》示余,则幼清业已为之叙矣,复属余申之。余惟云间文士,无逾晋二陆,而论文莫详于士衡之赋。两君生长云间,师承自远,轨范自正。试取《文赋》以按孝启集,其庀财之博也,则所谓游文章之灵府,嘉丽藻之彬彬,倾群言之沥液,漱六艺之芳润者也;其构思之深也,则所谓精骛八极,心游万仞,课虚无以责有,叩寂寥而求音者也;其结构之新也,有所谓虽杼轴于予怀,怵他人之我先,苟伤廉而愆义,亦虽爱而必捐,茗发颖竖,离众绝致者也;其裁制之妙也,则所谓体有万殊,物无一量,纷纭挥霍,形难为状,辞程材以效伎,意司锲而为匠者也。称为才子,不虚耳。"

徐光启《增定徐文定公集》

徐光启(1562—1633)字子先,号玄扈,松江府上海人。万历二十五年(1597)顺天乡试第一,三十二年中进士,选庶吉士,授检讨。丁外艰,服阕,复职,充会试同考官。四十七年擢少詹事兼河南道监察御史。天启三年(1623)晋礼部右侍郎兼侍读学士,寻南归。崇祯元年(1628)起补原职,转左侍郎,擢礼部尚书,四年兼东阁大学士,入参机务,六年加太子太保,兼文渊阁大学士。同年卒,年七十二,赠少保,谥文定,加赠太保。生平见《徐文定公年谱》、王可忠《墓志铭》、徐骥《文定公行实》(以上年谱、墓志铭、行实皆录于《增定徐文定公集》卷首)、张廷玉等《明史》卷二百五十一。

万历、启、祯时期,明社日倾,危机日重。又值西学东传,东学西渐。社会倡经世致用、崇尚实学。光启善声律,通经史子学,于此时全力习天文、兵法、盐田、水利诸策,旁及工艺、数学等。稽其生平著述,有《农政全书》六十卷(崇祯十二年平露堂刊本及文渊阁《四库全书》本)、《毛诗六帖讲意》四卷(有万历四十五年金陵书林广庆堂唐振吾刊本)、《考工记解》二卷(清抄本),与利玛窦合译欧几里得《几何原本》前六卷及《勾股义》,崇祯二年曾奉敕与李之藻及传教士罗雅谷等编辑《崇祯历书》一百二十六卷,刊《西洋新法历书》(有明崇祯至清顺治康熙续刊本)、《泰西水法》六卷(李之藻订正,万历四十年曹于汴等刊本),另有《诗经传稿》《兵机要诀》《选练条格》《灵言蠡勺》《农遗杂疏》《农书草稿》等存世。所著诗文散佚颇多,今存《增定徐文定公集》五卷,另有《徐氏庖言》五卷行世。

原《徐文定公集》四卷,清光绪二十二年(1896)江南主教上海慈母堂铅印本,李杕辑录。半页十行,行二十一字。左右双边,黑格白口,单鱼尾。卷首有徐光启与利玛窦画像,光绪丙申(1896)秋李杕《徐文定公集序》《凡例》《徐文定公年谱》。集不分部类,卷一有徐骥撰《徐文定公行实》、礼部左侍郎王可忠撰《墓志铭》,卷二《文稿》,卷三《奏稿》,卷四《附稿》。全集总收遗文二十七篇。《凡例》曰:"是书从《明史·畴人传》《上海县志》《徐氏宗谱》《胜国西教士函牍》编次辑译而成,事事率真,无稍穿凿,阅者可据为信史焉。文定公服官明代,依时而言,奏疏中未免有冒渎国朝字样,是书谨为改易,用明崇敬圣清至意。明季海禁未弛,西商不得入内地,邦交约款,悉未举行,其时称西人多用夷字,文定因之,书中一一删除,以免触忌。文定公一生,翰墨充栋汗牛。殁后,文孙容庵先生编校遗文,已叹散佚殆尽,博访穷搜,只得什一。迄今垂三百载,兵灾频仍,流离数四,如硕果之仅存者,百不一二。是书收录之,以留公之遗迹。"

光启文集于其殁后三百年始行世,后世先达、子孙颇有慨焉。光绪二十二年刊本李杕序称:"圣教肇行一国,率有圣哲挺生,以非常之才,立德功言三者,彪炳一世。或又行起死骨肉,不药疗病等异，耀人目、警人心，风动四民。于是所言必信，有感斯孚，过化存神，教泽深远。父传之子，子传之孙，虽遇艰难困厄，而信志坚贞，历千百年不变，如班有圣雅各而俗美，法有圣勒米而化行，印度有圣方济而崇正，皆明证也。我中国圣教始行，犹在元代。其时有和德理者，亦圣贤中一人，宣训燕京，都士向慕，后以遄返西邦，未获卒业，论者惜之。明季利子玛窦，航海来华，上海徐文定公与之友善，闻其教，首先崇奉，用其不世之才，力为推广，撰论说、译经书，陈奏朝廷，阐扬大义，教之所以行，文定之功居多。迄今三百载，传二十馀省，溯厥源流，讵容忘本。然延至今日，知公者其谁？每一念及，良用喟然。丙申春，高司铎镐鼎以法文著《传教志》，录文定事颇详，皆宗古西人函牍。蒙读而悦之，拟译华语，爰请文定公哲裔出家乘诸本，又涉猎教中书暨《明史·畴人传》等，摭其要，合于西土所载，都为一编。惜公之德，百不知一，而公之文散遗殆尽，仅得像赞三、原道一、行述四、序与书各二，有奏稿如干，多论火器、立法，于以见西学东来，自教士始也。呜呼，公诚伟人哉！文名盖当世，功业留简编，尤能信奉真教，簪笏立朝，绝不隐讳。若今之稍识之无，从事帖括，辄诋毁我教，刺刺不休者，何其不自量欤！"

此集乃徐光启卒后最早之文集，然李杕未见陈子龙编《明经世文编》内所选徐光启著述，故慈母堂铅印本内容尚遗漏甚多。今人王重民先生以为此集质量"远不及《明经世文编》内《徐文定公集》的选本好（选集选了遗文三十三篇）。又由于李杕是天主教的司铎，他编《徐文定公集》的目的是企图假借徐光启在科学上和历史上的声誉来宣传天主教，把宗教论文放在首位，把科学论文反放在次要的地位，这就大大歪曲了编印《徐光启集》的目的和作用"（《徐光启集·凡例》，台北明文书局 1986 年版，页 37）。

《增定徐文定公集》六卷，是清宣统元年（1909）上海天主教慈母堂在光绪本基础上的增修本，后附《李之藻文稿》一卷。内于原序后又增李杕重撰序，序作于光绪戊申十二月。增订《先文定公集叙略》，乃徐光启之第十一世孙徐允希作于宣统元年仲夏；又增订凡例七则；凡例后增目录。卷首上有《明史本传·徐光启传》《徐文定公年谱》，卷首下有李杕《徐文定公行实》。集以类分五卷，俱按年月编次，以便稽核。内卷一《文稿》、卷二《屯盐疏稿》、卷三《练兵疏稿》、卷四《治历疏搞》、卷五《杂疏》，附有卷六《李之藻文稿》十数篇，计收徐氏文六十三篇。内"《屯盐疏稿》出诸家藏旧抄本，蛀蠹过半；《治历疏稿》得诸泰西，残缺字页无从考补，兹编悉仍其旧，以昭信实"（《增定徐文定公集》凡例）。

自光绪丙申李杕辑录《徐文定公集》四卷行世后，光启十一世孙希允于是年"复得公墨迹，识者珍之，癸卯付石，以公同好。既而披家乘，又得《章奏》及《屯盐疏》数万言。无何，有友自泰西来，言奥国额克萨顿藏华籍甚富，或有文定公遗书存焉。希允闻之喜甚，致书西友，果得旧刻《圣教规箴》一卷、《治历疏稿》数十篇……去年（1908）秋，原集告罄，重为编订，分五卷，曰《文稿》，曰《屯盐疏稿》，曰《练兵疏稿》，曰《治历疏稿》，曰《章疏杂稿》。末附李太常之藻文数篇。夫公之传于不朽，固不赖斯编，然其信道之笃，经济之洪，爱国忧民之切，学问艺术之精，亦于斯可见一斑。则此编之传，为不可少也已"（徐允希《增订先文定公集叙略》）。

于此增补之役，光绪戊申（1908）十二月李杕又识云："徐文定公，明季名臣也。秉浩荡刚大之气，抱凝粹雄杰之资。其为文闳博奇玮，峥嵘磅礴。其为学网罗中外，窥究天人。其立身处世，沉浸乎道德之府，痛绝乎门户之心。稽其生平著作，有奏草，有经义，有诗艺，有《徐氏庖言》，有《四书参同》，有《通宪图说》，有《兵事或问》，有《西法历书》，有《农政全书》，屈指二百馀部，亦云富矣。惜哉兵燹频仍，辗转散佚，迄今所存，十不一二。光绪丙申，余辑文定公集，惟得像赞、原道、书序、奏稿各如干，读者兴叹阙如，不见全豹。戊申春，公十二世孙允希司铎，搜其家藏抄本，又得屯盐、练兵等疏，各数万言，忠义之忱，跃跃于言表。诚以公臣于明，不得不忠于明也。脱令公生今日，其忠我朝，更何如乎！公之时有李太常之藻，亦我教中名人，其文雄劲，大抵遗亡。允希君搜得十馀篇，以附于公集，所以遂其追慕之意。"

宣统元年铅印本于徐光启原文多有改窜，且尚有遗缺，故民国二十二年光启第十二世孙徐宗泽再次做了增补，这就是徐家汇藏书楼铅印本。该集保留原本画像、李杕原序、增订序、徐允希《先文定公集叙略》又添民国二十二年陆徵祥于比利时圣安德肋修道院撰《增订徐文定公集序》、徐宗泽《增订徐文定公文集缘起》。徐家汇藏书楼本将遗文增补到八十九篇，且"据旧本把李杕、徐允希篡改的文字作了一些回改"（《徐光启集·凡例》，页37）。徐宗泽叙增订缘起曰："本集为南沙李问渔司铎所编辑，流传至今已卅载。会今秋为文定公逝世第三百周年纪，正思有以纪念之，忽得陆公徵祥来书，建议将此集印巾箱本。泽重以文中富有民族思想，颇足为现代借鉴，甚韪其言，遂将《屯田疏稿》《治历疏稿》并依据《皇明经世文编·文定公集》《崇祯新法历书历法缘起》萃而增补之，又第一卷中《焦氏澹园续集序》诸篇、第二卷中《处置宗禄查核边饷议》诸篇、第三卷中《复某中丞》诸篇、第四卷中《修改历法请访用汤若望疏》诸篇、第六卷中李之藻《请译西洋历法》等书疏诸篇，均为此次增入者。而其工作，多获陈援庵先生之助，存殁均感焉。然仍嫌搜罗未尽，尚望同道表同情者，惠教之为幸。民国二十有二年岁在昭阳作噩仲秋之月第十二世孙宗泽谨识。"

今存世徐光启著述最全者为王重民辑校十二卷本《徐光启集》，1986年台北明文书局铅印本。前有徐光启像，徐光启撰诗文书影，王重民撰序言，凡例。内卷一收《论说策议》十篇，卷二收序跋十九篇,卷三、四收《练兵疏稿》二十五篇,卷五收《屯田疏稿》六篇,卷六收《守城制器疏稿》二十篇,卷七、八收《治历疏稿》三十四篇,卷九收《杂疏》十六篇,卷十、十一收《书牍》三十六篇,卷十二收杂文十三篇、诗十四首、赞四篇,另有补遗一篇。明文书局铅印本优于以前各本,王重民在凡例中言新集:"一是做到了比旧本更加完备,二是百分之九十五以上的诗文都恢复到了明刻、明抄本的原文原貌,三是以科学论文为主,对于伪托的、可疑的宗教论文都删去。"(《徐光启集·凡例》,页38)

徐光启于后世文学影响较小,其影响后世者主要在文化、在实学。他虽为儒士,然受洗入天主教,助利玛窦等西人在华传播异域文明,其影响不惟在当时当地,亦远及后世数百年。徐光启乃西学东传、东学西渐之重要桥梁,在中西方文明传播史上占有重要地位。此外,徐光启所译《几何原本》《泰西水法》,编著之《崇祯历法》《农政全书》及其他实学著述,对明末日渐兴起之实学思潮具有巨大推动作用。

杜士全《春星堂诗稿》

杜士全(1563—1645)字完三①,松江府上海人。生有异才,

---

① 杜士全生平可由其诗作及光绪《南汇县志·人物志》推知。其《飞云洞》诗有序云:"乙未释褐来令楚冶。——丁酉冬,予将上计。"(见《春星堂诗稿》卷三),《元旦念欲乞休》中有:"三朝遇主官仍旷,四世蒙恩国未酬。"(卷三)可知,士全健在时即已历官三朝。另卷三有诗《余早岁筮仕为楚邑令,与今大光禄禹同倪丈称莫逆交,时运而三十年往矣,中间离而合,合而离,不知凡几。岁乙丑,余以南奉常满考入都,复合燕市,追往道故,几至夜分时。禹同奉使赉之蜀藩,余不日亦竣事南归,感而有作》,卷四有诗《癸亥除夕书怀》《寿姚通所年兄七十,姚与予皆生于癸亥腊月,而余仅长一日云,闻又有得麟之庆》《辛未元旦》《甲戌元日》《寿陈眉公八十》《壬午余年八旬元旦试笔》。陈继儒生于嘉靖三十七年戊午(1558),其年八十当在崇祯十一年戊寅。据此可知,士全生于嘉靖四十二年癸亥(1563)十二月。光绪《南汇县志》卷十三《人物志》中"杜时腾传"所附"杜士全传"中,言其"告归卒,寿八十三",据此推知,士全卒于清顺治二年乙酉(1645)。

下笔千言立就。万历二十三年（1595）进士，授官六冶知县，调海盐知县，转刑科给事中，四十五年擢南京工部尚书。后告归，卒年八十三。有《春星堂诗稿》四卷存世。另有《金陵图咏》，与朱之蕃、余孟麟等同撰，为唱和之结集，明天启三年（1623）金陵朱氏刻本。生平见《（光绪）南汇县志》卷十三"人物志"一。

《春星堂诗稿》四卷，清雍正元年（1723）杜廷鲤刻本，上海图书馆、复旦大学图书馆藏。首有《春星堂存稿序》，题"通家眷弟陈继儒顿首撰"；继有傅振商序，题"己巳桂月下浣之吉天中年通家弟傅振商顿首撰"；杜士全自序，题"云间杜士全完三父书于春星堂中"。集后有杜氏曾孙廷鲤跋语，题"时雍正元季岁在癸卯孟秋之朔曾孙男廷鲤百拜谨跋"。半页九行，行二十字。黑格白口，四周单边，单鱼尾。卷一收五言古诗六首、五言律诗一百二十六首、五言绝句四十四首、六言诗一首、六言绝句五首，卷二收七言古诗七首、七言排律三首、七言绝句一百五十九首，卷三收七言律诗一百八十六首，卷四收七言律诗一百九十五首。总收诗七百三十二首。

集当有明刻本。杜氏自序曰："余生也鲁，读书不能强记。少时专攻制科艺，以规进取，古文词则不暇。迨乎释褐登朝，筮仕邑令，俗当淳朴处，可以卧理。已承乏琐垣，进而卿寺，又进而部堂，予皆安其百拙，一以无事行之。自公之暇，非手一编，则觅俚句，消此岑寂而已。积三十馀年，遂成数卷。今年春遭家回禄，焚烧略尽，儿子元方简括煨烬之馀，并南来所得犹存署中者，为予抄录一过，凡五百馀篇。偶以示星垣傅大司马，星垣劝予梓之以贻后人。予谢以词不工，不足灾梨枣。星垣谓：'此我侪意兴所寄，精神聚焉，趣操睹焉，海内交游，寰中涉历，亦于是志焉，安问其词之工不工哉？'因出其《南都稿》索序于余，亦为余序之。余重违星垣雅意，因付之剞劂，而眉公先生又赐以溢美之词。"傅振商于己巳桂月之序称："吾幸睹于完三先生，愚尝晤交先生于燕台梧省，钦其道韵冲旷，语带烟霞，羡体神双远，于建白诸疏，每服有陆敬舆之忠恳。一别十五载，时劳梦寐，叨叨秣陵。先生为大司空，复聚首谈心，欢若平生。清言高致，消我尘鄙。诗筒相酬，悠然在名利缰锁之外。一日，以素集诗篇二卷示愚，曰：'此数年所成，拾之回禄煨烬之馀者，幸题数语以代酒脯饷，补我往日精神之劳。'愚三复之。"其曾孙杜廷鲤跋亦可佐证："按傅大司马及陈徵君两序观之，春星堂原刻在故明怀宗己巳八月。逸稿存于辛未除夕，迄于壬午元旦。惟辛未以前、壬午以后及越游一吟姑阙。以昭信歧园、鹰时两弟，倘有同心，因是集而推之，若疏稿、若文集，不忘先司空立言本意，共勷厥事，垂诸永久，世世子孙所奉为天球河图者，其在斯欤，其在斯欤！纂述之役，余小子又何多让焉。"

清刻本集后有雍正元年孟秋杜氏曾孙杜廷鲤跋语："先曾祖完三公《春星堂诗稿》，南北宦游历三十馀年，存什一于千百，思难、舜举两伯祖集而梓之，以贻后人，不再传而梨枣云亡。先王父天植公所留一编，遂成硕果，良可慨已。岂知当日解组归与，东山泉石，晚景优闲，吟情亦复不浅。后经兵燹，遭家播迁，其逸之浦东者十有八九。昔堂兄晋五从怀新堂祖居出诸朽蠹，携示余曰：'此春星堂未发之奇，司空翰墨如新，洵我家宝也。惜前后残缺不可复考。闻叔父席书公欲捐俸成集，子能胜任，盍参订以付剞劂氏？'余拜而受焉。趋告先大人于粤江官舍，曰唯唯。既归复告，因疾中止。数馀年来，先大人有志未逮，余小子什袭而藏之。吁嗟乎，前人立言与立德、立功相表里，不得其传，藏诸名山可也；既得其传矣，不孳孳焉思所以传之，不几如曩之摈弃，殆有甚焉者乎？辛丑秋，捡之箧中，命儿联谔、联穟手录一帙，壬寅冬缮写刻本。捧读之下，体格和平，卓然大雅之音……不肖鲤逢盛世之菁莪，还稽文献；思前贤之矩矱，恪守高、曾。重刊诗稿，质诸当世。"

傅振商赞其诗"大抵格正而葩，调响而清，洗尽粉泽，而元神独畅。如端人正士，对之神肃；如玉琴瑶笙，听之神怡，与少陵异调而同工。"陈继儒谓其"未尝染六代之绮靡，以伤三百篇之气骨，严而洁，和而雅，整而隽，切而华，不空设一字，亦不为俗子轻拈一题"。

陆明扬《紫薇堂集》

陆明扬（1564～1616）字伯师①，号学博，又号襟玄，松江府上海人。陆深从孙。父析为浦城丞，有政声。少颖敏，好学有文名。先是析与明扬以语诮邑令敖选，选衔之，以他事诬明扬下狱，迁青浦狱，欲瘐死之。后青浦令屠隆夜行狱，闻明扬读书声，察其冤，复谳得雪。后二十年，中万历三十一年（1603）举人，万历四十二年官靖江教谕，有懿德淑行。耽心六籍，表里咸贯，为文深微而有度。以经济自负。万历四十四年（1616）夏卒于官。撰有《周易系辞正义》《五经辑要》《紫薇堂四子》（明万历五年施尧臣刻本）、《四子书》（明万历九年陈楠刻本）、《紫薇堂集》八卷附录一卷。生平见范彤弧《陆襟玄先生传》（《紫薇堂集》附录）、李世裕《陆学博先生传》（《紫薇堂集》附录）、《（嘉庆）松江府志》卷五十四、《（乾隆）上海县志》卷十二。

《紫薇堂集》八卷附录一卷，清康熙间陆起龙刻本，国家图书馆藏。无框无格。半页九行，行二十二字。卷首有姚永济《紫薇堂

---

① 陆明扬生卒年，可据范彤弧所作《陆襟玄先生传》及《（嘉庆）松江府志》《（光绪）靖江县志》推知。范氏所作传中指万历时上海邑令敖选构陷明扬入狱时，明扬"方十七"，明扬弟"明允负粮脯徒步百里纳饘粥者三年"，后经青浦令屠隆力白真相，得以获释。后二十年，中万历三十一年（1603）举人。另据《（光绪）靖江县志》知明扬万历四十二年官靖江教谕，四十四年（1616）夏卒于官。据此可推知，明扬被诬入狱时当为万历八年（1580），则明扬当生于嘉靖四十三年（1564），卒于万历四十四年（1616），寿五十三。

集叙》、程玠《陆襟玄先生紫薇堂集叙》、康熙九年庚戌（1670）陆蓉序。卷一收诗十四首，卷二收诗三十八首，卷三收书十九篇，卷四收启、记六篇，卷五收记、议六篇，卷六收志铭、行述、跋五篇，卷七收序八篇，卷八收杂著二十二篇。附录《屠赤水先生诗》二首、《松江府志·陆明扬传》《上海县志·陆明扬传》《靖江县志·陆明扬传》、范彤弧《陆襟玄先生传》、由拳李世裕《陆学博先生传》，传后有陆起龙撰《紫薇堂遗稿后刊》及陆鸣虞后记。

陆起龙《紫薇堂遗稿后刊》曰："先世父襟玄公学富五车，才经百练，穷愁不足介其怀，坎坷不能抑其锐，生平著作多不属草，偶简遗编，仅存什一于千百，或关切于桑梓之利弊，或激烈于性情之迫切，或兴发于浩歌，或感深于迟暮，不肖龙读之而不忍竟云。"陆鸣虞《紫薇堂遗稿后记》："大父学博公殁于靖江署中，一切古今载籍及著述等书俱已散佚。吾父中年与两世父裒集《紫薇堂遗稿》，得稍备于随庵公，镌者则吾父与两世父，孺慕之诚，实寄于此。屈指计之，两世父长逝后，吾父辞世倏又一十四载，而所辑遗稿半为蠹鱼所饱，每一展卷，心窃伤之。今岁丙戌，誉儿迎养，日长无事，不畏手颤，自初夏至季秋，重录是帙。噫，学博公一生懿行详于府县志暨本传、年谱，虽不藉文集而始彰也，然集中包补、浚河诸记，改折、防御诸议，为国课生民计，尤笃挚深切，倘后起者寿诸枣梨，则学博公德业文章益昭然于天下后世矣。九月九日孙鸣虞谨识。"

明扬性耽古文辞，与屠隆、陶望龄、王思任、汤宾尹、张鼐、徐光启及陈继儒等相友善。陆蓉系陆明扬甥孙，其于康熙九年序明扬《紫薇堂集》云："去年秋，蓉既得读我靖江公年谱而序之矣，今年，嶙士舅氏复葺公遗稿，凡为诗如干，铭序如干，笺启如干，制举艺如干，以授蓉。蓉时有药裹之伴，阅半年乃得尽读，读之反覆推玩而不忍释也。曰：嗟乎，斯所谓百世之师哉！本之以孝弟忠敬，通之以物理时宜，忧而不困，泰而不侈，高而不激，俭而有节，咏歌饮晏而不忘戒厉，求诸古人则大雅也，斯岂非百世之师哉？公之颜之于堂也，曰'雪月风花作侣，父子兄弟相师'。永宁公兄弟奉世父为师，以居官明道；三公子即奉永宁公兄弟为师，以则古称先。今且一世二世三世五世矣。家驹骎骎，逐风追电，旗鼓先登，戢矢后劲。然吾观其文章之秀一家言，其立心制行，一心相禅而不淆者也。黄河源于昆仑，伏行于地中，洋洋奔薄数千里，然后支流皆成巨浸。人亦宜然，则百世师当之矣。葆亦属公外氏之裔，愿私淑于公者，读遗集而谨识数言如此，抑作述之际，岂不慨哉！当时与公相推激者为屠纬真、陶石篑、王季重、汤霍林、张侗初、徐玄扈、张宾王、陈眉公、姚通所、顾绳所、陈钜鹿，夫此数君子者，皆百世师也。公之遇稍逊焉，然吾不知诸公之后，皆能宝其家训，守其遗文，如公后人乎？"

屠隆是明扬恩人，也殊赏其才华。明扬中举南都及二十年后赴任靖江时，屠隆均有诗相送。程玠《陆襟玄先生紫薇堂集叙》记其事曰："玠游云间，陆仪仲先生见玠诗文，猥以国士相目。清宴时偶出襟玄公闱牍以示，叹其理脉精邃，若此乃迟久始获一遇，复偃蹇公车，谒选仅一广文而止，似乎绩学弘而食报约，玠为之感惜扼腕者久。又述襟玄公幼时，以尊人为射工所中，因系狱。其大节缜密而慷慨，造次间且不废吟诵，声出金石。时当事者为屠赤水先生，异人也，廉知其情，兼试以文，击案称赏，旋白其冤，即以远器期许。既解官，辄手书勉勖，有'青云不登道不尊'之句，诚有激乎其言之也。秋捷后，先生在闽中，闻之，又呼酒成诗志喜，有'吴下原称八斗才'之句，知己气谊一至于此。玠为之吁激欲恸者久。又缕言襟玄公居乡为德于乡，居官为德于官，虽秀才便思以天下为己任，虽一命辄以扶风化、振名教为殷殷，谓有人负官，无官负人也。其倡义浚赵河、包补、改折诸事，及修葺骥江学舍，迄今利赖，颂义不衰。玠更为肃穆起敬，如揖公于前而见先正典型者久。"

徐方广《徐思旷先生文钞》

徐方广（生卒年不详）字思旷，万历时上海庠生，博闻强记。为人清介自守，为文精微研妙，李流芳亟称之。生平见《（乾隆）江南通志》卷一百六十六、《（乾隆）华亭县志》卷十四"文苑"。

《徐思旷先生文钞》一卷补编一卷，清雍正十二年（1734）映旭斋刻本，二册，复旦大学、苏州大学图书馆藏。半页九行，行二十五字。四周单边，无格白口。每卷题名下端署"徐方广"。

清王步青《题徐思旷先生文钞》（见清乾隆敦复堂刻本《已山先生别集》卷一）序曰："'藐姑射之山有神人焉，肌肤若冰雪，淖约若处子，吸风饮露，乘云气，御飞龙'，其思旷先生文之谓乎！先生自万历中晚已负文望，历天、崇两朝，望益高。是时韩、艾二公品题在闲定待诸刻，推先生无异辞，不可谓世无知己，然先生卒以诸生终。吾闻先生笃于至性，其与人也，外和而中介。当南中社事鼎盛，多以声气相援，先生未尝一曳屣。凌茗柯建节娄江，故与先生友善，屡书招之，仅邀一顾，翩然而返。盖其清标雅度，可想见于行墨间。此以知当世不少知先生者，先生自不欲为世知也。夫鸿飞冥冥，弋者何慕。读其文，心迹双清，邈然天际。呜呼，有以也。品冠诸家，此可为知者道尔。"

另有《徐思旷稿》一卷，清康熙步月楼令德堂刻可仪堂一百二十名家制义本，清乾隆三年文盛堂刻可仪堂一百二十名家制义本。国家图书馆藏。王汝骧谓"徐思旷文以灵隽胜，人或谓在正希、大力之上。然精能之至，反造疏淡，实有金、陈所未诣者。如《子谓仲弓（一章）》文云：'夫以骍角之故，而谓骍犁牛亦足以荐歆，可不可也?则以犁牛之故,而谓角亦因以获吐,可不可也?'艾千子评谓:'使我掩卷思之,终日不能已。'"(梁章钜《制义丛话》卷七)

杜开美《兰陔堂稿》《兰陔堂尺牍》

杜开美(生卒年不详)字衰度,一作爰度,松江府上海人。杜献章子。幼颖敏,诸生。于书无所不窥。下笔千言立就,尤长于尺牍。万历间以荐除文华殿中书舍人,以母老乞归。能诗,遍交当时名士。著有《兰陔堂稿》(明万历刻本)。生平见《(嘉庆)南汇县志》卷十、陈田《明诗纪事》庚签卷二十八。

《兰陔堂稿》十四卷《兰陔堂尺牍》四卷,明万历间刻本,国家图书馆藏。今《明代诗文集珍本丛刊》第186、187册内《兰陔堂稿》即据此本影印。卷首有陈所蕴《杜爰度兰陔堂序》,题"万历戊戌仲春中浣三楚江防治兵使者天官选曹尚书郎颍川陈所蕴子有父撰";刘凤《兰陔堂稿序》,题"万历戊戌秋七月前柱史长洲刘凤撰";骆日升《杜爰度兰陔堂诸草叙》,题"年家友人锦田骆日升撰";太原王穉登撰并书《兰陔堂稿叙》;友人眉公陈继儒撰《兰陔堂稿序》。半页八行,行十六字。四周单边,版心白口,无鱼尾。正文题名后镌"东吴杜开美衰度父著"。内《扣舷草》一卷,收诗二十八首,有自序、王叔朗序。《远游篇》一卷,收诗六十二首,附刻诗七首,有黄体仁序。《貂裘草》一卷,收诗九十首,附刻诗十首,有自序、刘凤序。《秋水篇》一卷,收诗九十三首,有自序、黄体仁序、张所敬序、从弟彦恭后序。《润州草》一卷,收诗六十四首、序一、传一、祭文二篇,附刻诗一首,有许道父序、张所敬序、自序。《敝帚草》二卷,卷上收诗一百七首,有陆际卿叙;卷下收文十八篇。《白门草》一卷,收诗一百五首,有徐子先序、张次甫序。《行乐草》一卷，收诗七十五首，有朱家法序。《蜩甲草》一卷，收诗一百三十首，有张振藻序。又《尺牍》四卷，有王穉登、顾斗英序。

其《兰陔堂稿》为不同时期文稿之结集。杜开美曾师从陈所蕴。陈所蕴序云："（爰度）夙负异禀，雕龙绣虎之业，盖自天性，虽通籍诸生，抑首受博士家功令，其意念未尝一日不在千古。既从不佞受毛氏《诗》，复相与讲明述作之事。居恒抵掌谈说，文自西京而下，诗自大历而下，操觚家荒服之制也，不佞请以一丸泥封燕然、祁连矣。爰度每有结撰，一禀古昔，称先民，洋洋洒洒，鼓吹艺林。文礧砢多奇，有典有则；诗韶华高令，闲婉凄清，下至片楮传情，寸笺白事，亦复春雍都雅，秀色可餐。就试燕都，有《远游草》；落羽南还，有《敝裘草》；北固访医，华阳礼茅君，临安寻佳山水，有《润州》《扣舷》《秋水》诸草；知交酬往、托寄赫蹄有《洛诵斋尺牍》，业已次第剞劂，脍炙人口。兹复汇集旧刻，益以新裁，总其大全，命曰《兰陔堂稿》，谒予序诸首简。"

骆日升以为杜开美不愿谐世者有三："异时屈、贾、陈思、陶元亮、李、杜诸人，率以词赋取重，今制斤斤一切用经义桎梏，要以千秋，在此不在彼，不愿一；夫既以异时诸人自命矣，则不狂不李，不郁不杜，不放浪悲歌、痛苦流涕不陶不陈不贾，即不至不病而呻，奈何齐语其趋而乌吟其辕，不愿二；所见世坛坫之上，不过亦顺风而呼处得其据，吾沾沾出颖末，犹足汗流其人而促之走僵，又材故凌厉，当所忼慨，声飕飕然涌起喉颊间，即不决裂以自见，其奇不可得，不愿三。"

王穉登赞杜开美曰："隆万间称最奇者，莫杜君爰度。若杜，盖世家，青紫蝉联不绝，其以雕龙起家，则自浪穹公始。浪穹公者，爰度王父也，弃官著书，行义高于乡里，绝怜爱爰度。爰度受《毛诗》于陈子有先生，又当世知名士，于是爰度程书功令、骚雅文章之学，能兼总条贯，无不擅长。名鹊起江东，所著述甚富，有《扣舷》《貂裘》《润州》《敝帚》《白门》诸草，《远游》《秋水》诸篇，与《洛诵斋尺牍》，汇之曰《兰陔堂稿》，俾不肖叙。叙曰：扬舲击汰，游仙采真，渔唱互答，莲歌杂陈，此《扣舷》之辞也。易水萧萧，远山峨峨，弹棋击筑，慷慨悲歌，此《远游》之辞也。上书报罢，射策不遇，璧罕一发，侯虚万户，此《貂裘》之辞也。胥潮鲸怒，吴宫鹿走，河伯海若，唯唯否否，此《秋水》之辞也。南徐倚剑，北固停车，长桑扁鹊，搔首踯躅，此《润州》之辞也。灵蛇在握，昆冈在掌，知己不逢，千金自享，此《敝帚》之辞也。观访卢龙，洲寻白鹭，槐阴列市，桃叶待渡，此《白门》之辞也。剖鳞八行，系羽一札，裨谌国侨，意宣情达，此《洛诵》之辞也。《扣舷》之辞纡徐，《远游》之辞悲壮，《貂裘》之辞孤愤，《秋水》之辞寥廓，《润州》之辞佗傺，《敝帚》之辞曼衍，《白门》之辞沓拖，《洛诵》之辞绵连而简邕，乃其大较与。余读《扣舷》有蒹葭之思焉，读《远游》有燕赵之思焉，读《貂裘》有季子之思焉，读《秋水》有漆园之思焉，读《润州》《敝帚》有茂陵文园之思焉，读《白门》《洛诵》又有裘马五陵与聊城一镞之思焉。"

黄体仁《远游篇叙》云："凡骚人墨士之吟咏，多得于孤征逆旅，而时缪遇乖，其感愤不平往往啸歌以见志。阮生泣途，宁子扣角，自古然矣。往岁辛卯，余友杜君袁度与余后先游燕，袁度念其大王父及母夫人牵衣而发，中心有违。怅矣云停，不禁啮指之想；凄然梦绕，时赓陟屺之章。比其反也，瑟徒工而竽好，足虽刖而舌存。雁陈枫林，尽成刀剑；隋堤汉业，总入缥缃。吊淮阴之故墟，慕延陵之绝节。景会意属，酒对思生；缘情吐辞，破涕为笑。彤管与黑貂俱弊，黄尘共白云争飞。易水再寒，邯郸独步。盖江州之青衫半湿，而陵阳之红泪几枯矣。夫袁度妙年矫志，纨质蕙心，未克整辔丹霄，骧首皇路，令其器不贾于当己，恨转深于长谣。萧条如宋玉之伤秋，憔悴似屈原之怨楚。兴念及此，不其惜而。顾余备尝坎壈，同为洛羽之人，乃衷度满握珠玑，聊解空囊之消；自足壮色，讵曰浪游？况曲江春藻，三载一新，而郢中高吟，片言千古，则较长絜短，两者谁不朽于天壤乎？即和寡知希，真气将终耀于斗间矣。"

顾斗英《小庵罗集》

顾斗英（生卒年不详）字仲韩，一字镇海，松江府上海人，尚宝司丞顾名世之子。万历间人。少负俊才，磊落不羁。喜宾客，选胜宴游无虚日。所居有园林之胜，能鉴古器图书，亦能诗、善弈、工书画。诗有盛唐风格，与同郡莫是龙（字廷韩）风流文采相颉颃，人称"云间二韩"。卒年三十七。《千顷堂书目》著录其《顾仲韩遗稿》二卷，未见传。今存清康熙五十五年（1716）曹炳曾城书室刊本《云间二韩诗》，内收顾斗英《小庵罗集》六卷。生平见钱谦益《顾仲韩小传》（《云间二韩诗》内附《小庵罗集》卷首）、《（崇祯）松江府志》卷四十二、《（乾隆）上海县志》卷十。

《小庵罗集》六卷，康熙五十五年（1716）城书室刻本，国家图书馆、上海图书馆、南京图书馆、复旦大学、人民大学、华东师大等藏。正文卷一题名下镌"海上顾斗英仲韩著，同里曹炳曾巢南辑"。集由曹炳曾侄曹一士、曹培廉校。半页十一行，行二十一字。四周单边，版心白口，单鱼尾。版心鱼尾下注题目，版心下方镌"城书室"。卷首有辛亥孟陬杜开美原序、钱谦益《顾仲韩小传》。卷一收五言古诗十七首、七言古诗六首，卷二收五言律诗八十三首，卷三收五言律诗七十一首、五言排律三首，卷四收七言律诗八十首，卷五收七言律诗七十八首，卷六收五言绝句八十首、七言绝句五十六首。总收诗四百七十四首。

曹炳曾序记《拾香草》搜辑、刊刻过程云："余少时雅慕二公子名,与顾又世相好也,尝从其家搜得杜公袁度所刻诗二卷,暨未刻草本,虫食将半,尽乞以归,每以未见莫集为恨。越数年,始获睹所谓《石秀斋集》者,定自吾乡张长舆先生,而莫之外孙潘太学所刻也,亟购而藏焉。于是二公子之诗复完……他日从子一士见之,请曰:'是二集者幸入叔父手,忍使终判以虚二韩名。'遂命廉儿互相校订,并授开雕。莫集一仍其旧,顾则益以所未刻,倍杜选之三,厘为《小罗庵集》六卷,仲韩所自名也。既竣,合题之曰《云间二韩诗》……仲韩子昉之、廷韩孙秉清并能诗善书,为时所重。时康熙五十有五年,岁在柔兆涒滩荷月既望海上曹炳曾巢南氏题于城书室。"

杜开美序称:"仲韩为海上佳公子,饶侠节,工公车之艺,风流气谊,无论识不识,至今犹慕说,仿佛能言之。余与仲韩交最晚,而交最合。当其绮岁翩翩,白眼骯脏,芥视一第,裘马自喜,结客黄金,征歌白璧,诸游闲豪举,十仅得其二三。逮若上书再罢,抱影空山,泪湿黑貂,病同司马,翟雀可罗,雄心欲死,诸穷愁牢落,十更得其八九。故仲韩所为诗,余寓目而差次者,于穷愁牢落十可八九,而游闲豪举之作十亦不过二三也。妄谓仲韩之于诗,盖授以天,非习以人。惟授以天,闲雅宕逸之致多,而出之若有意、若无意;非习以人,雕绘刻俨之迹化,而读之又快舌、又快心。余试拟之名花,知其为岭梅,为藂桂,而不必姚黄、魏紫也。余试拟之名姝,知其为飞燕,为双成,而不必丽华、太真也。夫亦以韵与态冠群蕴、矜绝代,动于魄而悦于魂;不宁惟是,夭夭灼灼,艳质丰肌,争妍取怜为矣。然与,否与?今其诗具在。客有谓余:'仲韩居恒吟咏,无虑数百篇,篇篇璧荆山而珠合浦也。子之寂寥其为选也者,何居?'吁,主臣有之,信若客言。璧皆荆山而连城有几,珠皆合浦而照乘有几。余之为是选也,有阑出无阑入,求其价不十五城而光不十二乘者,政未易苛求得耳。如是而仲韩之诗,不足胜人多多许耶?仲韩殁若干年,而余托之杀青,以竟夙昔论交之谊,因授其子昉之曰:'吾悉若翁之无能以一环遗若也,虽然,有是连城、照乘者在,虽几失之,而余幸拾之,今以畀若,试与程郑诸伧父持牙筹而握算,不知竟与若翁孰多哉?其世世守之,为武陵氏紫磨赤仄可耳。'仲韩又傍精书法、弈旨,及君家长康之技,世有志博雅者,行且分曹杂传之。昉之少年能书,奕奕有父风,而诗亦尔雅,无忝为仲韩家儿云。辛亥孟陬友人杜开美袁度撰。"

徐𤊹《笔精》谓:"华亭莫廷韩、上洋顾仲韩,皆奕奕才情,盼倩辩丽,称云间二韩。廷韩文名满天下,有《石秀斋集》行世。仲韩诗仅有存,人莫能名者……余薄游海上,始知有顾仲韩,而墓草宿矣。诗多怜风月,狎池苑,大都流靡以自妍……伤其才而不遇也。"(《徐氏笔精》卷四)钱谦益《列朝诗集小传》丁集载"顾公子斗英"云:"仲韩少有俊才,磊落不羁。穷服馔,娱声色,选伎征歌,座客常满,日费万钱不吝;每出,辄载与俱。画舫旅栖,盆卉、图书、古尊罍毕具。竟以此倾父赀,郁郁贫病以死。"(《列朝诗集》丁集卷十)

范文若《博山堂三种曲》《丽句亭评点花筵赚乐府》

范文若(1587—1634),原名景文,字更生,后改名文若,字香令,号吴侬荀鸭,松江府上海人。万历三十四年(1606)举人,四十七年成进士。天启元年(1621)授汶上知县,改秀水,调光化。迁南兵部主事,改南大理寺评事。以丁忧去官家居。崇祯七年(1634)夏,为家人刘贞杀害,年四十八,其母也同时遇难。文若案牍之间不废文翰,或意不自得,兼旬不视事,扁舟来往江湖间,以钓筒诗卷自娱。生平见叶梦珠《阅世编》卷五、卷十,《(乾隆)上海县志》卷十,《(嘉庆)松江府志》卷五十五。

范文若少好乐府词章之学,与常熟许士柔、孙朝肃及同郡冯明玠、昆山王焕如五人结"拂水山房社",以奇文鸣一时。撰有《博山堂乐府》(已散佚),辑有《博山堂北曲谱》。撰传奇十六种:《生死夫妻》《勘皮靴》《金明池》《花眉旦》《雌雄旦》《欢喜冤家》六种仅存佚曲于沈自晋《南词新谱》。《倩画姻》、(《倩画眉》)《金凤钗》《闹樊楼》《晚香亭》《绿衣人》《斑衣欢》《千里驹》七种已佚。现存《花筵赚》《梦花酣》《鸳鸯棒》三种,合称《博山堂三种曲》,有清初芥子园范氏博山堂三种曲本。国家图书馆藏。半页九行,行二十字。四周单边,版心白口,单白鱼尾。版心下部镌"博山堂"。扉页镌"芥子园重镌三种曲,《鸳鸯棒》《花筵赚》《梦花酣》,后附《北曲谱》"。卷首有郑元勋《鸳鸯棒题词》;自序《鸳鸯棒序》,署"吴侬荀鸭撰"。《鸳鸯棒》正文题名下有"长乐郑/振铎西/谛藏书"朱方印。《花筵赚》演东晋温峤玉镜台故事,《梦花酣》据元明之际佚名杂剧《萨真人夜断碧桃花》改编,《鸳鸯棒》以小说《金玉奴棒打薄情郎》为蓝本。论曲推崇沈璟、袁于令,《梦花酣》剧又多摹仿汤显祖。

范文若自序《鸳鸯棒》云:"戴石屏薄游江西,诱富家一女,后卒致此女含恚自溺而死,有嘲之者曰:'柳盗跖贪财,孙飞虎好色,这个贼牛一身兼得。'又《广艳异编》载满少卿一事:满微时依焦大郎,与焦女指乌蟾长盟,唯恐其不得合也。比显,弃斥,事类所为崔甸士元剧。予《鸳鸯棒传》则取《金玉奴棒打薄情郎》事,稍更而为之,季衡固大是忍人,后遭窘辱提弄,亦备至矣。前二十四出,每出令人卒啼、卒骂、卒詈,起掷砂砾。后十出又莫不令人道快。张乖崖幼通剑术,固应尔尔,视崇敬寺黄衫少年且何如也?嗟嗟!世有买臣之妇,即有季益、王魁,令若辈结为夫妇,日夜诟谇,而相如、文君世世化为共命鸟,吾无憾于碧翁矣。"

《丽句亭评点花筵赚乐府》二卷

明末乌衣巷刻本,台北故宫博物院图书馆藏。今《甲库善本丛书》第989册内《丽句亭评点花筵赚乐府》二卷即据此本影印。四周单边,版心白口,无鱼尾。半页九行,行二十字。版心上部镌"花筵赚"、卷几,下部注"乌衣巷藏"。正文题名后注"吴农荀鸭填词,空谷玉人订谱"。卷上共十四出,卷下自十五出始,第十五出残缺,集末以抄本形式补齐。

顾昉之《拾香草》

顾昉之(生卒年不详)字彦初,松江府上海人。顾斗英子。工书翰,能诗。清曹炳曾编莫如忠(字廷韩)与顾斗英(字仲韩)二人诗为《云间二韩诗》,附昉之诗《拾香草》一卷。生平见《(同治)上海县志》卷十九。

《拾香草》一卷,清康熙五十五年(1716)上海曹氏城书室刻《云间二韩诗》本,国家图书馆、上海图书馆藏。前有曹培廉小引,谓:"复从道人孙环瀛翁觅其(顾昉之)遗稿,仅馀《拾香草》一册,多明季时所作,择而刊之。"收各体诗一百三首。

周规《醉馀草》

周规(1596—?)字象员,松江府上海人,徙居淀山(今属青浦区)。年少好击剑骑射,尝上书数万言论边事,不报。与蔡枞称莫逆交,枞为定其诗。晚徙嘉定,以训蒙终。举止疏野,诗如其人。生平见莫秉清《周象员小传》(《傍秋庵文集》卷二)、《(乾隆)上海县志》卷十二。

《醉馀草》三卷，抄本，二册，上海图书馆、中国社会科学院文学研究所藏。卷首有像。无栏无格。半页九行，行十八字。正文题名后镌"吴淞周规象员著"。卷首有华亭社弟莫秉清撰《醉馀草序》，曈东社弟浦逢源撰《醉馀草序》，辛丑栖石公老人《赠周象员序》，甲辰仲春秣陵旧司马只园祝煇题识，周规《自叙》，又有莫秉清撰《周象员小传》。卷一收诗九十七首，卷二收诗一百四首，卷三收诗八十首。卷末有丁酉中秋穆如老人何畸跋语。

　　集当有明刻本，然散佚不传。莫秉清小传曰："（周规）年少时有膂力，学击剑骑射。戊午、己未间，上书数万言，论边事于朝，不报。久之，无所遇，遂弃去。学诗，诗清壮疏迈，有名家劖刻所未到者。象员齆鼻高眉棱，鼻音不甚清楚，举止朴赡，如未尝识字，人乍见必讶其为何许伧父。独华亭蔡枞奇之，称莫逆，岁时往来，踪迹恒半于蔡也。尝选其五七言近体百首欲梓之，蔡为人疏懈，象员亦不甚汲汲，蔡死，诗亦失去，其别本又废于火……一日，遇之阇夫斋中，不省作寒暄语，然一揖之外，神情已属，即出平日诗稿以示。嗣后有诗必俟予甲乙，然后入稿。象员少饮酒，布衣自好，出则袖纸笔、私印、印色，随所在录新诗示人，琐屑错杂，趣甚足。然慷慨好施与，意之所属，每肫肫也。当其居淀水时，喜于秋夜泛小艇放中流，叩舷和舟人渔歌，至月斜露重，然后返棹，以为常。尝从容谓予曰：'规老矣，竭数年力，得葬父母，梓诗得意者百十，然后裹三月粮西入白下，南走武林，泛震泽，登莫釐、缥缈诸峰，归筑生圹，招好友痛饮数日，瓢笠长往，为我友者，即以是辰为予死日，岁披荒草，题诗以纪，足矣。'其风雅异致皆如此。"卷末何畸跋亦云："象员诗具在，刊成，布诸通都。不知其人，视其诗。不知其诗，视其人。诗与象员是二而一。此象员之诗之所以不可无刻也。"

　　周规自叙其生平，自言白头翁犹是少年人，足见其愤懑之情：

"甚哉，予生之不辰也。沦落一生，备尝偃蹇，试为屈指，若造物故为仇者。予生于万历二十四年，甫三四月即能自转侧，凡指击啼咤，一如成人状，两大人异之，而星家评予长必破产刑亲。及二岁，而一兄一弟俱殇，悲哉！孑然此身，忽忽如梦，迨逾成童而愈不堪矣。万历己酉，年十四而慈帏见背。乙卯，年二十而严亲无禄。嘻，怙恃两伤，衰落独甚，术者之言，其信然耶！尔时悲愤交迫，形神并悴，欲得飞仙剑侠之伦，一快生平，乃弃举子业，读孙、吴，散金结客，有志四方，天际真人，盖欲旦暮遇之矣。戊午秋七月，诣武林应武举，试毕，叹曰：此岂大行之愿乎？乃仗剑走燕都，谒天子，上书陈时事。自谓舌存，不知铅钝，当事诸贵尝无有一人为边计者。书凡五上，不得当，而逗留都下，私心自揣：按剑者，暗投之罪；被刖者，自献之羞。浪迹数年，黑貂裘敝，于是愤愈深，神愈悴，遂绝意进取，乃发图籍、弓矢之属，灰之一炬。嗟乎，雄心热血，谁则知之，祖龙其庶几乎！迄今六十馀矣，二人之骨已厝先垄，妻孥之念已等浮云，囊锥绝望，剑铗羞称，藐五侯而严一介，日混迹于烟波丘壑间，与渔樵作缘。嘻，又何言哉！又何言哉！虽然，予性难驯，倔强犹在。或风晨月夕，花落雨馀；或独啸孤灯，心知话旧。宁免抚景兴怀，伤今吊古耶？乃播之讴吟，积之卷帙，与曩时偃蹇呼叫无从者，一一吐之，以自摅其胸臆。若夫《游燕》诸草已为烬灭，仅以存者梓之，以问同志，亦知白头翁犹是少年人也。"

栖石公老人序周规诗集，读之不胜唏嘘："周生少年挟策走长安，献天子，慨然有鸣剑伊吾、封狼居胥意。时庙堂不知兵，弃弗用。书五上，卒见刖，乃投帻出都门，赋平子《归田》，闭门谢客，不复工揣摩，而以其雄壮悲愤之意，悉寄之于诗。为人口吃，语则期期，下笔潇洒，泠然若清涧，沛然若江河之决也。家无担石，带索行吟，不乐与当世轩冕者游，所与皆一二孤穷历落之士，而诗益工。间从酒人饮，饮不一斗而醉，仰天乌乌，其秦之声也耶？无辟卢之妻，无负薪之子，肮脏侘傺以老，能不悲哉！四三十年来，出奇计，佐天子取高牙大纛，勒燕然摽铜柱者，未几皆化为异物，矧触祸机、蹈刑辟，身与名俱丧，周生不烹，幸矣。头颅如雪，齿舌犹存，日啖饭饮酒赋诗，岂不足？君所去矣，南山之南，北山之北，遑问后世名。"

周氏少学击剑，走四方，欲立功边塞，然时不予也，故归而学诗。时人祝辉谓其人其诗："余未见周象员，不知为何许人。一日，程子弘执同访余寓斋，见其形貌敦朴，野服无饰，背微伛，口微吃。坐未几，手出一编示余，则其诗与小传也。因知其少时学击剑，走四方，有志当世事，为终子云一流人。乃负奇不偶，遂归而嗣志于诗。妻亡不娶，有林处士风。其兴味如孤云野鹤，而去住无定也如山僧，其疏财好施予也又如古侠士。当时之人亦只以学究老伧父目之，此如汉铸宋窑，班班秃秃，见者不知为何款，而识者已知其非近今之玩。乃其诗则又春容大雅，居然正始之音，不屑时趣，自成一家，直轶王、孟而上之。当日苦吟之士，吮毫濡墨所不能得之者，象员浑然直泯其追琢之形，而潇洒出之。九峰三泖、烟波渔艇之际，有诗人焉，可为置一座矣。世之号为诗人者，吾知之。举体芳洁，矢言风雅，未有诗肠，先有诗貌，以视象员，何如哉？"

李待问《李忠节公集》

李待问（1602—1645）字存我，松江府上海县竹冈里人。其先楚之荆州人，宋端平末始居上海。幼而颖异，读书过目成诵，弱冠有"千里驹"之誉。崇祯癸未（1643）殿元，授文林郎，晋秩中书舍人。甲申鼎革，与沈犹龙、陈子龙、徐孚远等矢志抗清，举义旗于松江府城。乙酉城破，慷慨就义，年仅四十有四。文多经世之作，亦工行草。著述悉为兵火所焚，存者仅《九歌法帖》。诗文集今传民国二十年铅印本《李忠节公集》一卷。生平见包尔庚撰《李忠节公传》（《李忠节公集》前附）、《（同治）上海县志》卷十九。

《李忠节公集》不分卷，民国二十年（1931）李氏南园观稼楼铅印本，上海图书馆藏。半页十二行，行三十一字。版心白口，四周双边，单鱼尾。版心鱼尾上镌"李忠节公集"，下注各章节体裁，版心下端注"南园观稼楼藏版"。卷首依次有壬申仲冬吴兴王震序、李待问遗像、李待问遗墨、《李忠节公祀典》、高尔庚撰《李忠节公传》。收文稿、札牍、灵感录、法书石刻题跋、轶事等文。附《卫生长寿篇》《宝验良方》。《传》后有陆秉筠像赞："公之才藻，卓越等伦。残膏剩馥，沾丐后人。岁寒松柏，铁杆轮囷。守城城破，遑惜一身。"其遗墨云："怀素草书虽离奇，变化仍不失二王规范；过庭《书谱》一帖，更为亦步亦趋也。偶为节临之。"

待问遗墨数历兵火，历二百馀年始重见天日，殊为不易。王震序曰："李忠节公自少有大志，耿介拔俗，操守弥坚。论其品学，卓绝一时，史阁老所推崇也。今人言明季气节，数阁学一人。不知公与阁学实同奉福王于南京，共图国是，虽未能重奠邦基，转祸为福，而眷国为民之念抵死勿谖，宜其精灵不昧，炳炳乎并重天壤间也。公所治学皆经世之要，根柢既闳，辞藻洋溢。徒以著录灾于兵火，传世极希，为今慨耳。卓民李君，公之第七世孙也，追念先代行义，欲广流传，爰搜公烬馀杂稿，裒为一集，将付剞劂，而来问序于余。余感公之风标迈往，吐辞举足并为世法，不敢以不文辞，而益慨夫晚近风气之浇漓，谁复念进思尽忠之旨？呜呼，不忠则不义，不义不忠未有能济大事也。如公之忠言义行，洵立身之炯鉴，治世之瑰宝，虽境迁时异，有不可或泯者矣。然则，卓民之汲汲于是刊，其有裨于世道人心，岂浅显哉！"

包尔庚"小传"谓李待问"士林怀其高旷，宗党思其谦厚。文祖两汉，诗宗盛唐。楷书则钟太傅永兴，行草则山阴父子、怀素、苏、米"。

陈曼《咏归堂集》

陈曼（生卒不详）字长倩，别号青崖道人，松江府上海人。明诸生。其先世自颍川徙迁，遂为海上巨族。性情孤迥，趣舍亦异，不屑于荣利。先习举子业，后弃去，纵览古文辞及汉、魏、陶、谢诸诗。性复好画，冠绝群流。狷洁岸傲不可一世，性素豪旷，不屑于生产。入清隐居，不知所终。有《咏归堂集》一卷行世。生平见冯金伯撰《陈曼小传》（冯金伯《国朝画识》卷二，清道光刻本），《（嘉庆）松江府志》卷五十六。

《咏归堂集》一卷，民国二十五年（1936）宝山腾固排印本，南京图书馆、北大图书馆及华东师大、辽宁大学等图书馆藏。半页十二行，行三十一字。版心白口，单鱼尾。《丛书集成续编》第121册即据民国腾固本影印。内收赞二则，题画二十一则，尺牍二十一则，友人赠言二十四则，友人来翰二十一则。后附野史氏《陈曼传》、丙子十一月后学宝山腾固跋语。

集有清抄本。丙子（1936）十一月宝山腾固跋《咏归堂集》曰："余家旧藏《咏归堂集》一册，明上海遗民陈长倩先生所著。《（光绪）上海县志》著录于'艺文门'，然未见刊本传世。书首有此君书屋朱文方印，叶骑缝处亦题此君书屋。字迹秀整，似出闺阁，盖清初精抄本也。按《上海县志》人物门，陈曼字长倩，川沙人，诸生，有声幾社。性高洁，有倪高士风。甲申后，林间寂处，以画为事，画宗二米，饔食寄焉。莫秉清为之传。是集所收题画小品、投赠诗章、往还尺牍不第可考见先生性行造诣、身世交游，而其中作社兄社翁之称谓者,殆皆几社中人物,东南社事之遗献亦于焉可征。集尾所附一传,当系莫秉清所作……往者先君子尝邂逅长倩先生诗钞数页,恒以未获借钞为恨。及余稍长,寓沪,奉命访求,遍询旧家通人以及浦东、松江嗜藏郡邑文献之士,知先生姓氏者且鲜,诗钞尚存天壤否亦不能臆决。兹谨先校斯集,正其脱误,排版印行,俾世藏有先生诗钞者,闻而览观,或出以相示,或踵以付刊,使成完璧,扬佚民之幽光,存海隅之文献,胥于是赖,非徒予以克完先志为私蕲已也。"

莫秉清《传》称陈曼:"先世自颍川徙迁,遂为海上巨族。其性情孤迥,趣舍亦异,不屑屑于荣利也。先习举子业,窃自叹曰:'人生贵适志耳,安能事章句以老其身耶?'遂弃去,不复习。因纵览古文辞及汉、魏、陶、谢诸诗,有会心处辄欣然自得。性复好画,尝作树石以自娱,而未能得其指授,遂诣沈子居先生之门而受业焉。精心冥悟,妙有神解,未几冠绝群流。适邂逅刘胤平太史于金陵,乃为所赏识,遂延入长安,久之,授以诗学,因得诣其堂奥,而诗境、画理遂为当世称并绝云。于是长安缙绅每以其笔墨有无为雅俗。已而复游荆楚、吴越诸名胜,于秦淮、广陵最久,至则名公巨卿咸为倒屣,觞咏赠答,势分俱忘,然其气岸傲不可一世,苟疏殆之意稍见,旋谢绝去,不少顾。至遇古迹、名区、高岩、邃壑以暨骚人逸士、山僧野老必为之临访登眺,赋诗饮酒,徘徊不忍去。性素豪旷,亦间从五陵年少歌呼纵饮于楚馆秦楼,所有橐金随至辄散,而不复留,或劝以治生产计者,辄鄙而笑之,惟以画卷诗筒资其放浪而已。故壮游廿载,计当道之所赠遗,非不丰美,而食贫如故也。平生有洁癖,居恒盥沐无节,甚至严冬酷冻必凿坚冰取水以为涤。所居座无纤尘,屏几濯濯光明,可鉴眉目。篱落间竹木萧疏,有山林之致。俗客过从,即不能避,去后必浣其座,故世人视之如孤云野鹤,可望而不可近也。自申酉以后,当年辇上知己如晨星落落，遂不复有远游之志，于是杜门寂处，寄饔飧于笔墨，凄风苦雨，虽爨烟不继，宴如也。老年画益苍秀，独辟蹊径，自成一家。诗则进于冲淡和平，几逼陶、韦。晴窗永昼，杯酒瓶花，纵笔所如，不复知有人世事。每曰：'与其富以苦其身，毋宁贫而乐其志焉。'性之所喜，自以为古人恒如是也。其风致可想见云……包宜鋆先生尝云：当世但知陈子之画，未必知陈子之诗；知陈子之诗，未必知陈子之人。其耿介绝俗，超然远引，一往至性，隐不忘君，每于诗露其微意。"

朱家法《朱季子草》

朱家法（生卒年不详）字季则，号半石，松江府上海人。朱豹孙，朱邦宪第四子。万历二十年（1592）进士。万历间曾任河南信阳知州，志载案无遗牍，野无宿逋，尤礼贤士。擢工部员外郎，归卒。《千顷堂书目》著录其《朱季子草》四卷，今存二卷。生平见《（同治）上海县志》卷十八"朱豹传"附。

《朱季子草》二卷，明万历二十一年（1593）云间朱氏刊本，台北图书馆藏。四册。板框 19.3×13.7 厘米。半页九行，行十八字。左右双边，版心白口，单鱼尾。版心鱼尾上部镌"朱季子草"，版心下部镌刻工姓名，如沈时化（或作沈）。卷首有陈所蕴《朱季子草序》，题"万历癸巳仲夏五日赐进士出身秋官尚书郎颖川陈所蕴子有甫撰"；江夏黄体仁长卿甫撰《朱季子草叙》，后题"万历壬辰冬日"；南新市人李维桢本宁父撰《朱季子草叙》，为"大鄣胡潜书"。正文题名后注"云间朱家法季则父著"。卷上收诗一百三十六首，卷下收序、传、行状、祭文、颂等三十馀篇。

家法有乃父遗风，襟怀洒落，喜与豪侠士游。黄体仁叙曰："海上朱氏世征文献，初发藻起于仲云。文皇时，楚材上《安边策》

《麒麟颂》,迄侍御、太学,隐见异遇,并得擅场,乃今有季则。季则日月清朗,公正发愤,有节侠风,二三同调杂坐河朔间,击筑和歌,兴复不浅,顾融融若天倪而绳墨自在。生平笃于伦常,慕曾子舆为人,年仅三十不再娶。当年牢骚郁结,或殇或咏,陶写不无寓言托兴,而根极性灵者居多。试读其《祭张令人文》与悼亡诗,含情凄恻,即逍遥如蒙庄不能破涕为歌,它可知已。夫季则为经生,耻随俗磨坠,业已登古作者之坛,矧今释洿途而腾风云乎?士惟时缪遇乖,气沮而声不扬,方思向六驳晨风假足借翰,推敲迎合,胡能谔谔出一语?苟得时而驾,业不分于帖括,情不驰于比附,志不束于忌讳,在吾奚所;嗫嚅不得毕吾言,在人亦奚所?言不识为明月夜光,上为天子议礼铭功,赋《天保》《采薇》;不然则批鳞探珠,赋《南山》《正月》,下为苍生沛泽宣化,咏《黍苗》《泂酌》;不然则陈瘼告哀,咏《大东》《小康》,毫楮衮斧,吐沫雨露,鸿裁伟制,行且与武侯、中郎、靖节、少陵诸家共垂天壤,宁啻管中一斑,靳靳齿舌间得利哉!语曰'国有道,不变塞',兰台石室且虚以几焉。季则其以此为嚆矢矣。"其弟朱家声在其卒后有《哭四兄四首》纪其兄,其一云:"寻常倾肺腑,手足更情真。大雅当今世,高风合古人。生前千日醉,死后一官贫。仁者常无禄,苍天何所亲。"黄氏言其性情,确为的论。

《朱季子草》二卷在家法中进士后付梓行世。陈所蕴序称:"友人朱季则先是北游成均,梓其所为制举义,不佞为序而传之,业已脍炙人口。已联举进士高等,谒告归里,梓其所为诗若文,复役不佞弁首简。盖不佞少与季则结经生社,习知季则旧矣。季则名家子,负才甚高,其尊人邦宪先生以缝掖执艺坛牛耳,与历下、弇州齐名,故季则少而娴于古文词,厌薄一切,沾沾慕古。自为诸生时,时时侧弁而哦,先生弗是也……然其自喜为古文词益甚。无何而季则名籍甚遐迩,郡国守相邑大夫之属日造请乞文,先生亦不能禁矣。大都季则撰造，文取材《左》《国》，布侯于东京，高者有时窥龙门之室，而卑亦不失兰台令史；诗取材汉魏，布侯于大历、开元，高者浸寻少陵、青莲，而卑亦不失辋川居士。盖全力专精，什七用之古文词，而隙工馀晷什三用之经生业。迹未离横校，居然列作者之林，海内操觚家无论识不识，皆知东海菰庐中有朱季则矣。"

李维桢亦谓季则诗文源自家学："上海朱氏若仲云以《诗》，克恭以《易》，木以《春秋》兼颂赋，处士元振、郡丞佑、提举曜、太守豹以文辞政事，凡八世而太守子邦宪嗣之，与嘉隆间七子相上下。今又以工部季则为子，抑何盛也。推轮大辂，踵而增华；弓冶箕裘，习而生巧。余读季则集，奄有前人之美，其气清，其调高，其致逸，其诣深，其材廓宏，是为公为卿，不为惭长也。其文炳焕，其音谐律吕，其变化无恒，是优为龙凤，不劣为虎豹也。其丰腴映发，其娴婉可餐，其体洁净精微，其味冲然而有馀，是为华为腴，不为膏为粱也。自昔名门庆胄所不可必得者，季则悉采揽其胜，收之兰心藻思而吐之彩毫斑管，出人远矣。江左偏安，多兵燹乱离，士不能终其身专精竹素，而流俗之弊，矜门望，袭圭组，纷华靡丽，每移夺其趋操，则于文章宜有得失。国家据全盛之势，当文明之会，家弦诵、户诗书，二百年重熙累洽，而季则家世清白，所谓以洪笔为锄耒，以纸札为良田，以玄默为稼穑，以义理为丰年者，迄今不衰。耳目心志渐染，无非此物，季则之成一家言也，岂偶然哉！"

朱家声《春草篇》

朱家声（生卒年不详）字尔实，号质轩，朱察卿第七子，松江府上海人。国子监生，受业于胞兄家法。屡试不第，乃弃去，一意为古文词。崇祯六年（1633）举乡饮大宾，不赴。工诗，有《春草篇》一卷传世。另县志载有《芳草篇》，疑《春草篇》之讹。生平见《（同治）上海县志》卷十八"朱豹传"附。

《春草篇》不分卷，明万历三十九年（1611）序刊本，日本东洋文库藏。一册，总三十六页。板框26.0×16.2厘米，半页九行，行十八字。卷首有《朱尔实春草篇序》，署名"社弟徐光启撰"；《春草篇序》，署名"万历辛亥春兄家法书于吾与园之松风亭"。正文题名后镌"云间朱家声尔实著"。集末镌"弟家政尔正、侄长治君长、长芬幼裳、长世寿昌、长芳仲玉校刻"。清乾隆姚宏绪《松风馀韵》卷九录其诗二十九首，民国严昌堉辑《海藻》卷二录其诗十首。邓原岳《西楼全集》卷五有《答朱季则、胡仲修、朱尔实见怀之作》三首，第三首咏朱家声，诗云："春草他乡梦，风流小谢才。客来饮美酒，兴发临高台。琴借桐根斫，寇凭竹箨裁。郢中元有曲，不作楚歌哀。"

朱家法称其弟之诗与晚唐钱刘两家风格最近。其于序中云："余先世自仲云公起布衣，以诗文开草昧，迄先大夫凡八世，世不失箕裘，先大夫起而益光大之。余虽读父书，而强半抑首经生言，无暇窥足词场。季弟尔实五七言古律得先大夫一体。尔实幼从余学制举艺时，即薄章句而剽声律。四明沈嘉则先生为先大夫最善友，过海上，存余兄弟。尔实偶奏一篇，辄喜曰：是有凤毛，善为之，不坠而翁风雅。遂指示体裁、韵格，尔实果称诗益力。里中张长舆先生、张太学次甫、杜舍人玄度雅称骚坛宗匠，递执牛耳。尔实捧盘盂从事，每有唱喁，咸叹为邦宪先生子也。盖尔实赋性爽朗，与钱、刘两家最近。当其临流坐树，征鞍旅邱，情会景合，不必腐毫苦吟，已骎骎入两家之室。居久之，篇什日富，于是尽出所著受绳削。长舆、次甫汰其五，袁度汰其三，子侄长治辈谓品陟之无滥也。请授梓人，问名于余。余命曰《春草篇》。"

徐光启以为朱家声："古质荆铜，中声崿竹，师从家校，学跨秦焚，着立之馀，舒情诗咏，自然作骨，率尔成章。简淡即陶，浑炼为杜。无一长语,无一谲字,无一险调,无一晦意。"(徐光启《朱尔实春草篇序》)《暮归马上即事》:"郊原归去晚,路尽小桥通。返照溪边树,微寒麦上风。马蹄青草外,人影白云中。不见牛羊下,遥看野烧红。"《除夕对梅》:"折来初自喜,看去复伤神。未得山中信,先传江上春。岁辞将尽夜,花伴未归人。既已嗟迟暮,那堪物候新。"小诗颇清新可喜。

张泰阶《北征小草》

张泰阶(生卒年不详)字爱平,自署云间畸人,松江府上海人。万历四十七年(1619)进士,历官湖州知府、潞安知府、河南副使、浙江参政。家有宝绘楼,藏书画甚多。著《宝绘录》二十卷,存明崇祯六年刻本,《总目》著录。另有诗集《北征小草》十二卷行世。生平见《(雍正)山西通志》卷九十一、《(同治)上海县志》卷十八。

《北征小草》十二卷,明崇祯间刻本,浙江图书馆、宁波天一阁藏。《四库全书》未收录。《禁毁书目》著录,今《四库禁毁书丛刊》集部第176册内《北征小草》十二卷据浙江图书馆藏本影印。半页八行,行十九字。黑格白口,四周单边,单鱼尾。卷首有七十五叟陈继儒《北征草叙》及自序。内收赋二篇、诗六百七十馀首。

张泰阶幼即有头痛之疾,然勤苦励学。其自叙曰:"余生平无专学,即习为文词,又不肯竟学,故操觚之际,大都夷易径直,率然而成,而即以幽深之远调,浩渺之波澜,无有也。每忆生方八九龄,即患头痛,凡遇疾发,必静坐,少饮食。先太守尝慰之曰:'儿痛矣,勿以章句自苦。'遂扃之一室,寸简不使入目。顾眈败筪中,有稗官杂说,辄取阅之。数日而稗官尽,又有《左》《国》及秦汉以下诸史书，间多废缺失次，而存者不下万卷，日可进十馀卷。两阅月而史书亦尽，乃诵《三百篇》暨楚骚、晋魏以下诸名家，未尝不欣然效慕，而才识寡鲜，苦难学步。在志学以前曾有拟骚诸作，未尽合，亦不尽存也。以后幽縶沦落几十馀载，屏迹穷山，著作实罕。既又浮沉吏途，致局踏辕下，鲜所建竖，而风尘作祟，时日暗销，遂无暇谭千古事，令人有居诸之慨焉。今篋中所存者，皆得之征途之假息，旅病之呻吟，盖数年来，南北往返，与中无赖，不免以此为功课，故篇什得之征行为多，时或追述生时游览之□，不通十之二三，仍是童子涂抹伎俩，非能高建旗鼓，驰骋中原也。夫以强年而袭童时渔猎之绪馀，以壮夫而收病中抒写之一得，则所取材者狭，而文章之道几于不振，其亦无专学与不肯竟学之左券哉。"

陈继儒序称："往爱平张公入佘山访余，望之如神仙中人。已得其公车言，读之叹曰：'此君甘露生于鬓眉，森雷发于指顾，腾怀而上，不远矣。'非久，举己未进士。娴于诗歌，援笔数千言，衮衮立就，远近脍炙而传诵之。然公之诗非自释褐时始也。公曾祖为大中丞须野先生，工诗，与皇甫子循、王履吉、何元朗兄弟相倡和。其诗脉传灯已久，而嗣响者为公。初八九龄善病，其尊人扃一室，授以中丞藏书，日可进十馀卷。十五以前，即有拟骚诸作，居然《三百篇》、楚辞之遗音，晋魏而下勿论已。其后，往来行役，本得之舟上、马上、枕上、辇上、塞上者居多，履齿甚健，而诗囊之贮草亦甚赈，或为青莲、为浣花、为长吉、为昌黎老人，才调无所不纵横，风骨无所不秀洁，追琢炉锤，无声不远，无影不传，无不与作者神情纤微毕肖，岂惟绳武中丞，抑亦诗坛之龙象哉。若使白云司中同志同谋，如曩时济南、弇州前唱后喁，自可以提偏师而向中原，故今诸君子靡旗作辙，听之于军鼓之下。而公淡于取名，倦于进场逐嗜，则所谓能之而能不为者也。市隐吴门，痛于泥古，凡晋唐六朝以来法书名画，不惜质田宅购之，曰'此本地风光，亦是洞天清禄'。有谈除目者浮以大白，使嗫不得发，而在公胸无馀滓，故笔无点尘，宜其字字皆鹤背上语耳。顷辞温处之命，缙云石门洞周之百里，雁山大小龙湫，处处有无声诗在焉。公啸吟其下，雪瀑溅珠，笋峰削玉，多采入惊人诗句中，《北征草》可续也，其幸以寄我。七十五叟陈继儒题于顽仙庐。"

范壶贞《胡绳集》

范壶贞（生卒年不详）字淑英，号蓉裳，南直苏州府吴县（今江苏苏州）人，举人范选女，松江府华亭诸生胡畹生妻。能诗词，现存《胡绳集》。生平见清姚宏绪《松风馀韵》卷十一。

《胡绳集》版本、卷帙颇为复杂。集之名，乃壶贞叔祖范允临（1558—1641）取《离骚》"矫菌桂以纫蕙兮，索胡绳之纚纚"之"胡绳"二字，冀意"胡绳香草，用索为维，流香远矣"。《总目》《禁毁书目》等俱未见著录。

集当有明刻本八卷，范允临选刻，陈继儒手评，然刻板毁于火，刻本散佚不传。清乾隆三十年（1765）沈大成于《胡绳集序》中云："胜国时，吾乡闺秀范夫人以能诗闻，朱检讨竹垞撰《明诗综》曾采之。夫人系出文正，为太仆中方曾女孙，孝廉君选子女子，而大参长白之从女孙，是归诸生胡君畹生，亦世家知名士也。夫人有《胡绳集》八卷，长白先生实为选刻，陈征君眉公所手评者也。鼎革之际，版毁兵火，故楮零缣，罕有存者。"胡畹生曾孙维钟于乾隆乙酉（1765）刻本题识中亦云："《胡绳集》三卷，先曾王母范太夫人之诗也。太夫人平生所著繁复，胜国时，吴中范长白先生选刻者什之六七，洊更丧乱，版毁兵火。"

今存明刻朱墨套印本，题《范蓉裳胡绳集》，四卷，四册，上海图书馆藏。套印本无格,四周单边。版心上镌"胡绳集""范淑英",下镌卷数。卷首有八十二岁陈继儒序,继有长白老人题于锡山舟次之序,继为古吴袁晋《胡绳集小引》。卷一收赋五首、调十四首,卷二收五古二十九首、七古六十四首、五律七十七首,卷三收七律一百七首,卷四收七绝一百九十二首、五绝四十八首。中有陈继儒评语,或在文中,或在页眉处,或在一诗一赋之尾处,评语以朱色显示,殊为醒目。其内容较其他存世版本《胡绳集》为富,范允临序曰:"余宗女士淑英,号蓉裳者,产自孝廉君选,聪慧性成,静好弥重。缝裳洁醴,既擅精能;搜史哦编,复工摩揣。即余内子《络纬集》,尤为钟爱,手不忍释,口不停吟,若有领会也者。因是感时赋物,托兴抒怀,弄柔翰而抽轧轧之思,展素笺而缀洋洋之韵,即李氏瑶篇,苏家锦字,亦堪伯仲矣。彼固欲为枕中之珍,秘不示人。余拨其一二付梓,以表余宗之媛,乞灵造物,不废咏歌,自足陶情而炼性也。"

明清易代,沧海桑田,文献之劫亦已甚矣。"夫人之曾孙鲸发,惧先著之失坠,访求积年,捃摭散佚,重为编辑,得古今体诗若干首,分上中下三卷,曰《胡绳集诗钞》,而问序于余。"(沈大成序)此为清乾隆三十年(1765)胡维钟刻天游阁本《胡绳诗抄》,三卷附赋二首,上海图书馆、北京大学图书馆藏。半页十行,行十九字。黑格白口,左右双边,单鱼尾。版心鱼尾下注"胡绳集诗钞",版心下端注"天游阁"。首有清乾隆三十年(1765)沈大成序、明崇祯十二年(1639)陈继儒序,继有长白老人序。赋前有乾隆乙酉(1765)新秋壸贞曾孙胡维钟题识。卷上收五古二十首、七古三十八首,卷中收五律三十二首、七律十六首,卷下收五绝三十四首、七绝三十七首。末附赋二首。壸贞曾孙胡维钟云:"百年以来,捃拾散亡,搜求遗佚,今存者仅什之三四矣。太夫人之诗,曾评骘于陈征君,见采于竹垞《明诗综》,散出于海内诸家之选。玉台、金管,有炜斐然,无不偲及云间,而家集未订,徒溯音徽,剩馥残膏,推寻无自,此不肖之所深惧也。今幸荟蕞积年,排缵成帙,得付梓人,冀垂来叶。"

《胡绳诗抄》三卷附词一卷,稿本,上海图书馆藏。板框 18×13 厘米。红格白口,四周双边,单鱼尾。版心镌"古香书屋"。是书依序文所言分全诗为三卷,后附词数首,为一卷。首有起绍昌序、沈大成序。

另有《胡绳集》三卷附赋二首,清嘉庆道光间张应时刻《书三味楼丛书》本。左右双边,无格白口,单鱼尾。版心上部镌题名,中部镌"卷上""卷中""卷下",下部镌"书三味楼"。卷首有陈继儒序、长白老人序,继有沈大成序。正文题名下镌"华亭范壶贞蓉裳著,后学马愫素心校"。三卷内容与乾隆刻本相同。末附范氏曾孙胡维钟题识。

又有清光绪五年(1879)胡公寿重修本《胡绳诗钞》三卷附赋二首,一册。重修本以乾隆三十年刻本为底本,增加范壶贞九世孙胡公寿序。半页十行,行十九字。黑格白口,左右双边,单鱼尾。光绪本《胡绳集》与乾隆本及张应时刻本于内容上并无二致,然胡公寿序传达的信息颇有价值,兹引录如下:"郡城东北隅,乔木苍凉,池馆幽邃,名曰啸园,为九世祖畹生先生所居,《胡绳集》即九世祖母范孺人所著。遭甲申之变,原版散佚殆尽,乾隆初,高王父省庵先生搜获什之一二,请学子沈君作序,重付手民,跋语中述之详矣。去年冬,家弟公藩于郡中故家得原刻全集,系用三色套板印成,虽经蠹蚀,点画幸无残缺,卷首有范长白允临及陈眉公继儒二序,每诗又加眉公朱印评语,二翁署年皆八十有二。盖是集虽不藉二翁以传,而是集在当时为大雅所重可知,苟他日研田稍润,当以原集依式重镌,并拟将省庵先生未刻《北游草》附于后。家弟公藩每遇先世手泽,必留心搜辑,足见水源木本之思。今春余归自沪渎，适家弟以乾隆初年重刻者命工刷印，分贻同人，爰走笔记之。光绪五年己卯闰三月九世孙公寿谨志。"另有清乾隆抄本《范蓉裳胡绳诗集》八卷，此八卷本存上海图书馆，然仅见卡片著录，未见原书。

另有抄本三卷，此本有陈继儒序、长白老人序，集后有胡维钟后序，分卷上、卷中、卷下。经比对内容可知，此抄本与清乾隆三十年刻本、清嘉庆《书三味楼丛书》本、清光绪五年刻本内容完全一致，惟少者乾隆三十年沈大成序及清光绪五年范壸贞九世孙胡公寿序而已。

沈大成论及东南文风之盛时云："当明之季，东南士大夫狃于承平之久，相尚以吟事争奇炫能，几埒邺下、江左之盛。当是时，太仓张氏兄弟兴复社，而吾郡陈黄门幾社继之，流风所被，遂及闺阁。陆卿子、徐小淑，沈宛君与女叶昭齐、琼章姊妹，皆其选也。徐为夫人之从祖母，师承有自。家有园池林木之胜，留连景物，抒写性情，篇什繁富，脍炙峰泖间，骎骎播于吴会，至今犹多道之者。"又论壸贞诗曰："夫人之诗尤长于古，其五言原本乐府，而声情横溢，得晋宋六代之遗；七言长篇上宗鲍明远，下亦规仿张、王。其慷慨时事，激昂用壮，庶乎《秦风》之版屋。至其永怀所天、登楼望远，恒多藁砧山上之辞，明月刀环之句。盖由明制岁漕东南粟，官收民兑，阊左贱更，经年行役，读其诗而哀其志，其有《卷耳》《汝坟》之思乎！然钱牧翁《列朝诗集》竟遗其人，即检讨《明诗综》中仅仅七律一首，又讹其夫家之姓，又以华亭为吴县。二公之于诗文自负甲乙无爽者，而别裁鲜当，其失若此，况不如二公者乎，可为长叹也已。"陈继儒赞范氏云："夫人才德轶伦，克与俪美，乃复有接踵而起者，则范氏宗风不坠，闺秀天成，流源远矣。"

戴士琳《剡山堂稿》

戴士琳（生卒年不详）字伯玉，又字元镇，松江府上海人。万历七年（1579）举人，二十年任教谕，二十三年（1595）进士，授广东曲江知县，卒于官。于书无所不窥，才思骏发，尤长于诗，书法亦遒劲有力。现存明末刊本《剡山堂稿》十二卷。生平见《（光绪）崇明县志》卷九、《（民国）崇明县志》卷十。

《剡山堂稿》十二卷，明刊本，日本内阁文库藏。台湾汉学研究中心、傅斯年图书馆藏本据内阁文库藏明刻本影印。半页八行，行十七字。左右双边，版心白口，单鱼尾。鱼尾下镌卷数。卷首有陈所蕴《剡山堂稿序》，题"天官选曹尚书郎友人颍川陈所蕴子有父撰并书"；陈继儒叙，题"友弟陈继儒叙岁在柔兆涒滩如月哉生魄"。卷末有黄体仁《剡山堂稿后序》，题"友弟江夏黄体仁长卿父撰"。正文题名后镌"云间戴士琳伯玉父著"。卷一至五为诗，总收诗二百五十馀首；卷六至十二为文，收各体文八十篇。其文有《李翠翘传》，记徐海、李翠翘故事。时另有徐学谟《王翘儿》及余怀《王翠翘传》，清人青心才人据之演为小说《王翠翘传》，流传颇广。

陈所蕴《剡山堂稿序》称："《剡山堂稿》者，予友戴君伯玉所著诗若文也。伯玉自以系出晋处士安道后，故以剡山名其堂，因名其集云。伯玉少负俊才，通称其为诸生，视余稍晚出，而校艺有司，犹及与余相甲乙，彼此慕悦未习也。已而后先对公车，则益就予昵，遂相与结经生社，间以其暇商略左史、汉魏、开元、大历之业，居恒不废帖括，而自喜为古文辞益甚，久之，遂成巨帙矣。诗自乐府而下，五七言古近体绝以至六言律绝，靡不备也。文自记、序、传、志而下，哀诔、跋、赞以至杂著，靡不备也。文吾不敢遽以为龙门、兰台，亦优孟之叔敖矣，即卑者不失柳河东、韩昌黎矣。诗吾不敢遽以为野田陌上、青莲、少陵辈,亦胡宽之新丰矣,卑者不失岑嘉州、高常侍矣。大都君文以边幅胜,而驰骋有馀;君诗以兴象胜,而讽咏堪赏。不佞污岂至阿其所好乎?夫经生艺之与古文词,其不相通也殆霄壤也;乐府古近体之与记、序、传、志,其不相通也亦径庭也。工于此者,未必不拙于彼。盖体有所不相袭,而寸有所不能兼。语不云乎:'尺有所短,寸有所长。'已为尺能复为寸耶?伯玉既以制举艺赤帜经生中,为一时经生祭酒,其馀力胜技亦复卓然名家。称诗则诗,摛文则文,有并擅而无踦类,信乎才自天授,异乎管窥株守,学一先生之言者矣。昔在有唐,陈伯玉子昂实开沈、宋之始,昭代汪伯玉道昆实集王、李之成。戴君伯玉拔新标异,风气日上,异日者远追射洪则拾遗闻孙,近配大鄣则司马难弟。庶几并列不朽之林,当与两伯玉鼎峙而三矣。"

陈继儒叙中称:"戴元镇既成进士,天子赐休沐归,为谢一切郡国守相及宾客之羔雉,乃从修竹冈下,发其故所埋诗草手理之。其门阒寂如孤给园,而其据槁咏歌之声,远与浦上涛相韵也。业成,贻书陈子使为序。余惟元镇之道昌矣,顾何取于山泽之言,而强以糠秕前导哉?甚矣,元镇之好奇也。广南之人孔雀以为腊,鹦鹉以为脍,而独享蒲葅蕲笋以供客;仙人道士高冠峨峨,长剑陆离,而不能舍芙蓉之佩、薜荔之裳。甚矣,元镇之好奇也,将无类是欤?元镇为诸生时,其志已在千古,象纬以前,鸿宝以后,皆朝畋而暮渔之时,一奏韵语,秘不示人,第形与影赓和而已,而顾独昵余甚,以是尽发余以枕中之奇。余读之,松风度而孤鹤鸣也,酣者破章邯而静者入淮蔡也。雍雍肃肃,蘧伯玉之车音而孙真人之啸声也;疏疏莽莽,灌坛之风雨而峨眉、太岱之积雪也。君之技何以遂至此?元镇负经世之略,而多遗世之志,其名落风尘马蹄间,而其梦长在江鸥野鹿之外,即使喑无一言,故大历诗格中人也,况悠然矢天籁而吐清商乎哉!元镇未遇时,尝乞崇明一块为博士弟子师,胸中感慨荦落之气,悉付波臣涤之。已复挟其所谓烟云百变者,尽发之于文章,而乘海之筏,遂为浮藻之查,兹编特君瀣渤之一勺而已。元镇孝友忠信,不言而躬行,其吏才如鲸掷鹘起,人必有能物色之者,而世顾惜君不与三尺之藜为恨。夫青莲浣花,岂尽老石室间哉,且石室诸公无不束锦顾一当戴先生,则元镇自饶有千秋矣。"

青浦县

管时敏《蚓窍集》

管时敏（1338—1421）名讷，字时敏，号竹间，以字行，松江府青浦三里汀人。幼而颖异，九岁能诗。长师杨维桢，友袁景文，并有诗名。洪武六年（1373）应乡试，以父丧免。洪武九年，以秀才征拜楚府纪善，三十一年（1398）晋左长史。事王二十五年，忠诚谨恪，始终如一，年七十乞致仕。楚王桢请命于朝，留居本国，禄之终身。讷诗现存《蚓窍集》十卷。另《管长史纪行诗》一卷、《秋香百咏》一卷、《还乡纪》（未知卷数）见于著录，然皆散佚不存。生平事迹见《（正德）松江府志》卷三十、《（乾隆）华亭县志》卷十二、《（嘉庆）松江府志》卷五十一。

《蚓窍集》十卷，现通行本为明永乐元年（1403）楚藩刻本，明丁鹤年评，上海图书馆、北京文物局、台湾故宫博物院图书馆等藏。《四库全书》收录。《四部丛刊三编》集部第72册、《中华再造善本》明代编内《蚓窍集》十卷即以楚藩刊本为底本影印。《明别集丛刊》第一辑第17册内《蚓窍集》十卷以民国二十五年上海涵芬楼影印四部丛刊本为底本。板框12.2×19.5厘米。半页十行，行二十字。黑口，双鱼尾，四周双边。卷首有洪武三十一年楚府教授庐陵吴勤序，次为永乐元年楚府右长史山阴胡粹中序。卷末附前浙江按察佥事周子治撰《全庵记》一卷，盖时敏为楚府左长史，年七十致仕，赐地江夏东三十里之长乐村黄屯山，因筑全庵其间，以记上恩焉。正文题名后镌"云间管时敏撰，西域丁鹤年评"。卷一、二、五收古诗三十五首，卷三、四首收五律八十三首，卷六、七收七律一百零六首，卷八、九、十收绝句八十八首。

《总目》云："时敏……名其集曰'蚓窍'，盖取韩愈《石鼎联句》语也。集即楚王所刊，中有丁鹤年评语。鹤年家于武昌，与时敏皆为楚王所礼重，故并其评语刻之。时敏学诗于杨维桢，而不蹈袭维桢之体。所作春容淡雅，多近唐音。张汝弼作《董纪集序》，历数松江诗人，独谓时敏诗清丽优柔，足与袁凯方驾，盖不诬也。时敏又有《秋香百咏》《还乡纪行》诸编，在集外别行。见周子治所作《全庵记》中，今皆未见，殆久而佚矣。"（《总目》卷一百六十九"蚓窍集十卷"）

近人傅增湘《藏园群书题记》言："此集自永乐后未尝翻雕，原刻传世尤鲜，余生所觏此为第二本也。"确为的论。除明永乐刻本外，今存清抄本《蚓窍集》十卷，国家图书馆、南京图书馆、科学院图书馆等藏。此外，《四库全书》本《蚓窍集》十卷，删去周氏《全庵记》并丁氏评语。另有民国间庐江刘氏远碧楼抄本，十卷。蓝格，左右双边，单鱼尾。半页十行，行二十一字。正文前首引"四库全书总目提要"，次有胡粹中序。虽曰十卷，然每卷内容甚少，乃择要抄录。又有民国二十五年商务印书馆涵芬楼据明永乐刊本影印本。

时敏好友丁鹤年评《蚓窍集》云："时敏诗气象雄浑，襟怀旷达，用事亲切，措辞醇雅……体制严整，间出新语，亦复清俊。"

又云:"五七言律至晚唐气渐衰靡,不可为法,惟绝句诗至晚唐尤为精致,宋人不得其门而入,元人惟龙麟洲、范清江、虞青城得其三昧,馀或偶得之而不纯。时敏绝句俱有法度,岂非常私淑于三公故邪?"又云:"时敏咏物诗,形容精密,非笔头有五色花者不能。"(《明诗综》卷十四"管讷")

时敏同期长史胡粹中评其作"古制近体通若干首,舂容乎其意度,铿锵乎其节奏,追琢乎其文章。其言丽以则,其思深以远,其义葩而正,温柔敦厚,不迫不切,方诸古人亦未多让,顾自谦曰《蚓窍集》。夫古之人修于身者不必施于政事,施于政矣,无待见于言语。然德之发于口者为言,盖和顺积中而英华发外,自有不容已者。公立身行事,实践其言,故发为文辞和平中正,其可传于来世也较然矣"。

吴勤序《蚓窍集》云:"云间管公字时敏,竹间,其别号也。公早岁读书三泖之上,钟山水之秀,为文儒。尝师事廉夫杨先生,执经座下,为高弟。故其心术之正,学问之博,文章、德行之精醇,用于文明盛世而功名事业炳乎其有耀也。壮年时仕为楚府纪善,扈从来武昌,邂逅旅邸,一见知为佳士。读其诗,风格高古,一一可追古之作者。其五言乐府有汉魏体,五七言律诗多出盛唐,舂容雅澹,譬之黄钟大吕之音,孰不为之洗耳者乎。别去二十年,余忝膺教命,来是邦,复得朝夕见。读公篇什,愈老愈健,尤见笔力所至,而制作之富倍于昔时。如碧海冲融,天光万顷,汪洋莫能窥其涯涘;如华峰千仞,翠屏倚空,莫能陟其层颠;如清庙之瑟,朱弦疏越,一倡三叹有遗音,何其快人意欤!"

朱彝尊评《蚓窍集》曰:"集经鹤年论定,舂容疏越,岂出景文之下?而说诗家入选寥寥,卧子、舒章生长五茸,知有袁而不知有管,竟置不录。径寸之珠,讵可遗哉?"(《诗话》卷四"管讷")

张弼《张东海先生集》

张弼（1425—1487）字汝弼，号东海翁，松江府青浦人。以《诗经》领景泰四年（1453）乡荐，登成化二年（1466）进士，拜兵部主事，转员外郎。成化十三年（1477）冬擢南安知府，在任捕亡徒，薄劳役，修桥路，毁淫祠，立社学，表先贤，多有惠政。成化二十一年（1485）谢病归，二十三年卒，寿六十三。现存《张东海先生集》九卷。生平见谢铎《张东海墓铭》（黄宗羲《明文海》卷四百三十）、王鏊《中议大夫江西知南安府张公墓表》（《明文海》卷四百三十二）、过庭训《张弼》（《本朝分省人物考》卷二十五）、何三畏《张太守东海公传》（《云间志略》卷八）、何乔远《张弼》（《名山藏》卷八十六）、张廷玉等《明史》卷二百八十六、《（正德）松江府志》卷二十九。

今存世之《张东海先生集》题名、卷帙颇不一致。明正德十三年刻本名《张东海先生诗集文集》，九卷；明崇祯间刻本、清康熙三十六年（1697）嘉会堂刻本均名《张东海全集》；清道光十四年（1834）张崇铭刻本又称《张东海先生诗集文集》。张弼第十一世孙张崇铭于道光年间指出，此前《张东海先生集》总有三刻："先南安府君集凡三刻，一刻于正德朝，府君仲子都谏龙山公集当时士大夫所藏付梓，作活字体，今不多见矣；再刻于启祯间，六世孙乾克、棐俣、康侯、森岳诸公各就闻见所及，尽行补入，板作宋字体；三刻于国朝康熙初，七世孙紫垂公因旧板漫漶，复广为搜辑，重付梓人，并补刻附录一卷，读者始称完备。"

然《张东海先生集》并非仅此"三刻"，且其首刻也非始于明正德朝，而刻于成化末期。此"第一刻"题名非《东海全集》，而以《东海手稿》之名行世，此本即是《东海全集》之最早刊本，未知卷数，已佚。谢铎（1435—1510）于《张东海墓铭》中指张弼"所著有《鹤城》《天趣》《清和》《庆云》诸稿，凡若干卷。又有《东海手卷》行于时。"另顾清纂《（正德）松江府志》卷二十九也指张氏"又有《东海手稿》行于世。"张弼守南安（1477—1482）后期，广东按察使彭韶移藩贵州，取道南安，南安属下知县文志贵捧张弼手稿请彭韶为序。彭韶序称："此东海手稿也……志贵尝与诸广文请所制刻之学宫，以行四方。先生麾使去，谓今集刻苦多，识者厌鄙，焉可效尤。志贵请无已……于是摘旧稿手书一二，体裁不一，字尽随意，付志贵为之梓。"（彭韶《手稿序》，见正德十三年刻本《张东海文集》卷五）盖此时所梓"手稿"即弼之诗文原始稿也，然散佚不传。

今见传世《张东海先生集》主要版本有：

《张东海先生诗集》四卷《文集》五卷，明正德十三年（1518）周文仪福建刻本，国家图书馆、山东图书馆、北京大学、中国科学院、日本内阁文库等藏。半页十二行，行二十二字。左右双边，版心白口，无鱼尾。今《存目丛书》集部第39册、《明别集丛刊》第一辑第49册内《张东海先生诗集》四卷《文集》五卷据明正德本影印。然四库馆臣所见《张东海先生集》仅为文集，无诗集。《总目》云："是集前四卷皆杂文，后一卷皆附录吊挽、铭赞之作。考吴铖序称'其子辑录诗文若干卷'，则其文原与诗合刻，此本偶佚其半也。弼工草书，为世所重。其文则直抒胸臆，不事锻炼。李东阳《怀麓堂诗话》载弼自评其书不如诗，诗不如文，以为'英雄欺人之语'，诚笃论云。"（《总目》卷一百七十五）卷首有正德十年（1515）李东阳《张东海先生集序》、十一年孙承恩《张东海先生诗集叙》、十二年冬张弼子张弘至《家刻小序》、成化丁酉（1477）吴宽诗跋、弘治十一年（1498）程敏政诗跋、正德十二年王廷相《题张东海先生集后》。文集后有弘治六年罗璟识记，李东阳、陆简之跋，正德十三年王鏊《书张东海文集后》，吴钺及林瀚跋，正德十二年闰腊月张弘至"末后序"，后有写手和刻工姓名：昆山李元寿誊、嘉善周韶誊、谷阳张应干誊，庐陵方模刻、嘉禾曹深刻。

集在张弼卒后三十一年才告行世。李东阳序云："先生没且三十年，其子广西按察副使弘宜亦卒，家又先遭回禄之变，户科都给事中弘至检诸旧箧，不能十一，又访诸姻友所藏及胥史所私录者，得其二三，为几卷，而时所传诵者尚未之备。以续录未已，随所得为先后，将刻梓以传。"此稿件先后经李东阳、孙承恩、都穆的批选及王良佐、干调元等人的校刊、笺补，殊为不易。张弼子张弘至在正德丁丑（1517）仲冬所作《家刻小序》中云："先君殁且三十有一载矣，今始克成编，编又不能得其大分，罔极之罪容何言。念先君素于稿草不惜遗亡，或强之去，亦不为悟也，尝命孤曰毋观近时刻集，故自视亦无庸传。然今海内士类，每以不亟见先集为问，而孤等又竟忍沦失无馀也哉？弘至北归，二兄继逝，旁求转录，吃紧者又复十年，得诗类卷四，凡四百一十首；文类卷四，凡一百五十首，各以体分，随所得无次。讹缺未备者复三之一，别录以存。呜呼，非其有而冒之，非夫也；湮所有而弗章，非子也。所赖涯翁寄序，且手批其舛赝；昆山顾侍御孔昭、北里孙内翰贞甫备加评选。校文赋则王大尹良佐、沈宪幕东之，校诗律则陶祠部良伯、干进士调元。笺补残失，孙其性当之。庶几就绪，携之洞庭，质诸守溪先生，先生许之言。复遇都太仆玄敬于苏、汪司业器之于嘉禾，重为披校且裁节之。徐嘉兴子谦遣工寿梓，乃卒有成。呜呼，此固公等扶植斯教，共成先君之休，不肖后人，宁忍忘之！用揭卷首，以识无穷之感云。"虽经数十年搜求及名彦硕儒为之校阅，然亦复难全，故弘至于正德丁丑闰腊月朔的《末后序》中又云："集既成，有客来自海上，览而讶之曰：'吾少闻先公《宝剑》《凤山赋》《海若》《问对篇》，赠寓乡曲尤富，今一何遗之？'不肖黯然不释，曰：

'岂独君有闻哉，余亦有闻，而莫余告也。念先人履历南北且逾三十年，纪述应酬实富。少有《鹤城》《长春稿》，北游有《寄寄轩》《独吟稿》，登仕后有《天趣》《面墙》《使辽稿》，在郡有《清和堂稿》，归有《庆云稿》，其他不尽闻也。乃以手笔为累无遗，兹惟郡稿存侍史所录，少作馀，长兄手抄，而归老仅得众传，此集用以成耳。然录有舛，传有讹，间有赝，所不免也。呜呼，哀之众散之馀，溯之再世之久，尚何感乎君之有言哉！'"

《张东海先生文集诗集》八卷，明正德十五年书林刘氏日新书堂刻本，中国科学院图书馆藏。半页十一行，行二十字。黑口，双鱼尾。版心上镌"东海文集"。卷二、三、四题名作"张东海先生诗集"。卷首有李东阳、王鏊、孙承恩叙，卷末有王廷相、林瀚、吴钺等后序。孙序后镌"时正德庚辰（1520）菊月朔逾五日书林刘氏日新书堂新刊"。王廷相序后有"时正德庚辰菊月吉日书林刘氏刊行"。

另有《张东海集》一卷，明俞宪《盛明百家诗》本，隆庆间刻。内收赋五首，诗一百四十首。前有隆庆庚午（1570）冬夜俞宪题识，曰："公平生草书得名，诗文遂为所掩。诗多发明正义，且平易切近，可以感物而兴起，是用刻之。赋五篇，又出诗上。或诋其诗近于俚，殆不然也。"

《张东海先生诗集》四卷《文集》五卷，明崇祯五年（1632）刻本。此刻本传世稀少，仅北京大学图书馆藏有，四册。半页九行，行十七字。黑格白口，左右双边。板框18.7×13厘米。集末附录张弼六世孙张安泰（字康侯）题识云："不肖安泰自庚午岁与伯兄孝廉安盘、季弟安豫谋集先高祖真迹，简括家笥外，复乞诸收藏、赏鉴家尺蹄寸楮，哀集多方，精心手摹，汇成卷帙。辛未秋，犹子进士世基请假南还，刻意堂构，表章前烈，遂得共成兹志，勒之贞珉。不肖泰与弟豫复亲董其事，摹勒雠校，一点一画，神理奕奕，历秋徂春，厥工告竣。"据张安泰记载可知，该本之搜集始于"庚午"（即崇祯三年，1630），于辛未年（1631）成帙，又经半年雠校，于崇祯五年春始告成功。张弼另一六世孙张安豫（字子建，号森岳）亦跋云："庚午岁，偶侍外翁劬思先生，勖不肖勉就此役，会鉴猷侄凤有同志，其出其累世所藏子孙护如头面者，渐摹渐刻，凡为卷者十，始以南北两游稿，而以《贞桃篇》终焉。虽长篇大帧，百未搜其一，而规画大略少备矣。每卷跋语仍诸名公之旧，而《贞桃篇》题词则许郡侯去郡时为先府君大母苦节一案也。"

《张东海全集》八卷附录一卷，清康熙三十六年（1697）嘉会堂刻本。半页八行，行二十字。黑格白口，左右双边，单鱼尾。重刻后除保留原序跋、题辞外，另增加康熙三十六年礼部右侍郎韩菼序、康熙甲戌（1694）牟阳冉觐祖《重刻张东海先生全集序》、康熙壬申（1692）陆陇其序。文集前有万历壬寅（1602）张弼五世孙张以诚的题识、康熙二十年（1681）张弼七世孙张世圻所作《纪言》、康熙三十二年（1693）张世绥撰《刻集纪言》、康熙二十七年（1688）华亭吴骐跋语及癸酉张世绥"附录纪言"。重刻后之《东海全集》文有二百七篇，诗有八百六十七首，总数已大大超过正德本文一百五十篇、诗四百一十首。嘉会堂本附录的各类诗文总计有一百十五首，而正德本仅二十六首。

此次重辑重刻，张弼七世孙世圻、世绥功莫大焉。张世圻《纪言》云："向有刻集，为六世祖龙山翁辑梓，当日代止一传，而多所遗漏，且经诸贤参订，而错杂舛讹，犹未全校，岂急于告竣，不暇详究耶？传至于今，板刻蠹蚀，文献无稽，以至史馆征文，呼而莫应，良可慨已。不肖圻自弱龄随侍吾祖吾父，备聆绪训，惟以祖述前修，表章先烈为望，兢兢佩服，罔敢或渝。奈生居最晚，家遭多故，先世藏迹荡焉无存。今年春，偶借观一册，翻诵之馀，不忍暂释，随命楮墨，手自抄誊。中有磨灭者，则旁求参订以补之；有疑似难明者,则姑阙之;有编次失伦者,则稍厘定之,凡三阅月而毕。鲁亥之讹,间亦未免,自揣浅见末学,蠡测管窥,岂能尽得其条理哉?窃念翁之著述,必不止此,复访得抄本一册,较前刻约三分之一,岂当日所谓别录以存者,即此是耶?更于宗党兄弟间,博采真迹,总得诗文四百八十有奇,续为补遗一集,虽未敢谓大成,亦聊以佐未备云尔。"(张世圻《纪言》)除此之外,"有翁之手迹而标识缺如,虽文词机致似翁制作而未敢必者,另为存疑一编"(张世绶《刻集纪言》)。张世绶任洧川令第五年,"癸酉春,适有梓人来自白下,用是不揣固陋,勉竭涓涘,虽簿书鞅掌,不废校雠,手为伦次。已刻者为卷首,未刻者分编各体之后,使观者得以类从。其存疑一编未敢轻附,仍别录以俟订补。共葺诗文若干首,厘为八卷。原序原跋载卷前后,至于当日歌咏、碑传载翁生平大节,附录一册,仍旧刻也。"于"附录"内容,张世绶在康熙三十六年刻本《张东海全集》正文后有"附录纪言":"集后附录一册,虽不足尽翁生平,然立朝大节,处家垂训,其经济文章至今犹可想见梗概云。旧刻者三之二,续葺者三之一,乃旧刻不无舛错,省览未便,绶不敏,敢谬为伦次;至爵禄之崇卑,世数之近远,不能一一考究,止随所得编类,得序六、传一、记七、碑文二、题辞三十八、祭文铭表六、像赞十五、诗四十七而已。"

《张东海文集》四卷《诗集》四卷,清道光十四年(1834)张崇铭刻本。道光刻本版式、行款同康熙刻本。版心鱼尾上题"张东海集"。道光本保存了康熙本原有序跋、题识,又增加了康熙间燕赵后人胡介祉之序,诗集后增加了张崇铭之题识。道光本附录有明礼部尚书谢铎所作"墓志铭"、文渊阁大学士王鏊所作"墓表"。张弼十一世孙张崇铭跋云:"是板向藏蒙川从父处,嘉庆戊辰,侄文荣将携家之闽,铭始由上海取回,敬谨收贮者又阅二十馀年。今年春,偕侄文达悉心校核,板尚完好,间有阙页,即命工重为补刊,惟附录一编，久已散佚无存，盖保守之难如此，嗣后仍有阙失，铭辈不得诿其责矣。"（见道光刻本《张东海全集》附）胡介祉序云："华亭张汝弼先生举成化丙戌进士，由兵曹出守南安，志操耿洁，不与流俗人为伍，生平抱负往往托意辞章，且素工草书，每命题伸纸，笔不停缀，文不加点，甫成即以畀人，多不存稿，间有一二偶存，又以书法之精，辄为赏鉴者持去，以故私箧中寥寥也。而姻友胥史之家，珍藏私录者颇多安石碎金焉。先生复习见当世操觚染翰之子粗知文墨，遂栩栩然自命作者，裒然成集，梓而问世，究之瑜瑕不掩，为有识者所窃笑。因思痛矫时弊，不屑委阿从俗，故任其零落，绝不加意，是以益从散佚。呜呼，雕虫刻鹄，虽壮夫达士之所羞称，而身没言立，亦孝子仁人之所共愿。先生殁后三十年，其仲君都谏公检诸遗篚，十亡八九，乃访之姻友之所珍藏，胥史之所私录者，得文若干首，诗若干首，各分四卷，然仅十之二三也。又恐赝伪舛错，非表章前人之至意，乃广求质正名公。先辈长沙李相国手为批订，北里孙内翰备加评衡，并各以序言详其端委，而斯集乃告厥成矣。"

《张东海文集》，抄本，不分卷，为诗文之选本，上海图书馆藏。无标题，正文前有正德丙子九月孙承恩《张东海集序》，序名下有"朱霖印"朱章，正文前有明礼部尚书谢铎所作"墓铭"、文渊阁大学士王鏊所作"墓表"。

张弼工草书，怪伟跌宕，震撼一世，李东阳《张东海集序》谓其"少善草书，雄伟俊逸，自成一家，同时名能书者皆莫能及。碑板卷帙流布迩远，至于外国，东海之名遂遍天下"；"天趣逸发，为一代冠冕"。张弼诗文成一家言，历代多所推重。李东阳赞其"诗清练脱俗，力追古作，意兴所到，信手纵笔，多不属稿……其间清词警句，时或传诵，而见其全集者盖鲜。其为文随事触物，必根理义，不为华藻枝叶之辞"。何三畏称其诗"清健有致"，文"铿然金石声"(《云间志略》卷八《张太守东海公传》)。朱彝尊言其"律体全学剑南(陆游)",且"与定山(庄㫤)辈专效击壤者不同也"(《诗话》卷八"张弼")。《明史·艺文志》赞其"自幼颖拔,善诗文,工草书,怪伟跌宕,震撼一世,自号东海。张东海之名,流播外裔。为诗信手纵笔,多不属稿,即有所属,以书故辄为人持去。与李东阳、谢铎善……铎称其好学不倦,诗文成一家言"(《明史》卷二百八十六)。清末陈田赞其"诗有豪气,不受羁勒,七言断句,尤推擅场"(《明诗纪事》丙笺卷五)。

张弘至《万里志》

张弘至(？—1528)字时行①,自号九龙山史,松江府青浦人,南安知府弼季子。弘治九年(1496)进士,改庶吉士,授兵科给事中,有敢谏之风。十二年冬陈《初政渐不克终》八事,词甚剀切,为时所诵。武宗立,以户科右给事中奉使安南,还,迁都给事中。丁母忧,归家居十九年卒。弘至有经济才,不究于用,以诗文著名。书善行草,有父风。所著有《玉署拾遗》《使交录》《万里志》《东塾谏草》《见意稿》等,然多散佚。现仅存《万里志》二卷。生平事迹见《张都谏龙山公传》(何三畏《云间志略》卷九)、张廷玉等《明史》卷一百八十。

《万里志》二卷附诸公赠行诗一卷,清康熙三十三年(1694)张世绶刻本,南京大学、北京大学等图书馆藏。今《明别集丛刊》第一辑第84册内《万里志》即据清康熙刻本影印。板框18.4×11.8厘米。半页八行,行二十字。黑格白口,左右双边,单鱼尾。卷有张弘至诸好友题词,江西按察司佥事许毂《万里志序》,陆树

---

① 张弘至子其惄于《万里志述言》中云:"嘉靖戊子先君即世,不肖幼冲。"以此知弘至卒于嘉靖戊子(1528)。

声《万里志小引》，小引后为各名家题词，张弘至《万里志自叙》。卷末为文徵明小跋《序龙山先生万里志后》，张弘至季子张其悝《万里志述言》，张弼七世孙张世绶《万里志述言》。集末附李梦阳、湛若水、严嵩、韩文、顾清、陆深等三十九人"赠行诗"及"交人和韵诗"。正文题名后镌"明户科都给事中张弘至时行父著"。卷上收诗八十九首，卷下收诗六十首。张弘至《自叙》载集之内容曰："《万里志》所以纪志万里之程者也。予奉使安南国行且万三千馀里，道出丰城，吾同年永嘉朱君佐假令兹邑，以樽俎饯别，携素卷要予书所见闻。逮过临江，遂病不能行者数日，至袁州已草草纪毕，奈无可附上者，仍携之异域。且还，续以归途所得，虽不能备万里大观，然终始往返亦略概具。"万历乙亥孟秋（1575）陆树声"小引"亦云："《万里志》者，都谏龙山志使交往返道中所得诸作也。"

康熙甲戌（1694）张弘至六世孙张世绶于《万里志述言》中言集之刊刻云："东海祖君集既寿梓，又得从弟世南邮寄六世祖龙山翁《万里志》一帙。盖翁出使安南纪行之什也，积日纪称，各体参互其间，道里寥廓，山川险易，与夫怀柔服远之义，晋接恭顺之诚，虽短章略纪，梗概可知。昔太史公阅历封内名山大川作为文章，奇肆瑰伟，令人莫可端倪。况于吾祖捧檄殊疆，即所闻见播之讴吟，陶情淑性，直可嗣徽《三百》，岂仅倡予和汝者得仿佛其万一哉。独可慨者，翁于馆阁则有《玉署拾遗》，于垣省则有《东塾谏草》，以至居常吟咏，富有日新，遍观诸明公题识，知翁当日珥笔凤池，抗声螭陛，鸿文侃论，焜耀千秋，宁止世德之作求已也？惜倭寇陆梁，流离播越，举归乌有，犹幸尚存此编，得以'昭兹来许'耳。夫东海翁以立朝抗直，一麾出守，至今读其著述，怨诽不形，惟存忠厚，且经济、文章动关家国。龙山翁衔命异域，使远人向化，稽首来王；至交人和什，具附卷末，其慕悦悃诚，想见一班，翁之不辱君命何如也！今合观二祖遗稿，无非忠君爱国，培养深厚，以致始祖迄今科名相继，累累不绝，屈指宦游者十五国都无不遍历，此皆祖德贻谋，未可忘其原本也。癸酉冬抄，适弟世绳来游洎水，盛道海翁集成，举宗庆幸，不肖绶因复出龙山翁《万里志》，共相校雠，附梓南安集后，如班氏文章继彪者复有固，庶几后先辉映，俾奕世子孙知二祖高文亮节如是如是，于以振兴先业，不坠家声，则斯刻不无小补云。"

集当有万历元年（1573）张其惼刻本。万历癸酉（1573）张弘至季子其惼在集末所作《述言》云："毅皇帝登极，诏谕中外，简命先都谏公副鲁殿撰使交南国，往返易寒暑，耳目兴感，风物纪载，积以成帙，题曰《万里志》，暨馆中所著《玉署拾遗》《东塾谏草》《见意亭》诸稿藏于家。嘉靖戊子先君即世，不肖幼冲，超忽流序，逾十五祀为壬寅，伯兄、仲兄并业成均，相继早逝。再十祀甲寅，东倭不臣，数寇吴淞，烽火旬连，倭舶绕郊野，举家徒跣入闽都，五百年门户不崇朝荡毁，遗稿遂亡，通天之罪，抱负没齿。寇退，每从亲友屏壁、卷轴间题咏旋次搜拾，漫无全稿。戊午仲侄德璀避乱苏湖还，笥中幸携先君手勒《万里志》一折，喜倍更生，缉录成编。庚申春挟之吴门，武林诸名公偕相庆慰，侈以题跋，重以雠校。讵遭不造，家业中落，无能寿刻，以赎终愆。逡巡又十祀为隆庆己巳，鸿胪叔兄亦弃去，志尘箧底，涕泫徒殷，衷益焦裂，悲夫伤哉！癸酉秋携诸儿试金陵，谒石城许太常翁，持以相示，辱不鄙，宠之雄文，序诸首。瑞岩史给谏、明河廖水部咸乐资梓，用告厥成。"陆树声"小引"亦云："稿藏于家，岁久散佚。公子季琰拾自烬馀，间搜访其别存者，录为卷帙，以游金陵，士大夫相与醵资寿之梓，许太常所为叙首简也。志凡二卷，馀多逸而不存。然即其仅存者，世已凤毛麟角，贵重之矣。"万历本《万里志》今已不存。

许毅序评其内容曰："《万里志》者，龙山先生作也。先生东海翁叔子，家世文献，早擅甲科，与仲兄宪副后乐公出入台谏，风节凛然,辞命典礼,久为国重。奉使交南,途涉万里,即其闻见,寓诸吟咏,以示经历,意有在也。故其入交之作以述臣事,谒祠之作以述子情,寄怀之作以述弟谊,赠和之作以述友道。述于友者,其词凉以直。述于弟者,其词懃以婉。述以子者,其词慕以永。述以臣者,其词敬以笃。观笃敬之词使人兴于忠,观永慕之词使人感于孝,观婉懃之词使人向于悌,观直谅之词使人惇于信。一展阅间而四义具,则其精诚流通霄壤,使后之往者有所循绎,裨于世教多矣。"

徐献忠《长谷集》

徐献忠(1493—1569)字伯臣,号长谷,松江府青浦人。嘉靖四年(1525)举于乡,再试不第,选知奉化县,寻弃官。与何良俊、董宜阳、张之象游,四人俱以文章气节名,时称"四贤"。隆庆三年(1569)卒,年七十七,门人私谥"贞宪先生"。生平见王世贞《徐先生墓志铭》(《弇州山人四部稿》卷八十九)、王兆云《徐伯臣》(《皇明词林人物考》卷十)、何三畏《徐奉化长谷公传》(《云间志略》卷十四)、钱谦益《徐长谷先生小传》(《金石文》前附)、张廷玉等《明史·文苑传》附文徵明传、《(乾隆)娄县志》卷二十二。

献忠爱吴兴山水之胜,于此构舍为终老之所。王世贞墓志铭载其致仕后生活云:"(舍内)五柳双桐,偃蹇枝门,疏棂净几,奇书古文,间以金石三代之器。葛巾羽氅,徜徉其间。客至则留小饮,听去。春容寂寥,随取而足。时命单舫渔童樵青于苕霅菰芦间,不复可踪迹也。故司空刘公、蒋公、司寇顾公诸大老为耆英之会于岘首,迫欲得君以重斯社,君不峻拒,一再往,后了不复恋。"献忠著述甚富,总凡数百卷。今知存世诗文集《长谷集》十五卷、《金石文》七卷,另辑有《乐府原》十五卷、《唐诗品》一卷、《六朝声偶集》七卷、《吴兴掌故集》十七卷,皆有明刊本传世。另据王世贞墓志铭记载,尚有《洪范或问》《春秋辑传录》《大易心印》《四书本义》及《参同契》《大地图衍义》《山房九笈》《三江水利考》《四明半政录》等书,各自为集。

《长谷集》十五卷,明嘉靖四十四年(1565)松江知府袁汝是刻本。门生董宜阳编次,由袁汝是与其乡士大夫醵金刊刻梓行。《总目》著录。今《存目丛书》集部第86册内《长谷集》十五卷据明嘉靖刻本影印。卷首有袁汝是序。正文题名后镌"华亭徐献忠伯臣"。目录后注云:"董君刊刻目录三十有七板,恐纸墨太费,今省,列总目止二板云。"继为董宜阳撰《刻集记》,记梓行事甚详:"《长谷集》十五卷,吾师长谷先生所著,而诸大夫士所共刻者也。先生栖志道林,覃思艺苑,以文章名海内,为远近所宗慕,诸公序述详矣。宜阳实承命编校,始于嘉靖甲子冬,越明年乙丑夏告成,凡若干万言。先生才大学宏,著书满家。"卷一收赋骚十三首,卷二收五、七言古诗九十四首,卷三收五、七言律诗二百六十八首、绝句一百十一首,卷五至十五收序、记、杂著、书、行状、墓铭、墓表等各体文三百三十馀篇。

袁汝是言献忠人与集曰:"往予筮仕松江,慕郡中文雅,得长谷徐子。盖当世有用之才,其仕仅止一县令,不获尽展其志。既乃得读其所为文,关系世教,非空疏纤细之作也。至与论及时政,咸中时弊,当机宜可行,乃其人深自韬晦,不屑自表见,故其所论著虽多,不耀白于世,且不与海内名士通殷勤、相结纳,间有所酬应,必施于先及者,非泛泛也。岁在甲子,予出为郡长吏,自谓可藉以诹咨治理,顾已栖遁吴兴山中且十年,西望白云不可跂及。其乡中诸贤方欲刻其所为诗文集,予闻之甚慰,因赞刻焉。夫徐子平时所怀抱欲见之行事而未竟者,大率概见于集中,且其辞深厚典据,平正通达,类司马子长,间有杂类东京者,固其疏越之才因事触发,未有深晦如昭明所选集也。尝与予论诗,五言重魏晋,七言止取自高、岑而上,律止于大历。今其诗沉郁彩秀,与诸名家相出入,不谬其所云。其赋才尤为人所重,若《布赋》一篇,悯念松人愁苦,其情周委详尽,不蹈袭昔人体裁徒纵肆弘博、至曲终而后奏雅者伦也。嗟乎,自昔名士无所遇,类有老死丘壑无可表见于世,或成就一家言,不与草木同腐,而行不足以将之者甚众。徐子之平生慎守行义,安恬有素节,而文又足以自华,其常存于后世,可知已。惜乎,峰泖之间,别无书社可淹其足,盖尝见其埋骨青山之词,叹其遐然远意,益使人怀慕之不置也。"

徐氏有感文道变衰,道法污垢,影响于古文写作,曾辑录先秦《金石文》七卷,以为后世法。其序云:"夫三代之文邈乎尚矣,后世秦汉犹浑厚含蓄,古法有存焉。夫世道变衰,道法污垢甚矣,而其为文乃尔,岂风气未薄,声文之吐诸人,犹有然者哉!其后作者多以其意加之,张惶诞放,光焰伟然,自谓为古文而去古迨远矣。且夫词赋诞幻,累千万言,采摭靡丽,照耀人目,自后世刬薄观之,诚所不逮,其视自然之声为何如也。夫人之文言,精辉上薄,其于天文,本相配丽然,而象宿开朗,经有常定,万古一日无所改观者也。而人文之变异,凭虚凿臆,渐以乖下,不能上参高虚而与彗孛同流,言虽华茂,亦何可久哉!余自髫年辄尚此论,读钟鼎金石之文,好之,叠叠不能倦,乃类取其可读者七卷,题曰《金石文》,置之几间,以便观览。夫公输之矩可以一天下之巧,而岂徒哉?盖理定而象成,虽天下至巧,莫有加之云尔。夫以浮世淫夸之说加于上古典则之义,其志虽弘,而艺事疏矣,何以训后世、耸明视耶?典谟训诰,古之人文,章章在也。予兹撰录,实出此意。"

钱谦益谓徐献忠:"生平著述外无它嗜好,《白莲》《羽扇》《芦汀》《灵泉》诸赋,皆为时人传诵。悯松民解布之苦,作《布赋》一篇,读者咸酸鼻焉。论诗法初唐、六朝,杂组成章。工真、草书。"(《列朝诗集》丁集卷三"徐奉化献忠")朱彝尊谓:"长谷以作者自期,持论谓:'诗人之作,代出意匠,以增前人之能。'旨哉言也。其比六朝声偶,品唐诗、原乐府,皆有功后学,惜其书不盛行。诗亦冲澹无累句,特少警拔耳。"(《诗话》卷十四"徐献忠")四库馆臣引彝尊之语,以为"足为定评"。

徐阶《少湖先生文集》《世经堂集》《世经堂续集》《徐相公集》

徐阶(1503—1583)字子升,号少湖、存斋,松江府青浦人。嘉靖元年(1522)举人,次年成进士,授翰林院编修。以抗疏论去孔子庙号事,谪延平推官,迁黄州同知,擢浙江按察佥事,进江西按察副使。召拜司经局洗马兼侍讲。丁母忧,服除,进国子祭酒,擢礼部右侍郎,改吏部,进礼部尚书,加太子太保,进少保,兼文渊阁大学士,参预机务。时严嵩为首辅,阶外事嵩甚谨,内深自结于帝,终逐嵩。改吏部尚书,进勋柱国,兼太子太傅、建极殿大学士。嘉靖中叶,内外多故,大臣小不当帝意,辄逮系下狱,斥退阁臣。阶当国后乃尽反嵩之行事,屏绝苞苴,收召人望,优假言官,于政有所匡救。后为高拱所扼,致仕归。卒年八十有一,赠太师,谥文贞。生平见王世贞《徐公行状》(《弇州山人续稿》卷一百三十六)、申时行《徐公墓志铭》(《赐闲堂集》卷二十三)、吴道南《徐文贞公年谱》(《国朝内阁名臣事略》卷七)、何三畏《徐文贞存斋公传》(《云间志略》卷十二)、冯时可《太师徐文贞公传》(《重刻岩栖稿》卷五)、张廷玉等《明史》卷二百一十三、《(乾隆)青浦县志》卷二十七。

《少湖先生文集》七卷

明嘉靖十三年（1534）延平刻本，台北图书馆藏。六册。半页九行，行二十字。版心黑口，四周单边，无鱼尾。底端反白镌刻工姓名，如二、三、官等。卷首有嘉靖甲午奎湖张真《叙少湖先生集》；湖广布政司右参政龙津黄焯《少湖先生文集叙》。卷末有嘉靖甲午临海林元伦撰写《少湖子集后叙》。钤印有"国立中/央图书/馆考藏"朱方、"希古/右文"朱方、"阳湖陶氏涉园/所有书范之记"朱长方、"不薄今/人爱古人"白长方。内文六卷、诗一卷。《总目》著录《少湖文集》七卷，《提要》云："是集乃阶外谪延平府推官时，三年秩满北上，延平士人哀其前后诸作，为之付梓。凡文五卷、语录一卷、诗一卷，大都应酬之文十居六七，皆不足以传，特用志遗爱云尔。"（《总目》卷一百七十七）林元伦跋语言刊刻事甚详："少湖子集之刊非子意也。少湖子尝语颐庵子曰：'甚矣，多言之害道也，近代益盛。故吾于诸家之集一切束而不接于目，非以为尽无足观，为道虑也。'以是知非子意也。然则孰刊之？曰延之二三子刊之也。二三子从少湖子讲圣贤之学，三年知所向往矣，惧其去而无所取裁，故刊而读之，如日侍少湖子也，非子意也。"

另有明嘉靖三十六年（1557）宿应麟刻本《少湖先生文集》七卷，六册，上海、天津、重庆、南京等图书馆及台北图书馆等藏。今《存目丛书》集部第80册、《域外汉籍珍本文库》第二辑集部第5册、《甲库善本丛书》第761册内《少湖先生文集》七卷均据宿应麟刻本影印。宿应麟刻本板式、行款与嘉靖十三年刻本一致。序跋在张真《叙少湖先生集》、黄焯《少湖先生文集叙》、林元伦《少湖子集后叙》基础上，增加嘉靖丁巳三月严州知府宿应麟《刻少湖先生文集跋》，跋曰："少湖徐老先生文集，予得之南宇高太史氏，拜而读之，皆发前圣之蕴，信其言之载道而传之可永也，乃重梓之，以与同志者共勉焉。同志之士苟读先生之言而有得，其尚服膺勿失也哉。"

张真谓徐阶诗本性情、文根诸道："少湖子之作其根诸道者乎！子学圣人而有得者，故其为文也，直写胸中所见，而凡一句之奇、一字之险者，亦必刊而去之，每曰文若此，得无戾于理乎？其为诗也，本诸性情而不入纤巧藻丽门户，每曰诗若此，得无失其正乎？其训诸生也，则因病设方，随问而对，亦每曰言以人异，得无激而过高，抑而反卑乎？故诵其文者，喜其可以明道也；咏其诗者，喜其可以验性情也；读其语录者，喜其可以反己而自攻其失也。少湖子之作，其容不传乎哉？延之士，初则人录所得，同志递相传写，病不便且不广，乃始谋诸梓焉。予览之终卷，作而叹曰：详而匪赘，深而匪凿，淡而匪近，则而匪泥，其少湖子之作乎，其斯为根道之言乎，其斯为发圣人之蕴乎！是编也，必将与'四书六经'并传无疑矣。"黄焯亦于《少湖先生文集叙》中言徐阶"其文郁乎有章，沨乎有馀味。有温柔敦厚之气，而无佶屈聱牙之失；有光明正大之体，而无穿凿傅会之病"。

《世经堂集》二十六卷

徐阶生前自编诗文集，万历间华亭徐氏刻本，国家图书馆，北京大学、浙江、苏州、台湾图书馆及日本内阁文库等藏。今《存目丛书》集部第79—80册、《甲库善本丛书》第760—761册内《世经堂集》二十六卷即据明万历刻本影印。半页十行，行二十字。黑格白口，四周双边，黑单鱼尾。版心上镌题名，下镌刻工姓名，如陆序后有"吴门何一金、顾杰刻"一行字，末卷下有"姑苏高洪写、袁宸、何一金等刻"数字。卷首有陆树声及后学王世贞撰《世经堂集序》。《总目》云："是集文二十四卷，赋、颂、诗、词二卷，其中敷陈治体之文，皆能不诡于正，馀则未见所长。"（《总目》卷一百七十七）内卷一至四为奏对，卷五为祝章，卷六至十为奏疏，卷十一至二十四为诸体文，末二卷收赋、颂、诸体诗及曲词，一切青词、致语，则删削殆尽。

台北图书馆藏本为清代著名藏书家方功惠（1829—1897）旧藏，功惠录《四库提要》原文于王世贞序后，下署"癸酉孟夏浴佛日方功惠□录"，钤"功惠""柳桥"两小方印。各卷内又有"巴陵方氏功惠柳桥甫印""芸声室珍藏善本之章"。另有清康熙二十年徐栓重修本，藏中国科学院、重庆、故宫、天津等图书馆及台湾傅斯年图书馆。

王世贞叙其"世经堂集"之名之由来时说："《世经堂集》者何？今致政少师、元辅华亭徐公著也。堂者何？公所憩止也。其名世经者何？公世世以经重，名之志不忘也。公所著有奏对，有视草，有奏疏，有序，有记，有志，有铭，有墓表，有碑，有论，有策，有说，有辨，有对，有解，有引，有原，有跋，有赞，有箴，有规，有祭文，有书，有赋，有颂诗，有古近体，为卷凡二十六。"

王世贞为有明一代文豪，其序《世经堂集》，不吝溢美之词："当公为诸生而受经，即以经明显，试南宫遂魁其经，射策金马即以其策魁天下。天下艳于得公之辞，而公于时亦不能遽无意于工拙，以故其文足宏丽而晰体裁。及其慨然有志斯道，悉取濂洛闽粤之说融会于心神而躬验之，既涉其津而舍其筏，以为破支离则道与器融而无间，破藩篱则物与我融而无间，其所结撰，若讲筵之沃君，讲席之示弟子，皆务摘其精实，而竟吾所诣而已，即天下后世不能尽舍公之华，以为操觚者法。而要之，谈性命而约于公之止，泥伦物而企于公之止者，孰能外也？公既思以其学济天下，而其在史馆时，用持先圣典，得谪外，公不卑厌小官，诸郡邑士风吏治，靡不以身试之，而大者若国家典故、名公政绩、下上数百千年之史，而与之参会，敛而融之方寸之际，而亡挂阁，苟有所触，则功与言一发而俱就。今亡论他文，即肃庙之有顾问，咸取诸仓卒，度不能无喜怒，而公或剀言以绳之正，或婉言以诱之道，化投石为转圜；代言之草，摘綮洞括，使河西吏人以为明见万里之外，山东父老愿少须臾无死，以待德化，人主之德日显而国体尊。乃至部疏覆核，根理据事，有敬舆之精而不为俳；诸报藩镇郡国书牍，衡势审机，有文饶之练而绌其倨；其他志、铭、碑、表之类，提纲挈矩，有孟坚之则而超其识。公之文所谓达者，其效至于奠社稷、润生民，而一旦让迹于得序，敛而归之无何有之乡，天下徒知嘉、隆之际取治于公，公不明其所以，而庶犹有可窥见者，兹集在也。窃闻之，泰陵之季，太和至顺，磅礴郁蒸，发之为献若文，天子又时时吁天以求真才，而公始生以应之，积至于嘉、隆而后，人文之化成，於戏盛哉！"

《世经堂续集》十四卷

万历三十六年（1608）徐肇惠刻本。《千顷堂书目》著录。南京图书馆及北京大学图书馆（缺卷一、卷十二）等藏。卷首有万历戊申仲冬赐进士第右春坊右赞善兼翰林院检讨直起居注编纂六曹章奏管理诰敕东越孙如游《世经堂续集序》、吴道南《太师徐文贞公世经堂续集序》。北大藏本有"四箴堂记""鸾台学士"等印。续集乃徐阶归老东山所作，其孙肇庆编次。前十二卷收奏疏、序、记、墓志铭、墓表、碑铭、论、说、引、跋、赞、祭文、传、书等各体文，卷十三、十四收古、近体诗三百馀首。

陆树声于《世经堂集序》中曰："公盖邃旨渊蓄，自其潜究名理，达识政体，其大者既以措之事业矣，而出其馀以有言也。故公之文，其议事决策，迎解曲中，则运斤承蜩；其缘情体物，藻思芊绵，则琲联璧拱而不事镂琢。意象淳泊则黄钟太羹，至其醇厚尔雅，春容纡徐，则冠冕佩玉，端委而雍肃也。盖蔚乎廊庙之文，以宣治朝之盛者，非耶？故论者谓公当具瞻之任，举鼎彝之勋，不专于言而言之，有以载经纶之迹，以其言之成也；而未尝掩于其功业之大，美盛并著，以语夫作者之全也，斯不可以当公也哉？公自解机务归，不忘著述。思昔勤劳国事未遑也，曰自余为执政，所图议一二大政，即国有掌记而副藏焉，其宁使无存？因并其前后积而为言者，以嘱梓。梓成，则公嗣太常君偕二弟尚宝君嘱序声。声为公乡邑后进，又尝执笔从史氏后，于公之著作窥见一二，故论次其大都若此。乃若公文章、事业，识其大以司论撰者，有海内名家在，声不佞，何敢言序？公集为奏对，为视草，为奏疏，为序、记、碑、志、杂著、语录，古今诗类次之，凡若干卷，而总题曰《世经堂集》，公所自命也。"

《徐相公集》不分卷

明隆庆间俞宪《盛明百家诗》本。正文前有甲子春俞宪题识，曰："徐公相业，我朝罕俪，平生以正道事君，以正学率人。馀力尤娴于诗文，然弥纶黼黻，发为名言，自有不容掩者。予久藉教，又邻郡也，心觊其诗不得，尝与白石蔡子屡谈之。顷蔡子过锡，见示此编，曰'公诗不易见，此予从集中手录出者'。予为重录一过，刻以行世。"内《别知赋》一篇，古、近体诗四十六首。

朱彝尊祖妣徐安人为阶曾孙女。彝尊言嘉靖时袁炜于内阁撰青辞，湛若水为权相严嵩作诗序，贻笑士林；而徐阶不露所长，"读《少湖文集》，有醇无疵"（《明诗综》卷四十四"徐阶"）。然据《（乾隆）青浦县志》"凡例"载徐阶与高拱争，"危甚，度未可与争，乃谨事嵩而益精治斋词，迎帝意"。盖彝尊为尊者讳耳。

莫如忠《崇兰馆集》《二莫诗集》

莫如忠（1509—1589）字子良，号中江，松江府青浦人。嘉靖十三年（1534）举人，十七年成进士，除南工部主事。改礼部，历员外、郎中，擢贵州学政，以道远不能将母，投檄归。家居十五年，补湖广副使，升河南参政，进陕西按察使、浙江右布政使，乞归。万历十七年（1589）卒，年八十一。夏言死西市，门下士皆避匿，如忠独奋身经纪其丧，朝士以此多称其义。工古文词，书法二王。入王世贞"四十子"列。生平见陆树声《莫公墓志铭》(《陆文定公集》卷七)、何三畏《莫方伯中江公传》(《云间志略》卷十五)、王兆云《莫如忠》(《皇明词林人物考》卷八)、《(乾隆)青浦县志》卷三十一。

《崇兰馆集》二十卷

明万历刻本，国家图书馆、上海图书馆、天津图书馆、山东图书馆、中科院图书馆及日本尊经阁文库等藏。台湾汉学研究中心藏本据尊经阁文库藏本影印。今《存目丛书》集部第104册、《明别集丛刊》第二辑第82册内《崇兰馆集》二十卷均据明万历十四年（1586）冯大受、董其昌刻本影印。然考集前陆树声序，《崇兰馆集》当在莫氏卒后付梓行世。陆序云："方伯中江莫公生平所著诗文藏于家者，凡若干卷。公殁，而其子出以授剞劂，属余序。"之所以有此误，盖因莫如忠门生冯大受在莫氏生前屡请"布之同好，先生辄以覆瓿辞，不得已，而与董生玄宰各出平日所手录者，私付剞劂"。冯序后标"万历丙戌季秋日"，以致后之学者误以为莫氏著述刻于万历十四年丙戌。实际该年并未刊刻，只是作为副本留存。冯时可序亦可为证："始余以进士谢病归，而从莫先生相与修古……别先生去而列郎曹，什九废学，自愧不能为役，既谢政归，而先生门人董其昌与余侄大受辑先生集若干卷，将为副在计，以余雅尝禀诲先生，请为序。"

正文题名后注"云间莫如忠子良甫著，门人章宪文校、杨继礼辑"。半页九行，行十八字。左右双边，单鱼尾。卷首依次为陆树声《中江先生全集序》、茅坤《中江先生文集序》、冯时可《莫中江先生全集序》、唐文献《莫中江先生文集序》、万历丙戌季秋门生冯大受《中江先生文集序》。内前九卷总收古、近体诗六百四十馀首，后十一卷为序、记、碑、传、书、杂著、墓志铭、行状、祭文等各体文。

唐文献序中称莫氏为人有"五难"，为他人所难及："公之学本于经术，其文上自咸阳东西京，而下不废夫庐陵、眉山之父子；诗自开元、大历，而下不废夫钱、刘；书法自右军、大令，而下不废夫李处州、赵承旨。盖公之名落海内者数十年，既没，而残行断楮流传缙绅间者，人又莫不夺之蠹鱼之口，而袭之箧笥之腹。嘻，其亦可谓盛矣！公八十时，余尝操词寿公，谓公之文章词翰业已折鹿角之岳，长鸡林之价。此无足为公难，而公之难有五。公绮岁起家明经高第，翱翔握兰之署者十馀年，进为宪大夫，而曾不异为诸生时；既投辖归，用有司累荐，再参方岳，以至右辖，爵上大夫，而曾不异为学宪时，难一。郡邑大夫式车下庐者，非问奇则问政，足相蹑于公之门，公第为指陈疾苦，或一商榷大雅而已，不敢以他端进也，难二。拈读古册，奖拔后俊，垂老屹屹如进饴蜜然，难三。公之制作，宁若敛、若藏、若讷、若朴，而不欲为蝇鸣蟬噪以媚时，鲸啸鳌掷以骇听，难四。以百和练字，以万锤练句，以千钧练格，或一言而辄补数牍，或一牍而辄更数年，久副名山之中，晚悬国门之上，今卒业而其言蔼如也，醇如也，难五。夫所谓五难者，公不独以文昌于时，盖其泽于仁义、道德之功居多，故出则岳岳，处则皦皦，生为名臣，没为乡先生。"

陆树声序中称莫氏："公撰著则皆缘本经术，博综群籍，检括名理，渐涵蕴藉，尚体要而发之藻蔚。故其文深厚尔雅，纡徐宛委，体裁于庐陵。诗则抒写性情，谐合风雅，而缘情体物，敷腴隽永。其尤所脍炙于时者，五七言近体，可上方王、孟，抗行岑、刘。概其全体则本之宏博之学，入深湛之思。取材备而发皆应节，若函冶之刓犀，动中彀会，恢恢乎游作者之域矣。公盖性尚玄泊，简薄世好而恬于仕进,通籍以来数引疾,家卧敛神,用以一意著述。晚解藩政归,杜门扫轨,游神竹素。里邑后进赍所业以就正公者,公提衡其间,披衷导窾,片言解颐,奉以指南,一时怀铅之士、抠趋景从者视为龙门,信作者之端表也。"冯时可亦云:"先生不事豪举,落落穆穆,动止造次矩于儒者。其为文章本之经术,发之天倪。当其思致所放,驱驾百代,睥睨四宇,飙举海溢,不可追蹑障捍,而才约于砺范,气敛于体裁,规日表月,盘玑握璧,未始尺逾而寸戾也。其感慨时俗则若与燕赵男子相悲歌,其论说理道则若与齐鲁诸生相揖让,至其抵掌经纶则凿凿乎切当世之故,而又若下上董、贾也。所谓表圣轨、经人代,先生有焉……论者谓先生碑志仿班、范,记序法韩、欧,古诗宗汉、魏,近体本王、孟,然皆得其神髓而非窃其糠秕,能为古人语而不为古人语者也,历下诸子知无能以雕虫沾沾地下矣。"

《二莫诗集·中江集》一卷

明隆庆间俞宪辑《盛明百家诗》本。俞氏《盛明百家诗·后编》录莫如忠诗四十首,名《中江集》,与其子莫云卿《少江集》合为一卷本《二莫诗集》,《少江集》诗三十二首,总录二莫各体诗七十二首。前有隆庆戊辰(1568)春仲俞宪题识:"云间故有二陆,予齐年中江莫子良氏,桥梓辉映,可称双璧。予为刻《二莫集》,集出是龙、云卿手,盖善承子良意者。子良名如忠,戊戌举进士,官礼部,以提学宪副谢病家居。岁久复起,今为浙江左辖。云卿号少江,今为诸生。"

茅坤论莫氏诗文云:"弘治、正德间,何、李出而诗声大振。嘉靖来,徐、薛、高、唐及近日历城以下,诜诜向风矣。然抑特大历以还歌咏之响所及耳,其于文章之旨,即如王文成《论学》诸书谓'千年来周程左袒,而它所著述,于古作之旨半合半不合,非不能也,日不暇给也'。予窃谓兹文由汉以来,殆三厄矣,然天之未丧斯文,当必有继起者。而予同年莫方伯中江先生,今海内名流也。少尝师事唐武进公,故一切宦游所向,并以经术饰吏治,出处进退,崒然不失尺与寸。其所发之为诗歌文章之什,并本之仁心质行,而机杼独出。予伏读之,不敢遽谓炳然六籍之旨同风,而要之并本其心之所至,于以触而成声,氤氲蒸郁而为文,譬则名山邃谷,其间虬龙虎豹之中藏者不可尽睹,而苍然之色,渊然之光,则又令人望之弥深,炙之弥近,而非□□所能及者。古人不云乎:'仁义之人,其言霭如。'较世之雕琢句字,剪截尺幅,摽市人而攫之金,相去抑亦远矣。百世之下览之者,无论其知与否,而其冠冕佩玉,当令鄙夫宽,薄夫敦,而懦夫且有立志者。余知公深,亦知公为诗文相与酝酿而折衷处,故特按六籍以来废兴之旨为功令,于以推公之赤帜所持,而弁之首。"

钱谦益谓莫如忠:"善草书,为诗尤工近体。"(《列朝诗集》丁集卷三"莫布政如忠")《总目》云:"(如忠)诗颇具唐音,五言近体尤多佳句。文则应俗之作居多,惟题跋十余则,颇为雅令。按如忠精于赏鉴,流传墨迹题识最多,此所收犹未尽也。"(《总目》卷一百七十七)清黄宗羲谓莫如忠:"《崇兰馆》文有家数,固是名家。"(《明文授读》卷二十一)

陆树声《陆文定公集》

陆树声(1509—1605)字与吉,号平泉,自号适园主人,松江府青浦人。嘉靖十九年(1540)举人,明年成进士,选庶吉士,授编修。历南京太常卿、翰林院祭酒、吏部右侍郎。神庙嗣位,即家拜礼部尚书。树声端介恬雅,翛然物表,难进易退。通籍六十馀年,居官未及一纪。徐阶、高拱、张居正先后秉阁,于树声礼遇有加,皆不附,亦见其操守。卒年九十有七,赠太子太保,谥文定。

树声著述繁复，诗文集有《陆文定公集》二十六卷，诗文集外皆辑入《陆学士杂著十种》，另《娄志》载有《平台集》。生平见于慎行《陆公树声墓志铭》（《榖城山馆文集》卷二十二）、过庭训《陆树声》（《本朝分省人物考》卷二十六）、何三畏《陆文定平泉公传》（《云间志略》卷十三）、冯时可《陆文定公平泉先生传》（《冯元成选集》卷六）、陈继儒《陆文定公传》（《陈眉公集》卷十三）、邹元标《陆公传》（《邹子愿学集》卷六）、何乔远《名山藏》卷八十一、张廷玉等《明史》卷二百一十六、（乾隆）《青浦县志》卷二十七。

《陆文定公集》二十六卷，明万历四十四年（1616）华亭陆彦章刻本，南京图书馆、台北图书馆、香港中文大学等藏。今《明别集丛刊》第二辑第88册内《陆文定公集》二十六卷即据明万历刻本影印。半页九行，行十九字。黑格白口，四周单边，单鱼尾。卷首有徐三重《陆文定公全集叙》。序之版心镌"云间孙讷刻"，正文版心有朱周山、吴、马凌云等刻工姓名。台北图书馆藏本有"管理中央庚/款董事会保/存文献之章"朱长方印。香港中文大学藏本卷十六至二十四配明万历刻《陆学士杂著》本，卷十七至二十四配本版心下题"马凌云刻"。卷二、三收诸体诗一百七十馀首，馀二十四卷为文。

集在陆树声卒后由其子刊刻行世。卷末陆彦章跋语曰："彦章生也晚，于先公壮岁著述十未睹其二三，方俯首帖括时，无暇它问。迨乞养归，复以少年佚游，不遑留心搜辑。奉讳之后，间从遗笥获诸存稿，及遍访亲交，而散落甚多。中间遭延检括者踰十年所，迄不能尽备，不孝放失之罪通于天矣。谨茹痛忍死，荟萃其见在者成集，其杂著十种，原系先公手哀嘱梓，续录二则，晚岁垂欲梓而未就者，咸帙于后，不敢混铨卷次，以泅先志。若一二代草者悉削不录，惧失实也。倘登刻所遗，别有传视，未死之身，尚期陆续入编刻成，伏识罪状于末。万历丙辰菊月朔日不肖男彦章泣血百拜谨述。侄孙男景皋，孙男景元、景隆、景象、景行百拜敬阅。"

徐三重论陆氏云："文定公平泉陆先生，于本朝名公以学术推，而实能躬行无愧，幽独尤鲜为俪。朝端风节，顽儒改色，不啻杨公权之格人；而乡曲醇行，孚浃贤愚童叟，若司马文正之在洛。盖海内望为灵星大岳，而声实在士大夫无异口。诸表表懿状，业已昭赫王言国策，胪载丰石名篆，恶容复赘……先生粹禀天笃，冥会道要，总阴阳之枢，顺消息之运。审义以决行藏，而不存矫世之迹；执冲以平物我，而不著适俗之情。才有不必用，不以浮骋；名有不足收，不以小得。总之道所当尔，先生居之若夷；道所不载，先生远之若拙。履其至坦，执其至要；知峪知阻，顺化而不累；揭易简之义，参合人事，如入左符者，非先生其谁。重自甫口食，习闻先生于父老，已得望见，窃谓立身型范在是。及病归里，岁时谒先生，先生身庄而气和，言约而旨远，动止语嘿，罔不谐律，度愚无能，遂叩先生底藏而察诸神息，知内境澄敛，守静检动，密有真宰，始信先生学术固自有本，而顺动应符，良繇神明，别具化工也。先生以文章登上第，列词林，典司作述，而嗛近代夸技者自标门户，卒以崄薄浮靡，离本乱义，致伤彝化雅，欲追复先进，一归浑厚醇庞，故命意篇章往往寄慨，而所自撰构类皆春容凝重，体质崇雅，直与先朝名辈共表玄风。闲居静所又喜书义理，所自得与微语嘉事可备观省者，日累成帙，则锓木遍示后生，以寓提诲。"

陆树声尝论有明一代文坛曰："国初当景运肇开，风会庞穆，一时宗工名巨气应而出，操制作以藻饰鸿谟者，率皆庄雅浑厚。成弘以降，道化熙洽，士向于文。时则北郡、信阳诸君子出而讨论秦汉，扬挖风雅，执牛耳以凌厉词坛，宇内谭艺士率向往之，联镰蹑轨，缤纷嗣起，握铅椠而守荃筏者，人自以为宗秦汉而尚风雅矣。然苍素混质，繁音乱雅，虽得者什一，而揣摩攫攘，剿袭其近似者以为名，往往炫色泽而乏神理，茹郛粕而遗精酱，即自诡作者，以程古始无当也。尝扼腕而质之公（莫如忠——著者注），公默而然余言。"（陆树声《中江先生全集序》，见《陆文定公集》卷十一）

徐陟《来嘉堂集》

徐陟（1513—1570）字子明①，初号望湖，又号达斋，晚号觉庵，松江府青浦人。嘉靖二十二年（1543）举于乡，二十六年成进士，补兵部武选司主事，寻署本司员外郎。三十二年升驾部郎中，改尚宝司司丞。三十四年升少卿，寻改光禄，改太仆，转太常。三十六年升南太仆，寻改光禄。四十四年擢南工部右侍郎，四十五年改南刑部右侍郎。以疾归，寻卒。著有《来嘉堂集》十九卷。徐暇搜集简便方剂，由太医院医官赵文育整理成《新验简便方》一书。生平见莫如忠《徐公暨配淑人宋氏合葬墓志铭》（《崇兰馆集》卷十九）、何三畏《徐司寇觉庵公传》（《云间志略》卷十五）、张廷玉等《明史》卷二百一十三。

《来嘉堂集》十九卷，明抄本，上海图书馆藏。无序无跋，版心位置书"来嘉堂集"，于卷一、卷四及卷九至十九正文后均有"司寇集卷几"字样，可知《来嘉堂集》又名《司寇集》。每卷正文题名后镌"云间徐陟子明甫著，男球梓、琳、琰、玶校"。前三卷

---

① 莫如忠撰《徐公暨配淑人宋氏合葬墓志铭》载："（宋氏卒）癸丑七月十六日也。公时甫强岁，竟不载娶，盖还葬淑人十有八年而公逝云。公生正德癸酉（1513）五月六日，卒年五十有八。"另徐陟《行乐图》（《来嘉堂卷》十一）载："此补作于嘉靖四十年辛酉闰五月……时年予年四十九。"又："此作余为南京大理卿时莅事临民之容也……时嘉靖四十一年壬戌仲冬十五日，予年五十。"可知徐陟生于明正德八年（1513）五月六日，卒于隆庆四年（1570）。

收古诗二十六首，卷四至八收绝句、律诗等近体诗二百九十八首，卷九至十九收表、序、记、说、跋、书、祭文、墓志铭、墓表、行状、对联等各体文。《下第自策》诗自言"读书已出三旬外"。

莫如忠所撰《墓志铭》谓徐陟："雅负直谅，意忤辄发，不能毁方猥随俗之好恶。人有过，面叱不阿，然中无滞留；至善有可称，欣赏特甚。性尚俭素，既为大吏，缊袍傅体，攻苦食淡，至仗义施舍，则怛无吝容。平居未尝关节公府，而见谓一方利弊及时政所以失得，则抗言当道而不辞。"

周思兼《周叔夜先生集》《周莱峰稿》

周思兼（1519—1565）字叔夜，号莱峰，松江府青浦三十六保人。少为诸生，才气横溢。嘉靖二十二年（1543）举人，二十六年成进士，除平度知州，三十年擢工部员外郎，督赋清源。三十二年进郎中，三十三年出为湖广按察佥事。丁内外艰，居家七年。四十四年（1565）起补浙江佥事，旋转广西副使，命至，已卒七日矣。年四十七，门人私谥贞靖先生。叔夜以循吏称，然亦不废诗文。著述有《周叔夜先生集》十一卷、《紫霞轩藏稿》四卷、《学道记言》五卷补遗一卷附录一卷。又明末陈氏石云居刊本《国朝大家制义》收其《周来峰稿》一卷。生平见沈恺《周公墓志铭》（《环溪集》卷二十四）、王世懋《贞靖周先生传》（《王奉常集》卷十五）、王兆云《周思兼》（《皇明词林人物考》卷九）、何三畏《周学宪莱峰公传》（《云间志略》卷十六）、张廷玉等《明史》卷二百零八、《（万历）青浦县志》卷五。

《周叔夜先生集》十一卷

明万历十年（1582）冯大受刻本，国家图书馆、上海图书馆、浙江大学、华东师大、台北图书馆等藏。《总目》云："思兼以循吏著，然史称其少有文名，是集为王世贞所删定。文颇学三苏，诗则七子之流派也。"(《总目》卷一百七十七) 今《存目丛书》集部第114册、《明别集丛刊》第三辑第9册内《周叔夜先生集》十一卷即据明万历刻本影印。板框18.8×12.6厘米。半页九行，行十七字。黑格白口，左右双边，单鱼尾。版心鱼尾下题"周叔夜集卷几"。按是集乃其子绍元、邵节辑，王世贞所删定，徐益孙、冯大受校刊。卷首有友人琅琊王世贞撰《周叔夜先生集序》，题"万历壬午季春日"；继有《贞靖先生小像》及自赞，自赞曰："人孰不瘦，汝瘦最耶。人孰不老，汝老速耶。戚然有忧，汝忧至耶。渺然有思，汝思妄耶。呜呼，目虽明，不见其形，汝何人斯，吾之鉴耶。"卷末有叔夜子周绍元所作跋语，题"万历壬午孟夏之吉不肖孤绍元百拜谨撰"；《周叔夜先生集后叙》，题"万历壬午维夏乡后进冯大受撰"；《书周先生集后》，题"万历壬午孟夏日门人朱大章撰"；《书周叔夜先生集后》，题"后学方应选识"。正文题名下镌"华亭周思兼叔夜著，友人王世贞元美选，后学徐益孙孟孺、冯大受咸甫校"。诗歌按体编排，集内部分诗歌有圈点。内诗四卷，总收赋一首、古近体诗三百六十六首；文七卷，总收各体文一百二十九篇、杂说三十五则。诗文均注明出处，如卷一《中流砥柱赋》前注"清源稿"，乐府二首分别注"家食稿""胶东稿"，五言古诗内《家食稿》收诗三首，《清源稿》收诗二首，《潞河稿》收诗一首，《湘中稿》收诗十一首，《山居稿》收诗二十四首。卷二内五言律诗又有《燕中稿》。再如卷八，内《胶东稿》碑文一篇、传记一篇、祭文一篇，《山居稿》墓表一篇、行状一篇、祭文八篇，《清源稿》传记四篇，《潞河稿》祭文一篇。以此知《周叔夜先生集》乃以前各集之结集。

周氏子绍元跋曰："先君生平撰著，乃今不泯矣。稿逸而全，全而梓，显晦后先，造物者司其柄乎。甲子秋，先君绝笔□年也。亡何，稿混冗籍纳敝笥之腹，哀疚少间，搜囊阅架，靡不征求，顾笥覆积尘置弗省也,惋惜者几二十稔。室隅密迩,非汲冢禹穴之藏,何相遇之艰哉。辛巳春,偶觅《金刚经》,发笥探之,逸稿出焉,墨楮犖然,蠹蠹若辟,良可怪。夫霄衢之士,慨慷好义者,闻之走一笺,鼓义声于公卿之间,公卿动颜色,欣然乐施予。不数越月,梓人竣工,一旦流传海内,增辉艺苑,又何疾也。小子跃然喜,嘿然思,见造物之深衷焉。方遗孤之嫒嫒也,藉令手一编读之,未能格句,惧或散缺,暗然秘藏,慎之也。犬马之齿长,稍稍通经术,解订讹而辑录,黾勉自树,幸不获□于评旦,乃令居然入握,表章清议,预为之地矣。允哉,造物者珍□□□厥后先也。"

王世贞叙周氏云:"余壮好从客豪饮,叔夜独不饮,而性善病骨立,所乘赢马亦骨立,三日一趣省,瘦影陵竞。日中而与之语,时时及节侠,则毅然有三军不可夺之色。间从袖出所作小词若诗,以《黄庭》结法书之,或弄笔散草,咸妩媚萧疏,令人自亲。余尝戏之以贤者不可测如此哉。而叔夜出守平度州,人谓叔夜病不任守。寻病良已,益自励冰蘗,东方诸侯,翕然以龚渤海、王胶东不啻过也……叔夜以治行为天下最,迁工部员外郎,督清源,陶其署治,素号沃饶易染,而叔夜持之益洁,顾其贫与病益甚。会余以使事过之,得稍稍读其所著书,而自是别去,终叔夜身不相值。夫叔夜与余后先忧居,仅衣带水地,余尝投以不腆之札一,而得叔夜报札亦一。当是时,余困飻,意不能无望叔夜。自今观之,叔夜方蝉蜕污浊,独立霄表,而余卷蛤蜊而食之,谁能若士我耶?叔夜不我弃,我何以得当?且其时县官急叔夜材,为田间起拜二官,投之以文秉,而叔夜犹豫不及应以死,乃余之落魄自放,晚而见收,再强为大吏,竟不效而老于人齿颊间。叔夜不死,其尚以余非夫哉?叔夜后十馀年,余识其子绍元、绍节,因获尽读其所著书,凡诗四卷、文七卷。其文吾不知所衷,大较有三变焉。家食以还,出入眉山父子，气溢而材横，飙驰电击，使人不能正视。东秦清源忽敛而抚左史，叶玉缕虫，与造物争巧楚。及归田，舒而孟坚，又舒而昌黎，固不必尽孟坚、昌黎，然悠乎其味也，森乎其馥也。诗不必尽盛唐，以错得之，泖泖乎岑、李遗响哉！"

冯大受论其师人与文曰："莱峰先生，不乐荣进，恬淡人也。已而有谭先生之为州牧、为部使者状，则又知先生治行；已而睹先生一二著作，则又知先生文学，恨无鬶一发其牍，究先生之蕴。蔡山人幼君故善先生子，一日挟先生之遗稿来，不佞得纵观焉。其气和而畅，其才秀而宏，其拟议靡不似其所称说，无诡于正道，卓然空群之足、希有之鸟也。假令与金昌诸君子挈短而较长，迪公庶几少让，宁非文待诏、王太学之雁行耶？"清末陈田谓："叔夜文笔矫健，诗乃平衍，亦才有短长耳。"（《明诗纪事》己签卷九）

《周莱峰稿》一卷

明末陈氏石云居刻本，亦称《国朝大家制义》四十二卷本，清乾隆三年文盛堂怀德堂刻。半页九行，行二十六字，小字单行。白口，四周单边。有固城陈名夏《周莱峰先生制义序》，曰："学者睹记制义、八股之法，而忽有莱峰数辈之文，岂不错愕可怪乎？夏虫笃于时，曲士拘于墟，其所习者非所见，而所见者非所习，夫安得不错愕可怪之甚也？然余以此信莱峰之文必传。"由序可知，集为制义之文。

莫云卿 《石秀斋集》《小雅堂集》《莫廷韩遗稿》《小雅堂诗稿》《莫少江集》

莫云卿（1537—1587）名是龙，字云卿，以字行，更字廷韩，号后朋，更号秋水，松江府青浦人，布政使莫如忠之子。少即能文，曾与同郡顾斗英（字仲韩）齐名，称"云间二韩"。屡试不第，以贡生终。万历六年（1578）卒，寿五十一。云卿工诗词，善书画，名动江南，皇甫汸、王世贞极称之。著述存《莫廷韩遗稿》十六卷、《石秀斋集》十卷、《小雅堂集》八卷、稿本《小雅堂诗稿》不分卷。生平见张敬所《莫延韩小传》（《石秀斋集》卷首）、何三畏《莫廷韩传》（《重刻何士抑漱六斋全集》卷二十三）、王兆云《皇明词林人物考》卷十一、钱谦益《莫廷韩小传》（《石秀斋集》卷首）、张廷玉等《明史》卷二百八十八、《（乾隆）青浦县志》卷二十八。

《石秀斋集》十卷

明万历三十二年（1604）潘焕宸刻本，南京图书馆、台北图书馆藏。左右双栏，版心白口，上黑单鱼尾。半页九行，行十九字。版心上部注题名、下部镌刻工名。版框 19.6×13.5 厘米。卷首有万历甲辰（1604）潘焕宸《刻石秀斋集引》、张所敬《莫廷韩先生小传》。《总目》著录，云："是龙书、画皆有名，而为诗不屑深思。"（《总目》卷一百八十）题名下镌"华亭莫云卿廷韩父著"。卷一收赋十首，卷二收操二首、乐府二十五首，卷三收五言古诗四十九首，卷四收七言古诗三十七首，卷五收五言律诗一百五十四首，卷六收五言律诗二百六首，卷七收五言排律八首，卷八收七言律诗一百七十首，卷九收七言律诗一百五十首，卷十收五言绝句七十七首、六言绝句三首、七言绝句二百四十六首。台北图书馆藏本钤印如下："吴兴刘氏/嘉业堂/藏书印"朱长方印、"瑞/轩"朱方印、"铜井寄庐"朱长方印、"国立中/央书/馆考藏"朱方印、"独山/莫棠"朱方印、"楚生/第三"朱方印、"独山莫/氏藏书"朱长方印。

集由莫氏外孙潘焕宸辑刻，其《刻石秀斋集引》云："《石秀斋集》者，不佞宸外大父廷韩先生所作也。先生幼禀异资，绍修家学，窥奇编于二酉，掞绮藻于七步。名倾京国，价重洛阳，一时领袖风雅若王司寇、汪司马并引与忘年，推为雄长，而才长数短，未登金马，遽赋玉楼，海内惜焉。先生长子实宸母氏，夙娴壸训，雅嗜诗书。当先生易箦之夕，仅获笥稿一帙以归，行将授梓，用垂不朽，而母也无禄，溘先朝露。不肖爰承未竟之志，付之剞劂，匪敢附骥，聊展悠思云尔。若夫品骘详核，自有一代玄晏；遗编欣赏，当属千载子云。不佞宸曷赘一辞。其先事校雠则先生之同社吾师长舆氏，读其所为小传，可考镜也。万历甲辰六月既望外孙潘焕宸明廷谨识。"

另有清康熙五十五年（1716）刻《云间二韩诗》本，内《石秀斋集》十卷，国家图书馆、上海图书馆等藏。《存目丛书》集部第188册内《石秀斋集》据国家图书馆藏《云间二韩诗》本影印。曹炳曾辑，曹一士、曹培廉校。半页十一行，行二十一字。白口单鱼尾，四周单边。卷首有钱谦益所作小传，继有张所敬作《莫廷韩先生小传》。钱传称莫是龙"十岁善属文，以诸生久次，贡入国学。廷韩有才情，风姿玉立，少谒王道思于闽，道思赠诗云：'风流绝世美何如，一片瑶枝出树初。画舫夜吟令客驻，练裙昼卧有人书。'其风致可想也。廷韩尤妙于书法，常作《送春赋》，手自缮写，词翰清丽，皇甫子循、王元美皆激赏之。廷韩及张仲立皆翩翩佳公子，青溪社中之白眉也"。另有《石秀斋集》不分卷，清初抄本，藏南京图书馆、复旦大学图书馆。收其赋十、操二、拟乐府二十四、古近体诗一千一百馀首。

《小雅堂集》八卷

明崇祯五年（1632）莫后昌、莫远家塾刻本，国家图书馆藏。半页八行，行十九字。左右双边，版心白口，单鱼尾。卷首有冯梦祯《莫廷韩集序》，继有董其昌、陈继儒《莫廷韩集选序》，冯时可《廷韩先生集序》，崇祯癸酉（1633）中秋陈子龙《莫廷韩先生小雅堂集选序》及壬申夏仲莫远序。卷末有壬申（1632）夏日其侄莫后昌跋语。正文题名"小雅堂集",题名后镌"云间莫云卿廷韩著,侄男后昌君全手辑,远莫生谨校"。卷一收赋五首、乐府十二首,卷二收五、七言古诗四十三首,卷三收五言律诗百二十一首,卷四收七言律诗九十七首,卷五收绝句九十一首,卷六收词六首、记二首、传一首、叙七首,卷七为书,卷八为题跋、笔塵、赞、铭。

集名"小雅堂集"乃莫氏后人所取,盖因莫是龙有书屋曰"小雅堂"。莫后昌跋云:"先王父方伯中江公以表章性学,岳立嘉隆间,而以其馀绪为诗古文词若书法,有《崇兰馆集》行世。先伯父廷韩公于才无所不底,于艺无所不精,能坛坫屈天下士,而遇不酬志,殁而遗稿散轶,寥寥数卷,众体略备。先君振庵公拟衷而梓之,用垂不朽,会以公车薄宦,辀楫怔营,未竟厥志。庚申岁,不肖昌乃得集先王父父子法书,勒成《崇兰馆帖》十册,价重矾卿而遗集阒然,识者咸存干莫未合之悼。又一纪,昌方与妹倩章玉叔辑校成编,而家弟远自燕南驰,乃共谋雠阅,畀之剞劂,爰成先志。昔黄鲁直刻杜集于蜀中,颜其堂曰'大雅',而先伯父顾有小雅堂,今即以名集,海内名流必有玄赏出风尘之外者。兹集因昔人裒采,芜滥不靳,严汰而精核之,故仅存尔尔。虽吉光片羽,亦庶乎无长吉友人之憾耳。忆先伯殁时,遗孤后胤才四龄,育于姊氏潘孺人家,寄迹海上,勉自成立,荧栖课子。子秉清聪慧能文,循循雅饬,尤喜学法书,克承弓冶。异日者广搜遗文以补集之阙略,此其责是在我闻孙云。"陈继儒亦于叙中称:"公当时片纸只字,珍若南金,半为识者零星购去,赖公之弟廷对多方搜采,属其子君全藏之。君全克遵遗命,令刻行于家塾。"

董其昌赞莫是龙诗、书、画乃东南三绝:"莫方伯中江先生与长君廷韩作述竞美,后先颉颃,修汲古之绠,驰超乘之驾,《崇兰》已播,《小雅》继作。虽嘉隆诸子凌厉一时,海内名流洄沿景赴,独廷韩富有天才,自开堂奥,国工大匠,莫不延想风华,赏其高韵。故张中丞肖甫、汪司马伯玉皆推置盟坛，称雄共霸，吾党亦以声气互相谐合，斐然彬蔚，如何元朗、徐伯臣、张玄超、朱邦宪及吾家子元数辈，左囊右鞬，意制各别，余亦托响嘤鸣，谬希同调。廷韩则和雅加以气骨，浩瀚出之雄深，意象音节几掩江左，操觚之士雅慕宏通，祖其诗律。至书法庭摩，世臻墨妙；画格超诣，居然大家。虽片楮寸缣，流传宝爱，而篇什漫轶，未即藏之名山。繇廷韩裁思敏异，淋漓挥洒，凡赠笺题扇，书壁摹崖，往往酒酣命笔，懒存命草，制作不多，而体能兼备，略以尽其变矣。余谓廷韩三绝乃兼矣。"

《莫廷韩遗稿》十六卷

明末沈氏梅居刻本，陈继儒校，北京大学图书馆、日本内阁文库藏。台北汉学研究中心、傅斯年图书馆藏《莫廷韩遗稿》十六卷即据内阁文库藏本影印。白口，无鱼尾。半页八行，行二十字。卷首有袁之熊撰《叙莫廷韩遗稿》、壬寅春日陈继儒书《刻莫廷韩遗稿题词》，继有唐之屏题词。为诗文合集。卷一收赋十首，陈继儒校；卷二收古诗五十五首，徐琳校；卷三收七古三十八首，曹沆校；卷四收五律三百三十首，吴汝孝校；卷五收排律十一首，璩之璞校；卷六联句，徐琳校；卷七收七言近体二百五十二首，曹沆校；卷八收五绝六十二首、六言诗四首，卷九收七绝一百五十三首，徐咏及徐尔遂同校；卷十收词二十一首，徐元诰校；卷十一收记、撰、序、墓铭、疏文，陈彦章校；卷十二、十三收书简，曹蕃校；卷十四收题跋，莫是彦校；卷十五收笔麈，卷十六收赞铭，张朗校。

袁之熊《叙莫廷韩遗稿》叙集之刊刻甚详："廷韩溘先朝露，垂且廿年，遗稿散佚人间，不能什一，独章我顾氏手录居多，益以沈生及之广为搜采，即残编落简，只语单言，籍置篼中，不胜珍重。购求有日，几案徐盈，甫就杀青，遽谋登梓，因募资好事，久未讫工，而复损橐装，收功九仞，校雠且苦，剖劂为劳，庶几不失乌焉，无讹鱼豕，皆沈生力也。世岂少鸡林贾人出为廷韩赏音，窃自附于不朽盛世乎？人亦有言，屈、宋而下无赋，左、史而下无文，李、杜而下无诗，将韩、白而下无真将军矣。第三年六月之师行仁义既效，而泓之役特假仁义而失之，又恶可无节制也？藉今为白战张空拳，详于皮毛，略于神髓，且安用以律而市人，顾无不可敌乎。呜呼！作者诚希，知者匪易，患无玄草，尤患无侯巴。廷韩集成，又恶用禄位容貌为也？若乃谬加月旦，妄嘱雌黄，即廷韩宁无揶揄不知兵而余亦且听然于舌战矣！"

壬寅（1602）春陈继儒《刻莫廷韩遗稿题词》云："莫廷韩昔作文豪，今为才鬼，有遗稿久藏人间，若不收拾付梓，便成太山无字碑矣。吾友沈及之哀其残篇短楮，使精简可传。若得士大夫少辅刻赀，不至散为酒鸥粉蠹，是以后死复生廷韩也。"唐之屏亦曰："廷韩夙成捷悟，才名大噪一时，其诗往往以问松刻烛得之，不屑为沈深之思，未知于崇兰衣钵何如，乃先辈名家皆为折下。在琅邪、太函、铜陵诸公，遇之无不心仪而目慑，谓非东海之灵而峰泖之秀不可也。至今遗言泯泯，无昌黎之倩而有长吉之友，惜哉。沈生及之偶获其碎金，便欲付枣，盖意在阐幽，而向慕文士，沾沾可赏。语云：'凤靡鸾吪，百鸟瘗之。'兹集固凤鸾一羽，吾党忍其零落？又廷韩昆季鼎盛，其为补亡，其为相梓，当成胜举，备郡中述作故事。"

《小雅堂诗稿》不分卷

稿本，国家图书馆藏，一册。无序无跋，无栏无格。半页十行，行二十字。今《明代诗文集珍本丛刊》第 185 册内《小雅堂诗稿》不分卷即据国家图书馆藏稿本影印。收诗四十首。集后有"莫氏廷韩"白方印、"云卿"白方印、"王氏二十八宿研/斋秘籍之印"朱长方印。正文后有姚际恒跋语，曰："予尝评云卿书如美人，此诗稿不衫不履，又似逸士才人，真不知其所至也。乙酉正月恒识，时值雪。"落款有"姚际恒印"朱文章。姚际恒（1647—约1715）字立方，号首源，歙县人，寄居仁和（今杭州）。清初学者，有《九经通论》《好古堂书目》等。据落款知此跋作于康熙四十四年（1705）正月。

《莫少江集》一卷

明隆庆间俞宪辑《盛明百家诗》本。内中《少江集》一卷，录诗三十二首；又录其父如忠诗四十首，将二者合为《二莫诗集》一卷，前已著录。

何三畏《漱六斋集》云："廷韩于诗宗唐，语语烟霞；于书法无所不窥，而独宗羲、献，宗米，小楷宗钟繇；于画宗黄大痴，极意仿摹，不轻落笔，点染成幅，人争购置。"朱彝尊谓其"诗篇、书法皆不见出群，五律稍胜"（《明诗综》卷六十七）。清末陈田《明诗纪事》庚签卷七上录其诗六首，按语云："（廷韩）诗长于五言，而七言散漫无神采，亦才有偏胜也。"

陈继儒称莫氏有"豪士"之美誉："（云卿）十岁善属文，十四补郡诸生。工古文词诗歌，精研于书画，学使者不次贡于廷，廷试第一人。时宰欲以文待诏例待之，谢弗应。王弇州兄弟及吾乡先达皆屈行与之游，曰才子才子。适张肖甫开府浙中，司马汪伯玉来萃，戚少保为东道主，宴集远近名士，时胡元瑞语次不伦，公目如乳虎，斥诧如数百丈裂帛声，左右皆辟易，莫敢衡视，戚少保夜遁，伯玉、肖甫亦为之气夺，于是廷韩豪声震海内。平日不恒出，出则市上人皆为起立，或遇荐绅家阍者稍啜嚅，主人不吐哺迎上客，辄拂袖行矣。公名高，屡试不遇，然持论慷慨，有石曼卿、苏子美之风。喜奖借寒畯，而目无冠剑新贵人，志敵意得，握笔数千言立就，未尝篡点。奇抱伟略，富于诗文，翰墨啸歌，老骥腾神，科渡香象、戏海鸥，凡古来李、杜、钟、王、北苑、南宫之笔精墨妙，悉从磊磊落落、郁郁葱葱时发之。书家逊其轩举，画家逊其飞动，掌故家逊其辨博，赏鉴家逊其精核，任侠家逊其英爽。"

陈子龙赞莫士龙乃古之狂士，今之才子："先生天授奇朗，措赏旷拔，挟气简上，凌厉一时，上艺玄谈，皆超后彦。不羁则寄迹裘马，托意则游神羽带。王长公之意气，受其凭陵；戚将军之威名，为之避席。故其诗章高亮为体，藻蔚为辅，端丽轩举，濯然照世。嗟乎，可谓时之才人，古之狂士矣。夫风雅之兴，事繇缛采，雄心艳质，藉以相抒，是豪华之所宣风，非枯寒之所遁意也。邺下贵王，开元天子，动荡壮丽，风流渊逸，气化所被，歌咏为先，自古文人，斯焉二盛。故建安之章隐约而含秀，盛唐之作高激而近雄。盖其神图壮概，炼其内景，靡文秾饰，映其外辉，故能发为洪音，终无陋响。乃近之持论，泥于穷人，专趋朴野鄙俗者，号为自然纤细者，尚为幽适，衰飒清俭，渐于运会矣。廷韩先生生于明盛之时，见事广远，迹境高华，标兹英唱，亦其迈情简致相为发扬者也。读先生之诗，迹其为人，于今作者不无有盛衰之感云。"

陆应阳《东游草》《洛草》《帆前草》《江行稿》《白门稿》《武夷稿》《燕草》《笏溪稿》

陆应阳（1548—1634）字伯生[①]，松江府青浦人。少补县学，已而被斥，乃绝意仕进。学士黄洪宪及大学士许国、申时行皆折节

[①] 《武夷稿》前有陆应阳题识："余慕武夷九曲之胜五十馀年矣。是岁从剑浦别黄中丞而归，冒暑蹑屦登大王峰，醉咏幔亭之下，得诗若干首。窃自幸七十六老人而不倦，眺览有是，亦奇缘矣，遂以'武夷'名篇。时万历丁巳中元日也。"据题识可知，万历丁巳（1617）应阳年七十六，则陆氏生于明嘉靖戊申二十七年（1548）。另据《（光绪）青浦县志》卷十九人物三，知应阳卒年八十有六，则陆应阳卒于明崇祯七年甲戌（1634）。

交之。万历时修复孔宅，应阳之力居多。客游南北十馀年，足迹几半天下，所至历览名山大川，故其游稿凡二十三种，皆以抒其牢骚拂郁之气。卒年八十有六。有《筼溪草堂集》《鸣雁集》《采薇集》《陆萍集》《香林集》《桃源集》《河上集》《荆门集》《五茸集》《问雪集》《怀旧集》《洛草集》《燕游集》《越游集》等十数种，另有《广舆记》二十四卷（明末清初刻本）、《樵史》（张应时刻《书三味楼丛书》本）、《太平山房诗选》《唐诗选》《明诗妙选》（明万历三十九年刻本）。生平见《（光绪）青浦县志》卷十九人物三。

《东游草》一卷、《洛草》三卷、《帆前草》一卷、《江行稿》一卷、《白门稿》一卷、《武夷稿》一卷、《燕草》一卷、《筼溪稿》一卷，明万历刻本，《东游草》《洛草》藏国家图书馆，《帆前草》藏中科院图书馆，馀藏上海图书馆。今《明代诗文集珍本丛刊》第185册内《东游草》一卷即据国家图书馆藏本影印。板框20.8×12.9厘米。半页八行，行十八字。黑格白口，四周单边，单鱼尾。正文题名后注"云间陆应阳伯生著，会稽季大观宾王校"。收诗一百十五首，《游南湖记》一篇。卷首有明万历乙巳（1605）秋陆应阳自序。应阳乃一介布衣，其于彼时"游大人以成名"之风颇为不满，对布衣诗人常受"白眼"之辱亦忿忿不平。序曰："夫骚人词客载笔游览，所至名山胜地，藉以标题生色，非不朽盛事哉？顷者，风雅日亡，布衣道丧，间有一二辈奔走干谒，意在游大人以成名规利，往往投贵交白眼，甚则形之文字间，丑诋布衣之士。噫，良可悲矣。余故年来，禁足不敢出。是岁，伯东、履常并参知江右，并于不佞笃布衣兄弟而并以匡家五老见招，遂贾勇西征，盘桓豫章者数月，颇畅烟霞云壑之兴，得诗若干，杀青以报两君子。若曰名山胜地藉之生色，则吾岂敢。"

《洛草》三卷（国图藏本缺卷三），无序无跋。集由"秀水许恂如恭伯、黄卯锡茂仲校"。卷一收赋一首、诗八十首，卷二收诗五十五首、记一篇、赋一首。

《江行稿》正文题名后镌"陆应阳伯生著,永春李开芳伯东、秀水黄承玄履常选",收诗一百二十六首、文一篇。《白门稿》一卷,无序,收诗一百一十八首。《武夷稿》乃万历丁巳年(1617)陆氏游武夷山时所为诗,收诗一百十七首。《燕草》一卷,题名后注"云间陆应阳伯生著,广陵邹德溥汝光、南海区大相用孺选",收诗六十五首。《笏溪稿》一卷,收诗一百二十一首。陆应阳《武夷稿》卷首题识云:"余慕武夷九曲之胜五十馀年矣。是岁从剑浦别黄中丞而归,冒暑蹑屐登大王峰,醉咏幔亭之下,得诗若干首。窃自幸七十六老人而不倦,眺览有是,亦奇缘矣,遂以武夷名篇。时万历丁巳中元日也,陆应阳识。"

陆应阳虽一介布衣,然至老不辍进取,其《笏溪稿·有感》诗云:"一卧高山调转孤,杜门谁复问潜夫。暮年烈士心犹在,击碎床头铁唾壶。"应阳诗宗大历,文宗曾、王。陈田评曰:"伯生为申吴门客,善书,亦自矜其诗。沈虎臣痛诋之,谓其无一致语。然诗亦时有可采。"(《明诗纪事》庚签卷二十九)

陈继儒 《陈眉公集》《晚香堂集》《白石樵真稿》《眉公诗钞》《晚香堂小品》《陈眉公先生全集》

陈继儒(1558—1639)字仲醇,号眉公、麋公、眉道人、空青公、清懒居士,松江府青浦人。少颖异,长为诸生,与董其昌齐名,王锡爵、王世贞皆雅重之。三上秋闱不举,年甫二十九即取儒生衣冠焚弃之,誓不再举。筑室佘山,杜门著述。平生多才艺,工诗文,精书画,精鼓琴,通词曲,短翰小词皆极风致。又博闻强记,经、史、子、集靡不涉猎。暇则与黄冠老衲穷峰泖之胜,足迹罕入城市。平居读书著述,刻书卖画,多与缙绅名士往来,又待人平易，于地方民瘼多所关心，至建言于政府，遂有"大隐"之名。年八十二卒。生平见陈梦莲《眉公府君年谱》（《陈眉公先生全集》卷首）、熊剑化《空青先生墓志铭》（《陈眉公先生全集》卷首）、洪澜《陈眉翁先生行迹识略》（《陈眉公先生全集》卷首）、邹漪《启祯野乘》卷十四、张廷玉等《明史》卷二百九十八、《（乾隆）青浦县志》卷二十八。

《陈眉公集》十七卷

明万历四十三年（1615）史兆斗刻本，国家图书馆、上海图书馆、南京图书馆、浙江图书馆、四川图书馆、北京大学及台北图书馆等藏。今《续修四库全书》第1380册、《明别集丛刊》第四辑第51册内《陈眉公集》十七卷均据史兆斗刻本影印。板框21.7×13.3厘米。半页九行，行二十字。黑格白口，左右双边，单鱼尾。版心鱼尾上镌题名，下镌卷数。卷首有万历乙卯秋八月陈继儒自序。内诗四卷文十三卷，卷一收赋一首、四言古诗二十九首，卷二收五言古诗十首、七言古诗二十三首，卷三收五言律诗二十六首、七言律诗五十三首，卷四收五言绝句五十三首、六言绝句十二首、七言绝句一百首，附词二十一首，卷五至十七收序、记、论、题词、跋、疏、尺牍、启、传、赞、铭、杂著、志铭、墓表、诔、行状、祭文等各体文。

其自序曰："大道实寂，奚取砰訇？礴礥元气，点缀鸿濛，非至人所为。然老氏灭迹销声，犹以五千言留世，其犹大块噫气，万籁自鸣，叫者、噪者、宎者、咬者、调调者、刁刁者，此其不得不鸣，天乌乎知？予自弱岁焚冠，筑婉娈草堂于二陆遗址，钓丝樵斧之外，借不律隅糜拈弄送日，闻牧唱渔歌，举而和之，响振水樾，自谓此乐与世之朝鹍弦、夕雁柱者固自有异。若夫诗则汉魏六朝三唐，文则先秦两汉，或离而合，或合而离，不敢与优孟以肖、寿陵较步，自有吾之诗、吾之文而已。顾平生不喜留草，随作随逸。一日友人史辰伯氏自吴闽来,手捧一函,揖谓予曰:'此陈先生诗若文也,将事梨枣,唯先生辑而授我。'予笑谓:'辰伯为我杀青,不若为子浮白。身与名孰亲,老氏能言之。予唯潜神塞充之馀,与渔歌牧唱答和娱老,愿且毕矣。使以区区敝帚博身后名,宁取以覆酒瓮。'辰伯俯不答,肱箧掉臂而去。"

《晚香堂集》十卷

明崇祯刻本,北京大学图书馆藏。《禁毁书目》著录,今《四库禁毁书丛刊》集部第66册内《晚香堂集》十卷据明崇祯本影印。半页九行,行二十一字。无序无跋。无格白口,左右双边,单鱼尾。版心鱼尾上镌题名,下镌卷数。正文题名后镌"华亭陈继儒眉公著"。卷一至三收序六十五篇,卷四、五收记十九篇,卷六、七收寿言二十八篇,卷九收传十二篇,卷十收题跋十五篇。

《白石樵真稿》二十八卷附一卷

明崇祯间刻本,北京大学图书馆藏。《禁毁书目》著录,今《四库全书禁毁丛书》第66册内《白石樵真稿》二十八卷附一卷据北京大学藏本影印。半页九行,行二十一字。无格白口,左右双边,单鱼尾。卷首有丙子暮春禊日董其昌叙、崇祯丙子秋仲章台鼎叙。卷一、二序,卷三至五记,卷六、七寿言,卷八祭文,卷九传,卷十论,卷十一策,卷十二议,卷十三读书十六观,卷十四墓志铭,卷十五赞、铭,卷十六题画,卷十七跋、帖,卷十八题诗文、题记传,卷十九题像、题词曲、题壁、杂题,卷二十疏文,卷二十一杂书,卷二十二偶然杂书,卷二十三外纪,卷二十四辨。另有尺牍四卷,末附启五则。另国图、上图、复旦、台北图书馆等藏有二十四卷本《白石樵真稿》,明崇祯九年华亭章台鼎刻《眉公十种藏书》本。另有《中国文学珍本丛书》本,复旦大学图书馆藏。

陈继儒名动一时,以故征请诗文者无虚日。董其昌序云:"公闲意荣进,买山卜筑,比于卢鸿草堂,著书教孙,弥有年载。钞帙日繁，得观者如丘典坟索之书，望东佘又如委宛禹穴，干旄所至，鱼鸟皆惊，公谢弗获，第陈乡里小民疾苦状而已。四方使日走公，东西京与南北驿越岭峤而至者不远万里征公文，公文出即传四方，所题缣素或赠寄和倡诗，一传人口，即传海内。夏休树阴，冬偃檐曝，点笔铨记，绅绎文史，较核异同，类郑渔仲、马端临之有志考，则传于通人闵士，辟诸方经论初分自龙宫，虽非大部，得流行人间，为人翻诵。"章台鼎亦云："自娄江《四部》、新都《太函》后无典章经制之学，独眉公先生名重一时，代兼异代，所著卷帙几与身等，将藏诸名山奥壁中，乃大邑通都及四裔之内无不读先生书，诵先生诗，宝先生之翰墨，其文章可得而闻也。先生故从经史子集、山经地志、术伎稗官与二氏家言，渊源薮泽，究性命之微，通天下之故，为文率有关繫，凡典礼建置、吏治风俗、钱赋河渠、兴革利弊，时形诸论著，于忠孝贞烈、廉耻节义之事，颂诔序记志乘尤致意焉。故金石碑版，大册高文，四方征请，殆无虚日，时游觚为小草，竞相抄传，碎金屑玉，流落人手，文飞诡撰，尽属雅言……先生天真净素，栖志贞深，如白云、云外两高僧，已四十年不出山矣。部使者、宪大夫、郡邑长钦事先生，从先生考德问政，商榷风雅，若华阳洞天，茶铛药白，左图右书，鸡犬謷然有烟霞之色，解衣盘薄，相与咨叹。今海内多事，以先生经济可襄时艰，顾三荐不起，闵景发光，高名愈广，虽滇洱邛僰，番落峒夷，咸知有先生，愿获寸缣片纸为殷盘孔鼎，先生亦自矜重，有妄求者，不轻以一绢与一字也。大抵先生之文娄江让其精醇，新都让其华赡，文章家让其典实，以有补世教。"

《眉公诗钞》八卷

明崇祯九年（1636）刻本，中国社会科学院文研所、台北图书馆藏。《禁毁书目》著录，今《四库禁毁书丛刊》集部第 67 册内《眉公诗钞》八卷即据明崇祯刻本影印。目录有格，正文无格。白口，左右双边，单鱼尾。半页九行，行二十一字。正文有圈、点。无序无跋。内卷一收五言古诗七十六首，卷二收七言古诗九十首，卷三收四言诗、六言诗八十四首，卷四收五言律诗一百八首，卷五收七言律诗一百六十五首，卷六收五言绝句一百五十五首，卷七收七言绝句三百一十六首，卷八收诗馀五十首，附调十一首、赋一首。另上海图书馆藏有明末刻六卷本《眉公诗钞》，无序无跋。目录八卷，然正文仅馀前六卷，较崇祯本少后二卷，盖崇祯本之残本也。

《晚香堂小品》二十四卷

明崇祯间汤大节简绿居刻本①，国家图书馆、上海图书馆、南京图书馆、天津图书馆、北京大学及台北图书馆等藏。今《甲库善本丛书》第898、899册内《晚香堂小品》二十四卷即据汤大节刻本影印。半页九行，行二十字。黑格白口，四周单边，白单鱼尾。卷首有崇祯壬申阮元声《晚香堂小品叙》、王思任《晚香堂小品序》、台中友弟陶珽《小品序》、简绿居主人汤大节《眉公先生晚香堂小品例言》。内诗八卷，文十六卷。卷一至八总收诗七百六十馀首、诗馀三十首，附赞九首、《清明曲》一首、《薤露歌》三首、《憎蚊赋》一首；卷九至二十四收序、传、碑、记、祭文、疏、题跋、志林等文三百四十馀篇。

另有《晚香堂小品》二十四卷，明末重刻本。二十册，上海图书馆藏。半页九行，行二十字。黑格白口，四周单边，单黑鱼尾。书口上刻"晚香堂"。板框21.1×14厘米。有王思任、陶珽序。按：沈津《美国哈佛大学哈佛燕京图书馆中文善本书志》（上海辞书出版社1997年版）769页"晚香堂小品"条载，汤氏原刻本卷二第二十页第一行有圈，重刻本则无；原刻本第七行首字"酸"为籀

---

① 汤大节，字半李，武林人，生二十六日而孤，母殉烈死。后为陈继儒赘婿。简绿斋即其读书处。

文"酸",重刻本为通行字"酸";第七行第十字为"衲",重刻本为"衲";第二十二页第一行第十字为"鐵",重刻本为"鉄"。今查上图之明刻本,则此三字分别为"酸""衲""鉄",则上图所藏二十册之明末刻本当为汤本之重刻本。

王思任称:"每见眉老著作,觉笔画之外,必有云气飞行,又如白琼淡月,非尘土胃肠可以领略。或曰此老目有绿筋,名高琳扎,谪来度世者也。予曰:'眉老用世而度世者也,天固忌之,不以白衣牵帝座,而使之山中宰相以老,弱其雄心,缩其妙手,以写灵摽韵于水山僧鸟之际,就如太白召见金銮,讽《清平调》三章,不悟,放去,乃泛想金堂玉室,若或迷鬼物而逅真人,读其言恍恍不乐,俱梦游醉遇,不可以世得者,志良足悼矣。'眉老生平峨雪凛割,功行利济,水躁心痛,坐客朝盈,笑言哑哑,其为文字曰快、曰透、曰欢喜,大都诏人不贪、不痴、不瞋而已矣。"

汤大节"例言"分"乞言小引"和"凡例八则"。"乞言小引"云:"不肖节之拮据于兹刻也,念节生二十六日而孤,先慈断指殉烈,蒙先生赘而抚之,德真昊天矣。追随峰泖越二十年,耳提之暇,先生凡有著述,觉辄记,记辄笔,再补再誊,靡间夙夜,盈几盈箧,颇费护持。年来萍移吴越,不堪尽载囊瓢,兢兢蠹佚是惧,故撮其简要者,别为品类,密加校雠,窃自寿梨,宝同天笈。本拟藏名山、秘枕中,代寒丝饥粒,奈诸同人强迫流传,以公欣赏,实未遑侈求玄晏。赖海内名世巨公,或平生知己,或千里神交,倘品题有素,光锡如椽,虽蚤信身隐焉文,亦托以立言不朽,感岂独余小子也。"

"例言八则"颇见辑录大旨,兹照录如下:

一、是集虽名小品,凡大议论、大关系及韵趣之艳仙者,即长篇必录。缘先生晚年著述,正未有涯,先行斯刻,示测海一蠡,窥豹一班耳。

一、墓铭、碑记，撰著最富，或人人不愧有道，而论定方遥，未敢溷载，统俟后集。

一、书启不尽存稿，存者亦不能遍录。今止刻救荒诸书，及论史学名语可揭座隅者，聊见山林中济世之慈航、文章之慧筏。

一、集中品各为类，类复分门，或附列成卷，俾阅者境转境生，应接不暇。

一、迩来文集，后学妄增评点，读之反坠云雾。是刻止圈句读，窃附于莫赞之义，亦庶几大雅之遗。

一、是刻写镌俱择名手，工良时费；较雠不倩他人，句核字研。赀出舌耕，劳沥心血，只可自怡悦，不堪持赠君，兰谱诸贤，决能鉴余形外。

一、先生集，昔年曾为吴儿赝刻，不特鲁鱼帝虎，且多剿袭古人，殊可痛恨。赖当道移檄郡县，追板重惩。如有贾人俗子，希幸翻刻，前车可鉴，无赘予言。

一、各叙系手书者，俱摹勒简端。海内不能遍恳，倘有同好，或跋或赞，乞邮寄武林清平山之简绿居，当依宋楷，汇梓集先，共勷不朽，亦艺林一大快事也。敢稽首以请。简绿居主人汤大节办李父谨识。

《陈眉公先生全集》六十卷年谱一卷

明崇祯间陈氏家刻本，上海图书馆、南京图书馆、首都图书馆、湖北图书馆、台北图书馆、台湾傅斯年图书馆、日本内阁文库、韩国奎章阁等藏。今《甲库善本丛书》第899—901册内《陈眉公先生全集》六十卷年谱一卷即据陈氏家刻本影印。板框20.7×13.3厘米。半页九行，行二十字。黑格白口，左右双边，单鱼尾。上海图书馆藏本前有蘧盦题记："是书传本极少，清代列入禁籍。二十五年夏，吾族香雪草堂藏书散出，斥五十金与三弟合购置。"

卷首有襄西方岳贡谨题《眉公先生全集序》、陈继儒《空青先生墓志铭》、熊剑化《陈徵君行略》、洪澜《陈眉翁先生行迹识略》、陈梦莲《年谱》《题识》。台湾藏本有"吴兴刘氏/嘉业堂/藏书印"朱长方印、"国立中/央图书/馆考藏"朱方印。另一藏本有"晚/春/堂"白方印。正文题名后注"华亭陈继儒仲醇父著,男梦莲古澹父、梦草山贤父、孙仙觉天爽父同纂"。集由陈梦莲、陈梦草、陈仙觉总纂,各卷校勘人不一,均为其门人、亲朋等。卷一至十九收各类序四百七十三篇,卷二十至二十三收记七十三篇,卷二十四至二十六收论、策四十三篇,卷二十七至三十二收古近体诗九百馀首,另有词四十首、清明北调九首、赋二首,其在"北调"后注曰:"右余所撰北曲,每于花影月阴时,自歌自饮,亮伯龙云老子见之,当低首攒眉,独唤醒俗儿醉梦也。"卷三十三至六十收墓志铭、墓表、祭文、像赞、题跋、赠答、尺牍等七百馀篇。

陈梦莲识云:"府君有云:'文有能言、立言二种。能言者诗词歌赋,此草花之文章也;立言者性命道德,有关于世教道德人心,此救世之文章也。发今人所未发,是为能言,能言必贵;发古人之所未发,是谓立言,立言必传。试思鹦武、猩猩,憬然有悟矣。'此府君欲以藏稿分为二集也。笥稿共计七千余叶,分列约百余卷,而内有名世之文,不肖何敢妄定甲乙?吴长卿、许令则,府君入室弟子也,因与商略,参订为四刻:先以第一刻六十卷梓行,度费约力勉渐支。第二刻二十卷,诠次遴写,续即授枣。第三刻二十馀卷,尚欲搜讨遗失,以成全书,庶几无憾。盖以府君少年行文,随手而应,亦间有为先达代断者,故存稿十无一二。即今一刻中,新旧间杂,亦从友人处抄录幸存者插入,以备博览。至四刻则名别集,约二十卷,此又片脔野错,非能言、立言可同日语也。若尺牍及偶然题咏,即三刻中挂一漏万,以俟四方见教增补,故每卷各目正有待也。先有《晚香堂小品》《十种藏书》,皆系坊中赝本,掇拾补凑,如前人诗句、俚语、伪词颇多纂入,不无兰薪之消。"

陈梦莲言其父遗集总为四编，然仅见初编六十卷，馀蔑然无闻矣。于此，吴县潘承弼于集后题识中曰："眉公文字之集贯穿今古，吐纳风云，洋洋万言，洵足称一代之作家。世传《晚香室小品》及《秘籍》诸编类皆坊肆掇拾补凑，要非先生艺事菁萃焉。先生遗集以禁讳，鲜有传本。吾族香雪草堂闻有是集，无从假读。前岁草堂书散，斯集亦流入市廛，斥五十金得之。全书刊成于崇祯间，为先生身后其子梦莲与先生弟子吴长卿、许令则商略参订者，都为六十卷，前列范景文一序，次列墓志、行略、行述及梦莲所撰《年谱》一卷。按梦莲跋云，参订遗集分为四刻：第一刻六十卷，二、三、四刻各为二十卷。今此书所成六十卷，犹为初集，未具之佚，后来已否续刻，世无传本，末由证知矣。窃谓先生学术泛览百家，其用力殆与弇州相若，而造诣或少逊次。斯集所录文而外不杂他著，然一时政事得失、明贤往还与夫所见珍奇瑰闻之物，靡不罗列胸次，诚如山海珍错，取之无尽焉。末卷《备倭议》一文，详战守互应，杂以握奇韬略，于时虽无明效，而先生拳拳报国之思，亦且挚矣。今世重先生文章楮墨，而于其行事、功业犹多忽视，读先生遗集，庶乎其可肃然深思矣。岁戊寅后七月二十九日吴县潘承弼敬跋于沪滨润康邨之寓庐。"（上海图书馆藏《陈眉公先生全集》卷末）

牧斋论诗衡人，后人讥其失之公允，然其论陈继儒颇有灼见。《列朝诗集小传》云："仲醇为人，重然诺，饶智略，精心深衷，妙得老子阴符之学。娄东四王公雅重仲醇，两家子弟如云，争与仲醇为友，惟恐不得当也。玄宰久居词馆，书画妙天下，推仲醇不去口。海内以为董公所推也，咸归仲醇。而仲醇又能延招吴越间穷儒老宿隐约饥寒者，使之寻章摘句，族分部居，刺取其琐言僻事，荟蕞成书，流传远迩，款启寡闻者，争购为枕中之秘。于是眉公之名，倾动寰宇，远而夷酋土司，咸丐其词章；近而酒楼茶馆，悉悬其画像；甚至穷乡小邑，鬻粔籹、市盐豉者，胥被以眉公之名，无得免焉。直指使者行部，荐举无虚牍；天子亦闻其名，屡奉诏征用。年八十馀卒于茶山之精舍，自为遗令，纤悉毕具；殁后降乩诗句，预刻时日，贮箧衍中，其井井如此。仲醇通明俊迈，短章小词，皆有风致，智如炙輠，用之不穷。交游显贵，接引穷约，茹吐轩轾，具有条理。以仲醇之才器，早自摧息，时命折除，声华浮动。享高名、食清福，古称通隐，庶几近之。玄纁物色，章满公车，动以康斋、白沙为比，谓本朝正史当虚席以待笔削，耳食承讹，斯固可为一笑。而一二儒者，必欲以经史渊源之学，引绳切墨，指摘其空疏，而纠正其驔駮，亦岂通人之论哉。"（《列朝诗集》丁集卷十六）

清朱彝尊谓陈继儒："以处士虚声，倾动朝野。守令之臧否，由夫片言；诗文之佳恶，冀其一顾。市骨董者，如赴毕良史権场；品书画者，必求张怀瓘估价。肘有兔园之册，门阗鹭羽之车。时无英雄，互相矜饰。甚至吴绫越布，皆被其名；灶妾饼师，争呼其字。今遗集具在，未免名不副其实。"（《诗话》卷二十）清末陈田谓："眉公小诗，颇有别趣。至其虚名，倾动市朝，孔稚圭所谓林惭涧愧者也。"（《明诗纪事》庚签卷七下）

张鼐《宝日堂初集》《辽筹》《辽夷略》《奏草》《陈谣杂咏》

张鼐（1562—1629）字世调，一字侗初，松江府青浦珠街人。万历三十二年（1604）进士，选翰林院庶吉士，授检讨，历国子监司业、谕德、庶子、少詹事，升礼部右侍郎。天启间，以忤魏忠贤削籍。崇祯初，起吏部右侍郎，掌詹事府事，引疾归，二年（1629）卒于家，年六十八，赠礼部尚书。著述有《宝日堂初集》

三十二卷、《侗初张先生注释孔子家语隽》五卷、《侗初张先生评选左传隽》四卷、《左传文苑》八卷、《山中读书印》三卷补一卷、《辽筹》二卷《奏草》一卷《陈谣杂咏》一卷，又有《新镌张太史注释标题纲鉴白眉》二十一卷、《宝日堂杂抄》不分卷、陆云龙刊《翠娱阁评选张侗初先生小品》二卷，《总目》另著录《馐堂考故》一卷。生平见《（乾隆）江南通志》卷一百四十一、《（乾隆）青浦县志》卷十九。

《宝日堂初集》三十二卷

明崇祯二年（1629）云间施氏刻本，国家图书馆、上海图书馆、浙江图书馆、中国科学院图书馆、华东师大图书馆、台北图书馆等藏。今《四库禁毁书丛刊》第76—77册、《明别集丛刊》第五辑第22册内《宝日堂初集》三十二卷据崇祯二年刻本影印。半页九行，行十九字。黑格白口，四周单边，单鱼尾。卷首有东郡葺翁许维新《宝日堂初集叙》，序后有"是初集也，刻于崇祯己巳，嗣后当有续刻，叟年八十题"，然今未见所谓续刻者。继有夏允彝序。二序版心有"云间施叔美刻"，序后列校文者名内拟诏谕一卷，奏疏二卷，议、说、书、论、序、记、杂著、志略、祭文等各体文十六卷，《菽言》二卷，《诰敕》二卷，《先进旧闻》二卷，《吴淞甲乙倭变志》《辽夷略》《山中读书印》《训示条示》《太学讲章》各一卷，卷三十为《使东日记并诗》，卷三十一、三十二又收诸体诗二百五十馀首。

堂邑许维新序曰："世调即诸生间乎，岳岳头角，廉修砥名行，居常读书自重，有穆然之思。迨入中秘，口诵手批，不舍寒暑，其立言引义，务求有用，不肯摹拟当时名人。其立朝卓然自信，行其所安，决不肯寻声逐影，寄居人篱落下，故当路颇弗喜之。熹庙时天变，陈言八事，末言慎宫闱，大拂乳媪、逆珰指，旋废家居。未几，褫削衣冠者五年。天子新运，访落遗佚，仍起于家，晋少宰，总纂修记注事。濒行,哀次其生平所著述,而付其弟子汪生维宽,乃问序故侯。侯圃矣,盲矣,昔能识公诸生文,今安能读公为馆阁大臣文?抑侯知世调务求有用而行于文章者,夫学求明道,文期适用,不会此意,未许读世调文。"夏序赞张鼐所学为"用世之学":"数十年以来,天下之事莫大于辽,则翁首疏筹辽;天下之难莫惨于珰,则翁有言戢珰。而他文之所晓露无不挟雷动风行之,致以振起一世顽懦;其宽大雍容之气,又盎然词外,使人乐容而有馀地。虽游戏所及,片词偶缀,无不系乎世教之大端,断断乎若将进之吾君,而曰所期必如是也;见之天下,而曰所立必如是也。翁方出而相天下,而其所然不然,不忍过慎而深韬之。"

《辽筹》二卷《辽夷略》一卷《奏草》一卷《陈谣杂咏》一卷

明天启刻本,国家图书馆藏。卷首有天启元年张鼐《辽夷略叙言》,叙言后附辽沈、山海关形势图二张。正文题名"辽筹"后镌"右春坊右谕德兼翰林院侍讲前国子监署监事司业张鼐谨上"。《辽筹》二卷,卷上就边事所上十一疏,卷下拟诏谕六则、书七篇、序一篇。左右双边,黑格白口。半页八行,行十九字。序中称"感于辽、沈新陷,朝议纷纷无定画,甚有欲弃河西而守山海者"而刻此集,"以告实心为国者采而行之"。《辽夷略》一卷,正文题名后镌"史官华亭张鼐辑"。四周双边,黑格白口、无鱼尾。半页八行,行二十一字。《奏草》一卷,正文题名《静陈静摄要务疏》四周单边、板心白口,单鱼尾,半页八行,行十九字。《陈谣杂咏》一卷,白口,无鱼尾,半页六行,行十七字。所咏内容为边鄙民情:"庚申五月,以国讣告郡国,由涿鹿、渔阳历洺瀛抵山海,出辽西塞上,烈日暴雨,车中不能定息,每所至下车辄访问邮人,备知地方疾苦,并览山川风物之概,伏轼口占,旅次出笔略记之。"

另有《吴淞甲乙倭变志》二卷,民国二十四年上海通社排印上海掌故第一集本。

张以诚《张宫谕酌春堂集》

张以诚(1568—1615)字君一,号瀛海,松江府青浦人。自幼英敏,日诵数千言,有"天下奇才"之誉。治《毛诗》。万历二十九年(1601)进士及第,廷对第一,授翰林修撰,历中允,转右谕德,在朝以侃直闻。以父丧归里守制,四十三年卒于家,年四十八。著有《毛诗微言》二十卷(明刊本)、《酌春堂集》十卷、《阳江县志》四十卷。另《(光绪)青浦县志》载其有《桂林手稿》《东廓遗稿》,然未见传世。生平见何三畏《张宫谕瀛海公传》(《云间志略》卷二十三)、顾鼎臣《明状元图考》卷三、清赵宏恩《(乾隆)江南通志》卷一百四十一。

以诚治《毛诗》而外,亦能诗文,尤以时文著称,古文宗苏轼,诗拟孟浩然。今存《酌春堂集》十卷首一卷,明崇祯十年(1637)松江张安苞刻本。半页九行,行十八字。四周单边,版心白口,无鱼尾。版心上镌"酌春堂集"及卷数,下镌每页文章题名。卷首有董其昌《张宫谕集序》,题"崇祯丙子早春同里耄史董其昌题";马思礼《先师宫谕张公集序》,题"崇祯丁丑夏五三山门人马思理顿首题于京口舟中"。卷末有《酌春堂集跋语》,题"戊寅春日通家晚学许经顿首谨识"。卷首为目录卷,首收"馆课"。卷一收诗二百二十八首,卷二收诗一百三十五首,卷三、四收策,卷五收文集序,卷六收赠送叙,卷七收寿序,卷八收启,卷九收传,卷十收祭文。该集流传未广,今《故宫珍本丛刊》第530册内十卷本《张宫谕酌春堂集》即据明崇祯本影印。

以诚为弘、正时南安太守张弼四世孙,其承家学馀绪,志存高远,然寿不永,有志未伸,殊为可惜。董其昌论其人云:"公为人虚夷冲粹,寄托萧远,而中执劲挺,毅然以天下为己任。当神祖倦于勤,仕路多畦径,词林高资近爱立者往往为人所推拥,不然即犯诋诹。公严严坦坦,独往独来,亲不可得狎,而疏不可得隙,其素心亮节、平康正直之度,夙有以信乎人也。公与唐元徵学士于世法皆宜相,不相;于骨法皆宜寿,又不寿。二三十年来,世运平陂往复之故,益难言之矣。公制举业行世者,引绳切脉,思入九渊,而诗古文词厐蓄甚广,裁制甚弘,探索甚邃。大者参庙算、裨国论、修吏治、综物宜,玉质金相,不假纂组;即小者极命草木,挥洒烟云,兴会体要,往往根柢性灵,鼓吹风雅,岂与夫剽攘钩棘、蜂涌其变,而浮夸其词者同日语哉?"

集由许经校阅。许经跋语云:"经弱冠时读书俞彦直孝廉家塾,时瀛海先生方里居,偶从孝廉案上见经小作,辄蒙叹赏。经所居北郭陋巷,门不可旋马,先生减车骑过之,伛身而入,篱落里中妇稚拥观填路。是时,钱相国机山、张少宰侗初俱在馆下,闻先生之风,递相物色,里中诗人有作《高轩过》相羡者。然先生雅意相嘱,不止以骚赋见许,尝谆谆谓经同年中有郑方水太史者,当其为诸生,凡豫章一省碑版文字皆出其手,此与本业无碍,正当以深心伟识相御而行耳。又与经言:今史学荒芜已极,君年少不可不豫为措意。经虽蹴踖不敢当,然心感先生厚意,自此读书辄私有所标识,凡关涉大礼、大兵、屯盐、储畜、河渠、边务,各以意撷出之,冀成一书,或应先生异日傍求,而先生以鸡骨过毁,骑箕仙去矣。荏苒二十馀年,自愧学落不殖,颓废白首。次公子固犹惠顾世好,谬相引重,先生集成,命经任较阅之役,为敛衽庄读数过,而不禁西州之泪苏苏欲陨也。世皆惜先生相业未著,使金瓯玉铉黯然无光,经尤惜先生史业未竟,使天禄石渠杂然无序。昔唐郑惟忠问刘知幾:'自古文士多,史才何以少?'曰:'史有三长,才、学、识,世罕兼之。有学无才,犹愚贾操金,不能货殖;有才无学,犹巧匠无楩楠,斧斤弗能成。'而先生兼有其长矣。若刘勰之论史则曰:'记编之文同时多诡,述远既易诬矫,纪近又涉回邪,析理居正,其惟素心。'而先生宅有其心矣。使天假以年,俾开局排纂,必能以正直忠厚之素,萃高明光大之规,发潜德之耀,抉隐奸之胸。国是藉以明,公论藉以快,千秋万世之是非藉以不晦,而岂惟珥彤书笏和一时之鼎实已哉!先生家学自东海翁以来,网罗旧闻,久成条贯,又虚怀延访,如经辈之菲尚在采收中,其轩轾取舍业有程准。惜乎千秋金鉴尚未进御,而修文促召,短驭堪嗟。史学之兴废,世道所繇以盛衰,又无所容其私喟矣。"

董其昌又论以诚文曰:"我国家台阁文字别有矜式,辟如朱弦之奏,不欲尽其声;太羹之啜,不欲穷其味;亦如车攻徒御、范我驰驱,即有天厩权奇,不欲肆其驰骋跳跃,其法与令甲程士之格,皆足以束缚豪俊而约诸平淡一途。迨后李文正稍饫以古学,而赵文肃又专尚经济,然其所标举四端,经以明道,史以崇宪,封事以通下情,诏令以宣国体,固犹之乎一经一纬一宫一商,而无所事于雕镂险僻为也。凡公橐栝匠意,悉依先轨,而含咀运导,自有天然色秀点染其间,故不泥古而融古,不局今而范今,修词居业,两极其致。古人所谓言有物而行有方者,匪公又谁归乎?公之先有南安太守者,生弘、正质文之时,当明良都俞之世,乃意有所不可,卷怀遄归。识者谓其不屈于贵势易,不屈于贤达而贵势者难。公高咏祖德,七州之外,五湖之里,鸿冥凤揽,时时在怀。假令黄扉大开,金瓯立覆,而登进之际少须助挽,唯诺之俗稍冀婥阿,则必且望望然去之,有不待终日者,盖于其立言之无依傍,而知其立朝之有特操也。公与余居同里闬,数相过从,执后辈礼甚郅。公殁,而诸郎君力守清白,门业聿兴,珠树瑶林,依然在目。兹长君子固尽发遗集托为序而传之,不胜栋倾珪挣、音徽未沫之感。世有欲见文贞、文定而不得者,庶几从公集中索之,神理绵绵,不与岁月等尽,吾乡人物志谱系即在此;若以名位、寿量求公,公所为垂光河岳、自结大年者,又何尝有丝毫不足于其间哉!"

以诚门生马思理于《先师宫谕张公集序》中言其文:"烨烨金匮石室之藏,已为名都之悬矣。居恒伏念吾师忧恂体国,吐握怜才,简贵清真,与物无竞。譬若夏敦商彝,不饰而重;亦如长松巨柏,不扶而尊。自以天人之学,受知不世出之明主,金羁玉勒,雅步康衢,不知有险巇可乘,不知有机智可市,不知有党部可植,终其身栖止珍木,斟酌银瓮,其于世间溅淖啜醨、水火相煎之局,不第不能染着,亦无容入于其耳也。若乃立言一途,六代并奏,九舞竞陈,堂肆弘开,星芒垂煜,可使韩、欧奉瑞于侧,渊、云执殳于前,所挟者龙杖虎车,而所薄者灵蛇雕鼠。至于荸甲新意,陶冶逸音,捆铄不见其痕,而体会直穷其象。盖以甘盘之旧学,济以燕许之鸿裁,洒洒洋洋,体天貌物,而可以披华启秀、月露风云之似,轻相指目哉?……吾师言出为经,立词成雅,宫庭峻整,棨水渊澄,业已矢之周行,奉为世典,而天丧斯文,山颓梁萎,使国家不得收救时霖雨之用,而及门徒切秋阳江汉之思,罕生之悲,羊昙之泪,有抚遗文而不禁纷集者矣。"

黄廷鹄《希声馆藏稿》《希声馆初集》《希声馆藏稿二集》

黄廷鹄(1568—1636)字孟举,又字澹志,号东维居士,松江府青浦人。少颖慧,稳长即肆力古文词。万历三十七年(1609)举人,后三上公车不第,选宝应教谕,士蒸蒸藉成。迁嵊县令,多所惠政。崇祯元年(1628),补京兆幕,二年转顺天别驾,进阶承德郎。清军寇畿辅,中蜚语挂冠归。崇祯九年卒。《千顷堂书目》卷十一著录黄廷鹄《为臣不易编》八卷,现存崇祯刊本。诗文集有《希声馆藏稿》十卷及初集二卷、二集不分卷。生平见其甥章闿撰

《明故承德郎京兆东维黄公外父行状》(《希声馆藏稿》卷十后附)、《(乾隆)青浦县志》卷二十八。

《希声馆藏稿》十卷附《希声馆初集》二卷《希声馆藏稿二集》不分卷,明崇祯十年(1637)刻本,日本内阁文库藏。台湾傅斯年图书馆、汉学研究中心藏本据内阁文库藏本影印。六册。板框18×25厘米。半页九行,行二十字。左右双边,版心白口,单鱼尾。鱼尾上镌"希声馆藏稿",下镌卷数。卷首有叙,题"崇祯丁丑八月望门生钱龙锡顿首撰";《希声馆集叙》,题"丁丑嘉平月门生王逢年顿首撰"。正文题名后镌"云间黄廷鹄澹志甫著,男黄泰苢较"。卷一、二收序,卷三收记、传,卷四收杂著,卷五收黼扆要览,卷六收铭志、表状,卷七、八收祭文,卷九收诗一百一十二首,卷十收高仙合赞。《希声馆藏稿》附录寿文一篇(社友王元瑞撰)、六月十九日请断峰大师普说一篇、祭文二篇(门人钱龙锡、王逢年撰)、哀歌行一首(侄茂弘撰)、明故承德郎京兆东维黄公外父行状一篇(婿章闇撰)、祭安人文一篇(钱龙锡撰)、黄衣仙后序一篇、崇祀录一卷。

《希声馆初集》二卷,卷首有《题黄澹志行卷》,题"同社徐光启子先题"。卷一为"都门草",正文题名后镌"云间黄廷鹄澹志甫著,孙男黄以瓒较",内收序六篇、纪四篇、诗二十四首。卷二为"京兆微波录",正文前有"年弟许誉卿题"之《题辞》,内收制词二篇、原序一篇、拟诏谕一篇、送行序三篇。

《希声馆藏稿二集》不分卷,卷首有《黄澹志尊师希声馆二集叙》,题"赐进士出身奉直大夫右春坊右谕德兼翰林院侍讲知制诰二朝实录纂修官门生钱龙锡顿首拜撰"。正文题名后镌"云间黄廷鹄澹志甫著,孙男黄以璲较",内序十五篇、碑传记总四篇、尤言八篇。

黄廷鹄慨"大雅久沉,希声自贵",故名其集曰《希声馆集》。

王逢年于序中称："当吾世而有吾师澹志黄先生者,其才品、行谊称一代名德云。吾师束修砥行,巽志学殖,孝友天性。负节概,强直不阿,磊磊侃侃,交者无不心折。吾师虽威仪严重,然其肺腑蔼如也。家世鼎望,吾师能克自振,冲淡虚夷,无它嗜好,日兀兀蠹鱼中,积而富有。其所为古文辞咸凿凿根柢,发舒经济,渊博沉挚,非鲜植之流能窥一班。间而旁及骚雅,必上溯六晋,下际三唐,一经缔构,无不烨若春花,韵如秋月。著作如林,每每匠心独运,下笔无不为古而又无古不为。年尝窃慨大雅久沉,希声自贵,此吾师自况之意耳。推而进之,即置天禄石渠间,堪与子云、司马辈并驾而驰,奈何仅一领民社、半刺京兆,浮沉辇毂间。人咸惜吾师位不配德,爵不酬功,而吾师恬然自安也。当吾师仕京国时,高弟相国钱公在馆阁,吾师隐于下寮,不以谒干政府,相国亦不以公家官秩私其故人,其炳烺之绩足多也。古人各行其志,于吾师、相国两先生见之。吾师倦游归,辟花径草堂,掩关著书,为千秋之业。所撰《为臣不易编》进,上嘉予,敕史馆以备一时文献。他若《评骘》《诗冶》诸书,好古家宝为帐中秘,人人欲染指片脔矣。年问业于吾师最久,受知最深。玄文之守,徒恧侯芭;国士之期,未酬豫让。古人不作,何以文为?揽吾师之遗草,不胜三复而三叹也。"

门生钱龙锡叙称："澹志先生评诗'有诗人之诗,有文人之诗',截然判为两家……师甫为博士家言,即湛心广览,自汲冢、西京、建安、大历而下,暨本朝诸名家,皆供沉酣寝处之用,间一拈制举义,奇思创获,不惊人不休,意得即舍去,仍手古人一编,未尝字咀句猎如今之窟穴于时艺中者。稍暇则肆力为诸体,其始佚荡汪洋,未免觿弇州之堂奥,既乃取材日宏,命格愈上,浑涵光芒,汎汎乎集诸家之大成矣。生平萧散澹远,操觚外无他嗜好,故由诸生迄致政,论撰无虑充栋,今所裒仅十中之二三。试取数篇讽咏之,学博而神酣,趣古而法备,有词家之炜藻而无其俪,有山林之俊爽而无其癯。吾松虽耆宿如林,名流继劭,如我师之大雅典则、卓然成家,未易以一二见也。以古铸今,匪以今跂古,亶其然乎。若师被服孝弟,力敦介行,则又绳古人之步趋而肖其神理,非徒以声律口吻取似者。"

徐光启《题黄澹志行卷》评黄氏诗文云:"澹志少攻古文辞,著纂甚夥,匿不以自见。其最精研者诗,尤不欲轻言诗。被褐裹玉,道心自远。今岁客长安,诸公争请澹志诗文,澹志亦复不辞。顾应酬之什,匪其性灵所寄。间为床头人捉刀语,每放笔辄大笑而已。至其写怀诗,始瘖怫抑境身狭,道弥广。又观射诗品题俱水镜,不敢怨天高,可谓夷雅温厚,得风人之遗者矣。"

施绍莘《秋水庵花影集》《瑶台片玉》

施绍莘(1588—1640)字子野,号峰泖浪仙,松江府青浦人。少为诸生,以试不举,遂有弃科考之想。万历四十三年(1615)父殁,得主家政,明年即于郊外西佘山建别业,以为退隐之计。万历四十六年、天启元年(1621)又两试南都,不售,因弃举业,退居西佘山,与陈继儒等名士交。以才称,喜文艺,尝与友人结苎城诗社,与同邑沈龙交善齐名,一时称"施沈"。所著现存《秋水庵花影集》五卷,《瑶台片玉》不分卷。生平见《(嘉庆)松江府志》卷五十四、《(光绪)青浦县志》卷十九。

《秋水庵花影集》五卷

明末刻本,北京大学图书馆、中科院图书馆、台北图书馆等藏。今《存目丛书》集部第422册、《续修四库全书》第1739册内《秋水庵花影集》均据明末刻本影印。半页八行,行二十字。无格白口,四周单边,版心无鱼尾。版心上记"花影集",下端记刻工姓名,如"金泰卿写刊"。前有峰泖浪仙自撰序、眉公陈继儒撰

《秋水庵花影集叙》、顾乃大彦容甫撰《秋水庵花影集序》、顾胤光石萍子撰序、沈士麟德生甫撰序。序有格，正文无格。序后有"秋水庵花影集杂记"，杂记类凡例，就"点板""舔字""校阅""讹字""评语""徵歌""流传""伪窃""犯调""用韵"诸问题一一说明。正文题名后注"华亭峰泖浪仙施绍莘子野父著"。正文页眉上有评点。是集为其自编，词曲之外，又杂以序跋、评语，乃至诗、记，约辑刊于天启六年以前。内卷一至卷四收散曲套数八十六首、小令七十二首，卷五收词一百九十首。台北图书馆藏本有"汇古/斋"朱方印、"国立中央图/书馆收藏"朱长方印、"藕香/水榭"朱长方印、"长洲/赵钧/家藏"白方印。

台湾藏《花影集》总三部。一部为明篆筠轩乌丝栏抄本，五卷，四册，台北故宫博物院图书馆藏。前有施绍莘自序、顾乃大序、顾胤光序、沈士麟序。今《甲库善本丛书》第996册内《花影集》五卷即据篆筠轩抄本影印。一部为明末刻本五卷，四册，全幅23.5×14厘米。内有朱、墨笔点读批校。钤印有"国立中央图/书馆收藏"朱长方、"曾印/和江"白方、"山阳/丁晏/藏书"朱方。另一部不分卷，全幅27.7×16.2厘米。四册。半页十行，行二十四字。卷首有顾乃大序，题"顾乃大彦容甫撰，莲兜邈邈亚君录"。钤有"国立中央图/书馆收藏"朱长方印、"王氏二十八宿研/斋秘籍之印"朱长方印、"恭/绰"朱方印、"遐庵/经眼"白方印、"玉父"白长方印。

施绍莘深受庄子出尘逸世思想的影响。其于《秋水庵花影集自序》中云："峰泖浪仙行吟山谷，盘礴烟水，如槁木、如寒灰，我丧其我，不知我为何等我也。一日，刺杖水涯，拨苔花、数游鱼，藻开萍破，见耳目口鼻浮浮然在水面焉，因自念言：'此是我耶？抑是影耶？影肖我耶？我肖影耶？我之为我，亦幻甚矣，何必多识字，日夜与柔管作缘？'平生寡交游，偏与毛氏之宗姓世世结纳……犹记十六七时，便喜吟咏，而诗馀、乐府于中为尤多，十馀年来，费纸不知几十万。尝贮之古锦囊，挑以筇竹杖，向桃花溪畔、杏树村边、黄叶丹枫、白云青嶂席地高歌一两篇，虽不入谱律，亦复欣然自喜。山童骑黄犊负夕阳而归，亦令拍手和歌，喁于互答。因择其声之幽脆者，命歌工教以音律，于是花月下、香茗前、诗酒畔、风雪里，以至茅茨草舍之酸寒，崇台广囿之弘侈，高山流水之雄奇，松龛石室之幽致，曲房金屋之娇妍，玉缸珠履之豪肆，银筝宝瑟之紫魂，机锦砧衣之怆思，荒台古路之伤心，南浦西楼之感喟，怜花寻梦之闲情，寄泪缄丝之逸事，分鞋破镜之悲离，赠枕联钗之好会，佳时令节之怀觞，感旧怀思之涕泪，随时随地，莫不有创谱新声，称宜迭唱。"

陈继儒记其为人曰："峰泖间久无闲人矣。自眉道人开径东佘之阳，施子野从泖上筑墓西佘之阴，帘笼窈窕，花竹参差，远近始有褰裳而游者。余不设藩垣，听人往来如檐燕，如隙中野马。而子野严肩镝，以病辞、中酒辞，顾阁上嘈嘈数闻弦索度曲声，则子野所自制词也。客唐突不得入，横折花枝，呵詈委道旁而去，而子野默笑自如。子野好日出酣眠，而能读书至夜半，未尝作低迷欠伸态。好与人轰饮恶战，而能数月持酒戒甚坚。好治经术，工古今文，而能旁通星纬、舆地与二氏九流之书，掉弄而为乐府、诗馀，跌宕驰骋，凡古今当行家，意崛强未肯下。尝谓余曰：'子老矣，请时时过我，俯首拍掌而和之，暇则为我题数行，传海内；海内故有天耳人，当为施郎点头耳。'夫曲者，谓其曲尽人情也。诗人人可学，而词曲非才子决不能。子野才太俊，情太痴，胆太大，手太辣，肠太柔，心太巧，舌太纤，抓搔痛痒、描写笑啼太逼真、太曲折。当其志敝意得，摇笔如风雨，强半为旁人掣去。或写素屏纨扇，或题邮壁旗亭，或流播于红绡丽人、黄衣豪客之口，而犹未睹子野之大全也。"

清王昶《青浦诗传》卷十二录施绍莘诗三首，小传云："子野少负隽才，作别业于泖上，又营精舍于西佘，极烟波花药之美。时陈眉公居东佘。管弦书画，兼以名童妙伎，往来嬉游，故自号浪仙。亦慕宋张三影，所作乐府著《花影集》行世。"

《瑶台片玉》不分卷

清抄本，南京大学图书馆藏。另有《瑶台片玉甲种》三卷，清宣统二年（1910）上海国学扶轮社铅印本、北京大学图书馆、浙江师大图书馆等藏。《瑶台片玉甲种》收入（清）虫天子编，董乃斌等点校的《中国香艳全书》四集第二卷内（团结出版社2005年）。

徐尔铉《核庵集》

徐尔铉（生卒年不详）字九玉，松江府青浦人，徐阶从孙。少孤，年十六补诸生。擅书画，喜为诗。崇祯间中副榜，不乐仕进。郡邑累举乡饮大宾。著有《诗韵考裁》五卷，有崇祯刊本。诗文集有《核庵集》二卷诗馀一卷传世。生平见《（嘉庆）松江府志》卷五十五。

《娄志》载《核庵集》六卷，内诗四卷，词二卷。《松风馀韵》作诗集三卷，词一卷，又《核庵集选》四卷。今存《核庵集》二卷诗馀一卷，崇祯二年（1629）刊本，南京图书馆、中国科学院图书馆藏。《四库未收书辑刊》第六辑第27册内《核庵集》二卷《诗馀》一卷据崇祯二本影印。半页八行，行二十一字。黑格白口，无鱼尾，四周单边。卷首有陈继儒《核庵集叙》、崇祯己巳（1629）重阳前三日董其昌叙、崇祯己巳张所望叙、己巳中秋许经序、徐尔铉自序。收诗约四百首，诗馀一卷，收词四十馀首。

徐氏命集名为《核庵集》，取食果实遇核则吐弃之意，亦自谦之词。陈继儒序称："'核庵'名诗，志谦也。诗文之生气既全聚于核中,而居恒又加以深根固蒂之家学。俄而芽,俄而甲,俄而条达,俄而名花,俄而珍果,俄而簆日干霄,望之有郁郁葱葱之气,谁非从核中之化工始乎?九玉富有日新,步文贞司寇之后尘,而返蹴之,有如此核矣。"

徐尔铉乃徐文贞(徐阶)后人,陈继儒言其经历、志趣云:"君少孤,育于两伯父手。未冠,补诸生,辄试辄冠军,制举义传诵人口。君犹以为排比之文力窳气狭,不足以展豪杰之肖毛也。于是思诠名章,鼓吹风雅,而《核庵诗集》出焉。君闭户不少告,即在竹西草堂,每读书,英鉴非常,多所翻异,直临置身于六通四辟之外,得古人关捩而后已。上之二氏之精微,次之贾、陆、衡、向之才略,最后始作诗……家居不辍吟咏,出游不辍登眺品题,贺之囊、球之瓢,往往有五色云气填满其中。翕轻清以为性,结冷汰以为质,照鲜荣以为姿,淡秀艳隽朗以为韵。宏独于徐氏迈族亢宗,即吾松以及海内二三诗豪,未能与君方轨而并躯也。君少年生长世家,博综万卷,顷刻衮衮千馀言立就。书法类老坡,小字类少游、山谷,而不以才地自骄,非友不友,非言不言。"

己巳(1629)夏徐尔铉于竹西草堂自序曰:"生平不解识奇字,多读书,每遇拗驳謇吃之文,跳僻荒杂之句,如衣絮行棘,惟思却返。时亦泊志典坟经史间,非不字错句珍,心酣神饫,又复睡魔多窟,记事无珠。且言不根理要,孰如弗言;文无裨世道,孰如无文,遂不敢从古文词轻侈津筏矣。惟帖括之外,耽味声诗,行呫坐歌,寝嗟食咄,兴来境接,勃焉而讹,数十百言中,随吾伸屈,稍觉懒拙相习。十二学吟,半覆瓿盎,簏中偶积如落叶聚庭角,随风还散耳。今年避暑郊居,倾倒败篚,见此竹头木屑,襞积纵横,因作而叹曰:才各有域,士各有志。高文大册,体经酌纬,吾不能;扶异探怪,起幽作匿,吾不能。若乃浅深今古,驱役艺苑,排比天地,位置风云,此亦诗中经济也。质性平澹,思心玄微,味涉虚趣，境缘静居，此亦诗中理学也。缄情达，远叙致，缠绵纺，恨萦愁，心长响怨，诗亦有尺一也。纪物咏，类微近，集远铺，张谱系，模画形神，诗亦有志传也。春云秋树，邃壑奇峦，不借穷深，板桐溯异，诗亦有纪游也。花案翻新，霞层浪叠，欢场叙胜，郁畅怀宣，诗亦有序论也。逸情无醉，把句问天，艳想荣春，向花催笑，诗亦有笺疏也……客曰：核庵之义何居？而不见夫食果实者乎，遇核则吐弃之耳，于中小有生意，吾姑听造物之无穷焉，何必喉间取气哉！是刻也，宁为核。"

董其昌亦云："公（徐阶—作者注）之从孙九玉为吾友太仆文卿子，神清笔锐，激昂青云，陆海潘江，才锋焕发，真堪掩抑古人，辟易流伍，不难蚤贵，以光世泽。顾其诗旨独抗子桓大业之说，诎子云雕虫之论，常恐名场角逐，一旦为时所急，何暇过习者门，不如穷工极巧，兼据词苑之上游，旋还祖家之故物。盖文贞所云狡狯变化者，正九玉苦心刻肾，欲阅尽其变而凌虚特出焉。湔浮还雅，大力独全，经术文章，侧出横见，宁止骚坛树帜而已，行且日引月长，不知所止。但以今之隽响亮节，洋洋缅缅，为足尽九玉者，未谓知言，予特拈其善学文贞者如此。"许经云："九玉生长高门，耽情竹素，渊珠昆璧，质任天成，而澄怀坦襟，专以玄对山水，故能连翩络属以壹其情，采齐步骤以达其气，颉颃累贯以撷其致，清圆明秀以丽其词。若合之于风雅，直可入建安、黄初之室，大历以后诸才子非其所屑意也。夫美立之市不如默坐之工，垄断于骚选之场不如稳（檃）栝于经籍之肆，惟九玉静者，可与语此。"

徐孚远 《钓璜堂存稿》《交行摘稿》《徐闇公残集》

徐孚远（1599—1665）字闇公，号复斋，徐陟曾孙。松江府青浦人。明崇祯十五年（1642）举人，次年赴会试，下第归。后闻都城破，挈家走浙。唐王立，授福州推官，进兵科给事中。鲁王监国，授左佥都御史。桂王至滇，遥授左副都御使。早年与同里陈子龙、夏允彝结几社，其间备历忧患，康熙四年（1665）卒于潮州，年六十有七。生平见林霍《徐孚远小传》、王沄《东海先生传》（清嘉庆间听彝堂刻本《交行摘稿》附）。

《钓璜堂存稿》二十卷

民国十五年（1926）金山姚氏怀旧楼刊本，上海图书馆、首都图书馆等藏。半页十行，行二十一字。黑格黑口，左右双边，单鱼尾。序前有"徐闇公先生遗像"。首序为丙午（1666）正月温陵林霍《华亭徐闇公先生诗文集序》，继有壬子（1672）五月林霍《徐闇公先生诗集后序》，林霍后序后有目录，民国十五年岁次丙寅孟夏之月后学金山姚光题识，民国元年五月郡后学姚光《徐闇公先生残集序》。《徐闇公先生年谱》后有民国十四年十二月江浦陈洙跋语。卷一题名下镌"怀旧楼丛书"，题名后注"华亭徐孚远闇公父著，孙男怀瀚谨录"。每卷末镌"后学上海王植善、金山姚光校刊"。卷一收乐府七十四首，卷二至卷七收古诗七百二十八首，卷八至卷二十收律、绝等近体诗二千七百五十首。于其诗集内容，林霍言曰："华亭徐先生以庚寅岁季春自浙之舟山抵鹭门，凡居十四年，鹭门破，因入粤，而终有《南海摘草》一帙、《交行草》一帙。《南海摘草》皆鹭门所著诗，《交行草》则戊戌岁赴行在至交州所著诗也。"

闇公诗文得以保留，闇公门人林霍有首功。林霍序曰："崇祯壬午秋，以国学登北闱贤书，海内嗟其晚。越二年而国变，乙酉岁南都继溃，思文皇帝正位闽中，公遂弃家入闽，道信州，谒黄文明公，一见如旧识，又为疏荐于朝。时福州升为天兴府，至则以公司理天兴，旋擢为给事中。及闽溃，公因脱身归吴，潜图举义。时夏公已殉难。居无何，而陈公继之。公遂避地吴兴，因转入浙之舟山，依肃侯黄公斌卿。舟山破，公因抵鹭门，是为庚寅岁三月。赐姓闻公至，以上宾遇之。帝起公都御史，敕入朝。戊戌岁，将赴行在，至交州，与安南西定王争礼体，不得达而返。公闲居，每谈及陈、夏二公事，必挥涕，尝曰：'昔在故乡，胡尘相迫时，友人夏瑗公语余曰："吾观诸子中，愤虏不共日者，必子也。"余感其意，十年来浮沉沧海，而不敢忘此言也。'公之不忘君父，又笃于亡友如此。所著诗文无非忠爱悱恻之音，可以一唱而三叹焉，知其经涉于患难深矣。呜呼，世之士大夫身受国恩，天高地厚，一旦不幸而值倾覆，求故主于颠沛流离之中，出万死一生而不计，乃其分也。顾平昔宴安已久，而怀乡族，保室家，交战于中，不能自决耳。公当国破，自吴而闽，又自闽而浙，自浙而闽，至赴交州，间关水道，仅而获免，死生存亡，直以度外置之矣。其在鹭门也，尝手抄十七史，日无停晷，又论文以气为主，而年来风涛震撼，鱼龙与狎，精悍销铄殆尽，未尝不悲其遇之穷，而终不少悔也。若公者，岂非古所谓志士仁人哉？凡居十有四年而岛溃，因南帆，挈家转徙，遁迹于潮州属邑山中，以忧愤呕血，至乙巳夏五月全发而终。悲夫，世不复有斯人矣。霍与公年岁在后，而受公知，当癸卯春两岛未破，公顾霍于友人别业，欲索公诗文稿以归，公曰：'近来诗章颇有，文则散失无绪，然此何时，作此不急之事乎？'公归，竟手书一帙寄霍，谁知从此而不得继见哉。霍草茅贫贱，念无以报公，惟守公遗集，序而藏之，异日以为中原文献云。"

姚光于闇公遗著之完璧，功莫大焉，积数十年之功汲汲于此役。民国元年（1912）得闇公残集一卷，姚光于序中云："三先生（陈子龙、夏完淳及徐孚远——作者注）皆节义之士，而徐先生为愈苦矣。至其著述亦零落殆尽，今所见者，惟《艺海珠尘》中《交行摘稿》诗数十首而已，余甚憾焉。乃为多方搜辑，随所搜罗，又得诗文杂著如干首。先生当时著述极富，而今所得仅此，故以残集题云。呜呼，先生之泽既不被于当世，赍志以殁，而二百六十年中，又少有表彰，故人鲜知其贞操介节，今得传者，止此区区小册，是可悲矣，我因之有所感焉。自明政不纲，二三君子相与结为社事，思以名节振救之，文采风流一时称盛。然能讲经济大略，求健儿侠客，联络部署以应天下之变者，厥维几社，而主其事者，先生与陈、夏也。今黄门遗集（即《陈忠裕公集》）久已风行，曩岁余等又刊其《安雅堂稿》。夏集虽亦多失传，然余友吴江陈君佩忍（去病）有夏氏父子合集之辑。兹余又辑成先生残集一卷，三先生之泽皆得不斩，几社之学当日昌矣。"

民国十五年，金山姚光得徐氏后人所珍藏之巨帙，首尾完具，于是与王培孙加以校阅、编次，并予以付梓行世。姚光复序曰："明季华亭徐闇公先生《钓璜堂存稿》，系松江雷君君彦（瑊）得诸先生之后裔，举以视余。书凡二部，一署先生孙怀瀚所录，一署先生七世孙元吉藏本，其后皆附以《交行摘稿》，上冠以林霍所撰先生诗文集原序，郑郊等祭文、书稿，与夫历任敕命。二者大致相同，稍有出入，皆工笔写成，盖其子姓所钞，以分弆者也。稿中都诗二千七百馀首，与《交行摘稿》皆先生于役海外之作，分体编次而无卷第，至各体之中，似以岁月为序。顾每体多少悬殊，不易翻阅。余乃以怀瀚所录为原本，依其序次，约略厘为二十卷，与上海王君培孙（植善）相校录，而付之梓，仍附以《交行摘稿》，冠以林霍原序。海宁陈君乃乾（乾）、江浦陈君珠泉（洙）又纂辑先生年谱一卷，其历任敕命及祭文、书稿等皆编入而附录之。夫先生著述，郡邑志只载有《十七史猎俎》一百六十卷、《钓璜堂集》二十卷。其《十七史猎俎》，王沄撰先生传中称一百四十五卷，曾刊行与否不可知。若《钓璜堂存稿》，则以所考见，似从未付梓者，郡邑志所载卷数，不知何据；惟今余所厘订，适与偶合耳。林霍为先生弟子，乃其与先生孙怀浣书中言，只藏先生在岛所著文十馀首、诗一帙，又《交行摘稿》梓本一帙；又言先生平生吟咏最多，何篑中只寥寥五十馀首。至全祖望熟于明季掌故，而撰先生传，竟谓闇公殁后，其子亦饿死，故海外集不传。盖皆未见全稿也。此衷然巨帙，首尾完具，当系先生次子永贞侍母戴夫人扶柩返里时，箧衍所携归，而世代珍守者，乃二百六十馀年后，一旦发见，且自此帙并先生之遗像归之于余。后徐氏即遭回禄之灾，其他法物荡然，而此帙、此像独以不留于家而获免，不可不谓有默相之者矣。余往以先生著述散佚，只见《艺海珠尘》中所刻《交行摘稿》，乃为多方搜辑，顾所得未多，署为残集。今乃忽然获此，其欣慰为何如哉！余所辑录其诗，检于存稿所有外，大都诗文系《壬申文选》中之社课，无关宏旨。今有此巨帙，文选亦有流传，可以缓刻，惟另有文数篇，并可窥见先生学问、经济、性情之处，先生既无文集之传本，亦自言文则散失无绪，爰编为遗文一卷，而附梓之，至此而先生之所作具矣。呜呼，先生琐尾流离，刻意光复，昊天不吊，赍志以殁。迹其生平，参预义旅，从亡海外，荐绅耆德之避地者亦皆奉为祭酒，与南明之关系，盖不亚于郑延平王及张尚书焉。先生之大节，至晚年而愈显，其精神固尽寄于此稿也。先生往矣，精神自在天壤，百世以下，读者可以想望其风旨，而亦籍以考见南明二十馀年之文献矣。"

《交行摘稿》一卷

《艺海珠尘》本，然仅录诗数十首而已。华亭后学金山姚光乃为多方搜辑，又得诗文杂著若干首及年谱一卷，此即《交行摘稿》一卷、《徐闇公先生遗文》一卷、《序闇公年谱》一卷。《遗文》乃姚光辑。《交行摘稿》录诗六十首，诗后附林霍《徐孚远小传》、王沄《东海先生传》。《遗文》收序、议、谏、书等文八篇。

《徐闇公残集》一卷

上海图书馆、复旦大学图书馆藏。上海图书馆藏本封面题"姚光辑录，徐闇公先生残集，此册均从《壬申文选》中辑出，依其次序"。内录《君子行》《悲哉行》《独漉篇》等诗六十一首,赋三首,叙、论、议、启、说等文二十一篇。

徐孚远论明前后七子曰:"明兴,涵浴圣化者数朝,始有北地、信阳,又一传有琅琊、历下。琅琊、历下之于北地、信阳也,推其草昧之功,至于我而大备。竟陵之攻王、李,则索瘢吹毛甚矣。要之,性趣分途,用有宜适,一丘一壑,闲咏清啸,则竟陵二公雅有专长;若清庙明堂,高文典册,恐有逡巡而不敢入者。"(林霍《徐闇公先生诗集后序》,民国十五年金山姚氏怀旧楼刊本)陈子龙尝言云间六子(亦含徐孚远)曰:"周、徐辈六子,皆与予同学诗者也。其才情雄俊,用功深微,十倍于予。"(《安雅堂稿》卷三《六子诗稿序》)

朱彝尊论徐孚远曰:"先生,达斋侍郎之裔,太师文贞公族孙,与卧子、彝仲、勒卣辈六人,倡幾社于云间,切劘古今文词,倾动海内。既而乘桴远引,骑鹤重归,矢诗不多,类有身世之感。"(《静志居诗话》卷十九"徐孚远")

嘉定县

王彝《妫蜼子集》《王常宗集》《王征士集》

王彝(1336—1374)字常宗①,自号妫蜼子。其先蜀人,父允中为昆山学教授,遂著籍嘉定。彝少孤,读书天台山,师事王炜,得兰溪金履祥之学,故学有端绪。长有文名,与高启等游,名列"北郭十才子"。洪武三年诏征与修《元史》,史成不仕归。又荐入翰林,以母老乞归。后坐魏观事论死,与高启并诛。彝为文抒所自得,一裁于法,不逐时好。时杨维桢以文章雄视东南,彝独目为文妖,著论诋之。生平见娄坚《王常宗先生小传》(《娄子柔先生集》卷四)、方鹏《昆山人物志》卷九,张廷玉等《明史》卷二百八十五、《(光绪)宝山县志》卷九。

《妫蜼子集》六卷

明洪武抄本,台北图书馆藏。四册。阙卷二。全幅22.9×16.5

---

① 王彝《聚英图序》云"有张孟兼者,年甫出三十而少余二岁",另查宋濂《张孟兼字辞并序》,知张孟兼"生于岁戊寅正月六日",即元至元四年(1338),则王彝当生于至元二年(1336)。另据《明太祖实录》,王彝、高启并涉魏观事,诛于明洪武七年(1374)十月。

厘米。半页十一行，行二十一字。卷首有俞祯序，题"洪武乙亥冬月前载生明郡晚生俞祯序"。钤印有"密均/楼"朱方、"曾藏汪/阆源家"朱长方、"叶伯寅/图书"白方、"叶德/荣甫/世藏"白方、"叶氏/藏书"朱方、"国立中央图/书馆收藏"朱长方、"缄盦/曾读"白方、"李芝绶/家文苑"朱长方、"南阳/叔子/苞印"白方、"二/泉"朱方、"下学斋/书画记"朱方。正文题名下注"东吴王彝常宗著"。卷一录《诗原》《文妖》等杂著十九篇，卷二收论（有目无文，原阙），卷三收序二十二篇，卷四收记二十篇，卷五收碑、赞、题跋、墓志铭等二十四篇，卷六收古诗一百五十七首。

俞祯序极为罕见，全文录如下："士之于文也，犹春之雨，夏之霆，山川之出云，草木之成花，实时至气应，感遇于事物之动而发见焉，无所容其私心也。惟无私心以乘之，故常为于不得不为，因其所当为而道之，无一毫故为之意混乎其间，则天下之至文，彰著而不可掩矣，非知道者不能也。知道，则无文人致饰之见，而有天下后世之虑。愚故观夫妫蜼子之文，每三叹焉。《妫蜼子集》者，吾苏练川王先生常宗所为之文与诗也。先生静观天下之理、古今之迹、时世之变，洞明熟察而可验可凭久矣。盖出而行之，扩前圣、救当世，不幸值元叔季，乃潜伏海滨，以图保全。初无营于时，然而忧世之心郁勃于胸襟者，其何能已乎？因发之于不得已之言，凿凿乎如谷菽之可疗饥，断断乎如药石之可祛病，良为拯救元元之利器，惜乎莫有举而用之，徒托诸空言而已。迨至国朝，尝用荐入京修《元史》，毕即引疾东还，亦莫展其用。故凡所见之亲切，虽云礼乐制度焕然维新之日，而区区进补之忠诚，恒为之汲汲而弗容已，则天下后世之虑又不能不于斯发之也。适其性情而不累于客情浮气之妄动，非文人致饰之词，天下之至文与古之名世者同一揆焉者尔。先生殁馀二十稔，愚始得之，惟世之知者寡，故深自为儆，录以序之。后之君子见之，当有以叹斯言之可行，而天下不能行，是可与其知道而亶其然哉！先生名彝，常宗字，妫蜼子其别号云。洪武乙亥冬月前载生明郡晚生俞祯序。"

《王常宗集》四卷《补遗》一卷

明弘治十五年（1502）刘廷璋刻本，南京图书馆藏。半页十一行，行二十字。左右双边，黑格白口，双鱼尾。《四库全书》收录。卷首有都穆《王先生集序》、弘治壬戌（1502）正月浦杲《题王常宗集后》及弘治十五年三月刘廷璋题识。卷一录碑铭、记，卷二录序，卷三录说、赞及杂著，卷四录杂诗，《补遗》录《大学章句序说》《送仲谦师序》《送坚师序》《中秋玩月诗序》《送朱道山还京师序》《望山堂记》《送殷教谕赴咸阳县序》《镜堂师画像赞》及《题读书楼》九篇。

都穆序曰："洪武史臣嘉定王先生常宗有遗文一编，穆乡尝校定，厘为四卷，藏之箧笥者二十年矣。刘君子珍世居嘉定，好古博雅，谓是集为里中故物，刻梓以传，而俾穆序之。惟吴为东南文献之地，自汉唐以来，名人魁士踵武相望，至我朝洪武而益盛。盖当是时修《元史》者三十有二人，皆极天下之选，而出于吴者高季迪氏、谢玄懿氏、杜彦正氏、傅则民氏，而先生与焉。先生之文精严缜密，明畅英发，不为谀辞浪语以逐世好。要之，根据乎六经，出入乎诸子百氏，而其识见之卓，论议之妙，求之当时已不多得，而况遗之百数十年之远，其可以弗传耶？"弘治壬戌（1502）正月嘉定浦杲序称："杲童幼稔闻长老论及嘉定乡先生，学行纯正、文章典雅，必王先生常宗为称首。自恨生晚，不获一操杖屦以备牛马之走。间尝得其诗文一编，曰《三近斋稿》，其议论根据，精彩发越，反覆诵咏，使人有手舞足蹈之意。此杲所为恨生晚，不得以从问道执业之末。然是时抱生晚之恨者，岂独杲也？吾友刘君子珍过而见之，默然有契于中，乃曰：'君贮之箧笥，以私一人之观览，孰若镂板以传，庶斯文之不坠，而先生之名亦得以垂不朽也。'遂许捐金以成厥美。其间多有陶阴亥豕等字，复求进士都公玄敬校雠点捡，略无苟且，复为序文以弁首简。"同年三月朔刘廷璋序曰："吾练川有妫蜼子先生者，姓王名彝，字常宗。其学之传出于仁山金氏，故渊源有自，发为诗文，皆平顺和畅，根于至理。国初以布衣召修《元史》，书成，受金币之锡，有以荐于翰林者，先生以母乞归，后竟不得其死。呜呼，先生之才之德而不得其死，今乏曾玄以衍其后，使其文不传，不为真死也欤？余因采访其文集数卷，出资绣梓，以广其传。刻成，因缀数语于后，以见先生虽亡，而所以不亡者自若也。"

《四库全书》本《王常宗集》四卷《补遗》一卷《续补遗》一卷，其内容较弘治本《王常宗集》多"续补遗"。《总目》云："其集本名《三近斋稿》，弘治中都穆编为文三卷诗一卷，刘廷璋、浦杲又辑补遗一卷。今世所传抄本，又有续补遗一卷，不知何人所辑。考其体格与全集相类，似非赝作也。王士禛《香祖笔记》曰'《王征士集》，都少卿元敬编。元敬称其古文明畅英发，又或以为吴中四杰之一，以常宗代张来仪者。今观其诗，歌行拟李贺、温庭筠，堕入恶道，馀体亦不能佳，安能与高、杨相颉颃乎'云云。案，彝之学出天台孟梦恂，梦恂之学出婺州金履祥，本真德秀《文章正宗》之派，故持论过严，或激而至于已甚。集中《文妖》一篇，为杨维桢而作者，曰'天下所谓妖者，狐而已矣，俄而为女妇，而世之男子惑焉，则见其黛绿朱白、柔曼倾衍之容，无乎不至。虽然，以为人也则非人，以为妇女也则非妇女，而有空家之道焉，此狐之所以妖也。浙之西言文者，必曰杨先生，予观其文，以淫词谪语裂仁义，反名实，浊乱先圣之道，顾乃柔曼倾衍、黛绿朱白，奄然以自媚，宜乎世之为男子者之惑之也'云云。其言矫枉过直，而诟厉亦复伤雅。虽石介作《怪说》以诋杨亿，不至于是。士禛所云，或亦有激而报之乎？然其文大致淳谨，诗亦尚不失风格。

虽不足以胜张羽，必以为一无可取，则又太过。《香祖笔记》成于士禛晚年，诋诃过厉，时复有之，固未可据为定论矣。"（《总目》卷一百六十九）据《总目》知《王常宗集》本名《三近斋稿》，文三卷诗一卷；又名《妫蜼子集》。康熙本题《王征士集》。

另有清抄本《王常宗集》四卷《补遗》一卷《续补遗》一卷，上海图书馆、台北图书馆等藏。上海图书馆所藏抄本，书衣正面有黄裳题笺："旧钞《王常宗集》，述古堂故物，张芙川跋。"题记下有"黄裳"朱方印。封面有张蓉镜题识一则①，下有"蓉镜"白长方印、"虞山/张氏"朱方印、"倚青/阁"白方印。封二、封三有黄裳题跋五则，首跋下有"黄裳/小雁"朱方印、第二跋下有"小雁"朱长方印、第三跋下有"容大"白方印、第四跋下有"裳"朱方印、第五跋后有"黄裳/藏本"白方印。序页题名"王先生集序"下有"潘祖荫/藏书记"朱长方印、"虞山/张氏"朱方印、"小琅嬛/福地/秘籍"朱方印。目录首页有"黄裳"朱方印、"曾藏/张蓉/镜家"朱方印、"琅嬛/福地/秘籍"朱方印。另卷一题名下有"上海图/书馆藏""来燕榭/珍藏记""鹤侪"朱方印②。集末正文后有"显月斋人""草草亭藏""木雁/斋""曾藏/张蓉/镜家"朱方印。正文前有弘治十五年三月十日都穆撰《王先生集序》。卷一收碑铭二篇、记十四篇，卷二收序十七篇，卷三收说五篇、赞四篇、杂著四篇，卷四收杂诗二十四首，《补遗》收说一篇、序五篇、记一篇、赞一篇、题辞一篇。《续补遗》有《师子林记并诗（十四咏）》《夜宿师子林听雨》《题顾定之竹》《泉州两义士传》《题秀野轩》《春草辞》《春草堂诗》《跋张贞居自书帖》《跋张旭春草帖》等诗文。后

---

① 张蓉镜（1810—?），字伯元，又字芙川，江苏常熟人。清末著名藏书家。钤印有"倚青阁""小琅嬛福地秘籍""曾藏张蓉镜家""虞山张氏""笑读古人书""虞山张蓉镜鉴藏"等。
② 鹤侪即乔松年（1815—1875），字建侯，号鹤侪，山西清徐人。清后期书法家、藏书家。藏书印有"鹤侪""显月斋人"等。

有弘治十五年三月刘廷璋《王常宗集后跋》。

题名页有嘉庆己卯中秋后十日虞易张蓉镜笺记："嘉定《王先生集》，近来友人屡属觅之不得。戊寅秋中，忽见此本，书写精妙，用笔古雅，极似钱求赤先生所书，细审装治，为述古堂钱遵王家故物，遂以重值购得，亦别集中罕见之秘册也。"本页题名下有张蓉镜注语："旧钞秘册。"乙未十月十七日黄裳所题手记于蓉镜目此抄本为钱求赤所抄有异议："此旧抄本《王常宗集》，滂喜潘氏故物，采收于吴兴潘氏，许凡数十种，只此本与《翠微南征录》曾著录于藏书记中。盖文勤南归所携之册，曾为叶鞠裳所见者。本磁青旧装，信是'也是园'中故物，而蓉镜所云求赤手抄者，则未敢知。余所收匪庵手校跋本不少，似其书法乃更厚重也。然出清初名辈精写，则无可疑耳。王集余旧有陆南村所刻一本，在康熙中，亦极罕传，似未曾见此，暇当核其异同。来燕榭中晴意日暖，煮龙井新茗，手为题记，人生快事，此为第一。"粗校后，黄裳又于十月十九日晨识曰："取康熙庚辰陆南村刻粗对一过，陆本系从明启、祯时沈公路重缉抄本出者，编次大体相似，而前后次序有微异处，且刘廷璋后序亦逸去，师子林游记及十二咏亦无之，仅据《列朝诗》录其四首，凡此皆旧抄胜处也。粗勘序目，它异字未暇详也。"丁酉六月初九又记曰："近日来青阁估人更收康熙陆南村刻《王常宗集》，文瑞楼旧物，且有金星轺手跋数行，钤印累累，以已得一本，遂未更收，附志于此，以见其为藏家珍重者久矣。"

述古堂藏本《王常宗集》续补遗卷《泉州两义士》文后有陆嘉颖题识，凡一百一十二字，对了解《王常宗集》之版本流变非常重要："余与徐朗白于金昌客寓中，观檇李项氏法书、名画，获睹先生遗文，有高季迪启、倪元镇瓒歌咏，吴人谢元懿徽、张士行绅、庐陵张光弼昱跋，其文八分书，汝易袁华所作，笔极清古。使非朗白委曲其间，奚能钞录此文？若有神物护持从吾所好者然，何其幸也！甲戌又八月七日陆嘉颖补并识。"陆嘉颖，字子垂，又字明吾，苏州嘉定人，明天启间官至主簿，明清易代，与子陆坦偕隐金閶，后以穷死。著有《银鹿春秋》《砚隐集》①。陆嘉颖所言"徐朗白"系指明末清初新都（今歙县）人徐守和，字朗白，号清真居士、晋遗、若水。酷嗜法书、名画，藏物中往往有累累诗题、长跋②。"项氏"指明万历间檇李（今嘉兴）人项靖，书画收藏家③。在由弘治本《王常宗集》四卷《补遗》一卷到四库本《王常宗集》四卷《补遗》一卷《续补遗》一卷的过程中，数百年间不知道"续补遗"来自哪里，四库馆臣也说"不知何人所辑"。然述古堂藏本陆嘉颖题识实在为我们提供了极其重要的线索。

上图另有清咸丰三年（1853）抄本《王常宗集》四卷《补遗》一卷《续补遗》一卷，前有"咸丰癸丑六月堪喜斋主人命侄观身谨录"之《四库全书总目提要·王常宗集》，继有都穆序。正文半页十行，行二十字。左右双边，版心白口，双鱼尾。目录内容与述古堂藏本同，然正文阙《补遗》一卷《续补遗》一卷。

此外，上海图书馆有清初抄本《王常宗集》四卷《补遗》一卷附《又补遗》，无栏无格，半页九行，行十六字。钤印有"善化贺瑗所藏书画印"朱方、"古盐/张氏"白方、"松下/藏书"朱方、"古盐官州马思赞之印"朱方、"传之其人"朱方、"王氏/秘籍孤本"朱长方、"芷斋/图籍"朱方、"张载/华印"白方、"扫尘斋王氏藏印"朱方、"礼培私印"白方、"湘乡王氏秘籍孤本""上海图/书馆藏"朱长方。卷首有都穆序，正文各卷、《补遗》与述古堂藏本同，惟《又补遗》仅有《题张贞居诗卷》《松泉居士赞（有序）》

---

① 淡泊《中华万姓谱》（中），中国档案出版社 2006 年版，页 1414。
② 穆棣《〈韭花帖〉系列考》，见《名帖考》卷上，《嘉善文史资料》第六辑内《吴镇研究论文专辑》，1991 年，页 46。
③ 瞿冕良《中国古籍版刻辞典》，齐鲁书社 1999 年版，页 408。

二篇文章。卷末附浦杲《题王常宗集后》及刘廷璋题识。

《王征士集》四卷附录一卷

清康熙三十九年（1700）陆廷灿刻本，国家图书馆、南京图书馆、北京大学、复旦大学、华东师大、美国哈佛大学等图书馆藏。今《明别集丛刊》第一辑第 14 册内《王征士集》四卷附录一卷即据清康熙刻本影印。半页九行，行十九字。左右双边，版心白口，单鱼尾。鱼尾下注"王征士集卷第几"。卷首有宋荦《王征士常宗集序》、都穆《王先生集原序》，继有练川沈弘正撰《王征士常宗集旧序》、浦杲《题王常宗集后》。继为目录。正文题名"王征士集"，题名后注"嘉定王彝常宗甫著，后学陆廷灿扶照氏辑"。卷一收记十四篇，卷二收序二十三篇，卷三收碑、铭、说、传、赞、杂著等十九篇，卷四收诗三十二首。另有附录一卷。附录皆他人所作与王彝有关之文与诗，总二十一首，如宋濂《元史目录记》、王行《先砚堂记》《与王常宗书》、黄暐《莲轩吴记一则》、张昶《吴中文苑人物志·五彝》《姑苏志人物传·五彝》《嘉定志人物传·五彝》、钱谦益《列朝诗集小传》、娄坚《王常宗小传》、沈弘正《书宋太史元史目录记后》、高启《春日怀十友诗》（王征士彝）、《妫蟠子集歌》《与王征士访李炼师遂同过师林彝因公》《妫蟠子歌》《王征士东里草堂》《海上逢王常宗》、杨基《寄王常宗》《湘江道中思王常宗》、姚广孝《送王彝太史还祁川》、韩奕《次韵答王常宗》等。附录内容为《四库全书》本所无。卷末有康熙庚辰仲夏之月同邑后学陆廷灿题识。

集由陆廷灿辑而梓之。宋荦序称："征士遗文一编，弘治时，有吴郡都穆者，厘为四卷版行。今陆扶照氏恐其久而湮也，为校辑而重梓之，数来请序于予。予惟三杰皆以诗名，独征士更以古文擅长。顾三百年来，其姓氏亦几若灭若没，而卒赖是以传，则文章信有力欤！或犹惜其少，此与卖菜求益之见何以异。今夫上下古今，得传姓名于天壤间者，代不过数人，人不过数言。昔人谓晋无文章，惟李令伯《陈情》一表、陶渊明《归去》一辞耳。则不惟之二人者藉是二文以传，且可以盖典午一代之文，而岂务多乎哉？征士遗文虽少，然如川珠山玉，埋藏逾久而光气终不可淹，吾于是而叹文章信有力也。穆叔以立言居三不朽之一，有以夫。"

沈弘正（1578—1637）谓《王征士集》得之邑中吴太仆："丙寅春仲，文学吴太仆忽以常宗集见示，如逢异人，行异境，拂异香，载欢载诵。"沈氏以为王彝成就在文，而明初四杰却以诗名扬宇内："四杰遗集率皆以诗鸣，独常宗则以文擅所长，抒独得，如记、序、碑、铭、说、赞、杂篇，尚有典刑，实源本于金履祥氏，故直斥老铁为文妖，而骎骎欲与子充、景濂抗衡。其于抱膝撚须之兴稍疏也，后竟与季迪俱坐魏观事卒……因为辑附考一卷，以上下其世，而旁及其朋簪，使征献者亦知兴朝之隆干，吾练实有翘翘一楚也。"

陆廷灿题识言康熙间刻本原由曰："明初，吾邑王常宗先生诗文四卷，刻于弘治壬戌岁，都公玄敬叙之行世。未几，集板散失。启祯时，沈先生公路曾为编辑，而娄先生子柔集中亦载王常宗小传，有云：'余求得先生之集较而藏之，使后之人犹知有先生也。'当是时，虽俱未经剞劂，而其想慕殷勤之意甚深也。按先生文章原本六经，不逐时好，实为嘉邑文献之宗，故虽弹丸小邑，僻在海隅，而高人名士为世所推重者代不乏人，如章道常、丘子成及唐、娄、程、李诸先生辈，后先接迹，其源流盖有自也。独念先生入朝载笔，谢病归田，出处之间亦綦重矣。其诗文应有不尽于是者，而所传止此，殆非先生之全集也。尝读韩高士公望诗，有《次韵王常宗》一首，而先生集中并无寄韩之作，则其遗文之阙轶，概可见矣。呜呼，士君子生天地间，兀兀穷年，出其心思才智，作为文章，传之后世，固其宜也。岂文章之至者，顾亦为造物所忌邪，何其有传有不传也？廷灿生先生之乡，窃尝诵先生之诗，每以不见先生之集为憾。客冬得公路先生抄本，快读卒业，因亟谋付梓。其原集未载者仅得数首，亦为增入。刻既成，得蒙大中丞宋公大序弁首，使三百年几至隐没之遗文，一旦复光天壤，然则先生之文亦何藉于多哉，即此以传世，庶几不负娄、沈两先生未尽之意云尔。时康熙庚辰仲夏之月同邑后学陆廷灿谨识。"

王彝为人峻厉，不可一世，类古之遗狂。其学远有端绪，其文清劲奥衍，言不蹈袭。同时杨维桢有盛名，王彝却直斥为文妖："会稽杨维桢之文，狐也，文妖也。噫，狐之妖至于杀人之身，而文之妖往往使后生小子群趋而竞习焉，其足以为斯文祸非浅小。"（《王征士集》卷三《文妖》）清季陈田云："杨铁崖擅名元季，王常宗作《文妖》以诋之。李西涯领风雅于成、弘之间，张孟独谓其芜没先进，斗一韵之艰、争一字之巧以诋之。厥后钱牧斋为西涯修怨，至谓孟独窃康德涵之诗；王渔洋为铁崖复仇，至谓常宗拟温、李，堕入恶道。士憎多口，天道好还，亦可畏哉！平心而论，常宗诗类铁崖，本自眷属一家，胡乃操戈同室？都元敬谓常宗文明畅英发，或以此屈铁崖，未可知也。"（《明诗纪事》甲签卷六）

朱彝尊谓王彝"学有渊源，集中《孔子庙学碑》《南门记》《乡饮酒铭》文甚高洁。时铁崖以文雄东南，倾动一世，常宗独作《文妖》一篇诋之……诵其文可谓独立不惧者矣。其为诗若《神弦四曲》《露筋娘子篇》尚沿铁崖流派，而集外有题《宋复古巩洛图》六言云：'斜阳欲雨未雨，别岭归人几人。峰回忽见月出，稚子相迎涧滨。'颇有摩诘、文房遗韵。又题宋徽宗画《百合图》云：'偶为美名图百合，不知南北已瓜分。'亦有思致"（《诗话》卷二）。

马愈《稗官记》

马愈（生卒年不详）字抑之，一字清痴，号华发仙人，嘉定人。马轼子。天顺八年（1464）进士，官至南刑部主事。工书画，尤善山水。生平见《（光绪）嘉定县志》卷十九。

《稗官记》五卷，清初抄本，中山大学图书馆藏。一册。无栏无框。半页十一行，行二十二字。正文题名"稗官记第几卷"，后注"吴郡马愈抑之甫"。卷一收诏、郊祭文、枢府典故等十四篇，卷二收铭、说、序、杂记等二十馀篇，卷三收诏、表等十篇，卷四收祭文、诗序、杂著等三十馀篇，卷五收杂著近十篇，卷末录有《先考博士府君南行小传》。

《（光绪）嘉定县志》卷十九载马愈"工诗词、乐府，善楷书，得褚遂良笔意。喜谈占验，而好学博古过于其父"。

王翘《小竹山人集》

王翘（1505—1572）字叔楚①，一字时羽，号小竹，嘉定人。弱冠补郡诸生，以不能售其业，乃谢去。饶有机略，嘉靖间倭乱，尝居幕府赞画军事。性肮脏，尤不喜曳裾公卿间，以故名不甚远，然翘亦不以屑意也。遇所善友，即觞咏竟日，忘其屡空焉。工诗，善画竹、虫，有《写意草虫》不分卷传世，诗作有《小竹山人集》三卷。生平见徐学谟《王山人墓志铭》（《徐氏海隅集》卷十七）、

---

① 徐学谟《徐氏海隅集》卷十七在王翘墓志铭载："（翘）游江东，骑而颠伤焉……卧逾月，而山人竟不起。实隆庆壬申秋七月廿又五日，得年六十有八。"另《（光绪）嘉定县志》卷二十亦载王翘"卒隆庆壬申，年六十八"。据此推知，王翘生于弘治十八年（1505），卒于隆庆六年壬申（1572）。

王道通《王翘传》(《简平子集》卷十)、《佩文斋书画谱》"画家传"、《(光绪)嘉定县志》卷二十"人物传"。

《小竹山人集》三卷,清道光二十二年(1842)友兰别墅刻本,南京图书馆、上海图书馆、北京大学、复旦大学、东洋文库等藏。今《明别集丛刊》第二辑第66册内《小竹山人集》三卷据友兰别墅刻本影印。正文下镌"嘉定王翘叔楚著,同邑后学戴鉴冰揆辑,分籍宝山同里后学庞书种存子选,后学沈文渊小湘较"。卷首有庞书种序,题"壬寅十月小雪日后学庞书种撰于罗阳书院";康熙五十二年夏四月同邑戴鉴《弁言》。卷末附范洪铸跋语。卷上收古体诗二十一首,卷中收近体诗九十九首,卷下收近体诗六十首。诗多酬赠诸将之作。正文前录《钦定佩文斋书画谱·画家传》《嘉定县志》《宝山县志》内之"人物传",徐学谟《王山人墓志铭》、朱彝尊《静志居诗话》小传、王士禛《居易录》一则、《明练音续集补·小传》《曝书亭集·题画诗》及王道通《王翘传》。

庞书种序曰:"《小竹山人集》,山人自集其所为诗也。山人生前明正、嘉间,名翘,字叔楚,姓王氏,嘉定之罗阳里人。国朝雍正时,析其地隶宝山境。余籍宝山,实家山人旧里云。山人工诗、善图绘,弃诸生,为山人游。余自幼学韵语,耳山人名并其逸事,求山人所为诗者几二十年不可得。道光纪元之岁,始获山人集而卒读之,藏诸敝箧中者又越二十年于兹。今载夏五,夷艅入吴淞口,讹言日夕至,阊井一空。余索居无俚,辄出所藏山人诗,手录一过,定为三卷,将镂板以行,因序一言曰:明诗再盛于嘉靖之后七子,李于鳞、王元美为之冠,山人及游元美之门,为元美爱重,谓山人诗有《三百篇》遗音。徐叔明交山人三十年,称山人诗宗孟郊,能袭其枯淡之指而不剿其言。当日两先生虽各主其说,而山人诗则已可知矣。乃迄今二百七十年,其姓氏若灭若没,后生小子殆无复知有山人所为诗者。余之求山人诗甚殷,而藏山人诗也寝久,不及今寿之枣梨，设少焉物换星移，抱山人集以没世，是使迈迹葫芦、冥搜元凿如山人才者，终无闻于百世而下也，是余徒生长于山人之里，而竟任其流风馀韵之一旦消歇也，非余之责也夫？爰校雠、付剞劂而序之如此。抑余重有感焉。山人当世庙丑、寅之际海上倭乱，入幕府赞画，故多变徵之音。今者，夷人犯顺，历丑、寅两岁，迨吴淞收复，适山人之集开雕。是山人所为诗不啻一再出于兵燹煨烬之馀焉，幸不幸何如欤？"

范洪铸跋语云："余稚齿稔闻故老谭里中人物，前明则数小竹山人，工诗、善画。检敝簏得山人画《草虫》一小帧，纸墨暗澹，神气故自生动。观徐叔明山人墓志、朱竹坨《明诗综》小传、王阮亭《居易录》，志山人逸事，想见其为人。生其里，不获读其诗文为憾。乙未（1835），金子瞻玉以家藏山人抄本诗集示余。是集，康熙癸巳邑人戴南村辑录，欲付梓人而未果者也。时雨窗萧瑟，灯火彻夜，读竟，喟然叹曰：文人之业，传与不传，亦有幸不幸欤？山人之诗原本性灵，结言端直，气味清雅，居然作手，乃山人平生弃儒生家言，未尝游公卿间希荣弋名，以故所为诗文，当时不甚流播。越百数十年之远，其姓氏几若灭若没，残缣剩楮，谁复搜探耶？虽然，川珠山玉，埋藏愈久，光气终不可掩，迄今有金子一编，则是文章信有神也……谨将是集复之金子，而缀数言于卷末。"

王翘虽为山人，然生逢乱世，一腔抑郁不平之气发而为诗，故其诗亦酣畅淋漓。《九歌九首》小引曰："杜少陵作《七歌》，文文山作《六歌》，皆志变也。仆自壬子历甲寅，弃家于舟，三易寒暑，感激成声，效而为九，人情之裂，无逾此矣。噫，情无贤不肖，怨与、愤与，莫非情也。故识之。"（《小竹山人集》卷上）《赏火谣》序云："吴城六门莫盛于西闾，六月初，贼举火焚枫桥达昼夜，时宰坐睥睨间，饮酒顾望，无异平日。烈风大作，烟焰蔽天，不辨咫尺，哭声遍城内外。或指城上云'勿啼哭，看城上赏火'。吁，有是哉。作《赏火谣》。"(《小竹山人集》卷上)《(万历)嘉定县志》云王翘"诗宗孟郊,枯寂有致。画工草虫竹石,亦时仿米芾为山水,顾不自珍,求者无不满意去。性肮脏,尤不喜曳裾公卿间,以故名不甚远,然初不以屑意也。遇所善友,即觞咏竟日,忘其屡空焉"(《(万历)嘉定县志》卷十二)。

朱彝尊《明诗综》录其《赏火谣》(并序)、《客夜》《秋怀》三首,并云:"叔楚工画竹,予尝睹其真迹,为赋长歌,不知其幕府才雄也。邑人侯大年述其绘草虫更精,惜未得见。《小竹集》一册,中间赠酬诸将之作居多。"(《诗话》卷十四)

徐学谟《徐氏海隅集》《春明稿》《填郧续稿》《归有园稿》

徐学谟(1521—1593)字叔明,一字太室,初名学诗,字思重。苏州府嘉定人。嘉靖二十九年(1550)进士,授职方司主事,改稽勋司。丁内艰,服除,补礼部主事,历员外郎,出知荆州府。抗景王侵民田,因免归。隆庆改元,起南阳知府,迁湖广副使,分巡襄阳,被劾罢归。万历初再起湖广按察使,迁副都御使,抚郧阳。入为刑部侍郎,晋礼部尚书加太子少保。二十一年(1593)卒,年七十三。生平事迹见申时行《徐公墓志铭》、王锡爵《徐公神道碑》、郭正域《徐公行状》(以上墓志铭、神道碑、行状俱见《徐氏海隅集》附录)、王兆云《徐叔明传》(《皇明词林人物考》卷十)、《(万历)嘉定县志》卷十一《人物上》。

《徐氏海隅集》八十卷

明万历五年(1577)刻万历四十年徐元皞重修本,北京大学图书馆(存文编四十三卷、诗编二十二卷)、南京图书馆、上海图书馆、浙江图书馆、台北图书馆等藏。内诗编二十二卷,文编四十三卷，外编十四卷附录一卷。今《存目丛书》集部第 124 册、《明别集丛刊》第三辑第 15 册内《徐氏海隅集》即据徐元暤重修本影印。板框 18.6×14.5 厘米。半页十行，行十九字。黑格白口，单鱼尾，左右双边。卷首有万历丁丑东海徐学谟于郧阳使院清美堂所作序、门人冯时可序。诗、文目录分列，诗目录第二十二卷后有徐元暤题识。卷末有徐元暤所辑"附录"，内容有：申时行《明资政大夫太子少保礼部尚书徐公墓志铭》、王锡爵《徐公神道碑》、门人江夏郭正域《徐公行状》。《总目》云："《明史·艺文志》载学谟文集四十三卷，《千顷堂书目》亦载学谟《海隅集》四十三卷，此本仅四十卷，前无序目。盖奸黠书贾以残阙之本割去序目，冒为完书也。开卷即列《宝殿》《主芝》诸颂，盖当时风气类然。至其书易名始末一篇，与世传学谟初名学诗，以其时有上虞徐学诗疏劾严嵩，惧以同名罹祸，故改名学谟者，说又不同，盖莫得而详焉。"（《总目》卷一百七十八）于世之訾学谟更名、结婚二事，嘉定后学钱大昕于跋语中为之辩曰："更名本末，公集中自记甚详。若申文定公与公同郡，阁部相去一间，门户相当，岂有系援之嫌？文定既登首揆，公即致仕里居，终文定秉枢之日，公未尝再起，揆之形迹，亦无可议。明季爱憎之口，大率如斯，不足信也。因读公集，辄为辩之。"（嘉庆十一年刻本《潜研堂集》文集卷三十一《跋徐氏海隅集》）

诗编目录后有"万历壬子（1612）仲春二月"徐元暤题识，曰："《海隅集》二十二卷，先大父宗伯公自通籍至中丞，上下几三十年所成书，而填郧时始汇而梓之于家塾。顾先公存时不欲行世，每庭训时示元暤父叔曰：'后必有信吾言者，而其书始行。'元暤髫年从父叔，后侍先公兴止，每清晨盥栉后，日手一编，披阅不辍，盖终身典学，寒暑弗懈云。捐馆以来，同朝巨老及海内名公见存不遗，必首索是集，殆无虚日。而元暤故乏厚遗，又鲜兄弟，不能盛为翻布，表扬四方，索而后表，日侵月染，板渐漫漶，文多剥蚀。

因念先公一生精力，首萃是编，为之后者忍令其湮坠不传？世既知之，庶几传矣，而令三十年心精为数千张朽木所废，元觊即寖人无所逃罪，且何颜面以应诸巨老名公之请乎？读礼之暇，躬加雠对，梓其漫漶者，而一一葺补之，并以先公《志》《状》附镌末简，俾观是集者，具见先公人品、文章，一目备睹，信其言而重其人，是书因藉以行世，先公之言，其少雠乎？葺补既竣，聊识数语，用记时日，若夫成书始末，具冯大参先生序及先公自序中，何敢复赘。"

《春明稿》三卷附《填郿续稿》一卷

《春明稿》文十卷诗三卷，附《填陨续稿》一卷，明万历十一年（1583）嘉定徐氏原刊本。《四库全书》未收录，《总目》著录。现唯一存世刊本藏台北图书馆，缺文编十卷，仅馀诗三卷及《填郿续稿》一卷。黑格白口，左右双边，单鱼尾。半页九行，行十五字。卷首有《春明稿序》，题"万历癸未夏至日归有园居士徐学谟叔明父书"。钤印有"松月夜窗虚"朱文椭圆、"吴兴刘氏/嘉业堂/藏书印"朱方、"小学斋"朱长方、"伴/渔"朱方、"黄钧"白方、"次欧"朱方、"国立中央图书馆考藏"朱方印。《春明稿》目录下题"诗编"。

春明，唐之国门，徐氏以此代指北京。用以名集，乃在京四年岁月之纪录。今《四库全书存目丛书补编》第97册内《春明稿》三卷附《填郿续稿》一卷即据台北藏本影印。《总目》云："是编皆其以尚书召起再入都时所作，故以'春明'为名。凡文编十卷诗编三卷续编一卷，文编末四卷为《齐语》，皆所著杂说。《千顷堂书目》作八卷，盖除《齐语》计之也。其《论诗》一条云：'近来作者缀成数十艳语，如黄金、白雪、紫气、中原、居庸、碣石之类，不顾本题应否，强以窜入，专愚聋瞽，自以为前无古人，小儿效颦，引为同调，南北传染，终作疠风，诗道几绝。'其语盖为王、李而发。学谟与王世贞里闬相近，而立论如此，颇不为习俗所染。

然诗多懦响,终不能副所言也。"(《总目》卷一百七十八)

万历癸未(1583)徐学谟自序云:"《徐氏海隅集》七十七卷,业刻置家塾矣。兹稿以'春明'名者何?'春明'者,唐之国门也。唐人诗尝以出国门者等之天涯,则视门以内固不胜其津津而艳羡之矣。仕则慕君不已,甚乎非也。夫《易》称'利见',《书》叙'媚兹',利与媚犹艳羡之云也。藉令古之圣人遭时行道,薄日月而附风云,曷尝不愉快而自得乎?故曰乐则行之。言春明著其近于君也,而往余之出春明也,自祠部郎徙郡去,而其再入也,则以御史大夫召贰司寇至,盖后先相距者阅二十馀年,而其间诸所奄历,非逋播之与邻,则忧患之为处也。次且退遂疑无复之矣,乃一旦时至事会,卒戴白首以觐天颜,岂非蒙庄氏所谓不知其所以然而然者与?比于秩宗荐正,猥奉寅清,治人事神,将明毖祀。检括故牍,则往时惜纬之意犹勃勃动也。虽然,牍则故也,而庭之木长矣,殷念居诸,宁无概然于人代沧桑之变乎?夫是以'春明'名吾稿也。稿自再入春明之岁始,以志遇也,亦以志感也。岁凡四周,而所藏削草堇堇如干首,匪直政庞晷缩,无隙求多,而猝迫应酬,抽思渐棘,夫亦昔人才退之验乎。知余之不能自解于既老矣,姑存之为《海隅》之续云。"

《填隙续稿》目录后有学谟自识:"《填隙续稿》盖成于《海隅集》既梓之后,为近体诗二十四首。曩谢郧事,携之入京邸,会迫鞅掌之役,是稿散佚乱帙中者五年。顷从敝笥检拾,因念古人单辞片语,犹或吝情珍惜,乃余之呕哕即连篇累牍,直不过覆瓿具尔,顾尝靡费日力,未敢舍然委弃之也,姑刻附《春明稿》末云。叔明父识。"

《归有园稿》二十九卷

集乃徐学谟万历癸未(1583)归田后之作。明万历二十一年(1593)张汝济刻四十年徐元暇重修本。内诗编七卷、文编二十二卷。《总目》著录。南京图书馆、天津图书馆、台北图书馆等藏。今《存目丛书》集部第125册、《甲库善本丛书》第791册内《归有园稿》即据天津图书馆藏徐元暅重修本影印。半页九行，行十九字。版心白口，左右双边，单鱼尾。板框18.5×13.6厘米。卷首有门人张汝济撰并书《刻归有园稿叙》，万历壬辰秋日竹林居士徐学谟撰命儿子兆稷书《归有园稿序》。文卷目录后附万历壬子暮春徐元暅题识。卷末注"福建按察司经历年家子周廷栋董刊"。《总目》云："是集文二十二卷，诗七卷，乃其归田后所作。学谟尝谓昔人有云，近世士大夫以官为家，罢则无所于归，故自早岁罢荆州守，即构一园名'归有'，因以名其诗文，中多酬应之笔，其杂著中《廛谐》《镜戒》二卷，尤未免失之于俚。"（《总目》卷一百七十八）

徐元暅于万历四十年序云："先大父宗伯公自癸未解南宫之组，逊迹田间，粤癸巳，陨东海之星，乘箕天上，后先十年，上下千载，拈来是韵，非徒句栉字比之工，声出成文，大都忧国恤民之语，间以游戏三昧，发为寄寓微言，要亦白傅缄意于琵琶，庶几屈平托思于兰茝。若夫悯岁漕之无绪，吁折之书状千言，总为嘉民种德；慨邑序之寡文，创改之关泓数处，尤为练土兴贤事备，兹编言非溢美。顾《海隅集》镌于鄜镇，俸入足堪剞劂之资；《春明稿》梓在国门，赐予可供梨枣之费。自还初服，门可张罗，欲图永传，业无馀镪。属大司马传野张公出镇全闽，毋忘召伯之棠；远慰穷陬，首问子云之字。先父荫胄府君偕先叔太学府君祗奉庭训，恪校终篇，遂蒙司马捐俸，梓人竣工，副在攸存，流传可冀。盖元暅童年躬所睹记，即先公辞世，敢或谖忘？顷因铨补先集诸编，所幸独完归园一稿，忘其固陋，敬识初终。首志司马怀旧盛心，悉本荆南尸祝；次见先公立言大旨，庶几江左伟人。谨跋。"

徐学谟感于朝政日非，于万历癸未（1583）坚辞归里，集乃乞归后所著诗文，其自序云："余既去国，而朝事日非矣。议论多而攻击繁兴，自是以小则加大矣，以贱则妨贵矣，以淫则破义矣。如是者十年，朝廷之上不复见前辈典刑，而当揆者亦救过靡遑，不能自安其位矣。而余方处海上无人之境，岑如也，寂如也。烹葵钓鲜之馀，惟肆志艺园以快意耳，岂老臣忍于忘国哉，不在其位，不谋其政，宣圣之遗言，固不可磨也。是岁辛卯，余年七十矣，其冬忽婴一疾，第沉沉而卧，了无痛苦。至明年壬辰，凡寐而无梦者越九十日，即平生所患痰嗽宿疾，尽以除去，而双足愈健。自是所居益深，日端坐一榻，不复窥见外客，惟偃仰'海曙楼'中。家设三餐，独中餐略沾腥气，其旦暮二餐，俱纯用斋食，即盘盂之数亦有常度，蚤眠宴起，习以为常。余素不谙导引之术，而此若有默授之者，及取镜自照，则眉鼻双耳之毫，视前已长出两三寸矣，岂造物者真欲驱我于埃垆之外哉？而是时有乡里一二少年，偶无故而见陵者，其来无端，其出无据，彼固不知其所以施，余亦不知其所以受，人皆大骇之。余笑曰：此岂仙家所谓八难九苦之类与？而余杜门之志益固矣。儿子谓'大人虽绝意于诗文，而故稿未可弁弃之也'，乃命收拾之以付小史。"

徐氏门人张汝济言其师："早登仕版，即潜心艺林，然其论著题咏皆根极理要，抒发性灵，绝不喜为雷同剿袭，凭陵驰骛以取惊世而搏名高，故体裁互异，情境悉真，盖卓然师耳以心，自出机轴，而究其所至，期不诡于立言之旨，详具先生《海隅集自序》并斋语中。其杰特之识，瑰伟之论，真足破流俗之迷，而示著作之准矣……归则屏家政，构竺林禅院，日徜徉其中，间引故人诗觞啸傲，穷真隐之趣，纷华势利，泊如也。独不能尽废挥洒，是编所载，皆其登览馀暇矢口而成。诗则陶写性真，冲和雅澹；文则根极六经，藻润子史，而间出入于唐宋诸大家，委宛丰腴，首尾贯彻，一洗近时刻画比拟、割裂饾饤之习。下至杂著、尺牍，亦皆感时切事，即境会心，或取类喻言，或纵谈名理，各极旨趣，斐然自成一家言,诚艺苑之宗工,词林之上乘也。"

学谟本名学诗,以与劾严嵩者同姓同名,遂易名学谟。此举深为朱彝尊所鄙:"宗伯更名,乃属患失。百世而下,知有直臣陈孟公之名遵,何必惊坐讳哉?"其评徐氏诗曰:"宗伯雅负诗名,然多懦响,殆肖其人。"(《诗话》卷十三)陈田评曰:"余阅其全稿,五古趋步晋、宋,时有合作。七律犹是李、王成派。七绝流美,颇有俊声。其才去李、王甚远。观其《海隅集》自叙云:'廑三十年之力,揆于今之作者,犹梦梦也,矧曰古之人哉!'自知审矣。"(《明诗纪事》己签卷十)其立论如此,则知学谟意不染习俗,然诗犹是李、王派中一员。

丘集 《阳春草堂稿》《西行稿》

丘集(1523—1603)字子成①,晚号三完老人,嘉定人,晚年移居太仓双凤里。少家贫,而读书不辍,精于三《礼》,后学者称"寒谷先生"。藏书甚富,所藏书印有"颐桂堂""菱川文房""嘉定丘家"等。娄坚《墓志铭》称其有《阳春堂稿》《横槊小稿》《传家录》《挂一备忘》《筦程班》,凡三十卷,藏于家。今传世者仅清抄本《阳春草堂稿》不分卷、《西行稿》不分卷。生平见娄坚《丘先生墓志铭》(《学古绪言》卷九)、《(康熙)嘉定县志》卷十五。

《阳春草堂稿》不分卷

清黄氏次欧山馆抄本,南京图书馆藏。半页十二行,行二十一字。左右双边,版心黑口,单鱼尾。卷首有娄坚撰《丘先生墓志铭》,继有甲辰七夕马舒《抄丘子成先生阳春草堂稿引》。正文《阳

---

① 丘集《阳春草堂稿》中有《二世祖字子明说》文,文后注"万历十一年二月二十三日第二十三来孙丘集著于凤林寓舍,时年六十"。娄坚《墓志铭》云:"(子成)素康强健饭,一日临食而呕,积成噎以殁,享年八十,生嘉靖甲申,殁万历癸卯。"

春草堂稿》题名下镌"吴郡寒谷隐者丘集子成著"。内收序十三篇、记十三篇、传五篇、行状二篇、墓铭十三篇、墓表一篇、祭文二十一篇、祝词十五篇、呈词二篇、书启五篇、说五篇、解一篇、铭赞二十篇、题词四篇、题跋四篇及杂文等总一百五十馀篇。另录诗二首:《述先德诗三十韵》(有序)、《寿老母生朝用朱子韵》。

马舒(?—1683)字应之,嘉定简堂先生马元调之子。少承家学,博洽群书,为当年复社眉目。鼎革后绝意进取,屏居荒村,资砚田以糊口。工于古文辞。康熙十二年(1673)与修邑志,二十二年(1683)卒。甲辰(1664)七夕,马舒题识曰:"崇祯丁卯,先君为予言:'丘子成先生于学无所不窥,而尤长于《礼》,其议论证据无纤微之隙,虽以名臣子而箪瓢屡空,晏如也。先生既化列星,有子式微,捉衿见肘,藏其父书,不忍言鬻。今势无可奈何,愿得知书者售之,尔为我觅钱数千,一以周其急,一恐其书之不得所归也。'予以妇家簪珥得钱如数,以授先君。先君喜形于色,即持以付其子,遂得书数种以归。先君指示予曰:'尔试披之,古人所称校正两字,非先生其孰能当之?'又指《家礼俗宜》一册以示曰:'吾云先生长于《礼》,今此册有先生手书,明谓吾每就试路所经由,必从书贾徘徊竟日,以至他肆,有易线纩果饼以陈于椟者。苟当吾意,必多方以得之,兹其一也。'又有《西行小稿》一册,共卅馀叶,字半磨灭,皆先生所录,然大抵诗耳,记序之文不过一二篇也。独志中所云先生诸稿俱不可得而见,往来于怀,匪朝伊夕。今年夏,从唐紫瑞之子借得《阳春堂稿》,时写《思勉斋史论》未竟,而又不欲久羁此书于几案,遂令长子挥汗以书,而《西行小稿》附焉。他年有文章之彦,能寿先生之文于剞劂,与张文起先生合为两遗民稿,不亦善乎?甲辰七夕后学马舒识。"

《西行稿》不分卷

清黄氏次欧山馆抄本,南京图书馆藏。半页十二行,行二十一字。左右双边，版心黑口，单鱼尾。无序无跋。收诗一百三十首。

《西行稿》后无名氏题识曰："余自少雅知嘉定四先生之名。稍长，乃复知有丘、张二先生者，尝亲受业于归太仆之门，而得其指授，盖又四先生之前辈，而为所师法者也。每欲求其集读之。岁丙寅，馆塔前金氏，于其敝笥中检得张三江文稿一卷，遂乞以归。惟《寒谷集》求之累年不能得，遇丘氏子孙询之，皆茫然莫知有所谓子成者，况其文乎？吁，先世有如是之人，而其后至不能举其名字，可叹也。久之，吾友汪子云则从其师周子文涛处借得其《阳春堂稿》及《西行稿》示余，余不胜喜跃，询其所自，则文涛又得之于马氏。盖马氏应之为余曾大父之门下，而巽甫先生之子，名能继其家学者。今阅其序，可以见人之用心固不同也。第其序中所云'有子式微'，则亦有当辨者。按先生一子名绳祖，娶殷氏，先生作子妇墓志云'卒于隆庆五年，已年二十六岁'。其子之年不可知，以妇年考之，至崇祯丁卯时已年八十馀岁，即尚存未必犹自鬻书，当是其孙，马先生未之详耳。云则书在余处良久，至癸未冬，在馆无事，乃为涉笔行当，更求所未备者，汇成全书，是所大快耳。癸未小寒后十日，书于江上陈氏之春雨轩。按丘谱：绳祖字接武，州庠生，卒于万历二十五年，年六十三。绳武子麟德，生于万历十二年，卒于崇祯二年，年四十六。"

娄坚《丘先生墓志铭》言丘集性情曰："平生于嗜欲泊然，独好游佳山水，及访古人之遗迹，穷幽抉闷，往往于居人所不能知者无弗遍也。图书之暇，尤喜观三代以来钟鼎敦匜、琱琫珩璜之属，考论其制度，不失毫厘，谨书之以识曰：'吾生三代以后，得观古人之遗器，可以想见其人焉。'"（《学古绪言》卷九）徐允禄论丘氏曰："据今人尸户祝，则李梦阳氏一人而已，然余病其集之杂，而间或出之易也。其次则唐顺之。顺之才识不逮梦阳远甚，然文即夷演不律，而沉浸浓郁，所得已足名家。先生才不如李，学未逾

唐,而折衷二家,更为典质。"(《思勉斋集》卷六《丘子成先生文集序》)

张名由《张公路诗集》

张名由(1526—1604)初名凡①,字公路,一字六泉,嘉定人,诸生。年三十即弃诸生业,博考前代掌故,于兵农礼乐、星野舆图靡不推究。喜谈兵,工诗词。游历齐、魏、燕、赵,登眺山川,吊古抚今,悲歌慷慨,笔益雄健。胡宗宪总制两浙,闻其名,嘱沈明臣招致之,谢不往。万历三十二年(1604)卒,年七十九。著有《张公路诗集》八卷。生平见《(光绪)嘉定县志》卷二十《人物志》五。

《张公路诗集》八卷,明崇祯间刻本,北京大学图书馆藏。今《明别集丛刊》第三辑第40册内《张公路诗集》即据北大藏本影印。卷首有万历甲辰冬十月通家友弟唐时升《张公路诗集序》及钱谦益序、归庄序。正文题名后镌"嘉定张名由公路甫著,孙昉录次,曾从孙珵订镌"。内卷一收拟古乐府,卷二收五言古诗,卷三收七言古诗,卷四收五言律诗,卷五收七言律诗,卷六收五、七言排律,卷七收五、七言绝句及杂体诗,卷八收诗馀。总收诗四百馀首、词二十五首。

---

① 张名由当生于嘉靖六年丙戌(1526),卒于万历三十二年甲辰(1604),寿七十九。张名由寿年有二说,一曰寿七十九,一曰寿九十一。《(光绪)嘉定县志》卷二十《人物志》五、清陆心源《三续疑年录》卷七(清光绪五年刻本)均言其寿七十九。唐时升《张公路诗稿序》中也称"万历甲辰,年七十有九,忽呕血数升,自分不起,命其子士美以遗篇属余序之"(《三易集》卷九《张公路诗稿序》)。而《(同治)苏州府志》卷一百十二、《(乾隆)江南通志》卷一百六十八皆言其卒年九十一,钱谦益引程嘉燧言也持九十一岁说:"万历丁巳,余邀程孟阳结夏拂水,孟阳为余言菰芦中有张公路先生,褐衣蔬食,衡门两版,谙晓王伯大略,谈古今兵事,指陈其胜败之所以然。星占分野、关塞厄塞皆能指掌图记,若绳裁刀解,粉画线织。去年九十有一,死安亭江上。惜乎,吾子之不获见其人也。"(《牧斋有学集》卷十九《张公路诗集序》)因张名由乃唐时升父门生,"先君门下士",故从唐时升说。

归庄序言公路诗集刊刻云："庄少时，尝闻先王父言先太仆之门人有安亭张六泉，慷慨负气，有诗才，下笔千言，而卒穷老不遇以死。甲申春，于先君案上见抄本诗十馀册，以问先君，曰：'此前辈张公路先生诗，汝大父尝称张六泉即其人也，其孙昉欲余选且序而留此。'亡何，遭世变故，先君见背，家中书籍散亡者十八九，先生集以纸刓敝，装钉断坏，为人所弃，得独存。后数年，先生之孙朗初见访，余出而归之，乃先君则仅有评语，未及序。朗初将付梓人，贫而不能，其族子元曜愿任其事，因请余序之。"

唐时升称公路"通古今学，好奇计。家在安亭，有田数百亩，僮仆数十人，一旦尽弃去，为贫人，人皆笑之。已而徭役繁兴，里中中人之家或婴缧绁，老死囹圄，而公路坐环堵中，读书谈道，遨游四方，足迹不至县庭，于是知其先见矣。平居好论兵，其于古人胜败之数，必求其所以然。北历燕、赵、齐、魏之郊，常登眺山川形势，问昔人城郭营阵之处，往往悲歌感慨，恨不驱驰其间。余少时得公路诗数篇，知为当世奇士。是后数数见之，常慷慨高论，自谓风尘之际，运筹帷幄之中，提枹鼓会军门，使百姓喜勇，庶几兼之矣。公路与学士大夫居则谈说经义，见少年辄言刀剑矛戟之用，人人乐与之处，乃其胸中之奇，一纵一横，应变不穷，则知之者鲜也。万历甲辰，年七十有九，忽呕血数升，自分不起，命其子士美以遗篇属余序之。君于五七言古诗最工，沉郁悲壮，忧深思远，率有感发，气雄万夫，至其悲怨无聊，抑扬讥讽，令人歔欷太息，不能自已。今所存者四百馀篇，皆非浅中之士雕绘于句字之间者所能与也。"（唐时升《张公路诗集序》）

钱谦益序谓："公路当神庙日中之世，扼腕论兵，壮年北游燕、赵、晋、魏，访问昔年营陈战垒，盱衡时事，戃戃然有微风动摇之虑，目瞪口噤，填胸薄喉，其不以为妖言喜乱，仰视天而俯画地者，亦几希矣……令公路不死而居此世，犹夫虎之饵毒，蛟之饮镞,虽震丘林、鼓溟涨,不能抉其咆怒之气,其危苦激切、撑列噎喑,发作于笔墨之间者,岂但如今之遗诗所谓愁思要妙之声而已乎!百世而下读公路之诗,悲其穷老尽气、忧天逐日之志意,想象其扬眉抵掌、矫尾厉角于比兴声病之外,慨然如见其人,虽谓公路不死可也。"

朱彝尊谓张名由"居平世而好言兵,弃家产童仆以避徭役,可称知幾之士。盖先唐、娄、程、李四子称诗,而学文于震川者"(《诗话》卷十八"张名由")。归庄称名由诗"诸体皆备,合计千馀首,大抵豪迈放逸,一往奔注,直抒胸臆,不屑屑于字句求工,如《闻庚戌边报》《观骑射》《暹罗刀歌》诸作,慨然有封狼居胥之意,年八十馀,而漆室嫠妇之忧,犹时时见于歌咏。唐叔达先生序称其散家财、游四方,所过山川形势,辄指画营阵之处,尤喜与少年谈兵。今读遗诗,犹想见其风,与先王父所称者合,殆古之奇伟、倜傥之人欤!穷老不得志,仅托之诗以抒其愤郁不平之怀,良可慨也。嗟乎,豪杰之士,抱用世之略,不幸遭时不造,槁项衡门,不得已而以诗自见,如先生者当世多有,可胜叹哉"(《归玄恭遗著》之《张公路先生诗集序》)。

闵斐《裴村遗稿》

闵斐(?—1638)字百先①,号裴村,嘉定人。初学制举业,后弃去,一意为诗。所居老屋数椽,饘粥不给,日仰屋苦吟。侍母至孝,同邑侯峒曾题其庐曰"孝恭"。生平见《(康熙)嘉定县志》卷十七、《(嘉庆)直隶太仓州志》卷四十。

《裴村遗稿》一卷,明钱继章编《人琴集》七卷之一,清初刻

---

① 闵斐好友黄淳耀有《闵裴村诗集序》(壬午),言"君殁于崇祯之十一年",则其卒于崇祯戊寅,即西历1638年。

本，国家图书馆藏。半页八行，行十八字。左右双边，版心白口，单鱼尾。鱼尾上镌题名"人琴"，下镌卷几，版心底端注"裴村"二字。卷首有《人琴集序》，题"龙眠弟秉镫题"。序后有"目次"：谭友夏未刻诗、卜孟硕己未刻诗、闵裴村未刻诗、潘大文未刻诗、刘墨仙己未刻诗、魏子闻未刻诗。正文前有《叙裴村》，题"鉴庵漫题"。正文题名"裴村遗稿"，后镌"嘉定闵裴著，鹤湖钱继章定"。总收诗四十九首。

集当有明刻本。黄淳耀序云："（裴村）殁之前，为檇李故人延致家塾，得寒疾归，未至家数里，力疾盥栉，坚坐舟中。家人惊往逆之，已不能言矣。扶舁入门，一夕卒。卒时，手执一卷书，牢甚，家人取视之，则其平日所为诗也……君之诗，清而不瘠，质而不俚，一唱三叹，有古者衡门诗人之风，则所谓穷而后工者，其亦信矣夫。君生平最善余，尝欲余删定其诗，且为之序。余有远游未果，既归而君死矣。索其家，逾年乃得其临殁时所手执者一卷，为之出涕，因商诸同好二三子，哀金刻之。"（清道光二十四年补刻本《陶庵文集》卷二《闵裴村诗集序》）

黄淳耀叙裴氏志操云："君家世力田，至君乃学制举业，不就，去学诗，诗成，乃大困，然君好之益力，诗亦益工。尝往来吴越间，以篇咏自娱。其居家或为童子师，或田作自给。其为人事母孝，抚二弟有恩。人有馈之者，君未尝固拒。或挟富贵衣食之，辄拂衣去，终身不见也，亦以此取怒于人，至推堕沟中，跛其一足，君诗所谓'尝切下堂悲'者，盖指此也。所居老屋数椽，竹厨土锉，饷糜不给，君日仰屋梁语，虽家人呼之不应，其精苦如此。"（《陶庵文集》卷二《闵裴村诗集序》）

闵裴酷嗜诗，康熙邑志载闵裴："与叶允升（字石农）游，每于蜻蛉舟中载书百卷，破风蹴浪，出奇句于淀烟泖雪之间，击榜大叫，芦人渔父能知之，不愿屠沽儿知也。叶石农名允升，从新安寓嘉，二人为诗，独匠己意，一丘一壑便已引人入胜，亦品格之最高者。"《辛未二月舟行泖上寄石农》："落帆风未止，人立缓轻桡。柳碧春怀动，梅寒山信遥。孤村隐水夜，茅店过花朝。追想前年泊，因君识泖桥。"《舟中》："四十二溪纯水流，溪溪新绿柳风收。一桥未至一桥失，逢着桃花便住舟。"其诗清新雅致，颇有超尘之感。

张恒《明志稿》《续明志稿》

张恒（生卒年不详）字伯常，一字明初，苏州府嘉定人。万历八年（1580）进士，知茶陵、兴国二州，入为刑部员外郎，恤刑浙江，多雪冤狱。晋郎中，出知饶州府，再知建昌。秩满，迁按察副使，分巡南昌，晋参议，升太常少卿。以母老乞归，再无复出，家居二十年后卒。平生究心理学、经术，著有《因明子》《学箴撤辨》《长吟草》等书。今有明刻本《明志稿》残本传世，另有《恤刑稿》见于著录，然未见传。生平见朱彝尊《静志居诗话》卷十五、《（嘉庆）直隶太仓州志》卷二十八。

《明志稿》五卷《续明志稿》一卷，明万历四十年（1612）刻本，国家图书馆（存卷一、卷二）、上海图书馆、安徽图书馆（存三卷续稿一卷）及日本内阁文库藏。台湾汉学研究中心、傅斯年图书馆藏据内阁文库藏本影印本。《四库全书》未收录。《禁毁书目》著录。今《四库禁毁书丛刊》集部第126册内《明志稿》据国家图书馆藏明刻残本影印。半页九行，行十七字。四周单边，黑格白口，版心上部镌题名、卷数。台湾藏本《明志稿》五卷中，文三卷，诗二卷。文卷、诗卷前皆无目录。诗卷正文前有万历壬子（1612）秋张恒自序。续稿皆为文，无诗。其"续明志稿目录"后总收论、辨八十五篇。正文题名为"续明志稿卷之一"，然再无卷二。据题名推断，《续明志稿》当不止一卷。

内卷一收古体诗二百八十六首，卷二收近体诗四百六十七首，卷三收疏、序、论、辨、说等六十一篇，卷四收辨、论等七十九篇，卷五收论、赞、记等六十三篇。续稿收论、辨、说等八十五篇。各类文共收二百八十八篇，多从经史诸子书中选择题目，加以论辩而成，尤多儒家与佛法之辨，间也收纪游之文。文中有对刘基、王阳明、王世贞等人之评论，如其《刘基论赞》曰："我明草创伊始，欲奉小明王，中书省已设幄座，将朝焉，刘基力陈天命所在，曰：'今若推奉，后难改移。'乃止……基一言，上顺天意，下定人心，黜不正之名，植不易之纪，揭日月而奠乾坤，俾我高皇克正厥初，光爤千古，轶大汉，迈殷周，而追续虞夏。故愚以为基卓识宏议，优于董公，一代元臣，鲜有俪者。"（《明志稿》卷三）

恒序称自己暇时博览深思，每以论说吟咏表之，以坚己志，此亦是集名《明志稿》之缘由："诗言志，文载道，人文哉！《语》称游艺而先之志道，有以也。在昔三王异尚，仲尼既美周文而从之矣，复偲偲焉必欲反商之质，用夏之忠者，何与？曰志在救僿。夫文匪末艺之谓，其关于世之教与运甚大。藉令不志道而务靡之，譬风波狂则古防危，厥忧在教；葩华繁则韶阳移，厥忧在运。此仲尼救僿之志，万世的焉。明兴，二三君子乘天地再辟之运，咸自奋发于艺林，越宋唐、轶秦汉而蕲仇周，不亦綦盛矣乎！第僿之弊，恐不减周而莫之救也，其若仲尼之志何？虽然，斯言似僭，非浅学所宜，要之后死诵法之人，亦各言其志耳。恒又闻诸仲尼曰：《志》有'言之无文，行而不远'。我明作者集众长于千古，其言有文，行远必矣。恒麽麽无足比数，每见当世艺苑名贤，往往退三舍避之，若人间交游酬应，撰叙赠答之言，一切谢不敏，非不为也，不能也。夫既知己之不能矣，敢以其言自足，谬谓有裨于教运，而蕲行远乎。惟是恒性稍静退，乘暇肆览，时有所论说吟咏，以写其优柔澹淡之思，譬候至而物鸣，若有使之而不能已者。匪著匪述，是究是图,语不必工,意不必远,古不必合,今不必离,生不必名,没不必传,聊明吾志而已矣。班孟坚志《艺文》,载《周训》十四篇,刘子政以为人间小书,其言俗薄,予盖类是,而书不足存也。傅长虞好属文,虽绮丽不足,而言成规鉴,予窃比焉,而言不足鉴也。姑藏之家塾,以示为裔者,使知予志之所存。"

朱彝尊《诗话》卷十五称张恒序中数语"非知诗者,莫能言也。宜其古风磊落,近体亦安详,比于同邑四先生,似觉挺拔"。(《诗话》卷十五)张恒论诗曰:"近世谭诗者佥谓汉魏犹近古,靡于六朝,盛于唐,替于宋元而大于明,讵曰不然。第古今代变,至诗而极,其在于古,《三百篇》具存,曷尝拘言也、韵也、律与体也?要之以温柔敦厚为教而已矣。后学束于言,局于韵,严于律,限于体,要之以丽、以俳、以谀为工而已矣。夫六朝宋元姑且弗论,汉与魏虽有古意,已不逮骚,唐近体盛而古体衰。明近体因唐,古体因汉魏,曾未有一二创体,而以集成为大耳。"(《明志稿》卷一《论诗》)

殷都《尔雅斋文集》

殷都(1531—1602)字无美[①],一字开美,号斗墟子,嘉定人。万历元年(1573)举于乡,十一年(1583)中进士,年五十三矣。除夷陵知州,入为兵部员外郎,历郎中,调南刑部,以京察去官。万历三十年卒,年七十二。家贫,子不能营葬,诸友致赙以葬。唐时升墓志载其有《筹边疏》《酒史》《尔雅斋集》藏于家。另有《殷无美诗集》八卷、《殷无美文集》八卷载诸纪录。今存《日

[①] 殷都生平见唐时升《奉政大夫兵部职方司郎中殷公墓志铭》,云:"万历壬寅之春,故职方殷无美先生卒于家……得年七十有二。"以此推之,殷都生于嘉靖十年(1531),卒于万历三十年壬寅(1602)。

本考略》不分卷（明天启元年乌程闵振声刻本），《尔雅斋文集》不分卷（抄本）。生平见唐时升《奉政大夫兵部职方司郎中殷公墓志铭》（《三易集》卷十七）、王道通《殷无美传》（《简平子集》补遗）、《（万历）嘉定县志》卷十一。

《尔雅斋文集》不分卷，抄本，十二册，香港大学藏。半页八行，行十八字。乌青栏，版心镌"尔雅斋"三字。文中间有朱笔点句及校字。集原为郑文焯家旧藏①，张灏校。集末有郑文焯手书跋语一则，另有王以正识语。《嘉业堂藏书志》卷四《集部》载缪荃孙识曰："予先得赠序八册于文小坡，题《殷无美文》。后又得持静斋八册，为序、记、书、志、铭，版心题'尔雅堂'，遂为延津之合。文小坡自跋之，曲园先生又跋之，以文中自言抚郧，不止刑曹。然《嘉定志》亦与《明诗综》同，则竹垞未尝遗漏也。文温和尔雅，不蹈弇州之习，尤为难得。全集不载《千顷堂书目》。竹垞选其《离赟园》五言一首，似得于《弇园杂著》，未见全集也。此集亦无诗。"

集有郑文焯题识，于厘清该集流变颇有价值。识曰："右《尔雅斋文集》如干卷，明嘉定殷都无美撰。余家旧藏其定稿，凡八册，既得曲园世丈、云孙检讨考见其里居仕履，余复据集中系夫文献者条数事以补史阙，附以轶闻，弆诸箧衍有年已。惟其间夐寿言、赠序一类，窃疑文体未备，或非完帙，欲访之于其故乡遗胄，冀得要窔，卒卒有志未逮焉。吴兴刘君翰诒富而好学，年甫逾立，独喜聚书，缥缃充栋，积数万卷，固多宋元佳椠，而于近代作者秘稿旧抄益所矜重，孜孜不倦，弗吝以善价搜致。今秋有估客以丰顺丁氏持静斋藏书求售者，中有一集稿，裒然丛录，若出一手，却不著撰人。考之丁氏录目，集钞百馀种，内亦不载。翰诒省其文字古

---

① 郑文焯（1856—1918）字小坡，号叔问，别号大鹤山人。高密人，旗籍。光绪元年（1875）举人，工诗古文辞，精金石考据，通医理，善书画。入苏抚幕，前后十馀年。时往来苏、沪间。清亡，杜门不出，行医鬻书自给。

澹,类明抄本,心甚异之。诵其文则志、状、书、疏诸体咸具,谛审之,固殷无美遗集也。以明贤著述足为南献之征,亟思斠定付锲,以广流传,义至盛也。适余旅逸扈江,与翰诒谊属年家,文酒讽议,相得甚欢。一日,以其新获殷集见示,敉加检校,诠第可观,独叙跋类中寿赠诸作率付缺如。证以余所藏本,增合之,乃成全集。因其固请并入,遂割爱以贻之。昔欧阳公谓好之而有力,则物无不致。而梨洲先生叹为二者难兼,诚以为有力者之所好,不必书籍也。又谓以有力而聚,以无力而散,造物所忌,岂尽兵火,故藏之久而甚难。余既感念翰诒好古之笃,而力复足以副之,日与古人精神往来天地,默相感召于风雨晦暝中。如是集阅三百年埋翳于鱼朽蟫断之馀,再厄阳九,东南一炬,海水群飞,其不为敝纸渝墨同归于尽也几何,乃复幸存两地,而冥合一揆,岂斯文之显晦以时,又必传之其人,谓非有神物护持之者?而翰诒当圣文埃灭之世,独能致力以网罗放失,其拳拳表微之诚,不亦懿欤?时方写定礼堂,授之剞劂,余故伟其义而为之记。癸丑冬孟既望,樵风逸民高密郑文焯题于蒴松阁。"

唐时升《殷公墓志铭》云:"(无美)所为诗,务为划削常言,自成机格,譬之沃釜而炊,不因人热。其文则纵横恣肆,极意所之,光芒陆离,不可狎视。至于书、疏之类,尤其所长。详敷事理,曲畅人情,以尔雅之词,发难明之旨,千里面谈,不能过也。少好臧否人,至老不能自止,然其推贤乐善,常以身下之,或时有所訾诋,但发于口吻,寻不复记也……见亲戚故人,谦让恳至,与语若恐伤之。其力虽不足以振施,然欲急人之难,恤人之乏,唯恐弗及,是以贫贱之士多怀之。"(《三易集》卷十七)

朱彝尊称殷都"藉甚诗名"(《静志居诗话》卷十五)。《(光绪)嘉定县志》卷二十七谓殷都"渊雅博通,诗文皆盛唐风范,与王世贞、李攀龙、汪道昆、吴国伦、屠隆、徐中行、宗臣、谢榛、江盈科为庆历十才子"。夷陵雷思霈序曰:"(无美)诗文工力悉敌,才法兼擅，海内所景慕也。"

金大有、金兆登、金德开、金吉士、金塾《诒翼堂集》

金大有（1533—1576）字伯谦，号豫石，嘉定人。工诗古文词，少与太仓王锡爵齐名，中嘉靖三十七年（1558）举人。性长厚，与人交负意气、重然诺。万历四年（1576）卒，年四十有四。金兆登（1557—1638）字子鱼①，金大有子。年十二补邑诸生，万历十年（1582）举于乡，十上公车不第，以耆德授都察院都事。淡于荣利，耻事干谒。年八十二卒，程嘉燧为撰行状。著有《攸好录》《谈谐随笔》，未见传。兆登子德开（1600—1645）字尔宗②，好读书，尤喜为歌诗，累千馀首，乙酉嘉定城陷死。金吉士（1620—1645）字怀节，德开子，廪膳生。甲申京师陷，作《哀国变诗》千余言。乙酉城破，遁迹青龙塔，作《七哭诗》，语极酸楚，以悲愤卒，年二十五。吉士弟熊士，易名望，得免，晚年自号许闲老人。金塾（1651—1694）字南美③，号贞恒，熊士子，廪膳生，

---

① 《（光绪）嘉定县志》卷十八"金大有、金兆登传"载兆登卒年八十有二。另考程嘉燧撰《都事金子鱼先生行状》，言兆登"寿八十二，崇祯戊寅二月晦无疾而逝"。据此推知金兆登（字子鱼）卒于崇祯十一年二月，西历 1638 年；生于嘉靖三十六年丁巳，西历 1557 年。
② 程嘉燧在《都事金子鱼先生行状》中述子鱼（金兆登）"庚子遂北上，夜宿逆旅，亡其行橐……是时张孺人方妊身，举子德开，人皆以为阴骘云。"庚子，为万历二十八年（1600），则金德开生于是年。
③ 康熙乙亥（1695）正月晦日金望《贞恒草题识》云："余伯兄怀节生而颖异，甫成童即列胶庠，寻以第一食饩。乙酉七月，丁大故，伯兄痛苦不欲生，作《鹃化》诸诗以志愤恨，延至九月，呕血死，嗣遂绝。余生长子塾应继大宗，育之训之，过于众子。塾性颇端凝，亦甚率教，年数岁即知向学，为文谬为师长所许可。逾二十始得补博士弟子，旋亦食饩。自戊午后，病魔日侵，近年加剧。甲子入闱，病甚归，而不复出矣。淹缠数年，至去冬遂不起，其痛何如！"故知金吉士（字怀节）卒于顺治乙酉（1645），金塾卒于康熙甲戌（1694）。另考侯开国撰《文学金君家传》载金塾："数踏省闱，不见收，益攻苦力学。至甲子入试，忽遭疾，不获事以归，然每遇岁录，犹力疾应之，辄得前列，盖支离沈痼者凡十有馀岁，而殁年仅四十四。"据此推知金塾生于顺治八年辛卯，西历 1651 年。

工诗能文,与时授坯、奚士柱辈竞胜词坛,不得志,郁郁以殁。金氏祖孙五代皆以文名。生平见程嘉燧《都事金子鱼先生行状》(《耦耕堂文》卷下)、侯开国《文学金君家传》(《诒翼堂集》之《贞恒草》附)、《(万历)嘉定县志》卷十二、《(光绪)嘉定县志》卷十八。

《诒翼堂集》十卷,清康熙三十七年(1698)刻本,上海图书馆藏。存四册。集为嘉定金氏祖孙五代诗文之合集,内金大有诗一卷,收诗一百一首;金兆登文三卷;金德开诗三卷(仅存卷上);金吉士诗二卷;金塾《贞恒草》一卷,收七言近体诗三十馀首。半页九行,行十八字。黑格白口,左右双边,单鱼尾。版心鱼尾上镌"诒翼堂诗"或"诒翼堂集",下镌"总序""书后"及各卷卷数。首册有康熙丙子(1696)春三月朔王揆"总序"、万历戊午(1618)秋八月朔唐时升撰《金伯谦先生诗序》、娄坚撰《书金氏世德后》;卷末有康熙戊寅(1698)仲春金望(金熊士)跋语。第二册文集后有康熙戊寅夏四月朔日曾孙金望(金熊士)撰《两世遗集跋》。第三册正文前有钱谦益撰《金尔宗诒翼堂诗草序》,题"乙未阳月虞山通家蒙叟钱谦益序";王泰际序,题"壬辰春孟社弟王泰际撰"。正文题名下注"友人李宜之缁仲甫选,弟德衍尔支甫参,婿王霖汝公对、侄献士男熊士订"。第四册为金吉士及金塾遗作,内金吉士诗作《鹃化草》一卷、《兰扬草》一卷,附《乐府》十首;金塾诗作《贞恒草》一卷,诗三十四首。正文题名"诒翼堂贞恒草",题名后镌"金塾南美甫著,男奏钧较"。版心鱼尾下注"贞恒草"。有申修来撰《贞恒草小序》,题"岁次旃蒙大渊献如月望日年姻弟申修来拜题";李圣芝撰《贞恒草小引》,题"康熙纪元岁在旃蒙大渊献之令月陇西李圣芝识";侯开国撰《文学金君家传》;金望所撰题识,题"康熙乙亥(1695)正月晦日许闲老人金望题"。

金兆登生前谋刻父诗之心甚切,其于父诗后题识曰:"不肖甫弱冠，先子即见背，痛恨平生无一日之养，无以比数于人子，何论先德之不扬、文采之不概见哉！私心冀少竖立以酬先子未竟之志，或可稍解不孝之罪。今且沦落老矣，倘闻先德而仅置之耳，睹遗稿之星散而不登之籍，是终没没也……不肖于甲申年勉举祖父之丧，凤洲先生志先祖，荆石先生志先子，皆肖其为人，差可托以不朽矣。顾曾祖懿德犹未扬也，先子遗稿犹未刻也，此不肖三十年来所日夜悱恻者。先子诗文原无意留稿，又不肖幼，方课举子业，未知宝护，多缘手而散。今检之计偕簿书中，止得诗百馀首，故他咏绝少，如与执丈殷无美唱和累年，而仅存一律可知已。夫德则与人而俱往，文似有迹而可征，所谓'百年影徂千载心，在者兹亦晦在尔'。"

康熙戊寅（1698）金望于《两世遗集跋》中另云："先曾祖孝廉公诗一卷，向曾锓板而毁于兵燹，流传最少。迨先祖都事公一生好学，老而弥笃，所著攸好，诸录随手散佚，其不传者尤多，望尝恫于怀。窃念少遭闵凶，不能稍自树立，以光先业，若使遗言数卷又置之湮没弗彰，其为罪愆也滋甚。故向刻先父兄之诗，曾乞虞山钱公订定而为之序，序中述吾祖之生平甚备，固已风行四国，脍炙人口矣。惟是孝廉、都事两世之集搜访未备，岁月不居，忽焉及耄，倘不亟为哀刻，更复何待乎。今年春与侯表侄大年商及此事，因捡都事公遗文见贻，复遍询孝廉公诗，久而得之唐氏，大喜过望，谨重加较录，庄诵数次，而益叹我祖宗世泽之远也……孝廉、都事两公咸禀家教，相继隽贤书，益起而光大之。迄今读孝廉之诗，忧时悯人、论交道故，居然韩、杜之遗音也。读都事公之文若《宅记》《园记》，历叙缔造之艰，诗跋、行状备述贻谋之善，以至寿祭诸文一皆巨公长德，与吾祖显晦靡间，始终弗渝者也。兹幸剞劂既成，而上下七世之清芬骏烈，历历俱在目前，不仅家乘之美谈，抑亦文集之盛事已。"另钱谦益序作于顺治十二年乙未（1655），由金兆登、金望题识及钱氏序可知，《诒翼堂集》前四卷（即金大有、金兆登之诗一卷文三卷）顺治间确曾刻有书板，然板毁兵燹，并未见印本行世。

金塾卒年四十有四，其岳父申修来于清康熙乙亥二月十六日《贞恒草小序》中云："南美（金塾）病中无以自娱，间喜吟诗，诗成又不留稿，仅存七言近体若干首。今渭师先生（金望）命孙瞻宸录而刊之，附《诒翼堂诗集》以垂于后。"金望于康熙乙亥（1695）正月《贞恒草题识》中所言金塾遗著刊刻情形与申修来所言几无二致："塾既不克永年，浮沉子衿中，又半废于病，无著述可传，仅遗病中近体诗数首，命奏钧刻而存之，以附于先君先兄诗集之后，庶几如形影相依，使其名不没云尔。"以此推知，《诒翼堂集》之金兆登诗、金吉士《鹇化草》、金塾《贞恒草》当由金望刻板于康熙乙亥（1695），继于康熙戊寅（1698）刊刻其曾祖金大有、祖金兆登遗著，将金兆登诗《鹇化草》《贞恒草》皆附于曾祖金大有遗著后，总名《诒翼堂集》。

此诚如金大有甥王揆序所云："《诒翼堂集》者，嘉定金氏一家之诗文也。诗一卷，为孝廉豫石公作；文三卷，为都事子鱼公作；合其孙若曾孙之诗，而五世之家集始备。盖金氏素为邑著姓，自孝廉、都事两公先后隽贤书，当有明中叶，一邑人文，于斯为盛。屈指数十年来，先贤则有若徐宗伯、侯大参、龚方伯、张大参、殷职方、归司寇、侯太常诸巨公，以政事风节显于朝。又有若唐处士叔达、娄贡士子柔、李孝廉长蘅、程布衣孟阳、徐文学女廉诸先生以学行文章著于野。孝廉、都事两公，父子济美，奋起颉颃于其间，相与维持名教，扬扢风雅，而一本于读书敦行，则古称先。今且甲子再周，流风馀韵，犹未有艾，大抵皆诸公之教泽也。虞山钱宗伯每谓得古学之传于练川之老师宿儒者，其谓是欤？孝廉公既负才中折，都事公起而赞述之，年跻大耋，然亦数困公车，退而嗜无言之旨，以孝友廉让训率乡党里闾。平居手不释卷，间有纂述，都不自珍惜，盖欲以功业让之徐、侯诸公，以文章让之唐、娄诸老，而躬行实践，不居其名。当日之慕之者如鸿仪凤德，可企而不可即也。后世之仰之者，如太山北斗，可望而不可及也。迨遭兵火，两世之遗稿尽失。公之曾孙渭师访求数岁，久而得之残编断简，盖十不存其一二矣，乃手加校录，谋寿之枣梨……尔宗先生诗三卷，怀节诗二卷，南美诗一卷，既已前刻，例得附后，其详具载钱公牧斋序中，故不复赘云。"故总为十卷。

万历戊午秋八月唐时升序中论及嘉定学风时云："余邑在沧海之滨，其士风清嘉而好古长老言。正嘉之际，诸学士先生皆通六经，博览古今成败之故，乃其馀力出为词赋，而又不能造请四方、游大人以成名，独从事于朴学。然学使者都试诸生，及京兆集江南北十郡之士百人，会中有所质问经义与国家典章，议论蜂起，莫能决一言，而定者必嘉定之诸长者也。"

钱谦益序曰："嘉定有怀文抱质、温恭大雅之君子，曰金先生子鱼，其子曰德开字尔宗，以文行世其家。尔宗没十馀年，其子熊士刻其遗诗三卷，而请余为其序。往余获交子鱼，尔宗以执友事余，抠衣奉手，不命之进不敢进，䜣䜣抑抑如也。子鱼没，尔宗请余志其墓，其事余益恭。今尔宗不幸早逝，其子吉士字怀节者，遭逢国难，蚤夜呼愤，竟以强死。其歌诗为人传写，位置于殷士、周黎之间。盖余之交于金氏者三世，其髫童毁齿、荷衣出拜者皆已化为古人，而余犹执笔而叙其诗，可叹也。嘉定为吴下邑，僻处东海，其地多老师宿儒，出于归太仆之门，传习其绪论。其士大夫相与课诗书、敦名行，父兄之训诲、师友之提命，咸以谀闻寡学、叛道背德为可耻。尔宗为子鱼之子，胚胎前光，得以服事其乡之耆秀若唐叔达、娄子柔、程孟阳者，擩染其风尚，而浸渍其议论，盖其学问不出于家庭唯诺几席杖函之间，而话言诵习已超然拔出于俗学矣。其为诗，故未尝矜辨博猎诡求以自异于人，顾其情真，其词婉,雍颂讽叹,行安而节和,远不违唐人之声律,近不失乡里名家和平深稳之矩度。"

唐时升《三易集》《唐先生遗稿》

唐时升(1551—1636)字叔达,嘉定人。少孤,有异才。年未三十,弃举子业,专意读书汲古,通达世务。后与同邑程嘉燧、娄坚、李流芳等传震川之流风遗绪,晚与娄坚、程嘉燧并称"练川三老"。卒于崇祯九年(1636),年八十六。《(光绪)嘉定县志》卷十九"小传"谓其"志大而论高,尝以李德裕自期。诗才雄健,放笔而成,语不加点,遇其得意,才情飙发。古文师法归有光,纵横踔厉,尤为通人所称"。崇祯二年(1629)上海知县谢三宾辑程嘉燧、娄坚、李流芳与唐时升四人著述,刻为《嘉定四先生集》,收时升《三易集》二十卷,后人因称四人为"嘉定四先生"。生平见张廷玉等《明史》卷二百八十八、《(光绪)嘉定县志》卷十九人物四。

《三易集》二十卷

明崇祯三年(1630)谢三宾刻本,国家图书馆、台北图书馆、日本静嘉堂文库、尊经阁文库、美国哈佛大学哈佛燕京图书馆等藏。韩国首尔大学奎章阁韩国学研究院藏《唐叔达先生三易集》二十卷。崇祯本半页十行,行十八字。左右双栏,版心白口,版心下部记刻工名,如吾、予、明、省等。卷首有谢三宾撰《三易集序》、王锡爵撰《旧序》、王衡撰《旧序》、侯峒曾撰《小序》。钤印有"澹通/辛亥/后得"朱方、"濠上草堂藏本"朱长方、"吴兴刘氏嘉/业堂藏书记"朱长方、"国立中/央图书/馆考藏"朱方、"管理中央庚/款董事会保/存文献之章"朱长方。《三易集》清初列为禁书,《禁毁书目》著录。内诗六卷、文十四卷,卷一、二收五七言古诗一百二十八首,卷三至五收律诗三百二十二首,卷六收绝句一百三十八首。馀为论、书、序、祭文、行状、赞、铭等各体文。

四先生皆嘉定宿儒，于嘉定后学影响甚大。钱谦益谓嘉定古学之能继往学于不坠，四先生之力大焉："四君之为诗文，大放厥词，各自己出，不必尽规摹熙甫。然其师承议论，以经经纬史为根柢，以文从字顺为体要，出车合辙，则固相与共之。古学之湮废久矣，向者剽贼窜窃之病，人皆知訾笑之，而学者之冥趋倒行，则愈变而愈下，譬诸惩涂车刍灵之伪，而遂真为罔两鬼魅也，其又可乎？居今之世，诚欲针砭俗学，原本雅故，溯熙甫而上之，以蕲至于古之立言者，则四君之集其亦中流之一壶也矣。嘉定僻在海隅，风气完塞。四君读书谈道，后先接迹，补衣蔬食，有衡门泌水之风。史称扬子云不汲汲于富贵，不戚戚于贫贱，不修廉隅以徼名当世，盖庶几近之。"（《牧斋初学集》卷三十二《嘉定四君集序》）

"三易"者，易见事、易识字、易诵读也，取梁沈约语。王锡爵论唐氏曰："唐叔达高闲之士也。才思瞻逸，文学渊雅。往琅琊王元美极赏识之，引以讲析疑义，往往会心出人意表，谓君胸中有排解慧捷处，世人袭香沾膏者不能穷也。及余父子得交于君，君廉重自好，间于骚雅之外，旁论古今成败得失事，有非章句之士所能喻者。君生平不欲以诗人自名，顾其中深解偶溢而为啸歌咏言，则淡不失真，巧不落格，变化灭没，出奇无穷，如《落花》诸篇及诸古诗是也。昔唐球诗撚稿为圆，纳之大瓢中，曰使沿江得瓢者知其苦心。然评者谓其诗思清浅，游历不出二百里外。今叔达时有千里游，又辅以万卷书，其意将包络今古，成一代著作，以传后世，非止诗人之善言者也。"

侯峒曾谓吴中古学一派，独在祁川，唐氏功莫大焉。侯峒曾小序曰："吾吴古学一派，独在祁川，盖以四先生云。四先生之诗文，向仅传写于吴越，好事莫窥全豹。四明谢明府始汇而梓之，以广其传。四先生中，唐先生齿最高，其于诗文最无意于为而为之。唐氏在嘉定，三百年来，率以孝友、诗书、方闻、高行推挹于当世贤豪间，而先生父博士公尤著。先生源本家学，厌薄陈腐。未壮便谢举子业，独以其全力妙思六经，涵咀百氏，所交皆先辈大儒，相与扬榷古今治乱成败得失之所以然，与夫作者之源流旨趣，务极玄要，而不屑于剽枝叶以谀口耳。意亦不欲以诗文自名，郁积既深，稍溢出之，性懒，笔墨成辄弃稿。又丙辰游京师，偷儿胠箧去；丁卯，弗戒于火，数椽之庐一夕而尽。今所存皆其季子君辨博搜而精较之，先生亦不以措意也。先生既眼高手阔，尚论千载，尤研究当世之务。其蒿目抵掌，断断乎必欲如五谷疗饥、药石治病，最不喜为非今泥古、阔疏无当之言。每它人葛藤柴栅处，瞬目一二语已了。居平意思简豁，蓬户朱门，争欲有先生之迹，而娱嬉萧散，独僩然遗世以游，宜其天者全，笔墨舒卷如绛云在霄，不自知所以然也。先生于立言之旨鲜所举示，间尝语余：'世之棘喉钩吻节去语助，务险涩不可句，以为学秦汉者，定非秦汉，而韩、欧、苏、曾诸大家不袭秦汉之际，而专肖其神。'斯言也，固与子柔、孟阳、长蘅三先生白首相商，水乳投契者。先生直以此为金针之度，而亦可以稍得三先生之概矣。"

另有明崇祯谢三宾刻清康熙三十三年陆廷灿补修本《三易集》二十卷，国家图书馆、北京大学图书馆藏。今《四库禁毁书丛刊》第178册、《明别集丛刊》第四辑第33册内《三易集》即据陆廷灿补修本影印。板框18×13厘米。半页十行，行十八字。黑格白口，左右双边，无鱼尾，版心下方记刻工名姓。卷首有新城王士禛序、康熙甲戌腊月商丘宋荦序、钱谦益序、王衡旧序、王锡爵旧序、侯峒曾小序及谢三宾序。集为陆廷灿重辑，而由张云章代为请序于王士禛。宋荦序中言陆氏补修事颇详："（嘉定四先生）四君各有集，明崇祯初，邑令四明谢君为梓板行。未几遭乱，板亦毁。后五十年陆生扶照慨然表章，其已毁者刻之，阙者补之，朽蠹者新之，而四君集复完。"张云章亦于后序中云："是书之刻，始于四明谢三宾为县令时，而娄、李二集续毁于兵燹，唐、程亦多残缺，今得陆子扶照重命工刊其已毁，补其所缺，而四先生集复完。"康熙补修本沿袭崇祯本板式，收诗六卷、文十四卷。

清雍正间有唐嘉会刻本，十二卷，题《唐氏三易集》，为"光裕堂家藏板"，上海图书馆藏。左右双边，白口无鱼尾。半页十行，行十八字。前依次有谢三宾序、侯峒曾小序、王锡爵旧序、王衡旧序。内诗六卷，史论、书牍、序、祭文、游记、行状、志铭等各体文十四卷。卷末有雍正乙卯唐时升孙唐嘉会跋语，云："（公）所著诗文二十卷，天启中四明谢公三宾捐俸锓板，合娄先生坚、程先生嘉燧、李先生流芳集问世，板先藏家祠中，后为有力者购去。从祖词如弃产赎之，近漫为族人归贸库，几于浮沉。嘉会叠遭岭巘，出入惊波骇浪中，不能表彰祖德行用，自愧何忍使先人遗集为贾胡见夺耶？因鸣诸当事，漫竭蹶赎归，补其漫漶缺失，次第获全。呜呼，斯集之刻，仅百馀年耳，而中经失得在三矣。昔李卫公《平泉草木记》云：'以一木一石与人者，非佳子弟。'余于此板亦同斯叹，因识其款末于卷尾。"

康熙时张云章谓四先生生前名不甚张，其卒后声名日隆："吾邑处东南，濒海于吴郡，最为僻壤。然闻之故老，数十年以前，其俗愿而朴，士大夫读书谈道，诵法先民，往往有穷老不求人知者，而究其所成就，至于不可磨灭，如胜国之季所称'嘉定四先生'者是已。四先生皆无爵位，身在之日，其名不甚远，既殁，而诗文传之四方，至于今人无不籍籍嘉定四先生者，盖其学有原本而然，不可以不知所自也……观有明三百年间，而士之笃专于文学者，虽其力尝不足震动乎一时，及至久而论定，则世所号为宗工巨人者，究无以易之也。今四先生之立言具在，其尊闻行知发为文词，光气之不可磨灭者，岂与夫世之无根柢而游光扬声，卒澌然以尽者可同日语哉？"王士禛亦云："吴自江左以来，号文献渊薮，其人文秀异甲天下。然其俗好要结附丽以钓名而诡遇，故特立之士亦寡。嘉定，吴之一隅也，其风俗独为近古，其人率崇尚经术，耻为浮薄，有先民之遗……四先生生万历之世，身不出菰芦之中，名不通金闺之籍，相与素心晨夕，讲德考业，守先正之道。东阡西陌，优游田里，以终天年，譬楚之神龟然，将留骨而贵乎？抑生而掉尾涂中乎？故常宗之遇，其不幸也。四先生之不遇，乃其幸也。"王衡评叔达诗曰："五言古高闲远澹，以方储、韦，不啻过之；七言古步骤老杜，乃专肖其神情；五、七言律，出入王右丞、刘随州间。其才情横溢，无如《落花》诗，虽不束缚格律，要之无粉泽酸馅气。"

钱谦益谓唐时升："为人志大而论高，平居意思豁然，独好古人奇节伟行，与夫古今谋臣策士之略。讨论成败兴亡之故，神气扬扬，若身在其间。家贫好施予，锄舍后两畦地，剪韭种菘。晚年时闭门止酒，味庄、列之微言，以养生尽年。语及国事，盱衡抵掌，所谓精悍之色犹著见于眉间也。诗皆放笔而成，语不加点，用方寸纸杂写如涂鸦，旋即弃去。遇其得意，才情飙发，虽苦吟腐毫之士，无以加也……叔达之文，纵横踔厉，尤为通人所称。少游琅琊、太原二王之间，元美极赏识之，引以讲析疑义，而叔达自仞其师承南丰一瓣香实在太仆。元美心知之，而不能强也。叔达深恶艰深涂泽之文，自命其集曰'三易'。"（《列朝诗集》丁集卷十三上）清朱彝尊《诗话》云："嘉定四先生诗文，要当推叔达第一，长衡、子柔且逊席，矧孟阳乎？钱氏谓其放笔而成，绎其辞乃追琢而出者，由其欲伸孟阳，故有意抑之尔。"（《诗话》卷十八）清末陈田谓："叔达五古拟陶，时有佳境。近体绝句，轩豁中微少涵蓄。牧斋所谓放笔而成，盖亲见之。"（《明诗纪事》庚签卷四）

《唐先生遗稿》一卷

清抄本，上海图书馆藏。无序无跋。收诗三十三首、文六十八篇。首页有己卯七月揆所氏所记题记："诗文皆谢刻所未载，盖晚年之作。己卯七月得于上海。"今将《遗稿》内容与清康熙本《三易集》比照，知抄本作者所言诚不虚。《遗稿》中有《和己巳除夕》《和庚午元旦》与《和己巳除夕》二首、《和庚午元旦》二首，及唐时升寄钱氏诗二首，今考王士禛、钱谦益、宋荦序均作于清康熙甲戌，王衡、王锡爵、侯峒曾、谢三宾序均作于明崇祯三年，且王士禛、钱谦益和宋荦所序之底本乃崇祯三年本，故作序诸人应未见唐氏晚年之作。而唐时升卒于崇祯九年（1636），此时距《三易集》初刻已过六年。以此推之，上图馆藏清抄本《遗稿》有补遗价值。

娄坚《吴歈小草》《学古绪言》

娄坚（1554—1631）字子柔，号歇庵，苏州府嘉定人。诸生，早岁从归有光游。年五十贡于京师，不仕而归。崇祯四年（1631）卒，年七十八。与唐时升、李流芳、程嘉燧齐名，被称为"嘉定四先生"。又与唐、程合称"练川三老"。经明行修，诗书兼擅，尤能古文。著述有诗集《吴歈小草》十卷、文集《学古绪言》二十五卷，合称《娄子柔先生集》。生平见钱谦益《娄贡士坚传》（《吴歈小草》卷首）、张廷玉等《明史》卷二百八十八、《（光绪）嘉定县志》卷十九人物四。

《吴歈小草》十卷

明崇祯三年（1630）谢三宾刻本，日本内阁文库藏。半页九行，行十八字。卷首有谢三宾序。另有明崇祯三年谢三宾刻康熙三十三年（1694）陆廷灿补修本，国家图书馆、南京图书馆、复旦大学、北京师大、台北图书馆及韩国奎章阁等藏。今《四库禁毁书丛刊》第49册、《明别集丛刊》第四辑第93册内《吴歈小草》十卷据陆廷灿补修本影印。左右双边，黑格白口，无鱼尾，版心镌题名、卷数、诗体类别。内封镌"娄子柔先生全集甲戌新镌"。卷首有康熙甲戌商丘宋荦序、钱谦益原序、崇祯三年谢三宾序、张云章《嘉定四先生集后序》、钱谦益《娄贡士坚传》。

崇祯本正文题名"吴歈小草"，后注"长洲娄坚子柔甫"。卷一收四言古诗一首、五言古诗六十二首，卷二收五言古诗二十八首，卷三收七言古诗二十三首，卷四收五言绝句四十六首，卷五收五言律诗一百六十六首，卷六收五言律诗八十首，卷七收七言律诗一百首，卷八收七言律诗一百十五首，卷九收七言律诗一百二首，卷十收七言律诗八十八首。另补遗一卷，收四言古诗二首、五言古诗四十九首、七言古诗十五首、五言律诗四十二首、七言律诗三十七首、五言排律三首、六言排律一首、七言排律一首、五言绝句十八首、七言绝句五十首。

康熙补修本卷一收四言古诗三首、五言古诗七十三首，卷二收五言古诗六十九首，卷三收七言古诗三十八首，卷四收五言绝句六十四首、六言绝句四首、七言绝句一百八十九首，卷五收五言律诗一百六十五首，卷六收五言律诗一百九十九首，卷七收五言排律十二首、六言律诗一首、六言排律一首、七言律诗一百首，卷八收七言律诗一百十二首，卷九收七言律诗一百十七首，卷十收七言律诗一百十二首。

清黄宗羲引黄尊素评语，谓娄坚"传震川之规矩，而才不能逮"（清康熙刻本《明文授读》卷三十三《猴山先生集序》附）。钱谦益《列朝诗集小传》云："子柔经明行修，学者推为大师。其师友皆出震川之门，传道其流风遗书，以教授学者，师承议论，在元和、庆历之间，针砭俗学，抉谪蹉驳，从容更仆，具有条理。"（《列朝诗集》卷十三上）清朱彝尊谓："练川三老，子柔古风独胜。"(《诗话》卷十八)清末陈田云:"子柔传震川之学,薄元美辈为庸妄巨子。虽与元美之子冏伯游,不能讳其失也。《吴歈小草》长于古体,刊落浮嚣,语多造微。近体绝句,时流浅易。盖其所心摹力追者白乐天一流,而才不足以济之,有真率而无兴趣,质胜则野,其弊然也。"(《明诗纪事》庚签卷四)

《学古绪言》二十五卷

明崇祯三年谢三宾刻本,国家图书馆、南开大学、华东师大、吉林大学等藏。《四库全书》收录。另有明崇祯谢三宾刻清康熙三十三年陆廷灿补修本,国家图书馆、山西图书馆、台北图书馆等藏。今《明别集丛刊》第四辑第94册内《学古绪言》二十五卷即据陆廷灿补修本影印。前有商丘宋荦序、谢三宾序,集后有张云章后序。卷一、二收诗文序二十九篇,卷三收赠行序十一篇,卷四收碑记六篇、传六篇,卷五至八收寿序四十二篇,卷九、十收墓志铭二十一篇,卷十二收墓表一篇、行状三篇,卷十三至十九收祭文九十六篇,卷二十收呈、述、说、疏等十篇,卷二十一至二十三收书牍、赞二十八篇,卷二十四至二十五收题跋四十七篇。另有补遗卷收序六篇、记传二篇、寿序八篇、祭文六篇、书札三篇、杂著十四篇。

《总目》于娄坚及其古文评价甚高:"(娄坚)隆万间贡生,早从归有光游。《明史·文苑传》附载有光传中,称其与唐时升、程嘉燧号'练川三老',又与时升、嘉燧及李流芳号'嘉定四先生'。然嘉燧依附得名,本非善类,核其所作,与三人如蒹葭倚玉,未可同称。三人之中,时升、流芳虽均得有光之传,而能融会师说,以成一家言者,又当以坚为冠。盖明之末造,太仓、历下馀焰犹张,公安、竟陵新声屡变,文章衰敝,莫甚斯时。坚以乡曲儒生,独能支拄颓澜,延古文之一派,其文沿溯八家而不剿袭,其面貌和平安雅,能以真朴胜人,亦可谓永嘉之末,得闻正始之音矣。王士禛《居易录》尝称其《长庆集序》以为真古文。今观是集，大抵具有古法，不但是篇，士禛特偶举其一也。"（《总目》卷一百七十二）。

后人将《吴歔小草》《学古绪言》合称为《娄子柔先生集》，总三十七卷。内1—4册收《吴歔小草》十卷补遗一卷；5—10册收《学古绪言》二十五卷补遗一卷。首有谢三宾序。《吴歔小草》补遗卷收四言古诗二首、五言古诗四十二首、七言古诗十五首、五言律诗四十四首、七言律诗三十七首、五言排律三首、六言排律一首、七言排律一首、五言绝句十八首、七言绝句四十九首。《学古绪言》补遗卷收序六篇、记传二篇、寿序八篇、祭文六篇、书札三篇、杂著十四篇。

谢三宾以为娄氏诗文复古，学其道而非袭其词，其《娄子柔先生集序》云："天下万事不可违时，而文章独不可去古。今日文章之惑，莫大于以科举之作为时文，而其馀记、序、碑、铭之类辄居然自处于古。夫晁、董、公孙之对，当时所谓科举之文也，不谓之古文，可乎？今之集家辄居然自处于古者，谓之古文，可乎？在宋天圣间，学者务以言语摘裂，号称时文，以相夸尚，独尹师鲁、苏子美、穆伯长之徒学为古文，匪学其辞，学其道焉耳。《春秋》未尝学《诗》《书》，《诗》《书》未尝学《易》，而六经之道，未始不同归，其斯以为万世古文之宗也欤！太史公《史记》学六经而为之者也，韩氏学史迁者也，欧阳氏学韩氏者也。今其书具在，岂尝句句而摹之，字字而袭之也哉？亦学其道焉耳。故曰学古有获，如徒以其词而已矣，虽甚与之肖，何获之与有？嗟乎，求古学于今之世，吾未尝多见其人焉。子柔娄先生其学本原欧阳氏、韩氏，由史迁以溯六经，其诗文渟蓄渊雅，无雕绘襞积之陋，无纵横怒号之习，蔼如也。其与人平以恕，其持身简以廉，吴人知与不知，咸谓之曰娄先生，自其门弟子以至交友姻戚，泛及儿童妇女无异词。予承乏宰嘉定，与之交，有饮醇之味，察其行，异于澹台子羽者鲜矣，信乎真能学古者也，匪学其词，学其道焉者也。为刻其诗文《吴歈小草》十卷、《学古绪言》二十五卷，以视世之文多道寡，而自附于古文词者。乃若编缵雠勘，则其徒马生元调巽甫之勋居多。"

徐允禄《思勉斋集》

徐允禄（1565—1625）字女廉①，苏州府嘉定人。中丞瑄五世孙。明末府学生，文名藉甚，每一艺出，远近传诵。老困诸生，后遂一意读书汲古，与李流芳等为文友。为人一介不苟，与张表、朱稚美、刘维藩友善，人号"练溪四饮"。著有《思勉斋集》十四卷，另有《春秋愚谓》四卷见诸著录，惜未见传。生平见唐时升《徐女廉墓志铭》（《三易集》卷十八）、侯岐曾《祭徐女廉先生文》（《嘉定侯氏三先生集》本《侯文节集》不分卷）、王昶《（嘉庆）直隶太仓州志》卷三十七、《（光绪）嘉定县志》卷十九人物四。

《思勉斋集》十四卷，清顺治十五年（1658）嘉定潘润刻本，上海图书馆藏。《四库全书》未收录，《明史·艺文志》《千顷堂书目》、《禁毁书目》等著录。今《四库禁毁书丛刊》集部第163册内《思勉斋集》诗集二卷文集十二卷据上海图书馆藏本影印。板框18.3×11.8厘米。半页十行，行十八字。黑格白口，左右双边，上黑单鱼尾。门人潘润梓。卷首有顺治十四年（1657）钱谦益《徐女廉遗集序》、王泰际《女廉先生遗集小序》、许自俊《徐女廉先生遗

---

① 考《嘉定侯氏三先生集》本《侯文节集》内《祭徐女廉先生文》（乙丑代父），内云："维我女廉兄弃世在天启乙丑孟春九日，友人侯震旸凭几一恸，方婴末疾，未遑临棺一拜也。"天启乙丑为天启五年，即西元1625。另唐时升《徐女廉墓志铭》中未言其生卒年，仅言："余友徐女廉讳允禄，年六十二而亡。"则女廉生于嘉靖四十四年，西历1565。

集叙》。其集诗集二卷，收诗一百三十馀首、赋二篇；文集十二卷，收论、策、议、解、序、祭文、记、传、跋、墓志、行略、说、述、像、赞、杂著书等各体文。

牧斋为诸生时，为女廉所赏，既而定交，故钱氏目女廉有知遇之恩。钱氏序谓女廉虽偃蹇贫弱一老诸生，然忧时悯世之心至老不衰："女廉动止骀荡，口语期艾，谈及古今节义及军国大事，摄衣整冠，论辨蜂涌。滇南王给谏仲举左官，寓白门，班荆感慨，作《直臣篇》以赠，仲举读之，辄为流涕。天启辛酉，余官詹端，女廉贻书累数万言，谓己巳之役，徐元玉得谋国大局，而于廷益为孤注，公等当早决大计，劝请南迁，定商家五迁之议，勿为宋头巾所误。词垣诸人咸吐舌弗能收，余心不以为不然，而未敢言也。甲申三月，戎政请临遣抚军，津抚趣具舟海道，仓皇错迕，大命以倾。岂知夫忧危虑早，号呼助余，乃自二十年前一老书生发之。女廉已矣，没而犹视，其在此矣。呜呼！女廉其束脩镞砺，端正洁白，可以为天子之大臣；其忠言奇谋，奋发建白，可以参天下之大议。若夫耸肩策足，描牙拊颊，文章议论，雄健侧出，虽其佩觿能解，操刀必割，或矫而过中，或抗而违俗，要亦可以激扬末流，惊动愗俗。世有知女廉者，摩娑简牍，想见其生平须眉肝胆，离奇抑塞，如闻谈笑，如接难驳，谓女廉不死可也。"

许自俊序中只称其文，未及其诗："其文辨而赡，和而壮，奇而法，正而葩，天下能文之士咸祭酒之。其为志经纬典籍，综核文质，慨然以起衰济溺为大用。与其徒诵习考要，天人富强之策，臣子忠孝之心，国家理乱之几，下及闾阎昏祀、阴阳吉凶之数，出入上下百千年间，诃诋角逐，叠发连中，每奏一篇，辄掀髯扬袂，把酒问天，如对古人，庶几用其言，三代之治可兴，礼乐可大明也……先生原本六经而气则两汉，淹贯诸史而格则八家。即时发于奇谲，杂以诙谐，及其至也，往往入于精微。"故朱彝尊《诗话》

有云:"汝廉抗言持论,具有经世之术,诗则非其所长。"(《诗话》卷十八)

王道通《简平子集》

王道通(1566—?)字晋卿①,自号简平子,嘉定人。生于嘉靖四十五年(1566)三月初十。邑诸生,少有大志,生平自负气节、权略,然科举不售,遂一意于文章。精声律,工古文辞。晚而好道,栖心玄典。著述现存《简平子集》十六卷补遗一卷。另县志载道通有《雨馀茅舍集》,然未见传。生平见张德《刻简平子集序略》中王道通自叙、《(康熙)嘉定县志》卷十六。

《简平子集》十六卷补遗一卷,明崇祯九年(1636)茧斋刻本,国家图书馆、天津图书馆、台北故宫博物院图书馆等藏。《天津图书馆孤本秘籍丛书》第12册、《甲库善本丛书》第903册内《简平子集》十六卷补遗一卷即据明崇祯九年刻本影印。八册。板框18.9×12.2厘米。半页九行,行十八字。黑格白口,左右双边,单鱼尾。序页版心下方记"茧斋选定"。张德一裒刻。卷首有《简平子集叙》,题"崇祯丙子清和日友弟澹然居士赵洪范顿首谨题";《刻简平子集序略》,题"同邑晚学张德一吉老纂";及诸友人题识。卷末有《简平子集跋语》及助刻姓氏,后题"崇祯丙子上巳日竣工胎簪山畸人张德一谨识"。正文题名后注"古吴田畚廖城王道通晋卿"。正文前有总目,目录后注"男无咎较正"。卷一收乐府五十五首,卷二收五言古诗二十七首,卷三收七言古诗十三首,卷四收五言律诗十四首,卷五收七言律诗六十八首,卷六收五言绝句十七

---

① 王道通自叙曰:"通家世中原人,随宋高宗南都,居月浦,凡七世,而高祖慈迁罗上。曾祖秀,祖环。父及泉公讳言,母夫人顾氏,生通于罗阳之新巷里,其时盖丙寅年三月初十日戌时云。"据此知王氏生于明嘉靖四十五年(1566)。

首,卷七收七言绝句一百二十三首,卷八收七言绝句四十一首、词三十一首、诗馀九首,卷九至卷十六为赋、传、纪、序、启、尺牍、墓志铭等各体文。补遗一卷,收乐府二首、古诗五首、律诗六首、绝句七首、赋一首、传四篇、序三篇、启三篇、书牍五篇、墓志铭一篇。后附门人曹昭远、张德一、金南芝、沈怀祖等同撰跋语。是集又有清蓝格抄本。民国赵尊岳辑刻《明词汇刊》,据《简平子集》辑录其词,为《简平子诗馀》。

张德一叙此集之付梓曰:"余一生才拙性刚,世皆欲杀,独先生折辈行而与之交,称忘年友,诚不知其何解矣。岁暮(天启乙丑岁暮——作者注),先生将解馆归罗阳,余因招先生叙别,兼乞生平诗文稿录之。先生笑曰:'某生平于此都不经意,少年偶有撰述,辄为好事传散,从无副本也。亡已,请索之门生故人以丐子。'于是初得沈翼龙本,继得毛圣羽本,又继得侯公翰本,最后从故麓中探四大册、厚尺许者见示,则生平诗赋文辞及古今人传纪咸在焉。余一一手录而藏之,归其本于先生。先生诫余曰:'子知我者,故以示子,不足为外人道也。'是后,余碌碌尘鞅,继又遭大戚,与先生颇契阔,即或邮筒往来,与夫旅邸晤对,岁亦不能二三,间从友人所见先生新作,更寥寥如空谷音耳。今年春,先生名场摈落,朋辈共为扼腕。研公乃谓余曰:'子知王先生稔矣,其刻先生集以抒先生积愤,何如?'余诺之,而囊空莫可为计。研公又与九茎、公述两兄具檄告济同志,而同志响应,醵三十馀金以佐余。余因走一价,复乞先生未见稿,先生初不许,强之再,乃漫以新旧残缺本见贶,盖犹十不得二三也,然已五倍曩所录藏者矣。计力仍不能全刻,乃钞私所深嗜者十分之二,釐为十六卷,授之梓人。政如海洋巨舶,满载异珍,出其寸珠尺璧,已足照耀人寰,倘大力者能尽发秘藏,以供群烛,其惊魂动魄不知当更何如尔。至若先生行谊之奇卓,余婵浅不文,愧无能缕述,故略摭先生自叙及朋辈论次者列于篇,俾读者得考览焉。间有品藻诗文颇悉先生梗概者,亦并为采入,共得二十四则云。"此集付梓颇为不易,醵三十馀金始得毕工,良可慨也。张氏更在集后跋语末列诸檄文并助刻人姓氏。跋曰:"德一之承是役也,非研公具檄于前,则不能始事;非九莖、公述、元白、仲远、玄咫、天石、辑五诸兄广募于后,亦不能终其事,其高谊均弗可泯也。且德一以空囊徼惠诸君子,而坐享其成,不几掠美乎?德一尤愧之,用敢列具原檄并助刻诸君子姓氏于左以代跋语。"

赵洪范序中论王氏曰:"先生存心无物,行己有耻,言必可法,事必可师,德之盛也。博物洽闻,数千万言立就,口喷珠玉,笔走龙蛇,言之宏而肆也。歌风咏物,跌宕千古,洗陋儒之迂腐;阐幽抉奇,闻见一新,拓拘士之胸襟。而尤于忠孝节烈三致意焉,每一操觚,无不感动都人士女,令之油然兴而憬然愧,是有功于世道人心深且远也。"

侯震旸《侯太常集》

侯震旸(1569—1627)字得一,别字起东,侯孔诏之子,苏州府嘉定人。万历三十八年(1610)进士,授行人,擢吏科给事中,居谏垣八月,疏三十馀上,语侵魏忠贤,落职罢归,旋卒于家。崇祯初,客氏、魏忠贤伏诛,特赠震旸太常寺少卿。生平见陈鼎《侯震旸传》(《东林列传》卷二十)、邹漪《启祯野乘》卷三、万斯同《明史》卷三百五十三、《(康熙)嘉定县志》卷十六。

《侯太常集》不分卷,清抄本(《嘉定侯氏三先生集》本),国家图书馆藏。半页九行,行二十字。版心白口,左右双边。版心鱼尾上题"侯太常集"。卷首有李邦华《侯太常天垣疏略序》。侯氏在朝为官,适逢朝政至为荒唐之万历、天启时期,万历皇帝二十馀年不朝、不郊,郎署十室九空;天启时,魏珰荼毒于外,客氏横行于内,内忧外患,朝政愈不可为。此时,侯氏屡上奏折,后结集成《天垣疏略》,崇祯辛巳(1641)南京兵部尚书李邦华序云:"公受知特达,一疏肃宫闱,侃侃忧愤,思遏客妖窟营中。及奸珰群小内外钩连,众共虞公不测,虽幸太上优容,然掖廷之按剑已甚。亡何,复纠乌程,更连伴食。于是下石者不遗馀力,夺公官,犹于去国之后加镌二级而始快,盖积怨深怒,所从来矣。公言路未逾岁,封事无虚日。敌陷广宁,经抚抱窜,朝议首鼠偏袒,讫无定案。公以国宪未伸,连章剖析,法吏一词莫赞,即人情异同,玄黄角立,公独以护善之意发持平之论,闻者率心折焉。若夫劝圣学,忠悃淋漓;议修坝,方略宏远;严贪横之门阁,重禁地之人命,种种皆防微渐而理冤抑……客、魏之祸几摇社稷,公濒于危者数数,赖今上神圣,奋雷霆而扫黑雾,芟夷且尽,然后公之深心识微始见天日。"

李流芳《檀园集》《李流芳题画诗跋》

李流芳(1575—1629)字茂宰、长蘅,号香海、泡庵,晚号慎娱居士,苏州府嘉定人,居南翔镇。万历三十四年(1606)举人,与钱谦益同科。再上公车不第,因魏忠贤乱政,遂绝意仕进,筑檀园,读书其中。能诗擅画,亦工书法、篆刻。与谭元春、袁小修、钟惺为文友,与唐时升、娄坚、程嘉燧齐名,被称为"嘉定四先生"。崇祯二年(1629)卒,年五十五。生平见钱谦益《李长蘅墓志铭》(《牧斋初学集》卷五十四、《檀园集》附录)、钱谦益《李先辈长蘅传》(《檀园集》前附)、张廷玉等《明史》卷二百八十八、王昶《(嘉庆)直隶太仓州志》卷三十七、孙岳颁《佩文斋书画谱》卷四十四。

《檀园集》十二卷

明崇祯二年（1629）谢三宾刻本，流芳生前所删定，国家图书馆、华东师大图书馆、台北图书馆等藏。《四库全书》收录。今《明别集丛刊》第五辑第16册内《檀园集》即据明崇祯二年刻本影印。板框19.3×12.3厘米。半页九行，行十八字。左右双边，版心白口，无鱼尾。版心中部镌"檀园集卷之几"，版心中下部镌诗歌体裁，如"五言古诗""七言绝句"。卷首有谢三宾序，题"明崇祯二年秋七月友人谢三宾序"；《檀园集后序》，题"明崇祯二年李宜之撰"；明黄裳题识。台湾藏本钤印有"吴兴刘氏嘉/业堂藏书记"朱长方、"慧幢"朱方。集为诗文合集，内卷一收五言古诗七十二首，卷二收七言古诗三十一首，卷三收五言律诗四十六首，卷四收七言律诗九十首，卷五收五言绝句二十七首，卷六收七言绝句一百首，卷七收序二十六篇，卷八收记九篇，卷九收行状一篇、墓志铭一篇、像赞五篇，卷十收祭文十一篇，卷十一收"西湖卧游册跋语"二十二篇，卷十二收题跋二十五篇。

李流芳述删定原因云："文章之道本于六经，自先秦诸子浃于汉氏，而后旁畅于史集，此文章之源流，亦学问之次第也。予少沉于科举之业，学无根本，不能通经。见汝父（李宜之父——作者注）为诗，窃私喜而习之，顾视一时所号为诗人，其嘲戏风月以取欢流俗者，意颇不屑为之伍，独见孟阳一联半韵辄哦之盈月不忍释手，以为是殆终身弗可及也。已乃孟阳见予诗亦往往过称之，以此稍复自信。生平往来燕齐及遨游吴越山水间，见夫林泉气状英淑怪丽，与夫风尘车马之迹，人世菀枯之感，杂然有动于中，每七五其句读、平上其音节而为诗。年来将母十亩，退而灌园，朋旧过从，发愤时事，和汝唱余，篇什稍多，然皆出于己而不丐于古。于凡格律、正变、古今人所句争字辩之者，终不能窥其堂奥也。至于古文，益率意为之，无所祖述。间复癖懒，中废不及成篇，故其所存自序述、哀诔而外，不过题跋数则而已。明府乃欲汇萃为集，而方驾于三君子之间，予窃愧之，因欲序次此意为一文以自解。"（李宜之《檀园集后序》）

集由李流芳于病榻上删定，待集刻成之日，李氏已殁矣。《总目》云："是编凡古今体诗六卷，杂文四卷，题画跋二卷。虽才地稍弱，不能与其乡归有光等抗衡，而当天启、崇祯之时，异途争辟，门户多歧，流芳容与其间，独恪守先正之典型，步步趋趋，词归雅洁，二百馀年之中，斯亦晚秀矣。谢三宾刻《嘉定四先生集》时，流芳尚存，三宾诣视其疾，索所作，因尽出平生诗文，手自芟纂，以成斯集。三宾为作序文，亦感慨凄动。"此一文坛佳话，谢三宾言之甚详："予为嘉定之三年，始谋刻四家文集，于时长蘅已病卧檀园，予躬致药饵，登床握手，长蘅为强起，尽出所著作，手自芟纂，得诗六卷，序、记、杂文四卷，画册题跋二卷，合十二卷，题曰《檀园集》，授其侄宜之，以应予之请，遂刻自《檀园集》始。明年正月，长蘅没，予哭其家，为经纪其丧，唏嘘不能去。已而刻成，因为之序。"三宾弟子李宜之亦云："明府师三年报政之后，讼堂屡空，琴室转静，于是采察谣俗，博访词林，爰自国初到今，凡邑之缙绅孝秀以逮高世养德之士，其文词之没而不见及既行而丛秽放散者，咸搜葺遴选，以备一邑之文献。而唐先生叔达、娄先生子柔、程先生孟阳暨家叔父长蘅先生，则人自为集，先总集而刻行之。盖四先生者，皆能润世笃俗、究古明道，拔中晚以复之邃初者也。是时，叔父卧疴檀园，药饵之暇，自汰其前后所存诗文为十二卷，命宜之同杭之雠较之。"

另有清康熙二十八年（1689）陆廷灿刻《檀园集》十二卷，国家图书馆、上海图书馆、复旦大学图书馆、台北图书馆（存六卷）及韩国首尔大学奎章阁等藏。半页九行，行十八字。黑格白口，左右双边，无鱼尾。前有明崇祯二年秋七月谢三宾《檀园集原序》、清徐秉义撰《重刻檀园集序》及钱谦益《李先辈长蘅传》。正文题名后镌"嘉定李流芳长蘅甫著，孙圣芝、曾孙异参重校，后学陆廷灿扶照重订"。卷末有崇祯二年元夕后五日李宜之《檀园集后序》、康熙己巳十一月日南至陆元辅（1617—1691）《重刻李长蘅先生檀园集后序》。陆序云："李长蘅先生者，我嚜四先生之一也。合唐叔达、娄子柔、程孟阳三先生而为四，四先生各有集行世。《檀园集》则长蘅所著诗文也，合叔达《三易稿》、子柔《吴歈草》《学古绪言》、孟阳《浪淘松圆集》而为《四先生集》，崇祯己巳邑侯四明谢象三刻之……乙酉之乱，李氏被祸最酷。先生一枝，惟孤孙圣芝在耳。檀园既成劫灰，梨枣亦无复孑遗矣。娄思修兵死无后，其板析而为薪，所存不能什二。唐、程二集幸无恙，金治文、渭师兄弟复为程刻《耦耕堂集》以续之；唐遗稿尚多，惜无人为之补刻。远近来购《四先生集》者，久有缺逸之叹。吾宗开倩暨其伯子扶照嗜古好学，慨然以复旧为己任，因遂捐金，先校李集，付诸梓，将次第及于娄之缺板，唐之续稿，以成大观……《檀园集》刻成，同侯生大年请序于徐宫坊果亭，并请余为后序。余喜吾宗之有人，而遗文赖以不坠也，于是乎书。"又有《四库全书》本十二卷《檀园集》，然四库本除前加"提要"外，仅保留谢三宾序，馀皆删不录。

谢三宾论流芳及诗曰："长蘅累世簪缨，科名廿载，文章书画绚烂海内。其徒盗窃名姓及模勒衒售者，犹足以奉父母活妻子，而长蘅身没之日，园亭水石、图书彝鼎之外，籯无一金，廪无釜粟，高贤静士之风流，其大略亦可睹已。为人慷慨，遇不平事，无问朝野，辄义形于色。然慈惠乐易，其素性也。喜接后辈，周贫交，尤喜成人之美，未尝有所怨忌。时或发词偏宕，或诗文感愤，类于骂讥嘲谑者有之，然言者无罪，闻者足戒，正所谓深于风者矣。惜其穷老不遇，徒放浪于吴山越水，盱衡奋袂以自鸣其不平，故仅存兹集以传世。使得待诏金马、延登玉堂，拜稽扬厉，以上继皋陶、史克之作,令鄙人小夫帖耳咋舌于文章之有用,从此不敢侮易文墨士,不亦伟欤?而竟优游林壑以没,此予之叹息痛闵于长蘅也。长蘅之所流传,未知鸡林等国何如,凡我公卿学士,下至贾竖野老,以及道人、剑客,无不知敬慕若古人然,长蘅亦荣矣。"(谢三宾《檀园集序》)

钱谦益云:"长蘅为人,孝友诚信,和乐易直,外通而中介,少怪而寡可。与人交,落落穆穆,不为訚訚然磨切过失,周旋患难,倾身沥肾,无所鲠避。家贫,资脩脯以养母。稍嬴,则以分穷交寒士。视世之竖立岸崖、重自表襮者,不啻欲唾弃之。性好佳山水,中岁于西湖尤数,诗酒笔墨,淋漓浑洒。山僧榜人,相与款曲软语,间持绢素请乞,忻然应之。自以世受国恩,身虽屏退,不忘国恤。丑寅之交,阉人披猖,往往中夜屏营,叹息饮泣……长蘅书法规模东坡,画出入元人,尤好吴仲圭(吴镇)。其于诗,信笔书写,天真烂然,其持择在斜川、香山之间,而所心师者,孟阳(程嘉燧)一人而已……晚尤逊志古人,草书杜、白、刘、苏诸家诗至数十巨册,故于诗律益细。孟阳亦叹其《皋亭》《南归》诸篇,以为非今人可及也。"(《列朝诗集》丁集卷十三下)

清沈德潜云:"嘉定四君中,以檀园为上,虽渐染习气,而风骨自高,不能掩其真性灵也。"(《明诗别裁集》卷十)陈田云:"长蘅貌似谭友夏,友夏赠诗云:'他年谁后死,优孟免踌躇。'长蘅亦赠友夏诗云:'谁云谭郎貌似我,执手问人还似无。寸心明白已如此,区区形似终模糊。'又与袁小修、钟伯敬游,故其诗未免为楚咻所夺。今录其不堕彼法者,五言特清迥出尘。"(《明诗纪事》庚签卷四)

《李流芳题画诗跋》一卷

稿本,上海图书馆藏。无框无格,有李流芳印。总二十一页。板框12.1×21.9厘米。首页有无名氏题记:"李流芳号长蘅,乃嘉定四先生之一也。此册共二十一页，皆其手录题画诗文，尤为珍重。"内"江南卧游册题词"有《横塘》《石湖》《虎丘》《灵岩》《题盆兰卷》《题画卷与子薪》《题白雪青嶂图》《题画册为同年陈维立》《桃源》《紫叶》《东皋》《竹溪》《鉴湖》《辋川》《语溪》《庐山》《雪堂》《孤山》《题画册后为李郡守鹤汀》《题云山图》《跋摹书帖》《题灯上人竹卷》《题寒山诗卷》《题怪石卷》《题画册》三首、《题画》三首及《题林峦积雪图》。

严衍《溪亭集》

严衍（1575—1645）字永思，一字午庭，诸生，嘉定人。精《易》理、通史学，以司马氏《资治通鉴》中多疏漏，乃援正史及他书补辑为五百卷，历三十年成《资治通鉴补》二百九十四卷（今存抄本）。另有《大学说》一卷（清乾隆二十五年刻本）、《严永思先生通鉴补正略》三卷（清道光八年刻本）、《溪亭集》二卷（清抄本）传世。另邑志载其有《修绠斋易说》二十四卷，未见传。严衍工诗文、精书法。诗文浑灏，有苏氏风；书法褚、米。乙酉避地西乡，愤恚疾卒，年七十一。生平见《严永思墓志》、严恒《先府君行略》、陆元辅《严先生传》（以上墓志、行略、小传皆《溪亭集》后附）、《（康熙）嘉定县志》卷十六、《（光绪）嘉定县志》卷十九。

《溪亭集》二卷附录一卷，清抄本，南京图书馆藏。卷一题名后注"嘉定严衍永思氏甫著，门人吴康侯定远较，季男恒久持辑，后学秦藻融初氏同较"。卷首有乾隆己卯夏月同里后学秦藻《嘉定严永思先生溪亭集序》、《资治通鉴补自序》《日注序》。卷之一录序、碑记、传等十五篇，卷之二录书、祭文、疏、墓志、行略等十二篇，附录无锡张夏《疁城严先生传》、黄淳耀《永思严先生通鉴补序》、谈允厚《资治通鉴补序》、《先府君行略》及乾隆己卯严衍五世孙严宗衡《溪亭集跋》五篇。

溪亭乃严氏别墅,授业之所,故以名集。乾隆己卯(1759)严衍五世孙严宗衡于跋语中云:"右先高祖永思翁诗文剩集也,得自友人秦君瀜初,而其购梓则邑父母介公之力。盖先高祖生于明季,生平端洁自好,泊然无他嗜,惟以缣缃为刍豢,寝食于其中,自少至老未尝有隙晷,是以诵述之多,著作之富,乡先生辈至今啧啧叹羡,以为人莫能及。当时,四方愿学之士负笈者日益进,荒江老屋之间,几不容席,因侨居于西城之别墅而授学焉,名其地曰'溪亭',故今之诗文集亦曰《溪亭集》也。其所著书皆能抒所独得,发明儒先未阐之蕴,而尤善书法,神明于褚、米二家。凡有著说,及门与知交辈必携其稿以去,或购藏之,珍如至宝,故逮存之日散失者什已五六。嗣遇鼎革兵燹,遗亡更无有存焉者矣。此固我祖我父所为抱憾终天,而宗衡之刻志访求者也。今幸邑父母之贤,于南翔里陆氏购得《通鉴补》全书,以刊费不赀,方议汇送宪府秦君,由是感动,出其所藏诗文稿一帙,属宗衡谋梓之。宗衡叹且泣曰:'以余祖父所闻,先高祖所著书,《通鉴补》固其大者,他若《易说》三十六卷、《四子书说》四十四卷,及《名言集》《垂老涉笔》各若干卷,总曰《溪亭问答》,今皆不可复得。至其所为诗文,大都当日应酬之馀绪耳,然亦累帙盈箱,不下千馀计。蒙君之惠,所存又其什之一耳,何足以问世?'秦君曰:'不然,请质诸介公。'公一见大喜,谓物以少而益珍,赀以约而易赡。知宗衡之贫,遂捐俸鸠工。手自校雠,刻期而告竣焉,更名其集曰《溪亭剩集》。此岂非贤父母之力而谁力哉,宗衡其敢忘诸?其敢忘诸?"

乾隆己卯(1759)秦藻序云:"永思严先生殚一生心力,作《资治通鉴补》及《宋元通鉴补》,先王父借得其稿本,殚数年心力,手抄校正。论者谓永思先生为涑水功臣,而先王父又为永思先生功臣云。据先生自作墓志,著有《四书说》《易说》,总名为《溪亭问答》，其书惜未曾见。所有诗文集稿，藻家藏之久矣。昔先生令嗣久持先生因年老子幼，虑有散失，将遗书一束托先王父收藏，缄封甚固，历先祖、先父，因他人之书从未开阅。藻见年久剥蚀，而严氏后人迄久不至，特发而观之，则永思先生诗文稿本在焉。书法端楷，其中删削添注处朗朗可诵，藻不胜喜跃，亟为录写、编次，得文二卷、诗二卷、外集一卷，总名之为《溪亭集》云。藻尝闻先君子言，吾嘤自前明嘉靖间，震川先生以诗古文词倡教安亭江上，是时有丘子成、张三江二先生亲受业于震川之门，为入室弟子，厥后有唐、娄、程、李四先生，复有陶庵黄先生、永思严先生、巽甫马先生接踵而起，斯文之盛甲于他邑。四先生文集幸遇四明谢象三先生来令嘉邑，镂板行世，脍炙人口。陶庵先生以节义照耀古今，其集亦且流传海内。惟丘、张二先生不获与谢公遇，严、马二先生，谢公尝聘修邑志，极加敬礼，而不以其诗文集与四先生并传，深为不解。今年春，严先生四世孙汉超以《通鉴补》具呈当前，谋付剞劂。适遇贤邑侯介父台留心文献，极力主持，汉超特来访晤，藻因出其先世所存诗文稿本，作原璧以归赵。汉超悲喜交集，如见先人于地下，且深感藻之三世珍藏，为不负所托。夫表微阐幽者，贤邑宰事也；抱残守缺者，吾同志责也。况名山著述，如丰城宝剑，必不终于湮没，藻何敢以为功也哉？兹因镌刻将成，汉超不敢忘其集之所由得，特嘱书其颠末，藻不获辞，为之附数语于简端。"

马元调《简堂集》《横山游记》

马元调（1576—1645）字巽甫，嘉定人。崇祯间诸生。五岁时，闻张应武、丘集论说辄驻听不移足，后受学于娄坚，洞悉经史源流，凡古今典制、名物靡不淹贯。学者称简堂先生，自称简堂居士。乙酉（1645），清兵下江南，与侯峒曾、黄淳耀等同守嘉定，城破殉难死，年七十。除《简堂文集》《横山游记》外，《千顷堂书目》著录其《易说》六卷、《诗说》十卷。辑有《元白长庆集》二种一百四十一卷（今存明万历间刻本）。生平见清吴山嘉《复社姓氏传略》卷三、《（光绪）嘉定县志》卷十七、《（民国）上海县续志》卷二十六。

《简堂集》十二卷

清抄本，浙江图书馆藏。无格无框。半页十行，行二十四字。《四库全书》未收录，《总目》《禁毁书目》等未见著录。前有残序，未知为何人所作。无跋。正文题名后注"嘉定马元调巽甫著"。收檄、引、说、疏、表、勘语、参辞、揭、呈、题词、小引、跋、驳、书后、古诗、寿文、祭文、告文、神道碑、墓表、行状、墓铭等各体文一百七十馀篇，诗十首。

序载元调甲申事云："嘉尹谢公三宾以巍科盛名，俯视流辈，见先生独为折节。邑有大典故，必造室请。刻唐、娄、程、李四家集，属先生裁定之。检尊经阁藏书，复祭器，正两庑先贤位，议城守兵、筑海圩，疏浚河塘，大小缓急，先生口筹而指画者也……甲申之夏，黄陶庵淳耀致书先生云：'天崩地坼，虽欲效曲江之哭，不可得矣。先生又著书论古以遣牢愁，此又今日避秦之一法也。生尝谓前宋遗民皆在越中，故国初诸儒承传其学，为一代功首。今先生又独抱遗经于残山剩水间，使后世读书种子不绝，固莫大之功也。'当癸未冬，杭吴太史太冲诸公仿欧阳举苏明允故事，书上矣，会有甲申之变。至乙酉七月四日，自经于简堂中。"

另有《简堂集》不分卷，清抄本，浙江图书馆、东北师大、复旦大学、吉林师范大学等图书馆藏。1984年中国书店曾据此清抄本影印。今《明别集丛刊》第五辑第24册内《简堂集》不分卷据此清抄本缩微胶卷影印。不分卷本《简堂集》，前有遁闷手书题记："□为明崇祯时嘉定简堂居士马元调先生文。就《明史》载，南京覆，州县多起兵自保，嘉定士民推侯峒曾为倡，偕里人马元调等誓死固守，清兵入，均死之。忠烈之气足与华亭陈卧子、江阴阎应元并垂不朽。文稿垂三百年不随劫火俱烬，可谓文字有灵。稿中寿序属半，并有代侯广成、黄陶庵、钱牧斋、张天如诸君作序，想见当日简堂文名之盛。末附《请修嘉定城堡公牍》，而嘉定之陷，征诸史乘，由天雨城崩所致，实可补《明史》所未备。吉光片羽，弥足珍矣。戊午夏日遁闷识。"识记后有"归翁/六十后作"朱长方印。

归庄于《简堂集序》中曰："吾朝文章，自金华两公开一代风气，上与唐宋诸大家匹，读两公《文原》《文训》，知文之不可苟为也。而后之学者趋向不同，顾以盛名奔走天下，至嘉靖中，世几无复知有两公者矣，府君独起而振之。万历中所号为文章家者，与嘉靖诸公虽异趋，皆入幽蹊仄径，拂榛翦茀，终不能致于康庄，然人情喜新，亦咸望而归之，独先生守其师之学不变，岂非所谓笃于自信而不惑于流俗者耶？先生之文，大约详正博雅而有精思，至其变化出没，非拘墟者所能测。近较府君，远视宋王，其犹九河之于龙门、积石，万里一源者也。"

《横山游记》不分卷

清光绪七年（1881）钱唐丁氏刻本。半页十行，行二十字。左右双边，版心白口，单鱼尾。前有张溥序，题"娄东张溥天如氏题"；黄淳耀序，题"嘉定黄淳耀序"。今上海书店《丛书集成续编》第 63 册内《横山游记》即据清光绪本影印。元调学有根底，古文追摩唐宋大家，诗多古体，随意抒写。黄淳耀序其《横山游记》云："今年（崇祯十年丁丑［1637］——作者注）秋七月，马巽甫先生归自武林，出所作《横山游记》示余，则自湖上以至此山数十里中，气候之晦明，草木之浓淡，岑岭之郁纡，潭涧之沿溯，楼阁之位置，鸟兽之飞走，幽人奇士之酬酢往来，一一在焉。读之，神明忽开，毛发尽磔，飘飘然不知此身之在尘土也。余所尤异者,山中之人相亲相爱如一家,至刻笋为识而可以御盗,则其淳古淡泊之风迥非人境所能有……今观横山去湖稍远,耳目不杂,而山中之人独能全其淳古淡泊之风如此,则亦未识盐醯之老人村也。余故服先生之善游,而又叹西湖一泓,为赵宋君臣盘乐之所,论者目为尤物破国,至比之西子,而横山以榛莽未辟,超然于酣歌恒舞之外,岂非幸欤?异日者松冠芒履,从先生遍游其间,庶几为太平之逸民,其亦足矣。"

沈弘正《枕中草》

沈弘正(1578—1627)字公路,苏州府嘉定人。少勤苦力学,以博洽自期。负才不遇,遂决意仕进。天性好客,有园十亩,备水石竹林之胜,词人酒客常满。喜聚书,藏书累万卷,自经史百家以致稗官野史,靡不收贮。有《虫天志》《小字麓》《枕中草》行于世。别有《救荒书》《兔罝谈》《印录》《续枕中草》见于著录。生平见董其昌《沈高士公路墓志铭》(《容台集》卷八)、娄坚《隐君子沈公路行状》(《学古绪言》卷十二)、《(乾隆)江南通志》卷一百六十八。

《枕中草》四卷,明沈弘正畅阁自刻本,国家图书馆藏。半页八行,行十六字。左右双边,版心白口,无鱼尾。版心中部记题名"枕中草卷几",版心下部镌"畅阁"。其集卷二内有诗《九月八日畅阁卧病作》,故知"畅阁"乃沈氏居所。卷首有《枕中草叙》,后题"友人陈继儒撰"。序后有目录。正文题名后注"吴淞沈弘正撰"。卷一收诗六十首,卷二收诗七十八首,卷三收诗四十五首,卷四收诗六十八首。

陈继儒序称:"吾友沈公路读书思甚沉,肠甚热,其于世局则甚疏,于时名则甚淡。不佞定交以来,或一二年始觏面,即有竿牍，多附托诗衲及黄冠道人，幸不浮沉而已，即浮沉不问也。往岁过海上，访问公路起居，公路甫在荆溪，其事如白鸥黄鹄几中虞罗，为郡县士大夫清议辐辏得免，而公路黯黮感愤，病矣。当病厥时，胸中天晶日明，觉生平未尝有此一刻之乐；半日始苏，则六凿相攘，五官受制，乃悟而叹曰：'我有大患，为我有身，老氏岂欺我矣！'于是率然大放，凡所谓誉悱菀枯、恩仇夷险、得丧之故，悉束而投之六合之外，而病始大瘳，诗亦始大进。夫诗者，性情之丝竹也，射不中碎其鹄，弈不胜啮其子，而天下岂复有精技哉？丝竹不调，声于何有？性情不调，诗于何有？公路之诗得于病，病得于悟，悟得于大忘，可以玩世，可以笑世，可以避世，亦可以名世。盖其诗一本于性情，而非若饰而为虎鞟、贫而为獭祭者比也。昔人诗以贫而后工，予谓诗以病而后工，霜降水落，海清珠现，其公路之谓欤！是诗也，在人则秘为枕中之藏，在公路又若置之邯郸卢生枕上，炊粱未熟，而梦已蘧蘧然觉矣。有道者自能辨之。"

《枕中草》外，沈氏当有《沈公路文集》梓行，惜不传。公路友人董其昌《沈公路文集序》称："公路家承世美，才擅幼清。既游竹素之樊，亦涉园林之趣。性复悁介，深居简出，不为大人游，不悬高门簿。其于称诗直酬夙好，何悖尊生，而广心浩大，不遗余力。缠绵险韵，层累连篇，牍发百函，箴盈九土，諰諰焉，尝虑目摄者之当吾前，而唇稽者之议吾后也。中岁善病，身名孰亲，然药裹与诗筒杂然并进，吐出肝肺，捻断髭须，不惟若癖、若痴、若贪、若怒，且兼为四愁、为八苦，而著作之兴，迄不衰止。谁实迫之，坚守恒度乃尔耶。藉令公路策足王途，盱衡词垒，将其道益广，其气益扬，送别怀人，不止眼前俦侣，登高吊古，不止封内山川，骋妍抽秘，著书满家，当必有富于兹集者矣。斯文人之习气，志士之深心乎。嗣子縠似博雅绍闻，结集授梨，传之海内，俎豆于孙太白、王履吉之间。嗟乎，公路生矣。"（明崇祯三年刻本《容台

集》卷一)

沈氏曾有《雪堂集》诗稿,刊刻与否不得而知。董其昌志沈氏墓曰:"公路铲采逃虚、遂狷介之性似静者,其结客振穷、挟湖海之气似侠者,其愤世放情、寄声色之游似达者。至夫沉酣竹素,雠校鲁鱼,聚可汗牛,藏无游蠹,断简必续,僻事能征,又今之博雅君子也……(宅)有水石竹林之胜,尊彝书画之赏,客赠以东坡雪堂玉印,因颜其堂曰'春雪',赋诗亦命之《雪堂集》,志所存也。"(《容台集》卷八《沈高士公路墓志铭》)

范光斗《三馀堂诗稿》

范光斗(1581—?)字乔年,号良滨,苏州府嘉定人。范氏族多殷富,光斗独不事生产,结茅东野之良滨,读书赋诗,不知有尘外事。庚子年(1660)作《八十自述》,则范氏生于万历九年(1581),卒年不详。《(光绪)嘉定县志》卷二十七载其著述有《良滨诗稿》(未知卷数)、《三馀堂诗稿》四卷。生平见《(光绪)嘉定县志》卷二十七"艺文志"四。

今存《三馀堂诗稿》一卷,清抄本,江苏省常熟市图书馆藏。无格无框,无序无跋。半页九行,行二十二字。正文前题"己亥年,三馀堂诗稿,范光斗字乔年号良滨著"。诗编年,总收诗一百八十三首,附《烧香词》五首(原《烧香词》十首,但录其五)及《送鲁子奇六移居嘚城调寄满江红》《戏题泥美人调寄蝶恋花寄王茂林》《题明远亲家喜照调寄满江红》词三首。

其庚子年作有《自述四首》,其二云:"寄身僻巷少人知,大半清狂小半痴。墨气笔花心自许,鑪烟茗色性相宜。贪眠便觉魔来早,耽弈惟愁客到迟。负郭有田忘带月,砚山片石独耘耔。"又在《八十自述》(四首)其二中云:"薄业当年已属人,鬓毛赢得雪霜侵。贫虽彻骨犹存傲，俗沁枯肠偏爱吟。世事不关身更懒，尘情怕染口常喑。兢兢佩服先贤语，恒产宁无守此心。"亦可见其性情。

侯峒曾《仍贻堂全集》《侯忠节公全集》《明侯忠节尺牍手稿》《侯通政集》

侯峒曾（1591—1645）字豫瞻，一字广成，苏州府嘉定人。天启五年（1625）进士，授武选主事。丁外艰归。崇祯七年（1634）以兵部尚书张凤翼荐补职方郎，改南文选主事，历稽勋郎，迁江西提学参议。迁广东副使，未赴，起浙江右参政，分守嘉湖。擢顺天府丞，未赴而京师陷。福王时起为左通政，辞。乙酉闰六月十四日，嘉定城破，至先祠祭拜，从容自沉死，年五十五。唐王遥赠兵部尚书。清乾隆四十一年（1776）谥"忠节"。著有《仍贻堂全集》十八卷。生平见夏允彝《忠节公家传》（《侯忠节公全集》卷首）、张岱《江南死义列传》（《石匮书》后集）、徐鼒《小腆纪传》卷四十六、侯玄静《侯忠节公年谱》（道光刻本《仍贻堂全集》卷首）、张廷玉等《明史》卷二百七十七、《（康熙）嘉定县志》卷十六。

《仍贻堂全集》十八卷

道光十七年（1837）胡起凤侯澄刻本，上海图书馆、南京图书馆等藏。陶澍序，胡起凤校阅并序。诗一卷，文十四卷，首列年谱三卷，共十八卷，初名《内言集》。道光二年（1822）夏四月胡起凤云："岁庚辰（1820），从秦君鉴获观抄本，略读一过。觉其言蔼如而其风骨棱棱，仍复示人以不可犯，与黄忠节文异曲同工，殆昌黎所谓蕲至于古之立言者，非耶？公殁将二百年，求其流风遗韵，邈焉无存，而是集得归秦君，不致残阙失传，冥冥中定有鬼神呵护者。夫论吾嶝人物，首推侯、黄二公。《黄忠节集》久已锓板行世，公曾无寸简流播海内，使好古之士览其文，考证其行事，呜呼，是谁之责欤？钞本传写多讹，余重加参订，并公季子智含先生所撰年谱谋付剞劂，用以风励末俗，起衰激懦，将于是乎在。公之季弟曰岐曾，即门人私谥文节者，著作甚富，尝于文坛执牛耳。公与文节之子曰元演、元洁、元瀞、元汸、元泂、元泓，皆能文，当时有六龙之目。集经兵燹散佚，搜罗未备。今且就忠节文表章之，以为刻上谷诸君子集之嚆矢云。"

《侯忠节公全集》十八卷

民国二十二年（1933）嘉定侯氏铅印本，上海图书馆、南京图书馆、复旦大学、北京师大等藏。集原名《仍贻堂全集》。今《明别集丛刊》第五辑第58册内《侯忠节全集》十八卷卷首一卷即据民国铅印本影印。半页十一行，行二十八字。黑格黑口，四周单边，无鱼尾。卷首有民国二十二年三月陈乃乾《重印侯忠节公全集序》，忠节先生像，像后录宋张秘诗一首："众壑敛新雨，孤舟增暮寒。巫山今夜月，湘水几人看。不得临湖醉，唯愁下峡难。双鱼凭寄远，尺素劝加餐。"题"右张秘书一首，己卯夏五书于乱玉堂"。继有道光壬午夏四月胡起凤旧序、《明史·侯峒曾列传》、夏允彝撰"家传"。内卷一至卷三年谱，卷四收诗一百一十九首、补遗五首、赋一首，卷五收奏疏六篇、文告九篇、启五篇，卷六至卷十收书一百九篇、序十二篇，卷十一、十二收序二十一篇、记七篇，卷十三、十四收行略一篇、行状四篇、志铭五篇，卷十五收传三篇、祭文十三篇，卷十六收跋十七篇、赞二篇、铭三篇、疏九篇、考五篇，卷十七收学政申约一篇、申明敕谕十八篇、申明钦条三十五篇，附申五篇，卷十八收文移七篇、示告十篇、详批三篇。卷末有侯叔达民国二十二年跋语。

跋语记得此原本及刊刻过程曰："幼读家谱、考邑乘，即知十六世祖忠节公有遗书数种，家无藏本，不得见。稍长，留意访求，迄今二十馀年矣，竟未一遇，心疑洪、杨兵燹，版本失传，言念及此，辄忽焉不乐。五族共和后十九年之冬，王丈培孙函趋南洋中学，丈出书一帙曰：'是书假自知友，得略寓目，不日当归赵。'捧读之，《仍贻堂集》也。侯氏无之，嘉定一邑亦无之，所见藏书处目亦无之，殆海内孤本欤？洵可宝也。丈爱其年谱之详及奏疏中陈事说理之切，有关明清掌故，重播行之，亦足淬厉气节。以是商之于余，余乃筹三百金相助，而心感丈之盛意焉。钞校、排印历时三年始克藏事。世之凄怆寇逼，耻为夷虏，而欲益悉公之生平者，得是尤当懔然危惧、及时自奋矣。中华民国二十二年春诸翟侯氏龙江支第十六世孙积郁叔达氏谨跋。"

陈乃乾序对了解此集之流变甚有助益，兹录如下："吾友新阳赵君学南、上海王君培孙皆好古、富藏书，慨夫忠孝节义之道不行于今日，诗文家法亦泯焉失传，故于前朝文学节义之士，每求其遗书而讽诵之。庚午五月，学南得峒曾遗集于吴市，培孙闻而喜曰：'此邻邑大儒之名著也，我求之久矣。'亟从假之，以示乃乾，谓将录副以藏。乃乾献议曰：'若费数十金而传抄一部，何如费数百金而翻印之乎？是以十倍之费而可孳生数百倍之书也。天之未丧斯文，必有闻是书而兴起者。'会侯氏嫡裔叔达先生然余说，愿任印费，余与培孙佽助之，遂付手民，癸酉三月印成，凡一十八卷。原本为道光丁酉侯澄所刻，长沙陶澍为之序，题曰《仍贻堂全集》。盖澄父起凤辑峒曾、岐曾及其六子之作，总名曰《仍贻堂集》，而所刻成者仅此。今兹重印，仍为峒曾一家之文，故改题《侯忠节公集》云。"

明清鼎革，嘉定侯氏遭创甚重，然道德、文章益炳炳于世矣。陈乃乾《重印侯忠节公全集序》云："当明之末季，嘉定侯氏以文学、节义著称，有'三凤''六龙'之目。'三凤'者，给事中赠太常卿震旸之子峒曾、岷曾、岐曾也。岷曾早卒。峒曾之子玄演、玄洁、玄瀞，洎岐曾之子玄汸、玄洵、玄泓继起齐名，是曰'六龙'。其时大江以南坛坫相望，娄东宗秦汉，云间、西泠宗六朝，虞山、练水宗大家，侯氏群从，与之通家相师友，薰习陶冶，蔚然成一门风雅之盛，盖非偶然。而太常劼躬之后，峒曾、玄演、玄洁殉乙酉，岐曾殉丙戌，玄瀞、玄泍出家为僧。"《自监录》亦载："崇祯甲申，峒曾擢顺天府丞，未赴。留都再造，除左通政。乙酉，方屏迹深乡，邑人推其起兵，入城同诸大家集义勇固守孤城，散家财以给军，屡战胜。外援绝，势不支，城将陷，急辞家庙，赴池水死。幼妹适太学生金德开者，适归宁，偕兄死于池。第三子玄演、五子玄洁俱同。六子玄瀞亡命为僧。弟岐曾太学生，逾年复为松江陈子龙亡命，疑岐曾匿之，执至松江，不屈死。"二十五年之间，祖孙三世成仁取义，殊途而同归，尤人所难能。

《明侯忠节尺牍手稿》一卷

稿本，上海图书馆藏。题名页有"后学邵士洙敬题"之"明侯忠节、文节两先生尺牍手稿"字样。无格。版框19.5×26.5厘米。有"臣士洙"印，索邺、邵士洙题签。全集总二十六页。内中皆为侯峒曾、岐曾与友人来往尺牍，虽时有涂抹，然翰墨淋漓，气韵生动，颇见气势。

《侯通政集》不分卷

清抄本，即《嘉定侯氏三先生集》本，国家图书馆藏。封面题名"侯通政集"。半页九行，行二十字。左右双边，版心白口，单鱼尾，鱼尾上题"侯通政集"。内皆文，无诗。首册为提学江西时所作《江西学政申约》《江西学政公移》等类公文，第二册为奏疏，第三册为书。总收文六十馀篇。

侯岐曾 《侯文节集》《侯文节日记》

侯岐曾（1594—1647）字雍瞻，号广维，苏州府嘉定人，侯震旸季子。诸生，入太学，声名日盛。清顺治二年（1645）嘉定城破，兄峒曾遇难，岐曾避匿乡间，密谋反清，以匿陈子龙事泄被拘，不屈死，年五十有三，门人私谥文节先生。《（光绪）嘉定县志》载其有《江湖乱笔》一卷、《史记偶笔》一卷、《嚁城救时急务》、《侯文节集》（未知卷数）。辑《嘉定集》八卷，自序曰："社中人文通经学古，含英著奇，足以扬清议而持敝俗。"生平见杨凤苞《侯雍瞻父子纪略》（《秋室集》卷五）、《（康熙）嘉定县志》卷十六。

《侯文节集》一卷

清抄本，即《嘉定侯氏三先生集》本，国家图书馆藏。正文题名"侯文节集"。总收序文、祭文二十九篇。《（光绪）嘉定县志》卷二十七在"《侯文节集》"下注曰："即半生道者未燹稿，子汸、涵分年重编，诗二卷，文十卷，书十二卷。胡刻《仍贻堂全集》，《总目》作八卷。清真雅正，有卓立气象。"其所谓"胡刻"即道光十七年（1837）胡起凤侯澄刻本《仍贻堂全集》十八卷，既非《总目》所谓八卷，也非光绪县志所谓二十四卷。

《天启崇祯两朝遗诗》卷六录侯岐曾诗二十七首。侯岐曾于丙戌（1646）十月十三日作《追哭亡兄银台广成公殉节诗》，小序曰："自乙酉七月初五泖上闻变，昏仆不省人事，誓将从死。少徐有迪予以奉母保孤之义者，不觉足抵地曰是未可以死也。转瞬过周，又逾一序，久郁病瘵，两泪时渍枕席，不得已代之以歌，顾弹之而犹未能成声也。"

《侯文节日记》二卷

稿本，上海图书馆藏。第一册封面题"明侯文节先生丁亥日记，正月初一日始，五月初十日止，后学邵士洙敬题"。第二册题"明侯文节先生丙戌日记，四月一日始，六月廿九日止，后学邵士洙敬题"。第三册题"明侯文节先生丙戌日记，七月初一日始，十二月三十日止，后学邵士洙敬题"。无格。卷首有嘉庆丙戌季春晦日半生道人题识十五年重阳日同里后学金元钰题识，"臣士洙"印。

有明侯玄汸跋、金元钰跋、金元钰考证，有"金元钰印"朱方印、"雪楼广维"朱方印、"鹤浦龙江世泽弘农上谷家声"朱方印。

半生道人序云："乙酉以前，予止有出书稿诗文，杂撰附入其中。乙酉以后，家遭覆荡，身陷□□。其间岁时阅历，都非耳目恒遘，为宜札记，以备后人稽考。且前此世务倥偬，日不暇给，今则坐卧斗室，翻幸流光多暇，犹得与笔墨作侣也。日纪断自丙戌为始，称丙戌者，亦犹义兴以后，止纪甲子云耳。所闻闽、浙义师齐奋，隆武恩诏初颁，而干戈阻绝，遥遥未可为据也。执笔为新天子纪年，敬俟南都克复之后。丙戌季春晦日，半生道人识。（时书问往还，署法名广维，又姓易名之。）"

金元钰题识云："明左通政侯忠节公乙酉守城殉节，其弟太学文节先生绝迹忍饿，遁荒於野，以保孤奉母为己责。而故国旧君之思，又时时仰天扼吭。越二年而吴胜兆之事起，先生以匿故人陈卧子连染系狱，亦殉节死。邑令程侯修志，列入《国朝文学传》，恒以未合体例为憾。嘉庆十四年，邑令吴槩斋先生复修县志，予定议请移入《明季忠节传》，所以成先生之志也。是册得之上谷后人，忠孝之言，缠绵悱恻，几使后人不忍卒读。始丙戌正月，至丁亥五月，元初、卧子投入王庵，先生即于初十日绝笔，十一日被逮，十四日致命。呜呼！儒有劫之以众、沮之以兵，见死不更其守如先生者，可谓忠贞不贰，身系纲常者矣。嘉庆十五年重阳日，同里后学金元钰谨识。"

黄淳耀《陶庵诗文集》《黄陶庵全稿》《黄陶庵先生全集》《黄陶庵先生文集》《黄陶庵先生甲申日记》

黄淳耀（1605—1645）初名金耀，字蕴生，一字松崖，号陶庵，又号水镜居士，苏州府嘉定人。十七岁为诸生，天启三年（1623）岁试第一，食廪饩，入武进士龚思默家塾为师。崇祯二年（1629）入复社。崇祯六年为侯峒曾所聘，教授峒曾、岐曾诸子。十一年在金陵声讨阮大铖。十二年钱谦益慕名敦请教授其子。十四年在嘉定立"直言社"。十五年（1642）乡试中举，十六年成进士，不谒选而归，家居研习经籍。明社亡，乙酉（1645）五月，侯峒曾与黄淳耀为首，连结诸缙绅，举义兵数千人抗清。城陷，淳耀与弟渊耀于城西僧舍自缢死，时年淳耀四十一，渊耀二十二。乾隆四十一年赐谥忠愍。生平见陈树德《陶庵先生年谱》（清光绪刊《陶庵集》附录）、侯元泓《黄公陶庵行状》（清光绪刊《陶庵集》附录）、张廷玉等《明史》卷二百八十二、陈济生《天启崇祯两朝遗诗·小传》、陈鼎《东林列传》卷十一。

《陶庵诗文集》十六卷

清康熙十五年（1676）嘉定张懿实刻本。淳耀著述颇富，然多散佚。卒后其门生陆元辅（1617—1691）以数年之力收罗其遗作，辑为《陶庵集》，内《陶庵诗集》八卷、《陶庵文集》七卷、《吾师录》一卷，南京图书馆、浙江图书馆、天津图书馆、中央党校、陕西师大及台北图书馆等藏。板框 19×13.6 厘米。左右双边，黑格版心细黑口，无鱼尾。半页九行，行十九字。卷首有原序：庚子冬十月虞山钱谦益序、己丑秋九月太仓舍弟吴伟业序。继有新序：康熙丙辰（1676）苏渊序、门人侯玄汸跋、张懿实跋、黄埜跋。正文题名"陶庵诗集"或"陶庵文集"，题名后镌"嘉定黄淳耀蕴生父著"。卷一收拟古乐府二十八首，卷二、三收五言古诗一百五十八首，卷四收七言古诗二十九首，卷五收五言律诗七十五首，卷六收五言律诗六十八首，卷七收五言排律六首，卷八收绝句五十四首。据吴伟业序知淳耀殁后，其门人陆元辅"以五年之力，掇辑散亡"，"访求搜购于流离煨烬之中"，收其遗文，得百馀篇，然此遗存于所论著什不一存。另据钱序，黄氏殁后十馀年，其门人侯玄泓作有行状，陆元辅、张懿实、侯玄汸、张珵等相与排缵遗文，录为全集。"文集"卷一收启、书十篇，卷二收序三十四篇，卷三收论十一篇，卷四收《史记》评论一百一十四则，卷五收传六篇，卷六收祭文六篇，卷七收杂著十六篇。其《吾师录》总三十二则，前有"小引"："《传》曰：'三人行，必有吾师焉，择其善者而从之。'况吾人乎？此录辑于壬申仲冬，取古人言行之可法者，牵连比附，各以类从，始于摄心，终于养生，凡三十二条。壬午季夏，料简笔札，得之故纸中，因缮书二册，一以自证，一勖伟恭。"

康熙十五年（1676）淳耀子黄垩跋曰："自先君遭乙酉之变，垩方四龄，家室飘摇，藉外翁眉声先生一椽栖止，母子茕茕，萧然四壁。稍长，知求父书，而散亡已尽。呜呼，痛矣。所赖翼王、研德同力搜辑，得文八十有二篇、诗三百八十篇，《史记评》一卷、《吾师录》一卷，于是同邑诸世执暨及门数君子，相与谋付剞劂。翼王遂悉为编次以出，不谓人事牴牾，未能卒业。垂二十年，今得记原趣德符一举而成之。顾念四子笃古谊于师门，续微言于既晦，垩也痛九泉之血碧，感手泽而如新，不忍以不识也。含毫欲下，心绝泪绠，又不能以尽职也。"另有康熙四十二年陆廷灿增修本，江西图书馆、北京大学、南京大学、复旦大学、科学院图书馆及台湾傅斯年图书馆等藏。

侯玄汸跋论及淳耀诗论思想，今录如下："先生平生不立专稿，所为诗文多所散见于每岁日记中。乙酉夏四月，先生逊迹北郭之卓锡庵，手选古文一卷、诗一卷，大抵起丙子讫乙酉十年所得，其删去者盖什之八矣。予往观之，先生因言：'吾所存未谓必可存也，然以见吾志所立，从此而进可矣。古文近代自以荆川、震川一派为学唐宋大家之津筏，以唐宋大家为学秦汉之津筏，而必经经纬史为之渊源。诗直以陶、杜为津筏，《风》《雅》为渊源，然不明心见性，立其根极，即无所为诗文也。吾识趣久定，阅历未广，向来涉笔犹是经生本色，未遇大题目，亦未有大文章，惟史论差近。古诗则咏史、乐府及和陶诸什，吾稍寓意耳。'复举示用意用笔之所以然。予请持归录副，先生翻视良久，哂曰：'姑待之。'不三月而先生殉节，此本遂不可问。今其诗仿佛十符八九矣，文则十仅四五，只以翼王勤苦收录，片纸只字不敢阙遗，授梓已半。今日补缀，厘而成卷。"

《黄陶庵全稿》不分卷

清乾隆三年（1738）文盛堂刻本，国家图书馆藏。集内署名"黄陶庵先生全稿不分卷"，虽曰不分卷，然以"上论""下论"和"大学"三标题将全帙析为三部分。首有雍正己酉（1729）仲秋桐城江有龙序，云书于"金陵之映旭斋"。继有江有龙"刻言"。所论皆儒家经典，或论全书，或论书之一节，有江有龙评语。

另国家图书馆有《黄陶庵先生全稿》不分卷，抄本。正文有栏无格，半页九行，行二十五字。版心题"黄陶庵稿"或"黄陶庵传稿"。版心中部注"上论"或"下论""大学""中庸""上孟""下孟"等。前有《黄陶庵先生全稿序》，序为刻稿，后题"乾隆戊寅年仲夏月桐城周芬佩纫斋书于金陵之大盛堂"。周芬佩序后有二"原序"，一题"壬午阳月十七日虞山友人钱谦益序"，一题"虞山钱谦益书于燕誉堂之优昙阁"。钱序后有总目，总目以上论、下论、大学、中庸、上孟、下孟将全集分为五部分。正文题名"黄陶庵先生全稿"，题名下端有"北京图/书馆藏"朱长方印。题名后注"桐城周芬佩纫斋评订"。正文部分有朱笔圈点。部分页面残阙。

此集又有乾隆四十二年（1777）重刊本，板式、行款、内容与国图藏本同。牌记页镌"黄陶庵全稿，同学诸子论次，乾隆丁酉重镌"。首有王步青序，曰："先生尝自谓求义理于六艺，求事迹于诸史，求万物情状于骚赋诗歌，求载道之器于汉唐宋诸家。所为涵揉橾栝以得于心者，亦已至矣。及其放而之于文辞，则又能达于治乱之源，以通之世故，而可施于为政。文如先生，其得谓之无益乎？释褐而明遂亡，以明体达用之身，为致命遂志之烈，则亦世之不幸而非文之无益于世也。"

《黄陶庵先生全集》二十二卷

清乾隆二十六年（1761）宝山学署刻本，南京图书馆、辽宁图书馆、四川图书馆、复旦大学、东北师大、台北傅斯年图书馆等藏。内首一卷、文七卷补遗一卷（收书、序、杂著、论、表、策共十八篇）、《吾师录》一卷（共三十二条）、《自监录》四卷、诗八卷补遗一卷（十七首），卷末收跋语，附《伟恭诗》五十二首。今《明别集丛刊》第五辑第80册内《黄陶庵先生全集》即据乾隆二十六年刊本影印，著录为二十卷，盖补遗卷未统计在内之故。卷首有清乾隆辛巳（1761）孟秋沈德潜《重刻黄陶庵先生全集序》、辛巳夏四月王鸣盛《黄陶庵先生重刻全集序》，继有原序：己丑（1649）秋九月吴伟业序、庚子（1660）冬十月钱谦益序、康熙丙辰（1676）春二月苏渊序、陆陇其序，及补载朱彝尊序。后依次为《明史·儒林传·黄淳耀传》、辛巳阳月门人侯玄泓撰行状，及诸名士所撰《陶庵记略》集。后附原跋：门人侯玄汸、张懿实、后学侯荣跋，及康熙丙辰三月朔日黄坒跋、辛巳仲夏曾孙黄正儒、黄谦吉跋。新跋有门人汪嘉济、后学陶应鲲、同乡张江霞等跋。

《总目》云："淳耀湛深经术，刻意学古，所作科举之文精深纯粹，一扫明季剽摹谲怪之习，而平日力敦古义，尤能以躬行实践为务，毅然不为荣利所挠。如《吾师》《自监》诸录，皆其早年所订论学之语，趋向极其醇正，而平易可近，绝无党同伐异之风，足以见其所得之远。文章和平温厚，矩矱先民。诗亦浑雅天成，绝无懦响。于王、李、钟、谭馀派，去之惟恐若浼，可谓矫然拔俗。卒之致命成仁，垂芳百世，卓然不愧其生平，可以知立言之有本矣。集为其门人陆元辅所辑,见于《明史》者十五卷,此本为文七卷、文补遗一卷、诗八卷、诗补遗一卷、《吾师录》一卷、《自监录》四卷,共二十二卷,乃后人续加增辑以行者也。"(《总目》卷一百七十二)

王鸣盛序再刻原委曰:"忆余发未燥时,稍知辨声韵,即雒诵先生诗及散体诸篇,爱慕不忍释手。尝与同学论诗文各有派别,即如胜国初,吴中则宗高青丘、袁海叟,浙东则宗刘青田、王乌伤,他如林子羽之于闽,刘子高之于豫章,孙仲衍之于粤,各树标帜,承学者类有依归。而吾嘐则师法最正,故其诗浑古苍郁,高者似少陵,次亦在随州、东坡之间。自唐、李、娄、程四先生而外,继起者唯陶庵先生一人。牧斋尝谓嘉定多读书嗜古之士,而推挹陶庵先生不置口,至其古文出入唐宋八家,而尤以荆川、震川为圭臬,不为伪体所靡也。吾辈生先生后,瓣香有在,不学先生而谁学哉?顾自先生没后,全稿散佚,虽一刻于国初,而未全。后及门陆翼王征君、侯柜园掌亭昆季、张方瓢诸公搜辑校勘付梓,而板今藏于槎溪陆氏,未获风行。会溧水澹泉陶君来司教宝山,深惜先生之集当公诸海内,使后学家有其书,非重付剞劂不可。于是邑之绅士欣然竭数月之力,凡题跋、札记,只字剩墨,悉补缉无遗,更益以前集未刻之《自监录》,鸠工开雕,将不日而溃于成。"

乾隆二十六年(1761)宝山学署刻本当在乾隆十六年(1751)刊本基础上补刊而成。乾隆十六年,淳耀曾孙黄正儒跋曰:"曾王父是集,国初诸前辈裒辑付刻,海内愿见者如饥渴焉,而梨枣沉搁槎溪陆氏,无自风行。当正儒从事史馆,都门诸大人征问者不一而足,嗣得待罪楚郢,宪多征此,俱未有以应。庚辰秋,以老病得许告归,方矢志重刊,而澹泉陶师台先于从弟兆龙索得原本,率先多士,再付梓人,并增入《自监录》暨诗古文遗编,补前刻所未及,馀仍其旧。盖师台雅好素深也。嗟乎,曾王父理学节义载在国史,炳于千秋，所为三不朽者，此其馀事，然流风遗韵亦于此可想见焉。刻既成，谨付数言于后，以志诸君子嗜古之深怀，而幸遗书之得以流布云尔。"陶应鲲亦云："是集向曾付梓，久而散佚，并有《自监录》未登梨枣，因与都人士商订重镌，不三月而蒇事。计原存古文六卷、《史论》一卷、《吾师录》一卷、诗八卷，增刊诗古文三卷、《自监录》四卷，又以列传、行状载之卷首，庶读先生之集者益以想见其为人，有所观法而兴起焉。"（清光绪五年刻本《黄陶庵全集》卷首陶应鲲序）此乾隆二十六年刊本《黄陶庵先生全集》即为四库本之底本。

另有清道光二十四年甲辰（1844）补刻本，国家图书馆、天津图书馆藏。内诗集八卷、文集七卷，附《吾师录》一卷、伟恭诗一卷、语录四卷。半页十行，行二十二字。版心白口，左右双边，单鱼尾。牌记页题"黄忠节公全集，嘉定学尊经阁藏板，道光甲辰孟秋补刊，邑后学秦汝卓谨书"。录有辛巳（1761）夏四月王鸣盛《黄陶庵先生重刻全集序》、乾隆辛巳孟秋沈德潜《重刻黄陶庵先生全集序》及吴伟业原序、钱谦益原序、苏渊原序、陆陇其原序、朱彝尊原序，后附《明史·黄淳耀传》、侯玄泓撰《行状》，摘录诸名士所撰《陶庵记略》，并署道光二十四年补刊人姓氏。

继有《陶庵集》二十二卷，清光绪五年至七年（1879—1881）刻本。卷首题"光绪己卯（1879）重刊"。正前有《钦定四库全书提要·陶庵集》《钦定胜朝殉节诸臣录》《明史·儒林传》、光绪八年仲冬周文禾《重刊黄忠节公陶庵集序》、后学童式穀跋、宋道南"重刊凡例"，总目后为吴伟业、钱谦益、苏渊、朱彝尊、陆陇其等序，及由《明六家文选》中辑出的李良年序、乾隆辛巳沈德潜序、乾隆甲寅三月十日钱大昕序等"旧序"，继有侯玄泓、张懿实、侯荣、陶应鲲、黄正儒、钱东垣、乾隆五十八年十月陈树蕙等"旧跋"，继列归安杨凤苞所作《黄淳耀传》、侯玄泓所作《行状》、孙坤摹"黄忠节公像"、钱大昕题《黄忠节公像赞》、陈树惪原辑宋道南重订《陶庵先生年谱》、太仓陈瑚撰《墓表》、后学赵俞撰《祠记》，继有夏允彝、李介天、李更、王贞东、李元植、陈瑚、陆元辅等人所作哀辞、挽诗、笔札等"附录"，附录后有"参订姓氏""助刊姓氏"。下为正文，有文十四卷、诗八卷：卷一论、辩、议，卷二序、跋，卷三表、策，卷四启、书，卷五传、祭文、哀辞，卷六杂著，卷七《史记论略》，卷八《吾师录》，卷九至卷十二为《自监录》，卷十三、十四为《繇己录》，卷十五咏史乐府，卷十六和陶诗，卷十七、十八古体诗，卷十九至卷二十一律诗，卷二十二绝句，卷末附《谷帘学吟》、像、赞、序、跋等。

光绪八年周文禾序称："《陶庵集》之重刊也，经始于己卯，蒇事于辛巳。童君式縠、宋甥道南实经理之。缺者斠补，讹者是正。又将年谱及诸家感慕诗文悉为附入。"童式縠跋其重刊曰："《陶庵集》嘉道时家置一编，皆陶刻本，咸丰初板毁于兵灾，是集遂如吉光片羽，群以不获习见为憾。夫公之成仁取义卓然为吾邑第一人物，本不以区区诗文取重，而后学景仰前哲，往往读其著作，想见其为人。如集中《自监》《吾师》《繇己》诸录，虽公自道其进德之方，实示学者以修业之径，乃知公之致命荒庵，从容就义，其读书养气正非一朝夕之故矣。则是集重刊传世，曷可缓哉！光绪己卯春，爰纠同志搜罗校勘，就陶刻本增入《繇己录》，卷末仍以原本公弟谷帘先生所著附入，至辛巳冬而竣事焉。"宋道南于辛巳冬所作"重刊凡例"于版本流衍颇有价值，今录如下：

一、先生古今体诗八卷，为侯氏记原研德、陆氏翼王、张氏懿实所辑，虞山钱氏刊于绛云楼。厥后翼王复辑文集五卷、《史记论略》一卷、《吾师录》一卷，合诗集为十五卷，南翔陆氏扶照刊于陶圃。乾隆中，溧水陶氏澹泉增辑诗古文补遗三卷、《自监录》四卷，为二十二卷，刊于宝山学署，即《四库》所著录本也。今以补遗依类隶入各卷，以《繇己录》附益之，仍编为二十二卷。

一、先生所著尚有《诗札》《四书大旨》《史记质疑》（疑即《史记论略》）、《知过录》《山左笔谈》（案先生年谱仅于癸未六月计偕北行于山左，未尝久历也，故"四库存目"亦疑是书为伪托），均已散佚，无从搜访。诗文杂著间为陶氏补遗所未及，则从诸家辑录补刊。《北客行》《痛哭》诸诗则从钱氏初刊本补刊，字迹或经昔人涂抹，不能复辨，姑从阙疑。

一、陆氏、陶氏刊本均在四库馆未开之前，序跋外只录史传、行状及记略数则，今恭录《提要》及《殉节录》冠诸卷首，传文、像赞、年谱、墓表、祠记依次增入，诸家诗文记载汇为附录，遗漏尚多，统俟续辑。

一、陈氏所辑年谱载先生生平出处、交游、著述及守城殉节事綦详，间及琐事，无关大节，似可从略。诗文均已补刊入集，亦无庸复载。

一、伟恭先生《谷帘学吟》一卷，为侯氏凤阿及先生季弟殿雯所辑，陆氏附刊集后，陶刻仍之。嘉庆中，邑人别刊《谷帘遗书》五种，题为秦氏云津编辑，卷端总序撰于雍正丁未，已称陶庵先生为忠节公（案《钦定胜朝殉节诸臣录》于乾隆四十一年颁行，雍正中不应先有是谥），《存诚录》序亦不见于《陶庵集》，均为后人伪托无疑，今仍以侯氏所辑五十一首附刊集后。

继曰："光绪己卯同人议重刊黄忠节公《陶庵集》，嘱任编校，辛巳冬刊成，谨发凡起例如右。宋道南识。"

另有清光绪十八年（1892）顺德龙氏《知服斋丛书》本《陶庵集》，亦二十二卷。丛书本版心有题名，版心下方镌"知服斋丛书"。上下红粗口，红格红字，左右双边，双对红鱼尾。半页十三行，行二十二字。题名为"陶庵集"。前依次有《钦定四库全书提要·陶庵集》《钦定胜朝殉节诸臣录》《明史·儒林传》、"重刊凡例"。目录后依次有吴伟业、钱谦益、苏渊、朱彝尊、陆陇其、李良年、沈德潜、周文禾等"旧序",继有侯玄泖、张懿实、侯荣、黄堃、陶应鲲、黄正儒、陈树惪、童式榖等"旧跋",跋后有传、行状、像赞、年谱、墓表、祠记、附录等。

《黄陶庵先生文集》不分卷

清抄本,上海图书馆藏。首有康熙四十四年(1705)乙酉秋八月四日上海后学朱之璞手书序,继有陆稼书序。集后无跋。首序有残缺,内多虫蚀。朱序称:"明黄陶庵先生以清明高茂之资,励忠信笃实之学,生丁末造,蓄蕴莫施,既乃致命遂志,节烈弥光,洵为一代之完人。平生所为文,理宗程朱,气取韩欧,其议论皆足以端性情而正风俗,不为无用之空言。盖先生不徒求工于文而文自工如此,有德者必有言,顾不信哉?当湖陆先生序以为'先生之文本乎行,先生之行所以能卓荦于临变者本于平日之养,深叹浮伪之士丧其所守,以为专务文辞之戒'。真探本穷源之论,使读者不敢以文人目之,其指示后学之意最为深切。予既景仰先生之为人,□□□其文光明俊伟,謦欬若接,因于全集中撰录数十篇以便讽玩,非敢于先生之文有所去取也。要其精粹之作,亦略具于此矣。若欲观其备,则全集具在,可考而识焉。"

《黄陶庵先生甲申日记》不分卷

民国十四年(1925)吴兴刘氏留馀草堂刻本,吴兴刘承幹校,上海图书馆藏。版心中署题名"黄陶庵先生甲申日记",下署"留馀草堂"。半页十一行,行二十一字。左右双边,双对鱼尾,黑口。卷末有甲子仲冬刘承幹跋,曰:"黄忠节公《陶庵集》,旧有溧水陶氏澹泉刻本,咸丰初毁于发乱。光绪己卯嘉定童菽原氏重刻,迄辛巳告蒇,增入《繇己录》二卷,都十三则。童氏谓先生所著《繇己录》向藏邑中汤氏,原本二卷,乾隆时陈氏以诵撰年谱,录入止四分之一,非足本。燹后无从得,乃姑就陈氏所录分为二卷,编入集中，异日得足本再补刊。是忠节此录久佚，搜辑之艰，匪自今日。乃数年前，亡友太仓钱履樛太守以所钞忠节公日记一册见示，自崇祯甲申正月迄三月，而《繇己录》之名肇自三月十五日，童氏所引陈谱中之十三则具在无遗，其所无者尚数百则。展诵之下，弥见先生涤虑之严，徙义之勇，凡日用动静未尝有丝毫放过，其得圣贤用功钤键，断非希风掠影与夫凿空谈玄之徒所能企仿于万一也。自二月起，分身口意自检，三月后则分早起、粥后、午后、灯下、夜梦，刻刻提撕，不令稍懈。距公正命之期尚十六阅月，而用力精专已若是。宜乎临危不乱，整暇成仁，敛逾七日，须眉奋然，肤肉鲜洁，口血喷入砖石寸许，迄今不灭。其灏气英灵，共乾坤而不毁，在他人震其殉国之烈，在公则只日用寻常自循其素位而已。观其书壁数语，非平日功深养定，真能尽心知性知天者，能若是耶？公所著《吾师》《自监》诸录皆少作，《提要》已称其趋向醇正，无党同伐异之风，足见所得之远。兹编为就义前一年所记，视以前诸录尤可宝贵，惟钞胥间有讹夺，一仍其旧，未敢臆改，亟为付锓，以饷后学。惜乎三月以后尚在阙如，倘有如履樛之勤搜见视者，祷祀求之矣。甲子仲冬。"

淳耀一介儒生，志操耿耿，光垿日月。《自监录》载：嘉定县乡绅黄淳耀破家结客，同侯峒曾、侯岐曾等率县民守城。城破，慷慨大呼曰："结发读书有年矣，死无以报高皇帝、烈皇帝！"偕其弟邑诸生渊耀字伟恭者，至西清凉庵，淳耀扫壁题曰："弘光元年七月初四日，遗臣黄淳耀自裁于西城僧舍。呜呼！进不能宣力皇朝，退不能洁身草野，读书寡益，学道无成，耿耿不寐，此心而已。"僧亟止之曰："公未仕，可勿死也。"淳耀曰："城亡与亡，此儒臣分内事耳。"同弟自经死。故陈田谓："归季思以'陶庵'名集，黄公亦以'陶庵'名集，二人古诗皆拟陶，然归诗真率，黄诗俊爽，又各不同。大抵归有忘世之意，黄有用世之意，遭时多难，殉节成

仁,岂徒以诗人自命耶?"(《明诗纪事》辛签卷五)

淳耀文宗归有光,诗学太白。同邑及邻邑名士侯峒曾、张溥、夏允彝、归庄、程嘉燧、娄坚等皆对其推崇有加,钱谦益誉其为今之韩愈:"口不绝吟于六艺之文,手不停披于百家之编。记事必提其要,纂言必钩其玄……发于文章,沉浸浓郁,含英咀华,张皇幽眇,闷其中而肆其外。"(《牧斋初学集》卷三十二《黄蕴生经义序》)朱彝尊《诗话》云:"陶庵精于书义,融会九经诸史,审择而出之。当崇祯之季,方以骈俪相尚,不知者以为陈言。予叔父苇园先生独赏心击节,尽以其稿授予读之,久之而渐有称焉者……诗亦坚厚无懦响,由不惑于楚人之咻然也。"(《诗话》卷二十)

黄渊耀《谷帘学吟》《谷帘先生遗书》《伟恭诗》《谷帘先生遗集》

黄渊耀(1624—1645)字伟恭,苏州府嘉定人,黄淳耀弟。幼颖异,十五补诸生,博学有才名。性耿洁,不妄交人。清顺治二年(1645),嘉定缙绅聚兵抗清,渊耀宿城堞,昼夜拒战。城破,与其兄缢于僧舍,卒年仅二十有二。有《谷帘学吟》一卷、《谷帘先生遗书》八卷传世。生平见侯开国《谷帘先生传》(《陶庵先生全集》附录)、王辅铭辑补《明练音续集》卷七。

《谷帘学吟》一卷

该集附于清康熙四十二年(1703)刻本《陶庵集》后。另有清光绪八年(1882)刻本《谷帘学吟》一卷(附于《陶庵集》第二十二卷后)。卷首汪鸾翔摹"谷帘先生像"、周文禾题《谷帘先生像赞》、邑后学侯开国撰《谷帘先生传》。卷末附康熙四十二年夏五月侯开国跋语。内收古今体诗五十一首。另有民国十二年(1923)上海扫叶山房石印本。侯开国跋语曰:"伟恭先生《谷帘学吟》系先生季弟殿雯文学所手授,乃合虞山毛氏《隐秀集》详加参订,录为一卷,藏弆有年,始属陆子扶照登诸枣梨,附贞文公《陶庵集》后……而扶照至性孝友,汲古夸修为中槎之翘楚。初因余言,补刻王、娄、李三集并购唐、程以及贞文集版整齐印行,公诸同好,复因余言,继刻先生诗以并传于时,其表章先贤发潜阐幽之盛心,迥非时流可几,及行将遍访名家遗帙,次第寿梓,以备一邑之文献。余虽穷老,犹将邪许认赞其成也。康熙癸未(1703)夏五月朔旦同邑后学侯开国谨跋。"

《谷帘先生遗书》八卷

清雍正五年(1727)秦立刻本。《续修四库全书》第1134册内《谷帘先生遗书》八卷据清雍正五年刻本影印。半页九行,行二十一字。黑格黑口,左右双边,单鱼尾。版心上端镌"古帘先生遗书",中间镌各章题名。前依次有雍正丁未秦立书于"淞阴丛桂堂"之序、邑后学陆遵书摹"古帘先生遗像"、邑后学陆炳豹撰像赞,继有邑后学侯开国撰《文学黄先生传》、编辑绪言,目录后注"嘉定城隍庙东首陶焕文店镌"。内《存诚录》三卷、《自怡草》一卷、《鹤鸣集》二卷、《拈花录》一卷、《馀版录》一卷。秦立另在"编辑绪言"中言及各卷内容:"先生大节与忠节公辉映青史,残缣遗墨散佚良多,立搜访廿馀年始得先生手录稿本数册,编成是书,厘为八卷,悉遵先生各录小引之意,非敢妄分卷次,阅者谅诸。先生方弱冠,即毅然以圣贤自任,同忠节公致命,时年才二十二岁耳。《存诚录》三卷,皆平日读书穷理深造自得,及父兄师友互相砥砺之言,随时札记者,可与忠节公《自监》《吾师》《直言》《知过》诸录参看,列诸首卷,有志斯道,必于是入焉。《自怡草》一卷,皆先生古今体诗,其已附入忠节公集者概不重录。读是诗者,先生性情之正、学养之纯皆可见也。《鹤鸣集》二卷,皆先生所辑鸾言,发明六经四子之旨，可与宋《五子书》相会通，盖由其时'直言社'诸前辈求道精勤，故诸祖师启迪备至也。入道阶梯于斯可得，阅者慎毋忽诸。《拈花录》一卷、《玉版录》一卷，旧附《鹤鸣集》后，今依次编列，谭空空于释部，核元元于道流，各有真诠，同归正教。统《鹤鸣集》观之，三教圣人之蕴具在其中，后之君子览是书者，勿以鸾言生疑信，而没先生手辑之苦心，是所厚望焉。"

秦立就《遗书》辑录曰："少时闻之前辈，言次公古帘先生亦有手书稿本数种，尝以不获睹为恨。岁丙子偶于书肆残帙中得先生《存诚录》，后附《自怡草》数纸，简首有忠节公序及先生小引，抚摩遗编，欣幸累日，合之忠节公集，不翅莫邪之与干将，流散日久而忽于延津乎会合也。立举示同人，适友人吴雪臣又于里中唐氏得先生手录三种，一《鹤鸣集》，一《拈花录》，一《玉版录》，前有吕祖师序，知系诸师尊鸾言，先生所荟萃而成者。立闻先生同时圣举唐先生家故有坛席，其时'直言社'诸君子并在其中，忠节公尝辑《正教录》行世，先生此录，殆亦忠节公之意也。嗟乎，立于先生之书留心廿馀年于兹矣，兵燹蠹蚀之馀，先正遗文什不存一，而先生书久佚后出，略无阙遗。"

《伟恭诗》一卷

乾隆二十六年（1761）陶应鲲宝山学署刻本，上海图书馆、吉林大学图书馆等藏。集附《黄陶庵先生全集》二十二卷后。半页十行，行二十二字。黑格白口，左右双边，单鱼尾。内总收古今体诗五十二首。卷末有康熙癸未（1703）夏五朔旦嘉定侯开国跋语及孙延芳《黄伟恭传》。

《谷帘先生遗集》三卷

清道光二十八年（1848）刻本、同治五年（1866）泾县潘氏袁江节署《乾坤正气集》丛编本，人民大学图书馆藏。另北京大学图书馆有《谷帘先生遗集》八卷。

严钰、陈龄《缀雪斋诗草》

严钰（生卒年不详）字式如，嘉定人。为人落拓不羁，工诗词、书画。尝渡钱塘，浮江汉登黄鹤楼，留连觞咏。经乱南归，隐迹吴门。与林云凤、陆坦辈为方外社，号艺花长。以贫死。著有《缀雪斋草》《一研斋稿》。陈龄（生卒年不详）字永侯，南直嘉定人。弃举业，一意于诗古文词，诗主陶写性情。性高洁，不事生产，贫甚。生平见《（康熙）嘉定县志》卷十七"隐逸"。

《缀雪斋诗草》一卷，明崇祯二年（1629）刻本，上海图书馆藏。板框19.5×13.4厘米。无格白口，四周单边，无鱼尾。版心上镌题名。半页八行，行十八字。卷首有陈继儒《缀雪斋诗叙》；己巳修禊日严钰自叙；崇祯二年莫春缀雪主人陈龄自叙。内严钰诗四十首、陈龄诗四十九首。二人诗作交叉编排。

邑志称严钰诗文清疏闲放，间绘山水，亦淡远有致。崇祯二年（1629）严钰《缀雪斋诗草自叙》云："越明年（天启二年，西历1622——作者注），余携病归，永侯亦以多事废产，因忆往时快对，已忽忽随风雨散矣。然永侯绝不以生产为问，并八股弃去，专意此道，嵇之锻，陶之酒，米颠之石，未能逾其所耆。苏长公所谓生平最乐惟作文一事，若为永侯语也。嗣后，踪迹虽稍间，而永侯仍时寄新诗；或过余拳关，则袖中飒飒有声，未尝不成帙，示余欲余裁决，余每读之，见其萧远幽旷，如置遥岑秋水间，余又未尝不愧形秽。盖吾两人窃自商略，极喜隽澹之句，譬之毛嫱、西施，不须朱粉自韵，更谓明脂大肉，终不若荔枝、蔗浆可消内热，永侯得之矣。余贫且懒，不能作诗，即间作，大都于酒垆茶臼边为破愁之语，仅可供覆瓿，不欲以诗名也。今所存者，皆永侯积之邮筒中者也。永侯爱而忘余丑，遂欲合以授之剞劂氏，亦联志缀雪一段佳话耳。余正不知昔年冷香更在梅花，抑在纸上。"

己巳（1629）暮春，陈龄自叙云："龄居张泾，去瞵南二十四里，家唯流水绕门，小桥通径。幼落魄不问生产，尝同中表兄卢缵事南塘曹砚公师修举子业，不偶弃去，遂搜古诗百卷读之，得同邑严钰为友，相与共事，有怀必尽，每共歌诗，夜必达旦。继交周颠约、张痴度，俱兴趣天然，有豪快之致，或风来月下，香引花间，酒盏茶铛，必出奇句相诧。后以谋生不足，散游四方，然有约百里，不避风雪，以金石期。惜龄偃蹇，所谋皆钝于是……是时，家愈贫而志愈放，喜闭户，或摊书拂砚，醉墨淋漓，以消白昼；或浇花酹月，高咏诗词，以助清欢。秋晨吸山林之秀色，寒夜采雪岭之馀光。时落红铺径，满榻清风，读神农虞夏之书，启葛天无怀之论，偶著歌诗，不过风雨床头、烟沉花睡之际一时逸兴所寄，然龄不肯作姝姝婉婉之词，唯吐自家本色，若浅若深，若韵若澹，亦唯识者鉴之，如白公之取媚于乡童里妪，我不得以知之也。"严钰于序中述两人交往云："缀雪斋者，陈子永侯别业也，前后植老梅数十本，柯蔓错杂，花影撩乱。余于辛酉岁下帷其际，觉冷香从纸窗扑入，无异坐香雪中。斋头多蓄名酒，视书有得，辄欣然浮一大白。酣则倚树临流，婆娑叫啸，偶发为诗歌，以自写所适，非谓于麟专重声格也。"

己巳上元前三日，严钰、陈龄索序于友人陈继儒，陈氏读罢其合集《缀雪斋诗草》，赞曰："予读之，光明陆离，盖字字珠也。若其清真幽远，则化人之酒，曾点之瑟，悉从声气微细中来。此派自陶柴桑、韦苏州后，古调寥寥，而两君拾得之，非近代叫号呻吟者可得梦见也。两君扃户读书，不以贫为忧，不以吟为苦，耕云钓月之间，雅寓朋松介石之意。交道简，故肝肠洁；名心澹，故宫商高；世谛轻，故趣味永。惟两君自相周旋，亦惟两君自相唱和，所谓一真许胜人多多许耳。"

孙继统《释义雁字诗》《释义美人染甲诗》

孙继统（生卒年不详）字续之，号春泓，嘉定人，天启间生员。少读书，负奇磊落。绝意仕进，肆力于诗古文词。以子元化贵，封武选司员外郎。卒年八十有一。邑志载其有《雁字诗》二卷、《次韵落花诗》四卷、《美人染甲诗》二卷，总名《三叩草》，又名《四诗三刻》；自撰《续之年谱》。生平见《（乾隆）嘉定县志》卷八、《（嘉庆）直隶太仓州志》卷三十七。

《释义雁字诗》二卷

明天启刻本，国家图书馆藏。左右双边，版心白口，上黑单鱼尾。鱼尾上镌"雁字诗"，下注"卷几"，版心下方注页码。半页十行，行二十字。正文题名"释义雁字诗卷上（或下）"，后注"吴人孙继统撰并注，友人毛仲初校并书"。卷首有《雁字诗叙》，下注"初刻"，题"万历庚申春三月朔孙继统自叙"；《释义雁字诗叙》，题"天启壬戌中秋日续之孙继统复叙于似僧斋中"；《不免求叙笺》，题"孙继统顿首具"；晋昌唐时升叔达撰《释义雁字诗序》。序后有"凡例"，凡例下注"馀集仿此"。卷末有《雁字诗注后序》，题"通家子沈怀祖跋"。卷上收诗一百首，卷下收诗一百首。每首诗后有孙氏自注。

其自序云："诗者，性情之印。《三百》《十九》，如野鹤踏沙，偶然留迹，不计其存也，见者自法之以起篆；西京、建安，如握玉印泥，浑然成迹，不计其美也，鉴者自珍之以作符。初唐以及盛唐，计其美矣，如荆璞乍剖，良匠奏工，封之以紫泥，护之以重器，非其物不付，非其候不行，灿然宝章，一出而山岳动、鬼神惊，为百世不磨之迹。然迹者，以诗对性情而言，而诗中实无迹，如花自有艳，月自有华，天地之文得此而备，而无加于文。人带血气立言，竞胜不相下。古来能言人之挥洒几遍，有心人之阐发几穷，我于其外欲另觅一真种子，为不经人道语，而元气渐漓，若醇醪之于鲁酒，不得不曲意揣摩，着力装点而成晚唐，时为之，亦势押之也。欲肖像，又畏斧凿痕；欲入髓，又畏粘皮骨。于是以镜中花、水中月为上乘，而华艳隐跃于浓淡远近之间，此似以鸟篆为拙，兽符为丑，镌镂变体，以供时好者矣。诗人多致致者，极其兴之所至，而中无剩留，外多含蓄也。故夫意中之愿欲，舌上之形容，大都过情而诞，影射而似幻，杂出乎眼前口头之字脚而似俗，所谓别才别趣非关书与理者，岂陋之而不居？言其胎骨独异，面目数易，二者不得以画之耳。"

唐时升序称："孙先生续之家在江海之间，去县不百里，而舟行以潮汐为候，有风涛之虞，故累岁中不能数相闻，而知其耽嗜典籍，日游戏翰墨，如饥渴之于饮食。及见君则神气奕奕，须发郁然，余自谓有十年之长，既而问之，则相去一岁耳！庚申之岁，遗余《雁字诗》二百篇，时海内多为雁字诗者，至于满百，则一时作者所无有也。使者方索报，不及尽读。读君所自叙，则奇词奥义，亹亹而出，盖未见其诗而云烟杳霭，宾鸿高下，如在目前。又明年复为之释义，既旁引博证，而又自言其意旨之所在，如鼎食之家，广收珍异，麟脯龙鲊，熊蹯豹孕，东海之鳞，西海之翼，同州之羔，松江之鲈，细者至于溪涧之蕰藻，野田之萱蔬，无不罗而致之，以荐宗庙、娱宾客，而又著其海陆之所自出，与其燔炙烹饪之法，盖昔之作者所无有也。余于君年等耳，既久废学，多所忽忘，兀兀而居，于于而游，殆不知笔砚之所用，偶以一卷自娱，未终篇辄志倦体罢，潦倒思卧，而君才致溢出，光怪横发，如赤手捕蛇，不施鞿勒骑生马，人之才气相越，何其远也！且自东夷发难，征兵调饷，三吴骚动，忧时之士，北望箕尾之分，相对长叹。而君之爱子方对公车，慨然上疏，愿奋身以遏暴虏之冲，所制戎器盖五兵所未有,蚩尤以来所不闻。退然一书生,而国家有急,倚之若金汤,海内识与不识,莫不想见其调度,冀其成功,日夜鳃鳃然。而君不以介意,方且网罗群籍,搜抉奇句,树千秋之业。乃知淝水之役,谢氏诸子将率三军,而太傅吟咏围棋不辍,高致雅量,庶几似之矣。岂沧溟所嘘吸,三江五湖所辐辏,其地固多奇士哉?《释义》刻成,君欲余题其端,余为之低徊者数月,而不可以懒辞,聊为之序云。"

《释义美人染甲诗》二卷

明天启刻本,国家图书馆藏。四册。正文题名"释义美人染甲诗卷上(或下)",后注"吴人孙继统撰并注,友人毛仲初校并书"。半页十行,行二十字。左右双边,版心白口,单鱼尾。鱼尾上镌题名"四叩草",下注卷几,版心下方注页码。前有《染甲律绝叙故》,下注"初刻",题"天启元年之元旦孙继统自叙故";《释义美人染甲诗小引》,题"天启岁壬戌中秋日续之孙继统自引";《序》,题"通家子沈宏祖拜手题"。上卷收律诗:初赋一十八律,取正当十八,青春妙境之意;再赋一十六律,取二八尤佳,春情未荡之意;三赋一十四律,取天癸方至,猩红未散之意;四赋一十二律,取十二峰头神女难犯之意(以律有重禁,所宜远避,故为义若此);五赋一十律,取十分春色,适应玉尖之意;六赋七律,取牛女佳期,七香暗度之意。通计前后共七十七首,正合七月七日。下卷次韵绝:初和二十绝,取二十而嫁,宜其室家之意;再和一十九绝,取十九人中得嫁少年之意;三取十八、十六、十四之数而分和之,十八绝、十六绝、十四绝;四取十四、十六、十八之数而合和之,四十八绝;五取十与七之数而悉和之,十绝、七绝。下卷共一百五十二首。集后有《跋释义美人染甲诗》,题"晚生毛仲初草"。

孙氏小引谓:"诗之贵,劝惩也。学究皆能言之,而真能立言者绝少。吴融云:作诗不本此两者,韵虽切,犹土木偶,不主于气血,何所尚载!故一关世教,即里歌巷语,著之为经,上矣。论者以工部为诗史,以青莲为不失颂咏讽刺之道,以白氏为广德大教化主,岂取其词之丽哉?重其意之严耳。《雁字》以摹拟胜,故寓言者十一;《落花》以断制胜,故寓言者十五。若《染甲》则色既媚矣,情又柔矣,事复关于香阁矣,尤足当韵士之摹拟,而其言易放,亦全赖通人之断制而其法易宽者也。倘徒夸艳冶而为导淫之词乎,即诗也,亦兼律绝之罪供耳。倘止借情形而伏龟鉴之案乎,即俚也,亦分唱和之董笔耳。倘剖破疑关而效彤管之箴乎,即注也,亦经讲解之内则耳。故必一字一悬针,一篇一畜艾,而后不负乎此题,亦必一步一顾影,一览一惊魂,而后不虚乎此注。"

《(光绪)嘉定县志》卷二十七谓孙氏"遭时颠沛,诗皆伤时感物。《雁字》二百首,《落花》百五十首,《染指甲》二百二十七首,自为释义,工丽典雅,晚唐馀韵"。

附录一
遗　民

萧中素《萧山人集》

萧诗（1607—?）字中素，号芷厓，以字行。南直华亭之亭林镇人。明万历三十五年六月二日生。终身执艺食力，康熙十九年上海令任待庵招之，谢不往。卒年无考，陈乃乾序谓其犹及见康熙己巳南巡，寿当在八十三岁以上。工书画、精音律，诗尤为王士禛所称。著有《南邨近草》《药方诗草》《释柯集》等，另有《南村诗稿》见于著述，然未见行世。生平见海宁陈乃乾撰小传（《萧山人集》附录）。

《萧山人集》四卷，内《释柯集》一卷，《释柯馀集》一卷，补遗一卷，附录《南山集》一卷，清康熙二十五年（1686）刻本，国家图书馆藏。板框17.9×13厘米。半页九行，行十九字。黑格白口，左右双边，单鱼尾。集由邵式诰、陶尔毯、钱兴谐、黄廷宠等订。题《萧山人集》，内版心镌刻《释柯集》《释柯馀集》，故知《萧山人集》又名《释柯集》《释柯馀集》。卷首有康熙丙寅冬月王九龄序、吴骐序、康熙己巳重阳前一日曹伟谟《释柯馀集序》,内《释柯集》收诗二百二十八首;《释柯馀集》收诗二百五十七首;补遗收诗四十七首。《释柯馀集》另有陈士鑛序,后有康熙二十九年华亭黄琮跋。附《南山集》为萧中素八十寿辰时,王庭、屠楷等五十四人之贺诗。卷末附己未夏六月海宁陈乃乾手书跋语。补遗卷用清抄本补配。

陈乃乾跋语曰:"萧山人(诗)字中素,号芷厓,以字行。明万历三十五年六月二日生,为松江华亭县之亭林镇人,家世冬官业,终其身执艺食力。甲申鼎革,山人年三十八。康熙甲辰曹南陔从申浦东还,停桡访山人,相与揖让于将作之坐。翌年,山人以见怀诗寄之,南陔倚歌为报,时山人年五十九矣。越四年,始与沈友圣酬和,集中有《答友圣诗序》曰'不佞苦辛食力,裹足不敢干人者有年矣,不识足下何以知南村有野人也'云云。康熙十九年上海令任待庵招之,谢不往。有好事者俾友人载与俱,语之曰:'此行可为卒岁资。'山人曰:'天下自有此一种游客,我非其人也。'集中有《倪也迁招往上海赋谢》诗,当指此。山人卒年无明文可考,然犹及见康熙己巳南巡,要当在八十三岁以上无疑也。山人娶于郭,生子二,康熙甲寅山人庆八秩,时长子已六十,次四十二,曾孙且十三岁矣。山人工书画,精音律,而诗尤为渔洋所称。著有《南邨近草》《药方诗草》《释柯集》等。此册仅《释柯集》二卷,别从旧抄本及《松江诗钞》《书台诗钞》校补。吾友钟惧庵与山人同里,博学嗜古,尝求山人遗诗不可得,则此册虽不备,当比于吉光片羽矣。"

曹伟谟序称中素"诗不宗一家,大约不事雕斫,亦不沾沾于古人之绳墨,意之所至,触口而吟,对景生情,托物见志,牢骚蕴愤之词寡,温厚和平之意多,盖得于天者全也"。

王光承、王烈《镰山草堂合钞》

王光承（1606—1677）字玠右，松江府华亭南桥镇人。明末贡生，有声几社。福王时被征，知时不可为，佯堕驴伤足，归与弟王烈偕隐，躬耕于上海新场。不入城市三十年，清康熙十六年（1677）卒，年七十二。善书法，尤能草书，工诗，与吴中徐枋、金孝章俱有高士名。有《镰山草堂集》二十卷，佚而不传。今存《王玠右文存》不分卷，抄本，藏上海图书馆。王烈字名世，光承弟，与兄偕隐，世称"二王先生"。生平见《（乾隆）江南通志》卷一百六十八、《明史稿·列传》卷二百五十八、《国朝耆献类征初编》卷四百七十二、《明遗民录》卷十、《皇明遗民传》卷四、《国朝书人辑略》卷一、《皇清书史》卷十六。

《镰山草堂合钞》二卷，清嘉庆间南汇吴省兰《艺海珠尘》本，国家图书馆、台北图书馆、北京大学、四川大学等藏。半页十行，行二十一字。无格白口，四周单边，单鱼尾。卷上王光承诗，内《古乐府铙歌》十八首、五言古杂诗十一首、七言古诗《汉宫篇》一首、五言律诗四十九首、五言排律二首、七言律诗四十三首、五言绝句十一首、七言绝句十六首；卷下王烈诗，内《古乐府》三十二首、五言古诗九首、七言古诗四首、五言律诗十六首、七言律诗三十六首、五言绝句八首、七言绝句二十首。另有《丛书集成初编》本，据《艺海珠尘》本排印。

莫秉清《华亭莫葭士先生遗稿》二种

内《傍秋庵文集》四卷、《采隐草诗集》二卷。莫秉清（1612—1691）字子先，一字葭士，自称月下五湖人，门人私谥贞白先生。

松江府华亭人,莫如忠孙。明末诸生,能诗词,有声明季。矜贵高洁,以扬雄、赵孟頫之为人为可耻,因名其居曰"耻庵"。清初避兵浦东,遂隐,誓不出山。性耿介,不妄交人,造庐者亦罕得见。卒于清康熙三十年(1691),年八十。生平见吴徵耒撰《贞白先生墓志铭》(《傍秋庵文集》附录)。

《傍秋庵文集》四卷

民国二十年(1931)铅印本,上海图书馆、复旦大学图书馆、南京图书馆、上海师大图书馆等藏。半页十一行,行二十九字。黑格白口,左右双边,单鱼尾。封面辛未冬于允鼎题名"华亭莫葭士先生遗稿"。卷首有钱玉度序、戊午七月张齐廉序。内文集四卷,收序、传、碑记、墓志铭、祭文、引、书、论、赞、题辞等各体文。卷后附门人吴徵耒撰《贞白先生墓志铭》《贞白先生谥说》。

秉清感世事之陵夷,愤世人之无耻,故其为文,皆愤世慨时之作。钱玉度序曰:"岁丙午(1666),余与葭士皆居西郊,南阡北陌,衡宇相望。入冬数日,葭士过从,手文稿一册见示。余读之,感愤填膺,觉一往块垒不平之气隐隐逼人眉睫。余叹曰:'世丧道,道丧我。滔滔江河流而不返,子不可一世,一世亦不可子矣。存此一线浩气以维万古纲常,首阳薇草,直表商家六百五十年养士之报,岂曰小补哉!'葭士曰:'主臣,某宁敢望此!'但目前羞恶之心渐灭殆尽,旷观斯世,知用耻者几人哉?屋漏衾影之间,试一思之,天愧人怍,不知也,即知之亦不顾也。余因是裂冠毁裳,披发入山,声消影灭,与草木同腐矣,焉用文之?而君乃云然。"

《采隐草诗集》二卷

卷首有莫秉清自序。卷上收古诗、绝句及五言排律等四百一十首,卷下收律诗二百八十五首,附诗馀四十八首。卷后附戴宏琦题识及民国二十九年九月吴家振跋语。戴宏琦识云:"前明葭士莫子《傍秋庵文集》《采隐草诗集》,琦于丙子夏日因伊裔孙春帆姻世仁丈赐读一过，拜服之至。文自《史记》《传》来，诗自《渊明集》出，先正典型，于兹未坠，况孝友家声，葛巾野服，古之人欤？古之人也。并望付刊，传诸不朽，深有望于文孙云尔。光绪二年闰五月既望，后学戴宏琦识。"

明清鼎革，文字狱屡兴。秉清后人惧触文网，未敢付梓行世。民国肇造，斯文终于面世。吴家振序云："（明亡，秉清）誓不出山，以吟咏自遣。所著文章弗顾忌讳，终清代二百六十馀年，子孙藏其稿而不轻示人者以此也。清社既屋，公之七世孙子经先生谋付剞劂，尝言同光间有人请于其大父春帆先生出以公世，春帆先生曰：'时未至也。'尊甫尔嘉先生恒嘱曰'机会将届，汝毋忽诸'，若预知清社之将屋者。子经先生以服务地方日无暇晷，将校雠之责委托杨孝廉东山，逾半年病卒，未竟其事。乃由家振转请雷明经君毅继续之，甫及半而子经先生病革，弥留时犹顾家振曰：'予将不起，子其为我竟此志乎！'"

莫秉清于《自序》中论诗曰："夫诗者，静缘也。静则能屈、能深、能韵度而安、能古茂以苞其所颖。夫人皆有缠绵澹远之致矣，然何以有之而或不能言，言之而或不能尽也？是以古人大雅之篇，半得于画角秋鞍、平湖雪棹之间者，缘于静故也。虽然，不独此也，或忠或洁，或旷或隐，或感愤或佯狂，或放浪于琴酒，或悲抑于饥寒，皆静者流也。静则情为之缕缕焉。夫既本之于静，婉言可也，直言亦可也；正言可也，反言亦可也；长言可也，短言亦可也。即至于忘言，其犹返于太古矣。余幼而好吟，长无所得，而又不能持之以静。戎氛胡马，屡尝其险；赠古悲秋，言多无状。昔楚臣被侮，悃款自信。至于洞庭始波，木叶微脱，帝子不归，苍梧云冷，清猿哀啸，每泣数行，情感于怀，乌能已已。嗟乎，彼猿声者，亦犹吾之为诗也。凄以闲，远以楚，无当于理，不谬于情。方之古昔，在仆夫弃妇之间乎？然风雅远矣，又安得楚臣者而一感动之？"

另有清康熙五十五年（1716）曹炳曾城书室刊本《采隐草》一卷。清曹炳曾编莫如忠（字廷韩）与顾斗英（字仲韩）二人诗为《云间二韩诗》，后附秉清诗《采隐草》一卷。四周单边，版心白口，上黑单鱼尾。鱼尾下注题名，版心下端注"城书室"。半页十一行，行二十一字。《采隐草》题下镌"华亭莫秉清紫仙著，海上曹炳曾巢南辑，侄一士谔廷、男培廉敬三校"。内收五言古诗十首、七言古诗十首、五言律诗二十四首、五言排律二首、七言律诗二十四首、五言绝句十二首、六言绝句二首、七言绝句三十四首。正文前有曹炳曾子培廉《小引》，卷末有莫秉清题识。曹培廉《引》曰："莫紫仙先生《采隐草》，其友叶君所删次，而先生自为序及跋，未传于世。丙申，家君刻《廷韩先生集》，因求其草，刊附之，未及全集之半，以为此足知先生矣。先生人品卓绝，详家谔廷兄所作传。诗多闲远幽邃，致在事外，味馀言中。自序谓情生于静，静为作诗之本，超然独得，乃前此诗人所未发。至于仆夫弃妇之悲，尤非沾沾焉求似古人，而性情有不齐者，其于词也，抑末矣。门人吴征枲曰：'先生诗如孤梅铁干，猗兰幽芬，雪澹风高，与俗庭径。'庶为得其概者。原稿四百首，不及遍录，其他传记、杂文皆有系世教，诗馀更精诣，悉未流布，将待世之知先生者出之。仲秋既望曹培廉谨识。"

莫氏题识云："余少以《秋萍诗》为友人所许，始有志于吟咏，至今易草数四矣。无论始去者，嗜好既乖，不得其径，即《采隐》所存四百首，自乙酉已前，不免拟议形迹，失之依傍。盖无所承授，贸贸而行，如泛小艇来断港中，彼村村之，彼屋屋之，不知山川之变幻，鱼龙之夭矫，天地大观，所失多矣。则前之自以为是者，不独为舟所拘，兼为岸所摄，已然心未灵敏，手难果断，犹有敝裘鸡肋不忍遽弃之意。辛卯九月，叶子远公为我痛删其半，耳目一新，皎若改观，第当时谬为人推者，一再视之便已土苴，而后或稍稍会悟者，反未惬览者之心焉。浅深近远，岂不易误，焉知再历年所而后之视今，不犹今之视昔？盖学问无穷，始无一是，业无从入矣；始无一是，业乃精进矣。由此言之，所录不犹可已然留之，以见岁月渐去，而学业茫然，感愧因之，岂非颓堕者一鞭策哉？草名采隐者，取唐人'采山仍采隐'句也。"民国赵尊岳辑刻《明词汇刊》，识语谓见其全集，凡文集二卷、诗集二卷，因据之录其词六十六首，题为《采隐诗馀》一卷。

吴懋谦 《吴苧庵遗稿》《苧庵二集》《豫章游稿》

吴懋谦（1615—1687）字六益，号华苹山人，晚号独树老人，松江府华亭人。明末入幾社，与陈子龙、李雯等交游。清兵下松江，父中秀年八十馀，遇难。懋谦托迹林泉、山泖自蔽。清康熙间，携琴负书，浪游荆、豫、齐、晋、岭南、蓟北间，所至与名公巨卿交，人以谢茂秦方之。又与北地申凫盟齐名，有"南吴北申"之号。晚归郡城，筑独树园于东郊，年七十三卒，门人私谥贞硕先生。所著有《吴苧庵遗稿》九卷、《苧庵二集》十二卷。另见于著录的有《华苹集》《虔州稿》。辑有《古文林》三百卷。生平见《（嘉庆）松江府志》卷五十六、《华亭县志》卷十六。

《吴苧庵遗稿》不分卷

清康熙二十九年（1690）刻本。半页十一行，行二十一字。上海图书馆藏。黑格白口，四周单边，单鱼尾。卷首有康熙庚戌端阳前二日宋琬序、同社黄冈杜浚序、康熙庚午花朝后之三日卢元昌序、康熙庚午王鸿绪序、董含序、林子卿序、康熙丁卯蒋平阶序、康熙二十八年十月朔日赵宁序。集由赵宁选，懋谦子吴宗岱、吴于煌参订，孙吴汾、吴兆熊参校。集分体编排。

朱彝尊《书沈文恪公行书卷》(《曝书亭集》卷五三)云:"顺治初,云间几社诸子多有存者,后进领袖,诗称吴懋谦六益,书称计南阳子山。"《明诗综》引魏楚白语云:"六益五言未尽本于建安,而筋力出诸作者之上。"清末陈田云:"六益才情烂漫,读其诗,有萧瑟兰成之感。"(《明诗纪事》辛签卷二十八)

《苧庵二集》十二卷

清顺治十三年(1656)梅花书屋刻本,南京图书馆藏。《总目》著录。今《存目丛书》集部第207册内《苧庵二集》十二卷即据南京图书馆藏本影印。半页八行,行二十字。四周单边,版心白口,无鱼尾。版心下部注"梅花书屋"。卷首有王崇简序、丙申六月廿五日草阁老人方拱乾序、丙申新秋宛陵施闰章序、辛丑中秋若耶溪耆姜天枢序及张一鹄题辞、吴伟业序。内卷一收四言诗一首、乐府十二首,卷二收五言古诗一百二首,卷三收七言古诗三十七首,卷四收五言律诗一百三十四首,卷五收五言律诗七十九首,卷六收五言律诗一百四十三首,卷七收五言排律二十二首,卷八收七言律诗一百八十二首,卷九收七言律诗一百四首,卷十收七言律诗三十九首,卷十一收五言绝句十首、七言绝句一百六十四首,卷十二收七言绝句五十四首。该集卷末有现代学者黄裳于乙未年、丁酉年所作二则题识。

吴伟业在《吴六益诗序》中赞吴懋谦云:"六益之于诗也,自汉魏以下及三唐诸作,各穷其正变,约其指归,取材宏博,选词丰腴,沉郁顿挫,铿锵镗鞳,居然自成一家。或闭门踢壁,挂颊苦吟。或伸纸搦管,刻烛立就。自居长安来,关河宫阙、郊原城市,人事之迁变,日月之消沈,无不发之于诗。"(《梅村家藏稿》卷三十)

《豫章游稿》四卷

清顺治十三年(1656)梅花书屋刻本。国家图书馆、南京图书馆藏。半页八行,行二十字。黑格白口,四周单边,无鱼尾。版心上部镌"豫章游稿"、卷之几,下部镌"梅花书屋"。卷首依次有弘智题辞,署"药地愚者弘智稿";施闰章《豫章游稿序》,题"清康熙丙午初夏宛陵同学弟";周体观序,署"丙午春仲蝶城周体观伯衡甫叙于南州官舍";刘鲁桧序,署"丙午寒食前三日临沂同学弟刘鲁桧孔植甫书于樟树舟次";周令树《吴六益豫章游稿序》,署"康熙丙午四月立夏日中州同学弟周令树书"。每卷题名下署"云间吴懋谦六益氏著,西昌萧伯升孟昉氏校"。《豫章游稿》卷一收五言古诗十九首、七言古诗十一首,卷二收五言律二百二首,卷三收七言律八十一首、五言排律一首,卷四非全帙,内五言绝句八首、七言绝句六十八首。

康熙丙午(1666)施闰章序云:"吾友六益以诗名有年,都下士大夫皆称之,游豫章数月,又积数百篇,大抵开、历之遗风也。然六益为人温然长者,与之言,洞抉胸臆淋漓,累数日不厌,无负才迕物之意,非今世之能诗者也。"同年周体观序亦云:"云间吴子六益为诗,垂三十年,海内无弗知者,传其所作,或数年而变,或经时而变,或以其居处交游诵读游揽而变。时为清娱,时为苍浑,而空放老淡之音,无体不备,亦无体不变。非其历境相深,盖兴会所及,随时敏给耳。甲辰来西江,时又秋暮,匡山落木,彭蠡澄波,执手故人,徘徊池馆,为时四越月,赋诗三百馀篇,可谓富矣。施愚山过章江,出其稿共读之,长歌有凌云之气,古近体得交人如水淡薄君子之风,谊高矣,故其词之不靡也。又从王印周署中得《岁晚》诸七言律,駊騀自放,若不假思,倚马风神,浮纸欲动,印周又亟称视昔一变。余虽不得《豫章稿》以前全诗比节评较,于此集已豁然矣。"

周令树亦云:"吾友吴子六益为童子时,即受知于仲醇征君,长而与卧子辈雄长坛坫。彼仲醇非避世者,而卧子亦岂仅咕哔者流,以此观六益,概可知矣。予向在都门,每从谯明、锦帆诸前辈爱读其诗,及渡江来,日与伯衡、愚山两先生相周旋,又未常不时时为予言六益为真诗人。乙巳冬,六益客豫章,夫六益予所十年企慕者,固不仅欲见其诗,第患难之后,而得与生平素心把酒论诗,不可谓不幸也。时予再役章贡,六益送我舟中,赠我七言八句三章,洋洋乎会于风雅,盖在老杜《诸将》《秋兴》间,于近代则巍然有李、何之遗风焉……吴子之诗端焉而不颇,健焉而不纤,冲焉而不躁,平焉而不怨。古诗如汉如魏,律诗如初如盛,有诗如此,不犹愈于白首无闻,老死牖下,与夫肉食者鄙语言无味者耶?"

董黄《白谷山人集》

董黄(约1616—?)字律始,号得仲,又号白谷山人,松江府华亭人。明清鼎革,隐居佘山。工于诗,才情绮丽,取则徐、庾。生平见《(乾隆)青浦县志》卷二十九、《(嘉庆)松江府志》卷五十六。

著述有《白谷山人稿》九卷,盖所居在白石之谷,故以名集。此集乃取所刻《朱萼堂稿》《高咏楼稿》删存所得。萧子羽有诗言其毕生梗概云:"一鹤常见肘,数椽聊庇身。所志在不与,食力甘苦辛。"陈维崧序其文集云:"托泉石以终身,殉烟霞而不返。"由此二人之言可见其大概。《朱萼堂稿》《高咏楼稿》未见传,传者惟《白谷山人集》九卷,康熙刻本,中国社会科学院文学研究所藏。卷一赋七篇,卷二乐府五十一首,馀为各体诗九百馀首。诗止于康熙十一年,该年董氏五十有七,据此推知董黄约生于万历四十四年(1616)。王昶《青浦诗传》卷十七录其诗三十二首,姜兆翀《松江诗钞》卷六十四录其诗十一首。

马靖《松菊堂诗钞》

马靖（生卒年不详）字宁伯，号愚庵，松江府华亭人。崇祯六年（1633）中武举。为仇家所陷，亡命八年，郡守李镜雪其冤，后归隐里中。喜古学，尤善韵语。生平见《（光绪）金山县志》卷二十五。

《松菊堂诗钞》二卷，清嘉庆二十四年（1819）云间张应时刻《书三味楼丛书》本，张应时辑校，上海图书馆藏。左右双边，无格白口，单鱼尾。半页十行，行二十一字。卷首有嘉庆十八年春马靖外从玄孙张应时跋语，卷末有嘉庆丙子秋仲马氏五世从孙宏猷题识。卷上题名下镌"云间马靖宁伯甫著，曾从孙婿张一筹秋泉甫谨辑，外从元孙张应载厚斋、张应时虚谷校字"。卷上录诗九十九首（卷上阙十四至十六页），末注"元孙光宗东园覆校"。卷下录诗一百一十六首，末注"元孙宏猷芸亭覆校"（此玄孙当为来孙——作者注）。靖五世从孙宏猷题识称，该集经顾成天（号小崖）选定，并有序，然集为族人借去，序遗失。

嘉庆十八年春张应时跋语纪其刊刻曰："应时年垂髫，与仲兄树本同受业于族叔父鹤巢先生。先生训课严，经义外，勿许旁及，而应时兄弟性喜诗，夜执卷就慈帷读，先太宜人怜呻哦之勿辍也，检箧出一册，授应时兄弟曰：'此汝外高伯祖宁伯马公《松菊堂遗稿》也。'受而读之，天真烂漫，挥洒自如，应时兄弟几不忍释手。他日偶置案头，鹤巢先生见之，击节不已。先君子念国初遗老笔墨不可多得，谨请先生校付剞劂。未果，仲兄先谢世，先生亦旋归道山。应时应试南北，往返道途，此稿不知久藏何地，欲竟先君子志，未果也。怀之于心，无一日释。年来应时校刻周明府《纲鉴钞略》、周简庵先生《纲目辑要》等书，表兄芸亭马君来晤，袖出公诗见示。数十年求索不得之物,忽睹目前,喜何如也,急与厚斋大兄及古愚弟校雠梓行于世。公素裕韬略,崇祯癸酉科荐举应扬榜后,弃武就文,撷芹泮水,至晚年无所遇,放情诗酒,与诸乾一、王藿庵、吴日千、萧芷崖诸公往来倡和不倦,陶然自适。无意求工于诗,而诗自无不工。古人云不知其人,视其友。观公所交,而知公品格、文章迥出寻常万万也。以四十年前先君子欲梓之诗,失而复得,梓以传世,使松人士知国初遗老中,尚有宁伯马公一席位置,不可为不快。"

马靖五世从孙宏猷谓其高伯祖诗内容风格凡三变:"生平著述不下二千馀篇,兹集经顾小崖先生选定,并有序,为祖兄某借去遗失,无从得矣。昔高伯祖与包宜壑、诸乾一、王藿庵、萧芷厓诸先生诗词往还,共相砥砺,每见许于诸名公,以为清真雅正,得风人之遗。猷有心欲梓久矣,惜力有不逮,今得张州守虚谷表弟慨任剞劂,始克梓行……当壮盛之年,正逸凡公矍铄之日,熙熙浩浩,笔底最为排奡;至五六十时,孙宏远公去世,嗒然若丧,抑郁无聊之况,往往见于词章;暮年膝下无人,孀居满目,唯有静坐蒲团,修真养性,故时有见道语。"

朱履升《古匏诗稿》

朱履升(1613—?)字贞偕①,号蘧庐,又号古匏,华亭人。明亡,弃青衿,杜门著书。有《古匏诗稿》一卷传世,另《(嘉定)松江府志》卷七十二载其有《樵隐稿》《蘧庐稿》,未见传。生平见蔡显《闲渔闲闲录》卷二(民国《嘉业堂丛书》本)。

---

① 姜兆翀《松江诗钞》卷六十四"朱履升"条,引朱氏告家庙语"乙酉春,予春秋三十有三,即解青衿而服黛粗"云云,则朱氏当生于万历四十一年癸丑,西历为1613年。

《古匏诗稿》一卷，与曹伟谟《南陔诗稿》一卷合为一册，清嘉庆二十一年刻本，安徽省图书馆藏。板框25×16厘米。收古今体诗五十八首。前有邑人朱栋序，后有丁繁滋题诗。朱栋序谓其首列怀人十六章，又称"尝见赵旗公所作《古匏诗序》，古致盎然，当续求补入"。盖朱氏此卷乃朱栋得后属丁繁滋付梓者。其中《咏工部》云："独霸词坛日，群雄孰后先。文星天上谪，声律万人传。偃蹇呈三赋，淹留客两川。千秋诗史定，落魄更谁怜。"门人汤云开《读蘧庐吟感赋》云："掉头不肯就征车（处士曾辞福邸书），诗卷长留浩劫馀。一代风骚追栗里，五荁隐逸占蘧庐。令威自吊松楸冷，伯道谁怜蕰藻虚（处士无子）。尚论正逢秋欲泪，泫然笔露滴蟫蛛。"（蔡显《闲渔闲闲录》卷二，民国《嘉业堂丛书》本）

王沄《王义士辋川诗钞》《漫游纪略》

王沄（1619—1693）原名溥，字胜时，晚号僧士，松江府华亭人。明贡生，陈子龙弟子，初在几社。子龙殉难后，陈妻张氏与其子妇丁氏居于乡，贫不能自给，沄常周恤之，时称王义士。著述除《辋川诗钞》六卷、《漫游纪略》四卷、《云间第宅志》一卷外，另有《文无草》《远游记》，惜未见传。生平见吴山嘉《复社姓氏传略》卷三、《（嘉庆）松江府志》卷五十六、《（乾隆）娄县志》卷二十五、《国朝耆献类征初编》卷四百四十四、《明代千遗民诗咏二编》卷四。

《王义士辋川诗钞》六卷

集由南汇吴省兰辑入《艺海珠尘》竹集，清嘉庆南汇吴氏听彝堂刻本，国家图书馆、上海图书馆等藏。无格白口，左右双边，单鱼尾。卷一收五言古诗六十三首，卷二收五言古诗三十首，卷三收七言古诗二十一首，卷四收五言律诗九十五首，卷五收七言律诗八十四首，卷六收七言绝句一百五十一首。卷一皆咏甲申前后诸师友之作，语极沉痛。其《娄东二张先生诗》小序云："二张先生者，张仪部受先、张庶常天如也。吴郡前有文、姚（文文肃公震孟、姚文毅公希孟），后有二张，虽名位不齐，而后先接武，海内清流推为君宗焉。崇祯甲戌，余年十六，始及二先生之门。仪部清裁峻烈，直同孟博；庶常识度渊夷，望若林宗，并称伦鉴，欣遂师资。辛巳，庶常早逝，余赋诗挽之。癸未，遇见仪部于越中，亦有投赠之作。人之云亡，邦国殄瘁，偶简旧什，不胜今昔之感。"《昔友咏》小序云："崇祯初，吴中名士有'应社七子'之名，我郡周太学与焉。太学又与同郡夏考功、陈黄门、杜职方、徐孝廉、彭司李复有文会，所谓'云间六子'也。应社道广，更名复社，遂为当世所指目矣。岁在壬申，我郡有幾社古文辞之会，于时李内史、顾征君诸公倡和始盛，风雅之绪，以迄于今。余生也晚，及见先民，或年长以倍，或十年以长，虽潜见殊途，后先谢世，皆一时接席谊兼师友之俦也。言念昔者，各赋一章。"集中有《虞山竹枝词》四首，极谤柳如是，讳其师陈子龙与柳如是交往事。《虞山行》则专咏钱谦益。

《丛书集成初编》第 2301 册内《王义士辋川诗钞》六卷即据《艺海珠尘》本排印。台湾新文丰公司版《丛书集成新编》第 72 册内《王义士辋川诗钞》亦据《艺海珠尘》本排印。

《漫游纪略》四卷

又名《瓠园集》，一册，清抄本，上海图书馆藏。今《百部丛书增编》第二辑第 78 册内《漫游纪略》四卷即据清抄本影印。无格无框。前有吴骐序。内卷一有《越游》《闽游》，卷二有《燕游一》《燕游二》《燕游三》及《淮游》，卷三有《齐鲁游》《粤游》，卷四有《蜀楚游上》《楚游中》《楚游下》。吴骐序称："王子胜时足迹半天下，前后纪游共四卷……夫王子少有大志，思翱翔紫清，建非常而垂不朽，讵意鳌极弗奠，三山播荡，凤羽见罗，鹓鸰并毙。于是虀青骨、瘗苞羽，皆倾陋巷饘粥之资以购之，资生无馀，六丧未举，劲骨强项，不得不因报刘而屈，委屈从俗。貌愉神瘁，山川满目皆屺岵也，繁卉皇皇皆桑棘也，以是为乐，非知王子者也……王子之可仕而不仕，其素志也。不欲游，为亲也。游至六七，推爱亲之馀，不敢负良友也。彼曹丘以口舌雇金钱，茂秦以篇什当羔雁，皆王子所吐弃而不为者矣。"又称其文章"树骨于两汉，撷采于晋宋，皆越游时淬厉所成，后且恣意以言，无不合辙，譬伯牙鼓琴，久入化境"。

吴骐《颅颔集》《延陵处士集》《铠龙文集》《吴日千先生集》

吴骐（1620—1695）字日千，松江府华亭吴家角人。诸生，有盛名。入清，晦迹田间，与王光承兄弟交，以名节相砥砺。晚自号九峰遗叟。诗笔兼长，不事举业。曾与修《明史》。著述有《颅颔集》八卷、《延陵处士集》三十二卷、《铠龙文集》不分卷、《吴日千先生集》二卷。另光绪《青浦县志》著录有《九峰遗黎杂著》一卷。生平见姚光《吴先生传》（寒隐社丛书本《吴日千先生集》前附）、宋际《吴日千先生行状》（寒隐社丛书本《吴日千先生集》后附）、《（光绪）重修华亭县志》卷十六。

《颅颔集》八卷

清康熙刻本，上海图书馆藏。半页十一行，行二十一字。黑格白口，左右双边，单鱼尾。板框 18.6×13.1 厘米。卷首有王光承序、王沄序及吴骐自序。今《四库未收书辑刊》第 5 辑第 27 册内《颅颔集》八卷即据康熙刻本影印。上海图书馆藏本前有王培孙题识："此册有宋际私印，楷庵俩图记。查宋际系日先生同学，曾撰日千行状，见姚石子兄所刊日千集后，则此册流传有自，至可宝也。民国十一年秋得于李爱椿处。"正文题名"颙颔集"后镌"华亭吴骐日千著"。卷一收乐府四十二首，卷二收五言古诗八十三首，卷三收七古四十五首，卷四收五律一百三十三首，卷五收七律八十六首，卷六收五言排律十五首，卷七收五绝三十二首，卷八收七绝九十三首。总收古、近体诗五百二十九首。

另有《颙颔集》十卷，清抄本，国家图书馆藏；《颙颔集》二卷补遗一卷，清抄本，华东师大图书馆藏；周氏鸽峰草堂抄本《颙颔集》，不分卷。今《清代诗文集珍本丛刊》第77—78册内《颙颔集》十卷即据国图藏清抄本影印。

集名"颙颔"，盖出屈原《离骚》之"苟余情其信姱以练要兮，长颙颔亦何伤"。朱熹《楚辞集注》释"颙颔"曰："食不饱而面黄之貌。"全句指只要自己本性高洁，情志贞一，即使餐风露、面黄肌瘦亦无憾，吴骐以此自明其志也。骐自序其诗曰："予本短才，不敢望古人百一。年二十馀而遭鼎革，窜身无地，死丧相继，饥寒困苦，无可告语。时寄情笔墨，以宣其哀怨。诗篇初成，亦复慰情，隔日再览，多不慊意，盖意绪之至如电睒矢激，而词稍觉缓也，则不快矣；意绪之多如千丝万缕，而入扣者什一二，则不快矣；意绪之曲如羊肠百转，而词颇坦迤，则不快矣。盖才思易竭则比兴少，比兴少则风致短而味易尽。回诵风骚，不胜内愧，故削除草稿，听其泯灭，而友人袁药阑、陈含美、夏山侣、蒋师楚、胡南武诸君辄为录取，久且成帙，出以示予，虽不能备，亦将及其半矣，细取阅视，可删者居六七。夫体裁格律之说，吾党最严，予亦素持此论。然情亦有必至之境，如哀则必哭，哭或恸绝，乐则必笑，笑或绝倒，旁观者讥其过，而当境者不自禁也。予之诗，其离于格律者不少矣，友朋惜其散失而欲存之。予之文亦何足存，殆哀其质也夫。"

《颐颔集》前身当为《吴日千先生诗稿》，由吴骐门人辑录、缮写之，然未刊行。蒋郚《吴日千先生诗稿跋》云："今世多诗人，我郡尤盛，刻集者数十百家，皆岸然自命千古。独吴日千先生诗最为同人所重，而不肯留稿，任其散失。郚与同社深为惋惜，见辄录取。十年以来，积至三四百叶，为缮写装帙送先生自选。乃引笔抹去其半，且曰：'充吾意什存其一，乃可传。'"王光承于序中亦提及同社诸子为吴骐结集之事："日千每为诗属草，稿方定，即为人持去，家无存者。天石为之缀辑，仅百馀篇，十不能得一。日千曰：'身将隐矣，焉用文之。'以故不甚爱惜。而赏鉴之家自传宝之，非日千意也。"集经吴骐生前删定。吴骐卒后，同社中人为之裒辑而成。王泫序曰："乙亥腊月，吴子殁，余赋诗六章哭之，且矢之曰，'已矣，余不复诗矣。夫余敢自比伯牙哉？伤逝者之不失听而惧贻妄叹之嗤也。'既而及门诸子哀次其诗，将谋诸梓，请余序之。余曰：'是非吴子意也。'诸子曰：'唯唯否否。先生平日作诗，随手散佚，不复省视。我曹互相传录，因以成集。先生见之，手加删削，自序其端，是亦先生意也。且先生序子之诗矣，九原可作也，子可无一言哉？'余受而读之。"

吴骐处明清鼎革之际，志高而气扬，品高而才雄，时彦多不吝褒美之词。张彦之序《颐颔集》曰："吾友日千吴子少颖慧，六经典籍、子史百家，无不毕诵，思出其才情以弹压一世，不肯少自贬损。其时阴阳落蚀，天地闭塞，靡有应世之念，高尚其志，不事王侯，其自待汉高也。夫'不事王侯，高尚其志'，此其意之所为，其来人与鬼与仙与天帝之忌事固有……吴子志大而才雄，足高而气扬，其人非常之人，其诗非常之诗，人如其诗，诗如其人。人非世之有也，诗亦非世之有也。"王光承亦云："日千负绝群之才，腾骧曹陆，而又处世途变化之时，朝涸暮盈，海情河态，重轻炎冷，饱食数年，其才可以富贵，其势不可以不富贵。而日千坚苦自守，屏迹荒山，三旬而九食，五月而披裘，侮之不怒，周之不受，如此人而伏处田野之中，此所以高世而无愧者也。日千工诗，出于天性。总角时，有所讽咏，辄出入开元、大历间，年近三十，悲忧慷慨，百感积中，而其诗益工。变者为龙，雄者为虎，华者为鸾，高者为鹤。四方之士得其一篇，莫不传相缮写，而同社诸子推其坛坫，亦犹嘉、隆七子之尊济南也。"

《延陵处士集》三十二卷

清乾隆三十二年（1767）写定稿本，方景文辑，韩松编订。上海图书馆藏。板框 27×11.5 厘米，格口边鱼尾。钤印有"曾存上海李心庵处""韩松""幸易伯氏"。卷首有乾隆三十二年韩松《延陵处士集序》，乾隆八年方景文《延陵处士集原序》、王光承《顾颔集序》、王沄《顾颔集序》、张彦之《顾颔集序》、吴骐《顾颔集自序》、蒋郢《吴日千先生诗稿跋》。

《延陵处士集》三十二卷在原《顾颔集》八卷基础上增补而成。集由方景文搜罗厘定，乾隆八年方氏《延陵处士集原序》曰："余发未燥，侍先君子之侧，每闻举国初高士以文章、品节推重者，玠右、名世两王先生与日千吴先生固当之而无愧者欤！吴先生为明诸生，鼎革时年未三十，绝意仕进，隐居高尚，屏迹望湖之滨，生平著作甚富。然先生曰：'身隐矣，焉用文为。'以故不自爱惜，稿甫脱，即弃去，或为友朋收藏。青村宋君峨修于先生殁后送梓《顾颔诗集》，亦从友人处采辑十之二三耳。余生也晚，不获亲炙高风，而企慕老成，中怀若渴。乾隆己未，偶检敝笥，得先生遗稿一卷，为沈弘济先生手笔。余重为缮写，窃欲尽得诗古文词编次全集，然无处访求，每为耿耿。两游细林，瞻谒先生神位于点易台中，而祝之曰：'先生生前无好名之心，且天夺其嗣，宁冀身后有传耶？虽然，凡此著作，心血精力之所在，即文章、品节之所以表见也，何忍听其湮没。文不揣愚陋而辑录之愿颇坚，先生有灵，可能默相之，俾收藏之家不吝出示，得窥全豹，以遂鄙愿，其为快慰何如！'嗣后，一得泗泾大云上人所藏潘紫霞录本，一得赵天乙收藏本，一得胡峋宾抄本，一得盛景琦录本，一得王延之借阅本，一得族弟鲁瞻从盛氏借本，数见诗文皆此无而彼有，虽闻轶稿尚多，而此可云略备，亦文章之大观也乎，不可谓非先生之灵有以凭也。余不惜衰年昏眊，朝夕缮书，意甚乐之，得各体诗若干首，文若干篇，诗馀若干首，并以酬赠哀挽诗文附录于后，装潢十二册，名之曰《延陵处士集》。虽其中不无可汰，然意在搜罗广博，未敢妄加去取，更以随得随抄，亦不复次第卷帙先后也。噫，余因之重有望焉。世固不乏有识与有力者，倘尔景仰前辈之恩，继宋君剞劂之美，刊其全集，流传不朽，岂非盛事哉？余五年来心手劳瘁，录成是编，藉供同志君子披阅而订定焉，余为权舆，尤所愿之大慰者矣。爰述颠末，将拭目以俟之。"

方景文于《延陵处士集》之成书功莫大焉，然因仓猝缀篇，内中舛误甚多。乾隆三十二年韩松汰重去误，重为缮写，前弊悉去。韩氏《延陵处士集序》曰："松束发受经，即闻士林中称先生之名不置，既得《颙颔诗集》读之，悲歌激发，慨然想见先生之为人，惜其所传有限，而古文词赋更未有成集可窥。后授徒李氏，检其藏书，见有所谓《延陵处士集》者，披而阅之，知为方子一邨受录先生之著述，凡诗文诸体悉备。以二三十年来所求见之书而不可必得者，不期而得之，快慰之私非所能喻。但其为书随得随抄，不特卷帙未分，序次错乱，亦有立题之误谬者，有一文而两见者，有一题两稿稍稍异同而并存者，有诗共一题而误分者，有诗各一题而误合者，至于鲁鱼帝虎之讹，尤不可胜数。盖方子搜罗借阅之下，似亟于抄誊，未遑校订耳。松因馆课之暇，重为缮写，举前弊而悉去之，而又即方序中所云可汰者稍删一二，于是订为三十二卷、附录一卷以为先生之成书，题曰《延陵处士集》，仍方之旧也。以松之谫陋，亦何敢定先生之集哉。第高山景行之思于是乎在，而先生又未有全集流传，遂擅成此编，虽未必有当于先生之心，而视方子之所录，则固成其未竣之役，而不无小补焉矣。缮写既毕，则又喟然作而叹曰：'是集之成，无论松之不足重先生，而无当于先生之心也；即令当世之名公大人成之，而亦恐无当于先生之心也。夫人之欲著述流传者，以其为名之所在也。名之所在而欲得之，则有及身而梓刻者矣，有乞贵人之弁言以为嚆矢者矣，而先生有作辄随手弃去，即《颅领》一集，亦出于友朋之意，又安望后人之汇而成集以重其名哉？盖先生之心自有所求之实，而觉不知有可骛之名，至于实至名归，人或以此荣先生，而先生之灵有知，或反为之淫淫泪下也。然则读是集也，不必于此见先生之名，第于此见先生之实可耳。夫欲见先生之实者，固不必名公大人以成之而后谓之有当于先生也已。'"

《铠龙文集》不分卷

清抄本，上海图书馆藏。题"《铠龙文集》二册。无卷数。吴骐撰。骐字日千，江苏华亭人"。该集无序无跋，无目次。收赋、序、记、论、说、墓铭、墓表、行略、祭文、题跋、赞、传等二百三十馀篇。卷末有娄县朱大源跋："吴日千先生名骐，吾松奉贤县人，明诸生，遭遇鼎革，弃衣巾，遁迹山中，其生平梗概详今新修《松江府志》，而志第称其诗曰著有《颅领集》八卷，未尝及其文。此抄写其文集，题曰《铠龙》，计二帙，不著卷数。盖文集则曰《铠龙》，而诗集则曰《颅领》也。先世父观白楼中藏书颇富，曾见有《颅领集》，而并未见所为《铠龙文集》者，兹仅见于此，知此集即吾松稀觏矣，良足宝贵。道光九年己丑冬日燕庭农部嘱识此数语，娄县后生朱大源书。"

《吴日千先生集》二卷

民国元年（1912）上海寒隐社铅印本，南京图书馆藏。卷首有庚戌（1910）仲春姚光《寒隐社丛书序》；民国元年姚光再叙；姚光《吴先生传》、辛亥五月高燮《吴日千先生集序》、高旭《吴日千先生遗集序》;卷末有蒋郢跋、清光绪乙酉(1885)六月朔盛步青跋语、辛亥夏姚光《吴日千先生诗词跋》。又有《吴日千先生诗集》五卷,清抄本,南京图书馆藏。

  吴骐自序论诗曰:"杜子美云'文章千古事,得失寸心知'。既已自知,何以不免于失?自知而卒不免于失者,质至而文不逮也。质不至而文胜者,传不传俱无系重轻。质者,性情也。忠臣爱君,孝子慕亲,男女相感,友朋相信,性情胶结而不可暂解,称情而出,至文具焉。又或厄于遇,阻于逸,中心烦冤,不知所为,万不得已而鸣以自见,如《三百篇》与《离骚》,真质文兼至者也。古诗三千,亦有质不至者,如《唐棣》之篇之类,经夫子删定,十存其一,固宜精审矣。此外,独推《离骚》。盖忠爱之性,缠绵悱恻,不知有得丧,不知有荣辱,不知有死亡,惟君父一念,耿耿不化,质如日月,自然光明,质如金石,自然铿锵,质如龙螭,自然变化,一人之才,可敌十五国矣。杜子美质近屈子,而文逊之;性情相似,而语有工拙,得失相参,实繇于此。"骐诗直面现实,颇有老杜诗史之风。

  朱彝尊《诗话》云:"日千力崇正始,其诗沈厚不佻。"(《诗话》卷二十二)汪端于《明三十家诗选》中亦云:"日千幼有神童之目,读书过目成诵,以诗文受知于陈忠裕、夏忠节两公……《顾颔集》诗于苍凉古直之中,极沈郁顿挫之致,盖亲炙大樽而不尽沿其派者。"(《明三十家诗选二集》卷八下)吴骐与陈子龙、李雯结社,厥后陈子龙殉国,李雯仕清朝。吴骐悼黄门诗云:"寒食东风草树稠,富林凤昔想同游。衔杯昼永花临户,论易宵分月上楼。四海无人藏复壁,千秋遗恨托江流。生刍麦饭俱寥寂,落日荒原哭太丘。"又书李舒章诗后云:"胡笳曲就声多怨,破镜诗成意自惭。庾信文章真健笔,可怜江北望江南。"陈田赞吴骐诗"音节抗亮",赞其吊子龙、赠李雯诗"可称诗史"。

附录二
流　寓

孙作《沧螺集》

孙作（生卒年不详）字大雅，号东家子，常州府江阴（今属江苏）人。元末大乱，挈家避兵于吴，寓居松江。张士诚征，以母病谢去。明洪武六年（1373）召修《日历》，书成，例授翰林院编修，以老病乞外，授太平府儒学教授，逾三年入为国子助教，迁司业。十三年以事废为民，起长乐教谕，又为翰林院待诏。著有《沧螺集》六卷。生平见宋濂《东家子传》（《沧螺集》卷首）、朱彝尊《孙作传》（《曝书亭集》卷六十三）、廖道南《殿阁词林记》卷八、张廷玉等《明史》卷二百八十五。

《沧螺集》六卷，明末虞山毛氏汲古阁刊本，国家图书馆、首都图书馆、北京文物局、上海图书馆、南京图书馆、辽宁图书馆、台北中央图书馆、日本静嘉堂文库等藏。半页十行，行十七字。版心白口，左右双边，单鱼尾。前有金华宋濂撰《东家子传》，正文题名后注"国子司业江阴孙大雅"。卷一收诗四十三首，卷二收序七篇，卷三收记七篇，卷四收书三篇、传三篇，卷五收杂著三篇，卷六收杂著十篇。正文后镌"乡贡进士都穆校"，继有"虞山后学毛晋订"。卷末有弘治丙辰三月廿日邑后生薛章宪跋语《记沧螺集后》。今《明别集丛刊》第一辑第14册内《沧螺集》六卷即据汲古阁刻本影印。

今存除汲古阁刻本外，另有明末蓝格抄本，六卷，台北图书馆藏。有明薛章宪跋语。此外有《四库全书》本；清缪氏艺风堂抄明末汲古阁本，台北图书馆藏；清光绪武进盛氏刻《常州先哲遗书》本；清末江阴金氏粟香室刻《江阴丛书》本。

薛章宪言集之刊刻云："乡先生孙公大雅在洪武初以文名一世，于时学士金华宋公于文最少许可，雅重公，特为作传，郑重委曲，考其文可见已。章宪生后公百年，时时从人得片言只语，犹能想见风采，以不得遍睹公平生论述为慊，求之且廿年矣，乃得公所为文曰《沧螺集》于都君玄敬，既又得公诗于黄君应龙，各丐以归，如得重货，以示中表弟徐直夫而谋梓之，未果也。岁乙卯九月，玄敬、直夫同领乡荐，归自南都，乃重言焉。直夫于是捐金傭工，而玄敬手为校勘，始得竣事。凡为诗若文七十六首，共六卷。二君以章宪求之勤，得之幸也，谓宜有言，然不敢以猥浅累公，姑记其诠次显晦大较如此。"

宋濂赞其诗文云："东家子中虚外夷，铲锄城府，虽岩栖谷饮游于造物者不能过也。至于折冲造诣，弗苟异同，卓然自成一家，真士之谔谔者矣。《图说》《答性难》等篇，神采俊发，正气满容，濂洛之外，康成辈有是言与？人言东家子书，其醇正似孟轲，其瑰玮似庄周，其谨严似《通书》，其峭厉似《法言》，而又约以六经之渊奥，周以天下之知虑，博大哉，仁义之言，斯其为东家氏之学也。吾于公之文亦云。"（卷首《东家子传》）

归有光《震川先生集》

归有光（1507—1571）字熙甫，号震川，又号项脊生，南直苏州府昆山人。少刻苦攻读，嘉靖十九年（1540）中举，次年，取嘉定王氏，遂徙居安亭（今属嘉定），后七赴春闱，皆不第。嘉靖四十四年（1565）始中进士，授长兴知县，转顺德通判，擢南太仆寺丞，卒于任，寿六十有五。生平见唐时升《归公墓志铭》（《三易集》卷十七）、王兆云《皇明词林人物考》卷十一、张廷玉等《明史》卷二百八十七、孙岱有《归熙甫先生年谱》（清光绪二年嘉兴刊本）。

今归氏最早传本为明万历二年（1574）《震川先生文集》二十卷，国家图书馆、吉林图书馆、湖南图书馆、蓬莱慕湘藏书馆等藏，半页十行，行二十一字。左右双边，版心白口，单鱼尾。卷首有万历二年蒋以忠序。归氏生前即有意将其著述付梓，然因故未成。蒋以忠序称："顾自束发即向先生，已又以戚故常侍先生游。忆庚午（1570）冬余自闽入觐，先生方病喑在告，余访之，延入卧内，目箧中所为文若有托者，而不能言。"归氏卒后四年，其子归子宁、归子祜辑其遗文三百五十馀篇，编为《震川先生文集》二十卷，由蒋以忠校阅，于万历二年付梓行世。

然万历二年刻本多所遗漏，随即万历四年书林翁良瑜雨金堂刻《归先生文集》三十二卷《外集》一卷《诗》一卷，此本"虽不足以尽先君生平之制作，然可谓十之七八"。半页十行，行二十字。四周双边，版心白口，单鱼尾。版心下镌"雨金堂"。正文题名后镌"吴郡归有光著，门人王执礼校"。正文前有归子祜题识，继有万历三年（1602）十月望日门人周诗撰《归先生文集小引》。集末附录《行状》《墓志铭》《墓碣》，隆庆六年仲夏端午归子祜撰《先君述》，万历元年归子宁、归子祜撰《先君序略》，附录后镌"丙子浙人翁良瑜梓行"。归子祜题识云："先君生平所著文，每脱稿往往为门人持去，虽多散轶，然所加意者未尝不存于家，在安亭者有《安亭稿》，在都水者有《都水稿》。往岁官邢州，亦尝自捡选，至于应酬之作，多所删去。今子祜等少加增益，而又入以应制之文，汇成一集，共得文五百馀篇，分为三十卷，诗百十首为一卷，又寿文一卷，虽不足以尽先君生平之制作，然有关于世道及足以辅翊乎六经者，可谓十之七八矣。今所行于世者，多非先君遗意，又率多赝本，读者宜察之。至于五经注解尝自成一集，尚未及录焉。"

《震川先生集》三十卷《别集》十卷附录一卷，清康熙十四年（1675）归庄、归玠刻本。半页十行，行二十字。左右双边，版心白口。卷首有康熙十二年（1673）王崇简《重刻震川先生全集序》、康熙十四年三月徐乾学《重刻震川先生全集序》、康熙癸丑（1673）仲春昆山令董正位《归震川先生全集序》、顺治庚子（1660）五月晦日钱谦益《新刊震川先生文集序》、顺治十七年归有光从孙归起先题识。归起先与钱谦益尝谋梓归有光集，然未果。归起先题识曰："先太仆震川公集最初闽中有刻，既而公之子伯景、仲敉刻于昆山，先伯祖泰岩刻于常熟。闽本地远不传，昆山、常熟本互有异同，然公之遗编剩简尚馀十之八九。牧斋先生与公之孙文休旁求广采，得公藏本几倍于刻本，先生手自校勘，珍如秘书。无何，绛云之灾，尽毁于火，赖文休副本存，余从玄恭得而录之。念文章显晦有数，恐遂湮没无闻，为请于先生，求寿诸梓，而先生以刻本位置多讹，意象尚隔，乃为合并而次第之，得正集三十卷、别集十卷，馀集存之家塾，未能悉出也。"

康熙十四年刻本由归有光曾孙归庄辑校，昆山令董正位捐资刻成。徐乾学《重刻震川先生全集序》曰："归子元恭刻其曾大父太仆公集，未就若干卷而卒，余偕诸君子及其从子安蜀续成之，计四十卷。初太仆集一刻于吾昆山，一刻于常熟，二本不无异同，亦多纰缪。元恭惧久而失传也，乃取家藏抄本与钱宗伯较雠次第之，编定四十卷，然后讹者以订，缺者以完，好古者得以取正焉。"昆山令董正位序云："自承乏昆山，敬哉王夫子以重梓先生集为嘱，会从先生之曾孙庄元公氏得其未刻遗集，簿书之暇，时一披览，殆所谓县圃积玉，无非夜光，殊惜旧刻之多遗珠也。元公因出钱宗伯选本，荟萃已刻未刻，总计四十卷，欲授之梓人，而贫无力，谋之于余。余遂首捐俸为刻数卷，同寅吴无锡伯成、赵嘉定雪嵊及远近士大夫闻风继之，协助成事。元公又以旧刻多乌焉鱼鲁之讹，勘订累年，悉已是正，较之旧本，顿尔改观。"

王崇简序曰："震川先生文集流传海内百有馀年，识文艺者皆知珍藏之。先大夫旧藏两集，一集二十卷，一集三十二卷，寇变失去。余从陈百史相君见其所点阅二十卷，博为搜求，二集复存余架上矣。二十卷者乃先生从弟道传所刻，三十二卷先生之嗣君子祜、子宁所刻也。有无参互，或疑有杂讹于其间，且闻于钱牧斋宗伯云先生遗文尚多。余曩与其裔孙雪庵同事礼部，雪庵以重刻道传集相贻。既而余年友刑部公裔兴之子孝仪公车来都下，惠以裔兴新刻之集，览其跋语，乃偕先生孙文休与其子元公编辑，为牧斋先生所次第，正集三十卷，别集十卷，馀集存之家塾，而是集仍止二十卷，或尚未尽刻，未可谓全集也。余夙向往先生之文，今老矣，虽不能读，窃思得览其大全，间与汪户部苕文、计孝廉甫草论及而慭如也。亡何，董黄洲正位令昆山，乃属其访求先生遗文于元公，遍汇诸刻，勒成全集，亦官其地者所应为，不独为艺林美谈……黄洲乃能识余言，从元公谋，集已刻未刻合牧斋定本，汇为四十卷，而一时士大夫宦其地者间助剞劂之资，遂居然为先生全书。"

后人或以归有光为"唐宋派"领袖，然明季董其昌已谓震川之文"前非李、何,后非晋江、毗陵,卓然自为一家之书"(《凤凰山房稿序》)。今之部分学者目归氏非"唐宋派"(见"绪论"第三部分"明代上海地区的诗文集概述"),考归氏论文既重道,亦重情,取法对象"取衷六经而好太史公书"及唐宋古文,故归氏实非"唐宋派"一语所能笼罩也。

陆郊《陆子野集》

陆郊(1527—1570)字子野,号三浦,苏州府昆山人,寓居松江华亭。其祖天秩以赀雄于乡,至郊家日落。少负羸疾,日惟读书习诗,间临古帖以自娱。与武进唐顺之、海盐钱薇、沈名臣等为文字交。卒于隆庆四年(1570),年四十四。生平见《(崇祯)松江府志》卷四十二。

《陆子野集》一卷,隆庆间张文柱编刊本,台北故宫博物院图书馆藏。一册。板框19×14厘米。半页九行,行十六字。四周单栏,板心白口,双鱼尾。中记页码。集乃陆氏卒后张文柱编次,其子张伯生锓梓。卷首有《陆子野集叙》,题"隆庆辛未二月二日赐进士南京太仆寺卿前云南布政使司左布政使进阶通议大夫致仕吴郡周复俊撰"。正文题名后镌"三浦陆郊子野著,滇池张文柱仲立编"。书中有多处虫蠹。录诗三十六首。其作得先达文人莫如忠等赏识,以为其"诗类孟襄阳,书类颜平原,人品类王儒仲"。

《(崇祯)松江府志》卷五十四云:"子野神情俊迈,好古力学,玄襟至性,恒以婵娟趋顺为末流,朋俦契合,诗篇往返,薪荛不吝。遇稍不协,悄焉沈响。尝饬其子应阳云:'他时毋混刻吾诗,古名家流传无穷惟二三十篇,今书淫木蠹,无益也。'"陆郊酷嗜诗,将卒,呼其子伯生歌王维诗,赏叹不置,语无他及。

徐石麒《可经堂集》

徐石麒（1579—1646）字宝摹，本嘉兴人，卜居青浦。以青浦籍中天启二年进士，授工部主事，忤魏忠贤，削籍归。崇祯三年（1630）起南京礼部主事，迁考功郎中，历尚宝卿、应天府丞，迁光禄卿、通政使，十五年擢刑部右侍郎，进尚书，坐罪落职闲住。福王时起右都御史，未任，改吏部尚书。为马士英所扼，乞归。清兵入浙，坚守嘉兴孤城，城破，朝服自缢于可经堂，年六十八。乾隆四十一年赐谥忠懿。著述有《可经堂集》十二卷。生平见俞汝言《徐公墓志铭》、夏允彝《徐太宰传》《徐公行状》、黄宗羲《徐公神道碑铭》（以上均《可经堂集》附）、陈鼎《徐石麒传》（《东林列传》卷十一）、张廷玉等《明史》卷二百七十五、《（光绪）松江府续志》卷二十五。

集名"可经"，盖有深意。朱彝尊《静志居诗话》云："冢宰归田之日，筑堂于郡，榜曰可经，人不解其故。及乙酉城被围，公度必不能守，步自东门入，城破，自经于堂，始信公之就义，立志已久，盖与昔贤止水之意吻合焉。公古今诗俱新警，不作规模蹈袭之语，钟嵘《诗品》以落花依草喻丘迟，公实似之。"

《可经堂集》十二卷附一卷，清顺治徐柱臣可经堂刻本，北京大学图书馆藏。今《四库禁毁书丛刊》集部第 72 册内《可经堂集》十二卷即据北大藏本影印。黑格白口，四周单边，无鱼尾。半页十行，行二十字。版心上部镌章节题名、中部镌卷数、下部镌"可经堂"。卷首有卢中人序。正文题名后镌"嘉禾徐石麒保摩甫著，男柱臣较"。卷一至三疏辑；卷四诗辑，内风雅什《怀人》八章、五言古诗二十四首、七言古诗十九首、五言排律三首、七言排律五首、五言律诗八十二首；卷五诗辑，内七言律诗一百六首、五言绝句二十一首、七言绝句一百九首、六言八首、诗馀八首；卷六文辑；卷七至十二为书辑。卷十二末附录"先府君手谕二则"，手谕后有徐柱臣题识："先君乙酉诸稿，皆感愤国难，决志自盟，因偕携城殉散去。只又六月，先君养息庵中，移诫柱臣，尚留数则，具见先君慷慨毕命，复惋恻垂慈，真悲绝心脾，啮指出血，不足喻其深痛也。不肖男柱臣百拜再识。"

集由徐氏子徐柱臣辑录而成，卢中人序称："先生令子柱臣辑先生遗稿以传，首章奏，始自忤珰，迄于乞骸，而先生立朝始末，尽于此矣。然《停请封拜》一疏，集反不载，而予在事时褒忠考核之章止《表赠二十四忠》《恤赠陈仁锡》与《收拾山东人心》《孟兆罴考选》四疏而已。次风雅诸什，次碑铭书牍，而先生忧时悯俗、忠君爱国之思尽于此矣。总考先生，奏疏似陆敬舆、李伯纪，而遭时过之，诗似司空表圣、韩致光，尺牍似王右军，而杀身忠烈与屈子怀沙正复不异。先生集曰《可经》，夫经天纬地，文其一端，至若天经地义，孰有大于忠孝者乎！"

另有清康熙五年（1666）徐柱臣刻增修本《可经堂集》十二卷附录一卷，上海图书馆藏。卷首有卢中人序。正文卷一下注"嘉禾徐石麒宝摹甫著，男柱臣较"。卷十二末柱臣题识后有附录一卷，有俞汝言《明故光禄大夫太子太保吏部尚书徐公墓志铭》、乙酉孟秋夏允彝《徐太宰传》《明殉节光禄大夫太子太保吏部尚书虞求徐公行状》、黄宗羲《光禄大夫太子太保吏部尚书谥忠懿徐公神道碑铭》。

卢中人叙徐氏志操云："向者，南都之会，黄舆旋轸，沧鼎再宁。当是时，起徐虞求先生于废籍，以为冢宰，自启事讫受事，时局已屡迁矣。先生揽辔登朝，鞠躬任职，首褒死忠之臣，旋定从逆之案，申考选，持年例，群奸侧目，咻之以去，先生去而国事亦去矣。予以外曹后进承乏司铨，与先生同日入朝，先生议必咨询，画必报可，堂属之间，盖宛然家人父子焉。自先生去，而侧目先生者并以及予，予亦呕呕焉不可留矣……先生得稿，阅未毕，急拊予背曰：得之，憾相知晚也。然此实先生与予得罪权枢首案也。又忆先生去后，两寓书于予，一停覆覃恩封典，一裁任内乞恩胥役，绝不及他事也。及予忤奸归，舟过嘉禾，谒先生于郭外山庄，角巾韦服，款款道故，复依然家人父子也。出门指庄前一泓曰：'此止水也，君其识之。'言犹在耳，而先生已乘箕尾逝矣。"

清季陈田对徐石麒志操、立言敬誉有加，云："徐公事思陵，开诚善导……公诗新颖，不染轻尘，与范吴桥略同，而力较厚。"（《明诗纪事》辛签卷五）

程嘉燧《耦耕堂存稿》《耦耕堂集》《松圆浪淘集》《程孟阳集》《松圆偈庵集》《程孟阳先生集》

程嘉燧（1565—1643）字孟阳，号松圆、偈庵，南直徽州府休宁人，侨居苏州府嘉定，后归老于歙。少学制科不成，学击剑又不成，乃折节读书，虽不务博涉，然能精研简炼，采掇菁英。又精音律，善画山水，兼工写生。于文学则刻意为歌诗，三十而有成，所作甚夥。卒于崇祯十六年（1643），年七十九。生平见钱谦益《程嘉燧传》（《新安二布衣诗》卷首）、张廷玉等《明史》卷二百八十八。

《耦耕堂存稿》五卷

明末孙石甫抄本，国家图书馆藏。无栏无框，半页十行，行十八字。扉页题"耦耕堂诗稿孙石甫先生手钞"。卷首有程嘉燧自序，残破不全，不辨全意。序后有"恭绰"题识："此残页序文，系从嘉定胡君士熙所藏孟阳手写《耦耕堂诗稿》中钞出，特录于此。恭绰志。"正文题名"耦耕堂存稿诗卷（上）"，题名后注"新安程嘉燧孟阳著"。内诗三卷文二卷。文卷上收《前运判汪君汝泽寿序》《程茂桓诗序》《游山记序》《祭金子鱼》《祭娄兄子柔》等序、祭文十馀篇，卷下收《亡友宣成叔夫妇墓志铭》《亡妹闵孺人墓志铭》《征仕郎吏科给事中方君行状》《都事金子鱼先生行状》《游虞山记》《程子孝妇吴媛传》《题陈白室画册后》《曹石叶像赞》《处士朱君墓志铭》等文十馀篇。

后有叶恭绰跋语："民国丙子夏，余避暑青岛。胡君士熙以程孟阳手书《耦耕堂诗》三卷见示，嘱为题跋。余携之归沪，将觅刻本以较异同，则公私藏家皆只有'松圆''浪淘'二集，最后乃于潘君博山许得见此抄本。按此集虽经钱蒙叟作序，称嘉定金氏促其婿孙介缮写《松圆集》以后诗文曰《耦耕堂集》者，镂板行世，而实无存本，是否迄未刊行，抑尽归散失，无从臆断。余因以此本与孟阳手稿互校，彼无文稿，而此有之，彼却多孟阳一自序，其余编次字句无一字不同，足征此本从孟阳手稿传钞，了无疑义，惜金氏刊本无传，无从参校耳。石甫名虽不逮松圆，而一时冰玉，克称双美。此本后多一文集，尤足珍异。吾友徐积馀、程演生诸君，方辑刊《安徽丛书》，吾将以此本介之焉，博山以为何如？民国二十五年十一月叶恭绰跋。"

《耦耕堂集》五卷

内《诗集》三卷《文集》二卷附《松圆诗老小传》一卷，清顺治十三年金献士、金望刻本，上海图书馆、浙江图书馆、湖北图书馆等藏。今《续修四库全书》集部第1386册内《耦耕堂集》即据湖北图书馆藏本影印。板框 18.7×26.4 厘米。半页十行，行十八字。黑格白口，左右双边，无鱼尾。卷首有乙未阳月望日钱谦益序，继有崇祯癸未冬十月程氏《耦耕堂集自序》。卷末附钱谦益《松圆诗老小传》。正文题名下镌"新安程嘉燧孟阳著，畼城后学金献士治文、金望渭师较"。诗集卷上录诗六十九首，卷中录诗七十二首，卷下录诗八十二首。文集卷上录序、祭文二十四篇，卷下录墓铭、行状、记、传、题跋等二十八篇。

又有清康熙间刻《嘉定四先生集》本，诗三卷文二卷，国家图书馆、上海图书馆藏。另《耦耕堂集选》一卷，清光绪间刻诗慰本，国家图书馆藏。卷首有崇祯癸未冬十月偈庵老人书《自序》。正文题名"耦耕堂集选"，后注"新安程嘉燧孟阳著，同里孙丕璨韫生定，豫章陈允衡伯玑评"。半页十一行，行二十二字。序与正文均有陈允衡评点，如评序曰："孟阳学涉不如牧斋，而天分过之，故信手应付，不露显然败缺，牧斋不能矣。孟阳避牧斋之大，牧斋逊孟阳之圆。"又如评《奕园歌为孙照邻作》："此七子集中颖然不欲存之作，而受之宝贵之。"另有一卷刻本，民国二十九年毗陵董氏刻，国家图书馆、上海图书馆、复旦大学图书馆及台湾傅斯年图书馆藏。

程氏自序云："天启乙丑五月，由新安至嘉定，居香浮阁。宋比玉庚申度岁于此，梅花时所题也。庚午四月，携琴书至拂水，比玉适偕钱受之，属宋作八分书'耦耕堂'，自为之记。壬申春，二子移居西城，余偶归，而唐兄叔达适至，因取杜诗'相逢成二老，来往亦风流'之句，颜西斋曰'成老亭'。先是，辛未冬娄兄物故，已不及见移居。甲戌冬，余展闵氏妹墓于京口五州山下，过江还，则已逼除，因感老成之无几相见，遂留此。日夕与唐兄寻花问柳，东邻西圃，如是者二年，而唐兄亦仙去。丁丑，受之以诬奏逮系，予待之湖上。戊寅秋，放归，庐居丙舍，馆予于东偏之花信楼，复相从者二年。庚辰春，主人移居入城，余将归新安。仲冬过半，野堂方有文酒之燕，留连惜别，欣慨交集，且约偕游黄山，而予适后期。辛巳春，受之过松圆山居，题诗壁上，归舟相值于桐江，篝灯永夕，泫然而别。余既归山中，暇日追录遗忘，辑数年来诗文为二帙，会虞山刻《初学集》将就，书来索序甚亟，自念衰病，不复能东下就见终老,遂以是编寓之,而略序数年踪迹于卷端,使故人见之,庶可当一夕面谈,而因以见余老年转徙愁寂,笔墨之零落如此,或为之慨然而太息也。"

《松圆浪淘集》六卷

稿本,六卷,上海图书馆藏。左右双边,黑格白口,版心单鱼尾,版心下注"绘佛堂"。无序,卷末有康熙四十年仲春六日张云章题跋;乾隆癸亥冬至张鹏翀跋;乾隆八年仲冬十三日叶昱跋;乾隆甲子花朝后一日当湖陆维垣跋。钤有"倬庵"白方印、"云章"朱方印、"汉瞻"白方印、"梁客"朱方印、"张鹏翀印"白方印、"叶昱/私印"白方印、"陆禾子"白长方印、"陆维/垣印"白方印、"香山/居士"朱方印、"金宝所/卧游斋/藏甲卷"白方印。除卷一外,各卷分列目录于前,内《涉江卷一》录诗五十七首,《春盘卷二》录诗七十首,《山楼卷三》录诗六十三首,《蓬户卷四》录诗七十三首,《孔斋卷五》录诗六十五首,《咏石卷六》录诗五十六首。

此册为程嘉燧手稿真迹,后数跋言之甚详,兹照录如下。康熙四十年(1701)张云章跋云:"松圆先生与余曾大父及伯祖父为纪群交,余祖父晚出,先生又命其子孝直君授章句,两世款洽,故先生翰墨余家所得为多,予少而能辨其字迹。此册为吾友文涛所藏,乍展阅,即知为先生手稿无疑。先生自序《浪涛集》'与瞿起田同舟回自武昌,浪花掀簸中,濡笔伸纸,追忆旧所吟而出之,几七百首。又上党无事,合书为一集,增定计千馀篇',此册岂江行舟中录本耶?抑上党所增定者也?先生生平所作诗皆能诵忆,故叔达谓其'牢固藏识',牧斋云'审谛推敲,必匠意而后止。一字未妥,一韵未稳,胸中鹘突,如凸出纸上'。今读此册,可以想见。卷中朱墨错杂,其已付剞劂者皆于题前标出,馀则乙之。今人得其逸诗,尚不难名世也。凡三卷,几二百首。得上党所增定者十之二。邑中汪云则藏其前三卷,自馀不知流散何所,意者尚可为延津之合也。吾友及令子梁客皆笃学嗜古，其慎藏之以待。康熙四十年仲春六日题于玉露轩，后学张云章。"

张鹏翀（1688—1745）字天扉，一作天飞，号抑斋、南华山人、南华散仙，人谓之漆园散仙。崇明（今属上海市）人，居嘉定。幼多病，资性滞钝。十七岁时开悟，遍读经史，精通诗文绘画。雍正五年（1727）进士，官至詹事府詹事。乾隆八年（1743）冬至张鹏翀跋曰："松圆老人诗，少时即熟，复其佳句，所谓《浪淘》千首者，今尚能仿佛其半。观此卷手稿自定，具见苦心，研炼处尤可珍爱也。乾隆癸亥冬至后学张鹏翀书。"同年仲冬叶昱跋云："余于四先生集最喜松圆先生。忆十五六时，曾手录《浪淘集》三部，皆散失，无一存者。今观先生手稿六卷，尤爱玩不忍释手。娄先生所称'人有欲得其诗，或为手录百千言'者，殆即是编耶？乾隆八年仲冬十有三日后学叶昱书。"

乾隆九年（1744）陆维垣跋云："往松圆诗老手录《浪涛集》千首，经历沧桑，亡逸殆尽。周君文涛购得第二册，藏庋有年，其首册则为汪君云则所得，朴村先生后序中言之历历。自康熙迄今，已阅四十馀稔，张先生下世后，故始以首册归之周，遂为延津合浦之遇。岂周君嗜古独深，故阴有以报之欤？抑古人英灵之气，至百有馀年，犹未尽泯欤？诗凡六卷，三百八十四篇。其流散者既不可得，而此适符全《易》卦爻之数，吻合天然，不可谓非无因也。今二册复为□野庵金君所藏，余从野庵处借观，明窗净几间，恍若神与之接，不特诗情书法一读一击节而已。爰书数语，以志景仰。乾隆甲子花朝后一日当湖后学陆维垣谨跋。"

《松圆浪淘集》十八卷目录三卷

明崇祯初分刻合印本（即谢三宾编刊《嘉定四先生集》本），湖北图书馆、台北图书馆、日本内阁文库、韩国奎章阁等处藏。今《续修四库全书》集部第1385册内《松园浪淘集》即据湖北图书馆藏本影印。板框 18.1×26.4 厘米。半页十行，行十八字。黑格白口，左右双边，无鱼尾。卷首有四明谢三宾序、娄坚《书孟阳所刻诗后》、万历戊午程嘉燧自撰《溪堂题画诗引》、万历戊午程嘉燧《松寥诗引》、万历庚申唐时升《程孟阳诗序》、万历戊午程嘉燧《浪淘集自序》，序后为《松圆浪涛集总目》。程氏自序云："余弱冠好唐人诗，学之三十年，辄缘手散去。友人或劝之存其本，余弗遑也。然酒间值所知，口吟手挥，即缅缅不能休。唐子叔达，高闲士也，一日从旁笑谓余曰：'吾忧若诗牢锢，子藏识奈何？'余为矍然。子柔又尝欲采余律诗俊句，为作佳书，传示同好，余自愧谢勿以为。壬子二月武昌回，与瞿起田同舟，江行苦风浪，半月而至九江，簸荡掀坏之中，摇神涤藏，时时以酒浇之。半酣，起田辄濡笔伸纸，请吟余诗，随手书之。余颓然之馀，聊为尔尔。风不止，起田亦不倦，至南京则余诗几尽，凡七伯馀篇，录成而归。李长蘅、汪无际各传写之，钱受之与好事尤亟称之，多有其本。余固不得藏已，在上党无事，因合书为一集，增定计千馀篇，题曰'浪淘'者，以余宿习旧质已在忆忘之间，似沉沙然，偶为惊涛激浪淘汰而出之者耳，非僭引昔贤赤壁词语也。"

总目介绍各卷诗作起讫时间。《涉江卷一》凡五十六首："癸未至庚寅，凡六年。丙戌春侍疾金山寺。戊子过江，视闵氏妹。己丑江行，见王弇州公白下，乞铭，遂归歙卜兆。《涉江》，志思亲也。"《春盘卷二》凡五十五首："辛卯、壬辰诗。首《春盘》，是年二月，从李氏表叔还乡展墓，登白岳、游西湖。壬辰送弟至瓜洲。是时，日陪徐公丘、张二丈宴言，志怀贤也。"《山楼卷三》凡五十四首："癸巳秋，由馀杭归歙，治葬地。邻人有言，时孙氏兄弟每来山居郡城，与方伯雨诸子偕。甲午春暮东行，冬月返葬。除夕，泊舟严滩下。"《蓬户卷四》凡四十七首："乙未正月葬毕还吴，同孙三履和至梁宋间。丙申、丁酉皆闲居，日从丘、张二丈，唐、娄二兄晤言，有《蓬户》诗。买田城南未成。"《空斋卷五》凡四十首："戊戌、己亥，时张茂仁丈客松海雨雪中，有《空斋行》。"《咏古卷六》凡四十四首："庚子、辛丑，游通州，作《咏古》诗；与殷无美丈同舟至锡山邹园、江阴君山、虞山孙氏大石山房；同张伯美居天宁寺，游狼山。"《溪堂卷七》凡三十八首："壬寅春，同刘价伯、孙履和归留溪堂，孙始赴六安。癸卯秋，游白下"。《移居卷八》凡四十四首："甲辰春，在吴淞戚公外馆数月。丙午徙居龚氏舍旁。"《雪浪卷九》凡六十一首："丙午夏，从雪浪恩公谈《楞严经》于惠山河浒庵。秋再游白下，十月雪浪师来资善寺，讲《圆觉》《金刚》诸经。丁未人日别去。"《遇琴卷十》凡四十六首："戊申，宋比玉为余篆遇琴馆，取嵇叔夜《琴赋》语。己酉春，翁吾鼎复自闽至，余送入郡，因游钱塘，值鲍溪父，留许成之家。"《春湖十一》凡五十七首："己酉、庚戌再至湖上，冬之武昌。"《荆云十二》凡五十二首："庚戌夏，子柔、长蘅以书速余湖上，十月遂楚游。辛亥客武昌。"《春帆十三》凡六十首："壬子二月，由武昌回，瞿起田同舟，追录旧时诗八百首。是年秋，僦居城南垫巾楼，与唐子孟先同舍并居。癸丑冬，宋比玉至。"《松寥十四》凡四十八首："甲寅、乙卯，客广陵方季康家，时游焦山，见《松寥诗引》。"《雪江十五》凡四十七首："丙辰，瓜洲闵氏亡妹讣至，风雪中兼程过江，遂至白下。访姚允初丈，归，值方季康，同留虎丘经月。送唐兄北游。"《吴装十六》凡一百七首："丁巳，居阊门庑隐，夏栖拂水。戊午，方方石招余至上党，有《吴装》。先是，太仓季明孺游太原，余送行，有'箧中风月载吴装'之句，因取为卷目。"《易水十七》凡三十六首："辛酉冬，过易水，有怀古诗。至癸亥十二月，出居庸，入雁门，复经上党。甲子元月，由高平登太行，谒孔子回车庙，渡河至汴，登顿不能为诗。"《尝甘十八》凡五十一首："甲子上元夕，作《尝甘》诗。二月朔，至徽州郡城。乙丑夏，来吴中，两年再至南都。今岁己巳，邑侯嘱葺平生芜稿，得诗十八卷。"总目有《目录》三卷，目录卷上为卷一至卷七，卷中为卷八至卷十四，卷下为卷十五至卷十八。台湾藏本钤"风雨/楼"朱方、"希古/右文"朱方、"国立中/央图书/馆考藏"朱方、"不薄今/人爱古人"白长方印。

另上海图书馆电子目录著录有明天启元年（1621）刻本《松圆浪涛集》十八卷目录三卷，此集与《松圆偈庵集》二卷合为一辑，中《浪涛集》三册，《偈庵集》二册。其板式、行款、收录序文、录诗总数与明末崇祯刻本一致。又有明崇祯谢三宾刻清康熙三十三年陆廷灿补修《嘉定四先生集》本《松圆浪涛集》，十八卷目录三卷，中国科学院图书馆藏。黑格白口，左右双边，无鱼尾。半页十行，行十八字。补修本序文、录诗总数均承明崇祯刻本。今《四库禁毁书丛刊》集部第163册内《松圆浪涛集》即据陆廷灿补修《嘉定四先生集》本影印。

又有清宣统间顺德邓氏铅印《风雨楼丛书》本《松圆浪涛集》十八卷目录三卷、《松圆偈庵集》二卷，复旦大学、上海师范大学图书馆藏。四周单边，版心白口。半页十行，行二十八字。扉页署"宾虹草堂藏本，风雨楼校镌"。前依次有谢三宾、唐时升序，娄坚《书孟阳所刻诗后》及程嘉燧自序、《松寥诗引》《溪堂题画诗引》。总目录记各卷诗起讫时间，总目后为目录三卷。各卷录诗同明崇祯本。正文题名下注"新安程嘉燧孟阳著"。每卷后注"顺德邓实校刊"。《偈庵集》前有崇祯己巳自序。

又有清汪氏裘杼楼抄本《松圆浪涛集》十八卷，该集与《耦耕堂存稿》四卷（诗二卷文二卷）合为一集，上海图书馆藏。首页有民国三十八年顾廷龙题识，曰："此书自文海书店购得，割裂涂乙甚多，而又凌乱无序。藏刘氏嘉业堂时签题"耦耕堂集"，余据风雨楼本《松圆浪涛集》校理，遂得其头绪，重加编次，略有缺失，尚馀六十馀叶，盖即《耦耕堂诗文》矣。复由潘景郑内弟见借所藏孟阳女夫孙石甫手钞《耦耕堂诗文》，始知所缺尚多。遂极数月之力，属杜君翰卿钞补足成，殊匪易也。孙钞亦有割裂处，注明眉上。裘杼楼抄本有朱笔校点，刘氏书签即题清休宁汪森校。审视笔迹，偶有随笔批写，馀皆谨饬，似出过录者，安得墨迹印证，姑存其疑。卅八年五月十八日，顾廷龙记。"抄本无格、无框。半页十行，行十八字。前有谢三宾撰庚午春日莆阳宋毂书于垫巾楼中之序、万历庚申秋嘉定唐时升撰《程孟阳诗序》、娄坚《书孟阳所刻诗后》、万历戊午冬日程嘉燧《自序浪淘集》、万历辛酉清明偈庵程嘉燧《松寥诗引》、程嘉燧《溪堂题画诗引》。序后附总目，总目介绍各卷诗作起讫时间。各卷录诗与明崇祯本同。

《程孟阳集》三卷

四册，明万历四十八年（1620）嘉定程氏刻本，台北图书馆藏。包角线装。卷首有《程孟阳诗序》，题"万历庚申唐时升撰"；《松寥诗引》，题"万历辛酉程嘉燧撰"。卷末有跋语《书孟阳所刻诗后》，题"友人娄坚子柔题"。板框 19.6×14.1 厘米。半页八行，行十五字。左右双边，黑格白口，版心上黑单鱼尾。钤有"国立中央图／书馆收藏"朱长方、"秀州／沈氏"朱方、"踵息／轩印"白方印。卷一署"松寥诗"，收诗一百一十首；卷二署"雪浪诗"，收诗一百二十五首；卷三署"吴装"，收诗三十六首。查复旦大学图书馆"明人文集书目"数据库，著录有明天启间泠风台刻本《程孟阳集》，四卷，国家图书馆、南京市博物馆、江西图书馆等藏。另查台北图书馆所藏明万历四十八年嘉定程氏刻三卷本《程孟阳集》，版心下镌"泠风台"，故复旦所谓天启刻本，当与台北图书馆所藏为同一版本。

另有清康熙四十三年（1704）汪洪度等刻本（即王士禛选《新安二布衣诗》本）《程孟阳集》四卷，中国科学院图书馆、美国国会图书馆等藏。今《四库禁毁书丛刊》集部第155册内所收《新安二布衣诗》即据汪洪度刻本影印。半页十行，行十九字。四周单边，黑格白口。正文题名下注"济南王士禛贻上选，新安后学汪洪度于鼎、吴瞻泰东岩校"。内收《吴非熊集》四卷、《程孟阳集》四卷。正文前依次有济南王士禛序、康熙甲申陬月西陂宋荦序、闽中曹学佺《吴非熊诗旧序》、后学汪洪度序、吴苑《吴兆传》及钱谦益撰《程嘉燧传》。内卷一至卷四收吴非熊诗，卷五至卷八收程嘉燧诗。程诗四卷分别收古今诗九十一首、一百五首、一百三首、一百一首。台湾藏本书名页左上方题"吴非熊集程孟阳集"，中缝题"吴非熊集"或"程孟阳集"。钤有"还读斋""□氏多筠""臣□豫印""□存"等印章。

程氏本新安人氏，以一介布衣客居嘉定近四十年，文名籍甚，新安后人以其为荣。故王士禛门人歙人汪洪度请存乡邦文献，王士禛序曰："予弱冠游京师，与故刑部侍郎六合李公谈艺甚合，常论有明布衣之诗，予首举吴兆、程嘉燧，本朝则以石湖邢昉为冠，侍郎许其知言。后四十年，歙门人汪生洪度以书来京师，请曰：'先生夙昔论明布衣诗，极推吴非熊、程孟阳，海内莫不闻两先生皆新安产也。其集具在，然薪楚丛脞，恐不足以传远。洪度为乡后进，与有斯文之责，敢以请。'予嘉其谊，乃以暇日芟其繁芜，撷其菁华，各得诗三百馀篇，定为八卷。论之曰：二先生生同万历之世，时天下承平久，士大夫以文章为职业，布衣之士时时颉颃上下。其间，吴受知闽曹公，程受知常熟钱公，用能成名当世，声施至今。予尝反覆二家之诗：吴五言其源出于谢宣城、何水部，意得处时时近之。程七言近体学刘文房、韩君平，清辞丽句，神韵独绝；绝句出入于梦得、牧之、义山之间，不名一家，时诣妙境。歌行刻画东坡，如桓元子似刘越石，无所不憾。大抵吴以五言擅场，七言自《秦淮》《斗草》篇而外，无颇可采；程以七言擅场，古体不逮今体,此其大略也。予于二家,登其瑜,掩其瑕,赏其神骏而无衔橛蹄啮之累,要以求为可传而已。二集各有旧序,今吴诗存曹序、程诗存钱序各一首,知已故也。"

《松圆偈庵集》二卷

此集皆文,无诗。有明谢三宾刻本,首都图书馆藏嘉燧序中言之甚详:"昔年楚游,娄居士赋《止弈诗》讽令断歌。余尝以月之朔望持八关斋,止听音乐,自求远离。顾当斋日,闭合晏坐,焚香写经,寂如枯禅,而境移物诱,若或娆之,当其水上忽发,邻墙自来,虽悟声空,终难闻尽。所谓止动归止,止更弥动也。当在武昌,独居逾年,寝食瘠瘵,专持《首楞严》偈。及留上党,自署其室为'偈庵',要令当境了心,当处解脱,庶几六用一切如净交芦,如妙莲华,不离音闻,而得自在。于凡应俗假借之文、在笥记序之作若干首,分上下卷,总用'偈庵'名篇,四明谢侯遂并刻之。松圆老人。"另有明天启间刻本,四川大学图书馆藏。

《程孟阳先生集》二十五卷

国家图书馆网站目录显示为清康熙二十九年诒翼堂刻本。有"国立北平图书馆"挂签,上标:"第二一二四一号,程孟阳先生集,明程嘉燧,廿五卷,明刻本,八册,江安傅氏捐。"左右双边,版心白口,无鱼尾。版心下部有刻工名,如潘、忠、王、思、心、吾、刘等。扉页题《程孟阳先生集》,页眉题"钱牧斋先生订定",题名右侧注"嘉定金氏锓版",左侧注"旧刻松圆阁集、续刻耦耕堂集、附诒翼堂集"。前有序,题"四明谢三宾撰,庚午春日莆阳宋縠书于垫巾楼中";《程孟阳诗序》,题"万历庚申秋嘉定唐时升撰";《书孟阳所刻诗后》,题"友人娄坚子柔题";《自序浪淘集》,题"万历戊午冬日程嘉燧书";《松寥诗引》,题"辛酉清明偈庵程嘉燧书";《溪堂题画诗引》。全集含《松圆浪涛集》十八卷、《耦耕堂集》五卷、《松圆偈庵集》二卷。正文题名"松圆浪涛集"或

"耦耕堂诗卷（文卷）"，下注"新安程嘉燧孟阳著"。《耦耕堂集》前有序，后题"岁在乙未阳月望日虞山友弟蒙叟钱谦益谨序"；《耦耕堂集自序》，后题"崇祯癸未冬十月偈庵老人书"。正文内有朱笔圈点。有"傅增湘/读书"朱方印。正文题名后注"新安程嘉燧孟阳著，嘐城后学金献士治文、金望渭师较"。该集后有钱谦益《松圆诗老小传》（原载《列朝诗集》）。《松圆偈庵集》卷下题名下有"国立北平图/书馆珍藏"朱章。卷上收序三十三篇、记十三篇，卷下收墓志铭、行状、传六篇，祭文三十二篇，书牍十三篇，启三十二篇，疏五篇。

孟阳之诗，唐时升序略曰："孟阳才力雄豪跌宕，沈郁顿挫，足以追配作者；而哀乐所发，长句短章，必合于法度。"嘉燧与钱谦益为友，钱氏《列朝诗集》丁集录其诗二百十五首，尊其为"松圆诗老"，《列朝诗集小传》云："其为诗主于陶冶性情，耗磨块垒，每遇知己，口吟手挥，缅缅不少休。若应酬牵率、骷髅说众之作，则薄而不为……其诗以唐人为宗，熟精李、杜二家，深悟剽贼比拟之缪。七言今体约而之随州，七言古体放而之眉山，此其大略也。晚年学益进，识益高，尽览《中州》《遗山》《道园》及国朝青丘、海叟、西涯之诗，老眼无花，照见古人心髓。于汗青漫漶、丹粉凋残之后，为之抉摘其所繇来，发明其所以合辙古人，而迥别于近代之俗学者，于是乎李、王之云雾尽扫，后生之心眼一开，其功于斯道甚大，而世或未之知也。"清初王士禛《渔洋诗话》云："明末七言律诗有两派，一为陈大樽，一为程松圆。大樽远宗李东川、王右丞，近学大复；松圆学刘文房、韩君平，又时时染指陆务观，此大略也。"清朱彝尊《诗话》云："孟阳格调卑卑，才庸气弱。近体多于古风，七律多于五律。如此伎俩，令三家村夫子诵百翻《兔园册》即优为之，奚必'读书破万卷'乎？牧斋钱氏深惩何、李，王、李流派，乃于明三百年中，特尊之为'诗老'。六朝人语云：

'欲持荷作柱，荷弱不胜梁；欲持荷作镜，荷暗本无光。'得无类是与？"清钱大昕"像赞"曰："少微处士，华阳逸民。烟霞奇癖，翰墨胜因。消摇湖海，傲睨公卿。不籯而富，匪绶而荣。针砭王李，领袖唐娄。词必己出，神与天游。松陵鲁望，溪南敬之。"

于嘉燧之评，誉之者如钱牧斋，讥之者如朱彝尊，二者之评判若云泥。流风所及，后世或褒或贬皆有之。平心而论，牧斋于嘉燧之评颇携私情，后世如彝尊等人鄙钱氏之为人，厌屋及乌，累及嘉燧。清汪端颇厌钱氏，每于其评，唱为反调，然于嘉燧之评却有同见："虞山选明诗，伐异党同、纰缪百出，惟推重孟阳一事，未可厚非。孟阳近体，秀逸浏亮，宗范随州、丁卯，不失为名家。朱竹垞谓孟阳格调卑卑，才庸气弱。邵子湘摘其累句，诃为秽亵俚俗。沈归愚谓其纤词浮语，仅比于陈仲醇。是皆因虞山毁誉失实，迁怒孟阳，过事丑诋，惩羹吹齑，徒取快一时，何以昭信千古哉！"持议颇平。清末陈田《明诗纪事》庚签卷四录程嘉燧诗三十二首，按语云："孟阳诗清丽温婉，诵之令人意消，在万、天间，可自成一家。"

顾德基《东海散人集》

顾德基（生卒年不详）字用晦，号东海散人，苏州府常熟人，寓居上海。博学多闻，工吟咏。明末廪生，与毛晋、龚立本等唱和。著有《东海散人集》行世，另《（光绪）常昭合志稿》卷三十载顾氏有《海云楼集》，未见传。生平见《（光绪）常昭合志稿》卷三十。

《（嘉庆）松江府志》卷七十二著录顾德基《东海散人集》五卷，今有《东海散人集》六卷，清顺治四年（1647）毛氏汲古阁刊本，上海图书馆藏。半页十行，行十八字。版心白口，左右双边。

收诗近五百首。内《于役草》一卷,收诗七十二首;《海云楼七十二候诗》一卷,收诗七十二首;《虎林游》一卷,收诗三十九首;《来鹤轩草》一卷,收诗十八首;《松风楼稿》二卷,收诗三百馀首。《来鹤轩草》前有万历四十一年(1613)钱谦益序。

《总目》著录《七十二候诗》,云:"是集以《月令》七十二候,各为七言律诗一首,词旨凡鄙,殆不足观。"(《总目》卷一百八十)

曹勋 《曹宗伯全集》《曹勋大诗草》

曹勋(1589—1656)字允大,号峨雪,晚自号东干钓叟。曹勋先世华亭人,祖父始迁嘉善,遂为嘉善人。勋晚年居华亭之干巷(今属上海金山)。崇祯元年(1628)会试第一,选庶吉士,历官翰林学士、吏部侍郎。明末,士人门户之争甚厉,勋独持之以正。见势益不可为,遂告归,杜门著述。卒于顺治十二年(1655)十二月二十四日,年六十有七。著有《曹宗伯全集》十六卷,《曹勋大诗草》十二卷。生平见姚思孝《徐氏合葬墓志铭》(《曹宗伯全集》末附)、《(嘉庆)松江府志》卷五十五。

《曹宗伯全集》十六卷

清初刻本,上海图书馆、日本内阁文库等藏。傅斯年图书馆藏本据日本内阁文库本影印。今《四库禁毁书补编》第74册内《曹宗伯全集》据上海图书馆藏本影印。半页九行,行二十字。左右双边,版心白口,单鱼尾。版心上部镌"曹宗伯全集"。无序无跋。卷首题名后镌"谯郡曹勲允大著"。上图藏本卷一为赋,然仅存残赋《商霖赋》一页。卷二至五收赠序、寿序五十二篇,卷六至八收诗文序四十六篇,卷九收记九首,卷十收神道碑、墓表、行状九篇,卷十一墓志铭十三篇,卷十二收传记十六篇,卷十三、十四收谕祭文三十五篇,卷十五收启、书等二十篇,卷十六收题辞、铭、像赞等三十四篇。附日记数十则及姚思孝《徐氏合葬墓志铭》。

姚思孝谓其："诗文直写性灵，不摹今、不袭古，横襟冲口，自成一家言。"

《曹勋大诗草》十二卷

清初刻本，故宫博物院图书馆藏。今《故宫珍本丛刊》第529册内《曹勋大诗草》即据故宫博物院藏本影印。半页七行，行十八字。四周单边，版心白口，单鱼尾。内《未有居近诗》二卷，卷一收诗一百五首，卷二收诗七十四首。《存筍》不分卷，卷首有陈继儒序、黄景昉序、方拱乾序、黎元宽序。收诗一百二十五首。《行笈》不分卷，收诗六十七首。《东干诗草》不分卷，前有崇祯甲申季春下浣日曹学佺序，另有自序，总收诗二百三十四首。《南溪诗草》七卷，诗以体分。正文前自序曰："余弱冠学诗，不敢以示人，已为同学所知，往往唱和。迨一入世途，而木天课业，乌沙应酬，如既嫁之妇，灶下羹汤，房前刺绣，咸酸巧拙具在人耳目之间，不能复藏其丑。然余诗有极得意处，即得意不能越今日以前也。有极不得意处，即不得意不敢袭古人以后也。悲欢无古今，啼笑无工拙，以其格律之近于诗，则亦与之为诗。"内卷一收五古诗六首，卷二收七古诗三首，卷三收五律诗四十三首，卷四、五收七律诗一百九十二首，卷六收五绝十三首，卷七收七绝七十首。总收诗三百二十七首。

曹勋自序《东干诗草》云："《东干诗》断自丙戌始，自群从昆弟而外无他客，自饥飧倦寝而外无他事，自把盏荷锄、垂纶灌畦而外无他营，自较雨量晴、谈谐说梦而外无他语。于是乎有《东干诗》，非敢谓诗之足以存，存之以俟日后简阅，而尔时之风雨晦明，历历如可数也；尔时之悲喜离合，忽忽如可忆也，黄鸟鸣春、蟋蟀吟秋，岁序移而机籁动，物犹且然，况于人乎？兹编也，阅戌、亥、子三年而余亦年周六十矣。嗣兹以往，以为待尽之年可，以为更生之年亦可,而绿蓑青笠,总亦不离乎东干也已。"

陈继儒论曹勋诗曰:"曹太史当孝廉时,克意好修,博综古今大经术,而于风雅则酝酿实深,澄汰最久,早称此道先觉矣。已举南宫第一人,海内额手相庆,想望其有韵之语尚秘枕中不数数见也。允大事太夫人至孝,须眉轩轩犹效乳下儿,迁延不肯就官。负旷世才,独苦应酬无情之作。即有同志,如逸少之于杨、许,元亮之于宗、雷,其次惟眉山老居士,似堪手挽肩随于唫社中耳。允大诗以太羹玄酒为清真,以庆云醴泉为祥瑞,以眼前语写意中事意中人。读之若流便调利,使人不觉不知,而怪怪奇奇,虽得子于虎穴,探珠于龙颔,其苦心亦不过此。三年伐毛,五年洗髓,凡几变矣,绚烂极而自然之风韵生矣。"

参考书目

文渊阁《四库全书》,上海古籍出版社,1987年。
《四库全书存目丛书》,齐鲁书社,1997年。
《四库全书存目丛书补编》,齐鲁书社,2001年。
《续修四库全书》,上海古籍出版社,2002年。
《四库禁毁书丛刊》,北京出版社,1998年。
《四库丛刊补编》,北京出版社,2005年。
《四库未收书辑刊》,北京出版社,1997年。
〔明〕俞宪《盛明百家诗》,《四库全书存目丛书》,齐鲁书社,1997年。
〔明〕陈子龙《皇明诗选》,华东师范大学出版社,1991年。
〔明〕程敏政《明文衡》,《四库全书》本,上海古籍出版社,1987年。
〔清〕钱谦益《列朝诗集》,生活·新知·读书三联书店,1989年。
〔清〕朱彝尊《明诗综》,上海古籍出版社,1987年。
〔清〕黄宗羲《明文海》,《四库全书》,上海古籍出版社,

1987年。

［清］王夫之等《清诗话》，中华书局，1963年。

［清］谷应泰《明史纪事本末》，中华书局，1977年。

［清］张廷玉等《明史》，中华书局，1975年。

［清］卓尔堪《明遗民诗》，中华书局，1961年。

［清］陈田辑《明诗纪事》，上海古籍出版社，1993年。

［清］陈济生、陈乃乾《天启崇祯两朝遗诗》，中华书局，1958年。

［清］盛宣怀、缪荃孙《常州先哲遗书》，南京大学出版社，2010年。

台湾图书馆《明人传记资料索引》，"国立中央图书馆"，1965年。

天津图书馆《中国古籍善本书目》，齐鲁书社，2003年。

《中国古籍总目》，中华书局、上海古籍出版社，2009年。

《明代艺术家集汇刊续集》，"国立中央图书馆"，1971年。

张元济《四部丛刊初编》，商务印书馆，1929年。

张元济《四部丛刊续编》，商务印书馆，1934年。

张元济《四部丛刊三编》，商务印书馆，1937年。

王云五《丛书集成初编》，商务印书馆，1937年。

上海书店《丛书集成续编》，上海书店，1994年。

王德毅《丛书集成三编》，台湾新文丰出版公司，1997年。

黄仁生《日本现藏稀见元明文集考证与提要》，岳麓书社，2004年。

崔建英《明别集版本志》，中华书局，2006年。

李灵年、杨忠《清人别集总目》，安徽教育出版社，2008年。

王重民《中国善本书提要》，上海古籍出版社，1983年。

饶宗颐初纂，张璋总纂《全明词》，中华书局，1974年。

谢伯阳《全明散曲》，齐鲁书社，1994年。

《启祯野乘》，故宫博物院图书馆校印，1936年。

上海市地方志办公室《上海乡镇旧志丛书》，上海社会科学院出版社，2004年。

《日本藏中国罕见地方志丛刊——（崇祯）松江府志》，书目文献出版社，1991年。

《中国地方志集成——上海府县志辑》，上海书店出版社，2010年——《（嘉庆）松江府志》《（光绪）松江府续志》《（民国）上海县志》《（光绪）重修华亭县志》《（乾隆）娄县志》《光绪（娄县续志）》《（光绪）南汇县志》《（民国）南汇县续志》《（光绪）青浦县志》《（民国）青浦县续志》《（民国）川沙县志》《（康熙）嘉定县志》《（康熙）嘉定县续志》《（光绪）嘉定县志》《（民国）嘉定县续志》《（光绪）宝山县志》《（民国）宝山县续志》《（民国）宝山县再续志》《（光绪）重修奉贤县志》《（光绪）金山县志》《（康熙）崇明县志》《（民国）崇明县志》。

《中国地方志集成——江苏府县志辑》，江苏古籍出版社，1991年——《（同治）苏州府志》《（宣统）太仓州镇洋县志》。

博润《松江府续志》，清抄本，清光绪十年。

杨潜《云间志》，清抄本，国家图书馆藏。

李绍文《云间杂识》，上海县修志局，民国二十五年。

史彩《（康熙）上海县志》，清刻本，清康熙二十二年。

应宝时《（同治）上海县志》，清抄本，清同治十年。

程国栋《（乾隆）嘉定县志》，清刻本，清乾隆七年。

文良《（同治）嘉定县志》，清刻本，清同治三年。

梁廷灿《历代名人生卒年表》，上海商务印书馆，1930年。

国立中央图书馆《国立中央图书馆善本书目》，中华丛书委员会，1958年。

国立中央图书馆《国立中央图书馆善本书目增订本》，国立中央图书馆，1967年。

姜亮夫《历代人物年里碑传综表》，中华书局，1959年。

谭其骧《中国历史地图集》，中国地图出版社，1982年。

黄虞稷《千顷堂书目》，上海古籍出版社，1987年。

焦竑《国朝献征录》，上海古籍出版社，1987年。

钱谦益《列朝诗集小传》，上海古籍出版社，1959年。

朱彝尊《静志居诗话》，人民文学出版社，1990年。

朱宝炯、谢沛霖《明清进士题名碑录索引》，上海古籍出版社，1980年。

张慧剑《明清江苏文人年表》，上海古籍出版社，1986年。

陈继儒《畲山诗话》，《四库全书存目丛书》第418册，齐鲁书社，1997年。

胡应麟《诗薮》，上海古籍出版社，1979年。

傅增湘《藏园群书题记》，上海古籍出版社，1989年。

北京图书馆古籍出版编辑组《北京图书馆古籍珍本丛刊》，书目文献出版社，2000年。

国家图书馆《原国立北平图书馆甲库善本丛书》，国家图书馆出版社，2013年。

中华再造善本编委会《中华再造善本·明代编》，国家图书馆出版社，2014年。

李时人《中国文学家大辞典·明代卷》，中华书局，2015年。

沈乃文《明别集丛刊》，黄山书社，2016年。

翟庆福《明代基本史料丛刊》，线装书局，2016年。

编委会《闵行历代稀见文献丛刊》第1辑，浙江大学出版社，2018年。

编委会《明代诗文集珍本丛刊》，国家图书馆出版社，2019年。

后　记

　　这本小书写到现在，屈指算来，也有十个年头了。我 2010 年留校工作，此时上海房价再次飞涨。处理完杂事后，我坐在办公室思索，以后该干点什么事。博士论文作的是明代作家个案研究，现在是接着作个案研究并在此基础上有所扩展呢，还是另外开辟一个领域？思索再三，还是决定开辟一个新的研究领地，原来的研究也尽量顾及。

　　文献是一切研究的基础。既然文献如此重要，我还是从工作所在地的文集整理开始吧。于是，利用图书馆丰富的藏书、便利的条件，我对明清上海地区的诗文集作了细致的梳理，共整理出二十多万字的 word 文档资料。在整理过程中，2013 年 12 月，导师李时人教授的国家社科基金重大项目"明代作家分省人物志"审批下来，导师希望我承担上海地区的任务。我自然很愿意接受，这是相得益彰的事情。在承担上海部分的同时，后来又接手了常州府及上述项目子课题"明代中、南部各省作家考察研究"的撰写。在承担导师交给的任务的同时，我也陆续申请了上海市社科基金项目"明清时期上海地区地方诗文集序跋汇编与研究"、上海市教委创新项目"明代上海地方诗文集述考"、高校古委会古籍整理项目"谢肇淛全集整理"及国家社科基金后期资助项目"台湾现藏稀见明人别集述考"。这部专著就是上海市教委创新项目的最终成果。为了完成任务,期间我多次去国内有关图书馆查阅资料,并三赴台湾有关藏书机构查阅资料。在此过程中,积累了很多有价值的资料。这部书稿就是在整理资料的过程中逐步完善形成的。

所以,非常感谢先师李时人先生,先生把我领进门,我这十多年来取得的点滴成绩都得益于导师的启蒙和帮助。先师三十年如一日孜孜不倦地从事古代文学工作,几乎天天都工作到深夜。我有幸与导师同在上海师大工作,所谓"近水楼台先得月",科研中遇到问题时,我总会及时得到先生的指点和帮助。感谢先生的关心和指点,尤其他老人家对学术的挚爱、其巨大的成就对我是莫大的鼓舞与支持。

小书虽微不足道,但离不开我爱人的无私奉献。单位有工作要忙,我只能回到家里作自己喜爱的工作。我爱人也有工作,但家中所有的家务基本上都是她做的,我得以在晚饭后全身心投入到拙稿的整理中去。"任劳任怨、无私奉献"这八个字用在她身上再恰当不过,我把最真切的敬意和爱心献给她——我的爱人!

感谢上师大已逝孙逊教授,孙老师厚重博雅,在科研中给予了我无私指点和帮助,感谢孙老师对后辈的关爱。

感谢上海师大刘永文教授,永文教授也是我的师兄,他胸怀宽广,学术谨严,在百忙之中抽出时间校对拙稿,历时数月,一丝不苟,付出了很多心血,我在此深表敬意和谢意。感谢刘廷乾师兄,廷乾师兄洒脱儒雅,诗书满腹,本书得到了他的很大帮助,且廷乾师兄百忙之中惠赐宏文为序,诚致谢意!

拙著部分资料散落海内外各地,为经眼实物,必须奔波各地。但有的必须请古籍所在地师友帮忙才能看到。拙著得到了上海师范大学严明教授、（日本）东京电气大学范建明教授、台湾辅仁大学陈守玺博士、太原师范学院郝建杰博士、南华大学马汉钦博士、中山大学龙赛州博士、重庆文理学院乐万里先生、济南历下区委政研室单明川先生的大力帮助。安徽师范大学詹绪左教授、河北科技大学孙良同博士、上海图书馆古籍特藏部邹晓燕先生在语言文字方面给予了很大帮助，在此一并致以诚挚的谢意。

感谢上海师大图书馆段鸿书记、贾铁飞馆长、赵龙副书记，感谢人文学院查清华院长，正是由于他们的关心、帮助，小书得以出版，并有幸名列上海师范大学的《中华典籍与国家文明丛书》。

上海古籍出版社在出版界久著声誉，编辑老师专业精深，态度谨严。本书稿得到古籍社多位先生帮助把关，殊为感荷，诚致谢意。

受本人学识所限，书中错误在所难免，祈请读者提出宝贵意见，以便修订。

2020 年 9 月书于上海

图书在版编目(CIP)数据

上海地区明代诗文集述考/李玉宝著. --上海：上海古籍出版社,2021.5
(中华典籍与国家文明研究丛书)
ISBN 978-7-5325-9991-2

Ⅰ.①上… Ⅱ.①李… Ⅲ.①地方文学史-文学史研究-上海-明代 Ⅳ.①I209.951

中国版本图书馆 CIP 数据核字(2021)第 076560 号

中华典籍与国家文明研究丛书
上海地区明代诗文集述考
李玉宝 著

上海古籍出版社　出版发行
(上海瑞金二路 272 号　邮政编码 200020)
(1) 网址：www.guji.com.cn
(2) E-mail：guji1@guji.com.cn
(3) 易文网网址：www.ewen.co
上海展强印刷有限公司印刷
开本 890×1240　1/32　印张 17.75　插页 6　字数 445,000
2021 年 5 月第 1 版　2021 年 5 月第 1 次印刷
印数：1—1,500
ISBN 978-7-5325-9991-2

I·3567　定价：92.00 元
如有质量问题，请与承印公司联系
电话：021-66366565